国家出版基金项目
NATIONAL PUBLICATION FOUNDATION

"十四五"时期国家重点出版物出版规划项目
国家社会科学基金重大招标项目

总主编 蒋承勇

19世纪西方文学思潮研究

第五卷 象征主义

李国辉 著

北京大学出版社
PEKING UNIVERSITY PRESS

图书在版编目 (CIP) 数据

19 世纪西方文学思潮研究.第五卷,象征主义 / 李国辉著;蒋成勇总主编.—北京:北京大学出版社,2022.9

ISBN 978-7-301-33064-7

Ⅰ.①1… Ⅱ.①李… Ⅲ.①象征主义—文艺思潮—研究—西方国家—19 世纪 Ⅳ.①I109.9

中国版本图书馆 CIP 数据核字(2022)第 096153 号

书　　　名	19 世纪西方文学思潮研究(第五卷)象征主义 19 SHIJI XIFANG WENXUE SICHAO YANJIU (DI-WU JUAN) XIANGZHENG ZHUYI
著作责任者	李国辉　著　蒋成勇　总主编
责任编辑	李　娜
标准书号	ISBN 978-7-301-33064-7
出版发行	北京大学出版社
地　　　址	北京市海淀区成府路 205 号　100871
网　　　址	http://www.pup.cn　新浪微博:@北京大学出版社
电子信箱	lina@pup.cn
电　　　话	邮购部 010-62752015　发行部 010-62750672　编辑部 010-62759634
印　刷　者	涿州市星河印刷有限公司
经 销 者	新华书店 720 毫米×1020 毫米　16 开本　30 印张　533 千字 2022 年 9 月第 1 版　2022 年 9 月第 1 次印刷
定　　　价	138.00 元

未经许可,不得以任何方式复制或抄袭本书之部分或全部内容。
版权所有,侵权必究
举报电话: 010-62752024　电子信箱: fd@pup.pku.edu.cn
图书如有印装质量问题,请与出版部联系,电话: 010-62756370

总　序

　　与本土文学的演进相比，现代西方文学的展开明显呈现出"思潮""运动"的形态与持续"革新""革命"的特征。工业革命以降，浪漫主义、现实主义、自然主义、唯美主义、象征主义、颓废主义，以及20世纪现代主义诸流派如烟花般缤纷绽放，一系列文学思潮和运动在交叉与交替中奔腾向前，令人眼花缭乱、目不暇接。先锋作家以激进的革命姿态挑衅流行的大众趣味与过时的文学传统，以运动的形式为独创性的文学变革开辟道路，愈发成为西方现代文学展开的基本方式。在之前的文艺复兴及古典主义那里，这种情形虽曾有过最初的预演，但总体来看，在前工业革命的悠闲岁月中，文学演进的"革命""运动"形态远未以如此普遍、激烈的方式进行。

　　毫无疑问，文学思潮乃19世纪开始的现代西方文学展开中的一条红线；而对19世纪西方文学诸思潮的系统研究与全面阐发，不惟有助于达成对19世纪西方文学的准确理解，而且对深入把握20世纪西方现代主义与后现代主义思潮亦有重大裨益。从外国文学学科体系、学术体系和话语体系建设的角度看，研究西方文学思潮，是研究西方文学史、西方文论史乃至西方思想文化史所不可或缺的基础工程和重点工程，这也正是本项目研究的一个根本的动机和核心追求。

一、文学思潮研究与比较文学

　　所谓"文学思潮"，是指在特定历史时期社会文化思潮影响下形成的具有某种共同思想倾向、艺术追求和广泛影响的文学潮流。一般情况下，主要可以从四个层面来对某一文学思潮进行观察和界定：其一，往往凝结为哲学世界观的特定社会文化思潮（其核心是关于人的观念），此乃该文学思潮产生、发展的深层文化逻辑（文学是人学）。其二，完整、独特的诗学系统，此乃该文学思潮的理论表达。其三，文学流派与文学社团的大量涌现，并往往以文学"运动"的形式推进文学的发展，此乃该文学思潮在作家生态层面的现象显现。其四，新的文本实验和技巧创新，乃该文学思潮推进文学创作发展的最终成果展示。

通常，文学史的研究往往会面临相互勾连的三个层面的基本问题：作品研究、作家研究和思潮研究。其中，文学思潮研究是"史"和"论"的结合，同时又与作家、作品的研究密切相关；"史"的梳理与论证以作家作品为基础和个案，"论"的展开与提炼以作家作品为依据和归宿。因此，文学思潮研究是文学史研究中带有基础性、理论性、宏观性与综合性的系统工程。"基础性"意味着文学思潮的研究为作家、作品和文学现象的研究提供基本的坐标和指向，赋予文学史的研究以系统的目标指向和整体的纲领统摄；"理论性"意味着通过文学思潮的研究有可能对作家作品和文学史现象的研究在理论概括与抽象提炼后上升到文学理论和美学理论的层面；"宏观性"意味着文学思潮的研究虽然离不开具体的作家作品，但又不拘泥于作家作品，而是从"源"与"流"的角度梳理文学史演变与发展的渊源关系和流变方式及路径、影响，使文学史研究具有宏阔的视野；"综合性"研究意味着文学思潮的研究是作家作品、文学批评、文学理论、美学史、思想史乃至整个文化史等多个领域的研究集成。"如果文学史不应满足于继续充当传记、书目、选集以及散漫杂乱感情用事的批评的平庸而又奇怪的混合物，那么，文学史就必须研究文学的整个进程。只有通过探讨各个时期的顺序、习俗和规范的产生、统治和解体的状况，才能作到这一点。"①与个案化的作家、作品研究相比，以"基础性""理论性""宏观性"与"综合性"见长的西方文学思潮研究，在西方文学史研究中显然处于最高的阶位。作为西方文学史研究的中枢，西方文学思潮研究毋庸置疑的难度，很大程度上已然彰显了其重大学术意义。"批评家和文学史家都确信，虽然古典主义、浪漫主义和现实主义这类宽泛的描述性术语内涵丰富、含混，但它们却是有价值且不可或缺的。把作家、作品、主题或体裁描

---

① R. 韦勒克：《文学史上浪漫主义的概念》，裴小龙、杨德友译，见 R. 韦勒克：《文学思潮和文学运动的概念》，刘象愚选编，北京：中国社会科学出版社，1989年，第186—187页。

述为古典主义或浪漫主义或现实主义的,就是在运用一个个有效的参照标准并由此展开进一步的考察和讨论。"①正因为如此,在西方学界,文学思潮研究历来是屯集研究力量最多的文学史研究的主战场,其研究成果亦可谓车载斗量、汗牛充栋。

19世纪工业革命的推进与世界统一市场的拓展,使得西方资本主义的精神产品与物质产品同时开启了全球化的旅程;现代交通与传媒技术的革命性提升使得世界越来越成为一个相互联结的村落,各民族文化间的碰撞与融汇冲决了地理空间与权力疆域的诸多限制而蓬勃展开。纵观19世纪西方文学史不难发现,浪漫主义、现实主义等西方现代诸思潮产生后通常都会迅速蔓延至多个国家、民族和地区。新文化运动前后,国门洞开后的中国文坛上就充斥着源自西方的浪漫主义、现实主义等文学思潮的嘈杂之声;寻声觅踪还可见出,日本文坛接受西方现代思潮的时间更早、程度更深。在全球化的流播过程中,原产于西方的浪漫主义、现实主义等诸现代文学思潮自动加持了"跨语言""跨民族""跨国家""跨文化"的特征。换言之,浪漫主义、现实主义等西方现代文学思潮在传播过程中被赋予了实实在在的"世界文学"属性与特征。这意味着对西方现代文学思潮的研究,在方法论上必然与"比较文学"难脱干系——不仅要"跨学科",而且要"跨文化(语言、民族、国别)"。

事实上,很大程度上正是基于19世纪西方文学思潮"跨语言""跨民族""跨国家""跨文化"之全球性传播的历史进程,"比较文学"这种文学研究的新范式(后来发展为新学科)才应运而生。客观上来说,没有文化的差异性和他者性,就没有可比性;有了民族的与文化的差异性的存在,才有了异质文学的存在,文学研究者才可以在"世界文学"的大花园中采集不同的样本,通过跨民族、跨文化的比较研究,去追寻异质文学存在的奥秘,并深化对人类文学发展规律的研究。主观而论,正是19世纪西方现代文学思潮国际性传播与变异这一现象的存在,才激活了文学研究者对民族文学和文化差异性审视的自觉,"比较文学"之"比较"研究的意识由此凸显,"比较文学"之"比较"研究的方法也就应运而生。

比较文学可以通过异质文化背景下的文学研究,促进异质文化之间的互相理解、对话、交流、借鉴与认同。因此,比较文学不仅以异质文化视

---

① Donald Pizer, *Realism and Naturalism in Nineteenth-Century American Literature*, Carbondale: Southern Illinois University Press, 1984, p.1.

野为研究的前提,而且以异质文化的互认、互补为终极目标,它有助于异质文化间的交流,使之在互认、互鉴的基础上达成互补与共存,使人类文学与文化处于普适性与多元化的良性生存状态。比较文学的这种本质属性,决定了它与"世界文学"存在着一种天然耦合的关系:比较文学之跨文化研究的结果必然具有超越文化、超越民族的世界性意义;"世界文学"的研究必然离不开跨文化、跨民族的比较以及比较基础上的归纳和演绎,进而辨析、阐发异质文学的差异性、同一性和人类文学之可通约性。由于西方现代文学思潮与生俱来就是一种国际化和世界性的文学现象,因此,西方文学思潮的研究天然地需要比较文学与"世界文学"的方法与理念。

较早对欧洲19世纪文学思潮进行系统研究的当推丹麦文学史家、文学批评家格奥尔格·勃兰兑斯(Gerog Brandes,1842—1927)。其六卷本皇皇巨著《十九世纪文学主流》(*Main Currents in Nineteenth Century Literature*)虽然没有出现"文学思潮""文学流派"之类的概念(这种概念是后人概括出来的),但就其以文学"主流"(Main Currents)为研究主体这一事实而论,便足以说明这种研究实属"思潮研究"的范畴。同时,对19世纪流行于欧洲各国的浪漫主义思潮,勃兰兑斯在《十九世纪文学主流》中按照不同国家、民族和文化背景做了系统的"比较"辨析,既阐发各自的民族特质又探寻共同的观念基质,其研究理念与方法堪称"比较文学"的范例。但就像在全书中只字未提文学"思潮"而只有"主流"一样,勃兰兑斯在《十九世纪文学主流》中也并未提到"比较文学"这个术语。不过,他在该书开篇的引言中反复提到了作为方法的"比较研究"。勃兰兑斯认为,要深入理解19世纪欧洲文学中存在的"某些主要作家集团和运动","只有对欧洲文学作一番比较研究"①;"在进行这样的研究时,我打算同时对法国、德国和英国文学中最重要运动的发展过程加以描述。这样的比较研究有两个好处,一是把外国文学摆到我们跟前,便于我们吸收,一是把我们自己的文学摆到一定的距离,使我们对它获得符合实际的认识。离眼睛太近和太远的东西都看不真切"②。勃兰兑斯的"比较研究",既包括本国(丹麦)之外不同国家(法国、德国和英国)文学之间的比较,也包括它们与本国文学的比较。按照我们今天的"比较文学"概念来看,这属于典型的"跨语言""跨民族""跨国家""跨文化"的比较研

---

① 勃兰兑斯:《十九世纪文学主流》(第一分册),张道真译,北京:人民文学出版社,1997年,第1页。

② 同上。

究。就此而言,作为西方浪漫主义思潮研究的经典文献,《十九世纪文学主流》实可归于西方最早的比较文学著述之列,而勃兰兑斯也因此成为西方最早致力于比较文学研究实践并获得重大成功的文学史家和文学理论家。

日本文学理论家厨川白村(1880—1923)的《文艺思潮论》,是日本乃至亚洲最早系统阐发西方文学思潮的著作。在谈到该书写作的初衷时,厨川白村称该书旨在突破传统文学史研究中广泛存在的那种缺乏"系统的组织的机制"①的现象:"讲到西洋文艺研究,则其第一步,当先说明近世一切文艺所要求的历史的发展。即奔流于文艺根底的思潮,其源系来自何处,到了今日经过了怎样的变迁,现代文艺的主潮当加以怎样的历史解释。关于这一点,我想竭力的加以首尾一贯的、综合的说明:这便是本书的目的。"②正是出于这种追根溯源、系统思维的研究理念,他认为既往"许多的文学史和美术史"研究,"徒将著名的作品及作家,依着年代的顺序,罗列叙述","单说这作品有味、那作品美妙等不着边际的话"。③ 而这样的研究,在他看来就是缺乏"系统的组织的机制"。稍作比较当不难见出——厨川白村的这种理念恰好与勃兰兑斯"英雄所见略同"。作为一种文学史研究,勃兰兑斯的《十九世纪文学主流》既有个别国家、个别作家作品的局部研究,更有作家群体和多国文学现象的比较研究,因而能够从个别上升到群体与一般、从特殊性上升到普遍性,显示出研究的"系统的组织的机制"。勃兰兑斯在《十九世纪文学主流》的引言中曾有如下生动而精辟的表述:

> 一本书,如果单纯从美学的观点看,只看作是一件艺术品,那么它就是一个独自存在的完备的整体,和周围的世界没有任何联系。但是如果从历史的观点看,尽管一本书是一件完美、完整的艺术品,它却只是从无边无际的一张网上剪下来的一小块。从美学上考虑,它的内容,它创作的主导思想,本身就足以说明问题,无须把作者和创作环境当作一个组成部分来加以考察,而从历史的角度考虑,这本书却透露了作者的思想特点,就像"果"反映了"因"一样……要了解作者的思想特点,又必须对影响他发展的知识界和他周围的气氛有

---

① 厨川白村:《文艺思潮论》,樊从予译,上海:上海商务印书馆,1924年,第2页。
② 同上书,第3页。
③ 同上书,第2页。

所了解。这些互相影响、互相阐释的思想界杰出人物形成了一些自然的集团。①

在这段文字中,勃兰兑斯把文学史比作"一张网",把一部作品比作从网上剪下来的"一小块"。这"一小块"只有放到"一张网"中——特定阶段的文学史网络、文学思潮历史境遇以及互相影响的文学"集团"中——作比照研究,才可以透析出这个作家或作品之与众不同的个性特质、创新贡献和历史地位。若这种比照仅仅限于国别文学史之内,那或许只不过仅一种比较的研究方法;而像《十九世纪文学主流》这样从某种国际的视野出发进行"跨语言""跨民族""跨国家""跨文化"的比较研究时,这就拥有了厨川白村所说的"系统的组织的机制",而进入了比较文学研究乃至"世界文学"研究的层面。在这部不可多得的鸿篇巨制中,勃兰兑斯从整体与局部相贯通的理念出发,用比较文学的方法把作家、作品和国别的文学现象,视作特定历史阶段之时代精神的局部,并把它们放在文学思潮发展的国际性网络中予以比较分析与研究,从而揭示出其间的共性与个性。比如,他把欧洲的浪漫主义文学思潮"分作六个不同的文学集团","把它们看作是构成大戏的六个场景","是一个带有戏剧的形式与特征的历史运动"。② 第一个场景是卢梭启发下的法国流亡文学;第二个场景是德国天主教性质的浪漫派;第三个场景是法国王政复辟后拉马丁和雨果等作家;第四个场景是英国的拜伦及其同时代的诗人们;第五个场景是七月革命前不久的法国浪漫派,主要是马奈、雨果、拉马丁、缪塞、乔治·桑等;第六个场景是青年德意志的作家海涅、波内尔,以及同时代的部分法国作家。勃兰兑斯通过对不同国家、不同团体的浪漫派作家和作品在时代的、精神的、历史的、空间的诸多方面的纵横交错的比较分析,揭示了不同文学集团(场景)的盛衰流变和个性特征。的确,仅仅凭借一部宏伟的《十九世纪文学主流》,勃兰兑斯就足以承当"比较文学领域最早和卓有成就的开拓者"之盛名。

1948年,法国著名的比较文学学者保罗·梵·第根(Paul Van Tieghem,1871—1948)之《欧洲文学中的浪漫主义》,则是从更广泛的范围来研究浪漫主义文学思潮,涉及的国家不仅有德国、英国、法国,更有西

---

① 勃兰兑斯:《十九世纪文学主流》(第一分册),张道真译,北京:人民文学出版社,1997年,第2页。

② 同上书,第3页。

班牙、葡萄牙、荷兰与匈牙利诸国；与勃兰兑斯相比，这显然构成了一种更自觉、更彻底的比较文学。另外，意大利著名比较文学学者马里奥·普拉兹（Mario Praz）之经典著作《浪漫派的痛苦》（1933），从性爱及与之相关的文学颓废等视角比较分析了欧洲不同国家的浪漫主义文学。美国比较文学巨擘亨利·雷马克（Henry H. H. Remak）在《西欧浪漫主义的定义和范围》一文中，详细地比较了西欧不同国家浪漫主义文学思潮产生和发展的特点，辨析了浪漫主义观念在欧洲主要国家的异同。"浪漫主义怎样首先在德国形成思潮，施莱格尔兄弟怎样首先提出浪漫主义是进步的、有机的、可塑的概念，以与保守的、机械的、平面的古典主义相区别，浪漫主义的概念如何传入英、法诸国，而后形成一个全欧性的运动"①；不同国家和文化背景下的"现实主义"有着怎样的内涵与外延，诸国各自不同的现实主义又如何有着相通的美学底蕴②……同样是基于比较文学的理念与方法，比较文学"美国学派"的领袖人物 R. 韦勒克（René Wellek）在其系列论文中对浪漫主义、现实主义和象征主义等西方现代文学思潮的阐发给人留下了更为深刻的印象。毫无疑问，韦勒克等人这种在"比较文学"理念与方法指导下紧扣"文学思潮"所展开的文学史研究，其所达到的理论与历史高度，是通常仅限于国别的作家作品研究难以企及的。

本土学界"重写文学史"的喧嚣似乎早已归于沉寂；但"重写文学史"的实践却一直都在路上。各种集体"编撰"出来的西方文学史著作或者外国文学史教材，大都呈现为作家列传和作品介绍，对文学历史的展开，既缺乏生动真实的描述，又缺乏有说服力的深度阐释；同时，用偏于狭隘的文学史观所推演出来的观念去简单地论定作家、作品，也是这种文学史著作或教材的常见做法。此等情形长期、普遍地存在，可以用文学（史）研究中文学思潮研究这一综合性层面的缺席来解释。换言之，如何突破文学史写作中的"瓶颈"，始终是摆在我们面前没有得到解决的重大课题；而实实在在、脚踏实地、切实有效的现代西方文学思潮研究当然也就成了高高矗立在当代学人面前的一个既带有总体性，又带有突破性的重大学术工程。如上所述，就西方现代文学而论，有效的文学史研究的确很难脱离对文学思潮的研究，而文学思潮的研究又必然离不开系统的理念与综合的

---

① 刘象愚：《〈文学思潮和文学运动的概念〉前言》，见 R. 韦勒克著，刘象愚选编：《文学思潮和文学运动的概念》，北京：中国社会科学出版社，1989 年，第 8 页。
② R. 韦勒克：《文学研究中现实主义的概念》，高建为译，见 R. 韦勒克著，刘象愚选编：《文学思潮和文学运动的概念》，北京：中国社会科学出版社，1989 年，第 214—250 页。

方法；作为在综合中所展开的系统研究，文学思潮研究必然要在"跨语言""跨民族""跨国家""跨文化"等诸层面展开。一言以蔽之，这意味着本课题组对19世纪西方文学思潮所进行的研究，天然地属于"比较文学"与"世界文学"的范畴。由是，我们才坚持认为：本课题研究不仅有助于推进西方文学史的研究，而且也有益于"比较文学与世界文学"学科话语体系的建设；不仅对我们把握19世纪西方文学有"纲举目张"的牵引作用，同时也是西方文论史、西方美学史、西方思想史乃至西方文化史研究中不可或缺的基础工程。本课题研究作为"国家社科基金重大项目"，其重大的理论价值与现实意义大抵端赖于此。

二、国内外19世纪西方文学思潮研究撮要

20世纪伊始，19世纪西方文学思潮主要经由日本和西欧两个途径被介绍引进到中国，对本土文坛产生巨大冲击。西方文学思潮在中国的传播，不仅是新文化运动得以展开的重要动力源泉之一，而且直接催生了五四新文学革命。浪漫主义、现实主义、自然主义、象征主义等西方19世纪诸思潮同时在中国文坛缤纷绽放；一时间的热闹纷繁过后，主体"选择"的问题很快便摆到了本土学界与文坛面前。由是，崇奉浪漫主义的"创造社"、信奉古典主义的"学衡派"、认同现实主义的"文学研究会"等开始混战。以"浪漫主义首领"郭沫若在1925年突然倒戈全面批判浪漫主义并皈依"写实主义"为标志，20年代中后期，"写实主义"/现实主义在中国学界与文坛的独尊地位逐渐获得确立。

1949年以后，中国在文艺政策与文学理论方面追随苏联。西方浪漫主义、自然主义、象征主义、唯美主义、颓废派等文学观念或文学倾向持续遭到严厉批判；与此同时，昔日的"写实主义"，在理论形态上亦演变成为"社会主义现实主义"或与"革命浪漫主义"结合在一起的"革命现实主义"。是时，本土评论界对现实主义和自然主义做出了严格区分。

改革开放之后，"现实主义至上论"遭遇持续的论争；对浪漫主义、自然主义、象征主义、唯美主义、颓废派文学的研究与评价慢慢地开始复归学术常态。但旧的"现实主义至上论"尚未远去，新的理论泡沫又开始肆虐。20世纪90年代以来，现代主义、后现代主义等文学观念以及解构主义、"后殖民主义"等文化观念风起云涌，一时间成为新的学术风尚。这在很大程度上延宕乃至阻断了学界对19世纪西方诸文学思潮研究的深入。

为什么浪漫主义、自然主义等西方文学思潮，明明在20世纪初同时进入中国，且当时本土学界与文坛也张开双臂在一派喧嚣声中欢迎它们的到来，可最终都没能真正在中国生根、开花、结果？这一方面与本土的文学传统干系重大，但更重要的却可能与其在中国传播的历史语境相关涉。

　　20世纪初，中国正处于从千年专制统治向现代社会迈进的十字路口，颠覆传统文化、传播现代观念从而改造国民性的启蒙任务十分迫切。五四一代觉醒的知识分子无法回避的这一历史使命，决定了他们在面对一股脑儿涌入的西方文化—文学思潮观念时，本能地会率先选取—接受文化层面的启蒙主义与文学层面的"写实主义"。只有写实，才能揭穿千年"瞒"与"骗"的文化黑幕，而后才有达成"启蒙"的可能。质言之，本土根深蒂固的传统实用主义文学观与急于达成"启蒙""救亡"的使命担当，在特定的社会情势下一拍即合，使得五四一代中国学人很快就在学理层面屏蔽了浪漫主义、自然主义、象征主义、唯美主义以及颓废派文学的观念与倾向。20年代中期，浪漫主义热潮开始消退。原来狂呼"个人"、高叫"自由"的激进派诗人纷纷放弃浪漫主义，"几年前，'浪漫'是一个好名字，现在它的意义却只剩下了讽刺与诅咒"①。在这之中，创造社的转变最具代表性。自1925年开始，郭沫若非但突然停止关于"个性""自我""自由"的狂热鼓噪，而且来了一个180度的大转弯——要与浪漫主义这种资产阶级的反动文艺斩断联系，"对于个人主义和自由主义要根本铲除，对于反革命的浪漫主义文艺也要采取一种彻底反抗的态度"②。在他看来，现在需要的文艺乃是社会主义和现实主义的文学，也即革命现实主义文学。所以，在《创造十年》中做总结时他才会说："文学研究会和创造社并没有什么根本的不同，所谓人生派与艺术派都只是斗争上使用的幌子。"③借鉴苏联学者法狄耶夫的见解，瞿秋白在《革命的浪漫谛克》(1932)等文章中亦声称浪漫主义乃新兴文学(即革命现实主义文学)的障碍，必须予以铲除。④

---

① 朱自清：《那里走》，《朱自清全集》(第四卷)，南京：江苏教育出版社，1990年，第231页。
② 郭沫若：《革命与文学》，郭沫若著作编辑出版委员会编：《郭沫若全集》(文学编·第十六卷)，北京：人民文学出版社，1989年，第43页。
③ 郭沫若：《创造十年》，郭沫若著作编辑出版委员会编：《郭沫若全集》(文学编·第十二卷)，北京：人民文学出版社，1992年，第140页。
④ 瞿秋白：《革命的浪漫谛克》，《瞿秋白文集》(文学编·第一卷)，北京：人民文学出版社，1985年，第459页。

"浪漫派高度推崇个人价值,个体主义乃浪漫主义的突出特征。"①"浪漫主义所推崇的个体理念,乃是个人之独特性、创造性与自我实现的综合。"②西方浪漫主义以个体为价值依托,革命浪漫主义则以集体为价值旨归;前者的最高价值是"自由",后者的根本关切为"革命"。因此,表面上对西方浪漫主义有所保留的蒋光慈说得很透彻:"革命文学应当是反个人主义的文学,它的主人翁应当是群众,而不是个人;它的倾向应当是集体主义,而不是个人主义……"③创造社成员何畏在 1926 年发表的《个人主义艺术的灭亡》④一文中,对浪漫主义中的个人主义价值立场亦进行了同样的申斥与批判。要而言之,基于启蒙救亡的历史使命与本民族文学—文化传统的双重制约,五四一代文人作家在面对浪漫主义、自然主义等现代西方思潮观念时,往往很难接受其内里所涵纳的时代文化精神及其所衍生出来的现代艺术神韵,而最终选取—接受的大都是外在技术层面的技巧手法。郑伯奇在谈到本土的所谓浪漫主义文学时则称,西方浪漫主义那种悠闲的、自由的、追怀古代的情致,在我们的作家中是少有的,因为我们面临的时代背景不同。"我们所有的只是民族危亡,社会崩溃的苦痛自觉和反抗争斗的精神。我们只有喊叫,只有哀愁,只有呻吟,只有冷嘲热骂。所以我们新文学运动的初期,不产生与西洋各国 19 世纪(相类)的浪漫主义,而是 20 世纪的中国特有的抒情主义。"⑤

纵观 19 世纪西方诸文学思潮在中国一百多年的传播与接受过程,我们发现:本土学界对浪漫主义等 19 世纪西方文学思潮在学理认知上始终存在系统的重大误判或误读;较之西方学界,我们对它的研究也严重滞后。

在西方学界,对 19 世纪西方文学思潮的研究始终是西方文学研究的焦点。一百多年来,这种研究总体上有如下突出特点:

第一,浪漫主义、现实主义、自然主义、象征主义等西方文学思潮均是以激烈的"反传统""先锋"姿态确立自身的历史地位的;这意味着任何一个思潮在其展开的历史过程中总是处于前有堵截、后有追兵的逻辑链条

---

① Jacques Barzun, *Classic, Romantic and Modern*, London: Secker & Warburg, 1962, p.6.
② Steven Lukes, *Individualism*, Oxford: Basil Blackwell, 1973, p.17.
③ 蒋光慈:《关于革命文学》,转引自中国社会科学院文学研究所现代文学研究室编:《"革命文学"论争资料选编》(上),北京:人民文学出版社,1981 年,第 144 页。
④ 何畏:《个人主义艺术的灭亡》,转引自饶鸿競、陈颂声、李伟江等编:《创造社资料》(上),福州:福建人民出版社,1985 年,第 135—138 页。
⑤ 郑伯奇:《〈寒灰集〉批评》,《洪水》1927 年总第 33 卷,第 47 页。

上。拿浪漫主义来说,在19世纪初叶确立自身的过程中,它遭遇到了被其颠覆的古典主义的顽强抵抗(欧那尼之战堪称经典案例),稍后它又受到自然主义与象征主义几乎同时对其所发起的攻击。思潮之争的核心在于观念之争,不同思潮之间观念上的质疑、驳难、攻讦,便汇成了大量文学思潮研究中不得不注意的第一批具有特殊属性的学术文献,如自然主义文学领袖左拉在《戏剧中的自然主义》《实验小说论》等长篇论文中对浪漫主义的批判与攻击,就不仅是研究自然主义的重要文献,同时也是研究浪漫主义的重要文献。

第二,19世纪西方诸文学思潮观念上激烈的"反传统"姿态与艺术上诸多突破成规的"先锋性""实验",决定了其在较长的历史时间区段上,都要遭受与传统关系更为密切的学界人士的质疑与否定。拿左拉来说,在其诸多今天看来已是经典的自然主义小说发表很长时间之后,在其领导的法国自然主义文学运动已经蔓延到很多国家之后,人们依然可以发现正统学界的权威人士在著作或论文中对他的否定与攻击,如学院派批评家布吕内蒂埃(Ferdinand Brunetière,1849—1906)、勒迈特(Jules Lemaître,1853—1914)以及文学史家朗松(Gustave Lanson,1857—1934)均对其一直持全然否定或基本否定的态度。

第三,一百多年来,除信奉马克思主义的文学批评家(从梅林、弗雷维勒一直到后来的卢卡契与苏俄的卢那察尔斯基等)延续了对浪漫主义、自然主义、象征主义(巴尔扎克式现实主义除外的几乎所有文学思潮)几乎是前后一贯的否定态度,西方学界对19世纪西方诸文学思潮的研究普遍经历了理论范式的转换及其所带来的价值评判的转变。以自然主义研究为例,19世纪末、20世纪初,学者们更多采用的是社会历史批评或文化/道德批评的立场,因而对自然主义持否定态度的较多。但20世纪中后期,随着自然主义研究的深入,越来越多的学者采用符号学、语言学、神话学、精神分析以及比较文学等新的批评理论或方法,从神话、象征和隐喻等新的角度研究左拉等自然主义作家的作品,例如罗杰·里波尔(Roger Ripoll)的《左拉作品中的现实与神话》(1981)、伊夫·谢弗勒尔(Yves Chevrel)的《论自然主义》(1982)、克洛德·塞梭(Claude Seassau)的《埃米尔·左拉:象征的现实主义》(1989)等。应该指出的是,当代这种学术含量甚高的评论,基本上都是肯定左拉等自然主义作家的艺术成就,对自然主义文学思潮及其历史地位同样予以积极、正面的评价。

第四,纵观一百多年来西方学人的19世纪西方文学思潮研究,当可发现浪漫主义研究在19世纪西方诸文学思潮研究中始终处于中心地位。这种状况与浪漫主义在西方文学史上的地位是相匹配的。作为向主导西方文学两千多年的"摹仿说"发起第一波冲击的文学运动，作为开启了西方现代文学的文学思潮，浪漫主义文学革命的历史地位堪与社会经济领域的工业革命、社会政治领域的法国大革命以及社会文化领域的康德哲学革命相媲美。相形之下，现实主义的研究则显得平淡、沉寂、落寞许多；而这种状况又与国内的研究状况构成了鲜明的对比与巨大的反差。

三、本套丛书研究的视角与路径

本套丛书从哲学、美学、神学、人类学、社会学、政治学、叙事学等角度对19世纪西方文学思潮进行跨学科的反思性研究，沿着文本现象、创作方法、诗学观念和文化逻辑的内在线路对浪漫主义、现实主义、自然主义、象征主义、唯美主义、颓废派等作全方位扫描，而且对它们之间的纵向关系（如浪漫主义与自然主义、浪漫主义与象征主义等）、横向关联（如浪漫主义与唯美主义、浪漫主义与颓废派以及自然主义、象征主义、唯美主义、颓废派四者之间）以及它们与20世纪现代主义的关系进行全面的比较辨析。在融通文学史与诗学史、批评史与思想史的基础上，本套丛书力求从整体上对19世纪西方文学思潮的基本面貌与内在逻辑做出新的系统阐释。具体的研究视角与路径大致如下：

（一）"人学逻辑"的视角与路径

文学是人学。西方文学因其潜在之"人学"传统的延续性及其与思潮流派的深度关联性，它的发展史便是一条绵延不绝的河流，而不是被时间、时代割裂的碎片，所以，从"人学"路线和思潮流派的更迭演变入手研究与阐释西方文学，深度把握西方文学发展的深层动因，就切中了西方文学的精神本质，而这恰恰是本土以往的西方文学研究所缺乏或做得不够深入的。不过，文学对人的认识与表现是一个漫长的发展历程。就19世纪西方文化对人之本质的阐发而言，个人自由在康德—费希特—谢林前后相续的诗化哲学中已被提到空前高度。康德声称作为主体的个人是自由的，个人永远是目的而不是工具，个人的创造精神能动地为自然界立法。既不是理性主义的绝对理性，也不是黑格尔的世界精神，浪漫派的最高存在是具体存在的个人；所有的范畴都出自个我的心灵，因而唯一重要的东西就是个体的自由，而精神自由无疑乃这一自由中的首要命题，主观性因此成为浪漫主义的基本特征。浪漫派尊崇自我的自由意志；而作为"不可言状的个体",自我在拥有着一份不可通约、不可度量与不可让渡的自由的同时,注定了只能是孤独的。当激进的自由意志成为浪漫主义的核心内容,"世纪病"的忧郁症候便在文学中蔓延开来。古典主义致力于传播理性主义的共同理念,乃是一种社会人的"人学"表达,浪漫主义则强调对个人情感、心理的发掘,确立了一种个体"人学"的新文学；关于自我发现和自我成长的教育小说出现,由此一种延续到当代的浪漫派文体应运而生。局外人、厌世者、怪人在古典主义那里通常会受到嘲笑,而在浪漫主义那里则得到肯定乃至赞美；人群中的孤独这一现代人的命运在浪漫派这里第一次得到正面表达,个人与社会、精英与庸众的冲突从此成了西方现代文学的重要主题。

　　无论是古希腊普罗米修斯与雅典娜协同造人的美妙传说,还是《圣经》中上帝造人的故事；无论是形而上学家笛卡儿对人之本质的探讨,还是启蒙学派对人所进行的那种理性的"辩证"推演,人始终被定义为一种灵肉分裂、承载着二元对立观念的存在。历史进入19世纪,从浪漫派理论家F. 施勒格尔到自然主义的重要理论奠基者泰纳以及唯意志论者叔本华、尼采,他们都开始倾向于将人之"精神"视为其肉身所开的"花朵",将人的"灵魂"看作其肉身的产物。而这在很大程度上要归功于19世纪中叶科学的长足进展逐渐对灵肉二元论——尤其是长时间一直处于主导地位的"唯灵论"——所达成的实质性突破。1860年前后,"考古学、人类古生物学和达尔文主义的转型学说在此时都结合起来,并且似乎都表达同一个信息：人和人类社会可被证明是古老的；人的史前历史很可能要重新书写；人是一种动物,因此可能与其他生物一样,受到相同的转化力量的作用……对人的本质以及人类历史的意义进行重新评价的时机已经成熟"①。在这种历史文化语境下,借助比较解剖学所成功揭示出来的人的动物特征,生理学以及与之相关的遗传学、病理学以及实验心理学等学科纷纷破土而出。在19世纪之前,生理学与生物学实际上是同义词。19世纪中后期,随着生理学家思考的首要问题从对生命本质的定义转移到对生命现象的关注上来,在细胞学说与能量守恒学说的洞照之下,实验生理学的出现彻底改变了生理学学科设置的模糊状态,生理学长时间的沉

---

① 威廉·科尔曼:《19世纪的生物学和人学》,严晴燕译,上海:复旦大学出版社,2000年,第111页。

滞状态也因此得到了彻底改观。与生理学的迅速发展相呼应,西方学界对遗传问题的研究兴趣也日益高涨。在1860年至1900年期间,关于遗传的各种理论学说纷纷出笼(而由此衍生出的基因理论更是成了20世纪科学领域中的显学)。生理学对人展开研究的基本出发点就是人的动物属性。生理学上的诸多重大发现(含假说),有力地拓进了人对自身的认识,产生了广泛的社会—文化反响:血肉、神经、能量、本能等对人进行描述的生理学术语迅速成为人们耳熟能详的语汇,一种新型的现代"人学"在生理学发现的大力推动下得以迅速形成。

无论如何,大范围发生在19世纪中后期的这种关于人之灵魂与肉体关系的新见解,意味着西方思想家对人的认识发生了非同寻常的变化。在哲学上弭平唯物主义和唯心主义二元对立的思想立场的同时,实证主义者和唯意志论者分别从"现象"和"存在"的角度切近人之"生命"本身,建构了各具特色的灵肉融合的"人学"一元论。这种灵肉融合的"人学"一元论,作为现代西方文化的核心,对现代西方文学合乎逻辑地释放出了巨大的精神影响。可以毫不夸张地说,与现代西方文化中所有"革命性"变革一样,现代西方文学中的所有"革命性"变革,均直接起源于这一根本性的"人学"转折。文学是"人学",这首先意味着文学是对个体感性生命的关照和关怀;而作为现代"人学"的基础学科,实验生理学恰恰是以体现为肉体的个体感性生命为研究对象。这种内在的契合,使得总会对"人学"上的进展最先做出敏感反应的西方文学,在19世纪中后期对现代生理学所带来的"人学"发现做出了非同寻常的强烈反应,而这正是自然主义文学运动得以萌发的重要契机。对"人"的重新发现或重新解释,不仅为自然主义文学克服传统文学中严重的"唯灵论"与"理念化"弊病直接提供了强大动力,而且大大拓进了文学对"人"表现的深度和广度。如果说传统西方作家经常给读者提供一些高出于他们的非凡人物,那么,自然主义作家经常为读者描绘的却大都是一些委顿猥琐的凡人。理性模糊了,意志消退了,品格低下了,主动性力量也很少存在:在很多情况下,人只不过是本能的载体、遗传的产儿和环境的奴隶。命运的巨手将人抛入这些机体、机制、境遇的齿轮系统之中,人被摇撼、挤压、撕扯,直至粉碎。显然,与精神相关的人的完整个性不再存在;所有的人都成了碎片。"在巴尔扎克的时代允许人向上爬——踹在竞争者的肩上或跨过他们的尸体——的努力,现在只够他们过半饥半饱的贫困日子。旧式的生存斗争的性质改变了,与此同时,人的本性也改变了,变得更卑劣、更猥琐了。"①另外,与传统文学中的心理描写相比,自然主义作家不但关注人物心理活动与行为活动的关系,而且更加强调为这种或那种心理活动找出内在的生命—生理根源,并且尤其善于刻意发掘人物心灵活动的肉体根源。由此,传统作家那里普遍存在的"灵肉二元论"便被置换为"灵肉一体论",传统作家普遍重视的所谓灵与肉的冲突也就开始越发表现为灵与肉的协同或统一。这在西方文学史上,明显是一种迄今为止尚未得到公正评价的重大文学进展;而正是这一进展,使自然主义成了传统文学向"意识流小说"所代表的20世纪现代主义文学之心理叙事过渡的最宽阔、坚实的桥梁。

(二)"审美现代性"的视角与路径

正如克罗齐在《美学纲要》中所分析的那样,关于艺术的依存性和独立性,关于艺术自治或他治的争论不是别的,就是询问艺术究竟存在不存在;如果存在,那么艺术究竟是什么。艺术的独立性问题,显然是一个既关乎艺术价值论又关乎艺术本体论的重大问题。从作为伦理学附庸的地位中解脱出来,是19世纪西方现代文学发展过程中的主要任务;唯美主义之最基本的艺术立场或文学观点就是坚持艺术的独立性。今人往往将这种"独立性"所涵纳的"审美自律"与"艺术本位"称为"审美现代性"。

作为总体艺术观念形态的唯美主义,其形成过程复杂而又漫长:其基本的话语范式奠基于18世纪末德国的古典哲学——尤其是康德的美学理论,其最初的文学表达形成于19世纪初叶欧洲的浪漫主义作家,其普及性传播的高潮则在19世纪后期英国颓废派作家那里达成。唯美主义艺术观念之形成和发展在时空上的这种巨大跨度,向人们提示了其本身的复杂性。

由于种种社会—文化方面的原因,在19世纪,作家与社会的关系总体来看处于一种紧张的关系状态,作家们普遍憎恨自己所生活于其中的时代。他们以敏锐的目光看到了社会存在的问题和其中酝酿着的危机,看到了社会生活的混乱与人生的荒谬,看到了精神价值的沦丧与个性的迷失,看到了繁荣底下的腐败与庄严仪式中藏掖着的虚假……由此,他们中的一些人开始愤怒,愤怒控制了他们,愤怒使他们变得激烈而又沉痛,恣肆而又严峻,充满挑衅而又同时充满热情;他们感到自己有责任把看到

---

① 拉法格:《左拉的〈金钱〉》,见朱雯等编选《文学中的自然主义》,上海:上海文艺出版社,1992年,第341页。

的真相暴露在光天化日之下。而同时,另一些人则开始绝望,因为他们看破了黑暗中的一切秘密却唯独没有看到任何出路;在一个神学信仰日益淡出的科学与民主时代,艺术因此成了一种被他们紧紧抓在手里的宗教的替代品。"唯美主义的艺术观念源于最杰出的作家对于当时的文化与社会所产生的厌恶感,当厌恶与茫然交织在一起时,就会驱使作家更加逃避一切时代问题。"[①]在最早明确提出唯美主义"为艺术而艺术"口号的19世纪的法国,实际上存在三种唯美主义的基本文学样态,这就是浪漫主义的唯美主义(戈蒂耶为代表)、象征主义的唯美主义(波德莱尔为代表)和自然主义的唯美主义(福楼拜为代表)。而在19世纪后期英国那些被称为唯美主义者的各式人物中,既有将"为艺术而艺术"这一主张推向极端的王尔德,也有虽然反对艺术活动的功利性但却又公然坚持艺术之社会—道德价值的罗斯金——如果前两者分别代表该时期英国唯美主义的右翼和左翼,则瓦尔特·佩特的主张大致处于左翼和右翼的中间。

基于某种坚实的哲学—人学信念,浪漫主义、自然主义和象征主义都是19世纪在诗学、创作方法、实际创作诸方面有着系统建构和独特建树的文学思潮。相比之下,作为一种仅仅在诗学某个侧面有所发挥的理论形态,唯美主义自身并不具备构成一个文学思潮的诸多具体要素。质言之,唯美主义只是在特定历史语境中应时而生的一种一般意义上的文学观念形态。这种文学观念形态因为是"一般意义上的",所以其牵涉面必然很广。就此而言,我们可以将19世纪中叶以降几乎所有反传统的"先锋"作家——不管是自然主义者,还是象征主义者,还是后来的超现实主义者、表现主义者等——都称为广义上的唯美主义者。"唯美主义"这个概念的无所不包,本身就已经意味着它实际上只是一个"中空的"概念——一个缺乏具体的作家团体、缺乏独特的技巧方法、缺乏独立的诗学系统、缺乏确定的哲学根底支撑对其实存做出明确界定的概念,是一个从纯粹美学概念演化出的具有泛意义的文学理论概念。所有的唯美主义者——即使那些最著名的、激进的唯美主义人物也不例外——都有其自身具体的归属,戈蒂耶是浪漫主义者,福楼拜是自然主义者,波德莱尔是象征主义者……而王尔德则是公认的颓废派的代表人物。

自然主义旗帜鲜明地反对所有形而上学、意识形态观念体系对文学

[①] 埃里希·奥尔巴赫:《摹仿论——西方文学中所描绘的现实》,吴麟绶、周新建、高艳婷译,天津:百花文艺出版社,2002年,第564页。

的统摄和控制,反对文学沦为现实政治、道德、宗教的工具。这表明,在捍卫文学作为艺术的独立性方面,与象征主义作家一样,自然主义作家与唯美主义者是站在一起的。但如果深入考察,人们将很快发现:在文学作为艺术的独立性问题上,自然主义作家所持守的立场与戈蒂耶、王尔德等人所代表的那种极端唯美主义主张又存在着重大的分歧。极端唯美主义者在一种反传统"功利论"的激进、狂躁冲动中皈依了"为艺术而艺术"(甚至是"为艺术而生活")的信仰,自然主义作家却大都在坚持艺术独立性的同时主张"为人生而艺术"。两者的区别在于,前者在一种矫枉过正的情绪中将文学作为艺术的"独立性"推向了绝对,后者却保持了应有的分寸。这就有:在文学与社会、文学与大众的关系问题上,不同于同时代极端唯美主义者的那种遗世独立,自然主义作家大都明确声称——文学不但要面向大众,而且应责无旁贷地承担起自己的社会责任和历史使命。另外,极端唯美主义主张"艺术自律",反对"教化",但却并不反对传统审美的"愉悦"效应;自然主义者却通过开启"震惊"有效克服了极端唯美主义者普遍具有的那种浮泛与轻飘,使其文学反叛以更大的力度和深度体现出更为恢宏的文化视野和文化气象。就思维逻辑而言,极端唯美主义者都是一些持有二元对立思维模式的绝对主义者。

(三)"观念"聚焦与"关系"辨析

历史是断裂的碎片还是绵延的河流?对此问题的回答直接关涉"文学史观"乃至一般历史观的科学与否。毋庸讳言,国内学界在文学史乃至一般历史的撰写中,长期存在着严重的反科学倾向——一味强调"斗争"而看不到"扬弃",延续的历史常常被描述为碎裂的断片。比如,就西方文学史而言,20世纪现代主义与19世纪现实主义是断裂的,现实主义与浪漫主义是断裂的,浪漫主义与古典主义是断裂的,古典主义与文艺复兴是断裂的,文艺复兴与中世纪是断裂的,中世纪与古希腊罗马时期是断裂的等。这样的理解脱离与割裂了西方文学发展的传统,也就远离了其赖以存在与发展的土壤,其根本原因是没有把握住西方文学中人文传统与思潮流派深度关联的本原性元素。其实,正如彼得·巴里所说:"人性永恒不变,同样的情感和境遇在历史上一次次重现。因此,延续对于文学的意义远大于革新。"[①]当然,这样说并非无视创新的重要性,而是强调在看到

---

① 彼得·巴里:《理论入门:文学与文化理论导论》,杨建国译,南京:南京大学出版社,2014年,第18页。

创新的同时不可忽视文学史延续性和本原性成分与因素。正是从这种意义上说,西方文学因其潜在之人文传统的延续性及其与思潮流派的深度关联性,它的发展史才是一条绵延不绝的河流,而不是被时间、时代割裂的碎片。

本套丛书研究的主要问题是19世纪西方文学思潮,具体说来,就是19世纪西方文学发展过程中相对独立地存在的各个文学思潮与文学运动——浪漫主义、现实主义、自然主义、唯美主义、象征主义和颓废派文学。我们将每一个文学思潮作为本项目的一卷来研究,在每一卷研究过程中力求准确把握历史现象之基础,达成对19世纪西方文学思潮历史演进之内在逻辑与外在动力的全方位的阐释。内在逻辑的阐释力求站在时代的哲学—美学观念进展上,而外在动力的溯源则必须落实于当时经济领域里急剧推进的工业革命大潮、政治领域里迅猛发展的民主化浪潮以及社会领域里的城市化的崛起。每个文学思潮研究的基本内容大致包括(但不限于)文本构成特征的描述、方法论层面的新主张或新特色的分析、诗学观念的阐释以及文化逻辑的追溯等。总体说来,本项目的研究大致属于"观念史"的范畴。文学思潮研究作为一种对文学观念进行梳理、辨识与阐释的宏观把握,在问题与内容的设定上显然不同于一般的作家研究、作品研究、文论研究和文化研究,但它同时又包含着以上诸"研究",理论性、宏观性和综合性乃其突出特点;而对"观念"的聚焦与思辨,无疑乃是文学思潮研究的核心与灵魂。

如前所述,文学思潮是指在特定历史时期社会—文化思潮影响下形成的具有某种共同美学倾向、艺术追求和广泛影响的文学思想潮流。根据19世纪的时间设定与文学思潮概念的内涵规定,本项目"19世纪西方文学思潮研究"共以六卷来构成总体研究框架,这六卷的研究内容分别是:"19世纪西方浪漫主义研究""19世纪西方现实主义研究""19世纪西方自然主义研究""19世纪西方唯美主义研究""19世纪西方象征主义研究"和"19世纪西方颓废主义研究"。各卷相对独立,但相互之间又有割不断的内在逻辑关系,这种逻辑关系均由19世纪西方文学思潮真实的历史存在所规定。比如,在19世纪的历史框架之内,浪漫主义与现实主义既有对立又有传承关系;自然主义或象征主义与浪漫主义的关系,均为前后相续的递进关系;而自然主义与象征主义作为同生并起的19世纪后期的文学思潮,互相之间乃是一种并列的关系;而唯美主义和颓废派文学作为同时肇始于浪漫主义又同时在自然主义、象征主义之中弥漫流播的文学观念或创作倾向,它们之间存在一种交叉关系,且互相之间在很大程度上存在着一种共生关系——正因为如此,才有了所谓"唯美颓废派"的表述(事实上,如同两个孪生子虽为孪生也的确关系密切,但两个人并非同一人——唯美主义与颓废派虽密切相关,但两者并非一回事)。这种对交叉和勾连关系的系统剖析,不惟对"历史是断裂的碎片还是绵延的河流"这一重要的文学史观问题做出了有力的回应,而且也再次彰显了本套丛书的"跨文化""跨领域""跨学科"系统阐释之"比较文学"研究的学术理念。

目 录

导　论　象征主义在中国的百年传播 ………………………………… 1

第一章　法国象征主义思潮的生成 ……………………………… 18
 第一节　象征主义的同心圆结构 ……………………………… 18
 第二节　波德莱尔与颓废文学的渊源 ………………………… 32
 第三节　魏尔伦、马拉美与颓废派的诞生 …………………… 43
 第四节　莫雷亚斯、卡恩和象征主义派的诞生 ……………… 56
 第五节　瓦格纳主义者与象征主义者的合流 ………………… 66

第二章　法国象征主义思潮的深化 ……………………………… 76
 第一节　拉弗格与象征主义的无意识写作 …………………… 76
 第二节　迪雅尔丹的内心独白理论 …………………………… 86
 第三节　象征主义和颓废主义的对抗与融合 ………………… 100
 第四节　吉尔的语言配器法理论 ……………………………… 110

第三章　法国象征主义的转折与落潮 …………………………… 121
 第一节　罗曼派与莫雷亚斯的反叛 …………………………… 121

第二节　古尔蒙与象征主义的新定位……………………… 131
　　第三节　象征主义大师的声誉考察……………………… 142
　　第四节　大师的陨落与象征主义的落潮……………………… 158

第四章　象征主义思潮的传播……………………… 170
　　第一节　英国的象征主义思潮……………………… 170
　　第二节　俄罗斯的象征主义思潮……………………… 191
　　第三节　象征主义思潮在中国的新变……………………… 205

第五章　象征主义思潮的神秘主义……………………… 222
　　第一节　印度大麻与象征主义的通灵人诗学……………………… 222
　　第二节　人格解体与象征主义的神秘体验……………………… 234
　　第三节　神秘主义象征的心理学基础……………………… 245
　　第四节　神秘主义的国际传播及其反思……………………… 255

第六章　象征主义思潮的自由诗理论……………………… 268
　　第一节　象征主义自由诗理论的起源……………………… 268
　　第二节　无政府主义与象征主义自由诗……………………… 282
　　第三节　瓦格纳主义与象征主义自由诗……………………… 300
　　第四节　自由诗创格对无政府主义的反击……………………… 312

第七章　象征主义思潮的音乐美学……………………… 326
　　第一节　法国诗学中的纯诗理念……………………… 326
　　第二节　象征主义的音乐转向……………………… 339
　　第三节　交响乐与文学结构模式的革新……………………… 350

第八章　象征主义思潮的文学和文化背景……………………… 363
　　第一节　象征主义与巴纳斯诗学的延续性……………………… 363

第二节　象征主义与自然主义的类同性 …………………………… 374
　　第三节　象征主义与进化论的渊源 …………………………………… 384

余　论 …………………………………………………………………………… 396
附　录 …………………………………………………………………………… 406
参考文献 ………………………………………………………………………… 429
后　记 …………………………………………………………………………… 445
主要人名、术语名、作品名中外文对照表 ……………………………………… 448

导 论
象征主义在中国的百年传播

象征主义(symbolisme)这个外来词出现在中国,只是一个世纪前的事情,谁能想到今天它已经变得如此平常,就像玉米和番茄一样,早已成为中国文化中最普通的构成部分。当它在法国最初与本书要讨论的思潮联系起来的时候,给人的承诺是"最具艺术性的理论"①;当它在五四时期"旅行"到中国时,它是国人渴求的文学新潮。谁能想象平常的象征主义,在一个世纪前居然像锐利的刀子,将现代主义诗歌与所谓的"旧诗"永远切成了两半呢?象征主义的权力和荣光已经随着时光变得黯淡,但是这并不代表象征主义已经丢掉了所有的秘密。一旦回到历史,回到过去,人们就能重新感受到它的热度。

本书想从中国的象征主义说起。这是一个基础,是讨论法国象征主义的一个出发点。中国人谈象征主义,并不是超越时空的。冰冷的实验室不会发现象征主义的真实性。象征主义已经在中国文化的情感和理性中。因而出现了这些问题:一个世纪以来中国人是如何面对象征主义的?中国人对它的理解已经到了什么程度?又有哪些误解和遗漏?这些问题不仅仅关乎研究史和研究现状,它还涉及一种关系。象征主义是中国文学现代性的外来资粮之一,讨论它,也是回顾和反思中国文学自身。

一、象征主义在中国传播的发生
五四时期,不仅是西方思潮进入中国的时间,也是中国调整自身文

---

① Octave Malivert, "Symbolistes et Décadents", *La Vie moderne*, 17 (20 novembre 1886), p. 743.

化,主动求变的时期。不应该将中国文学的现代性纯粹看作是西方文学的影响,中国文学自身的多元性,原本就有变革的力量。不过,外来的西方文学极大地激发了中国自身的力量。五四时期的知识分子,从未要求模仿、亲近西方文学,舍弃中国文学。相反,外国文学是中国文学观念调整和发展的借鉴。胡适在1916年2月的书信中指出:"今日欲为祖国造新文学,宜从输入欧西名著入手,使国中人士有所取法,有所观摩,然后乃有自己创造之新文学可言也。"①所以,外国文学的译介,更多的是为了效法之用。既然要效法,自然就有取舍。五四文学革命早期的外国文学译介,可以看出偏重现实主义流派。不过,因为对欧洲文艺新潮的介绍,象征主义的信息还是传到了中国。最早得到注意的象征主义诗人,是比利时的"梅特尔林克"(今译梅特林克)。1917年前后,因为讨论白话诗的需要,象征主义的自由诗(vers libre)(以及其影响下的英美自由诗)经常被提及。比如梅光迪在1916年8月给胡适的信中曾谈到"自由诗"和"颓废运动"②。"象征主义"一名的第一次出现,当属陶履恭1918年在《新青年》上发表的《法比二大文豪之片影》一文。

  1919年之后,法国象征主义在中国的传播迎来了一个良机。这个良机是新文学本身带来的。白话诗虽然赢得了它的地位,但是它的浅白渐渐使不少人感到厌倦,法国象征主义的暗示美学便成为新文学反思的工具。徐志摩曾讥讽胡适一派的诗人"可怜"③,并要求表现更深邃的感情。其实在徐志摩之前,沈雁冰和田汉等人,也开始思考打破现实主义文学的模套,学习象征主义的手法。1921年后,象征主义的朦胧、暗示(la suggestion)等风格,得到了更多的关注。诗人们开始公开讨论法国象征主义的颓废,很多时候诗人们不是从道德上来看这种颓废,而是在美学或者流派的视野上审视它。比如刘延陵曾指出:"至于文艺家,则更当依自己底理智与情调底指导,不必怕主义底怒容,不必顾批评者底恶声,要怎样做就怎样做。"④这种观点也得到了田汉的认同。田汉将波德莱尔(Charles Pierre Baudelaire)的恶魔主义看作是一个必经的阶段,是文学中的人道主义发展到极致后必然的方向。

  从单篇的文章发展到长篇的历史著作,这是法国象征主义译介深化

---

① 胡适:《胡适留学日记》,上海:上海书店,1990年版,第845页。
② 罗岗、陈春艳编:《梅光迪文录》,沈阳:辽宁教育出版社,2001年版,第167页。
③ 徐志摩:《死尸》,载《语丝》1924年12月1日第三号,第6版。
④ 刘延陵:《法国诗之象征主义与自由诗》,载《诗》1922年一卷四号,第22页。

的重要标志。李璜的《法国文学史》于1923年出版,谈到了象征主义的几位重要诗人。书中对马拉美(Stéphane Mallarmé)的音乐性和象征手法的论述,在当时颇有新意;另外,书中自由诗的理论部分也比当时的其他论著更为清晰。七年后,徐霞村出版了《法国文学史》。但是徐霞村的书仅限于作家、作品的简单交代,比李璜的书粗浅不少。

这一时期,值得注意的论著还有1924年《小说月报》发行的"法国文学研究"专号。书中收有刘延陵的《十九世纪法国文学概观》,以及君彦的《法国近代诗概观》等文章。后者对法国象征主义自由诗的论述深入,对象征主义的分期,在当时也属新论,因而金丝燕肯定该文"值得注意","在当时中国接受者对法国象征主义的介绍中尚属少见"①。不过,君彦可能当不起这种称赞。这篇文章并非君彦的原创,而是"抄袭"来的。前面介绍的许多重要的象征主义的论著,或者是综合多种文献而成,或者是选译某一种的摘译。比如李璜的《法国文学史》,多是在现有的法国诗史著作的基础上"编"成,不是李璜个人的研究。刘延陵的《法国诗之象征主义与自由诗》,摘译了1918年出版的《法国现代诗人》(*The Poets of Modern France*)一书②。田汉的《恶魔诗人波陀雷尔的百年祭》,理论部分译自斯蒂尔姆(E. P. Sturm)的《波德莱尔》一文,该文选入《波德莱尔的散文和诗》一书。君彦的《法国近代诗概观》像刘延陵的《法国诗之象征主义与自由诗》一样,同样出自《法国现代诗人》一书。这些作者有时标出翻译、参考的文献,有时并未标出,于是让后来的史学家误以为这些文章属于个人的创见。比如有学者指出李璜、田汉这类学者,有深厚的语言功底,"大体说来,所吐都是自己的一家之言"③。这里无意做任何批评,只是想指出,对五四文献的误解是一个普遍的现象。虽然五四时期是一个外国文学译介的热情时代,但也是一个粗疏的时代。陈寅恪曾指出:"西洋文学哲学艺术历史等,苟输入传达,不失其真,即为难能可贵,遑问其有所创获。"④这句话正道破了五四时期文学译介和研究的病根。

---

① 金丝燕:《文学接受与文化过滤——中国对法国象征主义诗歌的接受》,北京:中国人民大学出版社,1994年版,第133页。
② 刘延陵文中的魏尔伦传记出自《法国现代诗人》第170—171页;象征的理论部分出自第19页,维莱-格里凡论自由诗部分,出自第25页。原书见 Ludwig Lewisohn, *The Poets of Modern France*, New York: B. W. Huebsch, 1918。
③ 张大明:《中国象征主义百年史》,郑州:河南大学出版社,2007年版,第57页。
④ 陈寅恪:《吾国学术之现状及清华之职责》,见《金明馆丛稿二编》,北京:生活·读书·新知三联书店,2015年版,第361页。

象征主义诗作和诗论的翻译也开始起步。在波德莱尔诗歌的翻译上，出现了周作人、李思纯、张定璜、石民等译者。周作人在《晨报副刊》和《小说月报》上翻译的波德莱尔的散文诗，是最早值得注意的数量较大的译作。邢鹏举的《波多莱尔散文诗》，收诗48首，几乎是波德莱尔散文诗的全译本。魏尔伦（Paul Verlaine）也是受关注比较多的诗人，先后出现了周太玄、李金发、李思纯、滕固、邵洵美等译者翻译他的诗作。瓦莱里（Paul Valéry）也赢得了一些关注，其中，梁宗岱是该诗人最值得注意的译者，他在《小说月报》上发表了《水仙辞》的译本。

随着对象征主义文学的了解，赴法国和日本的中国留学生，对象征主义有了更多的兴趣，于是在五四后期，出现了中国的象征主义诗派。这是在象征主义接受上的重要收获。1925年，先是由李金发在北新书局出版了《微雨》，引起了一定的轰动，朱自清曾指出："许多人抱怨看不懂，许多人却在模仿着。"①李金发的出现，使中国新诗从形式的革命，进入美学的革命阶段。不过，李金发的诗有很强的模仿气息，引发了一些诟病。继李金发之后，进一步探索象征主义诗风的，是有日本留学背景的"创造社"诗人。这些诗人包括穆木天、王独清、冯乃超等人（王独清后来也在法国留学）。穆木天在《创造月刊》中倡导诗的暗示性，呼吁创作象征主义的纯诗："我们的要求是'纯粹诗歌'。我们的要求是诗与散文的纯粹的分界。我们要求是'诗的世界'。"②客观来看，穆木天虽然提倡并试验纯诗，但是他的诗歌主要是无意识心理持续的活动，与马拉美、瓦莱里的纯诗并不一样。由于缺乏"绝对音乐"的文化基础，"创造社"诗人提出的纯诗往往是"纯抒情诗"，与以"绝对音乐"为基础的纯诗并不一样。

这种偏向内在诗境营造的中国象征主义诗歌，只是昙花一现。五卅运动和"九一八"事变的发生，让这些诗人不得不关注现实，转变诗风。穆木天的说法很有代表性："在此国难期间，可耻的是玩风弄月的诗人！诗人是应当用他的声音，号召民众，走向民族解放之路。诗人是要用歌谣，用叙事诗，去唤起民众之反对帝国主义的热情。"③在这种背景下，初期象征主义诗派结束了它的生命。可以看出，法国象征主义在五四时期的

---

① 朱自清：《导言》，朱自清编选：《中国新大学大系·诗集》（影印本），上海：上海文艺出版社，2003年版，第8页。
② 穆木天：《谭诗》，载《创造月刊》1926年第一卷一期，第81页。
③ 穆木天：《我主张多学习》，见郑振铎、傅东华编：《我与文学》，上海：上海书店，1981年版，第318页。

译介,主要是受两种力量支配的。一种是诗学的力量,另一种是政治的力量。这两种力量都是国内的现实环境。诗学的力量,将法国象征主义输入进来,以治疗白话诗的肤浅;政治的力量,则排斥颓废的象征主义,要求民族诗风。这两种力量既有对抗之势,又有结合的趋向。正是这两种力量,决定着法国象征主义译介的起落。

二、象征主义传播的调整

1932年前后发生了不少重要的政治和文学事件,这使得文学环境发生了变化。1930年左联成立,努力倡导"普罗"文学,随后又改为"社会主义的现实主义"。与此同时,国民党文人在1930年也提出"要唤起民族的意识"的"民族主义的文艺"的口号①。这些政策、口号,在文学功能上偏重宣传,在文学类型上偏重现实主义,李金发、王独清等人早期颓废、阴郁的象征主义诗风已经难以为继。

文学家和学者如果想继续关注象征主义,在视角上就必须做出调整。学者们要更多地关注象征主义译介的客观性,诗人们需要将象征主义与中国传统结合起来。实际上,这两种调整也正是1932年之后中国象征主义传播的主要特色。这两种方向相辅相成,造成了这一阶段象征主义的本土化。这种努力一方面缓解了法国象征主义接受的困境,另一方面也改变了中国诗作为单方面接受者的地位,从此,中国诗人可以能动地、以我为主地解释象征主义。

对于象征主义的本土化,其实早在创造社时期,穆木天就已经做了一些设想。比如他称杜牧的《泊秦淮》是具有"象征的印象的彩色的名诗"②,这里将意象换成象征,而且有在传统美学中理解象征主义的意图。穆木天还将李白、杜甫的诗做了对比,认为李白的诗是纯诗,而杜甫的诗则是散文的诗。这种说法虽然对纯诗的概念有误解,但从象征主义本土化的角度来看,它将某些唐诗与法国象征主义的诗作作了比较和解释。

卞之琳也有意融合法国象征主义和中国的意境理论。卞之琳曾这样回顾他读中学时接触到法国象征主义诗作之后的感受:"只感到气氛与情调上与我国开始有点熟悉而成为主导外来影响的19世纪英国浪漫派大为异趣,而与我国传统诗(至少是传统诗中的一种)颇有相通处。"③这表

---

① 泽明:《中国文艺的没落》,载《前锋周报》1930年6月22日,第5页。
② 穆木天:《谭诗》,载《创造月刊》1926年第一卷第一期,第82页。
③ 卞之琳:《卞之琳集》,北京:中国社会科学出版社,2009年版,第326页。

明,卞之琳的解释策略并不是心血来潮,而是有着长期的思考。他在译文《魏尔伦与象征主义》中,用"境界""言外之意"等词来译法国的术语。比如这句话:"可是平常呢,情景底融洽,却并不说明,让读者自己去领会,或是叫音调自己去指点。"①这里的"情景底融洽",原文为"the analogy between his feelings and what he describes"②,指的是"情感和他所描述的事物之间的类比",既然是"类比",则有或远或近的相似性,并不一定非要"融洽"。卞之琳明显误读了原文。这种有意的误读,正是为了象征主义的本土化。

曹葆华1937年出版的《现代诗论》也体现了与卞之琳相同的思考。他翻译的梵乐希(现译作瓦莱里)的《诗》,有不少中国术语。比如曹葆华译的这句话:"艺术唯一的目的及其技巧的评价,是在显示我们一个理想境界的景象。"③"境界"一词,原文为"état idéal"④,直译是"理想状态"的意思,与"理想境界"相去比较远。文中还有不少地方,出现了"诗境"的术语,它和"境界"一同,成为曹葆华融会中法诗学的有益尝试。

中国象征主义另外一个理论家梁宗岱也在理论上将象征与意境作了融合,他通过情景交融来解释象征,认为象征是最高级的情景交融。在他的笔下,属于中国意境理论的含蓄、韵味和超越性,都成为象征的属性了:"我们便可以得到象征底两个特性了:(一)是融洽或无间;(二)是含蓄或无限。所谓融洽是指一首诗底情与景,意与象底惝恍迷离,融成一片;含蓄是指它暗示给我们的意义和兴味底丰富和隽永。"⑤梁宗岱诗学上的老师是马拉美和瓦莱里,尤其是后者,他不仅与梁宗岱有私交,而且其象征和纯诗概念,是梁宗岱诗学最重要的来源。这里用意境来融合象征,并不是为了解释上的方便,而是为了将象征主义变成一个普遍的美学,而非仅仅是法国象征主义的美学。梁宗岱的做法是保留法国象征主义的超越性,以及色彩、声音、气味等感觉的感应(la correspondance),去掉了法国象征主义的颓废和病态的元素。梁宗岱的理论并不仅仅是一种设想,20世纪30年代的诗人戴望舒和卞之琳的诗作,在实践上也运用了这种理论。比如戴望舒的《印象》一诗,无论是形象,还是意蕴,都是将法国象征

---

① 卞之琳:《魏尔伦与象征主义》,载《新月》1932年第四卷第四期,第18页。
② Harold Nicolson, *Paul Verlaine*, London: Constable, 1921, pp. 248—249.
③ 《现代诗论》:曹葆华译,上海:商务印书馆,1937年版,第23页。
④ Paul Valéry, *Œuvres* 1, Paris: Gallimard, 1957, p. 1378.
⑤ 梁宗岱:《梁宗岱文集》Ⅱ(评论卷),北京:中央编译出版社,2003年版,第66页。

主义与中国传统诗结合的佳作。

法国象征主义的论著在这一阶段有了新的发展。1933年徐仲年的《法国文学ABC》由世界书局出版。在法国象征主义的研究和介绍中，该书具有里程碑的意义，它是第一本真正意义上由中国人写作的法国文学史。之前的那些文学史，基本上是"编"的。徐仲年的这本书虽然也有介绍的目的，但同时也有真正研究的决心。该书对于巴纳斯派（Parnasse）向象征主义过渡的问题，做了比较细致的解释。不过整体来看，这本书仍然失之简略，与之前的文学史相比，并没有开辟更大的格局。1935年，穆木天出版了他编译的《法国文学史》，因为有合适的文献，这本书倒成了当时了解法国象征主义最好的材料。穆木天对于巴纳斯派诗人李勒（Leconte de Lisle）诗风的论述，对于马拉美音乐性的讨论，都属深入之见。另外，书中对于勒内·吉尔（René Ghil）的"语言配器法"（l'instrumentation verbale）（原文称作"语的乐器的编成"）理论的介绍，时至今天，也没有其他的著作能够代替。但是该书作为编译之书的身份，限制了它的原创价值。

1936年夏炎德出版了他的《法兰西文学史》。夏炎德并非外国文学史学者，而是经济学家，他的这部书主要是综合当时几部法国文学史而成。作者编这部书的用意，是"引起国内爱好文学者对于法国文学的兴味，或因发生兴味进而刺戟起新创造的动机"①，这种想法，仍是五四时期文学译介的心理。不过，夏炎德的这本书像穆木天的一样，也是用心之作。该书不仅在魏尔伦、马拉美的论述上比较细致，而且在一些名气不大的象征主义者的介绍上，做出了贡献。比如对莫雷亚斯（Jean Moréas）的《象征主义的前锋》（现译作《象征主义最初的论战》，参看本书附录）一书诗学观点的介绍，对卡恩（Gustave Kahn）的自由诗理论的介绍，在今天仍旧具有一定的参考价值。

1946年，徐仲年的《法国文学的主要思潮》出版，这本书论述象征主义的部分比《法国文学ABC》深入了一些，讨论了象征主义的基本特征。但是该书的重点放在"巴黎解放前的法国文学"那部分，也是徐仲年比较有心得的部分，象征主义部分的细致度仍有缺憾。徐仲年的这本书代表着现代时期国内学者对象征主义研究的最高水准，不过理论的细致度和广度仍然不及穆木天和夏炎德的著作。

得益于现代派诗人和理论家的努力，法国象征主义诗歌的翻译在这

---

① 夏炎德：《法兰西文学史》，郑州：河南人民出版社，2016年版，第3页。

一时期也有了长足的进步。梁宗岱早在1928年就开始发表瓦莱里的译诗,并著有《保罗哇莱荔评传》。单选本的《水仙辞》1931年由中华书局出版。梁宗岱还编译有《一切的峰顶》,该书1936年出版,选有一些象征主义的译作。戴望舒不仅译有魏尔伦和果尔蒙(今译古尔蒙,Rémy de Gourmont)的诗作,后来还在1947年出版了《恶之华掇英》,收有波德莱尔的诗24首,卷前还译有瓦莱里的诗论《波德莱尔的位置》。1940年,王了一(王力)还用旧体诗译了《恶之花》(Les Fleurs du mal),收诗一百多首,虽然译本与原作有较大出入,但是就数量来看,远远超过了当时波德莱尔的其他译本。

三、象征主义传播的滞缓与扩展

1949年之后的十七年间,虽然因为文学环境的变化,法国象征主义的译介和接受出现了滞缓,但是并未陷入完全的停顿。早在1950年,董每戡的《西洋诗歌简史》第二版就谈到了象征主义的代表诗人。1957年,陈敬容还有《恶之花》的译诗发表在《译文》上。象征理论的介绍和研究也有一点成绩,比如伊娃·夏普的《论艺术象征》的译文于1965年发表,钱锺书1962年还发表了涉及象征主义的《通感》一文。

但是随着文学上的阶级意识渐渐浓郁起来,法国象征主义的译介和接受开始面临压力,甚至中国的象征主义诗人也受到了批评,比如茅盾的《夜读偶记》一书,对法国和中国的象征主义文学的批评非常严厉,认为它们"不是繁荣了文艺,而是在文艺界塞进了一批畸形的、丑恶的东西。它们自己宣称,它们'给资产阶级的庸俗趣味一个耳光',可是实际上它们只充当了没落中的资产阶级的帮闲而已!"①

1947年之后,不少年轻的诗人来到台湾,他们中有纪弦、覃子豪、洛夫、余光中等人。这些诗人在台湾创办《现代诗》《蓝星月刊》《创世纪》等杂志,提倡在象征主义影响下的现代诗。纪弦在《现代诗》中曾经说:"我们是有摒弃并发扬光大地包容了自波特莱尔(今译波德莱尔——引者注)以降一切新兴诗派之精神与要素的现代派之一群。正如新兴绘画之以塞尚为鼻祖,世界新诗之出发点乃是法国的波特莱尔。"②

纪弦肯定"横的移植"。不过,中国台湾的现代派诗人们后来也尝试

---

① 茅盾:《夜读偶记》,天津:百花文艺出版社,1958年版,第35页。
② 纪弦:《现代派信条释义》,见张汉良、萧萧编:《现代诗导读》,台北:故乡出版社,1982年版,第387页。

将象征主义与中国文学传统相融合。覃子豪对这个问题非常关注,他可以说得上是20世纪五六十年代台湾的梁宗岱。覃子豪像梁宗岱一样,设法用传统的意境理论来理解象征主义。他说:"象征派大师马拉美认为:'诗即谜语'。就是,诗不仅是具有'想像'和'音乐'的要素,必须有其弦外之音,言外之意,才耐人寻味,得到鉴赏诗的乐趣。"① 这里的言外之意,与梁宗岱说的"意义和兴味底丰富和隽永",意思是一样的。不过,需要注意,梁宗岱是对法国象征主义进行抽象,让它融入中国意境理论中,覃子豪则不然,他是将中国的意境理论抽象化,然后让它融入法国象征主义中。虽然覃子豪也将象征主义作了普遍化的处理,但是法国象征主义诗歌仍然是他的象征诗的模板。也就是说,梁宗岱改造的象征主义,是真正向传统美学的回归,而覃子豪改造的,则是象征与意境的抽象和重新组合。因为这种抽象和重新组合去除了法国象征主义的颓废、迷醉的元素,所以在更普遍的美学层面上允许东西方的融合。覃子豪说:"中国诗中的比兴和西洋文艺中的象征,虽名称不同,其本质则一。而广义的象征与狭义的象征特征不同。前者是任何诗派共有的本质,而后者是强调刺激官能的艺术,两者不能混为一谈。断不能因法国象征派的朦胧、暧昧、难以理解,便否定象征在文艺上的根本价值。"② 这里对"广义的象征"的强调,就是想寻找中国诗学与象征更高层面的相似性,同时也有实践的目的,它可以给中国象征主义诗歌带来合法性。

台湾的现代诗刊物也有一些零星的译作发表,相对于这些工作,程抱一的《和亚丁谈法国诗》更为重要。该书1970年出版,除了"自序",还收有论法国诗的五封长信,其中四首论的是波德莱尔、兰波(Arthur Rimbaud)、阿波里奈尔和瓦莱里。尽管程抱一的长信主要关注作家、作品,对象征主义思潮着墨不多,但是他对马拉美的语言革命和兰波的通灵人诗学的论述,富有心得,很见功力。这本书收有不少译诗,比如波德莱尔部分有译诗7首,兰波部分有译诗10首。《和亚丁谈法国诗》实际上也是一部重要的诗选。

四、象征主义传播的复兴

程抱一的《和亚丁谈法国诗》也促进了中国对象征主义译介的复兴。

---

① 覃子豪:《论现代诗》,台中:曾文出版社,1982年版,第7页。
② 同上书,第217—218页。

徐迟1979年在巴黎与程抱一会晤，随后将《和亚丁谈法国诗》分成独立的篇目，稍加改写，自1980年开始连载。这些文章，与袁可嘉等人1980年编选的《外国现代派作品选》一起，像早春的迎春花，预示着象征主义传播的复兴。

总体来看，新时期作为法国象征主义译介和研究的复兴期，其成就主要表现在下面几点：第一，原有的比较丰富的译介和研究得到了新的推进。新时期之前，译介和评论最为丰富的要算波德莱尔，它的散文诗集和《恶之花》基本上都有全译本问世，但是译本的质量还不能令人满意。新时期郭宏安的译著让波德莱尔的译介上了一个新的台阶。1986年钱春绮出版了他的全译本《恶之花》，准确的译文，加上附录"波德莱尔年谱"和"译后记"，让波德莱尔的生平和创作更加全面地展现出来。后来钱春绮的《恶之花》还和《巴黎的忧郁》合成一集出版。郭宏安对波德莱尔诗学的翻译也值得注意。他1987年推出《波德莱尔美学论文选》，后来又译有《美学珍玩》《浪漫派的艺术》《人造天堂》等。正是郭宏安的努力，让波德莱尔成为法国象征主义诗人译介最全面、最成功的一位。

第二，欠缺的译介和研究有了开拓。在新时期之前，除了波德莱尔外，其他的象征主义诗人虽然也得到了关注，但是一来关注的译者数量少，比如兰波在现代时期，基本上处于被忽略状态；二来即使有些诗人的作品被翻译，也多为零星的译作，没有出现诗作和诗学的全译本。新时期在这一类象征主义作品的译介上，有了一定的进步。首先来看魏尔伦。魏尔伦的诗集众多，全译本不太容易，但是已经出现了多部他的诗选。比如罗洛1987年的《魏尔仑诗选》，丁天缺1998年的《魏尔伦诗选》。兰波的译介情况要好于魏尔伦。《兰波诗歌全集》由葛雷、梁栋于1997年出版，王以培在2000年也出版过《兰波作品全集》。后者不但收有兰波的诗全集，而且还收有书信和日记体小说，可以说为兰波的阅读和研究打下了扎实的基础。《马拉美诗全集》1997年也由葛雷、梁栋译出。

象征主义诗学的翻译在此期间交出了比较漂亮的答卷。1989年，多人编译的《象征主义·意象派》问世，该书收录了法国象征主义者的代表诗论，有一些是首次翻译，在象征主义诗学的译介上有重要的贡献。相比之下，马拉美、魏尔伦的诗论，还留下巨大空白。瓦莱里倒是有一部《文艺杂谈》，由段映虹于2002年翻译出版。除此以外，查德威克(C. Chadwick)的小册子《象征主义》由周发祥和肖聿共同译出，于1989年出版。李国辉译的《法国自由诗初期理论选》刊登在2012年的《世界文学》上，选译了维莱-格里凡(Francis Vielé-Griffin)、阿道尔夫·雷泰(Adolphe Retté)和卡恩的自由诗理论。

在象征主义流派的研究上,新时期也迈开了大步。1993年,袁可嘉出版了他的《欧美现代派文学概论》。该书重在作品的赏析,对于诗学的发展、演变关注不多。1996年,郑克鲁出版的《法国诗歌史》,辟出专章比较细致地研究了象征主义的重要诗人。在波德莱尔的通感(synesthesia)和象征手法上,在兰波的通灵人诗学和语言炼金术上,郑克鲁的论述都堪称精当。郑克鲁代表着新时期法国象征主义文学史的最高研究水准。不过,郑克鲁的研究也还留有一些缺憾。虽然在波德莱尔和兰波的研究上比较成功,但他的魏尔伦研究就有些粗疏,马拉美的研究也还欠缺力道。2003年,郑克鲁的《法国文学史》付梓。该书论象征主义的第六章做到了材料准确、理论可靠,由于采用教科书式的话题方式,这部文学史缺乏学术著作的问题意识和论述上的统一性,更多地具有文学辞典的特征。最近10年,在法国象征主义研究上最值得注意的是李建英教授。她自2013年以来,已有多篇讨论兰波的通灵人(voyant)、兰波在中国的接受、兰波与博纳富瓦的文章发表。这些文章的理论深度和材料的挖掘,超越了之前国内相关的著述。

第三,之前未有的思潮研究有了尝试。新时期之前,虽然有不少象征主义研究的文学史和论文,但是这些论著主要关注的是重要的象征主义诗人,思潮的研究没有人尝试。这也是有原因的。象征主义思潮的研究,不仅在资料上极为苛刻,而且在理论素养、知识广度上都有更高的要求。新时期之前还没有学者在这种领域做出尝试。新时期第一本基本达到思潮研究的水准的,是1994年出版的《文学接受与文化过滤——中国对法国象征主义诗歌的接受》,作者金丝燕在第一章"法国象征主义诗歌发展线索"中,将1881年至1886年间的法国象征主义思潮展现得非常清晰。从第二章开始,金丝燕对《新青年》《小说月报》的译介情况进行统计和分析,研究结果富有说服力。随后几章对中国象征主义诗作的研究也很见功底。如果说金丝燕的著作还有不足的话,这个不足在于她的法国象征主义的内容只写到了1886年,随后的十年,还有许多重要的诗学发生,比如自由诗的理念、马拉美的暗示说,这些思潮并没有在她的书中得到充分的探讨。另外,对于1885年和1886年这两个关键的年份,金丝燕讨论的诗学理念也有简略之处。

法国象征主义对中国现代诗的影响研究,因为有了时间上的距离,在新时期取得了不错的成绩。最早值得注意的是孙玉石的《中国初期象征派诗歌研究》,虽然该书对法国象征主义论述不多,但是对李金发的象征主义诗风的研究,富有创见。之后,国内也有多位博士出版了类似的著作,比如吴晓东的《象征主义与中国现代文学》、陈太胜的《象征主义与中国现代诗学》、柴华的《中国现代象征主义诗学研究》。这些著作的共同点是长于对中国象征主义诗歌和诗学进行分析,短处是对法国象征主义不够熟悉,因而讨论诸如纯诗、感应(契合)这类概念的时候,往往有含糊不清甚至误读的情况。张大明的《中国象征主义百年史》既是一部法国象征主义在中国的译介史,同时也是一部翔实的资料汇编,有参考价值。

如果说20世纪三四十年代,法国象征主义在中国的接受与改造,要比译介和研究热闹的话,到了新时期,情况完全反过来了,研究和译介要远比接受和改造热闹。其中原因也不难理解,法国象征主义毕竟已过了一个世纪。新时期虽然文学流派众多,但是主要受法国象征主义影响的流派已不复存在。不过,这倒不是说象征主义已完全缺席。虽然它没有直接的影响力,但是能通过20世纪西方文学的其他思潮间接地给中国诗人影响。在当代诗坛,朦胧诗明显有法国象征主义的影子,金丝燕曾认为:"中国70年代末的朦胧诗是这一美学趋向的伸延。"[①]顾城是这一诗派有代表性的一位,他从西班牙诗人洛尔迦(F. G. Lorca)那里学习了西方诗歌的现代性。他的朦胧诗里有象征主义的元素。

五、进一步的思考

百年以来中国对法国象征主义的传播,总体上呈现两头热、中间冷的态势,第一次的热度发生在五四时期,第二次的热度发生在新时期。这两次热度背后的原因是不同的。五四时期的热度本质上是晚清"放眼世界"的延续和强化,是为了了解西方文学新潮以及指导创作(创作实际上是另一种了解西方文学新潮的方式)。这是一种迫切的情感,因而造成了热情而又粗疏的整体状态。新时期的热度,是纯粹文学和学术上的。时过境迁,新的翻译家和学者们没有了对法国象征主义的崇拜,他们的工作更多的是个人研习的兴趣,这就带来了新时期译介和研究的稳重、严谨。处于这两个阶段之间的是法国象征主义传播的滞缓和调整期。从文学上看,

---

① 金丝燕:《文学接受与文化过滤——中国对法国象征主义诗歌的接受》,北京:中国人民大学出版社,1994年版,第341页。

这种滞缓和调整受到了现实主义、民族风格的影响,从历史背景来看,它响应了民族主义革命和新中国成立初期对文艺功能的新要求。这种外部的要求,有时虽然对法国象征主义的传播带来巨大的阻力,但同时也要看到它给象征主义的本土化提供的契机。因而在中间两个阶段象征主义的传播与政治环境并非是完全对立的,它们也有合作的关系。

从成绩上看,在这一百年中,有两个年代出现了法国象征主义传播的高峰。第一次高峰是20世纪30年代,以梁宗岱、徐仲年的论著和戴望舒的诗作为代表。这次小高峰的成就是对重要的象征主义诗人的深入理解,以及中国象征主义诗歌成为国际象征主义运动的组成部分。第二次高峰,是一次大的高峰,发生在20世纪90年代,其代表是金丝燕、郑克鲁等人论著的出版,以及几位重要的象征主义诗人诗歌全集的问世。这次高峰的成绩是提供了可靠而比较丰富的中文象征主义参考资料。在第二次高峰后,法国象征主义及其在中国的传播成为学术研究的热点。

虽然百年来法国象征主义的译介和研究有不俗的成绩,纵向上明显有很大的进步,但是横向上比较,中国的象征主义研究还不容乐观。因为它不仅落后于美国,与同样受到法国象征主义巨大影响的日本相比,也有一些劣势,需要奋起直追。拿兰波研究来看,国内目前还未有兰波的专著问世,但早在1958年,平川启之就出版了他的《从兰波到萨特:法国象征主义的问题》一书。再以马拉美为例,国内只有马拉美的诗集和少量书信译出,参考资料仍旧匮乏。日本自1989年开始,到2001年为止,已经译出五卷本的《马拉美全集》,而且黑木朋兴在2013年还出版了专著《马拉美与音乐:从绝对音乐到象征主义》。该书深入、细致,堪称精品。客观而言,国内现有的象征主义研究著作很难达到黑木朋兴的水准。有鉴于此,理应期待未来有更好的象征主义作家、作品的研究能够在国内出现,也期待这些研究能在材料、方法、视野上有更大的突破。

除了旧有的研究领域,也应期待未来象征主义思潮研究有新的开拓。作家作品的研究是点的研究,思潮研究是面的研究。目前国内的研究成果,除了金丝燕的研究有一定的思潮研究的特征外,其他的研究基本上属于作家作品研究。作家作品研究又基本面向五位象征主义代表诗人。虽然这五位诗人的研究有助于从大体上了解法国象征主义,但是它遮蔽了法国象征主义思潮的复杂性和真实的演变过程。另外,法国象征主义并不是一种纯粹的诗学思潮,它与19世纪末期的自我主义、虚无主义、无政府主义(anarchisme)、社会主义的思想有密切的关系,与叔本华(Arthur

Schopenhauer)、瓦格纳(Richard Wagner)的美学多有渊源。国内的译介和研究虽然也有注意到这种综合研究的，但是专门的、系统的思潮研究仍旧阙如。

六、本书的研究目标

鉴于国内接受和研究的现状，本书尝试进行综合性的思潮研究。具体来说，本书研究从1881年开始，到1899年结束的象征主义思潮，尤其是1885年至1896年这12年的历史。这一段的研究又可以从纵、横两方面来说。在纵的方面，本书结合流派、社团、文学期刊、重要作家、重要作品、重要诗学、文学声誉、政治历史的发展变化，来考察象征主义思潮。象征主义思潮并不是纯粹的文学或者美学思潮，它与历史中的具体的人和事有关。这些数不清的人和事，构成了一个变化的、宏大的思潮。在这种思潮中，一些貌似次要的人物，比如吉尔、迪雅尔丹(Édouard Dujardin)，在特定的时间和背景下，也能成为主角。一些看似无关的政治事件，比如被流放的巴黎公社社员1880年返回巴黎，布朗热事件的发生，也能给文学风气带来重大的影响。在横的方面，本书试图将象征主义思潮放到19世纪末期的文化史、思想史中，力求打通象征主义诗学与美学、哲学、政治的关系。诚然，象征主义思潮并不是哲学、政治的影子，也不会完全随着社会和思想的变迁而亦步亦趋。但是美学、哲学、政治的领域，一定会给文学施加不同的力量。象征主义思潮就像是在某个季节下的一条小河，它注定会承载那个季节的风风雨雨。

本书不是世界象征主义思潮的研究，也不是欧洲象征主义思潮的研究，严格来说，本书的标题应该称作：19世纪法国象征主义思潮的历史与评论。直接、间接受到法国象征主义思潮影响的群体、法国之外的象征主义群体，除了有些时候作为法国象征主义的对照，一般在本书中不作为研究内容，原因有三个。第一个原因，是19世纪的象征主义大体上就是法国的象征主义，当然，说法语的比利时的思潮也囊括其中。除去法国和比利时，欧洲的象征主义基本是星星点点的，还未出现真正重要的群体。拿英国来说，英国虽然在19世纪末，有西蒙斯(Arthur Symons)在介绍法国的象征主义，叶芝(William Butler Yeats)也接触了象征主义的诗作，但是他们没有等来一个象征主义的时代。英国诗人对象征主义真正大范围的接受，要到1908年的"形象诗派"(School of Images)。既然研究的时间定为19世纪，则自然以法国为中心。第二个原因，法国的象征主义几乎包含了19世纪末所有值得注意的象征主义诗学理念,这是一个真正的、深刻的思潮,音乐性、悲观主义、神秘主义(Le Mysticisme)、无政府主义的问题,都在法国的诗人和作家那里得到了探索。法国象征主义开辟出象征主义的基本格局,欧洲其他国家至少在19世纪并未给法国人的营地重新带来什么。一切都已经准备好了,新来者在最初的阶段似乎只需要适应、调整就好了。第三个原因,是受本书写作的时间和精力所限,不允许扩及更多国家的文学。比如日本大正时期的诗歌,受到象征主义思潮的显著影响,也形成了数量可观的诗人和作品。对日本的象征主义进行研究,是有利于重绘象征主义的世界谱系的。笔者也曾用心搜集这方面的书籍和文学期刊,但是日本象征主义的研究,超越了本书的篇幅和研究计划,只能有待来日了。

20世纪以来,出现了许多重要的著作,它们都有各自的优点,也为本书提供了参考,本书无意对它们进行批评。但是就横向、纵向的打通而言,鲜有兼备者,这确实是事实。康奈尔(Kenneth Cornell)的《象征主义运动》(*The Symbolist Movement*)与比耶特里(Roland Biétry)的《象征主义时期的诗学理论》(*Les Théories poétiques à l'époque symboliste*)二书,类型相同,都以年月为序来搜检、评论象征主义诗学。它们精于原始文献,但疏于诗学脉络的贯通,所谓见一叶而不见一木也。巴拉基安(Anna Balakian)的《象征主义运动》(*The Symbolist Movement*)和佩尔(Henri Peyre)的《什么是象征主义?》(*What Is Symbolism?*)也同类,它们长于对重要诗人的诗学思想进行研究,但对流派的分合问题,阙而不录。巴尔(André Barre)的《象征主义》(*Le Symbolisme*)一书远早于前两部,除了重要诗人外,也论及影响力较小的诗人,而且对流派与刊物等问题做了开创性的研究,堪称精良,然而在诗学、美学理论上,可惜着力不多。莱芒(A. G. Lehmann)的《法国象征主义美学:1885—1895》(*The Symbolist Aesthetic in France: 1885—1895*)正可补巴尔之缺。不过,莱芒虽然工于象征主义美学,但对流派和思潮的历史多有忽视,巴尔又正可补莱芒之缺。巴尔以后,纵向观察诗史流变,横向寻求象征主义的美学、哲学,钩深致远、探赜索隐,唯有盖伊·米肖(Guy Michaud)。米肖的《象征主义的诗歌使命》(*Message poétique du symbolisme*),出版于1961年,除去书后附录的诗论,正文超过700页,蔚为大观。该书的前两个部分,即"诗的冒险"和"诗的革命",各分6章,为全书精华所在。米肖的书综合了巴尔和莱芒的优点,是权威之作。

除了上面提到的著作外,还有一些关于象征主义具体诗人、象征主义与巴纳斯派、象征主义与瓦格纳、纯诗等方面的著作,这些著作都各有价值。将这些书与前面的著作合起来,会形成象征主义非常清晰的图谱。既然如此,为什么笔者要写这本书呢?这本书相对于上面的研究,有什么独特的价值呢?首先,本书在把握象征主义流派的不同圈子的基础上,对象征主义思潮的演变史将做更为如实的描述。也就是说,本书试图在历史性上超越前人。本书的研究目标,并不限于描述一个固定的流派,而是考察流派持续的变化、起伏。不仅讨论象征主义是什么样的存在,更追问象征主义怎样存在。这种动态的历史观,是前人缺乏的。其次,本书将对前人遗漏的不少重要内容进行补缺。无论是巴尔也好,米肖也罢,他们对自由诗的问题,对迪雅尔丹的"内心独白"(le monologue intérieur)问题,对象征主义纯诗的渊源与状态问题,都还有遗漏。巴尔和米肖尽管树立了典范,但是象征主义研究仍旧没有结束。或者可以这样说,巴尔和米肖的书,不是终结了象征主义的研究,而是给象征主义研究打开了新的大门。因而,本书在某种程度上,是巴尔和米肖召唤出的。正是因为这些研究达到了很高的程度,本书的写作有了更好的支撑,也可能有新的拓展。

本书共分八章,前四章为纵向的历史研究,后四章为横向的美学、哲学等研究。这似乎是米肖书中的结构。但笔者并未刻意模仿。在描述完象征主义的思潮史后,进行美学、哲学等视野的思考,原本就是题中应有之义。

在对象征主义的不同圈子进行研究的过程中,怎样对待你面对的理论和作品的材料?它们含有一个意义,这个意义是不是就局限在它们之内?拿理论为例,某个理论真正的意义是不是就是它要说的话?本书并不把象征主义的理论和作品当作独立的、封闭的领域,它们共同构成了某个趋势,于是就有了一个思潮。象征主义思潮并不是一个客观的诗学思潮,它是主观的。人性有多么复杂,这个思潮就将多么复杂。在象征主义理论的建构中,权力和地位之争、背叛与合谋,这些现象并不鲜见。它们说明象征主义这一泓池水并不平静。就象征主义的领袖为例,莫雷亚斯一直以象征主义的创立者自居,在一篇匿名但要么是莫雷亚斯的要么是莫雷亚斯授意的文章中,他被描述为"象征主义以及许多让人惊讶的事物的发明者"[①]。巴雷斯(Maurice Barrès)是莫雷亚斯的支持者,在他眼中,

---

① Anonyme, "Une nouvelle école", *Le Figaro*, 256 (13 septembre 1891), p. 1.

莫雷亚斯是唯一的象征主义诗人。但是莫雷亚斯总体上势力单薄,其他人有机会发动"政变"。魏尔伦的支持者夏尔·莫里斯(Charles Morice)将魏尔伦、马拉美和利勒-亚当(Villiers de L'Isle-Adam)看作是象征主义三巨头,并否认莫雷亚斯是象征主义诗人①。迪雅尔丹和威泽瓦(Téodor de Wyzewa)在马拉美面前,都以学生自居,自然要维护老师的地位。可是马拉美的另一位学生吉尔,渐渐与马拉美离心离德,他嘲讽马拉美没有写出真正的诗作,认为马拉美并不是一位革新者,而只是过时的"巴纳斯运动的高峰和总结者"②。当吉尔被视为"新文学的旗帜"时,他的用心就很明显了。这些真实的权力斗争告诉人们,永远要小心理论背后的意图。

　　这些意图构成了理论本身另外的意义维度。它与理论本身的意义结合在一起,形成意义的多维空间。因而有必要进行理论和作品的意义分析。本书将参考赫鲁绍夫斯基(Benjamin Hrushovski)的综合语义学理论。赫鲁绍夫斯基在对意义进行分析时,认为意义并不仅仅存在于词语和句子中,还存在于一个框架中,"这个框架将意义看作是它真正发生的那样:看作是结构体的自由网络,构成既定的语言与外部世界(或者语言)的桥梁"③。象征主义的理论和作品也需要这样的意识,以便将内在的理念与外部世界建立起联系,还原象征主义思潮最初的情景。赫鲁绍夫斯基认为意义是三层的结构体:参照体、含义、调节原则④。比照这种结构体,象征主义的理论和作品,也可以拥有三种原则:本源原则、意图原则、文义原则。本源原则是一种理念提出的背景,意图原则是它的目的,文义原则是理念的语言表述。换一个角度来看,象征主义思潮是本源原则的对象,是意图原则的工具。利用这些原则来分析象征主义的理念,就能对它有更全面的把握。

---

① Jules Huret, *Enquête sur l'évolution littéraire*, Paris: José Corti, 1999, p.125.
② René Ghil, *Les Dates et les œuvres*, Paris: G. Crès, 1923, p.165.
③ Benjamin Hrushovski, "An Outline of Integrational Semantics", *Poetics Today*, 3.4 (Autumn 1982), p.60.
④ 参照体类似于语境,调节原则类似于语调。

第一章
法国象征主义思潮的生成

第一节 象征主义的同心圆结构

象征主义可能被认为是自19世纪后期以来最具影响力的文学思潮，但它也最具神秘色彩。颓废与创新，悲观与梦幻（le rêve），这些关键词像颜色各异的布料，拼出了象征主义的祭袍。这个令人费解的巫师，在现代时期几乎在所有具有文学地位的国家，都摆出了他的祭坛。人们高举着双手，欢迎陌生的仪式。时过境迁，象征主义早已退潮。但是现在不但在英美，而且在中国，很多人仍然不清楚象征主义思潮的祭袍下到底隐藏着什么，有许多谜团尚待解开。

一、什么是象征主义？

象征主义尽管在世界内引起巨大兴趣，但是象征主义是什么这个问题，人们众说纷纭，莫衷一是。早在1863年之前，波德莱尔就给出了他的象征主义的定义："在某些近乎超自然的心灵状态中，生活的深度将会完全地在景象中展现出来，看上去如此平常，就在人们眼前。它成为象征。"[①]这里象征的描述，就暗示了象征主义的观念。从词源上看，象征主义（symbolisme）指的是关于象征的理论形式，它涉及什么是象征、怎样创

---

① Charles Baudelaire, *Œuvres complètes*, tome 3, ed. Yves Florenne, Paris: Le Club français du livre, 1966, p.1201. 这里的引文为笔者自译。后文未标明译者的外文引文，皆为笔者自译。

造象征等问题。波德莱尔比较清楚地描述了象征。象征并不是一种语言上的修辞手法,它是超自然心灵状态下的图景。换句话说,象征是一种特殊的心境。因为这种心境中的形象与心境本身是有联系的,它单独使用的时候,可以引发这种心境,于是象征在波德莱尔那里就有了第二种含义:具有暗示力的形象。

波德莱尔的解释,并没有让象征主义诗人和他达成共识。莫雷亚斯,象征主义流派名义上的发起人和实际上的一位终结者,将象征理解为一种"可感的形式"①。这种形式与波德莱尔的暗示的形象是相通的。但是波德莱尔的形象通向的超自然世界却对莫雷亚斯的象征紧闭着大门。莫雷亚斯的形象有新的主人,这就是思想。思想在一定程度上等同于诗作的意义,因而形象即是达意的工具。从莫雷亚斯开始,可以看到,师法波德莱尔的诗人与另外一群大多崇尚瓦格纳的诗人,在象征及象征主义的概念上呈现出明显的分歧。站在波德莱尔身后的是恭敬的马拉美,以及桀骜不驯的兰波,而另外一边,一群二十出头的诗人,同样踌躇满志。莫雷亚斯比兰波小两岁,在这群年轻诗人中具有领袖气质。

马拉美比较特殊,他如果不是瓦格纳主义者,也一定是瓦格纳的热心读者,尽管他在象征上有自己的保留意见。他渴望像他的前辈一样,摆脱现实的世界,进入一种纯粹的、理念的世界中。这种世界并不像《巴黎的忧郁》的作者看到的那样光怪陆离,甚至马拉美也不像波德莱尔那样陶醉其中。这是一个冰冷而寂静的世界,诗人是一团轻盈得失去任何重量的空气。这种世界的体验完全是个人的,不具有普遍性。但是这种体验对马拉美的象征非常重要。他要求诗人渐渐地暗示出这种体验的状态,"正是对这种神秘性的完美运用构成了象征"②。神秘性这个词,是马拉美的象征在超越世界通行的凭信。

神秘性在波德莱尔和马拉美那里,虽然是可以体验的,与特殊的心境有关,但他们似乎相信它的实在性。因为相信这种实在性,所以二位诗人轻视目前的现实。波德莱尔曾表示:"摆在我们眼前的自然,无论我们转向它的哪一面,都像一种奥秘包裹着我们,同时给我们呈现多种形态。"③对于这样一种自然,诗人只能向内加以探索。也就是说只有特定的心境

---

① Jean Moréas, "Le Symbolisme", *Le Figaro*, 38 (18 septembre 1886), p. 150.
② Stéphane Mallarmé, *Œuvres complètes*, Paris: Gallimard, 1945, p. 869.
③ Charles Baudelaire, *Œuvres complètes*, tome 3, ed. Yves Florenne, Paris: Le Club français du livre, 1966, p. 569.

才能揭示出这种自然。兰波和这两位诗人相比,似乎更偏向创造一个自己的神秘世界。这个世界首先也是神秘的,他宣布"我就要揭开一切神秘的面纱:宗教的或者自然的神秘,死亡、出生、未来、过去、宇宙的起源、虚无"①。这种神秘性与前二位诗人所指的神秘性相比,似乎并没有区别。但是在生成的方式上,兰波渴望完全将它的钥匙捏在自己的手中。他梦想"新的身体,新的语言",他不会像马拉美那样被动地等待着奇妙的镜子,也不像波德莱尔那样倚重想象力和其他外在的手段,他自己破坏自己,自己改变自己。

热衷于创办象征主义刊物的迪雅尔丹,虽然算得上是马拉美的学生,但在他与老师的分歧上是直言不讳的。他说:"对于马拉美来说,外在的世界只是作为观念世界的象征而存在的;它对于1885—1886年的我们这些年轻人来说,只是作为头脑构想的外在世界而存在的。"②这里明确说明象征在马拉美那里,是更高世界的入口,而对于年轻诗人来说,象征成为沟通诗人与现实世界的津梁。迪雅尔丹很少思考象征的问题,他所说的"符号"可能等同于象征。他把词语看作是思想的符号,图画是事物的符号,而音乐则是情感的符号,音乐"表达了通过自然声音的再现而从事物中产生的情感"③。也就是说,情感的象征在这位编辑这里是音乐。因为推崇瓦格纳的音乐理念,迪雅尔丹渴望创造富有音乐性的诗篇,这甚至是象征主义与其他流派的差别:"象征主义与浪漫主义的不同,在于所有象征主义所歌唱的,都是有强烈音乐性的作品。"④因而迪雅尔丹理解的象征主义,就是文学的音乐的做法。有些时候尽管可以通过音乐来沟通波德莱尔等人的梦幻的心境,但从侧重点来看,迪雅尔丹的象征主义与波德莱尔的可谓大相径庭。

威泽瓦一直是迪雅尔丹的合伙人,他们不仅一起在《瓦格纳评论》(*Revue wagnérienne*)、《独立评论》(*La Revue indépendante*)杂志上合作,而且都是瓦格纳主义者。威泽瓦像迪雅尔丹一样将象征主义理解为文学的音乐道路,他认为:"假如诗不想再成为传达动人思想的语言,它就

---

① Arthur Rimbaud, *Œuvres complètes*, ed. Antoine Adam. Paris: Gallimard, 1972, p. 101.
② Édouard Dujardin, *Mallarmé par un des siens*, Paris: Messein, 1936, pp. 92—93.
③ Édouard Dujardin, "Considérations sur l'art wagnérien", *Revue wagnérienne*, 3.6 (août 1887), p. 158.
④ Édouard Dujardin, *Mallarmé par un des siens*. Paris: Messein, 1936, p. 97.

应该变成一种音乐。"①尽管威泽瓦强调音乐,但他也要求各种艺术的综合(la synthèse),因而造型艺术、时间艺术、语言艺术在他的艺术理想中,理应合成一炉,这样就能像瓦格纳那样,表达全部的生活。从这个角度上可以看出梦幻的象征在他理论中的地位。首先,这种象征因为与音乐的联系,是被承认的,他曾相信"磁性和催眠术的现象,遥远的、神圣的幻象,所有这些每天都在发生,只是人们无法确定它们的规则"②。无需怀疑,威泽瓦并不完全否认一个神秘世界的存在,但是因为有表达全部生活的目标,所以威泽瓦肯定现实的生活,这就是他所说的"艺术应该仍旧是现实主义的"③这句话的含义。他希望现代生活的元素是他的艺术的基本的元素。这种观点其实带有一些自然主义(Le Naturalisme)的色彩。威泽瓦的思想强化了年轻诗人与波德莱尔、马拉美这些先驱诗人之间的差异。不过,在1887年2月的一个书评中,威泽瓦还是谈到了他对象征主义的明确定义:"我认为象征主义就是由一个思想对另一个思想简单的代替组成。如果我想说一朵花带有香味的感觉,但没有任何恰当的词可以表达,我就用象征将其形容为'暗淡的珍珠'。"④需要说明,这里的"思想"并不是抽象的、理性的内容,而是具体的内容。威泽瓦认为象征就是具体性的代替,它利用形象为工具,但它代替的仍旧是另外一种形象。马拉美的形而上学的内容在这种象征中明显被清除了,象征与心境的关系也遭到解体,象征就是具体感觉的一种比较。不过,在威泽瓦的象征概念中,至少还保留着感觉。这是他和马拉美象征理论的"最大公约数"。

维莱-格里凡几乎与威泽瓦、迪雅尔丹同时尝试新的文学思潮。他也接受了"综合"的思想,认为:"综合的方法是诗的成分,就像分析的方法是散文的成分。"⑤这种综合在艺术上当然表现为多种艺术类型的融合,在生活上表现为客观现实与高出于它的主观现实的统一,与威泽瓦的理论是相近的。不过,维莱-格里凡在这里更强调一种思维方式,一种把握世界的方式。如果人们通过综合来把握世界,就是诗性的、象征主义的;如

---

① Téodor de Wyzewa, "Les Livres", *La Revue indépendante*, 2.4 (février 1887), p.150.
② Téodor de Wyzewa, "Les Livres", *La Revue indépendante*, 5.14 (déc. 1887), p.323.
③ Téodor de Wyzewa, "Notes sur la littérature wagnérienne", *Revue wagnérienne*, 2.5 (juin 1886), p.152.
④ Téodor de Wyzewa, "Les Livres", *La Revue indépendante*, 2.4 (février 1887), p.151.
⑤ Francis Vielé-Griffin, "Qu'est-ce que c'est?", *Entretiens politiques & littéraires*, 2.12 (mars 1891), pp.65—66.

果用分析来了解现实,那就是散文的、非象征主义的。维莱-格里凡因而说:"象征主义和诗这两个词是相近的同义词。"①这句话一方面扩大了象征主义的含义,一方面又缩小了它。说它扩大了象征主义的含义,是因为象征主义原本只是诗的一种思维方式,维莱-格里凡让它还包含了诗的具体实现。也就是说,所有语词的组织、形式的结构,都是象征主义。说他缩小了象征主义,是因为象征主义作为一种思维方式,被简化为具体的艺术,这样它就完全被限定了。维莱-格里凡虽然延续了威泽瓦的思考,但是他也超出了威泽瓦的理论。维莱-格里凡在一定程度上又回到了马拉美那里,他强调梦幻,不过,这种梦幻已经与神秘的心境没有任何关系,而是艺术中存在的"自我的高度意识"②。他眼中的象征主义,简单来看,就是综合艺术的具体化。

　　从波德莱尔,走到维莱-格里凡,象征主义似乎绕了一个圈。它从梦幻走向艺术的综合,又在艺术的综合中接纳了梦幻。但实际上这种圆并不是光滑、圆润的,而是有很多断裂和矛盾。它在修辞法、表达法、思维方式、音乐美学和综合艺术理论中到处延伸,似乎漫无目的。最后构成的图谱,与其说是一个圆,还不如说一团乱麻。其实,上面的论述,远远没有穷尽象征主义的概念。比利时的象征主义诗人维尔哈伦(Émile Verhaeren)将象征与回忆的力量结合起来。另一个象征主义时期的批评家勒迈特(Jules Lemaître),将象征看作是一种间接言说,这似乎与波德莱尔和马拉美有些类似,但是勒迈特进一步指出象征是"一种连续的隐喻的体系"③。这种认识造成的鸿沟是显而易见的。有没有一个统一的象征主义?历史没有给出肯定的答案。在这一点上,另一位象征主义诗人雷泰说得很明白:"在我们看来,我们只是把象征主义这个词视作一个标签,代表我们这一代的唯心主义诗人;这是一个随便的标签,仅此而已。"④象征或者象征主义,并不是一个具有精确定义的诗学理论,它在不同的诗人那里,有不同的意义,因而象征主义其实是一种代数,它可以代指这一时期的任何诗学理念。但是它又并非像雷泰说的是一个"随便的

---

① Francis Vielé-Griffin, "Qu'est-ce que c'est?", *Entretiens politiques & littéraires*, 2. 12 (mars 1891), pp. 65—66.
② Ibid., p. 66.
③ Jules Lemaître, "M. Paul Verlaine et les poètes 'symbolistes' & 'décadents'", *Revue bleue*, 25 (7 janvier 1888), p. 4.
④ Adolphe Retté, "Écoles", *La Plume*, 68 (15 février 1892), p. 86.

标签",它的使用不是率性而为的。韦勒克(René Wellek)曾经给出更中肯的解释:"象征主义因而并没有一个统一的特质,它像一种传染病或者瘟疫一样扩散,它也并非仅仅是词语上的标签;准确地说它是一种历史范畴,或者用康德的术语,是一种'规定性的观念'(或者一系列观念),我们可以用它来解释历史过程。"①象征主义是一种规定性的观念,它是一群人着眼于时间特征而分出的一个期限。时间特征允许变化,容纳差异,人们可以在这个期限里任意放置他们觉得适当的东西。但是这样一来,就出现了一个问题:如果人们放的东西各自不同,象征主义如何能保持住它的弹性?如果象征主义只具有时间特征,它就无法良好地拥有这种弹性,人们又能如何确定它的起点和终点?象征主义应该具有相对稳定的时间特征,还应该有一个可以分析的空间。这里的空间,指的是象征主义相对稳定的诗学主张,它相当于一个共同的容器,每个诗人都可以占据这个共同空间。有了这个共同空间,其他个性的诗学主张就有容纳之所了。不过这种空间的特征是不是假定的,它是否能有效包容形形色色的理论?对于象征主义的时间特征和空间特征,似乎是一个不得不面对的矛盾。

二、什么是象征主义流派?

象征主义思潮是一种大的趋势,对它的分析,一定会遇到流派的问题。与象征主义的定义相同,流派问题同样剪不断,理还乱。它不仅涉及美学的问题,还涉及个人的野心、群体的政治以及文学史的暴力。针对象征主义流派的反思,将面临更大的困难。

师承的关系是确立象征主义流派比较可靠的标准。因此,象征主义流派在国内,似乎范围非常清晰。袁可嘉曾注意到美国诗人埃德加·爱伦·坡(Edgar Allan Poe)与象征主义诗人的联系,指出"法国整整三代的象征主义代表诗人——波德莱尔、马拉美和瓦莱里——无不承认受过他的深刻影响"②。袁可嘉还发现马拉美承上启下,在象征主义诗人中占据核心地位。另外两位诗人,魏尔伦和兰波在这个谱系上也很容易描述。兰波称波德莱尔是"诗人之王,一位真正的神"。他的传记作者斯坦梅茨(Jean-Luc Steinmetz)曾指出,兰波在读中学时读到过《恶之花》,"这本诗

---

① Ana Balakian, ed., *The Symbolist Movement in the Literature of European Languages*, Budapest: Akadémiai Kiadó, 1984, p.18.
② 袁可嘉:《欧美现代派文学概论》,上海:上海文艺出版社,1993年版,第109—110页。

集犹如一把进入世界的钥匙,不管这个世界是天堂,还是地狱"①。兰波在某种程度上就是一个更加狂暴的波德莱尔。魏尔伦呢,他早年也曾师法波德莱尔,他的《被诅咒的诗人》(Les Poètes maudits)显露了波德莱尔的影子。文学编辑特雷泽尼克(Léo Trézenik)说:"魏尔伦是波德莱尔的直接信徒。他从这种危险的范例中得到了他闻所未闻的反常的精致、他的深刻、他的独特性;他有古怪的类比。"②这样一来,从波德莱尔,到象征主义运动的三巨头,甚至到马拉美的学生瓦莱里,一个完美的五人组就诞生了。袁可嘉的《欧美现代派文学概论》讨论的法国象征主义诗人,正好就是这五位。

袁可嘉的五人组的流派说,在当代具有不小的影响力,以至于象征主义的研究在一些人看来,就等同于五人组的研究。目前出版的很多文学史类著作,都有袁可嘉研究的印迹。稍晚出版的柳鸣九主编的《法国文学史》(修订本)第三卷,可贵地注意到了莫雷亚斯、雷尼耶(Henri de Régnier)等人的创作,表现出突破五人小组研究的倾向,但是该书实质论述的象征主义作家,除去第二卷的波德莱尔外,仍旧是马拉美、魏尔伦和兰波三人。董强 2009 年出版的《插图本法国文学史》,除去瓦莱里属于 20 世纪法国文学外,19 世纪论述的正式的象征主义者,仍旧在五人小组范围内。这种情况不仅是国内特有的,英美和法国也不鲜见。法国学者查德威克的《象征主义》一书,讨论的仅有的五位诗人,就是上面五位。美国人福里(Wallace Fowlie)的《诗与象征:法国象征主义简史》一书 1990 年出版,该书将颓废派也纳入了,算是扩大了象征主义流派的领域,但是他书中关注的诗人仍然是波德莱尔、马拉美、兰波、魏尔伦四位,新加的只有拉弗格(Jules Laforgue)和科比埃尔(Tristan Corbière)。该书的思维仍旧是五人小组式的,很难让人相信这几位诗人基本构成了象征主义的历史。

五人组或者扩大版的五人组的历史认识,是为了研究的方便,但却将象征主义的历史固化了。流派成员的固定,同时也是诗学思想的固定。这种做法对于初阶的教学是有益的,但对于真正认识象征主义,就有很大的妨碍。康奈尔曾说:"象征主义运动并不是仅仅四五位作家的出名

---

① 让-吕克·斯坦梅茨:《兰波传》,袁俊生译,上海:上海人民出版社,2008 年版,第 61 页。
② Léo Trézenik, "Paul Verlaine", *La Nouvelle rive gauche*, 54 (9 février 1883), p. 4.

史。"①想用几位诗人代替极为细致、丰富的象征主义思潮,就好像用几幅照片代替一次旅行一样。在野外旅行时,每一片叶子,每一块石头,可能都会引发你的情感,你会发现整个风景没有断裂的地方,所闻、所见、所感构成了一个整体的风景。同样,象征主义是由无数细小的诗学思想、试验、冲突等事件构成的流动的风景,它具有复杂的流派归属。之前的研究,忽略了许多"小人物",使象征主义的思潮史,简化为象征主义经典诗人和诗作的写真。于是,象征主义思潮的演变、流派的分合,这些更为宏观的问题,在整个20世纪的中国,几乎无人问津。对小人物和细小的诗学事件的追踪,不但能弥补象征主义的大历史,而且还会修正许多观念。本书认为,象征主义小人物的作用,有一些不但不亚于五人组,甚至在思潮史上具有更重要的地位。在某种意义上说,尽管兰波和魏尔伦不可或缺,但是没有兰波和魏尔伦,象征主义仍旧存在。没有波德莱尔和马拉美,象征主义也仍旧存在。没有马拉美、兰波和魏尔伦,文学史是残缺的,但是象征主义的思潮不会断流。

象征主义思潮有它自身的力量,这种力量是狭隘的流派观无法认知的。追踪这种力量,人们就会发现,象征主义的流派就像是地理学上不同的支流一样,既有交汇,又有分离。它复杂多变,完全不是预先规定好的。水泊梁山一竖起"替天行道"的大旗,天下的英雄都来入伙,合成一股,这种情况只是小说家的杜撰。在象征主义流派的历史上,没有这样的大旗,也没有这样一群固定的成员。

就上面提到的五人组来说,他们都被称作象征主义诗人,这是历史开的玩笑。首先看波德莱尔。这位"14或15世纪的巫师"②,最终的理想是一种"现代的艺术"(art moderne),它注重暗示的力量,它将客体与主体融合起来,具有形象化的思维方式,而与其相对的是"哲学的艺术"(art philosophique),它重理性,寻求固定的观念。"现代的艺术"与后来马拉美、魏尔伦的诗歌理念有相通的地方,但这是一种美学上的一致性,并不是流派上的一致性。就流派归属而言,波德莱尔更接近戈蒂耶(Théophile Gautier)的唯美主义。他从来没有设想他去世二十年后,巴黎会出现一个以他为旗号的流派。所以佩尔表示:"称呼波德莱尔为象征

---

① Kenneth Cornell, *The Symbolist Movement*, Hamden, Connecticut: Archon Books, 1970, p. vi.
② Émile Verhaeren, *Impressions*, Paris: Mercvre de France, 1928, p. 10.

主义是让人有一定的疑虑的。"①

魏尔伦是许多诗学事件的见证者和参与者，但他从未承认自己是一个象征主义者。在接受一次访谈时，魏尔伦表示对象征主义一无所知："象征主义？不懂。这应该是一个德语词，是吗？这个词想说的意思是什么？另外，我不把这个词放在眼里。"②魏尔伦并不是言不由衷。他始终没有参与象征主义小圈子的活动，虽然他的名声经常被一些年轻的诗人借用。他的诗风与巴纳斯派接近，他早期本身就是巴纳斯派的成员，他的作品还有强烈的浪漫主义倾向。尽管在他那里也能找到重要的象征主义元素，但称他为象征主义诗人就像称他为浪漫主义诗人一样武断。他自己也曾思考过自己的流派归属："我们被分为四个阵营：象征主义、颓废主义（Le Décadisme）、自由诗的拥护者和我所属的其他的主义。"③诗人不但不承认自己是象征主义者，而且也否定自己是颓废派成员。这里不必急于对这四个流派进行详细的解释，魏尔伦的话告诉人们，流派的划分很多时候是文学家的暴力，并不符合诗人的本意。诗人的本意，并不是对历史事实的抵抗，相反，它是对诗学研究的抽象的抵抗。如果人们参考一下魏尔伦同时代人的看法，就能发现他的解释是有合理性的。卡恩曾指出："他（魏尔伦）既不是颓废者……也不是实际意义上的象征主义者（假如这个词并非完全没有用处）。他首先是他自己，一位哀歌作者，一位自发的诗人，属于维庸和海涅的派系。"④

兰波被称为象征主义诗人也引起了不少争议。首先从兰波自身来看，1875年以后，他就离开了文学，成为冒险家和商人，而这比象征主义流派的缔造提前了十年左右。因而从流派活动的角度来看，兰波并不是象征主义运动的实际参与者。佩尔还提供了兰波本人的态度，当兰波的诗作在巴黎发表出来，并引发一部分年轻人的追捧时，有人给兰波写信，告诉他他是象征主义的先驱，兰波的态度是"耸了耸肩"⑤，兰波不认可这

---

① Henri Peyre, *What Is Symbolism?* trans. Emmett Parker, Alabama: The University of Alabama Press, 1980, p. 21.
② Jules Huret, *Enquête sur l'évolution littéraire*, Paris: José Corti, 1999, p. 109.
③ Paul Verlaine, *Œuvres posthumes de Paul Verlaine*, tome 2, Paris: Albert Messein, 1927, p. 352.
④ Gustave Kahn, "Chronique de la littérature et de l'art", *La Revue indépendante*, 6.16 (fév. 1888), p. 291.
⑤ Henri Peyre, *What Is Symbolism?* trans. Emmett Parker, Alabama: The University of Alabama Press, 1980, p. 33.

种标签。巴拉基安对这个问题也做了思考。她的结论是兰波在广义和字面的意义上,都不是象征主义诗人,而将兰波看作象征主义诗人,这"将象征主义运动的历史弄复杂了"①。

如果接受上面的批评意见,那么,象征主义的五人组,就只剩下马拉美和瓦莱里。但这里不需要再讨论马拉美的流派归属问题,人们也能看到象征主义流派面临的危机。象征主义流派该如何定义?它的成员到底有哪些人?它的起点和终点如何限定?这并不是容易解决的问题。可以看到,在象征主义流派的问题上,组织标准与美学标准、习惯认识与实际证据都在斗争。对象征主义流派的争论,实际上就是这四种尺度的权力之争。组织标准是看诗人有没有实际加入象征主义的小圈子,并以象征主义者自居。这是一个非常狭窄的圈子。甚至马拉美和魏尔伦都不属于这个圈子。美学标准是根据象征主义普遍显示出来的美学倾向来评判,不属于小圈子的诗人也符合这个标准。习惯认识是象征主义诗人以及评论家的看法,在这一点上,批评文章和文学史具有了权力。实际证据则包含诗人自己的意见,以及有没有与象征主义流派发生紧密联系,于是与象征主义刊物的关系变得关键了。这里无意比较这四种尺度的有效性,它们在一定的范围内都可以是评判的尺度。不同的尺度因为宽严有别,于是产生了韦勒克所说的"同心圆(concentric circles)"②。从这种同心圆出发,对韦勒克的理论加以必要的改造,或者可以发展出历史中存在的大大小小不同的圈子。象征主义流派的圈子随着尺度的变化而变化。最外围的圆,不但能容纳五人组,而且可以包含不同时期、不同国家的诗人,比如英国的叶芝、艾略特(Thoonas Stearns Eliot)、西班牙的希门尼斯(J. R. Jiménez)、纪廉(Jorge Guillén)和萨利纳斯(Pedro Salinas),在日本则有北原白秋、萩原朔太郎,在中国则有李金发、梁宗岱。而最里层的圈子,则只是几位发起象征主义的年轻诗人。

二、时间特征和空间特征

韦勒克的同心圆的提出,其实涉及象征主义流派的时间特征和空间特征问题。而象征主义流派的这两个特征,与前文的象征主义定义的这两个特征是有关系的,可以一并思考。

---

① Anna Balakian, *The Symbolist Movement*, New York: Random House, 1967, p. 56.
② Anna Balakian, ed., *The Symbolist Movement in the Literature of European Languages*, Budapest: Akadémiai Kiadó, 1984, p. 18.

首先来看象征主义的时间特征。它涉及象征主义流派的归属问题。象征主义流派之所以有这么多争论，就是因为人们的时间观不一样，也就是说，选取的圈子不同。如果各执己见，那么不但会造成不必要的争执，而且会割裂象征主义流派的历史，难以窥其全貌。韦勒克并没有告诉人们该选取哪一个圈子，他只是指出了多种圈子的存在。象征主义流派的研究应该放弃仅仅从任何一个圈子来进行，换言之，它应该考虑所有的圈子。在所有的圈子中，象征主义的流派问题就得到了解决。

在《英美自由诗初期理论的谱系》一书中，笔者曾提出过"视野相对主义"的概念。随着视野的扩大或者缩小，人们的关注点会发生变化，研究内容也会改变。对于这些不同的圈子的研究，明显会发生观察视角的变化。比如以莫雷亚斯为中心的最里层的圈子，由于它维持的时间也就五年左右，涉及的诗人非常有限，因而这个圈子里次要人物的诗学理念也属于考察的范围。对象征主义国际思潮这最大一个圈子来说，只有重要的诗人、理论家才会成为分析的对象。这不仅是研究材料的取舍问题，对于思潮变化的关注也都有详略之别。另外，结合上一段的论述，还可以将视野相对主义进行新的解释：视野相对主义认为任何一种观察视野，都具有相对的合理性和真实性，并不否定其他的视野。视野相对主义应该将不同的视野都结合起来，从而形成总体的了解。象征主义流派的不同的圈子，在本书看来，就是可供分析的不同的视野，它们彼此不同，但并非对立，将这些不同的圈子结合起来，就会不断地调整所需的视野。

在具体的做法上，这个历史以颓废派开篇，将其看作是象征主义小团体成立的重要背景。尽管19世纪30年代就已经有了文学颓废的观念，甚至到了19世纪60年代以及70年代，围绕着雨果和波德莱尔，法国文学杂志有过不少讨论，但是本书将颓废派的历史的起点放到1881年。这里有几个好处，第一，这将颓废的时间限定得更短，更有利于对重要的文学刊物进行文献调查。第二，1881年开始的文学颓废运动，参与者多为年轻的诗人，他们与后来的象征主义小社团有更多的互动，而且这些人也属于第二个圈子的象征主义流派，是本研究的重要内容。第三，颓废派的美学在很多方面与象征主义小团体相比，具有相同的倾向，是象征主义美学理念的重要来源。

之后，则是瓦格纳主义（Le Wagnérisme）的小团体。这个团体以迪雅尔丹和威泽瓦为中心，他们创办的《瓦格纳评论》还吸引了马拉美、孟戴斯（Catulle Mendès）、富尔科（Fourcaud）等人。由于将艺术的综合观念引入文学中,而且提倡自由诗,该群体的活动被看作是象征主义的揭幕戏。比耶特里曾认为:"《瓦格纳评论》以值得注意的方式帮助了新诗的来临。"①这里的新诗指的是象征主义诗歌。在形式以及综合美学方面,如果没有瓦格纳主义的小团体,象征主义会以何种面貌出现,这是一个疑问。

然后是一个关键的小团体。莫雷亚斯1886年9月的《象征主义》是一个历史性的标志事件,这个宣言的发布,并不意味着从这一月开始,法国进入象征主义时代,也不意味着之前的时代已经结束。本书并不把《象征主义》看作是象征主义流派成立的标志。在它之前,1885年,早已有了不少关于象征的讨论。它们已经涉及《象征主义》的诗学深度,只不过后者提出了一个正式的名称而已。另外,《象征主义》只是莫雷亚斯个人的主张,象征主义群体还未形成。群体形成的标志,是这一年的10月份,这时出现了卡恩、莫雷亚斯、保尔·亚当(Paul Adam)合办的《象征主义者》(Le Symboliste)杂志。该杂志加上费利克斯·费内翁(Félix Fénéon)和阿雅尔贝(Jean Ajalbert)等人,就构成了第一批正式认可的象征主义成员。因为费内翁在《象征主义者》上发表了一篇评论《阿蒂尔·兰波的〈彩图集〉》,所以在某种意义上兰波也成为最早的象征主义成员。这个成员里不包括马拉美、魏尔伦以及其他诗人。他们的核心人物就是卡恩、莫雷亚斯和亚当。不过,这里还需要说明,最初的象征主义的小团体与象征主义者的概念还不一样。尽管阿雅尔贝参与了象征主义小团体最初的活动,但他并不是象征主义者,在朱尔·于雷(Jules Huret)的书中,人们看到阿雅尔贝属于"新现实主义者"。同样,费内翁和亚当也不是象征主义诗人,他们分别是新印象主义者和魔法师派。剩下的只有莫雷亚斯和卡恩了。

卡恩虽然是新加入者,但对象征主义流派的贡献很大,他当时是《风行》(La Vogue)杂志的编辑。因为这个杂志,马拉美、魏尔伦、拉弗格、迪雅尔丹、维莱-格里凡、维尔哈伦、雷尼耶、莫里斯、雷泰等人也与象征主义流派建立了关系。《风行》杂志分别在1886年、1887年、1889年出过三个系列,大多数成员在前两个系列中就出现过了,雷泰在第三个系列中才开始露脸。从某种意义上说,莫雷亚斯发起了象征主义流派,而卡恩重组了

---

① Roland Biétry, *Les Théories poétiques à l'époque symboliste*, Genève: Slatkine Reprints, 2001, p. 75.

它。如果说莫雷亚斯发起的小团体是象征主义的最内一层的圈子,那么卡恩重组的群体,则是象征主义的第二层圈子。这也是目前法国象征主义流派基本认可的圈子。这个圈子是比较广泛的,它没有共同纲领,没有组织活动,有的仅仅是刊物。在这个刊物上,因为兰波、拉弗格的诗作的发表,团结了一群文学旨趣相同的诗人,再加上魏尔伦、莫雷亚斯等人的加入,于是给人一个"群体"的印象。实际上,这只是一个刊物宽泛联合起来的诗人群。不同的诗人主张不同,也并不一定认为自己就是象征主义诗人。这就解释了为什么兰波、魏尔伦否认自己与这个流派有任何瓜葛的原因。

之后则是第三个圈子的象征主义流派。新加入的成员与莫雷亚斯和卡恩都没有联系,他们往往得到新刊物的支持,比如奥里埃(G. Albert Aurier),他常在《法兰西信使》(Mercvre de France)上发表文章。还有古尔蒙,他曾在《白色评论》(La Revue blanche)上露过面。这些人都自认为是象征主义者,他们诗学中讨论的问题,也都接着之前已经讨论过的讲。这个名单远远还没有穷尽,还有一些诗人应该加进来,比如梅特林克(Maurice Maeterlinck)、吉尔、努沃(Germain Nouveau)等。前一位承认自己是象征主义诗人,后二位都自立于象征主义之外。吉尔也曾在《风行》上发表过东西,但是后来离开,想与象征主义分庭抗礼。努沃则是兰波离开魏尔伦后,新找的伴侣,他们在一起有过诗歌的合作。为了简便起见,一些主要在其他时期创作的诗人,也可以放到这个圈子里来,比如波德莱尔和瓦莱里。

然后是第四个圈子。这个圈子的诗人,是用法语之外的语言写作,但直接或间接受到法国人影响的象征主义诗人。叶芝、艾略特、庞德(Ezra Pound)、斯托勒等人是伦敦诗人群的代表,希门尼斯、纪廉和萨利纳斯是西班牙象征主义诗人的代表,李金发则是中国初期象征主义诗人的代表。中国还出现过一些诗人,他们不但受法国象征主义的影响,而且还从日本或者美国拿来象征主义的理念,比如创造社的一些诗人。这些人严格说来,与艾略特、李金发等人的情况是不同的,应该划为另外的圈子。但是为了简便,这里将这些受到多国影响或者主要不是从法国得到影响的象征主义诗人,也看作是第四个圈子的成员。除了创造社的诗人之外,还有一些诗人主要从第四个圈子的诗人那里得到了影响,比如中国大陆的朦胧诗诗人,以及中国台湾诗人覃子豪。他们虽然不提倡象征主义,但是又运用了许多象征主义的手法,也表现出象征主义的一些风格,可以看作是第五个圈子。这五个圈子并不是每个都要得到同等程度的关注。本书主要关注前三个圈子,略论第四个圈子,基本不涉及第五个圈子,第五个圈子仅仅作为背景而存在。

这里的五个圈子,与韦勒克提到的四个圈子的划分是不同的。在韦勒克的理论中,第一个圈子是19世纪80年代和90年代的诗人,约等于本书的第二个圈子,韦勒克的第二个圈子是自奈瓦尔(Gérard de Nerval)到瓦莱里的象征主义思潮,约等于本书的第三个圈子,韦勒克的第四个圈子,约等于本书的第四个圈子。之所以未采纳韦勒克的划分,有两个原因。第一个原因是突出法国象征主义流派的发生、演变史,第二个原因是强调象征主义理念的传播。韦勒克的分法明显着眼于国别和文化,它的缺陷是未能很好地对象征主义的流传和影响做出反思。流传和影响往往超越国别和地域,比如日本的象征主义思潮确立于1905年,以译诗集《海潮音》、蒲原有明的《春鸟集》的出版为标志,这个时间甚至比英美的斯托勒、庞德、艾略特等人都要早,应该属于早期的影响,因而在本书中归为第四个圈子,而且在第四个圈子中也属于靠前的内容,不同于梁宗岱、王独清这些象征主义诗人。

时间特征一旦限定,象征主义的空间特征也就清楚了。因为象征主义是不同流派,或者说不同圈子的产物,任何一个圈子,任何一个圈子的作家,都可以提出不同的理论,因而象征主义并没有固定的本质,它有的只是一些变动的特征。这里可以将象征主义的空间特征比作移动的车厢。象征主义这个名称只是一个车厢,随着它的前进,不同的人进来,就赋予了这个车不同的方向和任务。不同圈子的人运用象征主义这个词,就赋予了它新的意义。考查象征主义特征的演变要远远比寻找一个固定的定义重要、可行。

象征主义的特征可从主体论、美学论、思想论和艺术论这四个方面分析。这四个方面与文学活动的四要素:作者、读者、世界、文本相对应。它们相互又有复杂的联系,比如作为艺术论的通感,就与作者、世界都有关系。通过这四个方面,就可以分析象征主义的不同圈子之间的异同。这四个方面考察的具体内容,有通感、感应、语言音乐(une musique verbale)、颓废、象征、自由诗、散文诗、内心独白、音乐性、纯诗、迷醉、未知、语言的巫术、非个人性、梦幻、无意识、综合、交响乐(la symphonie)、超自然主义、神秘主义、悲观主义、暗示等一系列诗学概念。

象征主义无论作为流派,还是作为思潮,又都有一定的稳定性,它的空间特征也有特定性。还是拿车厢作比，虽然车厢是移动的，人来了一批又走了一批，但是车厢仍然还有不易的地方。易一名而含三义，其中就有不易之义。那么，怎样确定象征主义空间特征的不易之处呢？本书初步以内在性为标准。这个标准是不是完全客观、真正准确，还有疑问。但是一旦把它当作一个假定的标准，那么就有了可以着手的地方，以便进一步对象征主义进行归纳。大体上看，内在性可以作为象征主义的"公约数"。象征主义虽然来源复杂，但主要是为了探索内在的世界。米勒（Claude Millet）曾看到，在象征主义时期，"诗成为探查内在深渊的工具。心灵成为诗的根本对象"[1]。怎样进入某种内心状态，怎样寻求内心的真实，怎样更好地表达内心的体验，这如果不是所有象征主义诗人共同关注的，也是绝大多数诗人关注的。内在性因而就是象征主义的空间特征。不过，这个空间特征与浪漫主义的非常相像。象征主义不同于浪漫主义的地方，在于它想将这种内在性具体化。这里可以参考热妮（Laurent Jenny）的观点，她认为包括象征主义的先锋主义的历史，"是浪漫主义的内在性的逐渐外在化的历史"[2]。内在性的外在化，就是它的具体化。

至于象征主义还有哪些空间特征，它们与浪漫主义、自然主义、意象主义等流派有什么不同？这里就不必也无法分析了。确立一个空间特征之后，就能看它在主体论、美学论等四个方面的具体表现，随着分析的深入，象征主义更多的空间特征将会渐渐显露出来。

第二节 波德莱尔与颓废文学的渊源

象征主义思潮从小的圈子来看，源自与颓废派的对抗和竞争，从大的圈子来看，又是从颓废派走出来的。象征主义诗人与颓废派诗人的融合与敌对关系，让象征主义的思潮史变得扑朔迷离。在这个过程中，人们对象征主义的概念进行了多次暴力性的更改，每一次更改，象征主义和颓废的关系就得到新的调整，而象征主义思潮的渊源问题就像一张被劣质的橡皮擦过的草稿，愈发模糊了。追踪象征主义思潮的起源，就要与象征主

---

[1] Claude Millet, "L'Éclatement poétique: 1848—1913", in Patrick Berthier & Michel Jarrety, ed., *Histoire de la France littéraire: modernités*, Paris: PUF, 2006, p. 274.

[2] Laurent Jenny, *La Fin de l'intériorité*, Paris: Presses Universitaires de France, 2002, p. 2.

义的每一次变形对抗,寻求重造以前存在的秩序。

要完成这个任务,最好先不去区分什么是颓废,什么是象征主义。不去区分什么是颓废派,什么是象征主义者,也能避免一些麻烦。尽管在论述的过程中,本书仍旧会小心地比较它们在具体运用中产生的差异。

一、波德莱尔之前的文学颓废观

颓废(décadence)在法语词源上看,来自拉丁语词"cadere"。后者是"落、倒"的意思,前面加一个介词"de",表示动作的趋势。合起来的意思是"垮掉、倒塌"。具体到文学艺术中,指的是旧的伟大标准的倒塌,因而含有反崇高、造作、消极、含糊不清等意思。洛曼(Sutter Laumann)曾经解释过这个词在颓废派中的意义:

> 一些人一开始就在颓废这个词平常的意义上,即在它原本的意义上使用它。是的,他们说,法国文学到达了它的顶点,只能下降,只能衰落。因为表达完了所有这种可以表达的,说完了所有的感情、所有人类纯朴、自然的激情,用过了所有的语句,现在只有通过寻找古怪的、意料之外的效果,寻找铿锵但无用的词语和句子,寻找所有语言都使用的外来语,法国文学才重新能让人感到震惊、愉悦和迷人。①

这段话透露颓废首先表现在语言上,它表现为不正常的、古怪的字眼。在情感上则是嗜好"纯朴、自然的激情"之外的情感。虽然颓废文学本身的宗旨并不是反传统,但是因为与正统文学清醒的距离意识,所以衍生出反传统的特征。在这个意义上说,一切具有反正统的文学和艺术,都是颓废的。

对于欧洲的诗人来说,最早的颓废文学并非存在于国别文学中,而是在古罗马时期就有了。古罗马的诗人维吉尔(Publius Vergilius Maro)、贺拉斯(Quintus Horatius Flaccus)树立了辉煌的典范,但是之后的诗人,既缺乏前辈们的主题,又缺乏艺术能力,必然会陷入颓废之中。尼扎尔(Désiré Nisard)曾指出,罗马诗人吕坎(Marcus Annaeus Lucanus)的时代就是一个颓废的时代。当时,诗人们已经无法再使用史诗的主题,而个人的诗还未充分成长,诗人们只好破坏语言,以掩盖他们创造力的缺乏。

---

① Sutter Laumann, "Les Décadents", *La Justice*, 7 (13 septembre 1886), p.2.

法国浪漫主义文学正好处在与吕坎的时代相似的环境中。古典主义的主题已经穷尽,尽管法国作家们处在一个变革的时代,有许多新的主题,但是诗人们仍旧尝试颓废的语言和风格。尼扎尔注意到两个时代的许多相似性,首先是博学与描写:"在博学之后,描写是颓废最确实的标志。描写充裕的地方,我怀疑作品的内容是单薄的,就必须用最肤浅的次要内容来填塞主题。"①这种论述提醒人们,巴纳斯派的描写,可能也是文学颓废的一个体现。尼扎尔还注意到,两个时期的文学"都有模糊的、笼统的词语"②。措辞的模糊,就像上面已经谈到过的那样,是文学颓废的重要特征。

法国浪漫主义的诗人们,与文学颓废的发展也有关系。雨果就是一位重要的颓废作家,拉斯特(Arnaud Laster)曾评价道:"雨果巨大的影子飘荡在现代文学所有的路口"③,但在有些批评家那里颓废并不是那么值得欢迎。多勒维利(J. Babbey d'Aurevilly)就是这样的批评家。他指出:"雨果先生,他并不是一位素朴的诗人,旨在创造田园诗,但他毕竟是个诗人,一位并不纯朴的诗人,但过于精巧,完全是一位颓废者,但仍然能感受到大自然,当他用人工的色彩来描绘它时,就给我们描绘了普吕梅大街的花园。"④文中的"颓废者"和吕坎的用法一样,并不是完全正面的意思。多勒维利想批评雨果的颓废。不过,多勒维利的文章有一个很大的好处,它告诉人们颓废者并不是20年之后才变得重要的一个专有名词。

二、波德莱尔的颓废

波德莱尔与颓废文学的关系,怎样强调都不过分。维尔哈伦曾指出:"所有当前的文学一代是从他那里走出来的,这一代狂热地学习、实践的是他,这一代描摹、模仿的是他。"⑤在波德莱尔身上,后来的颓废者以及象征主义者,几乎可以找到他们想要的所有理念,尽管波德莱尔并不是唯一的源头。这些理念有感应、通感、形式自由、象征和暗示手法、音乐性、综合艺术等。就这些理念来说,波德莱尔并不是一个绝对意义上的原创

---

① Désiré Nisard, *Études de mœurs et de critique sur les poëtes latins de la décadence*, tome 2, Paris: Librairie de L. Hachette, 1849, p. 316.

② Ibid., p. 317.

③ Arnaud Laster, "Hugo, cet empereur de notre décadence littéraire", *Romantisme*, 42 (1983), p. 101.

④ J. Babbey D'Aurevilly, "Les Misérables", *Le Pays*, 195 (14 juillet 1862), p. 3.

⑤ Émile Verhaeren, *Impressions*, Paris: Mercvre de France, 1928, p. 21.

者，不难发现感应说、综合艺术说、通感、象征手法，早就在雨果、瓦格纳、戈蒂耶的作品中得到了实践，更不用说爱伦·坡和德拉克洛瓦（Eugène Delacroix）给予波德莱尔慷慨的馈赠。但是波德莱尔是一个集大成者，他把之前的许多元素都卓越地融合起来，重造它们，最后成为后来诗人们的样板。巴尔曾指出波德莱尔让象征主义者们"拥有的不再是叔祖父，而是一个父亲"①。

波德莱尔对后来的颓废文学的第一个影响，是感受力。这种感受力并不是平常意义上的心灵的敏锐，而是一种对超自然世界的感知。波德莱尔生活的时代，是在法兰西第三共和国之前，教会和宗教观念还有很大势力。超自然的感受力有当时文化的背景。不过，浪漫主义美学家很早就给这种感受力做了准备，波德莱尔并不需要费太多的脑力。德国美学家诺瓦利斯（Novalis）曾指出："相信人无法拥有置身他之外的能力，没有自觉超越感觉的能力，这是最古怪的偏见。他在任何时候都能成为超感觉的存在。"②神学家斯威登堡（Emanuel Swedenborg）为《恶之花》的作者所敬重，他也曾宣扬能够与天堂交流的感应的能力。这些思想让波德莱尔有了远离现实生活的理由。他在书信中说："很久以来，我说过诗人是最有理性的人，他是极聪明的人。我还说过，想象力是最科学的能力，因为只有它能理解普遍的相似性，或者理解这种神秘宗教称之为感应的东西。"③感应在斯威登堡的学说中本身就是能力，但也同时是一种境界。波德莱尔想用想象力来把握这种境界。他的想象力代替了神学家的工具。波德莱尔诗中有许多幻觉的、神秘主义的形象，它们就是这种感受力的具体化。

第二个影响表现为象征。波德莱尔的象征只有参照他的感受力才能真正理解。象征并不是意义的类比，不是另一种隐喻，它是神秘的感受力的产物。当诗人看到了一个超自然的世界，生活的本相就会清楚地显现出来，产生一种图景。这种直切的图景，就是象征。因而，在象征中，诗人可以看到世界的感应，而感应的结果，又产生具体的象征。这是象征在波德莱尔那里的第一层意思。它的第二层意思与感受力也有关系。斯威登

---

① André Barre, *Le Symbolisme*, New York: Burt Franklin, 1968, p. 53.

② Novalis, *Philosophical Writings*, trans. M. M. Stoljar, Albany: State University of New York Press, 1997, p. 26.

③ Charles Baudelaire, *Œuvres complètes*, tome 1, ed. Yves Florenne, Paris: Le Club français du livre, 1966, p. 700.

堡表示:"大地上的任何事物,大体上宇宙内的任何事物,都有感应。"①如果人们获得卓越的感受力,就会发现神学家所说的普遍存在的感应。既然如此,诗人眼前的一景、一物,就都与更高的存在发生联系,就是那看不见的更高存在的象征。感应的世界在这种象征中露出光来。受到德拉克洛瓦的影响,波德莱尔将眼前的世界,看作是"象形文字",其实就是象征的语言。在常人眼中,这些"象形文字"是晦涩的,缺乏意义的,但是在真正的诗人那里,它们会清晰地裸露它们的意义:

> 一切都是象形文字,我们知道,象征的晦涩只是相对的,即是说对于心灵的纯洁、善意、天生的判断力来说是相对的。如果诗人(我是在最广泛的意义上用这个词)不是一位翻译者、一位解读员,他是什么呢?在杰出的诗人那里,没有隐喻、比喻或者绰号不在实际的环境中发生了数学般精确的转化的,因为这些比喻、这些隐喻和绰号,来之于取之不尽的普遍相似性的井泉,它们无法取自他处。②

波德莱尔对颓废文学的第三个影响是迷醉的心理状态。因为对世界怀有一种多层的认识,进而对超自然的世界有向往之意,因而产生了对现实的厌恶和对另一个世界的迷醉。需要注意,尽管具有浓郁的宗教气息,波德莱尔的世界观又与天主教神学的世界观不同,它具有一定的异教特征。诗人曾在日记中记道:"神秘主义,异教与基督教之间的纽带。异教和基督教相互证明。"③波德莱尔并不是基督徒,他具有批评家所常说的"恶魔主义"(或撒旦主义)。艾略特认为波德莱尔"本质上是一个基督徒",具有一种"原始的或者萌芽的"基督教精神④,这很难让人认同。波德莱尔确实对罪恶有比较清醒的意识,但是他甘愿放纵自己,他在与超越世界和正统教义的对抗中,还发展了人性的迷醉。他曾这样坦白:"非常幼稚,我感觉到我的心灵中有两个矛盾的情感:对生活的恐惧和对生活的迷醉。"⑤这两种迷醉似乎是一组矛盾,一个代表的是神性,一个代表的是

---

① Emanuel Swedenborg, *Heaven and Its Wonders and Hell*, trans. John C. Ager, West Chester: Swedenborg Foundation, 1995, p.76.

② Charles Baudelaire, *Œuvres complètes*, tome 3, ed. Yves Florenne, Paris: Le Club français du livre, 1966, p.573.

③ Ibid., p.1337.

④ T. S. Eliot, *Selected Essays*, London: Faber and Faber Limited, 1951, p.422.

⑤ Charles Baudelaire, *Œuvres complètes*, tome 3, ed. Yves Florenne, Paris: Le Club français du livre, 1966, p.1261.

肉欲,但是这两种迷醉却又真实地存在着。它们相互补充,又有对立,既给波德莱尔安慰,又折磨他。

第四个影响是神秘、阴郁的风格。因为向往超自然的世界,希求从自然这部象征的辞典中看出世界的真相,波德莱尔的诗作就具有了神秘的风格。这种神秘的风格表现在感应的主题上,比如他的诗《飞升》("Élévation")和《感应》("Correspondances")。后者是人所共知的名篇,它开头两句说:"自然是一座圣殿,那里活的柱子/有时发出含糊不清的声音。"①在《飞升》中,诗人宣称:"超然于生活之上,轻轻松松/就理解花和沉默事物的语言。"②波德莱尔对生活的迷醉,又带来他阴郁的诗风。他将妓女、老妇人、腐尸、痛苦的大海写进诗中,这些形象也是他生存状态的写照。在《巴黎的忧郁》(Le Spleen de Paris)的跋诗中,波德莱尔写道:"我爱你,下流的都市! 妓女/和强盗,你们如此频繁地带来快活/世俗的庸人们对此却不懂得欣赏。"③阴郁的风格是后来颓废派统一的制服,也是象征主义的基本色调。波德莱尔在继承戈蒂耶、巴尔扎克(比如他的《驴皮记》)等人的阴郁风格的基础上,强化了阴郁的美学价值。在他对美的新定义中,可以发现阴郁具有相当重要的特征:美就像是一个女人的头,"它有一种热情、一种生存的欲望,又混合着一种相反的辛酸,好像来自贫穷或者绝望。神秘、遗憾也是美的特征。"④

从阴郁的风格又可引出第五个影响:反常的语言。反常的语言相对的是古典主义(以及一些浪漫主义作家)正常的语言。正常的语言选用正派、积极的词语,选用通常的词义。波德莱尔发展出一种对语言的破坏性用法,它故意使用邪恶的、消极的词语,而且在他的诗中,正派的词语在消极的语境中,也往往会发生词义的扭曲,发生同化作用。还以《巴黎的忧郁》的跋诗为例,诗中这样写巴黎:"那里所有的恶行都像花朵开放。"敏感的读者会想到《恶之花》这个题名与一个地名的联系。于斯曼(Joris-Karl Huysmans)曾称赞波德莱尔:"他的语言比任何其他语言都更拥有那种美妙无比的力量,能以表达上的一种奇怪健康,来确切指出疲倦的精神和忧

---

① Charles Baudelaire, *Œuvres complètes*, tome 1, ed. Yves Florenne, Paris: Le Club français du livre, 1966, p.768. 中文诗为笔者自译。后文不特别注明的译诗,均为笔者自译。

② Ibid., p.767.

③ Charles Baudelaire, *Œuvres complètes*, tome 3, ed. Yves Florenne, Paris: Le Club français du livre, 1966, p.126.

④ Ibid., p.1219.

伤的心灵那最不可捉摸、最战栗的死气沉沉的状态。"①所谓用"奇怪健康"的语言来表达心灵的忧郁,正说明波德莱尔对正常语义的扭曲。这种语言让词语具有了张力,拥有了非凡的力量。因为迷醉的心理和阴郁的风格,波德莱尔还采用了一种重章叠句的句法形式,一种并列的语法结构,用来加强感受的强度。在《陶醉吧你》("Enivrez-vous")这首散文诗中,诗人写道:"你就需要向风、向海浪、向星星、向飞鸟、向时钟,向所有逃遁的,向所有呻吟的、向所有滚动的、向所有歌唱的,向所有说话的,询问是什么时间了。"②句中不仅有繁复的并列,而且"向"字的重复,"向所有"句型的重复,给人一种歇斯底里的、不能自已的感受。魏尔伦曾说:"波德莱尔在典型的状态下表现神经过敏的个体。"③这种语言以及其表达的感受,其实在魏尔伦、于斯曼等人那里也同样存在。

　　第六个影响是诗律解放。反常的语言也会对诗律形式产生新的要求,规则、整齐的诗行无法完全满足混乱、挣扎的诗思。波德莱尔在《恶之花》的前言的注释中,对新形式作了思考。他渴望诗律也能像他的语言一样具有新的破坏性的力量,实现的办法是诗律与内心的重新结盟,他曾作如下的思考:"诗怎样通过一种韵律触及音乐,这种韵律的根在人的灵魂中扎下,比任何古典的理论所指示的都要深。"④他也发现了音乐的重要性,音乐应该也来自人的灵魂。波德莱尔当时应该看到传统的亚历山大体已经失去了内心情感的依据,重新取得这种依据必然要打破亚历山大体的严格框架。基里克(Rachel Killick)发现:"《恶之花》的主要音律是十二音节的亚历山大体,这法语诗律典型的音律,伴随着少见的八音节的诗行和极少见到的十音节的诗行。与这些偶数音节的诗行一起,波德莱尔还使用了极其有限的奇数音节的诗行,绝大多数与亚历山大体交替使用。"⑤波德莱尔与后来的卡恩、维莱-格里凡等人相比,确实在诗律解放

---

① 于斯曼:《逆流》,余中先译,上海:上海译文出版社,2015年版,第187页。
② Charles Baudelaire, *Œuvres complètes*, tome 3, ed. Yves Florenne, Paris: Le Club français du livre, 1966, p. 87.
③ Paul Verlaine, *Œuvres posthumes de Paul Verlaine*, tome 2, Paris: Albert Messein, 1927, p. 4.
④ Charles Baudelaire, *Œuvres complètes*, tome 1, ed. Yves Florenne, Paris: Le Club français du livre, 1966, p. 1026.
⑤ Rachel Killick, "Baudelaire's Versification: Conservative or Radical?", *The Cambridge Companion to Baudelaire*, ed. Rosemary Lloyd, Cambridge: Cambridge University Press, 2006, p. 52.

上迈得步子不大，基本还是思考诗律放宽的问题，但是他对诗律的新态度，则成为后来年轻诗人的榜样。

上面谈到的六点，并不是全部的内容，而是比较后得到的更为重要的内容。后文对颓废派和象征主义理论的论述，也会经常与波德莱尔的这六点进行比较。可以将这六点简称为波德莱尔颓废六事。这六事已经大致指出了后来颓废派和象征主义的发展方向。

三、波德莱尔对19世纪80年代初颓废文学的影响

在颓废文学的发展上，布尔热（Paul Bourget）是一位预言家。他让颓废文学受到的关注更多了。1881年布尔热在《新评论》发表《当代心理》的系列研究论文，该年11月的文章就是献给颓废文学的。布尔热注意到了波德莱尔寻求"病态和人工的东西"，而且偏好"比其他事物更能激发我们身上具有的在感受上阴郁的东西"[①]。这两条，一条与波德莱尔的感受力有关，一条与阴郁的风格有关。为了获得超自然的感受力，波德莱尔敢于使用一些非常的、人工的手段，这也是自戈蒂耶以来，诗人和批评家都注意到的。布尔热这里的判断比较可靠。另外，文中还断言波德莱尔是"颓废的理论家"，这种判断无疑是一种历史拐点，它已经将波德莱尔视为颓废文学的先驱。尽管巴雷斯对布尔热的这篇文章有所批评，但是他曾称波德莱尔为"新艺术的先知"（prophète d'un art nouveau）[②]，这未尝不是布尔热的影响。

布尔热的文章最重要的地方，是对颓废理论的思考。在他之前，很多人讨论过颓废，但什么是颓废这个问题，一直悬而未解。似乎颓废的含义并不需要特别的解释。颓废意义的固定，对颓废文学的发展来说非常重要。如果人们一直在通常的意义上使用这个词，那么颓废就不可能成为一种风尚。布尔热的文章第四部分，小标题为"颓废的理论"，它先从一般的意义上来审视："颓废这个词，人们通常指的是一种社会的状态，它创造了数量相当大的不适于做公共生活的事务的个体。"[③]也就是说，如果积极参与社会分工，那么这就是进取的，相反就是颓废的。颓废本身含有破坏原有的功能和秩序的意思。从布尔热开始，颓废的一个重要的含义被

---

① Paul Bourget, "Psychologie contemporaine", *La Nouvelle revue* 13 (nov. 1881), p. 415.
② Maurice Barrès, "La Folie de Charles Baudelaire", *Les Taches d'encre*, 1 (novembre 1884), p. 25.
③ Paul Bourget, "Psychologie contemporaine", *La Nouvelle revue*, 13 (nov. 1881), p. 412.

理解为远离社会,无所事事。在于斯曼的《逆流》(*A Rebours*)中,人们最初读到的德塞森特先生(Jean des Esseintes)"无论他尝试什么,无边无际的厌烦始终压迫着他"①。德塞森特身上的这种厌倦世事、离群索居的个性,在批评家保尔·布尔德(Paul Bourde)的文章中,还被上升到道德层面,做了更具体的评价:"它道德面孔上的特征是对大众表露出的厌恶,大众被看作是极其愚蠢和平庸的。诗人为了寻求珍贵的、罕见的和微妙的东西而离群索居。"②

颓废具体到文学中,指的是文学内部功能和秩序的解体。每个部分如果放弃它的功能,那么文学作品就无法成为一个整体。布尔热说:"颓废的风格是这样一种风格,那里书的统一性解体了,以便让位给页面的独立性,而页面也解体了,以便让位给语句的独立性,语句再让位给词语的独立性。"③语句和词语的无政府状态,就是文学的颓废。可是这里会有一个误解。如果语句和词语都拒绝为整体服务,文学的整体不再存在,也就没有文学,颓废文学毛将焉附?布尔热的解释还有一些缺陷,这种缺陷在后来的批评家中得到了延续。比如拉布吕耶尔(Labruyère)曾主张:"颓废者并没有思想。它不想有思想。它更喜欢词语;当它找不到词语,它就创造词语。"④所谓没有思想,其实就是看到词语的无政府状态与思想的矛盾。这似乎是最早的文本解构主义的思维。但这并不是实情。无论波德莱尔的诗作,还是后来的颓废派,思想或者主题仍然存在。颓废文学只是在反崇高、反直接言说的道路上发展,这是一种表达和风格上的转向。其实对于这一点,布尔热并非没有看到,他敏锐地注意到了颓废带来了晦涩的诗风:"它们导致了词汇的改变,词语的过分细腻,这将给将来的那几代人带来难以理解的风格。"⑤这里触及了波德莱尔颓废六事的第四条和第五条。

该文对颓废文学有褒有贬,但贬多褒少,颓废文学被看作是没有未来的文学。但布尔热的文章还是吸引了一些人注意这类文学在当时的发展。魏尔伦就是这样的一位,他不仅从事颓废文学的试验,而且他的试验也被别的批评者注意,汇入19世纪80年代的颓废洪流之中。

---

① 于斯曼:《逆流》,余中先译,上海:上海译文出版社,2015年版,第11页。
② Paul Bourde, "Les Poètes décadents", *Le Temps*, 8863 (6 août 1886), p. 3.
③ Paul Bourget, "Psychologie contemporaine", *La Nouvelle revue*, 13 (nov. 1881), p. 413.
④ Labruyère, "Le Décadent", *Le Figaro*, 263 (22 sep. 1885), p. 1.
⑤ Paul Bourget, "Psychologie contemporaine", *La Nouvelle revue*, 13 (nov. 1881), p. 414.

魏尔伦 1882 年在《现代巴黎》(*Paris moderne*)上发表《诗歌艺术》("Art poétique")一诗。尽管这时兰波早已离开他,前往国外游历,但是与兰波的交往,让魏尔伦有机会从巴纳斯派向颓废诗人转型。《诗歌艺术》就是他这一时期诗学思想的缩影。魏尔伦早年受到过波德莱尔的影响,他曾称赞波德莱尔"卓越的纯粹性",认为这位导师"在文学最完美的荣耀中占有一席之地"[①]。魏尔伦在《诗歌艺术》中首先讨论诗的形式问题:

> 音乐要胜过其他的一切,
> 特别是这种喜欢奇数的音乐[②]

这种奇数音乐,往往表现为十一音节的诗行。在波德莱尔的诗中,已经出现过奇数音节的诗行,基里克将波德莱尔看作是魏尔伦的老师,指出波德莱尔"指示了魏尔伦和象征主义者们的音律试验"[③]。实际上,雨果、邦维尔(Théodore de Banville)也同样做出了示范。波德莱尔并不是唯一的影响源。文学形式的颓废已经有了一些传统,魏尔伦将要给这个传统带来更丰富的节奏效果。

魏尔伦接着讲词语。不同于波德莱尔采用反常的词语,《诗歌艺术》的作者更偏好含糊的用语:

> 你在选择词语时
> 也不要将错误完全避免:
> 最忧郁的歌最可贵,
> 因为含糊加入确切中间。[④]

过于确切的词语,可能会限制意义的表达。其实这种见解背后,是意义的概念发生了更改。以前,意义是固定的,诗作的达意功能非常强。到了 19 世纪中后期,意义被思想代替了。歌德(Johann Wolfgang von

---

① Paul Verlaine, *Œuvres posthumes de Paul Verlaine*, tome 2, Paris: Albert Messein, 1927, p.157.

② Paul Verlaine, *Œuvres poétiques complètes*, établie par Y.-G. le Dantec. Paris: Gallimard, 1962, p.326.

③ Rachel Killick, "Baudelaire's Versification: Conservative or Radical?", *The Cambridge Companion to Baudelaire*, ed. Rosemary Lloyd, Cambridge: Cambridge University Press, 2006, p.65.

④ Paul Verlaine, *Œuvres poétiques complètes*, établie par Y.-G. le Dantec. Paris: Gallimard, 1962, p.326.

Goethe)曾经区分过观念和思想。观念就是固定的意义,思想则存在于语言之中,又能越过它,"不可表达"①。这种思想是感受的某种形式,或者寄寓在感受中,在魏尔伦的诗中,它与"微妙的色调"关系很近。在这四行引文中,魏尔伦肯定用错的词语带来的新奇的意义,也肯定含糊的词语。因为思想"微妙的色调"很难装在确切语言的容器中。这种看法与波德莱尔反常的语言论是声气相通的。

魏尔伦还将"微妙的色调"与"梦想"联系了起来:

> 只有微妙的色调把梦想
> 连上梦想,把长笛配给号角。②

梦想在句中是什么意思呢?是理想?还是梦幻?通过上下文判断,更有可能是梦幻,但不是无意识的梦幻,而是与幻想相关。这里面强调的是丰富的内在生活,魏尔伦本人后来也做过解释,他所说的"灵魂、精神和心灵的三重表露"就是这种梦幻的具体含义。③ 这种论述与波德莱尔颓废六事的第一条的感受力和第四条的神秘风格都有关系。

魏尔伦的这篇诗作,总的来看,就是阐述颓废的美学。它发表后马上得到敏锐的批评者的注意。莫里斯后来加入象征主义运动,但在1882年他还无法接受这种诗歌原则,他在《新左岸》(*La Nouvelle rive gauche*)杂志上撰文讽刺魏尔伦。但魏尔伦和莫里斯不打不相识,他们变成了好朋友,《新左岸》杂志也成为魏尔伦的重要园地,这就为魏尔伦后来的颓废诗学活动做了准备。

在1883年,文学颓废的火苗继续蔓延,《新左岸》杂志发表了特雷泽尼克论诗人科佩(François Coppée)的文章。特雷泽尼克是《新左岸》的主编,他注意到科佩的颓废思想"虚弱、有点造作,难有活力"④。这谈的是科佩的病态感受力。但特雷泽尼克并不像布尔热一样指责颓废,在他那里颓废似乎成为一种具有一定独立地位的风格。他指出:"他希望显得被激情压垮了,或者被我们的颓废创造的病态压垮了:厌倦、忧伤、忧郁;他

---

① J. W. V. Goethe, *Maxims and Reflections*, trans. Elisabeth Stopp, London: Penguin, 1998, p. 141.

② Paul Verlaine, *Œuvres poétiques complètes*, établie par Y.-G. le Dantec. Paris: Gallimard, 1962, p. 326.

③ Paul Verlaine, "A Karl Mohr", *La Nouvelle rive gauche*, 6 (15 décembre 1882), p. 2.

④ Léo Trézenik, "François Coppée", *La Nouvelle rive gauche*, 52 (26 janvier 1883), p. 3.

在呻吟中比在努力中找到了更多的魅力。"①这里出现的"颓废"一词,是继布尔热之后,该词在法国诗歌圈里非常重要的一次重现,它将1881年到1884年的颓废文学的讨论连成了一条线。特雷泽尼克也成为魏尔伦的支持者,他认为魏尔伦是波德莱尔的"直接信徒",这说明他对颓废文学的起源相当清楚。他还具体分析了二人的具体联系:"他从这种危险的范例中得到了他闻所未闻的反常的精致,他的深刻,他的独特性;他有古怪的类比。"②这里的论述似乎超出了波德莱尔颓废六事的范围,不过,反常的精致,一方面触及了一种雕琢的诗风——这显示出魏尔伦作为巴纳斯诗人的特征——另一方面,则与反常的语言有一定的关系。最后谈到的"古怪的类比",实际上是"古怪的象征"。在当时的不少批评家那里,类比与象征是等义的。比如维莱-格里凡曾有过"人类小宇宙与世界小宇宙的神奇的类比"的提法③,即是如此。特雷泽尼克还发现魏尔伦的反主题的倾向,他指出:"因为微妙,思想消失了。诗中有和谐,但是却不愿再说任何话。"④这种判断有道理。魏尔伦在将主题转向情调的过程中发挥了作用。

随着魏尔伦在颓废文学中地位的加强,随着越来越多的诗人和批评家开始谈论颓废的问题,颓废将真正成为一种美学风格,颓废派也将真正缔造。而这一切,要从1883年8月开始。

第三节 魏尔伦、马拉美与颓废派的诞生

魏尔伦在1882年和1883年,首先在《新左岸》杂志上获得了声誉。如果回顾特雷泽尼克的文章,可以看到,他已经与"大师"的称号联系在一起了,马拉美在特雷泽尼克论科佩的文章中也已经出现,而且被认为是"原创的"⑤。但是真正成为大师,不仅因为他们艺术的造诣,更离不开其实际的影响力。从1883年开始,魏尔伦和马拉美迎来了新的文学地位。

---

① Léo Trézenik, "François Coppée", *La Nouvelle rive gauche*, 52 (26 janvier 1883), p. 3.
② Léo Trézenik, "Paul Verlaine", *La Nouvelle rive gauche*, 54 (9 février 1883), p. 4.
③ Francis Vielé-Griffin, "Les Poètes symbolistes", *Art et Critique*, 26 (23 novembre 1889), p. 402.
④ Léo Trézenik, "Paul Verlaine", *La Nouvelle rive gauche*, 54 (9 février 1883), p. 4.
⑤ Léo Trézenik, "François Coppée", *La Nouvelle rive gauche*, 52 (26 janvier 1883), pp. 3—4.

一、魏尔伦的《被诅咒的诗人》

1883年8月,魏尔伦行动了。他在24日的《吕泰斯》(*Lutèce*,《新左岸》杂志的新名)上发表《被诅咒的诗人——特里斯坦·科比埃尔》一文,随后以《被诅咒的诗人》为标题刊发系列文章,并最终以《被诅咒的诗人》为标题出版成书。最早的一篇文章是该系列文章的关键,魏尔伦在这里宣扬一种反传统、反道德的主义,他称科比埃尔是"最特别的蔑视者",是"没有任何天主教信仰的布列塔尼人,但是信仰恶魔"①。这种反道德的倾向,正是波德莱尔率先尝试的,文中的"恶魔"一词,实际上概括了《恶之花》的作者总的风格。在《恶之花》卷首的《给读者》("Au lecteur")一诗中,人们读到了这样的告白:

> 正是魔鬼扯住摆弄我们的线!
> 我们受着丑陋的事物的诱惑;
> 一天天向地狱更近一步堕落,
> 没有畏惧,穿越臭熏熏的黑暗。②

波德莱尔表示自己不畏惧魔鬼的诱惑,但他在上帝和魔鬼之间摇摆,仍然在反思。魏尔伦的《被诅咒的诗人》的重要之处,并不在于诗人提出了什么全新的诗学理念,而在于他大胆地树起了波德莱尔主义的旗帜。时过境迁,在思想混杂、多元的法兰西第三共和国,魏尔伦似乎比波德莱尔有了更大的底气,他将这种恶魔主义当作积极的价值来品味。颓废从此开始告别布尔热的消极的含义,成为具有美学价值的诗歌风格。比耶特里肯定魏尔伦的书"对小社团的新来者有决定性的影响",并且对后来颓废派的发生起到"催化剂的作用"③。

科比埃尔并不是重要的诗人,但对他的论述,给后来的文章奠定了一个基调。自1883年10月5日起,魏尔伦关于兰波的系列文章开始连载。这是兰波第一次在法国诗坛的重要场合亮相,对于后来兰波的声誉至关重要。魏尔伦并没有忘记这位远去的诗人,他想为兰波做点什么。因为

---

① Paul Verlaine, "Les Poètes maudits: Tristan corbière 1", *Lutèce*, 82 (24 août 1883), p. 2.
② Charles Baudelaire, *Œuvres complètes*, tome 1, ed. Yves Florenne, Paris: Le Club français du livre, 1966, p. 761.
③ Roland Biétry, *Les Théories poétiques à l'époque symboliste*, Genève: Slatkine Reprints, 2001, p 18.

他对兰波的思想和创作都非常熟悉,所以论兰波的系列文章非常成功。卡恩在这方面有发言权,他指出:"在这部书中的所有人中,兰波是魏尔伦透露最多的。"①

魏尔伦从兰波早期纯净、清晰的诗开始谈起,到了 11 月 10 日的这一期,一个颓废的兰波的形象就出现了。魏尔伦正式将兰波称作"被诅咒的诗人",还注意到兰波与魏尔伦结识后诗风的变化:

> 经过几次在巴黎的逗留,经过随后多少有些可怕的漂泊后,兰波先生突然改弦更辙,他采用纯真的风格、特别朴素的风格写作,只运用半韵、模糊的词、简单的或者平常的语句。他成就了细腻的奇迹、真正的朦胧,以及因为细腻而产生的近乎无法估量的魅力。②

这里模糊、朦胧的语言和风格与颓废有不少联系,尽管兰波的诗无法用颓废一词概括尽。

魏尔伦还注意到兰波的一部手稿,"它的名字我忘掉了,它含有奇特的神秘性,以及最敏锐的心理学的观察"③。这里的手稿可能指的是《彩图集》(Les Illuminations)。其中"奇特的神秘性",属于波德莱尔颓废六事中的第四条,它指的是兰波对超自然感觉世界的书写。除此之外,魏尔伦还提到了兰波的《地狱一季》,以及兰波的自由精神。因为魏尔伦的文章,兰波的诗在颓废派的发展中发挥了影响。

兰波之后,魏尔伦还讨论了马拉美。尽管卡恩说"魏尔伦描述的马拉美,是不全面的、陈旧的"④,但是这对马拉美的文学声誉有很大提升。马拉美比魏尔伦年长 2 岁,在文学生涯上却比魏尔伦失意得多。他以教书(甚至家教)为生,颠沛流离,居无定所,无奈之下曾经抱怨道:"我的天啊,讨生活是多么痛苦啊!要是人们能讨到生活也好啊!我们的社会让诗人们干什么职业啊!"⑤到 1883 年的时候,他在诗歌事业上也就只有一本薄薄的《牧神的午后》(L'Après-midi d'un faune),总印量为 195 册,仍然

---

① Gustave Kahn, "Chronique de la littérature et de l'art", *La Revue indépendante*, 9.24 (octobre 1888), pp. 123—124.

② Paul Verlaine, "Les Poètes maudits: Arthur Rimbaud", *Lutèce*, 93 (10 novembre 1883), p. 2.

③ Ibid.

④ Gustave Kahn, "Chronique de la littérature et de l'art", *La Revue indépendante*, 9.24 (octobre 1888), p. 123.

⑤ Stéphane Mallarmé, *Correspondance complète: 1862—1871*, Paris: Gallimard, 1995, p. 328.

默默无闻。相比之下，魏尔伦则出版了 6 部诗集，早已成名。因为魏尔伦的评论，马拉美的命运发生了扭转，他的声望在迅速攀升。

1883 年 11 月，魏尔伦还在《吕泰斯》推出"被诅咒的诗人"专刊。该刊这一期标题下有"Les Poète maudits"三个大字。并印有三人的木刻肖像。马拉美坐在沙发上，右手放在书本上，夹着一只点着的烟。他的眼睛和头发比较清晰，但是胡子和嘴完全是模糊的。中间是科比埃尔，照片太小，眼睛好像下视。最左边是兰波的像，脸比本人照片要长一些，稚气的眼睛望着前方。这一期没有重要的理论和诗作，其实是为了给即将出版的书做广告。但它扩大了《被诅咒的诗人》的名气，将颓废文学的思想传到巴黎的诗坛，以至于在 1884 年，已经有批评家用"马拉美主义"这个词来批评《吕泰斯》的颓废倾向，认为《吕泰斯》是颓废文学的主阵地。该刊主编特雷泽尼克不得不为杂志辩护："我们既不是自然主义者，也不是浪漫派，也不是魏尔伦派，也不是马拉美主义者，不是任何派别。"①《吕泰斯》并不是纯粹的颓废派杂志，这一点特雷泽尼克是对的，但是在 1883 年前后，《吕泰斯》确实是颓废诗人以及后来的象征主义诗人（比如莫雷亚斯、拉弗格）最重要的发表园地，也无怪乎报刊界有一些风言风语。

魏尔伦不仅在《被诅咒的诗人》中推出了上述几位颓废诗人，他也将自己打扮成了"被诅咒"者。这几篇文章并没有正面提及魏尔伦，但它们都是在魏尔伦的人格魅力以及颓废诗学下被探讨的。被诅咒的诗人，不能不加上魏尔伦自身。结集出版的该书中，实际的人物因而有四个。这四人可以看作是 19 世纪 80 年代最早的一批颓废诗人。但因为科比埃尔在 1875 年就去世了，除去他，最早的颓废诗人剩下的就是：兰波、马拉美和魏尔伦。理解三位诗人在颓废文学和象征主义思潮中的辈分，对于看清后来颓废者和象征主义诗人的论争非常有帮助。

另外，魏尔伦并不是用"被诅咒"来代替"颓废"，他对颓废也做过直接的思考。在 1884 年 3 月 29 日出版的《吕泰斯》中，魏尔伦说："颓废这个词究竟想说什么？……打倒虚假的浪漫主义，让纯粹的、顽强的（同样有趣的）诗行永存！"②在这一句话的语境中，"被诅咒"的几位诗人，在风格上被评价为是平和的、完美的。这是一个悖论。魏尔伦原本想用这个标题树立反传统的、个性的诗风，现在又用中庸的价值来洗去那些刺眼的色

---

① Léo Trézenik, "Chronique lutécienne", *Lutèce*, 150 (7 décembre 1884), p. 1.
② Paul Verlaine, "Avertissement", *Lutèce*, 113 (29 mars 1884), p. 2.

彩。魏尔伦是矛盾的。但是引文中的话又能说出颓废文学的一些特征。比如"纯粹的"诗行，以及对"虚假"的抵抗，它们显示出魏尔伦挖掘内在感受的决心。

总的来看，在1883年到1884年间魏尔伦的《被诅咒的诗人》已经赢得了比较广泛的关注。魏尔伦曾经回顾过自己的这部作品："(我的)这些诗因为在艺术上的真诚和内容上的质朴，而得到他们的喜欢。碰巧在他们需要的时候我推出了《被诅咒的诗人》，很大程度上是为了科比埃尔和马拉美，尤其是为了兰波。这个小册子获得了所有人们希望的成功，以及随之而引发的一些争论。"①在魏尔伦的魅力下，颓废派的正式诞生好比是山雨欲来风满楼了。

二、于斯曼的《逆流》

魏尔伦的小册子《被诅咒的诗人》1884年3月出版，两个月后，于斯曼的《逆流》面世。于斯曼的出现，对于颓废派的成立，对于象征主义思潮的发展，都非常关键。他有力地补充了魏尔伦的影响力，让颓废的火苗烧得更旺。于斯曼原本是自然主义作家，他在当时对自然主义有些不满："自然主义在同一个圆圈中缓慢地费力转动着石磨。每个人曾积累的观察数量，无论是对自己的，还是对其他人的，都开始枯竭。"②通过于斯曼对左拉小说的批评，可以看到于斯曼渴望抒写人的灵魂，而这种目标在他看来是自然主义无法办到的。他"模模糊糊地"把《逆流》写出来，并没有清晰的理念，但这却成就了颓废文学一时的经典。

于斯曼的《逆流》与传统的小说非常不同，它没有情节的发展，主要写人物的心情和感受。布尔热提出的"不完整的经验"说③，应该与这种特征有关系，因为感受只是人物片段的生活。这些感受又多是病态的，比如主人公德塞森特精神失常，他不止一次地发生"神经官能症"，也多次出现感官的幻觉："一个下午，气味的幻觉一下子突显了出来。他的卧室飘荡着一股鸡蛋花的清香；他想证实是不是有一瓶香水忘了盖上盖，泄露了气味；然而，房间里根本就没有香水瓶；他走到书房，走到餐室：香气依然如故。"④这种精神上的病态，不仅是波德莱尔具有的，也是随后的颓废诗人

---

① Paul Verlaine, "Anatole Baju", *Les Hommes d'aujourd'hui*, 332 (août 1888), p. 2.
② 于斯曼：《逆流·作者序言》，余中先译，上海：上海译文出版社，2015年版，第4—5页。
③ Paul Bourget, "La Poésie contemporaine", *Lutèce*, 169 (26 avril 1885), p. 1.
④ 于斯曼：《逆流》，余中先译，上海：上海译文出版社，2015年版，第145页。

普遍具有的。布尔德曾经讽刺这些颓废诗人,有"对疏离其他人的神经症的需要"①。这种现象确实存在。那么,能不能说明颓废的作品,就是病态的作品,进而就是不真实的作品呢?这个思考涉及颓废文学的价值判断,非常重要。当颓废诗人(作家)们,从外在的现实退回内在的现实后,内在现实的神秘和丰富,就成为他们关注的中心,因而幻觉的写作就不可或缺了。尽管幻觉写作往往发生于神经症那里,但是文学想象、题材借用的情况是比较多的。没有必要认为颓废诗人都是精神病人,更不必主张幻觉写作就一定是不真实的。

于斯曼的小说在颓废文学史上的价值,并不只限于作品本身情调的忧郁、病态感受的渲染,它对于颓废文学的评价,也加速了颓废概念的传播。于斯曼借德塞森特的嘴,道出了他对波德莱尔的崇敬之情:

> 德塞森特越是重读波德莱尔,就越是在这位作家身上认出一种难以表述的魅力,在一个诗歌只用来描绘人与物表象的时代,这一位却依靠一种肌肉丰富的语言,成功表达了无法表达的东西,他的语言比任何其他语言都更拥有那种美妙无比的力量,能以表达上的一种奇怪健康,来确切指明疲倦的精神和忧伤的心灵那最不可捉摸、最战栗的死气沉沉的状态。②

波德莱尔即是德塞森特的镜子,它不仅照见自己"死气沉沉"的生活,也照见颓废文学的道路。这种道路是在对抗自然主义的过程中走出来的,所谓"描绘人与物表象的时代",就是以自然主义为代表的实证主义时代。而波德莱尔则"深入了心灵底层",然后表达那些"无法表达的东西"。自然主义与象征主义思潮的对立,在于斯曼身上体现得非常典型,他就是这种对抗的代表。巴尔曾对于斯曼的意义做过思考:"《逆流》一书是一种反叛行为,是对自然主义开的一枪,是耗空了的文学的没落标志。"③尽管这并不是第一枪,却是1884年开的最重要的一枪。

魏尔伦的先驱地位,在《逆流》中也得到了承认。尽管于斯曼发现魏尔伦存在对李勒(Leconte de Lisle)的模仿,以及"浪漫修辞学的练习",但是他仍然能从这个兄长的十四行诗中发现"真正的个性"④。于斯曼是马

---

① Paul Bourde, "Les Poètes décadents", *Le Temps*, 8863 (6 août 1886), p. 3.
② 于斯曼:《逆流》,余中先译,上海:上海译文出版社,2015年版,第187页。
③ André Barre, *Le Symbolisme*, New York: Burt Franklin, 1968, p. 132.
④ 于斯曼:《逆流》,余中先译,上海:上海译文出版社,2015年版,第241页。

拉美的崇拜者。马拉美的地位在他那里要远远高于魏尔伦。于是马拉美的诗作在德塞森特的书房中得到了优待:"除了这些诗人以及斯特凡·马拉美,德塞森特很少被诗人吸引。马拉美当然是例外,他特别交代仆人把马拉美的作品单搁一边,另行摆放。"①于斯曼表达了对《海洛狄亚德》("Hérodiade")的痴迷,这部终其一生都没有完成的诗剧,像有神秘的魅力。甚至,于斯曼还引用了诗中的段落,仔细品味。所有这些内容,都成为布尔热"当前的文学青年受到了神秘感的折磨"一语的注脚②。

波德莱尔的感应说,在这部书中也得到了回应。这个现象是非常有意味的。魏尔伦受到了波德莱尔的影响,但是这种影响主要是情调、词语和形象上的,魏尔伦不太关注那个先驱者的感应说。横向和纵向的感应,相对应的是象征和通感,这两样在魏尔伦的作品中并不多见。因而,魏尔伦给后来的颓废文学的影响,主要是情调、语言和音乐性,但是象征和通感手法往往付诸阙如。于斯曼的出现,弥补了魏尔伦的不足。象征和通感,在于斯曼的书中,被换成一个名字:类比。这一个词,就集合了波德莱尔两个词的意义:

> 他感觉到事物中那些最遥远的相似性,便常常以一个靠了某种类比效果,就能同时给出形式、气味、颜色、质地、光亮的词语,来表明物体或生命体,而假如这些物体和生命体只是由其技术名称简单指明的话,那他就还得使用众多不同的形容词来修饰它们,以揭示它们所有的面貌,所有的细微差别。③

这里还可以看出,如果说于斯曼是典型的颓废派作家,那么颓废派作家并不完全像魏尔伦那样,把象征留给后来的象征主义诗人。颓废派同样关注象征。下文可以看到不少颓废派诗人重视象征手法。因而颓废派和象征主义派并不是对立的流派,它们更多是圈子的不同,而不是主义的不同。如果不拿单个的诗人比较,比如用魏尔伦来比莫雷亚斯,而是将更多的人物纳入进来,那么,颓废派和象征主义派很大程度上是共通的。

三、弗卢佩的《衰落》

1884年7月,德普雷(Louis Desprez)在《独立评论》上发表《最后的

---

① 于斯曼:《逆流》,余中先译,上海:上海译文出版社,2015年版,第246—247页。
② Paul Bourget, "La Poésie contemporaine", *Lutèce*, 169 (26 avril 1885), p. 1.
③ 于斯曼:《逆流》,余中先译,上海:上海译文出版社,2015年版,第257页。

浪漫派》("Les Derniers romantiques")一文。这篇文章虽然没有使用"颓废"的字眼,但他讨论的却是颓废文学。德普雷注意到魏尔伦与波德莱尔的渊源:"他像波德莱尔一样,在肉欲的寻求中混入了宗教感情;像波德莱尔一样,他求助于微妙的比较,他将声音与色彩融合,沉溺在古怪的梦幻中。"①这里首先提到的是魏尔伦主题和情调上的特点,既寻求人间的放纵生活,又渴望超自然的世界。后半句中的"微妙的比较"像前文说过的那样,可换为"微妙的象征"。象征本身就是梦幻的入口。德普雷还注意到了马拉美,他认为马拉美在语言和节奏上给魏尔伦带来很大影响。这种判断失之偏颇。魏尔伦的诗很早就成熟了,在1884年他在文学上的地位也比马拉美高,魏尔伦师法马拉美的可能性不大。

11月,巴雷斯在《墨迹》(Les Taches d'encre)杂志上发表《夏尔·波德莱尔的疯癫》("La Folie de Charles Baudelaire")一文。巴雷斯这篇文章的目的,是分析波德莱尔的精神,也就是他内在的颓废。他发现波德莱尔有一种"秘密的直觉",这可以生成敏锐的感受力,而波德莱尔和后来的诗人,他们最大的特点就是"感觉的解释者"。巴雷斯的判断是精准的。颓废文学在当时的主要表现就是对细腻的内在感情的传达。象征就是它的工具。不过,象征在巴雷斯的文章中也像之前说过的一样,被称作"类比":

> 通过类比,我们在艺术作品中做到了取消一切的构造,以便让感觉首尾相接,或者混合在一起,就好像它们呈现在诗人眼前,根据个人的性情和习惯等等,通过最古怪的联系并置在一起。理性所能做的只是这个。唯有类似性情的感觉主义者能够相互理解。②

文中说的感觉的"并置",确实是颓废者和象征主义诗人主要的技巧。通过感觉的并置,诗人尽可能地消除诗句中的理性和逻辑的成分,尽可能地将语言与感觉联系起来。后来美国意象派(The Imagist School)提出的意象的并置理论,强调的也正是感觉的并置,其源头正在于此。

1885年4月,布尔热在《吕泰斯》上发表《当代诗》,称颓废文学为"年轻的文学"。他没有使用1881年的颓废一词,不知为何。但布尔热延续

---

① Louis Desprez. "Les Derniers romantiques", La Revue indépendante, 1 (juillet 1884), p. 219.
② Maurice Barrès, "La Folie de Charles Baudelaire", Les Taches d'encre, 1 (novembre 1884), pp. 16—17.

了之前的判断,认为颓废者们"依附"波德莱尔。但是在之前的研究中。布尔热的关注点在波德莱尔。在这篇文章中,魏尔伦、于斯曼的名字都出现了。他注意到魏尔伦尝试传达模糊、微妙的情调,而于斯曼则关注细微的感受。布尔热的这篇文章,并没有做出大的成绩。真正在颓废派的成立中发挥重要作用的是《衰落》(Les Déliquescences)一书的出版。

《衰落》严格来看,是一个恶作剧。它标出的作者是弗卢佩(Adoré Floupette),实际上这个人名是杜撰的,它是两个人的集体名称,一个是博克莱尔(Henri Beauclair),一个是维凯尔(Gabriel Vicaire)。这两位都是诗人,他们读过魏尔伦和于斯曼的作品,于是就有了这本仿作。康奈尔说该书"给颓废作家一个范例,又因为其风格的古怪给保守批评家一个靶子"①。但揣摩两位诗人的初衷,还是为了嘲弄颓废诗人。不过,因为这本书,颓废文学声势大涨,又是他们始料不及的。

《衰落》于1885年5月出版,次月又印出带序的版本。在署名塔波拉(Marius Tapora)的序言"作者生平"中提到,弗卢佩1860年出生,曾经喜欢诗人拉马丁。在1885年,塔波拉曾和弗卢佩做过诗歌的讨论。在否定自然主义后,有了下面的对话:"我变得不安了,我未经思考,大声说:'但是,最终剩下的是什么?'他注视着我,用一种低沉带点颤抖的声音说:'剩下的是象征。'"②这个对话倒很能说出颓废派的追求,他们渴望摆脱现实,进入象征的世界。该书的标题也能体现颓废的含义。维尔(Vir)曾说:"人们谈论衰落、没落、颓废。谈论没有价值的东西,以及荒唐的词语。"③衰落、没落,原本就与颓废是同义的。正文的诗选中,也出现过这个词,可以看作这个标题的来源:"所有我的存在/都在衰落!!"此书之后,衰落一词渐渐成为颓废的代名词。不过,书中也出现了颓废一词,有一首诗名字就叫做《颓废者》("Décadents")。

维尔还提到过"荒唐的词语",这句话在《衰落》的前言中有更具体的解释。弗卢佩曾说:

> 词语像你一样是活的,比你还活;它们前进,它们像小船一样有脚。词语并不描绘,它们就是绘画本身,有多少种词语,就有多少种

---

① Kenneth Cornell, *The Symbolist Movement*, Hamden, Connecticut: Archon Books, 1970, p.36.
② Adoré Floupette, *Les Déliquescences*, Byzance: Lion Vanné, 1885, p.26.
③ Vir, "La Décadence", *Le Scapin*, 1 (1 sep. 1886), p.4.

色彩；有绿的、黄的和红的，就像药店里的大口瓶一样，那里有塞拉芬剧场梦幻的色调，药剂师可想象不到。①

这句话涉及两个"荒唐"的地方：第一个是反对描绘。第二个是词语的色彩。反对描绘即是针对巴纳斯派和自然主义作家，即是争取词语的暗示力。词语的色彩，明显是"抄袭"魏尔伦《被诅咒的诗人》中引用兰波的《元音》("Voyelles")。后者写道："A 黑，E 白，I 红，U 绿，O 蓝。"②弗卢佩将它借用过来，认为词语像色彩一样众多。最后一句中的"塞拉芬剧场"，出自波德莱尔的《人工天堂》。所谓塞拉芬剧场据说是上演皮影戏的剧场，以魔幻著称，这里则说明词语色彩的变幻无穷。弗卢佩明显放大了兰波的话，不用过多解释，人们可以明白它含有的嘲讽的语气。

词语的颓废在正文的诗作进行了实践。比如《象征田园诗》("Idylle symbolique")中的一节：

> 被精神的疏懒
> 催眠的多情女郎们，
> 温存的小伙，在黑色的倒影中，
> 玫瑰色的放肆……③

诗中出现了不完整的句子，而且选用的词语也有了不同寻常的结合，比如"玫瑰色的放肆"。在《颓废者》一诗中出现了这样的诗句："我们的神经和我们的血液一文不值，/我们的头脑在夏天的风中熔化！"这首诗，与马拉美的《青空》("L'Azur")非常接近，都属于自我消失的主题。康奈尔认为弗卢佩诗中的句法和用词"受到魏尔伦和马拉美的启发"④，这是有根据的。正是在魏尔伦、马拉美（可能还有于斯曼）的诗学、作品的参照下，博克莱尔和维凯尔才写了这部诗集，并开了一个很大的玩笑。

魏尔伦、马拉美、于斯曼、弗卢佩，或许他们在 1885 年之前，没有哪一位对于颓废派的成立具有绝对的影响力，但是当这些力量都汇合起来时，颓废的势力就形成大潮了。文学风气在 1885 年的巴黎发生了显著的变化。在该年 5 月 17 日，阿雷纳（Paul Arène）发表《颓废者们》一文，见证

---

① Adoré Floupette, *Les Déliquescences*, Byzance：Lion Vanné, 1885, p. 43.
② Arthur Rimbaud, *Œuvres complètes*, ed. Antoine Adam, Paris：Gallimard, 1972, p. 53.
③ Adoré Floupette, *Les Déliquescences*, Byzance：Lion Vanné, 1885, p. 60.
④ Kenneth Cornell, *The Symbolist Movement*, Hamden, Connecticut：Archon Books, 1970, p. 37.

了颓废派最初的诞生史:"颓废是一种时尚。人们不无偏颇地带着愉快的热情变成颓废者。我认识的一个勇敢的小孩,脸色红润,面颊丰满,正是十六岁的风华,自称自己是绝对的颓废者。"①虽然文中没有出现颓废派一词,但大可不必纠结术语本身。阿雷纳已经看到颓废文学的流行,而引领风潮的主要诗人有意无意就会形成一个流派。在1885年5月,颓废派已初具雏形,有了主要的代表人物:魏尔伦和马拉美,也有了重要的作品,比如《被诅咒的诗人》《逆流》《衰落》等。它已经在社会上产生了不小的影响。但是有组织的颓废派还未出现,颓废派仅仅处于一种初级阶段。

但是形势很快就气决泉达了。在1885年8月,距《衰落》出版只有三个月,颓废派们就有了比较正式的认证了。认证者并不是颓废诗人自身,而是一位对颓废派有所非议的批评家布尔德。他在《时报》上发表《颓废诗人》("Les Poètes décadents")一文,见证了一个流派的正式诞生。

四、颓废派的正式诞生

在布尔德之前,颓废诗人的名称已经出现,可是人们对它的成员并不清楚。布尔德的文章表明对颓废诗人的认识渐渐明确下来。布尔德说得明白:"尽管像从前的巴纳斯诗人一样,他们既没有共同的出版社,也没有合集,以让他们的团体显得界线分明,但这些留心于诗的人知道颓废者这个讽刺的词所指为谁。"②直到该年8月,颓废诗人并没有出版选集,也没有创办真正的机关杂志,诗人们各自为政。即使这样,布尔德说细心的读者已经明白颓废诗人"所指为谁"。自1883年以来,随着诗人们的不断努力,颓废派的圈子渐渐明朗了。布尔德在文中已经用"流派"来称呼他们,他列出六位他认可的颓废诗人,其中有魏尔伦和马拉美,这两位诗人被当作颓废派的两大支柱。还有莫雷亚斯。直到目前,莫雷亚斯的诗歌活动还未加以考察,不过把这个问题放到下一节,会更恰当一些。第四位是洛朗·塔亚德(Laurent Tailhade),这是一位无政府主义者,虽然后来与象征主义思潮关系不大,但在1884年至1885年间,曾在《吕泰斯》《黑猫》(Le Chat noir)等杂志上发表作品,也是活跃分子。第五位是维涅(Charles Vignier),魏尔伦的弟子,与《吕泰斯》《独立评论》等杂志有些关系,也是后来成立的《象征主义者》杂志的成员。第六位是莫里斯,我们已

---

① Paul Arène, "Les Décadents", *Gil Blas*, 7 (17 mai 1885), p. 1.
② Paul Bourde, "Les Poètes décadents", *Le Temps*, 8863 (6 août 1886), p. 3.

经知道他和《吕泰斯》杂志的渊源，尤其是他与魏尔伦的不打不相识。这六位诗人，再加上弗卢佩，共是七位。按照布尔德的说法，这几位诗人就构成了最完整的颓废派。但在莫雷亚斯的回应文章中，弗卢佩被去掉——这当然好，因为弗卢佩原本就不存在——于是还是六位。这个名单还过于狭窄，但这是该流派的第一次"集体亮相"，意义重大，因而莫雷亚斯称布尔德是颓废派的"严肃的批评家"①。

　　布尔德还对颓废派的美学特征进行了总结。他首先看到颓废诗人精神上的病态。因为渴望精神病，所以"健康本质上是平庸的、有益的，适于粗人"，而且这种病态还带来对宗教的亵渎，尽管天主仍然存在于他们的作品中，因为"没有天主，他就不会有撒旦；而没有撒旦，他就不可能成为撒旦式的诗人"②。波德莱尔的宗教观，并不能代表所有的颓废诗人，魏尔伦出狱后，就在兰波眼中成为虔诚的宗教徒，马拉美从未亵渎过宗教。这里布尔德明显以偏概全了。莫雷亚斯曾调侃地说："让布尔德先生放心，颓废派诗人不想多亲吗啡女神苍白的嘴唇；他们还没有吃掉带血的胎儿；他们更愿意用带脚玻璃杯喝水，而非用他们祖母的头颅，他们也习惯于在冬天阴暗的夜晚写作，而非与恶魔往来，以求在巫魔会（le sabbat）期间，说可怕的亵渎神明的话。"③布尔德对颓废派是存有敌意的，这种敌意表明颓废派在他眼中有鲜明的异端色彩。

　　颓废派题材和形象的古怪与反常也得到了注意。布尔德认为颓废诗人厌恶自然，在他们那里，森林不是绿色的，而是蓝色的；女人不是鲜活的，而是贫血的、惨淡的："患精神病前妄想的性情，早早堕落的处女，正在腐烂的社会的粪堆上像霉菌一样绽放的罪恶，发臭的文明的一切娴熟的堕落，这一切对于颓废派来说，都自然而然地具有罕见事物的魅力。"④这种对新奇题材的寻求，在《逆流》和《衰落》两部作品中，确实都存在，无需争论。不过，莫雷亚斯从另一个角度来思考，这就是美。莫雷亚斯引爱伦·坡给美下的定义，说明运用这些题材和形象的目的，并不是审丑，而是从中获得灵魂的狂喜。他还反驳布尔德：光明美好的事物在生活中并不常见，意谓丑陋、阴暗的事物才是真实，而所谓美好的事物往往给人"一

---

① Jean Moréas, "Les Décadents", *Le XIXe Siècle*, 4965 (11 août 1885), p. 3.
② Paul Bourde, "Les Poètes décadents", *Le Temps*, 8863 (6 août 1886), p. 3.
③ Jean Moréas, "Les Décadents", *Le XIXe Siècle*, 4965 (11 août 1885), p. 3.
④ Paul Bourde, "Les Poètes décadents", *Le Temps*, 8863 (6 août 1886), p. 3.

种自我欺骗的悲伤,一种相反的悲伤"①。

布尔德还发现颓废派在诗律解放上所做的工作。他注意到巴纳斯诗人邦维尔对诗律规则的批评,以及对绝对自由诗行的呼吁,而这种呼吁等来了颓废诗人。后者不但废除了阴、阳韵的交替,要么专门使用阴韵,要么专门使用阳韵,而且有时完全不押韵。在这方面,魏尔伦的《无言的浪漫曲》成为负面的例子。奇怪的是,布尔德并没有讨论魏尔伦在诗行音节数量和语顿上的自由试验,押韵在他的辞典中与诗律是等义的。1885年,自由诗还未诞生,这足以给布尔德短暂的安全感。

总之,布尔德在成员构成、流派特征、题材和形式上,都给颓废派做了总结。颓废派第一次清晰地呈现给世人。但布尔德并不是颓废派的支持者,他不无鄙夷地观察这个新流派,为它没有未来感到惋惜。德拉罗什(Achillle Delaroche)对它有比较中肯的评价:"这篇文章,尽管它付出认真的努力,以求理解新的思想,但对于引发一个回应来说,它含有相当多的错误和不公。"②比如它认为颓废派是"濒死的流派",实际上它的生命力才刚刚展现出来。

布尔德之后,颓废派迎来了流派的实质性建设的阶段。阿纳托尔·巴朱(Anatole Baju)首先在1886年4月10日创办了《颓废者》(Le Décadent)杂志,紧接着雷蒙(E. G. Raymond)任主编的《颓废》(Le Décadence)于该年10月1日出现。《颓废者》1886年出了第一个系列,到该年12月4日时,已经出到第35期。1887年改版。《颓废》则是一个短命期刊,为《斯卡潘》(Le Scapin)杂志的子刊,只出了3期便消失了。这两个刊物旨在宣传颓废文学,《斯卡潘》的社论曾指出《颓废》是颓废派的"专属刊物"③。这两个刊物不仅专门宣传颓废文学的理念,也推动了颓废文学的创作和发表。更重要的是,它扩大了布尔德的颓废派六人小组的范围,又接纳了许多新的面孔。在1886年10月举办的颓废者大会上可以发现,颓废派已经成为与浪漫主义、古典派、自然主义并列的四人流派之一了。

---

① Jean Moréas, "Les Décadents", *Le XIXe Siècle*, 4965 (11 août 1885), p. 3.
② Achillle Delaroche, "Le Annales du symbolisme", *La Plume*, 3.41 (1 janvier 1891), p. 16.
③ Le Scapin, "Le Sac de Scapin", *La Décadence*, 1 (1 octobre 1886), p. 3.

第四节　莫雷亚斯、卡恩和象征主义派的诞生

"象征"（symbole）在西方，可以上溯到古希腊的词语"σμβολον"。这个词类似于中国的"符信"，双方各执一半，以作验证。到了中世纪，这个词在拉丁语中写作"symbolum"。因为象征之物往往用来验证身份，所以它的意思就变为代表信仰身份的语句，一种"教会概括它的信条的格言"①。简化一下，这个词就有了"信条选编"的含义。托马斯·阿奎那（Thomas Aquinas）的神学大全（*Summa Theologiae*）第二集第二部论信德的部分，就用过这个词："象征作为信仰的规则而被传递下来。"②这里的象征，就是"信条选编"的意思，明代来华传教的意大利人利类思将其译作"信经"。中世纪时期有一部信仰格言选，叫做 *Symbolum Apostolorum*，意思是"使徒信经"。

中世纪后期，随着天主教的著述传入法国，这个词开始有了法语的对应词"symbole"。法语词大约在 1380 年出现，也继承了天主教文献中的意义。③ 比如在 1596 年，出现过一本书《对信经的布道……》，标题原作"Sermons catholiqves svr le symbole des apostres…"，其中的"symbole"，还是"信条选编"的含义。在 1631 年出版的一本书中，还出现过这几个词语："the Symbole or Creede of the Apostles"（使徒信条选编），④这里明显将"symbole"与"creede"（信条）视作同义词，反映了欧洲宗教文化的同源同根。

到了 16 世纪中叶，象征又恢复了亚里士多德所指的意义，重新指"通过其形式或本质，与抽象的或者不在场的事物产生思想上的联系的自然

---

①　Alain Rey，*Le Robert dictionnaire historique de la langue française*，tome 3，Paris：Dictionnaires Le Robert，1998，p. 3719.

②　Thomas Aquinas，*Summa Theologiae*，volume 17，Lander：The Aquinas Institute，2012，p. 18.

③　Alain Rey，*Le Robert dictionnaire historique de la langue française*，tome 3，Paris：Dictionnaires Le Robert，1998，p. 3719.

④　William Perkins，*An Exposition of the Symbole or Creede of the Apostles*，London：Iohn Legatt，1631，p. 3.

现象或者对象"①。象征于是成为一种思维方式，也成为一种语言形式。比如在 1745 年的《新法拉大辞典》中，就同时出现了两个象征的词条。一种象征是天主教用法上的，另一种则是文学和语言学上的："符号、类型、标志的种类，或者用自然事物的形象或特性代表道德事物，比如狮子是英勇的象征。"② 18 世纪末期，随着法国浪漫主义文学观的出现，象征的意义渐渐从抽象事物的象征，变为心灵的象征。斯达尔夫人（Madame Staël）曾认为要"将整个世界视作心灵感情的象征"③。这里的象征不再是固定的象征，而是个性的象征。

一、1885 年之前象征的概念及其意义

斯达尔夫人的象征，交到了波德莱尔手里。波德莱尔不仅影响了颓废派，也是象征主义派的先驱。在本章第一节中，波德莱尔提出了基于超自然主义的象征观，这已经说明过了。在波德莱尔之后，象征一词似乎没有颓废使用得多。但自 1884 年后，象征这个词越来越常见。巴雷斯在接续这个词的使用上，发挥了作用。他在 1884 年 11 月的《夏尔·波德莱尔的疯癫》一文中，认为《恶之花》中的"象征主义本身是杰出的、第一等的"④。这是象征主义时期象征主义一词最早的使用。这个发现非常重要，因为之前的不少研究曾认为莫雷亚斯的《象征主义》一文是象征主义创立的标志。比如，查德威克曾指出，莫雷亚斯的这篇宣言"为正在慢慢成形的象征主义下了定义"⑤。其实巴雷斯几乎在两年前就下了定义了。巴雷斯将象征看作是事物进行的对比，这种对比是很多人看不到的，是隐秘的；不过，和平常的对比不同，象征对它进行的对比并不做出说明，它需要敏锐的读者："只要读者进入了象征，这种比较就独自在读者的心灵中确立起来。"⑥巴雷斯充分意识到象征的做法，和之前描述、叙述的做法的

---

① Alain Rey, *Le Robert dictionnaire historique de la langue française*, tome 3, Paris: Dictionnaires Le Robert, 1998, p.3719.
② L'Abbé Danet, *Nouveau grand dictionnaire de Francois, Latin*, tome 2, Varsovie: L'Imprimerie Royale de la republique, 1745, p.524.
③ Madame la Baronne de Staël, *Œuvres complèes de Madame la Baronne de Staël*, Paris: Treuttel et Würtz, 1820, p.264.
④ Maurice Barrès, "La Folie de Charles Baudelaire", *Les Taches d'encre*, 1 (novembre 1884), p.12.
⑤ 查尔斯·查德威克：《象征主义》，周发祥译，北京：昆仑出版社，1989 年版，第 8 页。
⑥ Maurice Barrès, "La Folie de Charles Baudelaire", *Les Taches d'encre*, 1 (novembre 1884), p.16.

不同。

　　象征一词在《逆流》和《衰落》两部书中都出现过。《逆流》中的象征尽管比巴雷斯的文章出现的还早，但没有特殊的含义，而《衰落》对象征的使用，延续了巴雷斯的用法。它将象征与梦幻结合起来，象征并不是修辞法，也不是具有特殊含义的形象，它是完整的梦幻世界，是一种内心的境界。书中借助一位颓废诗人之口，说出了下面的话："梦幻，梦幻！我的朋友们，我们是为梦幻而着手写诗的！"①

　　于斯曼的书引起了另外一个未来的象征主义诗人的注意，他就是吉尔。吉尔1885年7月写过一篇致于斯曼的短文，标题就叫《象征》。吉尔注意到波德莱尔、马拉美的象征传统，他认为象征是人们不满于"摄像术的报道"而出现的。吉尔还给象征下了定义，象征具有"综合的事实"的基础，而且它里面包含着"永恒的思想"。② 吉尔是第一位将象征与"综合"这个概念联系起来的人。因为他论述得比较简略，不容易清楚地确定这个词的含义。但可以推测，这个词与瓦格纳有关系。瓦格纳的综合艺术，就是吉尔这里综合一词的来源。在该年10月，吉尔发表了一篇文章——《瓦格纳主义》，讨论了诗中的音乐性对象征的关注。

二、莫雷亚斯与象征主义的诞生

　　布尔德1885年8月6日发表的《颓废诗人》，标志着颓废派正式获得承认。正是这篇文章，引发了象征主义派的出现。莫雷亚斯看到这篇文章后，立即在8月11日的《十九世纪》周报上发表了《颓废者》，作出回应。

　　莫雷亚斯原本是希腊人，1856年在雅典出生，1879年来巴黎居住。在1885年之前，莫雷亚斯主要的文学活动是给《黑猫》和《吕泰斯》杂志投稿。比如1883年1月、2月和4月，莫雷亚斯都有诗作在《黑猫》上发表。当时《黑猫》杂志办有文学沙龙，魏尔伦和其他颓废诗人、巴纳斯派作家常常参加。从1883年5月5日的《〈黑猫〉的文学星期六》一文列出的名单来看，莫雷亚斯不在其中，他在《黑猫》杂志上属于边缘人物。不过，《吕泰斯》杂志与莫雷亚斯的关系比较好，莫雷亚斯不仅在那里发表作品，而且也是该刊经常讨论的人物。

　　在1883年5月18日的《吕泰斯》上，莫雷亚斯发表了《1883年的沙

---

① Adoré Floupette, *Les Déliquescences*, Byzance: Lion Vanné, 1885, p.32.
② René Ghil, *Traité du verbe*, Paris: Éditions A.-G. Nizet, 1978, p.56.

龙》一文,这篇文章标志着他具有了颓废者的身份。该文并不是文学论文,而是艺术论文,涉及的话题是画像。莫雷亚斯指出画像具有两大方法,一种是历史的方法,一种是小说的方法(la manière du roman)。历史的方法"忠实地、严格地"描摹人的轮廓,避免任何的理想化,而小说的方法则有更大的目标,它"富有空间和梦幻",在真实性上技高一筹。① 这篇文章看似与象征主义无关,实际上是象征主义艺术理论的最初尝试。历史的方法,等同于文学中的自然主义,小说的方法则归为文学中的象征主义。在思维模式上,有理由推测波德莱尔《1846 年的沙龙》中提出的自然主义的艺术和浪漫主义的艺术的理论,是莫雷亚斯此文的原型。

莫雷亚斯积极宣传颓废的理念,并且在发表的诗作上,也追求诗律的反叛,因而到了 1885 年,他就被看作是重要的颓废者了。在该年 6 月 28 日的《吕泰斯》中,特雷泽尼克发表了一篇文章,标题为《让·莫雷亚斯》。特雷泽尼克说:"颓废派们在这种趣味上,把一些文学信仰归功于莫雷亚斯,而莫雷亚斯也不否认。莫雷亚斯因为与他们有联系而名声不好,而颓废派们很乐意把他算成他们的一分子。"② 当时《吕泰斯》在颓废文学上的地位很高,甚至有人称《吕泰斯》为颓废派的机关刊物。莫雷亚斯因为与《吕泰斯》的关系,很自然地被视为颓废诗人。在布尔德列出的颓废派六人小组中,第三位就是莫雷亚斯。

但是莫雷亚斯并不甘居人后,他在创立新流派的野心上,超过了这个名单上的其他人。莫雷亚斯在《颓废者》一文中,首先肯定了布尔德的眼光,认为后者的文章体现了对颓废派的"一定的理解",有"值得称赞的文学意识",但是布尔德"有点谨小慎微"。③ 布尔德对颓废派的不少批评,确实是站在"正统的"道德和文学价值观上,他对新文学及其作者们有所关注,可是在评判的时候,又不免保守。莫雷亚斯不仅维护了颓废派的文学价值,而且也维护了颓废派诗人的声誉,在 1885 年 8 月发表在《吕泰斯》的一篇匿名文章中,莫雷亚斯的工作得到了肯定:"它完美地表明,所谓的颓废派并不是古怪的人。"④

莫雷亚斯发现颓废这个词是一个错误的名称,他想给颓废重新命名:"颓废派诗人——因为评论界乱贴标签的癖好是不可救药的,评论界可以

---

① Jean Moréas, "Le Salon de 1883", *Lutèce*, 68 (18 mai 1883), p. 2.
② Léo Trézenik, "Jean Moréas", *Lutèce*, 179 (28 juin 1885), p. 1.
③ Jean Moréas, "Les Décadents", *Le XIXe Siècle*, 4965 (11 août 1885), p. 3.
④ Anonyme, "Les Jeunes poètes", *Lutèce*, 197 (23 août 1885), p. 2.

更恰当地称他们为象征主义者。"①给颓废派重新命名,目的是为了突出颓废派的积极价值,避免文学圈里更多的批评。莫雷亚斯提出的新名字是"象征主义者"。"象征主义者"和"象征主义"在法语中是一个同源词。尽管莫雷亚斯没有使用象征主义一词,实际上这个词的意义已经含在"象征主义者"里了。这篇文章因而是象征主义成立的一个征兆。另外,象征主义和颓废的关系问题,在这篇文章中说得很明白,象征主义就是颓废派的新称呼。因而莫雷亚斯的象征主义至少在1885年,与颓废派是一而二,二而一的。象征主义表面上是一个新流派,其实还是颓废派那一帮人。在莫雷亚斯的文章中提出的最初的象征主义者,就是布尔德的颓废六人小组。这个问题当时也有人注意到了,有批评者说:"莫雷亚斯先生,在我看来,非常好地定义了这些人们称为颓废派诗人、他称为象征主义诗人的思想。"②

但是随着时间进入1886年,尤其是《颓废者》杂志的创刊,围绕着《颓废者》杂志形成了新的圈子,莫雷亚斯被边缘化了。在《颓废者》的园地上,马拉美受到欢迎,魏尔伦是常客,但是之前的六人小组,现在除了塔亚德外,其余三人基本没有与《颓废者》发生联系。《颓废者》现在露脸的是巴朱、埃内斯特·雷诺(Ernest Raynaud)、瓦格(Raoul Vague)、迪米尔(Louis Dumur)、普莱西(Maurice du Plessys)、奥里埃(G. Albert Aurier)等人。虽说这些人的出现,让颓废派的成员很快突破了二十人大关,但莫雷亚斯的地位现在被冲淡了。正是在这样的背景下,莫雷亚斯于1886年9月18日,在《费加罗报》上发表了《象征主义》一文。莫雷亚斯发表这篇文章,是有一定的合法性的。第一,他是颓废派最早的成员之一;第二,他提出了新的术语"象征主义",这种名称已经在1886年引发了关注。但是莫雷亚斯的这篇宣言,又有不同寻常的目的:他要创办属于自己的流派。

莫雷亚斯要想实现自己的目标并不容易。他从攻击颓废派着手:"颓废派文学主要显现的是固执、烦琐、谨小慎微、亦步亦趋……对于这个新流派人们能指责什么呢,有什么指责呢?过于浮夸、隐喻古怪、词汇新颖。"③颓废派在他眼中并不是完全正面的形象,在用词和诗风上,多有缺陷。这种批评也正是布尔德的论调,莫雷亚斯为颓废派辩护过。但现在莫雷亚斯把布尔德的观点借用了过来,用以打击颓废派。不过,莫雷亚斯

---

① Jean Moréas, "Les Décadents", *Le XIXe Siècle*, 4965 (11 août 1885), p. 3.
② Anonyme, "Les Jeunes poètes", *Lutèce*, 197 (23 août 1885), p. 2.
③ Jean Moréas, "Le Symbolisme", *Le Figaro*, 38 (18 septembre 1886), p. 150.

话说得也有委婉之处，他不认为这些都是颓废派的缺点，它们都是文学的"当前趋势"必不可少的，也就是说，也是象征主义的缺点。让象征主义承受这种缺点，一方面合乎当时创作的事实，另一方面，有利于莫雷亚斯给象征主义设定新的方向。

这种新方向并不是要直接与颓废派决裂，而是使它朝着自己设定的目标转弯。为了让这种转向深入人心，莫雷亚斯对该流派的起源重新做了规定。波德莱尔仍旧有先驱地位，魏尔伦和马拉美同样有不可动摇的位置，但是浪漫主义诗人维尼（Alfred de Vigny）甚至莎士比亚，都成为象征主义的领路人了。巴纳斯派的大诗人邦维尔，之前在颓废文学的争论中很少被提到，现在因为他"奇妙的双手"，也成为诗律解放的巨子。从这个名单可以看出，莫雷亚斯弱化了道德和情感的颓废，让形式和表现手法的重要性提高了。莫里斯曾经这样评价莫雷亚斯："这是一位歌唱的画家。他凭借他形式主义者惊人的天赋，凭借他色彩音乐家的强烈情感，而属于新的艺术。"① 莫雷亚斯的象征主义的方向，主要就是形式主义的道路。他曾这样描述象征主义的特征："作为教条、夸张朗诵、虚假感受、客观描述的敌人，象征主义的诗力求给思想寻找可感的形式，但这种形式的目的并不在于它自身，而是一直是附属的，完全用来表达思想。"② 在波德莱尔和马拉美那里，象征首先表现为一种梦幻的心境，其次才是一种表达的形象。莫雷亚斯省去了第一步，这是一种简化版的象征，但它更平易，容易为宗教情怀不浓的年轻诗人所接受。将象征理解为一种"感性的形式"，在象征主义运动中，起到很大的支柱性的作用。比利时象征主义者莫克尔（Albert Mockel）曾在1887年的文章中给象征下过定义："象征是一种观念形象化的实现；它是法则的非物质世界与事物的感性世界连在一起的带子。"③ 这种定义是莫雷亚斯式的，可见莫雷亚斯在年轻诗人们中的影响力。

在语言上，莫雷亚斯也试图清洗之前颓废文学的古怪、病态的表达方式。他现在推崇的语言是"华丽、生动的"，虽然也讲究"新颖"和"开创性"，但是所有的开创性不再依赖词语本身含有的反道德的、忧郁的内容，而是要靠形式主义的技巧。具体来说，就是"有意味的同义重复""有悬念的句法断裂"等。这种语言并不表示以莫雷亚斯为代表的年轻一代完全

---

① Charles Morice, *La Littérature de tout à l'heure*, Paris: Librairies Éditeurs, 1889, p. 308.
② Jean Moréas, "Le Symbolisme", *Le Figaro*, 38 (18 septembre 1886), p. 150.
③ Albert Mockel, *Esthétique du symbolisme*, Bruxelles: Palais des académies, 1962, p. 226.

抗拒波德莱尔、魏尔伦等老一辈诗人身上的波希米亚精神，从此偏好清新、阳光的文学。年轻一代并不缺乏反叛性。这种语言表示年轻诗人有比先前一辈更大的形式探索和革命的决心。

在诗律解放上，莫雷亚斯早在1884年6月29日的《吕泰斯》上就发表过诗律试验的诗作《不合律的节奏》，并对此非常自负。当特雷泽尼克提到魏尔伦的形式实验时，莫雷亚斯显然不以为然，他回答特雷泽尼克道："不错，不过，你读过我的《不合律的节奏》吗？"①客观而言，莫雷亚斯当时在诗律解放上，确实超越了魏尔伦，也超越了几乎所有人。但他在这篇宣言中，并没有在理论上做尺度更大的论述，也没有总结自己先前的实验，他提出的观点，似乎没有超过魏尔伦的程度。比如莫雷亚斯要求"修剪过的旧音律"，这是以旧的亚历山大体为诗律的基础。这种亚历山大体经过波德莱尔和魏尔伦的拆解，现在语顿的位置已经有了更大的自由，音节数量也有了增损。不过，音节减少的诗行更为常见，比如十一音节。这类诗节现在有了新的名字："奇数音节诗行"②。与它对照的并不仅仅是十音节或者十二音节的偶数音节诗行，而是语顿固定、音节数均齐的诗律传统。

《象征主义》一文还思考了象征主义小说。里面的原则与"可感的形式"这个理论是相关的。莫雷亚斯强调要在小说中进行"主观变形"。这个主观变形，是通过主观的印象、情绪来改造客观环境，让人物活在主观的世界中，而非现实的世界中。在这个新的世界，只存在唯一的"与众不同的人"，其他人都围着他转，像模糊的影子，他的感受、情感就从这些人中激发出来。这些人也有意志会显现出来，并召唤出"神秘的幻影"③。可以看出，莫雷亚斯仍然不太关注题材和主题的问题，他的"主观变形"说，大体上仍旧是形式主义的。

总的来看，莫雷亚斯给他的象征主义找到了一条形式主义的道路，对于一个流派来说，他已经完成最重要的工作，剩下的就是支持者了。莫雷亚斯并不缺乏支持者。

三、象征主义杂志的创办

早在《象征主义》一文发表之前，巴黎就已经有了一个杂志《风行》。

---

① Léo Trézenik, "Jean Moréas", *Lutèce*, 179 (28 juin 1885), p. 1.
② Jean Moréas, "Le Symbolisme", *Le Figaro*, 38 (18 septembre 1886), p. 150.
③ Ibid., p. 151.

卡恩曾说："《风行》更为严肃，它是象征主义的第一份杂志。"①尽管《风行》杂志最初创办时，很像是《吕泰斯》——魏尔伦的《被诅咒的诗人》的新的系列，就是在这个刊物上发表的，这让人想到《风行》与《吕泰斯》的联系——但是因为莫雷亚斯等人后来的加入，这个刊物在人员上有了调整，因而成为象征主义的机关刊物。

《风行》的编辑卡恩 1859 年出生，比魏尔伦小 15 岁，比马拉美小 17 岁。在 19 世纪 70 年代，卡恩就梦想着诗律解放，但是方向仍旧不明。1879 年，卡恩在一个具有颓废特征的厌水者（Hydropathe）俱乐部上遇到了拉弗格，二人订交，友情保持到终生。1880 年后，卡恩赴突尼斯和阿尔及利亚服兵役，1884 年才回到巴黎。

这时马拉美在巴黎的客厅里，每周二都聚集着一帮年轻人，这群人迷恋马拉美的诗学理念，吉尔曾经回忆道："从这个与梦幻或远或近的人身上，从他和谐而微妙的话语声中，散发出魅力和非常愉快的影响，它们无法形容地迷住了我们，还造就了肃穆的气氛。"②参加这个晚会的人，有雷尼耶、维莱-格里凡、巴雷斯、费内翁、梅里尔（Stuart Merrill）、莫里斯、维涅、威泽瓦、迪雅尔丹、莫雷亚斯等人。这个聚会的参与者，被吉尔称作象征主义的第一个群体。对于这个群体这里不妨做一下鉴别。如果将这一个群体看作是马拉美主义者将更好。因为这个群体活动的时候，象征主义一词还未通用，被认可的流派也没有出现。从诗学理念上看，这个群体可以看作是象征主义的，但从象征主义历史的演变来看，它只是象征主义派的一种预备。本书更偏向于追踪象征主义流派的生成、接受过程。因而在马拉美家中的聚会人员暂时不被视为象征主义的群体。

卡恩也加入了这个聚会。他认识了不少活跃的诗人，其中的维涅、莫里斯和莫雷亚斯，都是颓废六人小组的成员，更不用说马拉美和魏尔伦这两位大师了。虽然错失了颓废文学一段热闹的时期，但是卡恩后来者居上，渐渐掌握了象征主义运动的某些权力，和莫雷亚斯一起成为最有影响的象征主义者。卡恩像莫雷亚斯一样，敏感地意识到颓废和颓废派这两个词并不能完全概括当时的诗歌趋向："颓废这个词已经公布，象征主义这个词还没有；我们谈论象征，我们还没有创造象征主义的统一的名称，颓废派和象征主义是两个完全不同的事物。"③在这种背景下，卡恩也在

---

① Gustave Kahn, *Symbolistes et Décadents*, Genève: Slatkine, 1993, p. 43.
② René Ghil, *De la poésie scientifique*, North Charleston: Createspace, 2015, p. 14.
③ Gustave Kahn, *Symbolistes et Décadents*, Genève: Slatkine, 1993, pp. 33—34.

做与莫雷亚斯相似的思考。1886年4月11日《风行》杂志创刊。这个刊物是莱奥·多费尔（Léo d'Orfer）创办的，卡恩是编辑。多费尔颓废派的身份，可以说明《风行》杂志创刊时定位主要还是在颓废派上，并不像卡恩所说的，是象征主义的第一份杂志。当莫雷亚斯的《象征主义》发表后，《风行》确实在方向上有了调整，成为象征主义的机关刊物。

在该年9月28日，卡恩也发表了与莫雷亚斯同名的文章《象征主义》，算是对莫雷亚斯的回应。这篇文章原本发表在《事件》（l'Événement）杂志上，后来由亚当摘编了一下，重刊在《风行》上。卡恩文章中的不少思想有莫雷亚斯的影子。卡恩不仅要求远离现实生活，将梦幻的内容放到象征中，而且希望用"感受和思想的斗争代替个性的斗争……我们的艺术的根本目的是将主观之物客观化"①。这种思想明显可以找到莫雷亚斯的"主观变形"说的元素，莫雷亚斯所说的"感性的形式"也与它有些关系。卡恩的这种"抄袭"，可能并不会让莫雷亚斯感到气愤。因而这些相同的话表明了卡恩对莫雷亚斯的支持。莫雷亚斯离开颓废派，另立炉灶，这种举止自然会受到颓废派诗人的敌视。多费尔就是其中的一位，他发现他的编辑卡恩在急速向莫雷亚斯靠拢，于是在一篇文章中表达了他的不满："卡恩先生……把他的胳膊伸到莫雷亚斯先生的胳膊里，特别大声地、比他自己更大声地说：'我和莫雷亚斯。'"②这里面的话有不少隐语，"把他的胳膊伸到莫雷亚斯先生的胳膊里"，并非只是姿势的描写，它想说出两个人的"狼狈为奸"。而"我和莫雷亚斯"一语，则形象地刻画出两人"合伙"的状态。

卡恩也接受了莫雷亚斯诗律解放的观点，这也是卡恩很早就萌生的想法。他在国外服兵役时，就已经对形式自由的诗格外注意了。在这篇文章中，卡恩表现出"将节奏切割开的愿望"，"切割"一词与莫雷亚斯的"修剪"没有什么大的不同。不过，卡恩对诗体自由有更大的需要，这似乎超越了莫雷亚斯文中说明的程度。

卡恩不仅是在理论上表态，他编辑的《风行》杂志最大的特色就是自由诗的发表。兰波《彩图集》中的两首自由诗——《运动》和《海景》——就刊登在《风行》杂志的第6期和第9期上。卡恩也发表了他自己的以及拉弗格的自由诗。康奈尔曾评价道："1886年的《风行》几乎包括了与自由

---

① Gustave Kahn, "Le Symbolisme", *La Vogue*, 2. 12 (4 octobre 1886), p.400.
② Léo d'Orfer, "Chronique", *La Décadence*, 3 (15 octobre 1886), p.10.

诗的最初阶段有关的所有重要文献。"①这些重要文献,既有诗作,也有诗论。《风行》杂志的历史就是象征主义自由诗的历史。

在《风行》创刊6个月后,即该年10月7日,莫雷亚斯也创办了《象征主义者》。这对于莫雷亚斯掌握象征主义的话语权非常重要,可惜的是,这是一份短命的刊物,一二个月的光景就停刊了。办刊的时长决定着刊物的分量。《象征主义者》与《颓废》相当,一个出了4期,一个出了3期。而《风行》杂志与《颓废者》相当,它们虽然有中断的情况,但都从1886年出到1889年。《象征主义者》的主编为莫雷亚斯,秘书是亚当,主任是卡恩。卡恩的加入,代表着莫雷亚斯和卡恩的结盟,也代表着象征主义作为流派的产生。从第一期的成员来看,象征主义流派与布尔德和巴朱确定的两个圈子有很大的不同。它的成员除了于斯曼、马拉美、魏尔伦这些"老人"外,还包括巴雷斯、拉弗格、迪雅尔丹、威泽瓦等人。至少在当时,《象征主义者》杂志成员在新诗学的地位,要远高于《颓废》和《颓废者》杂志。

在第一期中,亚当发表《报刊界和象征主义》("La Presse et le Symbolisme")一文,文中热情地为象征主义宣传,认为它是"最富艺术性的理论"②。《风行》杂志曾发表过兰波的《彩图集》,这解决了杂志创办之初诗作质量不高的困难。《象征主义者》如法炮制,在第一期上刊登了费内翁给兰波《彩图集》写的书评,希望分享兰波的热度。流浪的兰波再次交了好运,他曾凭借《被诅咒的诗人》成为颓废者,现在又凭借卡恩和费内翁的工作,成为象征主义诗人。1888年2月,布尔德曾给兰波去信,告诉他他在巴黎的成功:

> 由于您生活在距我们很遥远的地方,您或许不知道,您在巴黎的小圈子里已成为传奇般的人物……有人在巴黎拉丁区的杂志上发表了您的早期作品,甚至还将这些作品装订成册,那些作品里有诗,也有散文,有些年轻人(我觉得他们很幼稚)试图以您的字母色彩十四行诗为依据,弄出一个文学体系来。③

兰波对这类称号自然不当真。这也就是兰波非象征主义论的由来。但是

---

① Kenneth Cornell, *The Symbolist Movement*, Hamden, Connecticut: Archon Books, 1970, p.49.
② Paul Adam, "La Presse et le Symbolisme", *Le Symboliste*, 1 (7 oct. 1886), p.2.
③ 让-吕克·斯坦梅茨:《兰波传》,袁俊生译,上海:上海人民出版社,2008年版,第471页。

文学史很多时候并不以个人意志为转移。在象征主义者和一些批评家眼中,兰波是象征主义诗人的一个模板。象征主义在语言和形式上,很多地方就是从兰波那里"弄出"的"一个文学体系"。

总之,到了1886年下半年,随着《象征主义者》的创刊,以及莫雷亚斯和卡恩的合作,象征主义不仅有了理论纲领,而且也有了两个重要的机关刊物。如果再加上象征主义者迪雅尔丹主办的《独立评论》和《瓦格纳评论》,那么,象征主义就拥有四个刊物,足以对颓废派保持一定的优势。尤其是《瓦格纳评论》,它原本是瓦格纳主义者的刊物,与颓废文学和象征主义文学似乎没有多大关系,但是由于其主要成员瓦格纳主义者迪雅尔丹、威泽瓦与莫雷亚斯、卡恩等人的合流,使得象征主义的实力大增。

第五节 瓦格纳主义者与象征主义者的合流

从1885年到1886年,颓废派和象征主义派相继成立。在此期间,一个开始具有独立性的流派也在活动,甚至它在时间上要早于前面两个流派。只是从大的渊源关系上看,该流派与波德莱尔主义没有紧密的关系,才稍晚一些讨论它。这个流派就是瓦格纳主义派。该派成员率先在1885年2月创办了《瓦格纳评论》杂志,吸引了许多后来重要的颓废派和象征主义派的成员,比如魏尔伦、马拉美、梅尔、吉尔、于斯曼、莫里斯等人。这个杂志不仅最早凝聚了后来的象征主义诗人,而且在象征主义的音乐转向上发挥了关键的作用。莫里斯曾经评价这个杂志是"这一时期杰出的杂志"[①]。他认为该杂志实现了它的目的:不是要普及瓦格纳主义,而是让这种主义变得"精确"。一种新的文学道路由此产生出来。

一、《瓦格纳评论》

瓦格纳是德国的音乐家,他在交响乐和反理性的美学上,对巴黎的年轻人有很大的吸引力。威泽瓦、迪雅尔丹这些人试图在诗中试验瓦格纳的音乐技巧。瓦格纳的影响从普法战争以来,一直到1885年,中间经过了很大的起伏。普法战争让法国人对普鲁士的仇视情绪达到高峰,艺术家也难以幸免,瓦格纳被打上了敌对国家艺术家的印记。迪雅尔丹曾这

[①] Charles Morice, *La Littérature de tout à l'heure*, Paris: Libraries Éditeurs, 1889, p.298.

样回顾道:"1870—1871年的战争突然爆发。瓦格纳似乎放弃了在法国的演出;忠诚他的朋友不超过一打。"①随着法兰西第三共和国的建立,深受伤害的法国人并没有很快就与普鲁士人讲和。尤其是在1889年前后,随着布朗热(Georges Boulanger)事件的发生,法国人的民族意识变得越来越强,与侵占法国领土的普鲁士人的矛盾愈发尖锐了。不过,这并不是说瓦格纳一直被巴黎社会排斥。1883年瓦格纳的死亡,让文艺圈中的人开始怀念起这位伟大的作曲家。《瓦格纳评论》就是在这样的背景下创刊的。

这个杂志的创刊,与迪雅尔丹的关系密切。迪雅尔丹1861年出生在法国的小镇圣热尔韦拉福雷(Saint-Gervais-la-Forêt)。他曾在伦敦观看过瓦格纳歌剧的演出,感到震惊,认为自己"好像被带到了海浪之中,整个一生我都保持着这种状态"②。后来,迪雅尔丹遇到了张伯伦(H. S. Chamberlain),他们二人经过交谈,产生了办这个杂志的想法。这个杂志原本1884年就应该创办出来,后来因故推迟了一年。

二、《瓦格纳评论》及威泽瓦的音乐诗学

《瓦格纳评论》有三位重要的成员。除了"瓦格纳哲学家"张伯伦和杂志主任迪雅尔丹,还有一位是威泽瓦,这个刊物最重要的批评家。在一定程度上看,威泽瓦是这个杂志唯一的瓦格纳主义理论家。张伯伦作为哲学家的身份,在这个杂志上起的作用并不大。为了扩大刊物的影响力,迪雅尔丹和威泽瓦邀请了许多重要的颓废者为他们的刊物撰稿,这些人之前主要在《黑猫》《吕泰斯》上活动,他们是:瓦格纳音乐的评论者富尔科、巴纳斯诗人孟戴斯、颓废派小说家于斯曼。马拉美这种导师级的人物,自然要重点争取。马拉美举办的周二聚会,成为迪雅尔丹、威泽瓦学习马拉美的诗学、结交颓废派作家最好的平台。这个刊物总共办了3卷,跨度为4年。即从1885年2月创刊,到1888年7月终刊,总共办了36期,其中有4期是二期合刊,实际上只出了32期。在第1卷第12期中,出现了《致敬瓦格纳》的组诗,马拉美、魏尔伦、吉尔、威泽瓦、迪雅尔丹等人分别写了一首十四行诗,用以纪念这位音乐大师。第2卷格外重要,自第4期到第6期,威泽瓦分别就瓦格纳绘画、瓦格纳文学、瓦格纳音乐发表专题

---

① Édouard Dujardin, *Mallarmé par un des siens*, Paris: Messein, 1936, p.196.
② Ibid., p.197.

理论文章。最后一卷有迪雅尔丹关于瓦格纳艺术的理论文章。

威泽瓦、迪雅尔丹等人延续了之前诗人对瓦格纳的重视,但是他们更进一步,想有组织地探索诗歌中的瓦格纳主义。在第 1 期的《瓦格纳评论》上,出现了富尔科的《瓦格纳主义》("Wagnérisme")一文。富尔科注意到了瓦格纳美学对理性的疏远:"在瓦格纳那里,对生活的爱,和对现实的感受先于任何大脑的思索,也超拔于任何大脑的思索。"①句中"大脑的思索"代表的是理性的思维。富尔科将"现实的感受"与它相对立。不过,富尔科并不是一个哲学思维很强的批评家,他往往关注具体的问题,比如戏剧与交响乐的配合,他将瓦格纳主义概括为"人类的真实性对传统技法的胜利",这种概括是无力的。在这方面,瓦格纳主义者幸运地拥有威泽瓦。

威泽瓦并不仅仅强调瓦格纳的音乐,他对这位音乐家作了比较全面的考察,首先是哲学基础。威泽瓦发现瓦格纳背后站着叔本华,这两位大师联系的纽带是悲观主义。在叔本华看来,世界不过是意志的表象,因为内在精神的需要,人们创造出这些表象。威泽瓦由此对文艺的梦幻得出一种叔本华式的思考,他将人的生存看作是一个梦幻,其实世界是不存在的,只是人投射自我精神的结果。文学创作也是人的自我的投射,因而一部文学作品的诞生,与世界的显现本质上没有区别,它们都是人的生存活动。这种认识超越了一些颓废诗人,因为在有些人那里,梦幻只是一种无意识的心理活动,或者只是作品的题材。从内在的精神来理解梦幻,就能更清楚地把握瓦格纳的音乐。音乐并不仅仅是一种艺术,在叔本华看来,音乐就是意志的影子,它凭此超越一切艺术。在威泽瓦的艺术体系中,音乐确实是最独特的。尽管威泽瓦多次提到绘画、文学和音乐都是有价值的,它们表现生活的不同部分,而完整的生活需要重视每一种艺术手段,但是只有音乐才坐在文艺殿堂的宝座上。威泽瓦指出:"最微妙的、最深刻的情感是由特别的艺术创造的,这种艺术不能完成所有其他的目的,它就是音乐。"②

威泽瓦想让文学也具有音乐的特权。因而他提出文学走向音乐的发展史论。这种历史的起点是古希腊。古希腊人为了歌唱的方便,或者为了记忆的需要,而创造出诗篇的节奏,这些节奏并不考虑音乐的情感价

---

① Fourcard, "Wagnérisme", *Revue wagnérienne*, 1.1 (février 1885), p. 5.
② Téodor de Wyzewa, "Notes sur la musique wagnérienne", *Revue wagnérienne*, 2.6 (juillet 1886), p. 183.

值。到了古罗马时期,经过长时间的运用,诗人们渐渐发现特定的声音与特定的情感的联系。在随后的年代里,敏锐的诗人越来越强调诗作作为情感符号的功能。到了1886年,一个纯诗的大门应该算是真正打开了。威泽瓦的这种历史观是有问题的。首先,他背叛了瓦格纳。瓦格纳推崇古希腊悲剧的地方,正在于这种悲剧的舞蹈和诗体节奏富有人的本能冲动,也就是说富有真正的音乐性。到了古罗马时期,尤其是在基督教音乐那里,和声变得非常重要,而与情感更密切的旋律受到了压制。威泽瓦描述的历史刚好与瓦格纳相反。不过,威泽瓦的用意与瓦格纳是相同的:呼吁音乐要有更深的情感基础。具体到文学上,威泽瓦强调诗作的声音系统,弱化它的指涉功能:"真正的诗,不能简化为严格意义上的文学的唯一的诗,应是音节和节奏的情感性的音乐。"①在这种思维下,诗从一种语音、语义的综合体,变成了几乎纯粹的语音体,语义的部分被切除了。这是一种分析性的思维,与瓦格纳的思想原则并不相合。威泽瓦于是提出了他对诗的新定义:"诗是一种语言音乐,旨在传达情感。"②这种抽象的音乐观,剔除了语义的内容,因而具有一定的破坏性。伍利曾指出威泽瓦眼中的原创性表现在"对主题的完全放弃上"③。这种判断涉及标题音乐的问题。威泽瓦提出的"语言音乐论",从音乐学上看,属于"绝对音乐"理论,而它的对立面,则是"标题音乐"理论。对主题的放弃是绝对音乐理论的特点。不过,还需要注意,威泽瓦的理论存在着摇摆的情况,他虽然主张语言音乐,但有时又强调语言的指涉、叙事功能,因而语言音乐到底能执行到多大程度,这也是模糊的。金(C. D. King)注意到了这个问题,他曾说:"象征主义者似乎在《瓦格纳评论》的时期误解了瓦格纳,那里出现了瓦格纳理论的篡改版。"④所谓的"误解",从金举的例子来看,主要指的就是威泽瓦并没有彻底贯彻语言音乐理论。

在1886年,马拉美已经成为多个流派的大师,声名鹊起。威泽瓦注意到了马拉美身上具有的瓦格纳主义的价值。这种价值不再是颓废派们挖掘的反常的语言、病态的感受力了,而是音乐性。威泽瓦说:"他(马拉

---

① Téodor de Wyzewa, "Notes sur la littérature wagnérienne", *Revue wagnérienne*, 2.5 (juin 1886), p. 162.

② Téodor de Wyzewa, "Les Livres", *La Revue indépendante*, 3.8 (juin 1887), p. 333.

③ Grange Woolley, *Richard Wagner et le symbolisme français*, Paris: Les Presses universitaires de France, 1931, p. 89.

④ C. D. King, "Édouard Dujardin and the Genisis of the Inner Monologue", *French Studies*, 9.2 (April 1955), p. 109.

美)自愿将情感当作主题,这种情感是在一种深思熟虑的心灵中,通过哲学梦幻的创造和观察而创造的。"①"将情感当作主题",就意味着对思想的抛弃,意味着对标题音乐的拒绝。"梦幻"一词的出现也非常重要,它是语言音乐的效果。马拉美在威泽瓦笔下成为瓦格纳主义的代言人。

因为反对理性,要求恢复音乐的情感基础,这样,诗律自然成为威泽瓦攻击的对象。其实,瓦格纳很早就思考诗律解放的问题。瓦格纳将诗律与基督教音乐联系起来,诗律代表的是基督教音乐对个性、情感的抵制。原始的冲动需要变化的节奏,需要冲破抑扬格的条条框框。这种思想极大地激励了瓦格纳主义者。威泽瓦、迪雅尔丹成为最早的一批自由诗理念建构者。伍利曾说:"假如人们能说瓦格纳对自由诗观念产生影响,这还不如说是一种音乐的影响,或者更多的是音乐美学讨论的特别间接的影响,不仅来自瓦格纳,而且来自一般的新音乐。"②伍利没有看到瓦格纳与威泽瓦在诗律上的真正渊源,做出了不正确的判断。是不是"间接影响",恐怕只有瓦格纳主义者说了才算。威泽瓦不仅可以直接从瓦格纳那里读到破坏诗律的思想,瓦格纳的音乐美学也为自由诗的产生提供了直接的参照。威泽瓦下面的话将新的音乐精神与自由诗的联系说得非常清楚:"他们(象征主义诗人们)认为,押韵、节奏的规则性都是精确的音乐的方法,它们拥有的意义在情感上比较特殊;因此,这些规则不应该再预先强加给诗人们,而是根据在交响乐中它们暗示的情感复杂性的需要而使用。"③这里是借象征主义诗人之口,说出威泽瓦的诗学主张。需要注意,不管是英美学界,还是法国学界,自由诗与瓦格纳主义的关系,还一直没有弄清,误解一直存在。比如不少人认为卡恩是自由诗的创始人,在琼斯(P. M. Jones)的书中,卡恩被称为"法国诗体的解放者"④,斯各特(Clive Scott)也曾指出卡恩是第一个自由诗理论家;比耶特里则把这个

---

① Téodor de Wyzewa, "Notes sur la littérature wagnérienne", *Revue wagnérienne*, 2.5 (juin 1886), p. 163.

② Grange Woolley, *Richard Wagner et le symbolisme français*, Paris: Les Presses universitaires de France, 1931, p. 120.

③ Téodor de Wyzewa, "Notes sur la littérature wagnérienne", *Revue wagnérienne*, 2.5 (juin 1886), pp. 163—164.

④ P. Mansell Jones, *The Background of Modern French Poetry*, Cambridge: Cambridge University Press, 1951, p. 120.

荣誉归给了拉弗格①。事实上瓦格纳主义才是象征主义自由诗理论的主要源头。

三、其他的诗学活动

迪雅尔丹作为《瓦格纳评论》的主任,也经常在这个杂志上露面。不过,迪雅尔丹在象征主义思潮史的地位,似乎比不上威泽瓦。威泽瓦的批评才能得到了不少承认,比如法约尔(Roger Fayolle)的《批评:方法与历史》②一书就讨论到了威泽瓦。不过,迪雅尔丹的地位在20世纪20年代后迅速攀升。

早在1885年第3期的《瓦格纳评论》上,迪雅尔丹就发表了《瓦格纳的理论作品》一文,文中将瓦格纳的《五篇歌剧》视为瓦格纳"理论的杰作"③。在1886年第6、7期的合刊中,他发表了《瓦格纳艺术的思考》一文。这是他这一时期的重要文章。迪雅尔丹继承了瓦格纳反理性主义的方向,他认为:"词语是一种抽象;文学艺术只是抽象的艺术;一个词并不代表一个事物,它代表的是一种概括。"④将词语和文学都看作是抽象性的,这使迪雅尔丹走向了威泽瓦的语言音乐理论。其实,迪雅尔丹与威泽瓦的共同点还有很多。他们都支持形式与情感的联系,也就是支持自由诗。迪雅尔丹提出一种"喷涌的原则"(le principe du jaillissement)说。所谓"喷涌的原则",就是指形式与情感的打通,这样一来,形式就会像泉水一样源源不绝地喷涌出来,就有了内在的依据,有了生命力。因为让形式具有情感的本源,所以自由诗也是反理性的,固定的诗律则是理性主义的代表。迪雅尔丹说:"1885年—1886年的运动,给文学带来了一种诗歌的音乐观念,即非理性的观念;这无疑(我不怕把我的话再说一遍)是法国文学史中最了不起的事件之一——它的结果似乎还没消失。"⑤

迪雅尔丹还通过瓦格纳主义实验了一种新的手法:内心独白。因为后文将有专节讨论内心独白诗学,这里暂且略而不说。

---

① Roland Biétry, *Les Théories poétiques à l'époque symboliste*, Genève: Slatkine Reprints, 2001, p.39.
② 《批评:方法与历史》是中译本的名称,该书的法语原文为《批评》。
③ Édouard Dujardin. "Les Œuvres théoriques de Richard Wagner", *Revue wagnérienne*, 1.3 (avril 1885), p.67.
④ Édouard Dujardin, "Considérations sur l'art wagnérien", *Revue wagnérienne*, 3.6 (août 1887), p.157.
⑤ Édouard Dujardin, *Mallarmé par un des siens*, Paris: Messein, 1936, p.100.

迪雅尔丹和威泽瓦在 1886 年 10 月之前，主要是在《瓦格纳评论》上活动。1886 年的 10 月 7 日，《象征主义者》杂志创刊，人们看到两位语言音乐的支持者的名字赫然印在这份杂志上。两位批评家加入象征主义中，究竟是美学上的原因，还是私人关系上的原因呢？从当时他们发表的文章来看，他们与最初具有颓废倾向的象征主义流派没有多大关系，他们更多的是瓦格纳主义者。应该主要是私人关系的原因使迪雅尔丹和威泽瓦加入了象征主义。二人没有在短暂存在的这个刊物中发表诗作和文章，他们加入《象征主义者》更多是形式上的。

不过，即使在 1886 年迪雅尔丹和威泽瓦只是名义上加入了象征主义，也不能忽略它的重要意义。他们把瓦格纳主义带入了象征主义中，让象征主义渐渐脱离了颓废派的文学道路，走向新的道路。这两位批评家之所以做到这一点，有下面这些原因。第一，两位批评家深入地参与了《风行》杂志的活动。尽管没有在《象征主义者》杂志上露脸，但是他们在《风行》杂志上有比较深入的参与。在 1886 年 5 月底第 6 期的《风行》上，迪雅尔丹发表了诗作《年轻的女孩们》("Les Jeunes filles")，在该年 8 月的第 2 卷第 3 期上，迪雅尔丹又有诗作刊出。威泽瓦则在该年 7 月的《风行》上，发表了论文《马拉美先生》。第二，威泽瓦竭力宣传音乐诗学。在《马拉美先生》中，威泽瓦将马拉美做了瓦格纳主义的解释。威泽瓦在《瓦格纳评论》中已经这样做了一次了，他第二次着力更多。在文章中威泽瓦指出马拉美并不是画家，而是音乐家。这种区分的背后，一方面是将马拉美与注重绘画效果的巴纳斯派区别开，另一方面，则将马拉美打扮成语言音乐的诗人。威泽瓦在讨论马拉美的音乐时，下过这种论断："诗应该成为一门艺术，创造一种生活。但这是什么样的生活？唯一的回答可能是：诗，这种节奏的艺术和音节的艺术，作为一种音乐，应该创造情感。"[①]这里的讨论，与其说是在研究马拉美，还不如说是借马拉美来宣传瓦格纳主义。

1886 年 11 月，新系列的《独立评论》创刊，迪雅尔丹成为它的主任，而威泽瓦则在随后的一年多时间中，成为其"书评"栏目的执笔人。这个杂志见证了瓦格纳主义者与象征主义融合的路程。在该刊第 2 卷第 4 期中，威泽瓦开始了什么是象征的思考。在他看来，象征是一种事物的代替："人们运用符号从外部来表达他的思想时，人们就成为象征主义者：这

---

① Téodor de Wyzewa, "M. Mallarmé I", *La Vogue*, 1.11 (juillet 1886), p.369.

种语言、词语、声音、色彩和线条,就象征了艺术家的思想。"①这种象征的定义是普泛的,或者说这种定义是将象征当作了一般的符号。象征主义的象征还有特别性,于是威泽瓦进一步思考,认为象征主义的象征是两种思想的代替。这里的"思想"给人抽象思考的印象,实际上,通过威泽瓦举的例子"暗淡的珍珠"来判断,思想其实是具体感受、印象的意思。这样理解,象征主义就是用具体的感受、印象来代替事物平常的状态。威泽瓦的"暗淡的珍珠"代表的就是没有香气的花。

在《独立评论》上,威泽瓦还用他的诗学解释了卡恩、维莱-格里凡等人的诗作,当然,都是以是否合乎语言音乐的标准进行褒贬。这些文字一方面不断地加强了瓦格纳主义与象征主义的联系,另一方面,促成了双方相互的融合。在1886年之后,可以看到一些原是象征主义的诗人也开始认可瓦格纳主义了。

四、瓦格纳主义对象征主义诗人的影响

在1886年9月,卡恩发表了《象征主义》一文。该文是对稍早发表的莫雷亚斯的《象征主义》的回应,也是一篇纲领性的文章。但卡恩的文章与莫雷亚斯的相比,最大的不同,在于接受了瓦格纳主义者的思想。首先来看自由诗。卡恩很早就开始思考诗律解放的道路,但是他并未获得真正的成功。威泽瓦和迪雅尔丹的理论鼓舞了他,于是在这篇文章中,卡恩对诗行解放的原则进行了思考,而且呼吁:"目前的实验在于扩大自由。"②很难说威泽瓦和迪雅尔丹就是这种诗律自由思想的直接来源,因为同一时期,卡恩的好友拉弗格也在尝试自由诗,能给卡恩很大影响。不过,两位批评家的作用并不能轻易否定。

文中讨论了象征主义的客观化原则后,还出现了"瓦格纳多重主音的曲调"的话。从语境上看,卡恩肯定瓦格纳的交响乐是客观化原则的体现。如果音乐家能将主观的情感客观化为音符,那么文学家就能将他的感受和思想客观化为形象、节奏。卡恩在1897年的序言中,承认他师法过瓦格纳:"音乐的影响给我们带来一种诗歌形式的感受,又变动,又精确,而且年轻人的音乐感受,(不仅是瓦格纳,而且贝多芬和舒曼)影响了

---

① Téodor de Wyzewa, "Les Livres", *La Revue indépendante*, 2.4 (février 1887), p.151.
② Gustave Kahn, "Le Symbolisme", *La Vogue*, 2.12 (4 octobre 1886), p.400. 该文原发表于《事件》杂志,这里引用的是选摘的版本。

我的诗歌感受力,使我能发出一种个人的歌声。"①

另外一个诗人马拉美也走向了瓦格纳主义。马拉美一开始对瓦格纳的音乐所知甚少,但是在迪雅尔丹的介绍下,马拉美开始爱上瓦格纳的音乐。对瓦格纳感兴趣的马拉美,后来也成为《瓦格纳评论》的撰稿人。就是说,他在一定程度上也成为瓦格纳主义者。他不仅写十四行诗称颂瓦格纳,而且还在《瓦格纳评论》第 7 期上,发表有著名的《理查德·瓦格纳:一位法国诗人的梦幻》一文。在文章中,马拉美发现瓦格纳的音乐美学直接进入诗最深的世界中,甚至代替了诗的功能。感到震惊的马拉美说道:"(瓦格纳)让诗人们蒙受特殊的挑战,他用一种最真诚、最耀眼的无畏精神,夺去了诗人的职责。"②在文章末尾,马拉美呼吁一种"交响乐的节奏",这种节奏将与人们内心的梦幻结合在一起。马拉美在写这篇论文时,认真阅读了瓦格纳的著作,当然,他也会读到《瓦格纳评论》上威泽瓦、迪雅尔丹等人的文章。从此他对瓦格纳交响乐的形式印象深刻,希望在诗中能重造这种形式。迪雅尔丹指出:"它(《瓦格纳评论》)是瓦格纳与马拉美的桥梁……它帮助象征主义者注意深刻的音乐上的要求,而象征主义者接受了这种音乐的要求。"③

赢得马拉美的支持,对于宣传瓦格纳主义非常重要。因为马拉美能够影响一大批年轻诗人。在这些人中,吉尔是最重要的一位。他师从马拉美,马拉美交响乐形式的梦想,把吉尔引到一个新的世界中。吉尔在自己的文章中曾记录道:"在 1885 年,它(《瓦格纳评论》)对瓦格纳作品的评论,以及这种奇妙的声音生活的耳濡目染,确实帮助了我。"④吉尔于是希望建构自己的音乐诗学,这就是"语言配器法"理论。简言之,这种理论就是利用元音和辅音来模仿不同乐器的声音价值。因而语音的多重声音效果最终将会与交响乐对等。真正运用这种瓦格纳式的作诗法,难免有机械的地方。但它表露了吉尔对音乐性的渴望。吉尔的理论被比利时的象征主义诗人莫克尔注意到了。莫克尔一度是吉尔的支持者。他称赞吉尔的语言配器法理论"真正是本世纪趋势的化身"⑤。莫克尔的这种称赞其

---

① Gustave Kahn, *Premiers poèmes*, Paris: Société de Mercvre de France, 1897, p. 9.
② Stéphane Mallarmé, "Richard Wagner: Rêverie d'un poète français", *Revue wagnérienne*, 1.6 (8 août 1885), p. 196.
③ Édouard Dujardin, *Mallarmé par un des siens*, Paris: Messein, 1936, p. 234.
④ René Ghil, *Les Dates et les œuvres*, Paris: G. Crès, 1923, p. 34.
⑤ Albert Mockel, *Esthétique du symbolisme*, Bruxelles: Palais des académies, 1962, p. 228.

实还是比较节制的,另外一个颓废派诗人多费尔眼中的吉尔简直有如神灵,称他是"新文学的旗帜",是"最有天赋的"①。这种判断可能将吉尔抬到马拉美的高度。不过,这并不是多费尔的故意奉承,吉尔通过语言配器法理论提出了许多诗人心里想说而未能说出的文学道路。在这条新道路上,莫克尔的理解是相当准确的,从下面这句话中,可以看出马拉美、吉尔等人曾经想达到的目标:"文学自身的声音,就像隐藏在词语的奥秘下一个乐队模糊的乐调转移,那里人们猜到小提琴、笛子和铜管乐器的歌唱。"②

总之,从1886年到1893年,以威泽瓦、迪雅尔丹为代表的瓦格纳主义者进入象征主义流派之中,他们不仅承担起象征主义的诗学建设任务,更是在这种工作中将瓦格纳主义与象征主义结合起来。象征主义的队伍扩大了,流派掌握的刊物也增加了,因为瓦格纳主义给象征主义带来一条不同于颓废文学的新路,象征主义的重组因而使象征主义摆脱了波德莱尔主义的颓废文学,走上了一条新的道路。这种新的道路最突出地体现为音乐的道路,又因为卡恩、迪雅尔丹、马拉美、吉尔等人具有无政府主义思想,于是这条道路具有了强烈的反叛色彩。波德莱尔引出的颓废派从哪方面看,都让年轻人不太满意了,拥有瓦格纳主义、无政府主义的武器,年轻的象征主义者们相信自己已经超越了颓废派。象征主义与颓废主义于是开始分裂并且对立,新文学内部即将面临史无前例的对抗。

---

① Léo d'Orfer, "Notes de quinzaine", *Le Scapin*, 2 (1 octobre 1886), p. 68.
② Albert Mockel, *Esthétique du Symbolisme*, Bruxelles: Palais des académies, 1962, p. 227.

第二章
法国象征主义思潮的深化

第一节 拉弗格与象征主义的无意识写作

象征主义诗人不仅从波德莱尔以降,维持了对梦幻的兴趣,这种梦幻也是他们所谓象征的同义词,从拉弗格开始,他们也显示出对无意识心理内容探索的渴望。梦幻很多时候也是一种无意识心理活动。但在波德莱尔、马拉美那里,梦幻是超自然的、通向理念世界的。也就是说梦幻是特殊的一种心理活动。但是无意识却是低级的,它是意识无法清醒支配的心理活动。这种区分说明无意识写作与梦幻的写作在心理状态上并不相同。刘若愚曾指出:"兰波,以及波德莱尔和其他浪漫主义、象征主义诗人,对潜入无意识世界感兴趣。"[①]这种判断有些问题,因为它似乎用无意识代替了梦幻,未能注意到二者在心境上存在着高低之分。不过,它们也有相似的地方,这两种心理能力都排斥意识,因而疏远理性的思维。因为非理性是象征主义的一个基本立场,对理性思维的排斥,使得无意识写作有了存在的必要性。

一、拉弗格的生平和思想

拉弗格于1860年出生在乌拉圭,6岁后来到法国的塔布镇,于是开

---

① James J. Y. Liu, *Chinese Theories of Literature*, Chicago: The University of Chicago Press, 1975, p.56.

始接受正式的教育。16岁时,拉弗格前往巴黎的丰塔纳中学读书。学业不济的拉弗格后来在巴黎做新闻方面的临时工作,勉强度日。拉弗格在这一期间加入了具有颓废色彩的厌水者俱乐部,并在这个俱乐部上遇到了他的终生好友卡恩。

厌水者俱乐部由古多(Émile Goudeau)于1878年创立,1880年停止活动。俱乐部的成立,源于当时年轻人活跃的文学聚会。19世纪80年代,名作家和贵妇客厅的文学沙龙已经没有了往日的荣光,文学聚会的主体变成了波希米亚艺人和热情的大学生。巴黎的小酒馆和咖啡馆顺势而为,成为三教九流会聚之所。古多想办一个固定的社团,于是就找到一家咖啡馆,建立起了俱乐部。很多人闻风而至,很快就把聚会的地点塞得水泄不通。古多曾在回忆录中写道:"形形色色的理想和现实都在这个小世界中你推我搡。"①俱乐部的名字非常古怪,什么是厌水者呢?巴尔曾给出过两种解释,第一种解释是俱乐部的成员只喜欢喝酒,不喜欢喝水,这是一个流传比较广的解释,还有一个解释是"水晶脚",这是古多杜撰的一个故事,与一个古怪的动物有关。②除了拉弗格和卡恩外,这个俱乐部的成员还有布尔热和莫雷亚斯。这个名单表明厌水者俱乐部是颓废主义和象征主义的孵化器。

当时,卡恩独自在思考诗律解放的问题。他和拉弗格交流了这个想法。卡恩记载了拉弗格的表现:"他注意倾听我有关节奏的想法,对此,他马上认为意义重大。"③拉弗格随后也思考自由诗的道路,他和卡恩,以及威泽瓦都是最早的自由诗理论家。不过,拉弗格并没有从卡恩那里得到多少东西,他的理论有自己的个性。这一点迪雅尔丹曾经说明过:"拉弗格因而丝毫也没有遵循兰波和古斯塔夫·卡恩的道路,也没有遵循其他最早的自由诗大致选择的道路。"④尽管卡恩和拉弗格各自都在进行自己的探索,但是他们二人的友好关系,能给对方带来激励。

谋生困难的拉弗格于1880年后接受了悲观主义思想,卡恩记得这一年拉弗格给他讲过佛教。在1882年的一封信中,拉弗格也托出心曲:"以

---

① Emile Goudeau, *Dix ans de bohème*, Paris: Librairie Henry du Parc, 1888, p.157.
② André Barre, *Le Symbolisme*, New York: Burt Franklin, 1968, p.69.
③ Gustave Kahn, *Symbolistes et Décadents*, Genève: Slatkine, 1993, p.27.
④ Édouard Dujardin, *Les Premiers poètes du vers libre*, Paris: Mercvre de France, 1922, p.58.

前,我是佛教悲剧作家,现在我是佛教的爱好者。"①这封信表明,拉弗格不但对佛教题材或者主题感兴趣,而且现在具有了一定程度的信仰。尽管佛教本身并不悲观,但在当时它容易吸引心地悲观的人。拉弗格之所以越来越走向佛教,跟他的生活环境有关系。尽管 1881 年拉弗格做了德国奥古斯塔王后(Empress Augusta)的读报员,经济有了改善,但是这一年年底他失去了父亲。他一直为父亲临终时他不在身边而感到愧疚。他曾长期尝试过苦行的生活,因为有佛陀的伟大范例,这种苦行并没有给他带来不安:"五个月来,我模仿禁欲主义者,模仿年少的佛陀,一天……吃两个鸡蛋,一杯水。"②

因为内心有种悲哀和虚无感,拉弗格的德国生活并不快乐,法国诗于是成为他的安慰。他开始阅读波德莱尔和马拉美,并向这些前辈学习。当时,颓废文学的神秘、梦幻的风格,以及形式解放的观念,成为他的主要诗学目标。他曾在书信中写道:"我梦想这样一种诗,它来自人的心理,采用梦幻的形式,有花、风、香味、理不清的交响乐,有旋律般的语句(一个主题),这些图景时不时地重现。"③不用多说,这里的梦幻来自波德莱尔和马拉美,而交响乐则直接或间接地受到瓦格纳的影响。

1882 年,拉弗格曾想写一部小说作为他的精神自传,但这个小说并没有完成。他也在写诗,尽管不太在意发表。这一年他已经着手他的诗集《悲歌》了。当时的标题还没有完全确定,他曾将其暂时命名为《悲歌之书》或者《生活的悲歌》。随后,他对印象主义艺术产生兴趣,并且给德国的刊物撰写印象主义的文章。尽管身处德国,拉弗格与法国文学圈并未完全隔绝。在读罢波德莱尔后,拉弗格喜欢上了魏尔伦的《智慧集》,并阅读了于斯曼的《逆流》。他甚至在 1885 年还读到了《被诅咒的诗人》,以及颓废文学重要的刊物《吕泰斯》。当拉弗格借助《被诅咒的诗人》接触到兰波的诗时,非常兴奋,他不但向往兰波的"无牵无挂",而且对这个诗人的诗艺也爱不释手,"怎么读也读不够"④,他这样形容道。如果他当时能读到《彩图集》,不知道他又作何反应。

法国颓废文学并不是在遥远的巴黎,而是在他每天的书桌上。与颓

---

① Jules Laforgue, *Lettres à un ami*, Paris: Mercvre de France, 1941, p. 41.
② Jules Laforgue, *Œures complètes de Jules Laforgue*, tome 4, Paris: Mercvre de France, 1925, p. 128.
③ Ibid., p. 66.
④ Jules Laforgue, *Lettres à un ami*, Paris: Mercvre de France, 1941, p. 91.

废文学的接触使得拉弗格能够跟上巴黎文学的脚步,尽管他会以自己的方式来呈现他心中的新文学。事实上,拉弗格也是早期颓废文学运动的成员,他从1885年开始在《吕泰斯》杂志上发表诗作,第163期、第178期、第193期都有他的诗。而1885年8月,他甚至已经赢得了一些批评家的关注。《吕泰斯》曾引用《伏尔泰》杂志的一篇评论,文中说:"拉尔和特雷泽尼克,得到不露面的、今天已经去世的特雷莫拉(Trémora)的协助,然后得到神秘的莫斯塔耶(L. G. Mostrailles)的协助,他们对魏尔伦的节奏、莫雷亚斯(《流沙》的作者)的诗……甚至是拉弗格先生的谜语给予了热烈的欢迎。"①也就在该月,布尔德发表了他的《颓废诗人》,但是文中列出的六位颓废派成员,居然将拉弗格排除在外。拉弗格看到了这篇文章,心中感到非常失落,他完全渴望拥有颓废派诗人的名号,也对颓废派这个群体及其美学有一定的认同。

1886年,拉弗格认识英国女孩利娅(Leah),随后二人订婚。该年年底,拉弗格与利娅前往伦敦结婚。随后返回德国。卡恩的《风行》杂志创刊后,作为卡恩的好友,拉弗格自然不会袖手旁观。他的诗作在《风行》第4期就出现了,一共有4首。在第一系列和第二系列的《风行》中,拉弗格的诗都能占据很多版面。因为拉弗格的投稿,也相当程度地拉升了《风行》杂志的质量,卡恩因而称赞拉弗格为"《风行》的教父"②。

因为这个杂志,拉弗格结识了威泽瓦和迪雅尔丹,开始给迪雅尔丹负责的《独立评论》撰稿。他在这一时期对自由诗的认识已经有突破性的进展。迪雅尔丹曾经去柏林和他见面,并做了这种记载:"我们一直生活在一起,读报员的工作并不太耗时间,当然,我们谈得最多的是文学。拉弗格给我讲他的想法和计划,我的证词如下:在这一时期,自由诗对他来说,已经是囊中之物了。"③在拉弗格那里,出于对心理的深刻理解,他已经摸索出具有他个人色彩的自由诗。当然,这种成就也与《风行》杂志有一些关系。他读到了更多的兰波的诗,也读到了该杂志发表的自由诗理论,这些都是重要的激励。拉弗格的自由诗不像卡恩寻找新的节奏单元,他直接从内心寻找形式。在给卡恩的信中,拉弗格表达了冲破一切诗律束缚

---

① Anonyme, "Les Jeunes poètes", *Lutèce*, 197 (23 août 1885), p. 2.
② Gustave Kahn, *Symbolistes et Décadents*, Genève: Slatkine, 1993, p. 44.
③ Édouard Dujardin, *Les Premiers poètes du vers libre*, Paris: Mercvre de France, 1922, p. 58.

的心声:"我在最绝对的无拘无束状态中乱闯。"①

但当拉弗格的创作事业渐入高峰的时候,他不幸地感染了肺结核,并于1887年8月逝世。尽管当时拉弗格还没有得到太多的关注,但他已经预感到自己将会成为文坛上的巨星。临死前一个月,他在给妹妹的信中说:"我文学上的事情你一点也不知道,这已有很长时间了。细说起来会很长,但一句话你就可以了解,我有权骄傲;我这一代没有一个文学家,人们指望他(其他的文学家——译者注)有一个(与我)相似的未来。"②如果撇开比拉弗格大6岁的兰波,以及比他大8岁的马拉美,就看80年代进入文坛的诗人,拉弗格的自我判断是准确的。他的同辈人当中,有威泽瓦、迪雅尔丹、雷泰、古尔蒙、雷尼耶、莫克尔等人,确实没有一个人在文学成就上能与拉弗格媲美。迪雅尔丹曾表示:"在文学生涯上1885年出生的一代中,找不到表达它(象征主义)的任何一个重要的人名。"③这句话说明了这一代人确实成绩欠佳。其中原因,可能是他们更多地关注文学理念,更多地关注美学争论,而不像拉弗格能够接续波德莱尔以来的文学传统。换句话说,这一代人更多的是观念的作家,而非文学的作家。拉弗格很好地保留了一颗宁静的心,这让他在时代的动荡中仍旧能够发出深沉的歌声。拉弗格的英年早逝对这一代人来说,是无法补救的。威泽瓦当时敏锐地看到了它的后果:"朱尔·拉弗格去世了,在上个月的最后几天。对于我们很多人来说,对于所有这些关注新艺术的人们来说,他的去世是一种无穷的损失:因为我非常相信,在1850年以后出生的人中,朱尔·拉弗格有一颗具有某种天才的纯朴至极的心。"④

二、拉弗格的无意识写作

无意识并不是到了拉弗格这里才引起文艺家的注意,早在瓦格纳那里,无意识就已经非常重要了。瓦格纳将无意识理解为本性的需要,认为这种需要"巨大得多,更无法抗拒"⑤。和无意识对立的,是社会意识,是

---

① Jules Laforgue, *Lettres à un ami*, Paris: Mercvre de France, 1941, p.193.
② Jules Laforgue, *Œuvres complètes de Jules Laforgue*, tome 4, Paris: Mercvre de France, 1925, p.196.
③ Carmen Licari, ed., *Les Lauriers sont coupés suivi de Le Monologue intérieur*, Roma: Bulzoni Editore, 1977, p.265.
④ Téodor de Wyzewa, "Les Livres", *La Revue indépendante*, 5.12 (oct. 1887), p.1.
⑤ Richard Wagner, *Richard Wagner's Prose Works*, vol.2, trans. William Ashton Ellis, London: Kegan Paul, Trench, Trübner, 1900, p.183.

一切国家、宗教的力量。瓦格纳对无意识的肯定,目的就是要让艺术从国家、宗教的力量中摆脱出来,这样也就能摆脱理性主义的势力,恢复艺术原本具有的"纯粹情感的力量"。波德莱尔虽然不像瓦格纳直接使用过无意识,而是用其他的词语代替了它,但是波德莱尔同样关注人内心深处的心理。他曾多次描述过迷醉的效果,这种效果破坏人的理性的力量,其实就是破坏人清醒的意识,放纵无意识:"它们专横地渗透到理智中,并蔓延,压倒它。"①在拉弗格开始认真作诗之前,无意识也渐渐得到文化界的关注,渐渐开始发挥影响力了。1877年,爱德华·德·哈特曼(Édouard de Hartmann)的法译本《无意识的哲学》问世(德文版1870年出版),书中对无意识的存在形态做了思考:"与思维的意识相比较(人们只承认它是真正的意识),我们所说的意志确实是无意识。我们已经表明我们身上存在着无意识的意志。"②叔本华早在1819年的《作为意志和表象的世界》一书中,就思考了这无所不在的、原始的意志,这种意志就是无意识的。叔本华的目的是想摆脱这种意志。到了19世纪末,人们对无意识的态度发生了一些变化,无意识开始与创造力结合起来。拉弗格正是在这种思想背景下思考他的诗学的。

拉弗格热衷于印象主义绘画的评论,这种评论为认识他的诗学提供了非常好的角度。印象主义艺术与之前的艺术流派不同的地方,在于它走出了画室,走向了自然。这种空间的变化,带来了观看方式的差异。之前人们用静态的、理性的眼光看一幅画,以及其要表达的内容,印象主义带来新的直觉主义的眼光。拉弗格称赞印象主义画家"不断地在户外光亮的场景中生活,新鲜地、原始地观看……能够恢复自然的眼睛,自然地看,像他看到的那样本真地画"③。两种流派的对立,不仅是画风的对立,而且是身体与头脑、无意识与意识的对立。拉弗格扩大了无意识的含义,它似乎成为一切不假思考的力量。人们在大自然中每时每刻都会感受到不同的光和影,感受到"颤动的自然"。但是这属于意识还是无意识的领域呢?尽管这种观看不一定使用思考的力量,但只要人们注意到观看的活动,观看本身就是自觉的意识了。拉弗格面临一个难题,就是如何区别

---

① Charles Baudelaire, *Œuvres complètes*, tome 3, ed. Yves Florenne, Paris: Le Club français du livre, 1966, p.151.

② Édouard de Hartmann, *Philosophie de l'inconscient*, tome 1, Paris: Librairie German Baillière, 1877, p.76.

③ Jules Laforgue, *Mélanges posthumes*, Paris: Mercvre de France, 1923, pp.133—134.

艺术直觉中的意识和无意识活动。他可能把不少意识活动也归在无意识中了。不过，自觉和不自觉的感受，能够满足拉弗格反对理性主义的要求。在这些感受下，人们不是根据数学和秩序来理解自然，而是根据一种梦幻般的交响乐的形式。交响乐的形式自然与瓦格纳有关，拉弗格说："这种交响乐是生动的、变化的生活，就像瓦格纳理论的'森林的声音'为了森林中洪大的声音在竞争，就像无意识、世界的法则，是洪大的旋律声一样，这种旋律声产生于种族和个体意识的交响乐。这是印象主义者户外派的原则。"①需要注意，拉弗格所说的交响乐是一种类比。他不像吉尔那样真的想用语音来重造交响乐的效果，他只是强调人们欣赏交响乐的感受和一种印象主义眼光的相似性。用伍利的话来说，这种交响乐是"一种心理的、内在的现象"②。

在印象主义的基础上，拉弗格形成了两种艺术的分类。一种艺术是反思的艺术。这种艺术有"反思的贫瘠而冰冷的范畴"，有计算和判断，但是自发的艺术却诉诸人的无意识，因而富有本能和灵感。像瓦格纳一样，拉弗格因为对无意识的推崇，开始反抗文明。文明在他眼中是理性主义的产物，是对原始本能的背叛。他这样表达自己的态度："文明破坏我们，让我们不再有平衡状态，违反天性。这与我们无关。无意识在它想的地方像它想的那样吹拂着，让它那样做吧。"③这种思想让拉弗格具有了无政府主义者的色彩。

拉弗格旨在维护原始本能、无意识，不过还要看到，他的悲观主义就是来自他要维护的东西。原始本能赋予了人的自我，但是这种本能并不是一种解放的力量，而是一种束缚的力量。它紧紧地抱住自我，让自我为它服务。这产生了叔本华式的意志的悲剧。叔本华曾指出："困扰我们存在的痛苦，大多是时间无休无止的压迫，它从未让我多歇口气，而是驱赶我们，像拿着鞭子的监工。"④因而无意识，或者本能，并不是完全光明的存在，它赋予人真实性，让人抵抗形而上学的观念，但是它同时也在压迫人。拉弗格也看到了意志的可怕之处："意志在每个个体那里客观化，存

---

① Jules Laforgue, *Mélanges posthumes*, Paris: Mercvre de France, 1923, pp.137—138.
② Grange Woolley, *Richard Wagner et le symbolisme français*, Paris: Les Presses universitaires de France, 1931, p.129.
③ Jules Laforgue, "Notes d'esthétique", *La Revue blanche*, 2.84 (déc. 1896), p.484.
④ Arthur Schopenhauer, *On the Suffering of the World*, London: Penguin Books, 1970, p.5.

活起来：一个锁链。人们只是暂时杀死他身上的个体化的意志。人们抛弃意志。意志就是痛苦。"①这里就蕴含着艺术的新功能，即让人暂时摆脱令他无边痛苦的意志。叔本华很早就提供了他的答案，艺术通过纯粹的观照，直达作为意志的客体化的理念，这时人们的知识就不再为意志服务了，就可以带来自由："在一些个体的人那里，知识可以摆脱这种奴役，扔掉它的枷锁，从意志的所有目的中解放出来，作为世界明净的镜子完全为自己而存在，这就是艺术的来源。"②叔本华的答案让艺术家在疲惫的人生中得到了小憩，拉弗格对此印象深刻，他不会无视叔本华的馈赠。在某种意义上，拉弗格在19世纪80年代热衷文学写作，并非真正出于文学的野心，而是实践叔本华的原则。拉弗格说："通过平静的沉思，通过美学、科学或者哲学的沉思（后两种最可靠地拥有寂静），人逃避他自己，人就片刻间摆脱了时间、空间和数的法则，人就弃绝了他个性的意识，人上升、达到伟大的自由：超越了妄想。"③不用解释这段话与叔本华的渊源，也不用说明拉弗格的苦行生活，只需要强调艺术在他那里是一种自我救赎的手段就够了。拉弗格希望通过文学创作来忘却痛苦。他将排遣忧郁看作是诗的真正目的。这或许可以揭示拉弗格在活跃于1885年的一代诗人中为什么是最杰出的。

对本能和意志的摆脱，对直观的强调，可以修正拉弗格无意识写作的含义。这种无意识写作通常被看作是象征主义象征手法的一种表现。梅特林克曾认为："我觉得诗人应该在象征上是被动的，最纯粹的象征可能是这种，即它不为诗人所知而发生，甚至有违他的意图。"④按照梅特林克的说法，人们可以做出这样的判断，拉弗格的无意识写作是不为诗人所知而发生的，拉弗格不会有意控制他的创作过程。他对梦幻的强调，对理性的排斥，都表明他要诉诸无意识的力量。但是这种判断是有问题的。由于看到本能和意志束缚人的作用，拉弗格把希望放在直观上。他对无意识的强调，并非是强调本能和意志，而是强调一种直观活动。他把这种直观活动称作无意识。这就解释了为什么拉弗格一方面认为天才是"无意识的教父"，另一方面又认为天才是反思性的。他将无意识与反思的直观

---

① Jules Laforgue, *Mélanges posthumes*, Paris: Mercvre de France, 1923, p. 11.
② Arthur Schopenhauer, *The World as Will and Representation*, trans. E. F. J. Payne, New York: Dover Publications, 1969, p. 152.
③ Jules Laforgue, *Mélanges posthumes*, Paris: Mercvre de France, 1923, p. 11.
④ Jules Huret, *Enquête sur l'évolution littéraire*, Paris: José Corti, 1999, p. 156.

活动做了奇怪的联系。可以将拉弗格的无意识写作这样重新定义：摆脱个人意志后利用新的感受能力的创作。

《到来的冬天》("L'Hiver qui vient")是拉弗格的杰作，可以通过它来看拉弗格的理念。

> 下着细雨；
> 在潮湿的森林，蜘蛛网
> 因为雨滴而弯曲，毁坏。
> 太阳拥有全权，在金色的帕克托罗斯河上工作
> 为农业的表演负责，
> 你要埋藏在哪里？
> 今晚一轮垂死的太阳躺在山丘上，
> 侧着身子，躺在金雀花中，躺在它的斗篷上。
> 一轮白如餐馆唾沫的太阳
> 躺在黄色的金雀花的褥草上，
> 秋天的黄色的金雀花。
> 法国号对着它吹响！①

这首诗描写的是冬季要来时的一次雨天。严格地说，这没有描写。一切都是从作者的内心中呈现出来的。"潮湿的森林"，可能是眼前之景，更可能是诗人的想象。因为诗节中的空间并不具备现实的属性，而是心理上存在的。从森林到帕克托罗斯河，再到法国号，它们并不具备现实的联系。另外，雨天没有太阳，在河上工作的太阳，自然是设想的，或者回忆中的。所有这些形象都在诗人心中结合起来，它反抗逻辑的秩序，在诗人的情感中建立一种内在的秩序。这种心境并不是幻想，像浪漫主义诗人那样，想象一个奇异的国度。相反，它更多的是一种"神游"。诗人的心好像有一双看不见的翅膀，在广大而冰冷的世界掠过。诗人的意志和个性被抛在地上，飞翔的是深思的、反思的心。这种神游是自觉的，还是不自觉的呢？比耶特里似乎趋向于认为是不自觉的，他把拉弗格的诗看作是"无意识的心血来潮"②。不自觉的想象肯定是存在的，比如下面几行诗：

---

① Jules Laforgue, *Œuvres complètes de Jules Laforgue*, tome 2, Paris: Mercvre de France, 1922, pp. 143—144.

② Roland Biétry, *Les Théories poétiques à l'époque symboliste*, Genève: Slatkine Reprints, 2001, p. 38.

法国号，法国号，法国号——忧郁！
忧郁！……
停歇了，变了音调，
变了音调，变了音乐，
咚、咚、咚采，咚咚！……①

可以看出，这几行诗源于被动地听到了法国号的声音，然后听出号声中的忧郁。这种感知肯定是不自觉的，而非是诗人主动地聆听某种音乐。但是在整个诗篇中，诗人自觉的想象和不自觉的感受是结合在一起的。诗人是通过不自觉的感受来引导一种自觉的直观活动。而且诗人是进入比较纯粹的自我状态后，才生出这些想象和感受的。这种纯粹的自我状态，是诗人自觉寻求的。比耶特里笼统地将诗中的内容称为"心血来潮"，是想将其视为无意识心理的表达。实际上，这首诗应该看作是自觉的直观。这种直观采用发散的视角，它与宗教徒的集中的直观不同。不过，拉弗格的直观也有不变的因素，这就是一种非个人化的视野和情调。

三、拉弗格无意识写作的影响和意义

尽管拉弗格在年轻的象征主义诗人中负有盛名，但是他对这些诗人的直接影响，现在还无法理清。威泽瓦、迪雅尔丹都重视无意识的梦幻，但是他们的诗学理念来自瓦格纳，与拉弗格没有关系。证据非常清楚，在1885年，威泽瓦和迪雅尔丹二人，与拉弗格几乎同时开始了关键的文学生涯。

但是如果撇开象征主义最里层的三个圈子，来看第四个圈子，可以发现拉弗格对艾略特存在着巨大的影响。艾略特本人曾指出"我亏欠拉弗格的，超过任何语言中的任何诗人"②。艾略特最早走上诗歌创作道路，与他模仿拉弗格的诗分不开。这种模仿不仅在形式上，在语言上，也在兴趣和心境上。艾略特也是佛教爱好者，有悲观主义的性情，他曾读过《南传大藏经》中的经典佛教典籍，并在《荒原》中引用过。艾略特自己也曾有过说明："我不是个佛教徒，但是一些早期的佛教经典影响了我，就像一部

---

① Jules Laforgue, *Œuvres complètes de Jules Laforgue*, tome 2, Paris: Mercvre de France, 1922, p.145.

② T. S. Eliot, *To Criticize the Critic and Other Writings*, Lincoln: University of Nebraska Press, 1991, p.22.

分《旧约》影响我一样。"①在《普鲁弗洛克的情歌》和《荒原》中,人们能看到那种冰冷的情调,以及心灵神游式的直觉活动。比如《荒原》中的第一章:

> 四月是最残忍的月份,它使
> 百合从死亡的土里爬出来,它搅和着
> 记忆和欲望,它用春雨
> 撩拨着麻木的根。
> 冬天给我们保暖,它用
> 遗忘的雪将大地掩盖起来,用发干的
> 块茎养活小小的生命。②

诗中同样采用了拉弗格的不自觉的感受与自觉的直观活动相结合的视角。

尽管拉弗格对法国象征主义诗人没有产生直接的影响,但是他的无意识写作手法对于象征主义思潮的意义很大。在他之前,波德莱尔已经开创出一种内在梦幻的书写方式,他渴望利用想象力、病态感觉(有时甚至是麻醉品)进入一种超自然世界。他诗中的感受是古怪的。拉弗格的无意识写作标志了一种新的道路。这条道路同样关注内心,但它采用正常的感受力,而且它是在一种非个人化的心境中,在对自我与个性的抑制中,来进行创作的。一言以蔽之,拉弗格真正开创了象征主义的心理学的道路。

第二节　迪雅尔丹的内心独白理论

瓦格纳主义者不仅在诗歌中探索新的形式,而且也在小说中尝试"内心独白"的技巧。这种技巧诞生于迪雅尔丹之手,是象征主义小说理论的重要收获。迪雅尔丹早在1887年的《被砍掉的月桂树》(*Les Lauriers sont coupés*)中,就开始尝试这种技巧,他还在1931年出版过《内心独白》

---

① T. S. Eliot, *The Use of Poetry and the Use of Criticism*, London: Faber and Faber Limited, 1933, p. 91.

② T. S. Eliot, *Collected Poems: 1909—1962*, New York: Harcourt, Brace & World, 1963, p. 53.

一书,回顾他创作这部小说的经过,并解释内心独白的美学特征。在书中迪雅尔丹清楚地表明内心独白与音乐的关系:"《被砍掉的月桂树》是在巨大的抱负下进行的,它要把瓦格纳的做法搬到文学领域。"①迪雅尔丹想在小说中实践瓦格纳音乐中成就的东西。这种观点在 1970 年得到了博尔达(Robert Bordaz)的认可。博尔达认为"因为相信音乐与诗的深刻联系",迪雅尔丹将瓦格纳看作他自己的神②。许布纳(Steven Huebner)指出正是由于瓦格纳的音乐,迪雅尔丹才发展起他的小说的组织形式③。尽管内心独白的瓦格纳起源说得到了广泛的接受,但是质疑者仍旧存在。其中的代表人物就是魏斯曼(F. Weissman)。魏斯曼发现了迪雅尔丹的一封书信,该信强调一种之前很少提到的"主观主义",而且还推崇拉辛为"完美的主观主义者"④。在信中,《被砍掉的月桂树》作为主观主义美学的例子被明确提到。鉴于这部小说的献词是给拉辛的,主观主义美学与内心独白的关系就变得异常重要了。魏斯曼于是提出这种疑问:迪雅尔丹在小说发表 40 年后提出的起源说,会不会因为形势的变化而夸大了瓦格纳的作用,并贬低了拉辛的贡献?如果后者确实被贬低,那么内心独白的技巧就跟音乐无关,而只是为了实现拉辛的戏剧效果。

  瓦格纳起源说和拉辛起源说形成了巨大的对立,这种对立在后来并没有得到很好的解释。批评家们要么各执一端,要么完全回避这个问题。其中的原因也很明显:两种观点是矛盾的,而且都有迪雅尔丹的文献作证,批评家们无法调和这两种观点,他们往往根据自己的需要来选择某一种。将迪雅尔丹的理论放到象征主义思潮史的背景中,尤其是考察另一个瓦格纳主义者威泽瓦的文献,来重新调查内心独白的美学,成为解决这种争论的关键。

一、内心独白理论与音乐的联系和矛盾

  内心独白是象征主义时期出现的一种新的小说形式,这一点是没有

---

① Carmen Licari, ed., *Les Lauriers sont coupés suivi de Le Monologue intérieur*, Roma: Bulzoni Editore, 1977, p. 258.
② Robert Bordaz, "Édouard Dujardin", *La Revue des deux mondes*, 12 (décembre 1970), p. 592.
③ Steven Huebner, "Édouard Dujardin, Wagner, and the Origins of Stream of Consciousness Writing", *19th-Century Music*, 37.1 (Summer 2013), pp. 61—63.
④ F. Weissman, "Édouard Dujardin, le monologue intérieur et Racine", *Revue d'histoire littéraire de la France*, 74.3 (mai 1974), p. 492.

疑问的。它在英美和中国也被称作意识流,因为乔伊斯(James Joyce)的示范,20世纪在不少国家中都能见到它的身影。内心独白与传统的独白技巧都注重内心分析,但它们还有不同之处。迪雅尔丹曾经解释过他"发明的"内心独白的特点:"不同的地方并不在于传统的独白表达的思想没有内心独白隐秘,而是在于它协调它们,显露它们的逻辑联系,即是说解释它们。"①陀思妥耶夫斯基的小说中也有独白,但是这种独白往往是作者控制的,独白的内容有"逻辑联系",似乎经过了理性的选择和加工。迪雅尔丹认为自己的内心独白是无意识世界的原样裸露,作者无从干涉。

《被砍掉的月桂树》第七章中有主人公普兰斯(Daniel Prince)与他心仪的女演员莱娅(Léa)相会的描写,作品中运用了内心独白:

> 这是她的身体;她一鼓一鼓的胸脯;特别香的混合香水……四月美好的夜……清新的空气……我们出门……两支蜡烛……那里……在林荫大道中……"我爱你胜过我的羊群"……这个女孩……无耻的、柔弱的眼睛,红红的嘴唇……②

这个段落里标点符号非常特别。一是缺少句号,句号代表着语意的结束,以及新的意义的开始,它在句中承载着解释功能。文中使用的是省略号,省略号不用在意前后的语意关系,语意是开放的,是持续的,更适合意识的流动。引文中的语句也有特色,它使用了许多不完全的句子,甚至是一些短小的短语。不使用句法成分完整的句子,本身也有避免理性叙述的作用。不过,文中并非没有排斥叙述,"我们出门",就是一种叙述,尽管它可能不是过去时态下的记叙,而是当前的说明。除去叙述的内容外,文中用得最多的是印象,"一鼓一鼓的胸脯",是视觉印象;香水则是嗅觉的印象;"美好的夜"可能涉及触觉,即皮肤的感受。句中还出现画外音:"我爱你胜过我的羊群",这可能是莱娅唱的歌,也可能是路人的歌,但前者可能性更大。这样,听觉也加入进来。

短小的语句,在迪雅尔丹的理论中非常重要,它对应的是瓦格纳音乐中的动机(motifs)。迪雅尔丹通过短小的语句,想再现瓦格纳利用乐器奏出的没有理性秩序的动机。迪雅尔丹对此有清楚的交代:"在纯粹的状态下,瓦格纳的动机是一种孤立的乐句,它总是含有一种情感的意味,但

---

① Carmen Licari, ed., *Les Lauriers sont coupés suivi de Le Monologue intérieur*, Roma: Bulzoni Editore, 1977, p. 237.
② Ibid., p. 158.

是与先前的乐句和随后的乐句没有逻辑上的联系,内心独白正是源出于此。"①迪雅尔丹的解释是合理的。内心独白渴望呈现人偶然的、破碎的意识。这种意识接近柏格森(Henri Bergson)所说的"绵延"。它们一方面排除了时间,不再有时间上的数量,另一方面不同的意识相互渗透。这种意识虽然需要现实中的刺激,但又不是简单地与外在的刺激相对应。它有着无意识的本源。在讨论瓦格纳的音乐时,布莱恩·马吉(Bryan Magee)认为:"在他的晚期作品当中,多声部交响乐队写作风格高度纯熟,可以做到同时驾驭三条以至四条动机,一条动机总像是顺理成章从上一条衍生而来,自然而然地与已经在进行的动机结为一道,接下去又融入下一条,去迹无踪。"②动机是音乐家内心意识的表露。这种意识偶然出现,来无影去无踪。虽然迪雅尔丹手中的媒介是文字,但是他渴望像瓦格纳一样,将这种意识呈现在语句里。

迪雅尔丹的内心独白,还需要理性框架的支撑。这种框架常常表现为叙述的内容。叙述的内容交代外在的场景,内心独白只有在这个背景中才能发生,才可以被理解,否则它就无法成为文学文本。比如《被砍掉的月桂树》第一章:

> 这是吕西安·沙瓦纳;他拿了他的手杖;他开门;我们出去;两个人,我们下了楼梯。他说:
> ——你带了你的圆帽了……
> ——是的。
> 他带着指责的口吻对我说。③

这段话中基本上没有什么情感,全都是叙述和说明。哪怕"我们出去""两个人",也是内心的叙述,没有多少情感的价值。不过,这些内容并非是无关紧要的,它们提供了情感和印象发生的观察点,虽然没有情感上的重要性,却拥有文学结构的重要性。

让内心独白与叙事内容这种框架结合起来,这不是迪雅尔丹的发明。在瓦格纳音乐中,作为主体的无意识的动机并不是独立存在的,它们需要

---

① Carmen Licari, ed., *Les Lauriers sont coupés suivi de Le Monologue intérieur*, Roma: Bulzoni Editore, 1977, p. 227.

② 布莱恩·马吉:《瓦格纳与哲学》,郭建英、张纯译,北京:中国友谊出版公司,2018年版,第252页。

③ Carmen Licari, ed., *Les Lauriers sont coupés suivi de Le Monologue intérieur*, Roma: Bulzoni Editore, 1977, p. 95.

理性框架的帮助。法国学者阿兰·巴迪欧（Alain Badiou）将这种理性框架称作叙述符号，并指出："在瓦格纳的作品中，他采取的形式是将叙述符号人为地强加在音乐之上。这一形式不断地强加这些叙述符号，这些符号作为音乐表面连续性基础的理性框架而起作用。这就是主导旋律的功能。"①在瓦格纳的歌剧中，同样可以看到叙述符号被广泛使用，比如舞台上人物的行动、歌词的叙述信息、舞台场景的设置等。这些符号共同构成特定时间和空间的特征，成为歌剧的故事性内容。即使在像《莱茵的黄金》这类与神话有关的歌剧中，时间的特征是模糊的，但是它仍旧具有它的故事时间。

上面这两个相似点（重视理论框架、内心独白与叙事内容这种框架的结合），肯定了迪雅尔丹的内心独白与瓦格纳交响乐的渊源。内心独白受到了音乐结构的启发，渴望利用语言在文学中创造新的旋律。不过，还要注意迪雅尔丹的内心独白与音乐有不同的要求。在瓦格纳看来，音乐是人内在自我的表现，它是反语言的。迪雅尔丹尽管想重现音乐的抒情效果，但是他必须利用语言，依靠语言的一切理性和现实的指涉功能。这样就产生了他们对待语言的不同。瓦格纳的语言可有可无，音乐的深度以抛弃语言的距离为尺度。如果音乐与语言的关系过于亲密，那么音乐就会受到诗（语言的艺术）的妨碍，就丧失了它的高贵。因而音乐与诗的关系是一种临时的关系，用瓦格纳的原话来说："音乐与诗的联系完全是虚假的；当唱一首曲子的时候，我们理解的并不是诗歌思想（尤其是在合唱曲中，并没有听到诗歌思想被清楚表达出来），而最多是那种思想中的元素，是在音乐家头脑中引发的音乐性的元素、适于音乐的元素，这是真实不虚的。"②语言及其意义并不是音乐必不可缺的，瓦格纳于是将语言（诗）看作是音乐的仆人，他的音乐不需要语言，就能揭示情感和世界的秘密。虽然在歌剧的舞台上歌词和舞蹈一直存在，但是在舞台一侧的交响乐才是歌剧真正的核心。歌词和舞蹈不过是陪衬罢了，交响乐才是本体。马吉在欣赏《尼伯龙根的指环》的第三部《齐格弗里德》（*Siegfried*）时，曾有过这样的体会：

> 听者发觉不是总可以听见唱词了，在听者与人声之间，交响乐队

---

① 阿兰·巴迪欧：《瓦格纳五讲》，艾士薇译，郑州：河南大学出版社，2017年版，第120页。
② Richard Wagner, *Beethoven*, trans. Albert R. Parsons, Boston: Lee & Shepard, 1872, p. 102.

音响的厚重足以将唱词完全淹没。作曲家不再留出间隔让人声与唱词通行无阻，不再克制乐队的自由发挥以关照人声与唱词。在我们和人声之间，他建起一堵坚实的音墙，凡有音墙存在的地方，它（乐队的自由发挥——译者注）当然不可避免地成为调动我们注意力的因素。①

这种反语言的倾向是迪雅尔丹绝对做不到的。迪雅尔丹必须依赖语言，通过语言依稀窥见只有音乐擅长的情感世界。他的小说中并不是没有情感，但一切情感都要以理性的语言符号为基础。因而一切情感都是理性传达的情感。瓦格纳轻松就"淹没"的词语，成为迪雅尔丹唯一的依靠。虽然音乐和叙事的框架都存在于他们的作品中，但是它们的含义却完全不同。瓦格纳眼中的叙事的框架，不但包含语言，也包含语言传达的情感和意义，他眼中的音乐，就是那人心中最深的梦幻。对于迪雅尔丹来说，瓦格纳的音乐和情感是他无法触及的，他处理的只是被瓦格纳丢弃的东西。这里无意评判文学与音乐的优劣，而只是说明音乐与文学处理方式和对象的不同。因为这种不同，迪雅尔丹的小说中基本不可能存在瓦格纳所说的音乐，一切都是词语，是语音和语义的结合体。因而当瓦格纳让他众多的音乐动机发生交响时，迪雅尔丹基本只能与抽象的语法和语义搏斗。迪雅尔丹认为他重造了瓦格纳的音乐，实际上他的小说从未进入那种音乐中。瓦格纳音乐明显不是内心独白真正的基础，内心独白一定有着尚不为人知的本源。

二、威泽瓦与迪雅尔丹的渊源

威泽瓦和迪雅尔丹年龄相仿，爱好相同，都是瓦格纳主义者。二人美学上的相似性，没有得到之前的研究者的足够重视。1885年2月，迪雅尔丹与威泽瓦合作的《瓦格纳评论》创刊。迪雅尔丹是该刊的负责人，但就美学建设而言，威泽瓦堪称领袖。迪雅尔丹成功地说服了马拉美，不但让后者为刊物撰稿，而且也让他成为一名瓦格纳主义者。迪雅尔丹还联合了哲学家张伯伦，甚至资深的颓废作家于斯曼。威泽瓦缺乏这样的领导力，但是因为对德国美学更为熟悉，他成为这个杂志真正的发言人。因而《瓦格纳评论》对象征主义运动的影响，主要不是经由迪雅尔丹之手，而

---

① 布莱恩·马吉：《瓦格纳与哲学》，郭建英、张纯译，北京：中国友谊出版公司，2018年版，第188页。

是经由威泽瓦。

威泽瓦给象征主义带来的第一个价值,是艺术的综合。瓦格纳看到自古希腊以来,戏剧、音乐和诗迅速地分化,原本统一的艺术各自独立。这些新的艺术渐渐丧失了它们的力量,中世纪以来艺术没落的原因正在于此。瓦格纳甚至认为古希腊以后的二千年,不是属于艺术,而是属于理性的哲学。这位德国音乐家希望复兴艺术,一个自然的做法是将这些艺术重新结合起来:"艺术真正的职责是拥抱一切艺术。"①威泽瓦赞同这种说法,从他叙述的赫拉克勒斯的故事可以看出他的立场:赫拉克勒斯遇到年轻的美神和快乐女神,他需要从中选出一位做他的未婚妻。可是这位大力士却打破了规则,让两位女神都留在身边。赫拉克勒斯的理由是:难道美不是快乐,快乐不是美?这个有趣的故事成为威泽瓦抨击欧洲美学、文学思想的一把武器。因为欧洲人很久以来已经习惯了一夫一妻制的思维方式,这种思维将事物切割开来,看不到事物的整体,只热衷于局部的分析。瓦格纳带来综合的思维方式,有利于解决这种弊病,以及艺术的困境。威泽瓦说:"艺术不在绘画中,不在文学中,也不在音乐中,而是在这些门类的结合中。"②

威泽瓦的目的是让音乐进入文学。他强调音乐的文学,这是与情感密合的"音节的音乐"③。人们往往将这种音乐视为作品中的韵律,在散文和诗体中,都多少有一些双声、半韵的效果,诗体的语顿和节奏也能产生规则重复的音乐感。但是这些韵律元素并非是威泽瓦要强调的。"音节的音乐"更多的是和声,是语音在情感上的自然联系。韵律元素在他看来是不自然的、预先制定的规则。

受到威泽瓦的影响,迪雅尔丹也有相似的认识。迪雅尔丹将艺术分为两个阶段,第一个阶段是戏剧。在这个阶段,各门艺术都得到使用,戏剧只是多种艺术的集合。但是有些艺术家并非对所有艺术门类都有感知力,他可能只对某一种艺术感兴趣,出于对这种艺术的专门化的需要,于是艺术分化,出现了许多新的子艺术,这就进入第二个阶段:"在最初消除与艺术对象不相关的感受之后,通过将感受局限到一个单独的感觉范畴

---

① Richard Wagner, *Richard Wagner's Prose Works*, vol. 1, trans. William Ashton Ellis, London: Kegan Paul, Trench, Trübner, 1895, p. 184.

② Téodor de Wyzewa, "Notes sur la littérature wagnérienne", *Revue wagnérienne*, 2.5 (juin 1886), pp. 151—152.

③ Téodor de Wyzewa, "Les Livres", *La Revue indépendante*, 4.9 (juillet 1887), p. 4.

中,在戏剧艺术之后,获得了绘画的、文学的和音乐的分离的艺术。"①同威泽瓦一样,迪雅尔丹为这种艺术的分裂状态感到不安。他渴望将绘画、文学、音乐这些艺术都联合起来。迪雅尔丹也认可威泽瓦将音乐引入文学的做法,他认为这是瓦格纳主义的最大贡献:"1885年—1886年的运动,给文学带来一种诗歌的音乐观念……这无疑是法国文学史中最了不起的事件之一。"②

威泽瓦带来的第二个价值是完整的生活说。艺术的综合说可以自然地得出完整的生活说。如果每门艺术都有它对应的感官,比如雕塑和绘画诉诸视觉,音乐诉诸听觉,那么将艺术结合起来,自然会将不同的感官能力结合起来,就能得到更完全的生活。用瓦格纳的原话来说:"人每一个单独的能力都有局限;但是他的统一的、一致的、相互补助的能力——彼此相互爱着的能力——结合起来,形成人自我补充的、无限的、普遍的能力。"③从完整的生活来看,瓦格纳的理论并不仅仅是一种艺术理论,也是一种哲学理论、伦理理论,它试图重造人的存在感。威泽瓦清楚地看到瓦格纳的意图:"瓦格纳说,艺术应该创造生活:不是感觉的生活、精神的生活,或者心灵的生活,而是整个人类的生活。"④顺着艺术综合的思路,威泽瓦也开始思考将不同艺术背后的生活结合起来。他将艺术分成三种类型,第一种是感觉的艺术,以绘画、雕塑为代表,第二种是概念的艺术,以文学为代表,第三种是情感的艺术,即音乐。这三种艺术分类的标准其实都是依据它反映的生活。这三种艺术无法分割,就像感觉、概念和情感合在一起人才成为人一样。

迪雅尔丹在对艺术的分级上,完全接受了威泽瓦的观点,他将第一种艺术称为触觉的艺术,其对象包括雕塑和绘画。第二种艺术为理性因素的艺术,即概念的艺术,这种艺术需要使用符号。第三种艺术为情感的艺术,这直接用了威泽瓦的名称。值得注意的是,瓦格纳提出的三种基本的艺术样式是舞蹈、曲调和诗,与迪雅尔丹的不同。这可以说明迪雅尔丹主要参考的是威泽瓦的理论。迪雅尔丹也看到了艺术的综合背后的伦理价

---

① Édouard Dujardin, "Considérations sur l'art wagnérien", *Revue wagnérienne*, 3.6 (août 1887), p. 156.
② Édouard Dujardin, *Mallarmé par un des siens*, Paris: Messein, 1936, p. 100.
③ Richard Wagner, *Richard Wagner's Prose Works*, vol. 1, trans. William Ashton Ellis, London: Kegan Paul, Trench, Trübner, 1895, p. 97.
④ Téodor de Wyzewa, "Notes sur la littérature wagnérienne", *Revue wagnérienne*, 2.5 (juin 1886), p. 152.

值:"要将这些艺术统一起来,以便在心灵中引发完整生活的感受。"①

从上面这两个价值可以看出,迪雅尔丹的理论与威泽瓦完全相同。威泽瓦博学多才,对德国美学有很深的领悟。迪雅尔丹没有这种学力。金曾指出:"迪雅尔丹1881年对瓦格纳感兴趣,但当时还不能读德文。"② 尽管在1885年这位作家最终具有了一定的德文水平,而且在《瓦格纳评论》中也有译作发表,但是迪雅尔丹选择的基本是瓦格纳的剧本,没有看出他对瓦格纳美学的特别学养。这些证据表明威泽瓦在迪雅尔丹的瓦格纳主义的塑造上,发挥了很大的作用。因为迪雅尔丹与威泽瓦美学思想上有渊源关系,通过对威泽瓦思想的调查,来把握内心独白美学的起源,就有了可靠性。

三、威泽瓦与内心独白理论的起源

魏斯曼提供的迪雅尔丹的那封信,写于1888年4月21日。他的内心独白的小说《被砍掉的月桂树》当时刚刚出版,在《独立评论》的当年4月号上,费内翁曾描述这部小说的出版信息,以及一些细节:有"向最高的心灵小说家拉辛致敬"的题词,还有作者的雕像画③。这封信的时间非常重要,迪雅尔丹并不是顺便写了这封信,而是为了总结内心独白的理论,因而是个人思想的实录。在这封信的开头,迪雅尔丹做过说明:"我亲爱的皮卡,我打算发表的,不是《被砍掉的月桂树》的序言,而是一篇文章,写的是我对我从这部小说中得到的东西的几点观察。"④ 这里的皮卡(Vittorio Pica)是《独立评论》的编辑、迪雅尔丹的同事。迪雅尔丹写这封信的目的,是为了与皮卡交流意见。他们讨论了一篇文章,内心独白的"几点观察"被记录在这篇文章中。这篇文章后来并没有发表在《独立评论》上,不过,信里难得地记录下了迪雅尔丹的思考。

迪雅尔丹的信与威泽瓦的关系,在艺术发展史的看法上有确切的证据。迪雅尔丹首先讨论了戏剧的形式,他指出人们现在不满意戏剧的地方在于它保留了剧场。随后迪雅尔丹说:"艺术形式的发展确实是除去实

---

① Édouard Dujardin, "Considérations sur l'art wagnérien", *Revue wagnérienne*, 3.6 (août 1887), p.160.

② C. D. King, "Édouard Dujardin and the Genisis of the Inner Monologue", *French Studies*, 9.2 (April 1955), p.109.

③ Félix Fénéon, "Calendrier", *La Revue indépendante*, 7.18 (avril 1888), p.185.

④ F. Weissman, "Édouard Dujardin, le monologue intérieur et Racine", *Revue d'histoire littéraire de la France*, 74.3 (mai 1974), p.491.

际的因素。"①什么是"除去实际的因素"呢？就是让艺术形式与心灵之间尽量除去外在的媒介。这里的心灵既是作者的心灵，也是观众的心灵。让这些心灵直接面对心灵的状态，"除了心灵的状态不留下任何东西"。这种理论直接来自威泽瓦的《瓦格纳文学评论》一文。文中威泽瓦概括了西方艺术的两种发展趋势，其中之一便是以心印心，去除中间媒介："艺术进化的另一个重要法则，是创造生活的艺术家的心灵与重造生活的人们的心灵的逐渐接近，是一切中介的减弱。"②在这个过程中，心灵状态与艺术媒介由配合的关系，发展到分离，心灵状态为了有更真实的生命，它要求尽可能少地传达距离。根据这个法则，威泽瓦发现了从文明早期到19世纪的欧洲艺术的脉络。最初的文学是叙事，其代表是原始人的神话，这些含糊的事件无法让人们得到满足，于是就有了戏剧，但是现实中的演员成为新的媒介，妨碍了人们的艺术感受，于是就有了书写的小说。从神话叙事，到戏剧，到小说，因而构成了西方文学艺术接近心灵状态的三种阶段。这种理论不论有多少的合理性，但是它的目的是非常清楚的，就是迎接瓦格纳带来的艺术的第四阶段：音乐阶段。音乐在瓦格纳和叔本华那里，是意志的直接客体化，不需要任何媒介。理解了威泽瓦的这个法则，就能很好地判断迪雅尔丹的艺术发展史论了，下面这句迪雅尔丹的话完全是对威泽瓦理论的重复："在起源上看，这是叙事，是古希腊或者法国北部的行吟诗人的史诗。随后是戏剧，悲情的或者神秘的戏剧，它直接把一个角色呈现给大众，有演员和布景这反艺术的现实性。再后是长篇小说、书本。"③迪雅尔丹把艺术的发展也看作是反现实性的法则所决定的，一种未来的艺术就勾勒出了它的蓝图。而《被砍掉的月桂树》正是这种蓝图的实践。

既然威泽瓦是瓦格纳主义者，迪雅尔丹的理论以威泽瓦为宗，这是不是间接证明迪雅尔丹内心独白的起源，仍旧是瓦格纳美学呢？情况可能会复杂得多。威泽瓦自称为瓦格纳主义者，但是他的理论往往是对瓦格纳学说的扩展，又因为这种扩展远离了瓦格纳的初衷，因而又有与瓦格纳

---

① F. Weissman, "Édouard Dujardin, le monologue intérieur et Racine", *Revue d'histoire littéraire de la France*, 74.3 (mai 1974), p.492.

② Téodor de Wyzewa, "Notes sur la littérature wagnérienne", *Revue wagnérienne*, 2.5 (juin 1886), p.154.

③ F. Weissman, "Édouard Dujardin, le monologue intérieur et Racine", *Revue d'histoire littéraire de la France*, 74.3 (mai 1974), p.492.

学说相对立的情况。金曾经指出:"象征主义者似乎在《瓦格纳评论》的时期误解了瓦格纳,那里出现了瓦格纳理论的篡改版。"①这种判断虽然没有具体提及威泽瓦,但是已经看到象征主义者们误读了瓦格纳。威泽瓦并不仅仅想成为一个瓦格纳主义的解释者,他有意发挥瓦格纳的思想,甚至建立新的思想。这其实也是《瓦格纳评论》杂志的方针。迪雅尔丹曾经谦虚地指出:"《瓦格纳评论》的目的并非像某些人相信的那样,是宣传瓦格纳主义的作品,而是洞察和认识它的深刻意义。"②既然要认识深刻意义,尤其是要给文学做借鉴,那么对瓦格纳的理论进行调整、扩大、改变,就是题中应有之义了。

当将瓦格纳的交响乐理论运用到文学中时,威泽瓦无法像瓦格纳那样主张抛弃词语,以及词语所有的政治、宗教含义,他必须保留瓦格纳拒绝的理性内容,让它和音乐的元素调和起来。因为考虑到文学的理性内容,所以威泽瓦打破了瓦格纳的禁忌。具体而言,这就是改造综合说。瓦格纳提倡将不同的艺术综合在歌剧中,但是在这种综合的艺术中,音乐、舞蹈都还保留各自的独立性。威泽瓦想将综合说从跨艺术的综合变为跨文体的综合。这里可以借用雅各布森(Roman Jakobson)提出的语言的六种功能来解释。这六种功能在此涉及的是指示功能和诗的功能。指示功能关乎语言运用的背景,也关乎语义。诗的功能则与声音有关,它指的是词语具有的特殊声音,在文学中主要表现为节奏、韵律等要素。语音的其他声音效果也属于诗的功能。指示功能是说明性的散文最强调的功能,诗的功能则是诗体所擅长的。威泽瓦主张的音乐与文学的结合,并不是跨艺术的综合,而是同一种艺术内不同文体的搭配。这里的音乐和文学应该理解为类比,而非实指。将瓦格纳跨艺术的综合改造一番,这就脱离了瓦格纳的本意,综合说就成为一种全新的理论了。批评家姆齐罗克(Anna Opiela-Mrozik)发现:"在提出自己的主义的过程中,威泽瓦跨越了他的大师们的权威。"③威泽瓦并不仅仅想成为一个瓦格纳主义的解释者,他有意从瓦格纳的基本思想出发,提出自己新的理论。

这种新理论如果真正要落到实处,需要给文学的不同文体进行新的

---

① C. D. King, "Édouard Dujardin and the Genisis of the Inner Monologue", *French Studies*, 9.2 (April 1955), p.109.
② Édouard Dujardin, *Mallarmé par un des siens*, Paris: Messein, 1936, p.201.
③ Anna Opiela-Mrozik, "Téodor de Wyzewa face à ses maîtres", *Quêtes littéraires*, 9 (2019), p.89.

解释。这些文体不能只有功能上的差别,还要形成一种统一的系统。因为只有在系统中,不同的文体才能组合起来,才有综合的可能。在威泽瓦之前,文学中的不同文体往往是根据形式来区分的。比如按照有无韵律,可以分为诗体和散文;按照是利用文字,还是歌唱,又可以将诗分为史诗、抒情诗等类别;按照有没有角色演出,又分出戏剧。这些文体之间没有关系,它们的存在源自一系列二元对立。威泽瓦无法利用旧有的文体分类。他发现了更好的划分文体的尺度:感受。他很早就建立起不同的艺术门类与不同的感受的对应。比如雕塑和绘画诉诸视觉,音乐诉诸听觉,那么将艺术结合起来,自然会将不同的感官能力结合起来,就能表达更完全的生活。这种认识也是瓦格纳原本就有的,具体到文学上,虽然文体不同,但是它们都有着传达感受的目的,因为每个文体传达的感受不同,所有的感受都应该结合起来,形成一个整体的生活,因而不同的文体就有了综合的需要。

虽然史诗、戏剧、小说等文体在历史上属于不同的进化阶段,但是威泽瓦看到它们代表了不同的感受。神话和史诗,主要关注的是"没有细节也没有理性的生活"[①],古希腊的悲剧体现了这个民族对理性生活的追求。到了文艺复兴时期,莎士比亚的戏剧出现了,戏剧不再做理性分析,而是让人物具有丰富的感情。激情的感受开始出现在新的文体中。这种文体在笛卡儿的哲学那里遇到了挑战。这位法国哲学家怀疑情感,希望重建理性的秩序,人们的感受重新回到现实的背后。随后激情与感官感受在浪漫主义、自然主义文学中重现,雨果、左拉等人再次让文学传达世间的生活,小说成为传达新感受的主要工具。一个新的文学时代的到来,并不意味着过去的感受和文体就失效了,相反,它们应该合成一个整体。在这种整体的感受理论下,不同的文体实际上并不是异质的,而是同源的。威泽瓦明确表示:"史诗故事、戏剧、小说,它们没有对立:这是同一种艺术的三种相连的形式,每一种形式都回应了,也能回应某些心灵的艺术需要。"[②]威泽瓦给文学不同文体的综合找到了理论的可行性。不同文体的综合不再以音乐为旨归,而是以感受力为目标。迪雅尔丹的内心独白,正是在这种启发下,将诗与散文这两种形式融合了起来,在叙述和对白中使用的是散文,在内心独白的内容上多使用诗体。这一点迪雅尔丹说得

---

① Téodor de Wyzewa, "Notes sur la littérature wagnérienne", *Revue wagnérienne*, 2.5 (juin 1886), p. 155.

② Ibid., p. 161.

很明白:"直到(象征主义诞生)那时,文学中有的是诗体和散文;从那以后,它有的是诗和非诗。"①迪雅尔丹想通过形式的综合,取消诗体与散文的分类。自此以后,人们只会根据内容上诗性的有无来判断文学作品,这就是"诗和非诗"的含义。

明确了"内心独白"说与威泽瓦诗学的渊源后,还可以对迪雅尔丹信中提到的"主观主义"做一些说明。因为赞同威泽瓦的叔本华主义的立场,迪雅尔丹在这封信中探讨了"主观主义"的问题。其实,主观主义就是威泽瓦所信奉的叔本华主义。因为将主体看作是表象的创造者,所以有了这种名称。迪雅尔丹解释得很清楚:"主体创造客体,心灵创造世界;所有的行动都在人的心灵中,所有的风格,都紧随着心灵的状态而来。"②用主观主义来概括威泽瓦和瓦格纳的形而上学思想,迪雅尔丹还有一个用意,就是与福楼拜的"客观主义"相对照。费希特、叔本华否定自然,否定现象,而福楼拜、左拉等人则肯定它们。打出主观主义的旗帜,迪雅尔丹可以表明,不论是音乐中的音符,还是文学中的印象、情节,它们都不是自足的,它们通向更深处的心灵,是后者的表象。

主观主义揭示了内心独白的真正功能。严格来看,内心独白并不仅仅是对无意识心理的探索,也不是对潜在心理活动的调查。内心独白最大的功能是给自我提供一个创造的喷火口。这里用的是火山的比喻。人的自我是不可见的,这种自我就是人黑暗的意志。但是通过内心独白,人们在创造一部作品的过程中,呈现的其实是自我本身。因为每部作品既是自我的创造物,又能折射出自我本身。作品就是自我,内心独白就是火山的喷涌。内在的秘密通过这个喷口显现自己。内心独白是自我的叔本华式的存在方式。这里也有人类处境的悲哀。人从来没有创作过任何东西,人所创造的不过是他自己的影像。人永远是孤独的。迪雅尔丹在这封信中对内心独白的喷涌并未明言,但是他在《象征主义的命运》("Le Destin du Symbolisme")一文中则有清楚的阐释:"诗因而是一种喷涌,诗体本身应该是一种喷涌,一种神奇而光亮的真实性,它已经更新了文学。"③这里的"真实性"即是自我的真实性,是唯一的存在。通过自由诗,

---

① Carmen Licari, ed., *Les Lauriers sont coupés suivi de Le Monologue intérieur*, Roma: Bulzoni Editore, 1977, p. 255.

② F. Weissman, "Édouard Dujardin, le monologue intérieur et Racine", *Revue d'histoire littéraire de la France*, 74.3 (mai 1974), p. 491.

③ Édouard Dujardin, *Mallarmé par un des siens*, Paris: Messein, 1936, pp. 97—98.

自我显露出它的光芒。自由诗与小说中的内心独白技巧，于是连成了一体，它们都是自我的喷火口。

从这个视野可以重新理解内心独白主张的不同文体的综合。散文和诗体不但代表着两种不同的感受，也代表着两种不同的自我状态：一种是强烈的，一种是平常的。前者是自我意志的直接喷涌，而后者则是理性干预下的行为。前者冲破了时间和空间等因果律的限制，是稳定的、持续的，而后者则涉及不同的环境，可以给前者提供解释和参考。两种文体的结合不仅是感受的合一，也是自我的合一。传统的小说往往关注自我的某一方面，内心独白在交响乐的启发下，想恢复自我的统一，想让自我在不同文体的结合中发生交响。因而，当《被砍掉的月桂树》完成的时候，文体的界限其实就消除了，一种跨文体的文学诞生了。

拉辛与内心独白的关系也可以说清楚了。拉辛并不是内心独白的起源，而是这种手法的先驱。迪雅尔丹在拉辛那里看到文体融合的迹象，也赞赏这位前修在探索心灵上的成就。这一点，那封信中说得非常明白："拉辛是伟大的被埋没的艺术家。他是完美的主观主义者，除了心灵的状态不留下任何东西，一位诗体与散文的最高混合者，将所有现实都转成艺术的典范艺术家。"[①]其实拉辛的作用只相当于内心独白的"招牌"，迪雅尔丹需要一位大师来给他的理论撑门面，这位大师与内心独白有无真正的联系其实并不重要。

四、小结

威泽瓦以文学为中心，以不同感受力的结合为目标，以多种文体的综合为手段，提出了一种新的综合美学。这种综合美学不同于瓦格纳以音乐为中心，以情感为目标，以多种艺术类型的组合为手段的综合美学。威泽瓦的美学表面上打着瓦格纳的旗号，实际上是一种新的思想，可以称其为威泽瓦主义。迪雅尔丹的内心独白的真正理论起源，就是这种威泽瓦主义。

明确了迪雅尔丹内心独白的真正起源，就可以重新审视它的美学宗旨。内心独白不仅仅是要复兴拉辛"没有剧场的戏剧"、利用小说纯粹地描写角色的心灵状态，也不是以瓦格纳为法，通过角色感受和印象的连

---

① F. Weissman, "Édouard Dujardin, le monologue intérieur et Racine", *Revue d'histoire littéraire de la France*, 74.3 (mai 1974), p.492.

续,来模仿音乐的旋律和基调,它的目的更为广大,这是要统一之前存在的一切文学样式和表达内容,将古希腊以后分隔的艺术与分隔的生活内容重组起来,以此来恢复威泽瓦和迪雅尔丹想象的古希腊的艺术范式。在某种意义上说,内心独白及其背后的威泽瓦主义希望扭转欧洲文艺二千年来分析的方向,以求向古希腊文艺(尤其是悲剧)传统回归,并与它并驾齐驱。虽然这远远超过了威泽瓦和迪雅尔丹的文学能力,但就理论本身来看,不失为崇高的目标。

第三节 象征主义和颓废主义的对抗与融合

1886年10月,象征主义思潮出现了多股齐流的现象。时间好像突然慢了起来,之前颓废者们齐力并进的态势,现在转为纷争和躁动。文学革命的鼓声擂响了,一个新的时代到来了。米勒曾指出:"这些人在1884年被称作颓废者,1886年被称作象征主义者。"[1]这似乎将两个流派看作是前后两个自然过渡的阶段。这种判断是错误的。象征主义和颓废主义一度是两种并存且对抗的流派。颓废主义从来都没放弃它的旗帜,荣誉与主导权的争夺在随后几年愈演愈烈。在象征主义演变的多股力量中,首先值得注意的是吉尔。

一、吉尔与象征主义的合分

吉尔是马拉美的学生。在认识马拉美之前,他对左拉一派感兴趣,"受到自然主义潮流的吸引"[2]。马拉美使他意识到内在世界的魅力,于是他在1884年成为颓废者。随后他参加了马拉美家中星期二的聚会,从中获得了象征与梦幻的理念。他曾回忆道:

> 从这个与梦幻或远或近的人身上,从他和谐而微妙的话语声中,散发出魅力和非常愉快的影响,它们无法形容地迷住了我们,还造就了肃穆的气氛。从那时起,马拉美就谈论"象征"的本质,让人相信它

---

[1] Patrick Berthier & Michel Jarrety, ed., *Histoire de la France littéraire: modernités*, Paris: PUF, 2006, p. 263.

[2] Tiziana Goruppi, "Introduction", in René Ghil, *Traité du verbe*, Paris: Éditions A.-G. Nizet, 1978, p. 14.

是整体的表达,是艺术最高的方法……①

从这段话中,可以看出吉尔对马拉美的仰慕之意,也可以看出1888年之前吉尔在不同流派之间的立场。简单地说,他的立场以马拉美的态度为准则。

1886年10月新出现的《象征主义者》杂志并没有承认吉尔,但将马拉美看作这个杂志聚集起的群体的成员。而以吉尔为重要成员的《颓废》杂志,同样聚集起一些年轻人。从《颓废》杂志的成员名单来看,不少重要的人物受到了《象征主义者》的忽略或者排挤(尽管《象征主义者》杂志的创刊要比《颓废》晚几天),他们中有莫里斯、雷尼耶、克洛、布尔热、雷蒙、多费尔、瓦莱特(Alfred Vallette)等人。这些人基本与初期的颓废文学有密切关系,也是后来颓废派的重要人物,尽管其中有些人也被文学史家称为象征主义者。既要追随马拉美的象征与梦幻,又无法进入象征主义团体,吉尔的地位不可谓不尴尬。他在《颓废》杂志上发表《我们的流派》("Notre école")一文,思考建立新的流派。

在文章开头,吉尔指出颓废派这个名称的有限性:"长久以来,在一个总的名称颓废派下(该名称是在嘲笑中偶然到来的,这种嘲笑什么都不了解),许多相反的诉求在相互冲突。"②颓废派从外表来看,好像具有反对自然主义的一致性,实际上从内部来看,又有这么多"相反的诉求"。吉尔看到的两个相反的倾向,一个是魏尔伦所代表的,一个是马拉美代表的。从巴纳斯派走出来的魏尔伦,他的特色在于灵活的、有一定变化的诗体上,吉尔认为这引出了后来莫雷亚斯、卡恩、威泽瓦等人的流派。从马拉美走出的是以象征为宗、讲究暗示的流派。迪比(Edouard Dubus)也曾说:"马拉美和魏尔伦代表两种倾向。第一位偏向象征,第二位偏向音乐。"③迪比也是《颓废》的成员,应该受到了吉尔观点的影响。巴朱将魏尔伦看作是颓废主义大师,将马拉美看作是象征主义大师,这是有道理的。

不过,将魏尔伦看作是莫雷亚斯和卡恩的源头,吉尔犯了错。莫雷亚斯确实学习过魏尔伦的做法,但是他也是马拉美家中星期二聚会的常客。卡恩形式解放的试验甚至早于魏尔伦,威泽瓦则是从瓦格纳主义中找到

---

① René Ghil, *De la poésie scientifique*, North Charleston: Createspace, 2015, p.14.
② René Ghil. "Notre école", *La Décadence*, 1 (1 octobre 1886), p.1.
③ Anonyme, "Louise Michel et les décadents", *La Liberté*, 22 octobre 1886, p.2.

了新的语言音乐。这三位与马拉美的交往,总的来看比他们与魏尔伦的交往更为重要。吉尔是圈内人,不是不明白实情。他这样做,也有他的隐衷。为了批评莫雷亚斯、卡恩等人的流派,不能把他们与马拉美这位人们怀着"经久不息的敬仰"的诗人联系起来,不得已就拉魏尔伦替马拉美受过。

对于这种"傲慢的"、似乎名不副实的流派,吉尔将其称为象征派(école de symbole)。虽然他们盗用了"象征"的名目,但是他们并不懂得象征的实质。而象征只有在马拉美的梦幻和暗示中才能找到它真实的含义。莫雷亚斯、卡恩等象征派诗人"炫耀别人家的珍宝",并不具有真正的价值。与此相对,马拉美则是真正的象征主义诗人。这里出现了另一个词象征主义派(école symbolique)。它似乎与象征派在法文上接近,但一个是真,一个是假。在象征主义派这里,才有"真的创造"。吉尔将围绕马拉美的部分而非全部诗人,放到了象征主义派里,这些人有梅里尔、莫里斯、雷尼耶、多费尔。这个名单肯定是武断的。雷尼耶和梅里尔后来都与吉尔维护传统诗律的主张相左,而与莫雷亚斯、卡恩等人声气相通。但吉尔管不了这些,他自己别有用心地划了一个圈子。这个圈子既不是魏尔伦、巴朱的颓废派,也不是莫雷亚斯的象征主义。吉尔也不忘给自己"祝圣"。他认为象征主义派在形式、语言、象征上的要求,都体现在他的著作《语言论》中。该书既包含了马拉美的理论,也有吉尔自己的配器法理论,言外之意,《语言论》自然是新流派诗学的圣经。在文章最后,吉尔表示:"这个最新的流派,象征主义和和声学派,在其发展上是典范性的,现在的《颓废》杂志就是它的机关刊物。"[1]

怎样对待吉尔的观点呢?难道颓废主义和象征主义之间又出现第三个流派?吉尔的主张并不能完全相信。原因有二。其一,就象征的尺度来看,威泽瓦、莫雷亚斯等人确实不太重视象征,但是魏尔伦、拉弗格等人亦然,象征主义并不是采用象征技巧的主义,这在导论中已经说明了。象征主义更多的是代表着一种文学态度,这种态度涉及与现实的关系、与音乐的关系,与无政府主义的关系等。波德莱尔的颓废六事中,只有一条与象征有关。其他五条都在象征主义的讨论范围内。吉尔的象征尺度,是一种狭隘的尺度,如果采用这种尺度,象征主义将无法理解。其二,吉尔倡导的配器法理论,瓦格纳的交响乐是它的一个来源。总的来看,吉尔的

---

[1] René Ghil. "Notre école", *La Décadence*, 1 (1 octobre 1886), p. 2.

理论与瓦格纳主义者大同小异,没有必要再细分小的流派。吉尔之所以分出这个流派,原因并不完全在美学上、在主义上,而是在流派的斗争上。虽然后来的文学史家为了研究的方便,合称这几个流派的诗人为颓废者,或者象征主义者,但是在文学运动的过程中,要看到不同的群体拥有不同的刊物、不同的圈子,不同的话语权。这些不同决定了他们的斗争很多时候只是权力的政治。

果然在第 3 期的《颓废》上,吉尔对《象征主义者》和《颓废者》都进行了攻击。首先是《象征主义者》,吉尔称它的群体为"一家假诗的流派"。然后,吉尔对巴朱也不留情面:"这些《象征主义者》杂志的先生知道,巴朱先生既没有理论,也不是文学家;他们很清楚,我是文学家,拥有理论。"① 吉尔左右得罪人,甚至不明智地想借他踩在脚下的《象征主义者》杂志的成员,来打击巴朱。他这样做的原因,只是为了表明他才是真命天子。他告诉读者:"啊!自从 9 月 1 日,从萨尔塞先生开始,人们常常谈论这本《语言论》,谈论勒内·吉尔先生……是的,人们讨论这位二十四岁的年轻小伙子,谈得有些多。"② 这种顾影自怜的语调,可能不会给读者们带来好印象。吉尔是有一定才华的年轻人,不过,在批评家眼中,他和巴朱很像,他有些理论,但"不是文学家"。比耶特里谈到吉尔引以为豪的配器法理论时,曾说这"只是让新诗人名誉扫地"③。但这里暂不对吉尔的理论做评价。这里只是想说明,吉尔想创建新流派的野心在 1886 年加剧了象征主义各个流派的对立。

二、《颓废者》成员与象征主义者的冲突

《颓废》杂志并不是吉尔一个人在发声,尽管只出了 3 期,但是《风行》杂志的编辑多费尔和吉尔站在了一起。吉尔把他纳入他的流派中,看来是有考虑的。多费尔对一些杂志把巴朱视为"新流派的首领"感到气愤,因为这个流派还涉及马拉美、魏尔伦和吉尔,一群血统纯正的人。多费尔借来吉尔的观点,提醒巴朱他的流派"与一切象征无关"。多费尔嘲笑了《颓废者》的销量,并批评巴朱有着"愚蠢的无能",而他手下的这个杂志,

---

① René Ghil, "Ton de conversation", *La Décadence*, 3 (15 octobre 1886), p. 10.
② Ibid.
③ Roland Biétry, *Les Théories poétiques à l'époque symboliste*, Genève: Slatkine Reprints, 2001, p. 362.

"在担负新流派的机关刊物上是失败的"①。但这种谩骂和羞辱,不会让《颓废者》诚心接受。

《颓废者》在创办之始,当时流派尚少,它也没有多少机会露出牙齿。巴朱曾化名维拉特(Louis Villatte)在第1期中曾不失谦和地说:"颓废派并不是一个文学流派。他们的任务并不是创立。他们只是要破坏,打倒陈旧的东西,为20世纪的伟大国民文学准备萌芽。"②照这个表态,象征主义也可以为《颓废者》杂志所包容,二者旨趣相近。在1886年春、夏之季,当时《颓废者》杂志所代表的颓废者们,他们的敌人只是浪漫主义和自然主义。甚至巴朱最初对吉尔还比较客气,在吉尔的《语言论》出版时,《颓废者》杂志作过介绍;巴朱还为吉尔写过评论,认为该书"不失为卓越的作品"③。哪怕当年10月初——当时莫雷亚斯的《象征主义》业已发表,吉尔主导的《颓废》杂志刚刚出版——巴朱也没有放弃整合不同流派的想法。他宣布:"《颓废者》是全体的机关刊物,并不是某一特别分派的机关刊物。"④

但吉尔、多费尔的敌意,马上让《颓废者》杂志改变了态度。这里需要说明,问题的核心不是哪家杂志宽容,不是批评的道德问题,问题在于流派的话语权。当《颓废者》面临地位被贬低时,它只能反击。10月16日,在《颓废》的态度完全明朗后,巴朱借尚索尔谈论颓废主义和象征主义的话题,作了一个更正,即颓废主义并不是象征主义。这个更正只是撇清两个流派的关系,但并没有做出高低的评判。巴朱不会遗漏这一步的。他指出因为对马拉美的尊重,他不愿公开指责象征主义,但颓废主义是比象征主义更好的名称,象征主义这个名称并不合理:"我在诗中承认它,但在其他领域不是这样。诗从不可能成为其他的事物:象征是它的最终以及最初的形式。"⑤为什么要这样说呢?巴朱想告诉人们,象征主义文学,并不是象征主义诗,诗有象征,但是象征主义小说就让人笑话了。鉴于象征仅限于诗,它就无法作为一个文学流派的名称。这种温和的批评,动机一点也不温和。虽然巴朱表面上说要尊重象征主义,但是他毫不客气地将对方的大旗扯了下来。

---

① Léo d'Orfer, "Chronique", *La Décadence*, 2 (8 octobre 1886), p. 5.
② Louis Villatte, "Chronique littéraire", *Le Décadent*, 1 (10 avril 1886), p. 3.
③ Anatole Baju, "Le Traité du verbe", *Le Décadent*, 23 (11 septembre 1886), p. 2.
④ Anatole Baju, "Le Décadent", *Le Décadent*, 26 (2 octobre 1886), p. 1.
⑤ Anatole Baju, "M. Champsaur", *Le Décadent*, 28 (16 octobre 1886), p. 1.

巴朱的攻击手段在次月再次出现。一位名叫埃斯科拉耶（Albert d'Escorailles）的作者，在《颓废者》发表《感受主义》（"Sensationnisme"）一文。该作者的真实身份目前还不清楚，不能完全排除就是巴朱本人。文章反对的不仅是吉尔的象征主义，也同时对莫雷亚斯提出质疑："假如象征主义在当代诗中是一种相当重要的倾向，无论莫雷亚斯先生会怎么想，它都无法支配散文。"①现在，不但象征主义文学不能涵盖小说，散文也成了它的禁地。埃斯科拉耶还指出，象征也好，和声主义也罢（与配器法相似），都不是全面的，而是将流派的主张"简化为一种简单的创作法的革命"②。最后，埃斯科拉耶指出，象征主义只是一种感受主义，是一种"辅助手段"，不是根本。

尽管瓦格纳主义者们对待《颓废者》杂志，多持观望态度，不像吉尔那样剑拔弩张。但是出于威泽瓦对魏尔伦的批评、吉尔与巴朱的矛盾，再加上领导权的争夺，《颓废者》群体与象征主义者（莫雷亚斯和吉尔）的关系始终不好。到了1888年，魏尔伦做出了重要选择，他明确站在了颓废者这一边。颓废主义被魏尔伦看作是"一个天才的词""令人惊叹的旗帜"③，与此相对，他对象征主义则公开表示鄙夷之情。另外，魏尔伦还把巴朱和吉尔作了比较，代表象征主义的吉尔受到了道德的审判："他有些惹恼了巴朱，因为他通过一些不太客气的行为刺激了他，巴朱表现得更好，只是温和地回应这位易怒的诗人。"④显然，吉尔是导致魏尔伦脱离象征主义并与颓废主义结盟的主要原因。其中有什么背景呢？原来吉尔过于膨胀，他不仅贬低巴朱，甚至还瞧不起魏尔伦。在1886年出版（后来多次修订）的《语言论》中，吉尔认为自己找到了色彩、声音与元音感应的秘密，而这个秘密兰波和魏尔伦只是模糊触及，未得真知："他，魏尔伦，就像人们想从遗忘中寻回的朦胧的梦，虽然预见到很多东西，但是并没有对这个梦是什么开出处方。"⑤吉尔对形势产生了误判，这就有了魏尔伦1888年对象征主义和吉尔的攻击。

魏尔伦的出手，乐坏了巴朱。尽管巴朱并未将魏尔伦看作是颓废主义的领导者，但是这不妨碍他与魏尔伦结盟。巴朱不会浪费魏尔伦送来

---

① Albert d'Escorailles, "Sensationnisme", *Le Décadent*, 32 (13 novembre 1886), p.1.
② Ibid.
③ Paul Verlaine, "Lettre au décadent", *Le Décadent*, 2 (1 janvier 1888), p.1.
④ Paul Verlaine, "Anatole Baju", *Les Hommes d'aujourd'hui*, 332 (août 1888), p.3.
⑤ René Ghil, *Traité du verbe*, Paris: Éditions A.-G. Nizet, 1978, p.60.

的弹药。1888年1月15日,在改版后的第3期《颓废者》上,巴朱这样评价魏尔伦的文章:"这是对象征主义、配器法和其他文学异端的决定性的谴责,这是一个犹豫、摸索的时期的终结……这尤其是颓废主义的胜利。"① 巴朱应该庆祝。尽管迪雅尔丹的《独立评论》和卡恩的《风行》所代表的象征主义仍然气势很盛,但是他至少重创了吉尔。

《颓废者》并非只有巴朱在战斗。雷诺在1888年7月也向威泽瓦开了火。起因是威泽瓦1887年曾在《独立评论》发表了批评波德莱尔的系列文章。文章指出,因为波德莱尔不谙瓦格纳主义的语言音乐,并没有实现先锋的艺术:"波德莱尔和布吕内蒂埃(Ferdinand Brunetière),这两位都是无能的,即是说尽管有才华,但他们都未能创造出艺术性的作品。现在他们对围绕他们的人施加了特别强烈的影响。"② 波德莱尔的作品,与《颓废者》杂志所提倡的作品,并没有方向上的重大变异。引文中"围绕他们的人"所指是谁,自然也不难猜。雷诺对波德莱尔的维护,实际上正是捍卫颓废派。雷诺指出,瓦格纳主义者所谓的原创,误解了艺术创作的过程,这个过程需要人为的设计与规则:"对威泽瓦先生来说,所有的诗集都应该根据一种设计好的方案来写作。但是他忘了在这些条件中写一部作品,不仅是无用的,也是不可能的。"③ 简单来看,雷诺想维护颓废派措辞、题材选择上的人工技巧。这里面存在着与瓦格纳主义自发性的矛盾。

《颓废者》杂志决定性的进攻发生在1888年11月。巴朱在《颓废者和象征主义者》("Décadents et Symbolistes")一文中,告诫人们不要将这两个名称看作是同义词,它们属于不同的群体。颓废者"寻求艺术的革新",他们"勤勉",勇敢地怀疑旧的文学,接受进步的东西。象征主义是另外的一群人,"他们遵循着颓废派的脚步",只会模仿,"没有带来任何新东西",他们把文学当作"发迹的手段",因为偷窃颓废者的成果,象征主义是"思想的寄生虫"。④ 巴朱的这篇文章标志着颓废者与象征主义者的对立已达顶点。但是也要注意,就像吉尔对巴朱做了不中肯的、侮辱的评价一样,巴朱也对象征主义者做了同样的评价。流派的良性竞争沦为庸俗的利益之争。

巴朱似乎等到了他想象的胜利。但是两个事件让这种胜利很快就烟

---

① Anatole Baju, "Le Déclaration de Verlaine", *Le Décadent*, 3 (15 janvier 1888), p. 1.
② Téodor de Wyzewa, "Les Livres", *La Revue indépendante*, 4.9 (juillet 1887), p. 6.
③ Ernest Raynaud, "Un point de critique", *Le Décadent*, 15 (15 juillet 1888), p. 3.
④ Anatole Baju, "Décadents et Symbolistes", *Le Décadent*, 23 (15 novembre 1888), pp. 1—2.

消云散了。第一个事件是《颓废者》杂志在 1889 年的政治转向。在创刊后相当长的时间内,该杂志都是以厌恶社会、远离政治的姿态出现的,它的成员继承了巴纳斯派的主体精神。魏尔伦就是这种精神的缩影。但是布朗热事件爆发后,《颓废者》杂志也卷入其中。在此之后,可以看到《颓废者》变成了政治启蒙的刊物。它也具有了强烈的无政府主义的色彩。而象征主义的主要成员,比如卡恩、迪雅尔丹、拉弗格等人,也是无政府主义者,他们的刊物《文学与政治谈话》就是无政府主义的。因此,颓废者与象征主义在意识形态上的差异弥合了,这减弱了两个流派的对立之势。第二个事件是《颓废者》的终刊。1889 年 4 月,《颓废者》结束了它作为一个群体的组织者的角色。斯蒂芬(Philip Stephan)曾说:"随着《颓废者》杂志的消失,颓废派不再存在。"①尽管它的主要成员仍然在别的刊物上活动,但是有组织的颓废主义的运动已经结束。颓废者们需要另谋出路。

三、吉尔与象征主义者的交恶

马拉美接触瓦格纳主义后,对语言的交响乐有了新的看法。吉尔敏感地看到音乐性里含有的财富。他想用元音和辅音来模仿不同的乐器,由此产生新的综合。吉尔对巴朱的鄙视,背后存在一些诗学的原因。吉尔认为巴朱并不懂得这种语言配器法理论。但是这种理论背离了文学的特质,因而吉尔得到了马拉美的忠告。

但让马拉美没有想到的是,吉尔不但没有放弃这种方向,甚至越来越自负,以至于向魏尔伦发起了挑战。这自然让马拉美疏远他,而性格孤傲的吉尔,从不怕与人决裂。这就解释了吉尔与马拉美在 1888 年之后的不和。戈鲁皮(Tiziana Goruppi)曾注意到:"《语言论》每一个新的版本出现,都对应着(吉尔和马拉美)进一步的冷淡关系。"②他发现这种冷淡关系在 1887 年就有了萌芽,在次年终于显现。就吉尔一方来说,他对马拉美的态度确实一落千丈。这种态度在 19 世纪 90 年代更为明显。他不再称马拉美为大师,甚至常常不以为然地面对这位兄长。在 1891 年给于雷的访谈信中,吉尔对马拉美的创作进行了总结,他提到了《牧神的午后》,认为尽管"大多数诗行特别优美,被写出来已经有二十年了",这实际上是转着弯说马拉美创作贫乏,近二十年没有新的好作品。他还提到马拉美

---

① Philip Stephan, *Paul Verlaine and the Décadence*, Rowman: Manchester University Press, 1974, p. 157.
② René Ghil, *Traité du verbe*, Paris: Éditions A.-G. Nizet, 1978, p. 193.

的《给巴纳斯》一诗,但是又补充道:"就这些了!这并不是一部作品。"①谁都能读出字里行间的轻蔑。吉尔在报复马拉美。在更晚的回忆录中,吉尔也没有放下心结。他在评论马拉美时,故意把他看作是旧的巴纳斯派的集大成者。

吉尔与马拉美的矛盾,并不仅仅是个人的不和。它涉及理念的冲突,也导致了吉尔与象征主义的分裂。吉尔1887年开始编辑一个杂志《为艺术而写作》。加上他1886年在《颓废》杂志上号称创立"象征主义和和声学派",使得他具有了一些领袖的资历。在当时的年轻人中,不能低估他的影响力。多费尔、朱尔·勒迈特都支持他的理论,莫克尔和卡恩甚至借用过他的理论。这些诗人至少表面上接受了吉尔的领导地位。1889年,得意的吉尔在《独立评论》上撰文,指出包括莫克尔在内的几位诗人,是他具有科学性的配器法理论的实践者。这一下子将几位诗人公开变成了吉尔的跟班,于是就引起了他们的不满和否认。其实莫克尔对待吉尔的态度确实暧昧,他曾称赞过吉尔的理论:"我深信严格意义上的配器法的真实性",也曾表示"我们将会支持他,作为朋友,我们为这二十五岁的创造者的优秀的胆气,感到钦佩"。②但是当吉尔将莫克尔看作是自己的跟随者时,莫克尔迟疑了,转身离开。这让吉尔感到受到了愚弄。他1899年7月在《瓦隆》杂志上发表文章,指出这些诗人表面上"想指责我褊狭的评论",实际上正暴露出他们是"狭隘的、强词夺理的"。③

吉尔还发现他与这些原来的"支持者"在自由诗上的分歧。不论是象征,还是自由诗,已经与他的配器法无法并存。脱离象征主义就是题中应有之义了。1890年11月,在给法朗士(Anatole France)的信中,吉尔写道:"我与颓废者和象征主义者没有任何共同之处。另外,他们已经死亡了,或者濒临死亡,他们没有方法,也没有作品;再谈论他们这已经很晚了。"④吉尔这种挑衅性的言论并不能证明配器法的强大。接到这封信后,法朗士承认自己犯了错,因为他曾认为吉尔说的和他们是"相同的语言",而这样看来是个误判。在次年3月,吉尔还表示:"就像浪漫主义和巴纳斯派大师乏味的重新开始一样,人们知道我是……用流派这个头衔

---

① Jules Huret, *Enquête sur l'évolution littéraire*, Paris: José Corti, 1999, p. 144.
② Albert Mockel, *Esthétique du symbolisme*, Bruxelles: Palais des académies, 1962, p. 232.
③ René Ghil, "Une réponse", *La Wallonie*, 4.6 (juillet 1889), p. 243.
④ Anatole France, "Courrier de Paris", *L'Univers illustré*, 1862 (29 novembre 1890), p. 754.

不恰当地装扮起来的东西的绝对的敌人。"①这仍旧是毫不妥协的姿态。不同于莫雷亚斯对象征主义较为理性的批评,吉尔的攻击有失中肯。他对象征主义的敌视,破坏了他的理论立场的公信力。

比耶特里认为"随着吉尔的分裂,直到1888年才出现了真正的对抗"②,确实,1888年之后,随着吉尔的反戈,象征主义的声誉受到了损害,如果加上魏尔伦的进攻,以及巴朱的幸灾乐祸,象征主义不论是在思潮上,还是在流派上,都面临着很大的困境。幸好,迪雅尔丹和卡恩的杂志,还在为一个风雨飘摇的时代提供遮蔽。

四、《风行》杂志与流派的融合

《独立评论》可以看作是一个同人杂志,在上面发表作品的作者数量虽多,但是主体却是《瓦格纳评论》和《象征主义者》杂志的主要成员。与其相比,卡恩主编的《风行》杂志既能保持象征主义的探索力量,又能团结不同流派、不同风格的作者,于是成为1890年之前象征主义运动的熔炉。

《风行》与《颓废者》创刊时间相同,终刊时间接近,有着非常特殊的意义。1886年4月4日,《风行》创刊,是为第1期。但是当月11日,这个杂志又推出了另一个第1期。两期的内容大同小异,所以一般认为4月11日是《风行》的创刊日。《颓废者》比它早了一天。时间的接近,能说明《风行》的办刊方向。它一开始是颓废者的杂志。比如布尔德的颓废六人组成员,在第1卷里,除了塔亚德没有亮相,别的都发表过作品。另外像于斯曼、布尔热、拉弗格也经常露面。当时象征主义流派还没有产生,许多年轻的诗人是以颓废者的身份加入这个刊物的,他们中有莫雷亚斯、迪雅尔丹和威泽瓦,另外还有吉尔、多费尔。尽管巴朱和雷诺、普莱西等人没有给它撰过稿,但是《风行》可以看作是颓废主义和象征主义共同的园地。魏尔伦不仅在这里继续发表他的《被诅咒的诗人》的续集,威泽瓦也可以借对马拉美的评论宣传他自己的信条,而自由诗及其理论也成为该刊的重要贡献。

卡恩在谈到这个杂志时,曾指出:"《风行》杂志区别于象征主义者和颓废者。"③如果这里的"颓废者"指的是巴朱的小圈子,这句话是对的。

---

① Jules Huret, *Enquête sur l'évolution littéraire*, Paris: José Corti, 1999, p.143.
② Roland Biétry, *Les Théories poétiques à l'époque symboliste*, Genève: Slatkine Reprints, 2001, p.362.
③ Gustave Kahn, *Symbolistes et Décadents*, Genève: Slatkine, 1993, p.50.

但如果从 1881 年以来的文学史来理解颓废派,它就有失偏颇了。《风行》并没有强烈的宗派主义。这个刊物不仅靠主义来团结志同道合者,也通过个人关系来获得稿源。德拉罗什认为《风行》"试图在一种一致的努力中,让多个有些独立的文学小刊物结盟"①。不管这个努力有没有成功,可以看出《风行》在融合不同群体上的决心。

1889 年 9 月,《风行》终刊。象征主义者蒙受了巨大的损失。《风行》和《颓废者》的落幕,代表着颓废主义和象征主义第一波浪潮的退却。不过,象征主义思潮并未停歇,而是以新的样态继续向前。一些综合性的、流派特征弱的杂志在崛起,比如《法兰西信使》《白色评论》《瓦隆》。其中《法兰西信使》尤其重要。马拉美、魏尔伦、卡恩、雷尼耶、亚当、维莱-格里凡、威泽瓦、奥里埃、雷诺这些原本分属不同群体的人,都在这些刊物上活动。这个杂志成为流派融合的新的园地。

第四节　吉尔的语言配器法理论

迄今为止,吉尔的理论以及他在象征主义流派中的作用,我们已经多次提到了,但是所有先前的论述,都是着眼于其他的视野,而非吉尔诗学本身。吉尔的理论似乎呈现出来了,但其实只是入其门而未登其堂。这位 1862 年出生在法国图尔昆的年轻人,与威泽瓦是同龄人。他们都是该年 9 月出生,吉尔只比威泽瓦小半个月。他们的相似性还不只这一点。如果说威泽瓦是象征主义思潮真正走向音乐化的首位领袖,那么吉尔就是新的解释和推广者。尽管吉尔的声誉在 20 世纪被人遗忘,且在许多文学史中他主要作为马拉美的学生偶然被提及,但他却是象征主义思潮在 19 世纪 80 年代的一个关键人物。在某些年份,他甚至是象征主义思潮的中心人物之一。戈鲁皮将吉尔看作是"新诗潮的首领之一"②,这是非常高的评价,如果仅就发生期的象征主义而言,这种评价是不虚的。另外,当时的重要批评家勒迈特认为象征主义只带来两种诗学成就,一个是象征,另一个就是诗歌配器法。这种配器法的功劳要记在吉尔名下。除了这两样,还有自由诗、内心独白等理论,但都被勒迈特搁在一边,可见吉

---

① Achillle Delaroche, "Les Annales du symbolisme", *La Plume* 3.41(1 janvier 1891), p.16.
② René Ghil, *Traité du verbe*, Paris: Éditions A.-G. Nizet, 1978, p.44.

尔的重要性。

由于吉尔与象征主义诗人关系的交恶,吉尔偏激的性格暴露无遗。但本节尽量避开吉尔的道德问题,尝试对他的诗学及其价值进行客观的探讨。

一、语言配器法理论的提出

吉尔的语言配器法理论的提出与马拉美分不开。1884 年,身在巴黎的吉尔与马拉美会面。吉尔对这位未来的诗人王子的印象是"中等身材,修长但不消瘦,身体的所有运动带有明确而审慎的优雅"①。和莫雷亚斯、威泽瓦等人一样,吉尔也成为马拉美家中星期二聚会的常客。吉尔不仅熟悉了马拉美的象征理念,更是对马拉美关于音乐性的意见感到振奋。吉尔可能在 1884 年就开始了诗歌音乐的试验,他和马拉美在 1885 年有比较频繁的通信,这些通信的中心问题就是音乐性。戈鲁皮曾指出,马拉美 1885 年 3 月 7 日给吉尔的信,"启发了吉尔语言配器法的思想"②。这种判断有些问题。第一,吉尔应该早在该年 3 月前,就已经有较多的试验了。第二,马拉美的这封信与其说是激励吉尔进行语言配器法的尝试,还不如说是阻挡吉尔这样做,提醒他迷途知返。马拉美告诉吉尔,他采用的并不是作家的方法,而是作曲家的方法。马拉美表示他之前也用过这样的手法,但后来"我抛弃了这种做法"③。马拉美最终寻找的道路是赋予音乐一种神秘感。这种解释可能不太好理解。马拉美眼中的音乐并不是音乐家的音乐,而是一种抽象的音乐精神,这种音乐精神与某种象征的世界是一体的。马拉美曾说:"不是铜管乐器、拨弦乐器和木管乐器基本的声响,而是最高的理性语言造就了音乐。"④这里很清楚地说明了什么才是作家的方法。作家渴望利用语言来沟通内在的心境,他希望利用读者梦幻的想象力,而非听觉的愉悦。黑木朋兴曾指出:"以管弦乐为代表的所谓的音乐,归根结底,应该只是表面上的音乐。就马拉美而言,真正的音乐,因为刻在神话的基石上,必须始终依据文艺的原理。"⑤黑木朋兴这

---

① René Ghil, *Les Dates et les œuvres*, Paris: G. Crès, 1923, p. 19.
② René Ghil, *Traité du verbe*, Paris: Éditions A.-G. Nizet, 1978, p. 15.
③ Stéphane Mallarmé, *Correspondance complète: 1862—1871*, Paris: Gallimard, 1995, p. 577.
④ Stéphane Mallarmé, *Œuvres complètes*, Paris: Gallimard, 1945, p. 367.
⑤ 黒木朋興:「マラルメと音楽:絶対音楽から象徴主義へ」。東京:水声社,2013 年版,268 頁。

里的解释,主要着眼的是1885年8月马拉美发表的《理查德·瓦格纳:一个法国诗人的梦幻》一文。但实际上他所说的意思,可以概括马拉美的音乐观。

对吉尔来说,马拉美的阻拦似乎已经太晚了。吉尔不相信他的语言音乐是"表面上的音乐"。其实瓦格纳的音乐理论也非常强调梦幻。马拉美用神话来代替瓦格纳的传说,认为神话能带来充分的象征,在一定程度上也误解了瓦格纳。马拉美渴望的象征世界,也是瓦格纳想要进入的,只不过二人的途径不同。但是吉尔似乎并不比马拉美更理解瓦格纳。吉尔的语言配器法确实越来越形而下,越来越做更为庸俗的比附。客观来看,吉尔并不是不了解马拉美的雄心,并不是不了解象征的重要性。在他眼中,马拉美的象征能让每个人的感受和思想的表象合起来,形成一个纯粹的统一体。这样,世界就会显露它的本质。这种看法是深入的。但是吉尔一方面有固执的性格,另一方面,他更多的是一个技巧家,而不是思想家,他更热衷于形式的结构。他从马拉美以及瓦格纳主义者中获得的所有启发,最终几乎都在形式的箩筐中漏掉了。在回忆录中,吉尔曾讲道:"在1885年,它(《瓦格纳评论》)对瓦格纳作品的评论,以及这种奇妙的声音生活的耳濡目染,确实帮助了我,根据马拉美的说法,这是'按照作曲家而非文学家遣词下句'。"[①]这里所说的"帮助",最终都落为具体的形式层面。吉尔反用了马拉美的话,以按照作曲家的做法为荣,算是对马拉美的反击。

在收到马拉美的信三个月后,吉尔发表了《诗体的音乐》("Une musique des vers")一文。他正式开始建设他的语言音乐理论。他不但不顾马拉美的劝阻,而且将马拉美打扮成他的理论的先行者:"马拉美:在海蓝色和玫瑰色的环境中,在洁白的泉水中,有一根笛子,在天地之间时响时断。然后是伴奏音乐的肃穆,气氛纯真——让人想起不常用的虚幻的乐器——某个消失的或者将要到来的崇拜的祭司。"[②]这里诗一样的语言包裹的是这样一种主张:马拉美是一位拥有语言配器法的诗人。除了马拉美,还有一些重量级的人物,也在吉尔的文章中来向吉尔的新理论庆祝,他们的共同点是都有与众不同的乐器。魏尔伦代表的颜色是"浅蓝色",他手里抱着的是"庄严的竖琴"。波德莱尔的颜色是黑色加点橙色,

---

① René Ghil, *Les Dates et les œuvres*, Paris: G. Crès, 1923, p.34.
② René Ghil, *Traité du verbe*, Paris: Éditions A.-G. Nizet, 1978, p.54.

他也兴致盎然地拿着他"令人心碎的管风琴",站在吉尔身边。这里的颜色和乐器,其实都是一种譬喻,相信生活中的(以及作诗时的)波德莱尔并不擅长演奏管风琴。但是吉尔的目的却是认真的,他渴望把诗变成交响乐的音乐厅:"我想让诗歌配器法无限地增强,变得多种多样;所有铜管乐器、弦乐器、气息、响声的音色变化,在统一性中各有不同。"①

吉尔的理论并非完全是他个人的想法,也代表了当时一批人的见解。在音乐家韩斯礼(Édouard Hanslick)提出绝对的音乐理论之后,反主题的绝对的诗的概念也渐渐在法国蔓延开来。吉尔的理论如果从更大的视野来看,其实正是绝对的诗的一种形式。多费尔称赞吉尔的这种理论是"献给明天的诗人的最真诚、最真实的宣言"②,这种评价可能并非完全是出于私人关系的溢美之词,可能吉尔的理论在一些反叛的年轻人那里确实代表着一种新的、革命的方向,也正因为如此,吉尔才在当时成为年轻诗人的领袖之一。

在1885年的《配器法》("L'Instrumentation")一文中,吉尔第一次具体地提出配器法理论的具体途径。这种做法与兰波有关。兰波在他众所周知的十四行诗《元音》中写过这样的话:

> A 黑,E 白,I 红,U 绿,O 蓝:元音,
> 有一天我将会说出你们隐秘的起源……③

这两行诗后来成为象征主义通感的典型例子,实际上它们并不是所谓通灵人达到的感受能力,它们其实是一种类比:将元音的声音与某些颜色的心理感觉建立起联系。兰波还在自己的家乡夏勒维尔时,曾经接触过炼金术的知识,他想象熟悉的声音背后也有未知的联系。吉尔将兰波的设想再往前推了一下。

需要说明,吉尔认为兰波的《元音》,其实实验的是魏尔伦的理论。他对魏尔伦不太客气,认为魏尔伦并不懂得如何将这种理论真正应用到诗中。这种观点是错误的。兰波写这首诗的时间是1871年,那时兰波的诗风明显还没有转变,尚属文学生涯的早期阶段,怎么可能受到魏尔伦的影响呢?魏尔伦的文学方向与兰波的相比,差异明显。

但是不论怎样,吉尔还是得到了一些启发。他将兰波的认识改变了

---

① René Ghil, *Traité du verbe*, Paris: Éditions A.-G. Nizet, 1978, p.54.
② Léo d'Orfer, "Notes de quinzaine", *Le Scapin*, 2 (1 octobre 1886), p.68.
③ Arthur Rimbaud, *Œuvres de Arthur Rimbaud*, Paris: Mercvre de France, 1951, p.89.

一下,现在元音与颜色有了新的对应:"似乎元音是这样具有色彩的:A 黑色,E 白色,I 蓝色,O 红色,U 黄色,在五种从未采摘的花朵的极其美丽的朴素中,五种色彩在阳光照耀的田野中茁壮成长。"①吉尔将"I""O""U"三个元音分别与蓝色、红色和黄色对应,与兰波的配对不同。但是"A"和"E"又继承了兰波的看法。到底"I"是红色还是蓝色,这并不重要。一方面它是个人性的,并不存在普遍的联系样式。另一方面,就像上文已经说过的那样,这只是一种类比,是一种印象,并不是真正可以体验到的通感。

但是吉尔的目标并不仅仅是修正兰波的诗作。他的目的是在声音、颜色和乐器之间建立新的、统一的联系。这 5 个基本的元音同样在一种类比中与 5 个不同的乐器联系了起来:

    A 管风琴,E 竖琴,I 小提琴,O 铜管乐器,U 笛子。

这里的联系,跟刚才声音和色彩的联系又有不同。"U"到底是绿色,还是黄色,判断的方法完全是偶然的、个人的印象。但是这里,元音与乐器的联系有着听觉的依据。比如"O"与"U"相比,前者较为低沉,后者较为高昂。钢管乐器和笛子的不同,适合这两个元音的发声特点。但是这种联系仍然是武断的。即使"O"发音低沉,低沉的乐器还有很多,比如鼓、大提琴,没有理由认为铜管乐器比鼓更适于这个元音。吉尔并不需要精确地将元音与乐器对应起来,虽然他以"科学方法"自居,也有一定学术研究的依据,但是这种方法的严密性是相对的。它更多地借助简单的比较,让不同的乐器有一定的区别度。

吉尔看到除了基本的元音之外,还有复合的元音,比如"ao""ui""ieu",它们也有自己的音色。因为在这些复合元音中,都有一个主导的基本元音,所以复合元音的乐器与主导的基本元音的乐器一样,只不过新加的元音修饰了原来的音色。吉尔指出:

    ié, iè 和 ieu 对于小提琴来说是令人忧虑的;ou, iou, ui 和 ouï 对于笛子来说是温和的,aé, oé, oué, in, ouin 和 ouan 对于竖琴来说是纯洁的;oi, io et on 对于铜管乐器来说是光辉的,ia, oa, ua, oua, an et ouan 对管风琴来说是庄严的。②

具体来看,这里的复合元音还属于前面的 5 种乐器。不过,因为"e""eu"

---

 ① René Ghil, *Traité du verbe*, Paris: Éditions A.-G. Nizet, 1978, p. 60.
 ② Ibid., p. 61.

这些元音的加入,"i"的音色现在是"令人忧虑的"。同样,"a"(管风琴)因为有了其他元音的润色,变得"庄严"了。

经过这种不断的类比,吉尔终于得到了元音的乐器的图谱。

二、科学诗武装下的语言配器法理论

吉尔的配器法理论,是颓废文学孕育的。尽管吉尔认为瓦格纳主义、马拉美的观念对他有影响,但实际上波德莱尔、于斯曼是它更早的源头。《逆流》中曾经有这样的描写:"每一种利口酒的滋味都相当于一种乐器的音色。比如,苦味柑香酒相当于单簧管,其歌唱是酸涩刺耳的,毛茸茸的;大茴香酒好比双簧管,其嘹亮的音色稍带鼻音;薄荷酒和茴香酒则像长笛。"①颓废文学对丰富感觉的探寻,鼓励了像吉尔这类作家将听觉和色觉等并列起来的做法。于斯曼当时已经有"配全乐队"的想法:将各种酒都组合起来。

吉尔的语言配器法不仅是将元音与乐器进行配对,他要实现系统性的重组。而如果要产生真正的语言配器法,还需要最后一步,即将乐器与辅音也对应起来。在1885年的《配器法》中,吉乐也曾进行过基本的思考:"在这些音周围,还围着其他的音:对竖琴来说,是齿音H,对小提琴来说,有擦音,对铜管乐器来说,是刺耳的音R,对笛子来说,是纤弱的音V。"②辅音与乐器的对应,同样是相对的区别。即齿音H其实与竖琴没有必然的关系,但它在与擦音、刺耳的音的对照关系中,与竖琴联系了起来。

1885年,语言配器法轮廓初现,但它还没有成熟,因为任何人都能发现这些类比的粗疏和漏洞。比耶特里就曾讥讽它是"古怪的机械"③。吉尔如果真要获得理论的自信,就要说服自己他的理论具有科学性。从1886年以后,吉尔果真将科学概念与他的理论结合了起来。这就是科学诗(*la poésie scientifique*)的概念。对于这种让人费解的术语,吉尔曾经解释道:"在指导思想上,也在技巧上,从科学数据开始。"④他还认为这种诗是体现进化论的诗。这些概念本身给人带来"科学"的印象。不过,吉

---

① 于斯曼:《逆流》,余中先译,上海:上海译文出版社,2015年版,第66页。
② René Ghil, *Traité du verbe*, Paris: Éditions A.-G. Nizet, 1978, p. 61.
③ Roland Biétry, *Les Théories poétiques à l'époque symboliste*, Genève: Slatkine Reprints, 2001, p. 362.
④ René Ghil, *De la poésie scientifique*, North Charleston: Createspace, 2015, p. 14.

尔的科学诗并不仅仅是打着虚假的旗号,他也曾认真思考过感觉上的进化论。在吉尔看来,外在的一切刺激,都在人们心中留下了印迹,这些印迹可能是模糊的,但是它们相互结合,一直持续下去。这些印迹可能是潜意识,如果得到反思,它们可能会成为意识。人的自我就是这样构成的。因而人的感受和他的思想存在着同一性,人的感受与物质世界也存在着同一性。到了这个结论,剩下的就和瓦格纳主义的做法一样了。吉尔想把人的直觉的感受、情感、思想等综合起来。传统的诗歌过于在思想上强调一种外加的规则,如果恢复诗行中的直觉感受,节奏就会自然而然产生出来,生出音乐的片段。这与威泽瓦渴望通过语言、形象来获得音乐感的做法,有很大的相似性。

这种进化论并不是物质世界的进化论,它指的是人们在自我认识上的进化(l'évolution):认识到自我的复杂的统一。吉尔曾用过"思想的进化"(l'évolution de la pensée)的术语。这种术语指的就是自我中不同构成部分的感应和综合。科学的诗,自然就是体现了这种自我的感应和综合的诗。不过,这种诗与语言配器法有什么关系呢?科学诗给语言配器法提供的正是后者所缺乏的合法性。科学诗理论是语言配器法的基础,有了这个基础,看似古怪的语言配器法就有了合理性。既然要重视人直觉的感受,重视情感,那么人们读诗时词语发出的声音,就不仅是意义的符号,而应该是直觉的感受活动。没有什么理由能否定词语的声音与乐器音响效果的对等,因为根据思想的进化理论,一切感受都存在着同一性,都有我们未曾意识到的联系。

在吉尔看来,甚至语言本身不需要乐器做类比,因为语言就是一件肉体形成的乐器:"众所周知,嗓音是一种基本的、复合的乐器,它是根据发出的不同的元音而成为基本的、复合的乐器的,如同具有不同谐音集合的不同的乐器。"[①]这种乐器是更为殊胜的,因为它不仅有音乐般的声音,有情感,而且还有思想,能够指示意义。也就是说,语言是更具综合性的乐器。将科学诗与语言配器法结合起来,吉尔就获得了他觉得可靠的根据。在1888年版的《语言论》中,吉尔比较全面地提出了他的新的形式主张。

吉尔通过"科学数据"将元音从低沉到高昂,分出这样7种:

oû, ou | ô, o | à, a | eû, eu
û, u | e, è, é | î, i

---

① René Ghil, *Traité du verbe*, Paris: Éditions A.-G. Nizet, 1978, p.126.

这些都是基本的元音。如果将复合的元音也加进来，就会得到 28 个元音：

oû, ou, iou, oui｜ô, o, io, oi｜à, a, ai｜eû, eu, ieu, eui｜
û, u, iu, ui｜e, è, é, ei｜î, i, ie, iè, ié

这 28 个元音就是一切法语音节构成的基础。也就是说，它们就是法语的根源，是法语诗的根本。这些元音从"oû"开始，终于"ié"。"oû"是发音最低沉的元音之一，而"ié"则是发音最高昂的元音之一。可以用具体的词语来说明。前一个元音可以组成词语"goût"，后一个是"diéser"。它们的发音在口腔的位置存在着高低的差别。吉尔由低到高总共分出 7 个类别，这种音阶上的变化就能与不同乐器对应起来。

分析完了元音，辅音也被吉尔重新组织起来。辅音虽然不发音，但是接上元音，也能感觉到它的音色特点。根据摩擦音、爆破音、音的清晰与尖锐等特征，吉尔将辅音分为 7 组，以与上面 7 类元音配合。

第一组是：f, l, s

它们对应的是"原始的长笛"。

第二组是：p, r, s

它们对应的是"低音组萨克斯"。剩下的 5 组这里略而不论。需要注意，不同的组可能出现相同的辅音。比如"s"既出现在第一组，也出现在第二组。这说明"s"既可以接具有长笛效果的元音，也可以接具有低音组萨克斯的元音。

将这 7 类元音和 7 组辅音再配合起来，最终将出现这样的综合体：

oû, ou, iou, oui
f, l, s
原始的长笛

它表示的是用该综合体的辅音和元音相配，就能产生长笛的音色。比如下面这些词语："fou""sou""louis"。吉尔认为这三个词能带来长笛的音乐效果。

第二个综合体是这样的：

ô, o, io, oi
p, r, s

低音组萨克斯

这一个综合体中可以产生下面的词语："soi""roc""poids"。吉尔相信它们能带来低音组萨克斯的音色。

第三个综合体是这样的：

à, a, ai

r, s

高音组萨克斯

它的效果刚好与第二组相反。

第四个综合体如下：

eû, eu, ieu, eui

l, r, s, z

法国号、巴松管、双簧管

这一组可以生成这样的词语："lieu""seul""rieur"。它们和上面的几组不同，它们可以与多个乐器对应。这些乐器似乎都有比较丰富的中音。

没有必要将剩下的综合体一一介绍，吉尔的做法已经足够清楚了。通过这种选词，吉尔相信新创作的诗就能代替"作品的和谐构造，主题的连续和重复"[1]。但是这种新的诗是不是一场游戏呢？它能不能传达意义？至少吉尔的读者无法根据这些综合体来做诗。虽然中国古代有次韵诗，也是预先规定好一些字词，然后再把诗意填进去。但是吉尔的语言配器法要远比中国的次韵诗难。因为次韵诗只是对押韵的字有限制，诗句其他的位置是自由的，语言配器法下的诗，几乎处处都有限制。佩罗（Maurice Peyrot）曾取笑这种语言配器法是"最成功的拼板游戏"[2]。如果语言配器法真的没有实用价值，那么这种理论就只是一种假想，不能视为象征主义理论的真正构成部分。

吉尔似乎对这种理论的实用性比较自负，他曾指出语言配器法既是具有意义的语言，也是音乐，因为有谐音的组合，还是绘画，因为词语含有的元音都有各自的颜色，在这种综合的效果中，"说的话经由思想，本质上

---

[1] René Ghil, *De la poésie scientifique*, North Charleston: Createspace, 2015, p. 32.

[2] Maurice Peyrot, "Symbolistes et Décadents", *La Nouvelle revue*, 49 (novembre-décembre 1887), p. 141.

必然与思想、感受、感情联系起来"①。这表明吉尔相信语言配器法的表达功能。如果要检验这种功能,纯粹的理性分析是不够的,或许吉尔的诗作能够提供参照。

在1886年10月的《颓废》杂志中,吉尔曾发表过一首叫做《诗》("Poème")的诗。这首诗虽然只是在吉尔语言配器法提出的早期阶段发表的,但是他对元音与乐器类比的理论已经确立。下面就以这首诗为例,看看吉尔的理论:

  Une voix de ramée et de vagues ulule
  Que des néants passés le gisement pullule.②
  树枝和波浪的声音鸣响
  在过去的虚无中,矿床在繁殖。

这里可以看出,吉尔还没有使用他后来提出的理论,即将辅音与元音严格对应,比如第一行的词语"voix(声音)",辅音"v"音高较高,在它这一组有齐齿呼的元音"î""i"。它们在乐器上属于"低音提琴、低音古提琴"等。但是也并非没有元音和辅音相一致的情况,比如"ulule(鸣响)",第二个音节的辅音"l"和元音"u"就都属于一类,它们所属的乐器为"法国号、巴松管、双簧管"。但这里不考虑辅音,如果将第一行的元音分析一下,按照吉尔的理论,我们可以听到这样的乐队的合奏:

  Une 小号
  voix 低音组萨克斯
  de 拨奏小提琴
  ramée 高音组萨克斯+拨奏小提琴
  et 拨奏小提琴(或者吉他、竖琴)
  de 拨奏小提琴(或者吉他、竖琴)
  vagues 高音组萨克斯
  ulule 小号+小号(或者单簧管)

当人们认真读这行诗时,是否能听到这个乐队的声音呢?似乎有一些,但又不确定。不同的人会有不同的体验。莫克尔整体上支持这种做法,他曾说:"马拉美在他的《牧神的午后》中,无意识地让笛子和弦乐器的

---

① René Ghil, *Traité du verbe*, Paris: Éditions A.-G. Nizet, 1978, p.127.
② Réne Ghil, "Poème", *La Décadence*, 3 (15 octobre 1886), p.11.

声音开口;在斯图尔特·梅里尔、阿希尔·德拉罗什、勒内·吉尔的诗中,人们听到号角、小提琴和木管乐器的声音。"[1]但是尽管如此,莫克尔还是认为吉尔严格的体系是"太过分了"。莫克尔无法按照吉尔的体系来做诗,尽管他欣赏吉尔的某些尝试。戈鲁皮总结道:"语言配器法是一种无法模仿的元素。只有它的发明者才能严格使用这种体系。"[2]这种判断是可信的。吉尔的理论完全建立在相对的区别上,这是一种语音、色彩和乐音的比较,是一种新的视野下的综合研究。它的着眼点与其说在应用,不如说是在解释上。

三、结语

缺乏实用价值的语言配器法,未能让象征主义真正产生新的诗体。吉尔在19世纪80年代思考的新结构,实际上使用的仍然是亚历山大体。吉尔认为亚历山大体的发展也是思想的发展,它与语言配器法的目标是相通的,没有必要废除这种诗体。这是他与瓦格纳主义者最大的不同。瓦格纳主义者虽然也强调语音的音乐性,提出语言音乐的概念,但是威泽瓦和迪雅尔丹最终用音乐打破了诗律,并缔造了自由诗。吉尔的语言配器法因为要有理性思想的依据,这让他成为传统诗律的守夜人。

语言配器法也未能真正成为象征主义诗人普遍运用的工具,因为它本身就是技巧,而不是形式。形式是普遍的、公共的。正因为语言配器法是一种技巧,所以它可以与亚历山大体并存不悖。不过,这种理论在美学上仍然有可贵的价值,它使莫克尔、卡恩等诗人得到启发,注意在诗中使用元音和辅音的联系,它也是象征主义纯诗理论的一种有益尝试。尽管比耶特里和佩罗对它的批评有合理性,但是也要看到,语言配器法理论的提出有它的历史原因。回到历史背景来理解它,对于把握象征主义思潮是非常必要的。

---

[1] Albert Mockel, *Esthétique du symbolisme*, Bruxelles: Palais des académies, 1962, p. 230.
[2] René Ghil, *Traité du verbe*, Paris: Éditions A.-G. Nizet, 1978, p. 45.

第三章
法国象征主义的转折与落潮

第一节　罗曼派与莫雷亚斯的反叛

从1889年到1890年这段时间中,象征主义经历了重大的调整。从刊物的兴衰也可以看得出来。《独立评论》《风行》和《颓废者》的终刊,宣告了象征主义运动早期大潮的结束,《法兰西信使》杂志在1890年1月的创办,则意味着象征主义第二阶段的到来。自此,象征主义开始经历新的发展阶段,成员的构成也开始进入新的调整。

这个转折期里,在流派活动和思潮史上,象征主义开始了真正的分裂。第一位反叛者居然是象征主义流派的开创人莫雷亚斯,这一点颇让人感到意外。尽管莫雷亚斯并不一定拥有魏尔伦和马拉美的诗学地位,但是他在象征主义的历史中仍然是举足轻重的。吉尔曾在1891年3月的一封信中,把莫雷亚斯看作是与前二人并列的,他们合起来,成为象征主义的"领头的"[1]。法朗士则将其看作是象征主义的"龙萨"[2]。考虑到这些因素,莫雷亚斯的反叛就具有震动全局的作用了。

一、从《热情的朝圣者》开始

莫雷亚斯对象征主义的反叛,从他的诗集《热情的朝圣者》(*Pèlerin*

---

[1] Jules Huret, *Enquête sur l'évolution littéraire*, Paris: José Corti, 1999, p.143.
[2] Anatole France, "Jean Moréas", *La Plume*, 3.41 (1 janvier 1891), p.2.

passionné)就可以看出端倪。在该诗集的《道德和可爱的树林》这一辑中,出现了许多之前未有的诗作,比如《罗马诗人的守夜人》《是的,这是拉丁的血统》。从这些题目可以看出,莫雷亚斯重新对古典的题材产生了兴趣。与这些题材相连的,是古典的词汇。莫雷亚斯认为浪漫主义者恢复了一些古典的词汇,可是仍旧漏掉了很多。诗人想给浪漫主义做一些补救的工作:"他们也经常忘掉了许多词语,许多古代语言可贵的表达方法,他们无法在它的整体中加以想象。"①象征主义往往被看作是浪漫主义的最后阶段,在形式的反叛和新奇的语言上,象征主义继承了浪漫主义的财产。莫雷亚斯的话,表明他想与浪漫主义、象征主义的道路告别,重新回到古罗马、古希腊的文学传统中。他引文中的"可贵的表达方法",将这种倾向说了出来。这些古典时期的语言,将重新成为莫雷亚斯的主要材料。

可以拿《我,雅典贵族》("Moi que la noble Athène")一诗为例:

> 我,雅典贵族所抚育的,
> 我,塞纳河仙子的意中人,
> 我并不是一位缪斯嘲笑的无知之人。②

诗中的句子明朗、简洁,并没有多少晦涩之处。诗中所用的词语,比如"雅典贵族""塞纳河仙子",也都是寻常的,毫无新奇之处。这就是莫雷亚斯的古典风格。这种诗风明显与颓废主义、象征主义的路数不同。哪怕与莫雷亚斯1886年出版的《叙事抒情诗》(*Les Cantilènes*)相比,这种用词法也有很大差异。比如《阴险的女人》("La Femme perfide")一诗:

> 洗澡水在她乌黑色的头发上结成水珠。
> 她已经拿来松鸦的羽毛做她的眉毛。③

诗中的形象具有一些阴郁的、神秘的色彩,比如句中"松鸦的羽毛(le plumage des geais)",它暗示出棕色、黑色、蓝色等丰富的颜色,让它与诗中的女人连在一起,就具有渲染的作用。从效果上看,这几行诗与波德莱尔的《美丽的多萝苔》("La Belle Dorothée")有几分相似。前后诗风的改变,可谓一叶知秋。莫雷亚斯指出:"《热情的朝圣者》明确打破了我称之

---

① Jean Moréas, *Pélerin passionné*, Paris: Léon Vanier, 1891, p. iii.
② Ibid., p. 109.
③ Jean Moréas, *Les Cantilènes*, Paris: Léon Vanier, 1886, p. 95.

为'过渡'的象征主义的阶段,它进入一个我梦想的诗歌表现的真正阶段。"①

莫雷亚斯在《热情的朝圣者》中还谈到了诗律的问题:"读者,你将会发现改革所废弃的诗律的传统被建立起来了。"②象征主义废弃诗律传统,开创自由诗,这从瓦格纳主义者就开始了,随后卡恩、维莱-格里凡等人都倡导自由诗。既然要回归古典,要与象征主义的作诗法告别,诗人自然要恢复诗律传统。不过,从《热情的朝圣者》中所收的诗作来看,莫雷亚斯在诗律上的回归并没有迈出大步。他的这部诗集与之前的相比,形式上并没有大的区别。莫雷亚斯始终重视尾韵或者半韵的效果,他的诗行也主要是亚历山大体的增损。上面的《我,雅典贵族》的三行诗,第一行是9个音节,第二行是9个音节(不计行末哑音),第三行是14个音节,法语诗划分音节如下:

> Moi-que-la-nob-le A-thè-ne a-nour-ri,
> Moi-l'é-lu-des-Nym-phes-de-la-Seine,
> Je-ne-suis-pa-s un-ig-no-rant-dont-les-mu-se-s ont-ri.

虽然里面有亚历山大体的基础,但是总的来看,仍然是自由诗。所谓"建立"诗律传统,有些夸大其词。形式的自由,表明莫雷亚斯所说的回归古典,只是部分的,而不是彻底的。

二、《费加罗报》上的新宣言

《热情的朝圣者》只是反叛象征主义的具体实践,理论的总结还未真正开始。到了1891年9月13日,《费加罗报》上出现了一篇匿名的文章《一个新流派》("Une nouvelle école"),罗曼派(L'École romane)的旗号方才正式打出来。这篇文章出现的时间和地点都非常有意味,首先来看时间。莫雷亚斯的《象征主义》发表的时间是1886年9月18日,而罗曼派的宣言,同样是9月份,中间刚好是5年。再来看地点。这两个宣言都发表在《费加罗报》上,终点又回到了起点。

尽管是匿名文章,但从行文来看,这并不是置身事外的人发表的评论。它要么是莫雷亚斯亲自所写,要么是莫雷亚斯授意与该报的编辑工作关系密切的人所写。文章开门见山地指出:"罗曼派将要形成,这种流

---

① Jules Huret, *Enquête sur l'évolution littéraire*, Paris: José Corti, 1999, p. 114.
② Jean Moréas, *Pélerin passionné*, Paris: Léon Vanier, 1891, p. iv.

派断定,我们的语言自从拉辛之后,当它脱离了罗马的方言——这法国方言之父——的时候,它就死掉了。"① 这里的罗曼(Romane)既有罗马的意思,也有拉丁语的意思,句中这两方面都涉及了。罗曼派既涉及罗马文学的风格,也涉及拉丁语的语言形式。如果说罗马文化及其语言在拉辛之前对法国方言产生过很大的影响,但是时过境迁,在 19 世纪的末期,法国语言、文化已经有了很大的变化,已经不同于古典时期了。因而莫雷亚斯的罗曼派不免有刻舟求剑之弊。富基耶(Henry Fouquier)批评道:"我对莫雷亚斯先生以及他的'古希腊—拉丁'本源感到非常不快。"② 富基耶没有明说,使用中世纪时期的语言,这似乎并不是面向现实,而是食古不化。雷尼耶为此有更清楚的看法:"我将罗曼时期看作是有趣的、多产的,但是它的资源确实是我无法接近的。我不理解罗曼时期的语言,我不知道学习它有何用处。"③

不过,莫雷亚斯的选择也有他的道理。在他看来,罗曼派的文学道路代表的是南方文学的道路,而自文艺复兴以来,文学已过多地受到北方文学、思想的"污染"。这篇匿名文章引用了莫雷亚斯"对我们的一位朋友"说的话:象征主义诗人大可不必抬出拉弗格来反驳他的观点。莫雷亚斯看不到象征主义有何成绩,五六年来的运动,只是让象征主义诗人的观念"出丑"。拉弗格代表象征主义的实际成效,可是为什么莫雷亚斯对拉弗格也不屑一顾?原因可能正是因为拉弗格代表的是北方文学的影响。莫雷亚斯说:"所有这些理解法国人的才华应该是纯粹的,不应受到北方的阴郁的污染的人,都将会加入我们!"④ 所谓的污染说,其实主要针对的是德国。拉弗格寓德期间,接触了叔本华、哈特曼的思想,他的悲观主义性情与德国哲学的关系是显而易见的。

莫雷亚斯并不是孤家寡人。既然要成立流派,自然要有成员。《一个新流派》文末附有三位其他成员的名字。一位是雷蒙·德·拉·塔亚德(Raymond de La Tailhède),法国诗人兼古希腊文学爱好者;另一位是普莱西,《颓废者》杂志的重要成员;第三位是夏尔·莫拉斯(Charles Maurras),一位保守主义者,后来"法国行动派"的创办者。这些人加上莫雷亚斯,一共是四位。四位成员中,莫拉斯的地位在罗曼派中不亚于莫

---

① Anonyme, "Une nouvelle école", *Le Figaro*, 256 (13 septembre 1891), p. 1.
② Henry Fouquier, "Les École littéraires", *Le Figaro*, 261 (18 septembre 1891), p. 1.
③ Jules Huret, *Enquête sur l'évolution littéraire*, Paris: José Corti, 1999, p. 131.
④ Anonyme, "Une nouvelle école", *Le Figaro*, 256 (13 septembre 1891), p. 1.

雷亚斯。莫拉斯1888年接触了用普罗旺斯方言创作的菲列布里什派（le Félibrige），他开始相信罗曼语言的文学才是法国文学的未来。莫拉斯1889年与莫雷亚斯结识后，莫雷亚斯受到了他的影响。文学史家希龙指出："在莫拉斯的某种影响下，他开始走向一种摆脱了一切浪漫主义、以最纯粹的古典主义为本源的诗：古希腊、拉丁的诗。"①

在次日（即当年9月14日）的《费加罗报》上，莫雷亚斯又露面了。他在第一版发表了《一封信》（"Une lettre"），正式解释罗曼派的原则。莫雷亚斯详细地指出，罗曼派想要恢复的是11世纪到17世纪这七百年中的五百年的文学样态："法国罗马派重新恢复古希腊－罗马的本原，这是法国文学的根本本源，它在11世纪、12世纪和13世纪因为我们的行吟诗人而盛行，16世纪因为龙萨和他的流派而盛行，17世纪，因为拉辛和拉·封丹而盛行。"②简言之，罗曼派想恢复龙萨、拉辛等人的传统。这虽然与威泽瓦目标不同，但在做法上有些近似。这七百年中的14世纪和15世纪，被莫雷亚斯排除了，他认为它们脱离了古希腊－拉丁的本源。而18世纪之后的二百年，又是受到北方影响的浪漫主义。通过这个谱系可以看出，莫雷亚斯反叛象征主义只是冰山一角，他的目标是逆转浪漫主义的文学道路。这一点，莫雷亚斯自己说得也很清楚："正是浪漫主义改变了这种本源，因而剥夺了法国的缪斯的合法遗产。"③在稍晚的另一篇文章中，可以看到莫雷亚斯将矛头也对准了自然主义和颓废派："浪漫主义不存在了！但是，不幸！浪漫主义已经败坏了三代作家，你看到的只会是巴纳斯、自然主义、颓废派，这永远是妆饰一新或者衣着浮华的浪漫主义吸血鬼。"④越来越大的攻击范围，表明莫雷亚斯想成为更大的反叛者。联系到威泽瓦和迪雅尔丹渴望扭转中世纪以来的一切文艺方向，这种彻底的反对几个世纪以来的文艺传统的趋势，就变得好理解了。它是19世纪末普遍存在的思维方式。

反对浪漫主义以降的文艺传统，需要实际的理由。浪漫主义、自然主义、象征主义这些流派可能对古希腊－拉丁的措辞和风格不够尊重，这是事实，但是莫雷亚斯还没有说出它的反叛的真正美学根由。这种根由就是奇、正的矛盾。在莫雷亚斯看来，浪漫主义以降的文艺，主要特征是

---

① Yves Chiron, *La Vie de Maurras*, Paris: Godefroy de Bouillon, 1999, p. 95.
② Jean Moréas, "Une lettre", *Le Figaro*, 257 (14 septembre 1891), p. 1.
③ Ibid.
④ Jean Moréas, "L'École romane", *Le Figaro*, 266 (23 septembre 1891), p. 2.

"奇",奇就是求新求变,而他的古希腊—罗马文学的理想,则是正:"象征主义只对变革的现象感兴趣,它已经死了。我们需要一种新鲜的、有活力的、新颖的诗,简言之,恢复它的高贵血统的诗。"①引文中的"变革"一词,就是"奇"的同义词。罗曼派从美学上看,就是美学原则上的由奇返正,由变革回归典范。

距莫雷亚斯的这篇文章刊出 4 日后,富基耶就发表了反驳莫雷亚斯的文章,这也是当时对罗曼派的最早的回应。富基耶对莫雷亚斯创办该流派的做法非常不满:"这个人(莫雷亚斯)的行为是让人不安的!我不知道他是否已满 30 岁,但他已经创立了两个文学流派——比维克多·雨果创立的还多一个,而雨果一直克制自己创立一个流派的念头。②"在短短 5 年的时间中,接连给文坛带来爆炸性新闻,这一点确实让人不知所措。在富基耶眼中,莫雷亚斯这样做的目的,和当时数量众多的所谓文学改革家一样,都是为了攫取权力,向人标榜自己高人一等。流派的兴盛,带来的是诗学理念的不严肃。这种现象也并非是空穴来风。当时有些人对莫雷亚斯的创作不以为然。吉尔曾经挖苦莫雷亚斯道:"不,莫雷亚斯,你根本没有创造任何东西。"③不论吉尔批评的是莫雷亚斯的创作还是诗学,可以肯定,过多地关注理念和流派的建设,将不利于文学本身的积淀。

富基耶对莫雷亚斯的文学分类法也有不满。按照古希腊—罗马文学的标准来划分从 11 世纪到 19 世纪的文学,有五百年具有的是正价值,即是说符合罗曼派的标准,有四百年则具有负价值,当在指责之列。可是被莫雷亚斯排斥的这四百年中,不乏真正的作家。富基耶质疑道:"在莫雷亚斯看来,蒙田、拉伯雷、莫里哀在一个流派中,伏尔泰和狄德罗不然!因为伏尔泰缺乏罗马性。"④因为将伏尔泰等人排除在外,这种罗曼派及其所代表的古典价值,就肢解、破坏了法国文学的整体性。在这种背景上,富基耶视这种流派为"有偏见的流派"。

面对问难,莫雷亚斯在 5 日后的《费加罗报》上又刊出了一篇文章。它的标题是《罗曼派》("L'École romane")。这篇文章既是对罗曼派的辩护,也是对它的原则的新的解释。莫雷亚斯主要回答了流派的问题和文学分类的问题。就流派来看,莫雷亚斯对富基耶的责难有些不满,原因在

---

① Jean Moréas, "Une lettre", *Le Figaro*, 257 (14 septembre 1891), p. 1.
② Henry Fouquier, "Les École littéraires", *Le Figaro*, 261 (18 septembre 1891), p. 1.
③ Adolphe Retté, "Écoles", *La Plume*, 68 (15 février 1892), p. 86.
④ Henry Fouquier, "Les École littéraires", *Le Figaro*, 261 (18 septembre 1891), p. 1.

于后者对新的流派并没有足够的尊重,为了"真正独创的精神",新流派的建设是有必要的。在这种观点下,富基耶成为一个保守的批评者,他对流派的认识是"完全错误的"①。就文学分类来看,莫雷亚斯主要想从法语的本源上来评判罗曼派。在他眼中,法语的本源就是古希腊语和拉丁语,这两种语言却在后来受到破坏。浪漫派就是最大的元凶:"正是为了针对浪漫主义以及其子嗣的危害,法国罗曼派提出抗议。首先我们将语言从华而不实,从陈词滥调,从自然主义的仆人那里解救出来。因为经过罗马纯净的语源的净化,它将发现它原本的力量。"②这里对浪漫主义以降的语言的"华而不实""陈词滥调"的批评,表面上看似以偏概全,实际上也有现实针对性。浪漫主义、自然主义、象征主义渴望创造新的语言,但是它们同时创造了新的陈词滥调,看一看波德莱尔忧郁、阴暗的词语在19世纪80年代的流行,就能说明这一点。当时有批评家指出颓废文学的语言空洞问题:"多亏了它(颓废),人们才能用空洞的词来创造空洞的语句。"③英国诗歌同样经历过维多利亚时代的浪漫主义诗风,也经历过取法象征主义的时期,但是休姆(T. E. Hulme)和斯托勒(Edward Storer)很快就开始反思。斯托勒曾指出:"在艺术、政治中,或者其他任何活动的领域中,个人主义的狂欢被另一个时期整体性地、自然地代替,这一个时期以形式和行为的严格为主要宗旨。在绘画艺术的发展方向上,我们看到这种回到古典主义理想的明显证据。"④斯托勒的做法与莫雷亚斯如出一辙,都是要求扭转浪漫主义,向古典主义回归。英美的诗人庞德、艾略特所领导的现代主义诗学,本身选取的道路也是古典主义的。从这个大的诗学历史来看,莫雷亚斯的罗曼派实际上开风气之先。通过现代主义来看罗曼派,就能看出它真正的价值。

莫雷亚斯也对自己反对象征主义的隐衷做了解释。在之前的文章和书信中,人们看到的是文学理念的斗争,这种斗争是如何在莫雷亚斯内心中进行的?莫雷亚斯也经历过象征主义运动的狂热,他为共同参与这种运动的年轻人的"勇气、真诚"而感动,但是"随后几年中我沉静下来",他开始反思象征主义,他发现象征主义的浪漫主义血统无法带来真正的价

---

① Jean Moréas, "L'École romane", *Le Figaro*, 266 (23 septembre 1891), p. 2.
② Ibid.
③ Henri Lescadieu, "Décadence", *Le Scapin*, 1 (1 déc. 1885), p. 3.
④ Edward Storer, "Classicism and Modern Modes", *Academy and Literature*, 85 (6 Sept. 1913), p. 294.

值:"你看象征主义在具有暗示色彩的晦涩中、在以音乐为借口的朦胧的声响中迷失了。人们期望象征主义产生语言和诗歌观念的新生。它要么在巴纳斯主义中停滞不前,要么就在虚假的勇气下缝缝补补。"①这里的"在巴纳斯主义中停滞不前",以及"在虚假的勇气下缝缝补补",并非是随便说的,它们针对的是两位象征主义大师:马拉美和魏尔伦。这两位诗人原本是巴纳斯诗人,被列入象征主义诗人后,他们的诗风有了一定的调整,但是莫雷亚斯对这两位诗人已经失去了耐心。

在1891年的这几篇文章中,莫雷亚斯已经清楚地呈现了罗曼派的宗旨,一种不同于波德莱尔主义和瓦格纳主义的新的思想产生了,象征主义出现了无法挽回的分裂。在同一年,莫雷亚斯还接受了于雷的访谈,他在访谈中利用罗曼派的思想,对象征主义的历史人物进行了更具体的批评。

三、1891年的访谈

在1891年,于雷组织了一系列关于象征主义的访谈。该访谈记录了当时在巴黎活动的许多作家、诗人在象征主义转折期的诗学思想。后来访谈汇编成书,但书的出版不会早于1891年8月,这从书前于雷所作的序言可以看到。不过该书的许多工作,是在8月之前就完成的,书中收录的不少书信、访谈材料发生在当年春天。莫雷亚斯的访谈,应该也在当年8月之前,要早于他在《费加罗报》上的文章。两处的材料有很强的互补性。

在访谈中,莫雷亚斯为他创立流派做了辩护,这种辩护要比9月23日的辩护更细致一些。莫雷亚斯指出:"并没有严格意义上的流派。每个人都维护他的个性。人们不会相互说:'我们将要建造一个流派';但个性的集合是必然存在的,由此产生集体的宣言。"②莫雷亚斯似乎比较低调,他有意不承认自己有什么流派,但是如果将流派看作是集体的宣言活动,则流派也是成立的。将流派与宣言联系起来,从中还是能看出莫雷亚斯的野心。这篇访谈更重要的价值,在于莫雷亚斯回归诗律的态度。

波德莱尔主义要解放诗律,瓦格纳主义要破坏诗律,二者虽有不同,但都继承了浪漫主义的有机形式,或者个性形式的倾向。美国诗人惠特曼(Walt Whitman)曾指出:"完美的诗的押韵和整齐划一,显示出音律规

---

① Jean Moréas, "L'École romane", *Le Figaro*, 266 (23 septembre 1891), p. 2.
② Jules Huret, *Enquête sur l'évolution littéraire*, Paris: José Corti, 1999, p. 115.

则是自由生长出来的,从这些规则中生出的花苞,就像花枝上长出的丁香花或者玫瑰一样,它们有着紧凑的形状。"①这种思维是典型的浪漫主义形式观,它要求"自由生长"的形式。对于反对象征主义的罗曼派来说,这种形式观就必须要被否定。莫雷亚斯算是象征主义诗人中反抗自由诗的先驱,他认为:"对于在我的诗中主导性地运用了所有熟悉的诗律,我毫不谦虚地感到得意,我坚持要保存它们,以便恰当地利用它们。"②他不仅不为形式的"保守"感到落后,相反,还"坚持要保存它们"。这种态度和他"敲响反抗的钟声"的《象征主义》一文虽然并不是绝对对立的,但是在方向上是相反的。

当然,莫雷亚斯尊重亚历山大体,同样对自由诗还留有感情。他对诗律观念的回归,更多的是在诗学上,是在主义上,就创作来看,就像《热情的朝圣者》中的形式一样,他还是使用了自由的诗行。在某种程度上看,莫雷亚斯是想在自由与规则之间寻求折中。这种趋向既区别开雷泰等人偏于自由的形式理论,也区别开其他的巴纳斯派诗人严守诗律的理论。魏尔伦也是一位形式上的折中主义者,他在这方面与莫雷亚斯站在了一起。在面对自由诗诗人的批评时,魏尔伦曾自认为:"我有固守音律、某种语顿(它在这种音律中)和押韵(它在诗行之后)的过错。"③但魏尔伦往往将亚历山大体的音节减少,使用奇数音节的诗行,以带来新鲜的节奏效果。莫雷亚斯肯定魏尔伦的这种做法是受到"合理的力量的引导",赞赏他给亚历山大体做的解放。④

在风格上,莫雷亚斯对魏尔伦就没有这么客气了。他虽然认为魏尔伦是巴纳斯派的反叛者,但是仍然主张魏尔伦是个巴纳斯派。这种说法并不一定会得到很多人的认可。维尔哈伦曾认为魏尔伦在创作"与巴纳斯派相反的艺术"⑤。在形式和精神上,确实可以看到魏尔伦与巴纳斯派的差异。但是因为莫雷亚斯完全跳出颓废主义、象征主义的传统,从更大的视野看,就能看出魏尔伦在艺术倾向上仍然属于他要抨击的浪漫主义传统:

---

① Walt Whitman, *Complete Prose Works*, Philadelphla: David Mckay Publisher, 1897, p. 266.
② Jules Huret, *Enquête sur l'évolution littéraire*, Paris: José Corti, 1999, p. 117.
③ Paul Verlaine, *Œuvres posthumes de Paul Verlaine*, tome 2, Paris: Albert Messein, 1927, p. 231.
④ Jules Huret, *Enquête sur l'évolution littéraire*, Paris: José Corti, 1999, pp. 117—118.
⑤ Émile Verhaeren, *Impressions*, Paris: Mercvre de France, 1928, p. 71.

> 我认为他(魏尔伦)的声望今后将是不堪的。他和波德莱尔贴得太紧,和他主张的某种"颓废主义"贴得太紧,以至于他只是我所梦想的诗歌复兴的羁绊。但是未来将会在法国诗人中给他指定一个特别高的位置。我一心想确认这是一位自波德莱尔以来最出色的诗人,但是这不妨碍我们与他可能采取的行动作斗争……①

尽管莫雷亚斯认为魏尔伦会有"特别高的位置",但是这位《无言的浪漫曲》的作者与颓废主义"贴得太紧",与波德莱尔"贴得太紧",正好属于莫雷亚斯想要脱离的那个群体。他不认为未来在魏尔伦那里,相反,"未来"在罗曼派这里,而"不堪的"魏尔伦将会淡出历史舞台。尽管后来的历史给莫雷亚斯开了一个很大的笑话,魏尔伦成为法国19世纪的大诗人,而莫雷亚斯却默默无闻,但抛开文学史的政治,还是不得不让人佩服莫雷亚斯的勇气,以及他直到目前都少有人认可的功绩:奠定20世纪初期现代主义诗学的方向。

莫雷亚斯还对其他的诗人进行了评论。马拉美是象征主义诗人的代表,但是与莫雷亚斯似乎私交不错,莫雷亚斯曾是马拉美家中举办的星期二聚会的常客,所以莫雷亚斯对马拉美的评价是积极的。在当年9月的文章中,莫雷亚斯认为马拉美"是位有成就的作家"②,在这个访谈中,莫雷亚斯也承认:"这是一位崇高的诗人。"③不过,对马拉美略而不论的本身可能暗示莫雷亚斯仍然对马拉美怀有微词。

莫雷亚斯在1892年出版了一部诗集《流沙》(*Les Syrtes*)。这部诗集最早是1884年出版的,也是他的第一部诗集,到了1892年,重印了一次。时过境迁,莫雷亚斯对早期颓废风格的作品,已有"悔其少作"的感叹。他在该诗集的序言中,通过罗曼派的文学原则,对颓废派、象征主义的创作有过反思。莫雷亚斯说:"本作者今天,既对他年轻时的这种尝试,也对其他更完美的作品没有多少好感。"④这里"年轻时的这种尝试",即指《流沙》,"更完美的作品"则指《叙事抒情诗》。莫雷亚斯也表示,尽管象征主义一开始有其合理性,但因为重新维护古罗马传统,短暂的象征主义于是"消失"了。他将象征主义看作是向罗曼派的过渡。这种过渡并不是美学

---

① Jules Huret, *Enquête sur l'évolution littéraire*, Paris: José Corti, 1999, p. 119.
② Jean Moréas, "L'École romane", *Le Figaro*, 266 (23 septembre 1891), p. 2.
③ Jules Huret, *Enquête sur l'évolution littéraire*, Paris: José Corti, 1999, p. 120.
④ Jean Moréas, *Les Syrtes*, Paris: Léon Vanier, 1892, p. i.

上的过渡,而是文学生涯上的过渡。在美学上其实是一大否定。

四、结语

1891年,莫雷亚斯通过罗曼派的创建,开始摆脱以象征主义为代表的浪漫主义文学传统,向拉辛等人的古典主义回归。这在莫雷亚斯本人那里,似乎只是风格上的一个重要变化,但是对于象征主义思潮而言至关重要。它不但表明象征主义流派出现了重要的分裂,而且表明,象征主义进入一个新的转折期,象征主义内部埋下的反叛的种子,将改变象征主义以及随后半个世纪的文艺发展方向。

第二节 古尔蒙与象征主义的新定位

象征主义进入转折期后,理念的活力弱化了。不但之前富有争议性的理论减少了,而且多个流派相互竞争的态势也很难看见了。不过,这并不意味着在19世纪90年代象征主义思潮完全陷入了停滞。古尔蒙是这一时期的生力军。在他的努力下,象征主义在哲学上获得了新定位。

调查古尔蒙的诗学思想非常困难。他不但是成功的文学家,在小说、诗和戏剧上均有建树,而且也是哲学家和掌故家。他涉及的领域是非常惊人的。比尔纳(Glenn S. Burne)曾将他视为"这一期间最杰出、博学的人中的一位"[1]。粗略统计,他出版的各类文学作品不少于32种,而各类评论和研究著作,数量超过了60多种。这是一位"人间喜剧"式的批评家,在短期内任何对他诗学思想的研究可能都是不切实际的,也必然会遗漏数量可观的资料。不过这种困难换个角度也容易克服。既然难以研究他的全部著述,那么局部地调查他的诗学思想就有可行性。即使这种研究因为不完善而受到批评,这种批评也一定是宽容的。

古尔蒙1858年在法国的海滨城市诺曼底出生,在卡昂大学毕业后,于1883年来到巴黎,担任国家图书馆的馆员。在随后的几年中,古尔蒙的主要兴趣是研究古典学,对颓废主义和象征主义所知甚少。1886年4月的一个下午,古尔蒙在奥德翁长廊(les galeries de l'Odéon)无意中发

---

[1] Glenn S. Burne, *Rémy de Gourmont: His Ideas and Influence in England and America*, Carbondale: Southern Illinois University Press, 1963, p.3.

现了刚创办的《风行》杂志,一个新的世界在他面前打开了。20多年后,古尔蒙回忆他看到这个杂志时的感受:

> 我对我的同时代人构造的运动相当陌生,因为我在不太有文学氛围的街区特别孤独地生活,只知道作为社会反响偶尔传到我这里的几个名字,只读古代的作品。渐渐地,我感觉到轻微的美学震颤,以及新颖的美妙印象,它对年轻人来说很有魅力。①

从1883年到1886年很长的时间内,虽然古尔蒙开始文学创作,但是他采用的不过是旧的做法,对象征主义和颓废主义运动一无所知。《风行》杂志带来的"美学震颤",让古尔蒙开始向象征主义靠近。比尔纳指出:"在不到一个小时内,他告诉我们,他的文学方向彻底改变了。这种经验,再加上他与于斯曼和李勒-亚当的友情,使他皈依了象征主义。"②比尔纳将这次偶遇的时间判断为19世纪80年代末期。如果是末期的话,那么唯一的时间就是1889年。因为1887年1月后《风行》就停刊了,两年后才复刊。这个时间的判断非常关键,因为如果古尔蒙接触象征主义是在1889年,即初期的象征主义运动结束的那一年,那么他对象征主义的了解以及他参与的程度就不高。其实确定这个时间并不难。古尔蒙自己做过交代:"我的文学方向找到了,它在不到一个小时内得到根本的改变,四年后我在《独立评论》上发表了《泰奥达》('Théodat')。"③这首叫做《泰奥达》的戏剧发表时间是1889年6月。古尔蒙的转变时间在四年之前,那么这种转变当发生在1885年。可是1885年《风行》还没有创刊,他无法借助这个杂志实现美学的转型。合理的解释是,古尔蒙是从1886年开始计算的,到1889年正好是四年。

确定好了这个时间点,就可以发现古尔蒙是在象征主义成立初期就接触到了文学新潮。他之后的创作已经发生了改变,也就是说他的文学活动是贯穿初期的象征主义的。象征主义也极大地激发了古尔蒙的创作欲望。此后古尔蒙开始出版文学作品。他在1886年出版了一部小说,经过几年的积累,从1890年到1894年,这短短的五年中,古尔蒙出版了6

---

① Rémy de Gourmont, *Promenades littéraires*, tome 3, Paris: Mercvre de France, 1963, p.158.
② Glenn S. Burne, *Rémy de Gourmont: His Ideas and Influence in England and America*, Carbondale: Southern Illinois University Press, 1963, p.12.
③ Rémy de Gourmont, *Promenades littéraires*, tome 3, Paris: Mercvre de France, 1963, p.158.

部小说、2部戏剧和3部诗集。这个时间点也可以修正比尔纳的论述。比尔纳指出古尔蒙当时"皈依了象征主义",这是不准确的说法。《风行》创刊时,主要是一份颓废者的杂志,它到了当年10月后,才渐渐成为象征主义杂志。这期间伴随着象征主义与颓废主义的斗争。在象征主义还未正式成为一个流派,甚至还没有出现莫雷亚斯的《象征主义》宣言前,古尔蒙不可能确定象征主义的方向。

1889年,一群年轻人想创办一个刊物《法兰西信使》。古尔蒙的同事介绍古尔蒙加入这个群体中。他们的领导人是瓦莱特。瓦莱特之前在《斯卡潘》杂志上有过活动,曾发表过关于象征主义的评论。他并不是象征主义者,但是与当时的文人交往颇密。威廉姆斯(Erin M. Williams)曾表示这个杂志创办之初,并不是任何流派的机关刊物,它"渴望保持开放和非正统的编辑方针"①。这个判断明显受到了瓦莱特的影响。在发刊词中,后者曾表示该杂志的办刊原则是:"发表纯艺术的作品,发表如此不正统的观念,以致它不接受迎合买主的作品。"②尽管这个杂志发表的文章一开始比较驳杂,但还是能够看出它具有强烈的颓废派的气息,在一定程度上这个杂志是巴朱《颓废者》的延伸。这从刊物的稳定撰稿人就可以看出来。《颓废者》原来的撰稿人雷诺、迪比、奥里埃都是该刊的重要成员。最早的颓废者之一的塔亚德,出现在第2期。萨曼(Albert Samain)也经常在该刊露脸,他之前在《黑猫》杂志上活动,也是一位颓废者。这些人对于卡恩和瓦格纳主义者提倡的语言音乐以及自由诗,普遍反感。他们在形式上比较保守,这也是颓废派的共性。因为颓废派在形式上与巴纳斯派是一脉相承的,所以古尔蒙在谈到《法兰西信使》时,做出这样的判断:"这些诗人保持着对巴纳斯美学的忠诚。"③结合古尔蒙的看法,可以将这个杂志看作是巴纳斯派和颓废派的结合。

一、古尔蒙的唯心主义诗学

1892年4月,经过长期积淀的古尔蒙在《文学与政治谈话》中发表了《唯心主义》一文。该文就是古尔蒙给象征主义寻找的新的哲学基础。在

---

① Erin M. Williams, "Signs of Anarchy: Aesthetics, Politics, and the Symbolist Critic at the *Mercure de France*, 1890—95", *French Forum*, 29.1 (Winter 2004), p.49.
② Alfred Vallette, "Mercvre de France", *Mercvre de France*, 1.1 (janvier 1890), p.4.
③ Rémy de Gourmont, *Promenades littéraires*, tome 3, Paris: Mercvre de France, 1963, p.192.

波德莱尔那里,斯威登堡的神秘主义哲学是他的象征概念的基础。这种哲学想象将一切都看作是统一的,因为这种统一,不同的世界就有了一致性。一致性在中文里也被翻译为"感应"。后来的颓废主义者和象征主义者并没有普遍继承感应的思想。魏尔伦严格说来并不是感应说的支持者。马拉美接受了波德莱尔的很多理念,但是他的虚无主义与感应说不完全相同。通过这种比较,可以发现古尔蒙诗学的独特性。将象征主义放置在唯心主义的基础上,古尔蒙一方面能摆脱波德莱尔主义的颓废,摆脱神经症者的心境及其象征,另一方面,古尔蒙又能除去马拉美虚无的自我观,重新把握住一个可靠的自我。因而就美学来看,古尔蒙重塑了象征主义。在新的象征主义里,个人不再是社会的逃遁者,不再是超自然自我的追求者,相反,他活在自然和社会中。他通过情感和感官来认识社会。他拥有一个积极的、与众不同的自我。

古尔蒙在他的文章中对这种唯心主义做了解释:

> 人们只能认识他自己的理解力,只能认识自己,这唯一的现实、独特的世界;自我根据个人的活动,占有这个世界,承载它,让它变形,衰弱,重造它。在能知的主体之外没有任何东西在运动;所有我们思考的东西都是实在的:唯一的实在是思想。[1]

从这段话可以看出,古尔蒙这时的象征主义完全是认识论上的,而非宗教的,甚或形而上学的。因而,有批评家将古尔蒙的唯心主义称作"技术哲学",它主要关注的是方法,而不是本体[2]。这种看法是深入的。古尔蒙的唯心主义只承认自我,否定外在的世界。外在的世界是不可认识的,我们认为的外在世界,其实只是我们自己的构成部分。这种理论一方面带来了不可知论,将自我与世界融合起来,另一方面又让自我孤独地存在着,成为中世纪经院哲学和后来理性主义哲学中的实体。在阿奎那那里,最高的自立体是天主,天主没有形体,他的本质就是存在,存在就是本质。尽管古尔蒙的思想与神学无关,但是他的自我观与神学中的自立体在思维模式上是一致的。斯宾诺莎(Baruch de Spinoza)也继承了阿奎那的说法,认为实体(即自立体)存在于它自身,通过它自身得以理解。不过

---

[1] Rémy de Gourmont, "L'Idéalisme", *Entretiens politiques & littéraires*, 4. 25 (avril 1892), p. 146.

[2] Glenn S. Burne, *Rémy de Gourmont: His Ideas and Influence in England and America*, Carbondale: Southern Illinois University Press, 1963, p. 28.

古尔蒙真正的理论来源，却是叔本华。古尔蒙曾经明白地解释他的思想的叔本华渊源："我们熟悉的只是现象，我们只能在表象上推论；所有的真实性本身都从我们这里逃走了。这正是叔本华在如此简单如此明了的公式下推广的思想：世界是我的现象。"① 从大的方面来看，叔本华与古尔蒙的相似性确实很多。叔本华将世界看作是表象，真正的、绝对的存在是意志。古尔蒙很少提到意志，但是他的自我在艺术中就等同于意志在哲学中。另外，古尔蒙认为世界是为自我而存在的。他曾经提出过"磁针"的比喻，自我好比磁针，而世界受到它的吸引，随着它转动，世界自身没有价值。② 在叔本华的哲学中，意志同样是现象的目的："因为无论存在什么，仅为主体而存在。人人都知道自己是这种主体，但仅在他认知的范围内知道，而不是在他是知识的对象的范围内。"③ 因为将世界虚无化，这种理论与佛学中的唯识学非常接近，所谓"唯是一心，无心外境"。通过比较的眼光，可以看出古尔蒙唯心主义的定位。

但是古尔蒙的唯心主义又与叔本华的不同。在叔本华那里，直觉活动，或者说身体的感受要从属于充足理性原则，也就是说属于现象的范畴。但在古尔蒙那里，感受就是自我的活动，因而属于自我或者意志的范畴。在叔本华那里，意志是超越性的，这种超越性是超越现象的，是超越时间和空间的。人们的感受活动，针对的是因果律。因为因果律是先验地存在于意志中的，不是因为人们有感受活动才生出因果律，而是有因果律，才有了人们的感受活动。因而叔本华本人是反对唯心主义的。他的《作为意志和表象的世界》一书，并不是唯心主义的，而是唯意志主义的。古尔蒙在某种意义上，并不是叔本华思想的信奉者。因为他拒绝接受超越性的意志，他看重的是"动机"。动机在叔本华的哲学中，是连接意志和现象的关键一环，但是在古尔蒙的理论中，它以"自我"的外貌出现，并篡夺了意志的王位。如果不能感受，没有情感，那么古尔蒙的"自我"就没有存在的价值。叔本华因为将意志看作是超越性的，因而意志是一种永恒的力量，这种力量在人那里，和在石头那里，是没有什么区别的。古尔蒙害怕这种超越性，他的"自我"存在着矛盾的状态。因为它一方面是永恒的，人的认识活动最终把握的就是这个不变的自我，但是另一方面，每个

---

① Rémy de Gourmont, *Le Livre des masques*, Paris: Mercvre de France, 1963, p. 12.
② Rémy de Gourmont, *La Culture des idées*, Paris: Mercvre de France, 1900, p. 266.
③ Arthur Schopenhauer, *The World as Will and Representation*, trans. E. F. J. Payne, New York: Dover Publications, 1969, p. 5.

自我又都不同，每个自我的感受也都不同。古尔蒙始终没有理解叔本华的哲学与《奥义书》的关系。后者曾这样谈自我："对于自我，只能说'不是这个，不是那个'。不可把握，因为它不可把握。不可毁灭，因为它不可毁灭。不可接触，因为它不可接触。不受束缚，不受侵扰，不受伤害。"①这种没有个性的自我，在古尔蒙那里被个性化了。古尔蒙说："一个个体就是一个世界；一百个个体就是一百个世界。"②个体的个性化差异，使得古尔蒙的唯心主义成为一种直觉主义。莱芒曾认为古尔蒙发展的唯心主义是"一种低俗的唯我主义"③。它并没有真正保持叔本华的思想体系。

不过，这并不是说古尔蒙没有真正理解叔本华。古尔蒙应该是出于美学的需要，而改造了《作为意志和表象的世界》的思想。因为将个性引入自我中，就能把唯心主义与象征主义联系起来。若能从目的而非传承上看古尔蒙的唯心主义，人们就能更好地理解这种主义的真正价值。

二、从唯心主义到象征主义

古尔蒙通过他的唯心主义思想确立了个性的自我观。这种自我观在艺术中就是象征主义。也就是说，古尔蒙的象征主义就是一种文艺上的唯心主义。他在《象征主义》("Le Symbolisme")一文中曾清楚地说出二者的关系："唯心主义指的是在理性体系中理性个体的自由和个性的发展；象征主义可以也应该被我们视作美学体系中美学个体的自由和个性发展。"④这两个主义虽然名称不同，存在领域有别——比如一个在理性体系中，也就是在哲学中；一个在美学体系中，其实就是在艺术中——但是它们的精神是一样的，都是个性。

需要注意古尔蒙所说的"个性"与他的自我观的关系。"个性"当然来源于自我观，因为每个个体都有不同的自我。但是不同的自我是否可以真正带来这种思想和艺术的个性呢？古尔蒙似乎使用了中国诗话常用的思维方式：综合。它不寻求细致的分析，而是在笼统的综合上寻找某种共通性。理性工具本身是公共的，没有个性可言，所谓理性个体的"个性发

---

① 《奥义书》，黄宝生译，北京：商务印书馆，2012年版，第71页。
② Rémy de Gourmont, "L'Idéalisme", *Entretiens politiques & littéraires*, 4.25 (avril 1892), p. 146.
③ A. G. Lehmann, *The Symbolist Aesthetic in France*, Oxford: Basil Blackwell, 1950, p. 40.
④ Rémy de Gourmont, *L'Idéalisme*, Paris: Mercvre de France, 1893, p. 24.

展",指的是理性工具之外的假设和结论。美学体系依赖感受力,而感受力这个工具人人相同,所谓美学个体的"个性发展",无非指的是形式和传达手法等的差异。如果前面一种简化为理性认识,后面一种简化为美学技巧,古尔蒙明显将理性认识与美学技巧混为一谈了。美学技巧涉及工具,而理性认识是与理性工具没有关系的。再者,在他的唯心主义思想中,自我与其他的自我的不同,是绝对的,是确定的,如果自我仅仅在它之中发展自己,它就永远在它的潜力中,但是美学技巧却是相对的,它可以变化,可以取舍。

这说明古尔蒙的唯心主义不仅像莱芒说的,是"低俗的",他的象征主义诗学的定位,也是"低俗的"。古尔蒙用一种变通的方法,让他的象征主义诗学与浪漫主义传统建立了联系。浪漫主义很早就强调过个性,在对个性的理解上,古尔蒙和浪漫主义者似乎有很多相通之处,他们强调个性的体验和判断标准。古尔蒙曾表示:"一个作家的主要罪过,是因循守旧、模仿、服从规则以及服从教条。一个作家的作品不仅应是一个反映,而且应该是他个性放大的反映。"[1]这种认识与浪漫主义诗人的有机主义观念、自然的观念并无二致。但是这样一来,古尔蒙就让象征主义一词变得空泛了。这一点很好理解。如果象征主义表现为一种个性的价值,那么它如何区别于浪漫主义?又如何区别于自然主义?自然主义的小说难道没有个性?如果无法有效地区分,象征主义是否可以替换为个性主义?这种担忧并非毫无根据。古尔蒙曾明言象征主义就是"个人主义的表达",他还在另外一篇叫做《自由艺术和个人美学》("L'Art libre et l'esthétique individuelle")的文章中,将象征主义与自由艺术等量齐观。这样一来,威泽瓦的瓦格纳主义,马拉美的暗示和梦幻诗学就都被弃置了,从1885年到1892年的象征主义美学传统,岂不是被完全破坏了?古尔蒙难道不就成了象征主义真正的掘墓人?比尔纳曾指出:"他的象征主义的定义没有谈到与那种运动常常有联系的风格,至少是与早期有联系的风格。我们找不到通常对暗示和召唤的强调、对直接言说的避免、对神秘的有意创造、'梦幻'的主导、对词语的音乐性的关注。"[2]但是比尔纳并没有承认古尔蒙的破坏性,而是认为古尔蒙的象征主义观念"足够空泛",可以囊括许多不同的风格。但比尔纳显然忘记浪漫主义同样是一个具有

---

[1] Rémy de Gourmont, *Le Livre des masques*. Paris: Mercvre de France, 1963, pp. 12—13.
[2] Glenn S. Burne, *Rémy de Gourmont: His Ideas and Influence in England and America*, Carbondale: Southern Illinois University Press, 1963, p. 89.

很大容量的袋子。客观来看,古尔蒙的象征主义诗学确实弱化了象征主义原有的特征,这也是象征主义进入调整期之后出现的重大改变。但是古尔蒙所处的时代毕竟与19世纪上半叶不同,叔本华哲学的影响以及他对马拉美、雷尼耶的敬佩,都让他与雨果之前的诗人不同。与象征主义诗人的交往,也让他在组织框架上与象征主义捆绑在一起。这些原因使他有仍旧站在象征主义的大旗下的形象。

古尔蒙并非完全回避了象征的概念。他将象征放在唯心主义的世界观中来理解。如果外在的世界只是在自我中被认知的,自我无法真正认识绝对的世界,那么实际的世界与被感知的世界就存在着差异与张力。古尔蒙曾说道:"世界就是它显现给我的那样。如果它本身有真实的存在,但这也是我无法达到的。正是我所看、所感的事物存在着。"①《唯识二十论述记》中说:"心亲所取,定不离心。若离自心,定不亲取。"②这是说心识能缘的境,一定是心内之境(相分),心外的境是心识无法亲自认知的。在这种意义上,诗人的象征就只能在心识之内加以理解,心识之外的世界是象征达不到的。古尔蒙指出:"真正绝对的事物是无法认知的,是在象征表达的事物之外的。因而正是绝对关系才是象征主义所追求的。"③引文中出现了象征,而另外一个词"绝对关系"所指有些令人费解,不过,从上下文来判断,这种"绝对关系"并不包含假定的外在世界。这样一来,象征的概念就容易确定了,它是涉及个性感受、认知的形象。这种象征继承了古尔蒙的直觉主义,但是显然放弃了波德莱尔的超自然主义。

三、古尔蒙的语言和自由诗理论

让古尔蒙具有象征主义诗人的名分的,还有他的艺术技巧理论。古尔蒙对抽象语言的批评,对自由诗的提倡,使他离开了浪漫主义,站在象征主义的队列中。古尔蒙对个性的强调,使他在词语的运用上有危机意识。词语原本是公共性的、抽象的工具,再加上陈陈相因,它就很难真正传达个性的感受和体验。

在第二辑的《面具之书》的序言中,古尔蒙说过这样的话:"在文学中,

---

① Rémy de Gourmont, *Decadence and Other Essays on the Culture of Ideas*, trans. William Bradley, London: George Allen, 1949, p. 210.
② 窥基:《唯识二十论 唯识二十论述记》(下册),南京:金陵刻经处,2002年版,第15页。
③ Rémy de Gourmont, *L'Idéalisme*, Paris: Mercvre de France, 1893, pp. 26—27.

就像在其他任何艺术中一样,必须要中止抽象词语的统治。"①将具体的语言与个性的感情联系起来,其中的思维方式还需要思考。语言本身就是抽象,就是对个性的感情的远离。如果要保持原本的感情,那么使用语言还不如保持沉默。古尔蒙提倡的"具体的语言",从符号学来看,其实仍旧是抽象的。古尔蒙之所以要求具体的语言,在于他希望文学语言能从传达的意义转移到传达的过程上。即是说在古尔蒙眼中,语言的抽象与否,不在于它是不是语言符号,不在于它是不是涉及一般的概念,而在于作者能否将一种事后概括式的视野,换为即时的直觉的视野。他所谓的抽象,指的就是事后概括式的视野,这种视野往往会失之笼统。他所谓的具体,就是关注情感过程的细微变化。他曾表示:"一件艺术品只有通过它赋予我们的情感才能存在;只需要确定、找出这种情感的特性就足够了。"②总之,语言是不是抽象的,主要的判定标准是作者有没有充分注意到唯心主义的个性自我观。

这种语言观也改变了古尔蒙的艺术目的论。如果情感的过程比事后的概括重要,那么主题的表达就不重要了。这种思维可以带来无主题的倾向。福楼拜曾在1852年的一封书信中指出:"作为主题的这种事物并不存在,风格本身成为观物的绝对方式。"③虽然福楼拜关注的并不是自我的情感,但是他对《包法利夫人》中角色的情感解剖,与古尔蒙的做法相似。大约在同一时期,戈蒂耶也在发展他的为艺术而艺术的理论。戈蒂耶宣布:"我们信仰艺术的自主性;艺术对我们来说并不是工具,而是目的。"④从后来的象征主义诗人来看,这种观念得到很多人的认可。古尔蒙也继承了这种传统。他1899年读到了托尔斯泰的《艺术论》,在这本书中,"俄罗斯的上帝"将艺术理解为一种"感染"功能,艺术是人与人思想和感情的交流。这明显强调结果,而非过程。古尔蒙反对托尔斯泰的观点,提出:"艺术有一个特定的、完全自我主义的目的:这是它自身的目的。它不会有意承受任何使命,不管是宗教的、社会的,还是道德的。"⑤如果将古尔蒙的语言论和他的艺术论一同参看,可以做这样的推论,古尔蒙将艺

---

① Rémy de Gourmont, *Le Deuxième livre des masques*, Paris: Mercvre de France, 1896, p. 16.

② Ibid., pp. 8—9.

③ Gustave Flaubert, "To Louise Colet", in Gustave Flaubert, *Madame Bovary: Backgrounds and Sources*, trans. Paul de Man, New York: Norton, 1965, p. 310.

④ Théophile Gautier, "Prospectus", *L'Artiste*, 27 (14 déc. 1856), p. 2.

⑤ Rémy de Gourmont, *Le Chemin de velours*, Paris: Mercvre de France, 1924, p. 305.

术功利性的传达看作是抽象的,无目的、无用的艺术是具体的语言的自然产物。

自由诗是古尔蒙在19世纪最后一个十年最为关注的一个领域,也是他与其他象征主义诗人的一个共同标识。他的唯心主义一开始就含有自由诗的种子,因为个性的自我需要个性的表达方式。他在《自由艺术和个人美学》一文中说:"艺术无法接受任何规则,也无法遵从美的规定的表达方式。"①对规则的反感,并不仅仅是因为传统诗律的表达缺陷,不仅仅是形式本身的原因。其实,像亚历山大体这类的形式,一直在为魏尔伦的灵感服务。在1894年10月,魏尔伦还曾在一首诗中强调固定的音节数量和押韵"在法国艺术中它却不可缺少"②。据吉尔坎(Iwan Gilkin)记载,魏尔伦在去世前曾将自由诗称作"节奏的狂欢",明显有鄙夷之意。古尔蒙对规则的厌恶,有先入之见的因素。它将无政府主义置入自由诗理论中。古尔蒙在总结法国当时的诗学倾向时,曾发现人们普遍有这样的看法:"传统诗体是爱国的、民族的;新诗体是无政府主义的、目无国家的。"③尽管古尔蒙反对这样的见解,但是他自己确实是个形式无政府主义者。

瓦格纳主义者虽然反对传统诗律,但是他们有新的语言音乐可供代替。卡恩一直在试验一种音义统一的停顿单元,迪雅尔丹后来也提出过"节奏上的音步(le pied rythmique)"的概念,这种音步不同于旧的讲究音节数量的音步,而是将音节与思想(情感)统一了起来。古尔蒙缺乏这些真正形式上的关注。尽管他也考虑自由诗"整体的和谐",但是他对这种和谐的内在结构、原则一直有所回避。他眼中自由诗的音乐性,似乎是只有内在情感的依据,而不需要外在的语音的规则。换句话说,古尔蒙的自由诗理论更像是浪漫主义的有机形式理论。如果将魏尔伦看作是诗人中的音乐家,古尔蒙完全与他不同。古尔蒙爱好音乐,但是他心里只是感受到某种飞扬的音乐,不愿意解释它的规律。他是诗人中的反叛者。他的《法语的美学》(*Esthétique de la langue française*)显示出他对法语的词源和语音是有丰富的学识的,但是在这本书论自由诗的部分,古尔蒙说道:"真正的自由诗是这样构思的,即像音乐的片段,是在它情感的观念的

---

① Rémy de Gourmont, *L'Idéalisme*, Paris: Mercvre de France, 1893, pp.32—33.
② Paul Verlaine, *Œuvres poétiques complètes*, établie par Y.-G. le Dantec, Paris: Gallimard, 1962, p.854.
③ Rémy de Gourmont, *Epilogues: 1895—1898*, Paris: Mercvre de France, 1903, p.195.

模式上设计出的,不再受制于数量的固定法则。"①因为提防数量的规则,并放弃思考自由诗的本体形式,古尔蒙眼中的自由诗是一种永远变动的形式,或者说自由诗本身就是反形式。因为形式具有公共性。否定公共性,自然会否定形式本身。

不过,古尔蒙的自由诗理论也是有变化的。到了 20 世纪初,他开始反思自由诗。自由诗尽管在他心中仍然是形式反叛的产物,但是它已经不再是古尔蒙热衷的形式了。古尔蒙曾这样说道:"尽管它特别受欢迎,但是它不让我满意。"②这说明古尔蒙已经在调整自己的无政府主义立场。而这种立场的调整,其实也是唯心主义的修正。

四、结语

古尔蒙是一位博学的人,随着他不断接触心理学、哲学等领域的著作,他的唯心主义也在不断地调整。进入 20 世纪后,古尔蒙明显将唯心主义与唯物主义折中了。唯物主义在内在的感受、评判上起作用,而外在的世界再也不是虚无的假设,而是人的感官的生成者。唯物主义在感官的形成和环境的存在上发挥作用。古尔蒙不愿放弃他的唯心主义,也不想完全成为一个唯物主义者,于是在他的书中出现了这样的论述:"唯心主义的原理深深地扎在物质中。唯心主义意味着唯物主义,反之,唯物主义意味着唯心主义。"③这种转变必然让他放弃早期与象征主义有关的认识。但是象征主义也是变化的。象征主义并没有一个固定的正统观念,以马拉美或者波德莱尔为宗。实际上,象征主义也是一个许多思想资源出入的公共空间。本书在导论中曾提到过象征主义的"空间特征",这种特征就是一种承载性。象征主义可以承载当时的许多思想。这些思想组合到一起,形成较为统一的倾向,并对文学运动进行解释和预测。古尔蒙以及他的《法兰西信使》杂志,在当时就是一种"解释的机制"④,尽管象征主义第一波的大潮已经退去,在古尔蒙的努力下,象征主义获得了新的营

---

① Rémy de Gourmont, *Esthétique de la langue française*, Paris: Mercvre de France, 1899, p. 229.

② Rémy de Gourmont, *Promenades littéraires*, tome 3, Paris: Mercvre de France, 1963, p. 195.

③ Rémy de Gourmont, *Decadence and Other Essays on the Culture of Ideas*, trans. William Bradley, London: George Allen, 1949, p. 231.

④ Erin M. Williams, "Signs of Anarchy: Aesthetics, Politics, and the Symbolist Critic at the *Mercure de France*, 1890—95", *French Forum*, 29.1 (Winter 2004), pp.46—47.

养,也不断赢得新的荣誉。

第三节 象征主义大师的声誉考察

在象征主义思潮的演变中,大师们的声誉非常重要。一来,这种声誉是形成流派的基础,而流派又对象征主义思潮的组织活动发挥作用;二来,这种声誉也体现了象征主义思潮的影响力。如果象征主义没有真正大师的出现,没有崇高的声誉,那么它就是一个失败的思潮。在十几年的象征主义运动中,有几位象征主义者赢利了比较广泛的赞誉。这些获得声誉的人,包括魏尔伦、马拉美、兰波、拉弗格、莫雷亚斯等。这个顺序也基本是按照时间的脉络。下面就按照这个顺序对他们加以考察。波德莱尔很早就确立了经典地位,并对颓废派的形成发挥了关键作用,这里就无需赘言了。虽然魏尔伦和马拉美等人像波德莱尔一样,早在1885年前就获得一定的声望,考虑到影响的延续性,这里的考察把时间段稍微延长到他们颓废文学的时期。

一、魏尔伦的文学声誉

魏尔伦通过发表、出版《被诅咒的诗人》,成为颓废派中执牛耳的人物,这一点在第一章已经谈论过了,这也是毋庸置疑的。魏尔伦对自己在年轻人中的领导力也有认识,这种认识如果不是自负,也至少是自豪的。魏尔伦说:"碰巧在他们需要的时候我推出了《被诅咒的诗人》,很大程度上是为了科比埃尔和马拉美,尤其是为了兰波。这个小册子得到了所有人们希望的成功,以及随之而引发的一些争论。"[①]正是这些争论激起了年轻诗人对文学颓废的乐趣。

也就是在出版《被诅咒的诗人》同一时期,魏尔伦获得了大师的名分。第一位向魏尔伦致敬的人,可能是特雷泽尼克。后者在1883年2月的《新左岸》上对魏尔伦的际遇表示同情,认为在推出5部诗集后,魏尔伦仍旧不为人知。不过,事情有了转机,特雷泽尼克发现:"在年轻人中许多人尊称他为大师。"[②]

---

① Paul Verlaine, "Anatole Baju", *Les Hommes d'aujourd'hui*, 332 (août 1888), p. 2.
② Léo Trézenik, "Paul Verlaine", *La Nouvelle rive gauche*, 54(9 février 1883), p. 4.

特雷泽尼克的热情,并没有得到很多人的认同,哪怕是于斯曼。于斯曼真正尊重的大师是波德莱尔,称其为"永久不衰的大师"。于斯曼并没有在波德莱尔身边摆上魏尔伦的位子,相反,魏尔伦是波德莱尔的模仿者,一位虽然有个性,但是"深深浸透了波德莱尔风格的才华"①,因而魏尔伦的存在只是说明波德莱尔的可贵。可见,在1884年,魏尔伦的光芒还是比较暗淡的。波德莱尔巨大的影子,难以从魏尔伦身上挪开。同样在这一年,德普雷也注意到了这位"最后的浪漫派"。德普雷发现波德莱尔这位"影响世世代代的诗人",对魏尔伦意义重大:"他(魏尔伦)像波德莱尔一样,在肉欲的寻求中混入了宗教感情;像波德莱尔一样,他求助于微妙的比较,他将声音与色彩融合,沉溺在古怪的梦幻中。"②似乎波德莱尔给魏尔伦预备好了一切,魏尔伦所要做的,只是拿来现有的东西。

1885年4月,布尔热在《当代诗人》一文中注意到了魏尔伦。布尔热将魏尔伦看作是"古怪的作家",而且大众似乎对这个作家并不了解,但是"他已经尝试用他的诗重造微妙的色调(这是音乐特有的领域),一切不确定的感觉和感情"③。如果把这种判断与特雷泽尼克的对照一下,可以看到特雷泽尼克的评价有些私心。究竟是魏尔伦在1885年就已经树立起大师的形象,还是魏尔伦的朋友在"戏台里喝彩",是有很大的争议的。但是综合于斯曼、布尔热的观点,可以判断,即使魏尔伦已经赢得不少人气,但是他远没有得到无可置疑的声望。

4个月后,因为布尔德《颓废诗人》一文的刊出,魏尔伦变成了"颓废派的两大支柱之一"④。虽然魏尔伦配得起这种地位,但是布尔德的文章更为正式地树立起了他的声望。就含金量来看,布尔德的这篇文章超过了特雷泽尼克的。不过,即使布尔德给魏尔伦"祝圣",魏尔伦更多的是在名气上增加了,当时的诗人或者小圈子不一定都这样推崇他。比如洛曼,他在1886年9月的《颓废者》("Les Décadents")一文中,就批评魏尔伦的诗没有个性。威泽瓦在同年12月的书评中,也曾批评魏尔伦"一点也不原创",并表示希望魏尔伦能拿出真正有突破的作品。⑤

---

① 于斯曼:《逆流》,余中先译,上海:上海译文出版社,2015年版,第241页。
② Louis Desprez. "Les Derniers romantiques", *La Revue indépendante*, 1 (juillet 1884), p. 219.
③ Paul Bourget, "La Poésie contemporaine", *Lutèce*, 169 (26 avril 1885), p. 1.
④ Paul Bourde, "Les Poètes décadents", *Le Temps*, 8863 (6 août 1886), p. 3.
⑤ Téodor de Wyzewa, "Les Livres", *La Revue indépendante*, 1.2 (décembre 1886), p. 194.

魏尔伦的声誉在 1886 年得到了巩固。其中原因就是象征主义与颓废主义的冲突。在这场冲突中，象征主义者，尤其是威泽瓦对魏尔伦流露的轻视态度，惹恼了魏尔伦，魏尔伦转而与巴朱联合，共同对付象征主义者。吉尔曾注意到这一点，他在 1886 年 10 月的《我们的流派》一文中，认为魏尔伦和马拉美一起，是他们发动的运动的"两位友好的大师"，但是因为象征主义者有"傲慢之心"，有些人"说魏尔伦缺乏胆量"①。吉尔的判断既有依据，又有煽风点火之嫌。因为在当年 10 月的《象征主义者》杂志中，魏尔伦也被列为象征主义的重要成员之一，而且是得到承认的。不过，魏尔伦确实在巴朱那里得到更多的支持。在 1886 年 10 月 9 日的《颓废者》杂志上，巴朱说："我们只认两位大师：魏尔伦和马拉美。"②巴朱并不是一位无私的奉献者，一旦涉及名誉，联盟往往会破坏。就在当月底，巴朱又发表了一篇文章《流派的领袖们》("Les Chefs d'école")，这表明巴朱也进入权力的争夺中。巴朱指出："颓废者们只承认保尔·魏尔伦和斯特凡·马拉美是他们的大师。我确实夸大了：魏尔伦和马拉美听到自己被称为一个运动的创立人，应该感到惊讶，他们无疑筹备过这个运动，但是他们并没有独自引发过它。"③这是一篇后悔的文章，它的用意是撤回将马拉美和魏尔伦视为大师的评价，因为这是"夸大"的评价。这里可以看出巴朱的用心，在《颓废者》创办之初，为了获得更多支持，巴朱打出魏尔伦的旗号，以给这个杂志增添价值。用难听的话说，巴朱利用了魏尔伦的名气。但是在杂志站稳脚跟后，出于名誉的争夺，巴朱又对魏尔伦反戈一击。在他眼中，魏尔伦并没有"独自引发"过颓废主义运动。那么，该运动是谁引发的呢？巴朱说过这样的话："当《颓废者》问世的时候，颓废主义还不存在。保尔·魏尔伦和这位大诗人的几位模仿者是有的，他们都不关心建立流派，都全神贯注于未来的文学作品。"④这句话表面上是说颓废派与《颓废者》杂志有关，但如果追问《颓废者》杂志是谁负责的，那么最终的结论是：颓废派与巴朱等人有关。巴朱实际上间接将自己奉为颓废派的大师。魏尔伦的作用，因为"不关心建立流派"，似乎并不重要。巴朱甚至还隐晦地嘲讽魏尔伦，认为他在《颓废者》中的作用，只是赚取稿费："他把能在别处卖得更贵的稿子给了我们。他给我们的这种无私的协

---

① René Ghil. "Notre école", *La Décadence*, 1 (1 octobre 1886), p. 1.
② Anatole Baju, "Journaux & Revues", *Le Décadent*, 27 (9 octobre 1886), p. 3.
③ Anatole Baju, "Les Chefs d'école", *Le Décadent*, 31 (6 novembre 1886), p. 1.
④ Anatole Baja, "Les Parasites du Décadisme", *Le Décadent*, 2 (1 janvier 1888), p. 3.

助,有力地成就了《颓废者》的成功。"①

时间进入 1888 年 1 月,勒迈特发表《保尔·魏尔伦和象征主义、颓废诗人》一文。该文是较早梳理魏尔伦与象征主义、颓废主义的历史关系的文章。卡恩曾指出该文是"第一篇正式的、授勋式的献给保尔·魏尔伦的重要文章"②,由此可见它对魏尔伦声誉的重要影响。勒迈特比较谨慎,虽然用意是抬高魏尔伦,但在全文都看不到对魏尔伦地位的直接判断。他主要对魏尔伦的写作形式、风格进行了分析,认为魏尔伦是"真正的诗人",是"特别纯朴的颓废者"③。因为对颓废派进行了肯定,这自然能让魏尔伦坐在大师的位置上。

到了 1888 年前后,魏尔伦作为两位大师之一的身份得到了更多的承认。由于颓废主义和象征主义的斗争,这两位大师当时被划在不同的阵营中。比如热罗姆(Gérome)指出:"这就是颓废者们的领袖。我这样称呼保尔·魏尔伦先生,颓废和没落诗人已经选择他来做领袖,而马拉美先生被选择来支配象征主义者。"④这种看法也得到了巴朱的认同。在他的《文学无政府主义》(*L'Anarchie littéraire*)一书中,魏尔伦就属于颓废主义派,不同于马拉美领衔的象征主义派。

进入 19 世纪 90 年代后,魏尔伦的大师地位得到进一步巩固。尽管莫雷亚斯在他的访谈中对魏尔伦的颓废主义多有批评,但是仍然肯定他在这个主义中的作用:"在某些方面,他(魏尔伦)是当前运动的先驱。"⑤同样在于雷采集的访谈中,莫里斯也提出了自己的看法。作为象征主义诗人,莫里斯把魏尔伦视为三位大师之一。这种评定不同于巴朱和莫雷亚斯的。它说明象征主义群体中的诗人也认可魏尔伦。另外一位象征主义诗人雷尼耶在介绍象征主义的先驱时,也对魏尔伦表达了敬意:"我相信人们亏欠魏尔伦很多;但是就我来说,我有更进一步的感受。"⑥雷尼耶原本就是颓废派成员,后来又与《风行》杂志建立了联系,成为象征主义者,他对魏尔伦的"亏欠",是自然的事情。

---

① Anatole Baju, "Les Chefs d'école", *Le Décadent*, 31 (6 novembre 1886), p. 1.
② Gustave Kahn, "Chronique de la littérature et de l'art", *La Revue indépendante*, 6.16 (fév. 1888), p. 287.
③ Jules Lemaître, "M. Paul Verlaine et les poètes 'symbolistes' & 'décadents'", *Revue bleue*, 25 (7 janvier 1888), p.14.
④ Gérome, "Courrier de Paris", *L'Univers illustré*, 1772 (24 mars 1888), p.179.
⑤ Jules Huret, *Enquête sur l'évolution littéraire*, Paris: José Corti, 1999, p. 119.
⑥ Ibid., p. 131.

马拉美也可以代表象征主义的态度。尽管马拉美曾经得到过魏尔伦的提携,但是他在涉及名誉时,颇有雅量。他曾说:"年轻诗人真正的父亲,是魏尔伦,卓越的魏尔伦。我发现他文如其人,因为在一个诗人是法外之徒的时代里,这是唯一的一位:如此高傲地、大无畏地让人接受他所有的痛苦。"①这里将魏尔伦比作"年轻诗人真正的父亲",表面上没有提到"大师"的字眼,实际上分量比"大师"还重。马拉美毫不吝惜他对魏尔伦的尊重。1894 年,魏尔伦被选为"诗人王子"(le prince des poètes),这个荣誉属于他,更属于象征主义。

二、马拉美的文学声誉

马拉美的文学起步并不晚,他于 1862 年就开始发表作品,到 19 世纪 80 年代,断断续续也有不少作品问世。但是他每年发表的作品数量较少,又多在巴黎之外谋生,未能引起真正的注意。马拉美的文学声誉最初的获得,离不开《新左岸》。可以说正是《新左岸》发现了马拉美。在 1883 年 1 月《弗朗索瓦·科佩》("François Coppée")一文中,特雷泽尼克注意到了这位诗人的价值,他称其为"过于原创的马拉美"②。这是马拉美一次重要的正面亮相。随后就是当年 11 月魏尔伦的《被诅咒的诗人——斯特凡·马拉美》一文在《吕泰斯》(《新左岸》的改版)上的出现。魏尔伦的光芒照在了马拉美身上,从此,马拉美便在颓废派的标签下成为著名诗人。

年轻诗人被马拉美的哲学迷住了,以至于 1884 年报刊上出现了"马拉美主义"的名称,当时应该已经有年轻人推崇马拉美了。《吕泰斯》曾转引过这样的议论:"马拉美主义者们有一个官方刊物,叫做《吕泰斯》。您很清楚巴黎非常简单。"③这种议论原本是攻击马拉美的,它说明马拉美是有敌人的。但同时也表明马拉美在年轻人中的欢迎度。因为颓废文学的发展,将马拉美与魏尔伦并列起来进行比较,在后面几年中比较流行。特雷泽尼克在 1885 年 7 月的《保尔·魏尔伦》("Paul Verlaine")一文中,就将魏尔伦看作是巴黎诗坛最高级的存在,魏尔伦之上,"就是无法理解的晦涩的深渊",而那儿正是马拉美的地盘。特雷泽尼克说:"马拉美是浮

---

① Stéphane Mallarmé, *Œuvres complètes*, Paris: Gallimard, 1945, p. 870.
② Léo Trézenik, "François Coppée", *La Nouvelle rive gauche*, 52 (26 janvier 1883), pp. 3—4.
③ Léo Trézenik, "Chronique lutécienne", *Lutèce*, 150 (7 décembre 1884), p. 1.

夸的,因为他是空洞的;马拉美是空虚的,但不是深邃的。"①这种话不知是赞美,还是批评。马拉美确实有缺点,对于不熟悉颓废文学的人来说他的缺点会放大。但作为马拉美长期的支持者,特雷泽尼克不可能真正攻击马拉美。他的这种评价,可能只是站在外行的角度所做的。否则,马拉美也不会比魏尔伦还要高一些了。

特雷泽尼克的热心,引起了批评家布尔德的不满。布尔德攻击《吕泰斯》为马拉美"发狂"。特雷泽尼克不得不辩护,他保证他的杂志经常流露"反马拉美主义的态度"②。针对布尔德嘲讽魏尔伦论马拉美的文章,特雷泽尼克只好将编辑人员和撰稿人区别开。一切对马拉美的"发狂"都是魏尔伦的"恶作剧",与《吕泰斯》杂志无关。这种辩护正好落入布尔德的圈套。布尔德渴望马拉美陷入困境,尽管布尔德的《颓废诗人》的文章指明马拉美为颓废派的"另一个支柱"③。布尔德的批评并不仅仅因为马拉美是一个颓废诗人,而且因为他是一个"难以理解"的诗人。马拉美尽管地位已非常重要,但在 1885 年,恐怕他的影响力还只是在少数年轻诗人中。

1885 年,马拉美通过他的星期二聚会在年轻人中获得了影响力,这些年轻人有瓦格纳主义者和象征主义者,随着《瓦格纳评论》《风行》《象征主义者》的创办,马拉美不再仅仅是颓废诗人,也成为象征主义诗人。这种身份的转变,背后是马拉美声誉的提升。因为马拉美的诗作更富象征性,1886 年以后,马拉美甚至成为象征主义唯一的大师。因为马拉美对瓦格纳感兴趣,而且对交响乐的理解优于魏尔伦,所以威泽瓦采取的措施是对马拉美和魏尔伦一个拉一个打。威泽瓦对魏尔伦常有批评,但是对马拉美却不遗余力地称赞。马拉美与威泽瓦、迪雅尔丹的关系似乎保持得非常好,对于马拉美的好意,威泽瓦自然会投桃报李:"我知道我们的大师马拉美先生,一直典范地尝试这种象征艺术的创造。"④威泽瓦还称赞《牧神的午后》是"象征主义的杰出范例"⑤。迪雅尔丹对待马拉美的态度比较矛盾,他有时认为马拉美不是象征主义者,有时又将马拉美看作是象征主义的大师。他甚至提出这样一个观点:似乎当时年轻的象征主义诗

---

① Léo Trézenik, "Paul Verlaine", *Lutèce*, 180 (5 juillet 1885), p. 1.
② Léo Trézenik, "Bourde's Bourdes", *Lutèce*, 193 (16 août 1885), p. 1.
③ Paul Bourde, "Les Poètes décadents", *Le Temps*, 8863 (6 août 1886), p. 3
④ Téodor de Wyzewa, "Les Livres", *La Revue indépendante*, 2.4 (février 1887), p. 152.
⑤ Téodor de Wyzewa, "Les Livres", *La Revue indépendante*, 2.5 (mars 1887), p. 339.

人,心被分成了两半,一半属于瓦格纳,一半属于马拉美。①

巴朱的《颓废者》杂志也向马拉美伸出了橄榄枝,而马拉美也确实给这个杂志投过稿。巴朱借用马拉美的名气,马拉美得到了新的一群人的尊敬,这似乎是两全其美。巴朱早在1886年10月,就承认马拉美是颓废主义的两位大师之一。但是因为象征主义声势日盛,与象征主义分庭抗礼的《颓废者》杂志就感到了压力,因为马拉美与象征主义的关系,他不可避免地受到《颓废者》的冷眼。在1886年10月16日的《尚索尔先生》("M. Champsaur")一文中,巴朱就流露出对马拉美的不满:"出于对最早提出象征主义的大师斯特凡·马拉美的尊重,这里不允许我反对象征主义。我在诗中承认他,但在其他领域不是这样。"②这种态度的转变,其实只过了一个星期而已。到了当月月底,巴朱就撤销了他的"大师"的用语,改用"先驱"来称呼马拉美。虽然马拉美仍旧被视为"巨大的灯塔",但他只是一个启发者,而不是"颓废派真正的创立人"③。这种用词比较冰冷,实际上马拉美与巴朱就差没有撕破脸了。这可以视为巴朱与马拉美的一次冲突,要想了解它的严重性,只需要翻看全部的《颓废者》杂志就好了:在这个杂志终刊之前,巴朱再也没有正面评价过马拉美。在1887年的《颓废派》一书中,巴朱甚至不想再"称赞"马拉美,他还说过这样的话:"这个杂志代表了一部分独立的颓废派,即是说代表了既不附属于魏尔伦,也不附属于马拉美,但仍旧有他们出色的个人特征的人。"④

虽然被《颓废者》杂志驱逐,但是马拉美在更多的批评家那里得到了认可。他的际遇似乎比魏尔伦更好。魏尔伦一直不缺乏批评者,而马拉美则有更多的欣赏者。1886年年底,有批评者这样称赞《海洛狄亚德》("Hérodiade")的作者:"斯特凡·马拉美在我看来,是这些人中最卓越的艺术家,他们的人数这么少!"⑤国界也抵挡不了真正的知音。比利时象征主义诗人维尔哈伦曾在1887年指出:"此时,法国只有一位真正的象征主义大师:斯特凡·马拉美。"⑥

到了19世纪90年代,马拉美的声誉仍旧如日中天。在于雷的访谈

---

① Édouard Dujardin, *Mallarmé par un des siens*, Paris: Messein, 1936, p. 212.
② Anatole Baju, "M. Champsaur", *Le Décadent*, 28 (16 octobre 1886), p. 1.
③ Anatole Baju, "Les Chefs d'école", *Le Décadent*, 31 (6 novembre 1886), p. 1.
④ Anatole Baju, *L'École décadente*, Paris: Léon Vanier, 1887, p. 17.
⑤ Vir. "La Décadence", *Le Scapin*, 1 (1 sep. 1886), pp. 4—5.
⑥ Émile Verhaeren, *Impressions*, Paris: Mercvre de France, 1928. p. 115.

中,人们看到莫里斯将马拉美看作三位大师之一,象征主义诗人雷尼耶将其看作是这个运动的先驱,并承认自己对马拉美的巨大亏欠:"因为他的作品的范例,以及他精彩的谈话,我才成为我现在的样子。"① 新一代的象征主义诗人古尔蒙,也对马拉美推崇备至,在他眼中,马拉美的影响力超过了魏尔伦:"魏尔伦的影响自然仅限于诗;马拉美先生通过他外表看来如此精巧的散文诗,通过他富有魅力且具有罕见深度的谈话,支配了更大数量的人的头脑。"②

1896 年 1 月 8 日,"诗人王子"魏尔伦辞世,也正是在这一天,马拉美成为新的"诗人王子"。这个荣誉他实至名归。

三、兰波的文学声誉

法国各个报刊对兰波的评价很多,但就笔者经眼的材料来看,第一份值得注意的文献就是魏尔伦在《吕泰斯》上发表的《被诅咒的诗人——阿蒂尔·兰波》。该文 1883 年 10 月 5 日出现在第 88 期,因为文章过长,第 89 期和 93 期,又都连载过。在这篇文章中,魏尔伦不仅回顾了兰波的生平,还对他的文学成就进行了评价。在魏尔伦的笔下,兰波不仅是一个"嘲弄者",一位"被诅咒的诗人",而且也是文学的天才,"他成就了细腻的奇迹、真正的朦胧,以及因为细腻而产生的近乎无法估量的魅力"③。尽管兰波年少,未有声名,但是这种评价肯定会引发人的好奇心。果然,费内翁在 1884 年 11 月的《独立评论》上,就引用了魏尔伦论兰波文中的诗例。

费内翁确实是兰波迷。他促成了兰波《彩图集》在《风行》杂志上的发表。1875 年,魏尔伦曾把兰波的手稿寄给兰波的好友努沃(Germain Nouveau),希望他在比利时能找到印刷厂。但是后来手稿落入了魏尔伦的内兄夏尔·德·西夫里(Charles de Sivry)之手。卡恩想把兰波的未刊诗作发表在《风行》上,但不知手稿的去向。卡恩向魏尔伦询问,魏尔伦言之不详。就在这个时候,费内翁不知从何处得来了消息,告知了卡恩。卡恩记载了这样的细节:"费内翁从菲耶先生那里得知手稿在他的兄弟、诗人路易·菲耶(Louis Fière)的手中;我们晚上拿到了它,做了阅读和整

---

① Jules Huret, *Enquête sur l'évolution littéraire*, Paris: José Corti, 1999, p.131.
② Ibid., p.164.
③ Paul Verlaine, "Les Poètes maudits: Arthur Rimbaud", *Lutèce*, 93 (10 novembre 1883), p.2.

理,急忙将它出版了。"①费内翁能知道内情,说明他对兰波非常关注。1886年《象征主义者》杂志创办,兰波的名字并没有列入这个杂志的成员名单中,但是费内翁在杂志上发表了兰波《彩图集》的评论,这可能是《彩图集》的第一篇评论。费内翁对兰波生平的描述,就像魏尔伦的做法一样,可能会调起读者的胃口,因为这个诗人"最近死了",他之前做过许多冒险,"在非洲,给花生、象牙和皮革贩子工作"②。误称兰波已死,这在当时非常流行,批评家布尔热相信,就连魏尔伦1886年也说过这样的话:"人们多次提到他的死讯。我们不了解细情,但是对此非常悲伤。"③费内翁对兰波的文学评价也很高:"总之,这是外在于一切文学,可能也优越于一切文学的作品。"④

瓦格纳主义者也感受到了兰波的魅力。威泽瓦于1886年年底著文讨论过兰波。文中称《彩图集》为"最令人震惊的作品之一",诗集中的形象、音乐都给威泽瓦强烈的印象,这位瓦格纳主义的旗手不禁表示:"兰波先生感觉到事物间神秘的联系:他带着我们沿着五颜六色的、芬芳的世界前行;他在诗行间唤起一幅图画,他是位无可匹敌的大师。"⑤这种评价魏尔伦是回避的,费内翁是暗示的,而威泽瓦则直接说了出来。威泽瓦是兰波获得大师地位的重要推手。

费内翁和威泽瓦都是象征主义者,再加上卡恩的加盟,兰波很容易成为象征主义的旗帜。这让颓废派们看到了危险。于是巴朱的《颓废者》杂志也开始打出兰波牌。它不仅自1886年11月27日(即第34期)开始断断续续地刊发兰波的诗作,而且兰波的名字也经常出现在一些评论、通信文章中。1887年巴朱曾经把兰波看作"魏尔伦理性上的兄弟",但不知孰高孰低,可能兰波只是"弟弟"。巴朱眼中的兰波也是一团谜:"一些人说他在语言上几乎如同神明,非常年轻就心醉于艺术,已经去世了,另一些

---

① Gustave Kahn, *Symbolistes et Décadents*, Genève: Slatkine, 1993, p. 56.
② Félix Fénéon, "*Les Illuminations* d'Arthur Rimbaud", *Le Symboliste*, 1 (7 octobre 1886), p. 2.
③ Paul Verlaine, *Œuvres posthumes de Paul Verlaine*, tome 2, Paris: Albert Messein, 1927, p. 234.
④ Félix Fénéon, "*Les Illuminations* d'Arthur Rimbaud", *Le Symboliste*, 1 (7 octobre 1886), p. 3.
⑤ Téodor de Wyzewa, "Les Livres", *La Revue indépendante*, 1.2 (décembre 1886), pp. 201—202.

人说他成了野蛮部落的国王,或者也许……谁知道呢?"①到了1889年,维拉特对兰波的评价为:"名字叫阿蒂尔·兰波的天才诗人,像流星一样在文坛掠过。他发出最耀眼的光亮,随后就消失了,没有人知道他后来怎么样了。"②维拉特将兰波称为"天才诗人",也算准确。维拉特的这篇文章终于弄明白了兰波的生死。通过法国在亚丁的领事,维拉特得到了兰波确切的消息:"兰波绝对还活着,他是一位江湖商人,住在亚丁,在我写信的时候,已经出发前往爪哇了。"③

1889年3月,维拉特又行动了。他的文章《阿蒂尔·兰波的纪念碑》("Un monument à Arthur Rimbaud"),最早提供了兰波的世界声誉的信息:"兰波书页上散出的荣光在世界上照耀。在所有的文学圈子里,人们都谈论这位伟大的法国诗人,人们评论他的作品,人们讨论他的生平,人们哀叹他突然的消失。"④这里的"在世界上照耀"一语,并非虚言。因为《颓废者》杂志的同人普莱西去国外旅行,几乎所有"博学的人"都找到他,想打听兰波的事情。普莱西为此感到"震惊",于是就有了维拉特的这篇文章。维拉特倡议给兰波立一座雕像,就在巴黎。于是《颓废者》的编辑人员开始捐款。普莱西捐了50法郎,塔亚德50法郎,雷诺40法郎,这个杂志也掏出经费,捐了100法郎。兰波的雕像有没有完成,结果不得而知,但这个事件本身富有意味。当时兰波还在红海一带做生意,活着的象征主义者有人立雕像,兰波可能是第一位。

中立的批评家们也接受了这个年轻诗人。佩罗曾著有《象征主义者和颓废者》("Symbolistes et Décadents")一文。在他眼中,象征主义不用等到莫雷亚斯,兰波的十四行诗《元音》就是"象征主义流派的最早的宣言"⑤。这个评价比大师的名分还要高,因为照佩罗所言,兰波就是象征主义之父。德拉罗什也有同感,象征主义流派的产生,似乎与兰波的诗关系密切,他指出:"兰波如此奇特而富有暗示力的散文和诗,变成了他们(年轻诗人)的《圣经》。"⑥

英年早逝的拉弗格与兰波没有交往,兰波离开巴黎的时候,拉弗格还

---

① Anatole Baju, *L'École décadente*, Paris: Léon Vanier, 1887, p. 2.
② Louis Villatte, "Nouvelles d'Arthur Rimbaud", *Le Décadent*, 26 (1 janvier 1889), p. 15.
③ Ibid., p. 16.
④ Louis Villatte, "Un monument à Arthur Rimbaud", *Le Décadent*, 30 (1 mars 1889), p. 74.
⑤ Maurice Peyrot, "Symbolistes et Décadents", *La Nouvelle revue*, 49 (novembre 1887), p. 128.
⑥ Achillle Delaroche, "Le Annales du symbolisme", *La Plume*, 3.41 (1 janvier 1891), p. 15.

在德国。但是拉弗格一直关注着巴黎的诗坛。他于 1885 年 3 月看到了《被诅咒的诗人》，兴奋地在信中告诉卡恩："我在《被诅咒的诗人》中的几首诗中读到兰波，怎么读也读不够。"①拉弗格看到的诗，都是兰波早期所写，与《彩图集》的水准还有很大差距，而他居然已经百读不厌，可见兰波的魅力。卡恩经常把《风行》杂志寄给拉弗格。所以拉弗格未等太久就与兰波神交了。在 1886 年 6 月给卡恩的信中，拉弗格表示："这位兰波非常特别。这是一位令我感到震惊的为数不多的人。他是多么固执啊！几乎没有修辞，也没有羁绊。"②拉弗格于 1887 年 8 月因病逝世，他没有看到兰波的书信，对兰波后来的冒险也一无所知。但是他的一些遗稿陆续在杂志上刊发出来。通过这些遗稿，可以看到兰波《彩图集》的措辞和自由诗给拉弗格留下的深刻印象。在一篇文章中，拉弗格说："兰波，早熟的、完美的花朵，空前绝后——（他的诗）没有诗节、没有结构、没有押韵——一切都在闻所未闻的丰富性中。"③这里面强调了兰波形式上的解放。这种解放也正是拉弗格所要做的。拉弗格对兰波的评价，成为他自己的墓志铭。

但是并不是所有的诗人都心仪兰波。年轻一代的象征主义诗人古尔蒙就有异议。在他眼中，兰波确实是有原创性的，但是不少诗让人难以忍受，他将其比作"长着脓疱的蟾蜍"，他还说："他常常是晦涩的、古怪的、荒唐的。一点也不真诚，有女人、女孩的性格，天生凶恶，甚至残忍，兰波拥有的这种才能让人感兴趣，却无法喜爱。"④虽然如此，古尔蒙还是不得不承认兰波的有些诗"伟大"，是自由诗的先驱。

总的来看，虽然兰波不像马拉美那样德高望重，但是作为天才诗人，作为象征主义的范例，他在 19 世纪 90 年代末已经确立了他的不朽地位。

四、拉弗格的文学声誉

尽管拉弗格大多数时间生活在德国，但是他也经常发表艺术评论和诗作，与巴黎的文学圈联系还是比较紧密的。在 1885 年的《吕泰斯》杂志

---

① Jules Laforgue, *Lettres à un ami*, Paris: Mercvre de France, 1941, p. 91.
② Ibid., p. 187.
③ Jules Laforgue, "Notes inédites", *Entretiens politiques & littéraires*, 3. 16 (juillet 1891), p. 16.
④ Rémy de Gourmont, *Le Livre des masques*, Paris: Mercvre de France, 1963, p. 94. 古尔蒙的这本书初版于 1896 年。

中,经常可以看到拉弗格的诗作,比如第 163 期、178 期、193 期。因为他屡屡露脸,于是得到了批评家的注意。在 1885 年 8 月(第 197 期)的《吕泰斯》上,有一个匿名评论家的文章《年轻的诗人们》("Les Jeunes poètes"),文中出现了拉弗格的名字,认为"拉弗格先生的谜语"得到了这个杂志编辑的"热烈欢迎"①。在作者列举的诗人中,虽然拉弗格的名字靠后,但是与魏尔伦、莫雷亚斯等人相邻,可以看出他已经在个别批评家那里有了地位。

因为《吕泰斯》被看作是颓废派的园地,拉弗格自然也与颓废派联系在一起。1885 年 8 月 6 日,布尔德的《颓废诗人》出现,最初的六位颓废者的名单确定了。但是在这个名单中,并没有拉弗格。巧的是,拉弗格也在当天看到了布尔德的文章,并在日记中失望地记载道:"今天的《时报》上有布尔德论颓废者的一篇重要文章,没有提到我的名字。"②拉弗格的失望是有道理的,尽管他富有才华,可是要想得到广泛的认可,还需要机会和时间。

进入 1886 年,拉弗格有了更多的机会。随着《风行》杂志在 4 月的创刊,因为与卡恩的关系,拉弗格的诗作开始出现在《风行》中。拉弗格最早的亮相是在第 3 期,该期的第一篇作品就是他的《小樟脑丸》("Menues dragées au camphre")。他自第 3 期开始到第 12 期,即当年 7 月(即第 1 卷),在 5 期上发表过作品。在第 2 卷中,他又出现了 6 次。卡恩是把拉弗格当作大诗人推出的。因为《风行》杂志,拉弗格第一次跻身名家之列。在当年 9 月的《颓废》一文中,维尔指出拉弗格是位"怪诞的幻想家"③,拉弗格虽然被注意,但是他的价值还远远没有被发现。

因为出名,在 1886 年,拉弗格已经成为不少杂志的座上客了。在《象征主义者》第 1 期的成员名单中,拉弗格与费内翁并列,身份是艺术评论员。在当年 9 月 25 日的《颓废者》杂志中,拉弗格也作为新文学家的代表,进入巴朱的领地。和他的名字一起出现的是威泽瓦、迪雅尔月、卡恩等人。拉弗格的诗作也不断地出现在《颓废者》杂志上。似乎他同时赢得了象征主义和颓废主义作家的垂青。但是 10 月 1 日首发的《颓废》杂志,拉弗格的名字没有出现在合作者一栏中,倒是出现在吉尔的文章中。这

---

① Anonyme, "Les Jeunes poètes", *Lutèce*, 197 (23 août 1885), p. 2. 这篇文章实际上转自另一个杂志《伏尔泰》。但是因为编者加了按语,所以又不同于原来的文章。
② Jules Laforgue, *Lettres à un ami*, Paris:Mercvre de France, 1941, p. 124.
③ Vir. "La Décadence", *Le Scapin*, 1 (1 sep. 1886), p. 5.

篇文章将拉弗格看作是象征派诗人（不是吉尔所用的象征主义诗人，吉尔区分了象征派和象征主义派）。这个象征派的名单中有五个名字，拉弗格排在第三位。总的来看，在1886年，拉弗格已被看作是第二梯队的重要人物，与他地位在伯仲之间的是卡恩，以及瓦格纳主义者威泽瓦、迪雅尔丹等。

1887年8月拉弗格不幸去世，这让他未能看到自己真正的影响力。但是即使如此，拉弗格对自己的成就已经足够自信了。他将自己看作是1885年走上文坛的最优秀的诗人。这个判断似乎没有得到迪雅尔丹的肯定。后者曾表示："1885年的运动有他们的大师马拉美和兰波，但是二人属于先前的一代；在文学生涯上1885年出生的一代中，找不到表达它的任何一个重要的人名。"[1]迪雅尔丹低估了拉弗格的重要性。他的朋友威泽瓦并不这样认为。实际上，正是威泽瓦最早造就了拉弗格的大师地位。

威泽瓦早在1887年10月，就注意到了拉弗格的原创性。他发现拉弗格"最先尝试一种特别自由的诗歌形式"[2]。这种形式与威泽瓦想获得的语言音乐异曲同工，都是对传统诗律的反抗。这种形式就是后来所谓的自由诗。威泽瓦是最早发现拉弗格是自由诗先驱的人。比耶特里将拉弗格的形式试验，上溯到1886年7月拉弗格寄给卡恩的一封信，认为这完全是自由诗的理念[3]。这种看法要归功于威泽瓦。威泽瓦为拉弗格的辞世感到伤悲，英雄惺惺相惜，可惜为时已晚。威泽瓦说：

> 朱尔·拉弗格去世了，在上个月的最后几天。对于我们很多人来说，对于所有这些关注新艺术的人们来说，他的去世是一种无穷的损失；因为我非常相信，在1850年以后出生的人中，朱尔·拉弗格有一颗具有某种天才的纯朴至极的心。[4]

这里的评价与迪雅尔丹正好相左。"无穷的损失"一语，对拉弗格的评论史来说，是史无前例的。

拉弗格曾经将天才视为一种本能的力量："在诗人、音乐家那里的灵

---

[1] Carmen Licari, ed., *Les Lauriers sont coupés suivi de Le Monologue intérieur*, Roma: Bulzoni Editore, 1977, p. 265.

[2] Téodor de Wyzewa, "Les Livres", *La Revue indépendante*, 5.12 (oct. 1887), p. 2.

[3] Roland Biétry, *Les Théories poétiques à l'époque symboliste*, Genève: Slatkine Reprints, 2001, p. 39.

[4] Téodor de Wyzewa, "Les Livres", *La Revue indépendante*, 5.12 (oct. 1887), p. 1.

感，永远是电光，电光！本能存在一切事物上面。"①这种认识与威泽瓦的情感本源说相通。威泽瓦看到了拉弗格在自得心源上的意义，他指出："我确定，在我认识的所有年轻艺术家中，只有拉弗格有才华。如果天才这个词有一种特有的意义，这个词的意思是指一种完美原创的心灵，天生不同于围绕着它的精神。"②威泽瓦用瓦格纳主义照亮了拉弗格的无意识诗学。尽管这两种诗学本身不同，旨归各异，但是不妨碍威泽瓦看到拉弗格的本色。

1888年之后，拉弗格的影响圈子扩大了。布吕内蒂埃在《象征主义者与颓废者》("Symbolistes et Décadents")中向拉弗格表达了赞赏之情，1891年德拉罗什的《象征主义的历史》一文，将拉弗格看作是重要的象征主义诗人。而比利时的维尔哈伦对拉弗格的自由诗表达了仰慕之意："在所有的现代诗人当中，拉弗格是这样一位，他的抒情诗节奏因为取代了教条主义的韵律和亚历山大体的准则，在杰作中最自发同时又最灵巧地展现出来。"③在于雷的访谈文章中，也有一些诗人对拉弗格表示了敬意。在这些人中，古尔蒙对拉弗格的评价比较高，他认为："拉弗格带着一种特别不同、同样原创的文学到来……假如他活着，今天他将是年轻人无可争辩的大师：他是我们崇敬的兄长。"④但这样说来，拉弗格就没有获得"大师"的地位，因为他毕竟早逝了。古尔蒙的态度还有些保留。不过，虽然拉弗格在19世纪90年代没有获得像马拉美那样公认的名声，但是他作为象征主义大诗人的地位是确定的。

五、莫雷亚斯的文学声誉

尽管莫雷亚斯的声誉在20世纪渐渐逊色于拉弗格，但是在19世纪末期，他却是评论界声名鹊起的一位人物。他当时赢得了广泛的注意、争论和称赞。莫雷亚斯和拉弗格、卡恩一样，都是厌水者俱乐部的成员。而莫雷亚斯似乎在这个俱乐部的地位更高一些。在巴尔的《象征主义》一书中，莫雷亚斯的名字就被列在厌水者俱乐部的成员名单中，但是并没有看到拉弗格和卡恩。1880年，俱乐部解散，莫雷亚斯加入一个新的俱乐部

---

① Jules Laforgue, "Notes d'esthétique", *La Revue blanche*, 2.84 (déc. 1896), p.482.
② Téodor de Wyzewa, "Les Livres", *La Revue indépendante* 5.14 (déc. 1887), p.339.
③ Émile Verhaeren, *Impressions*, Paris: Mercvre de France, 1928, p.157. 引文出自一篇评论拉弗格《最后的诗》的文章，它的写作时间为1890—1891年。
④ Jules Huret, *Enquête sur l'évolution littéraire*, Paris: José Corti, 1999, p.164.

"黑猫"(le Chat-Noir)中①。1882年,《黑猫》杂志创办,莫雷亚斯多次在刊物上发表诗作。同年《新左岸》创刊,莫雷亚斯起初并没有在刊物上活动,但自1883年起,他开始在该杂志上发表诗作和艺术评论,渐渐赢得颓废者的名分。莫雷亚斯与该刊的编辑特雷泽尼克的关系不错,1885年6月,《吕泰斯》曾发表过一篇文章,标题就叫《让·莫雷亚斯》。文中这个未来的象征主义发起人被认为是某些颓废派文学信仰的来源。

莫雷亚斯文学生涯的第一个重要节点,是自1885年8月到1886年9月这段时间。莫雷亚斯先是被布尔德认为是六位颓废派成员之一。5日后莫雷亚斯随即给予回应,并首次拈出象征主义的名称。自此,他进入公众的视野。埃内坎在1886年1月的《象征主义诗人》("Les Poète symboliques")中注意到了这位诗人在新流派构成中的作用,并给予了积极的评价:"让·莫雷亚斯更完整地构成了新的七星诗社,他在《流沙》中汇集了第一部纯粹象征主义的诗。"②但埃内坎夸大了莫雷亚斯的作用。在这个时期,如果说存在着新的七星诗社,这个诗社也不是莫雷亚斯的,而是魏尔伦和马拉美的,虽然莫雷亚斯确实想成为新的"龙萨"。

随着《风行》杂志的创刊,自第2期开始,莫雷亚斯开始成为这个杂志的常客。卡恩对这个撰稿人以及未来象征主义运动的盟友,并不吝惜赞美之词。他在第7期的《风行》杂志上评价莫雷亚斯为"杰出的修辞家",还将他和其他的颓废诗人进行了对比,结果是莫雷亚斯和卡恩的好朋友拉弗格一起,"是最清晰地表达自己的诗人"③。

1886年9月,随着《象征主义》这份宣言的发表,莫雷亚斯打出了自己的旗帜,剩下的时间只是等待加盟者。以《象征主义者》杂志为阵地,卡恩、费内翁、亚当以及瓦格纳主义者马上聚集起来。象征主义作为流派正式成立。在半个月后,多费尔发表文章宣告"文学革命的钟声敲响了"。可是多费尔并不是为莫雷亚斯欢呼,他眼中的文学革命属于另一个人:"让·莫雷亚斯上周六,在《费加罗》报上发表了所谓的象征派'文学宣言'。莫雷亚斯基本上不是流派首领的料。新文学的旗帜应该是勒内·

---

① 厌水者俱乐部的历史,请参阅 André Barre, *Le Symbolisme*, New York: Burt Franklin, 1968, pp. 68—71。

② Émile Hennequin, "Les Poète symboliques", *La Revue de Genève*, 1 (26 janvier 1886), p. 233.

③ Gustave Kahn, "Livres et Varia", *La Vogue*, 7 (7 juin 1886), p. 248.

吉尔先生。"①吉尔当时出版了《语言论》一书,多费尔认为这才是文学革命的旗帜。由此可见,虽然莫雷亚斯被公认为颓废诗人,但是他新宣传的象征主义,并不是那么深入人心。作为《风行》的编辑之一,多费尔可能对卡恩与莫雷亚斯的"友情"不那么高兴,另外,多费尔对莫雷亚斯的文学水准也有意见,他曾指出"他用一种令人厌恶的方式用散文写作"②。几乎与此同时,另一个批评者瓦莱特也指出,莫雷亚斯作为一个外国人,不太理解法国人的精神,他推出的象征主义的理念,"可能犯了错"③。有意思的是,多费尔和瓦莱特的文章,都发表在《斯卡潘》杂志上。

《颓废者》也开始表态。在1886年9月25日第25期上莫雷亚斯作为新文学的代表人物,与卡恩、威泽瓦等人一同成为这个杂志的座上客。巴朱承诺,以后每一期将有一个专栏来发表这些嘉宾的作品,但是这种承诺仅仅维持了一期。实际上巴朱对莫雷亚斯并不怎么看重,他曾在谈到莫雷亚斯时,用了"流派的首领"这个用语,不过加了引号。这有嘲讽的意味。巴朱也明确地说莫雷亚斯"既不是这些诗人中作品最为丰富的,也不是最原创的"④。另一位批评者佩罗也不看好莫雷亚斯的运动,认为这似乎只是一种文学上的投机,"他们完全准备好了丢掉他们的旗帜,只要走其他的路更容易成功"⑤。

到了1891年1月,莫雷亚斯等来了他的光荣时刻。《羽笔》杂志把这一期献给了莫雷亚斯,法朗士、巴雷斯、普莱西等人纷纷发表评论文章。莫雷亚斯被尊称为象征主义的领导者。比如法朗士,他还没意识到莫雷亚斯的诗学转变,仍然称赞他是诗律的解放者,还把莫雷亚斯的地位提高到史无前例的高度,视其为象征主义的"龙萨"⑥。

不过,因为莫雷亚斯突然发起罗曼派运动,他在19世纪90年代仍旧面临着不少的指责。不但富基耶指责他搞恶作剧,用心于权术,骗取文学中的"二流子的敬佩",甚至巴朱也攻击莫雷亚斯"唯利是图"⑦。他的罗曼派加重了他和批评家、象征主义诗人的对立。这个流派几乎得到了文

---

① Léo d'Orfer, "Notes de quinzaine", *Le Scapin*, 2 (1 octobre 1886), p. 68.
② Léo d'Orfer, "Notes de quinzaine", *Le Scapin*, 3 (16 octobre 1886), p. 107.
③ Alfred Vallette, "Les Symbolistes", *Le Scapin*, 3 (16 octobre 1886), p. 76.
④ Anatole Baju, *La Vérité sur l'école décadente*, Paris: Léon Vanier, 1887, p. 8.
⑤ Maurice Peyrot, "Symbolistes et Décadents", *La Nouvelle revue*, 49 (novembre 1887), p. 141.
⑥ Anatole France, "Jean Moréas", *La Plume*, 3.41 (1 janvier 1891), p. 2.
⑦ Anatole Baju, *L'Anarchie littéraire*, Paris: Librairie Léon Vanier, 1892, p. 27.

学界的一致抨击。

在艰难的生涯中,莫雷亚斯并不是孤军奋战。除了罗曼派的3位盟友外,他也有少数忠诚的朋友。第一位给莫雷亚斯不遗余力地造势的人是颓废者巴雷斯。1890年11月25日,巴雷斯在《费加罗报》上发表文章《象征主义者让·莫雷亚斯》("Jean Moréas: symboliste")。这个标题就足够莫雷亚斯感到暖心的。巴雷斯对《热情的朝圣者》给了恐怕是最高级的评价,称它是"一部杰作",如果象征主义没有这部诗集,那么会让人"感到不安",巴雷斯甚至不惜把王冠捧给这位作者:"莫雷亚斯以一种大师的方式给年轻的文学施加影响。"[①]在一年后于雷的访谈中,巴雷斯再次强调,象征主义诗人如果只创造了一本书,这本书就是莫雷亚斯的《热情的朝圣者》。

尽管在19世纪90年代,莫雷亚斯是一个争议性极大的人物,人们对他的评价呈现极大的分歧,但是就知名度,而非认可度而言,莫雷亚斯确实是那个时代的风云人物。

总之,这五位象征主义者的际遇各有不同,除了马拉美普遍为人称颂外,其他四位各有自己的崇拜者,也各有自己的反对派。但他们在19世纪90年代基本都确立了重要的文学地位。象征主义思潮因为他们而放射光彩。但历史给他们留下的时间并不多。如果把这五位象征主义者比作星座,他们大多数人马上就要在天际陨落,象征主义思潮的星空势必要变得暗淡。

第四节 大师的陨落与象征主义的落潮

象征主义在19世纪的最后的十年间,像一艘已经破损的船,在费力前行。与先前的局面相比,它的成员日见寥落,已经有不少重要人物下船。撇开拉弗格不说,兰波1891年10月的去世,也让这个群体受到不小震动。尽管兰波作为文学家的身份在十几年前就已结束,但是他作为这个流派的范例,一直对年轻人有很大的影响。同年莫雷亚斯的倒戈,以及这一期间吉尔对象征主义的强烈对抗,使象征主义陷入严重的分裂,甚至象征主义早期引以为豪的理念,也面临着无法回避的价值危机。从1891

---

① Maurice Barrès, "Jean Moréas: symboliste", *Le Figaro*, 359 (25 décembre 1890), p. 1.

年开始,象征主义落潮的势头已露端倪。上面这些因素只是引子,随后的一位人物对这种落潮起到了关键作用。这个人物就是魏尔伦。

一、魏尔伦的诗学转变

魏尔伦在象征主义中扮演的角色非常复杂。他是颓废文学的引发者,在某种意义上,也是第一个颓废派成员。他是象征主义和颓废主义共同的大师,但是又一度与象征主义诗人关系紧张。他和莫雷亚斯一样,又都是象征主义的埋葬者。莫雷亚斯的诗学道路非常清晰,他转变的轨迹是显而易见的。但是魏尔伦似乎一直是个犹豫不决的人。

早在1880年的诗集中,魏尔伦就曾写过这样的诗句:

> 不。这是教会自主论者和冉森教徒的世纪!
> 我抛锚的心必须要向着
> 宏伟而微妙的中世纪航行,
> 远离我们这个精神荒淫、肉体阴郁的日子。①

这是魏尔伦出狱后保持很久的观念。他反思自己早期波德莱尔式的文学思想,希望回归"纯正"。引文中的话可能涉及的只是宗教,是对回归"中世纪"的表白。但是在这种宗教的外衣下,包含的却是整个意识形态的改变。魏尔伦放弃了"阴郁"的文学主题,试图恢复中世纪式的虔诚与纯朴。

在1875年12月12日的信中,魏尔伦也不厌其烦地给兰波布道:"要虔诚地信教,因为这是唯一有智慧的和有益的事物。剩下的一切都是欺骗、邪恶、愚蠢。教会创造了现代文明、科学、文学;尤其是它创造了法兰西,而法兰西因为与教会决裂而灭亡。"②这种劝诫在兰波那里可能被认为是惺惺作态。但是魏尔伦是认真的。颓废主义背后的意识形态是无政府主义,是文化上的反叛。而皈依宗教,则意味着与颓废主义分道扬镳。这里面的关系是不言自明的。

但不甘寂寞的魏尔伦偏偏在1883年发表了《被诅咒的诗人》,又将波德莱尔主义捡了起来。尽管波德莱尔让魏尔伦和其他几位诗人获得了声誉,但是从魏尔伦的内心来看,这种做法并非完全是出于他的本意的。这

---

① Paul Verlaine, *Œuvres poétiques complètes*, établie par Y.-G. le Dantec, Paris: Gallimard, 1962, p.249.
② Arthur Rimbaud, *Œuvres complètes*, ed. Antoine Adam, Paris: Gallimard, 1972, p.300.

也可以解释为什么在 1884 年 3 月底,魏尔伦会给他的颓废诗人辩解,认为他们的诗是"特别庄重地被写出来的",而且在表达手法上"是平和的"①。哪怕在颓废派还没有成立的时候,魏尔伦就已经为它的反叛和古怪的路线感到不安。

让魏尔伦真正回头的契机,是布朗热事件。布朗热是法国的军官,曾当过战争部部长,因为受到共和派政府的排斥,被勒令退休,心有不甘的布朗热决定反击。他利用普法战争后领土割让之耻激发群众的不满情绪,渴望通过选举击败共和派,后来被逼流亡,客死在布鲁塞尔。这虽然是一场与文学无关的政治斗争,但是让法国的思想界受到巨大冲击。象征主义、颓废主义以前一直依赖德国美学和哲学思想,比如瓦格纳和叔本华的。现在民族主义崛起了,外国思想的影响力被削弱。亚当曾指出:"颓废、悲观主义和世界主义的精神,不得不让位于一种新的、民族主义的、坚定乐观主义的精神。"②在文学上,象征主义、浪漫主义都被看作是"世界主义的",而非"民族主义的"。鉴于法国从 18 世纪的浪漫主义开始,就一直受到德国思想的启发,那么民族主义的文学势必将浪漫主义、象征主义一并排斥,并寻求一个更早的源头。在这个背景下,魏尔伦像莫雷亚斯一样,开始对古典主义的诗作和诗学表示出热情来。

在 1890 年 9 月给莫雷亚斯的信中,可以看到魏尔伦兴趣的变化:"你是否能给我要么带来一本拉伯雷,要么对中世纪、文艺复兴或者古代诗人的某个研究之作,至少我会学到一些东西,它能稍稍让我远离无知的污秽。"③魏尔伦想读的书,变成了拉伯雷,或者"古代诗人"的某个相关论著,这里面的范围非常大,但是有一个共同点,就是非浪漫主义以降的东西。因为一个世纪以来的东西,在他看来,可能有太多的偏见和傲慢。魏尔伦用"污秽"来形容自己以前的这种认识状态。其实这也是他对整个颓废主义、象征主义运动的看法。

1891 年 1 月,一个与莫雷亚斯有关的宴会要举办,这是为了庆祝《热情的朝圣者》的出版。但是魏尔伦并没有得到邀请。这是莫雷亚斯与魏尔伦分裂的一个标志。莫雷亚斯当时已经有几位年轻的追随者,在他们

---

① Paul Verlaine, "Avertissement", *Lutèce*, 113 (29 mars 1884), p. 2.
② Antoine Adam, *The Art of Paul Verlaine*, trans. Carl Morse, New York: New York University Press, 1963, p. 124.
③ Paul Verlaine, *Correspondance de Paul Verlaine*, tome 3, Paris: Albert Messein, 1929, pp. 249—250.

眼中,魏尔伦似乎已成为老古董。魏尔伦对这些年轻人也没有好感,视他们为"随风摇摆"的墙头草。不被莫雷亚斯的圈子接受,魏尔伦只能自己寻找古典主义的道路。他在当年5月的诗作《幸福》("Bonheur")中,比较系统地概括了他的诗学思想。魏尔伦肯定了明晰、朴素的风格,称其为"至高无上的力量";与此相反的是象征主义思潮的风格,它寻求复杂的表达手法,索要过度的自由。对于这些倾向,魏尔伦的态度是:

> 不要有自由,除非天主把它给予人心
> 而最初的人和我们,滥用了灵魂……①

这首诗确立了魏尔伦古典主义的基本方向。亚当指出:"从1892年开始,魏尔伦渐渐摆脱颓废和象征主义的方法、技巧。"②这是很敏锐的判断。如果将魏尔伦的这首诗看作是他古典主义的宣言,那么比莫雷亚斯早几个月魏尔伦就打出了新的旗帜。古典主义诗学的提出,表明魏尔伦在诗学理念上并没有失去活力。这位象征主义思潮的开创者要亲手终结它。他手里不缺乏筹码,甚至自己的死亡也是一个重要的筹码。

二、魏尔伦的去世

1896年1月8日,魏尔伦在他的家中去世了。这并不是象征主义思潮第一次丧失它的核心人物,但却是最沉重的一次。《费加罗报》次日就刊出了简短的消息:

> 魏尔伦昨天晚上7点半在迪卡尔路39号去世了。
> 他请了一个神甫,但神甫来得太晚,只读了读临终祈祷。
> 他最后几个字是喊弗朗索瓦·科佩,他特别爱的人。③

魏尔伦的去世是很凄凉的。他没有得到神甫更多的安慰,甚至他和前妻生的儿子也没有到场致哀。他的葬礼1月10日在圣艾蒂安-迪蒙教堂举行。这离他生前的住处不远。一个叫莫雷尔(André Maurel)的人记载了这个葬礼:

---

① Paul Verlaine, *Œuvres poétiques complètes*, établie par Y.-G. le Dantec, Paris: Gallimard, 1962, p. 684.
② Antoine Adam, *The Art of Paul Verlaine*, trans. Carl Morse, New York: New York University Press, 1963, pp. 126—127.
③ Le Masque de Fer, "A travers Paris", *Le Figaro*, 42.9 (9 janvier 1896), p. 1.

祭廊下一个简朴的灵柩台掩着这位诗人瘦弱的面容,在这个古老的巴黎教堂——圣艾蒂安-迪蒙教堂——里,很多个夜晚,他应该围绕着它漫步过。他的棺材周围有三四百人,其中不到二十人为大众所面熟,但是所有人出于友情的最后的表示以及他们的敬意,而深有感触。①

据莫雷尔的文章,当时出席的"名人"有科佩,那个魏尔伦至死不忘的作家,以及巴雷斯、莫雷亚斯、马拉美等人。一些年轻人出现在随后的名单中,他们是:梅里尔、维莱-格里凡、卡恩、雷尼耶、瓦莱里、蒙克莱、雷泰等。在所有人中,恐怕只有莫雷亚斯熟悉魏尔伦临终前几年的诗学理想。莫雷亚斯在葬礼上发了言,他对魏尔伦的评价可能会得到长眠者的认同:"如果缪斯能恢复古典主义的作风,我想,人们能将魏尔伦视为这种让人欣慰的回归中最真正的艺术家之一。"②

但是并不是所有的批评家都知道魏尔伦要做什么,甚至没有考虑魏尔伦的去世与象征主义思潮落潮的关系。无政府主义者巴雷斯在1月10日的纪念文章中,将魏尔伦视为一个"解放者",称他发出的是"无产阶级知识分子的浩瀚军队的呼声"③。这种认识恐怕会令逝者不安吧。巴雷斯的评价完全考虑的是自己的政治立场。在当日的葬礼上,巴雷斯也发了言。他将魏尔伦打扮成与官方文化力量相对抗的人,一位"被放逐者"。一个叫米尔费尔德(Lucien Muhlfeld)的人从《费加罗报》上看到了魏尔伦的死讯,于是在《白色评论》上发表文章。但这与其说是纪念文章,还不如说是评论。米尔费尔德写道:"我们的情感中(对他的死)没有多少遗憾。这个人变得不好接近,没有趣味。"④这种冰冷的词语让人很难相信米尔费尔德对象征主义有多少同情。类似的评价还有不少。丰泰纳(André Fontainas)像巴雷斯一样,把反叛者的勋章挂在了魏尔伦的墓前。在他看来,正是魏尔伦的努力,"旧传统的囚徒"才从"贫瘠的锁链中"获得自由。丰泰纳似乎把兰波的许多精神错加给了魏尔伦。他把魏尔伦描绘为一个大胆的破坏者,"对一切规则都无法忍受"⑤。

---

① André Maurel, "Les Obsèques de Paul Verlaine", *Le Figaro*, 42.11 (11 janvier 1896), p. 3.

② Ibid.

③ Maurice Barrès, "Les Funérailles de Verlaine", *Le Figaro*, 42.10 (10 janvier 1896), p. 1.

④ Lucien Muhlfeld, "Mort de Paul Verlaine", *La Revue blanche*, 10.63 (jan. 1896), p. 49.

⑤ André Fontainas, "Paul Verlaine", *Mercure de France*, 17 (février 1896), pp. 147—148.

但是象征主义诗人们对魏尔伦的历史贡献比较清楚。卡恩在1896年2月的《白色评论》中,回顾了"被诅咒的诗人们"的历史。魏尔伦与颓废派的关系于是得到了肯定:"这是'被诅咒的诗人',他仍旧存在着,因为他愿意这样命名,这个称号将一直留给这个强有力的作家群,是文学史的标签,就像浪漫主义者或巴纳斯派的标签。"①卡恩相信魏尔伦以及颓废派的历史将会被文学史书写。当然,作为自由诗的提倡者,卡恩也用自由诗来审视魏尔伦,于是魏尔伦形式上的解放就被放大了,这种解放的结果并不完全走向自由诗,卡恩也明白这一点。但是魏尔伦的形式与自由诗在精神上被看作是一致的。

一年后维尔哈伦也著文纪念魏尔伦。他像卡恩一样,看到魏尔伦的去世带来的损失:"自从雨果死后,魏尔伦的死对法国文学打击最重。"②但这篇文章基本上是给魏尔伦立碑,即肯定他的诗学地位。维尔哈伦虽然对魏尔伦的诗歌形式,以及他的音乐性有清楚的认识,但是对魏尔伦的诗学道路却不清楚。在颓废风格上,维尔哈伦发现诗人在"歌唱神秘主义",魏尔伦的诗学转折完全被他忽略了。维尔哈伦只是多次提到魏尔伦有"孩子的本性",创造了"柔和的艺术"③。

比利时诗人吉尔坎应该与魏尔伦有旧。他在魏尔伦临终前几个月,与诗人有些交往,在《少年比利时》(La Jeune belgique)杂志上,吉尔坎在魏尔伦辞世当月曾发表过文章,在文中吉尔坎指出:"在他去世之前几个月,他放弃了他的诗学错误,就像他放弃了他其他的错误一样。"④所谓放弃错误,指的是放弃颓废主义和象征主义的道路。吉尔坎的记载是可靠的,不过,魏尔伦的转折并非只是临终前才决定的,就像上文说过的那样,从1889年以来,这种转折一直在发生。吉尔坎还记载了魏尔伦最后几个月的话,这些话表明魏尔伦在思考法国诗的未来,一个古典主义诗歌的未来。

古尔坎是比利时的保守诗人,一位巴纳斯诗人。他对象征主义的仇视,恐怕在1895年年底与魏尔伦取得了共识。除了莫雷亚斯之外,似乎只有吉尔坎意识到魏尔伦的去世并非仅仅是对象征主义的重创,而且是古典主义的重要损失。

---

① Gustave Kahn, "La Vie mentale", *La Revue blanche*, 64 (février 1896), p. 118.
② Émile Verhaeren, *Impressions*, Paris: Mercvre de France, 1928, p. 59.
③ Ibid., p. 71.
④ Iwan Gilkin, "Paul Verlaine", *La Jeune belgique*, 1.1 (18 janvier 1896), p. 4.

三、威泽瓦的诗学转变

威泽瓦在象征主义思潮中扮演的作用,是一个世界主义者,一个激进派。他用德国的音乐思想重造了法国诗歌的形式,不论是语言音乐、纯诗,还是内心独白的技巧,都有威泽瓦的印迹。但是到了1893年左右,威泽瓦也开始反思象征主义了。

在《法兰西信使》中,威泽瓦曾发表《一个可能的未来》("D'un avenir possible")一文。这个标题就让人不禁联想到魏尔伦对法国诗未来的思考。威泽瓦开宗明义地反对一切新的主义:"我承认,我对任何新的方案、任何新的流派有了某种怀疑,甚至对所有的新文学有了怀疑。"[①]之前的象征主义,存在的一个价值,就是新。通过新,象征主义不仅丑化了自然主义和巴纳斯主义,也矮化了波德莱尔主义。阿雷纳在介绍颓废派起源的时候,曾经用的词语就是"出于对新奇的渴望,出于对平庸和习惯的反感"[②]。对新的否定,就是拆除象征主义赖以存在的美学基础。

不过,破除唯新是求的美学价值并不容易。威泽瓦对"创新"进行了分析。他利用布瓦洛的理论,将新分为两种,一种是与生俱来的新,一种是人为营造的新。与生俱来的新,在当时的法国已经不存在了。因为人们坐着相同的马车,穿着相同的服装,读着相同的书。剩下的是人为营造的新。因为缺乏内在的新颖,于是人们开始在外表上翻新,唯恐与人同类。新于是变成了矫揉造作,变成了欺骗:"他找不到任何更好的东西,除了给他的作品一种新的外表,即在前辈使用了红色的地方,他使用蓝色,如果有人在他之前创作了特别短的诗,他就创造特别长的,如果他继现实主义者而来,他就装作是唯心主义者,反之亦然。"[③]

创新的价值一旦被否定,那么传统价值,或者旧的价值就被恢复了。但具体来说,传统价值表现在什么地方呢?在威泽瓦眼中,传统具有真诚、稳定的价值。它不会用表面的新来骗人。除此之外,传统还能确保真正的创新,诗人如果在文学创作中利用"熟悉的、公共的形式",它就能成为"非同凡响的某个东西"。这样就出现了一个悖论。威泽瓦反对创新,

---

① Téodor de Wyzewa, "D'un avenir possible", *Mercvre de France*, 8.43 (juillet 1893), p.193.
② Paul Arène, "Les Décadents", *Gil Blas*, 7 (17 mai 1885), p.2.
③ Téodor de Wyzewa, "D'un avenir possible", *Mercvre de France*, 8.43 (juillet 1893), p.195.

但是回归传统，又让他具有真正的创新，这就否定了他之前的立场。其实，这个悖论很好解释。只有内在的真实才是艺术的唯一标准，因为象征主义思潮越来越关注外在虚假的形式，因而反对所谓的创新，其实是反对这种浮华的诗风。创新只是威泽瓦批评的一个工具。当用到外在的技巧时，创新就是一个错的标准，但当它涉及内在性时，就值得称道了。

传统并不是固定的，人们可以沿用它，也可以翻新它。在利用传统上，威泽瓦提出了一个大胆的意见：模仿传统的典范。这种观点在世纪末有点石破天惊。因为效法古人，这在法国至少是200年前的事了。在更早的时候，人们刚刚走出中世纪，曾经对古希腊的杰作顶礼膜拜过。17世纪的英国文学家德莱顿（John Dryden）推崇忠实地模仿古人，他曾说："要想把古人模仿得好，需要长期钻研和艰辛劳动。"[①]这种苦功夫容易被人讥笑为亦步亦趋。当代的批评家往往在积极的意义上看待模仿。比如贝特（W. J. Bate）提出过更为自由的模仿的含义，模仿并不是原样复制，而是提供一个"它的模子的积极对应物"[②]。威泽瓦的模仿传统，用的是德莱顿的意义，还是贝特的呢？答案更可能是前者。威泽瓦曾强调说："他不在乎要逆着他的前辈做事，相反，他要像他的前辈那样做。"[③]可见，翻新传统并不是威泽瓦的本意。不过，威泽瓦毕竟生活在19世纪，离17世纪的文学和文化已经太远了，他肯定诗人的个性。这种个性并不是需要剔除的，它在传统的"黄金的首饰盒"中，可以显现得更好，更容易为人欣赏。

威泽瓦将未来的文学看作是自然的、节制的。自由和反叛的象征主义已经成为过去，成为法国文学短暂的歧途，现在人们要回到正道上。比耶特里发现，威泽瓦的古典主义诗学与象征主义背道而驰。他似乎夸大了这种对抗的危险，他认为威泽瓦的做法否定了所有的诗。比耶特里明显是象征主义正统论者。但如果抛开两条道路的是非曲直的评判，单单就诗学史来看，威泽瓦的理论标志着一个新的诗学时代即将到来，标志着在莫雷亚斯和魏尔伦之外，象征主义内部新的抵制者正式出现。威泽瓦

[①] John Dryden, "An Essay of Dramatic Poesy", *Critical Theory since Plato*, ed. Hazard Adams, Singapore: Thomson Learning, 1992, p. 217.

[②] W. J. Bate, *Criticism: The Major Texts*, New York: Harcourt Brace Jovanovich, 1970, p. 5.

[③] Téodor de Wyzewa, "D'un avenir possible", *Mercure de France*, 8. 43 (juillet 1893), p. 196.

让象征主义价值的倒塌不可避免。

四、马拉美之死

与魏尔伦相比,马拉美的去世让象征主义又面临一次严重的打击。魏尔伦被巴朱看作是颓废主义者,马拉美才是象征主义的代表。在1886年的文章中,威泽瓦将瓦格纳主义者的理想都放到了马拉美身上,称他是"想创造词语音乐的人的最好范例"①。围绕马拉美,在19世纪90年代之前形成了几个不同的圈子,这些圈子都是象征主义的重要组成部分。比如卡恩、莫雷亚斯的自由诗的圈子,威泽瓦、迪雅尔丹的语言音乐、纯诗的圈子,吉尔的语言配器法的圈子。这些圈子以不同的刊物为主阵地,原来是分裂的,正是他们的导师马拉美在某种程度上把他们连在了一起。

马拉美在魏尔伦辞世后,接替了"诗人王子"的称号,这个称号他只保持了2年零8个月,1898年9月9日,马拉美在他的家中放下了他的诗笔。《费加罗报》次日报道了这个不幸的消息:"在一场突发疾病后,昨天上午11点斯特凡·马拉美先生去世了。"②这个新闻的发布者和魏尔伦的一样,都是一个叫做"铁面人"的评论员。他也注意到马拉美的去世对象征主义的打击:

> 这个流派把斯特凡·马拉美先生看作是法国诗的大师之一,甚至是法国思想的大师之一。没有人会否认他在力量和勇气上的特质、他完美的表达、他适应了思想运动的诗歌措辞的巧妙手法;但是所有人将会同意赞美这个心志高远的人,新的流派刚刚失去他。③

"铁面人"虽然没有明言象征主义,但人们知道它就是所谓的"新的流派"。

象征主义诗人也开始怀念马拉美。在9月10日的《费加罗报》上,罗当巴克(Georges Rodenbach)发表了一篇标题叫作《斯特凡·马拉美》的文章。罗当巴克是比利时的象征主义诗人,他编辑的《少年比利时》也是法国象征主义者的重要园地。在评价马拉美在暗示、神秘性和自由诗上的成绩后,罗当巴克有了这样的概括:"像牧神一样,他属于永生者。"④这种概括显得随意,并不严谨,但是用在这位诗人身上又非常贴切。因为马

---

① Téodor de Wyzewa, "M. Mallarmé I", *La Vogue*, 1.11 (juillet 1886), p.375.
② Le Masque de Fer, "A travers Paris", *Le Figaro*, 44.253 (10 septembre 1898), p.1.
③ Ibid.
④ Georges Rodenbach, "Stéphane Mallarmé", *Le Figaro*, 44.256 (13 septembre 1898), p.1.

拉美写过《牧神的午后》这首长诗，原本就与该词有些关系。另外，"牧神"也是文艺之神。罗当巴克将马拉美的文字与牧神用芦苇吹出的音乐作了类比。罗当巴克甚至还发现马拉美的外貌也是牧神式的："因为他耳朵尖，视野广阔，嘴巴性感。"①

罗当巴克没有说出马拉美之死对象征主义的损失。但是通过他对马拉美的赞美之辞，仍旧可以发现他内心的伤感。雷尼耶同样怀着这样的感情。在《法兰西信使》1898年10月的那一期中，雷尼耶发表了与罗当巴克相同标题的文章。雷尼耶指出："此时此刻，所有这些爱过这个高贵的心灵和这完美者的人，都感受到这难以言喻的悲伤。一个令人尊敬的、宝贵的生命停止了。斯特凡·马拉美去世了。"②在雷尼耶眼中，马拉美是一个一无所有、安贫乐道的圣人。雷尼耶并不只是被马拉美的个人道德所吸引，他回顾了马拉美在19世纪80年代所起的作用："斯特凡·马拉美在我们的文学中是与众不同的。他围绕自己画了一个魔法的圈，在那里他完成了咒语神秘的仪式。甚至那些多少抵制他的作品的吸引力的人，也通过他语言的魅力而被连成一体。"③这个魔法的圈子，就包括上文提到的三个不同的圈子。

在此期间，最重要的一篇纪念马拉美的文章，是比利时象征主义诗人莫克尔写的。莫克尔对浪漫主义以来的法国文学进行反思，并进而思考马拉美的位置和特色。在他看来，法国存在着两条不同的文学道路：一条是浪漫主义及其子嗣走的路，它给诗带来的是"许多色彩和形式，以及更响亮的和谐，和新的情感"；另一条是法国本身的，也可以称为古典主义的道路，它的特征是逻辑性的，与浪漫主义相比"更为适度，更少伤感"④。莫克尔发现，马拉美是一位逻辑学家。也就是说，他本质上走的可能是第二条路。

莫克尔的这种判断，其实早在威泽瓦那里就出现过。早在1886年的《风行》杂志中，威泽瓦就曾评价马拉美道："这位逻辑学家和艺术家，不知疲倦地寻求艺术的逻辑革新。"⑤这里的逻辑学家的意思比较特殊，它并不是说马拉美在内容上讲究逻辑推理。它指马拉美并不利用自发的、偶

---

① Georges Rodenbach, "Stéphane Mallarmé", *Le Figoro*, 44.256 (13 septembre 1898), p.1.
② Henri de Régnier, "Stéphane Mallarmé", *Mercvre de France*, 28.106 (octobre 1898), p.5.
③ Ibid., p.6.
④ Albert Mockel, "Un héros", *Mercvre de France*, 28.107 (novembre 1898), p.367.
⑤ Téodor de Wyzewa, "M. Mallarmé I", *La Vogue*, 1.11 (juillet 1886), p.368.

然的音乐,他的音乐都是人工性的,因而具有整体的计划。莫克尔所说的逻辑学家,与威泽瓦的并非完全一致。它侧重作品的结构、布局,并非专指音乐效果。不过就精神上看,两种见解又有相似性。莫克尔认为马拉美的作品在结构上有整体的安排。

  逻辑性这个用语不易说清古典主义和浪漫主义的区别。莫克尔于是向德国大诗人歌德求助。歌德曾将古典主义比作是健康的,将浪漫主义比作是病态的。健康和病态指的不是内容和题材,而是艺术手法。如果将病态换作颓废,那么莫克尔的意思就清楚多了。实际上,莫克尔也是这样理解病态的,他将"病态艺术"称作"神经症艺术",而这种艺术正是波德莱尔的贡献所在。"如果人们愿意——在我们国家,波德莱尔革新的正是这种艺术——可称其为神经症艺术,那里,细节有它特殊的生命,有时脱离开全体,就像大教堂的侧面,那里拱门的拱肋有更多的花饰一样。"①这种颓废与很多人的理解有差距。因为颓废往往跟病态的描写、反常的节奏、古怪的形象联系在一起。不过,从细节和整体的关系上来理解颓废,其实也是颓废概念的一个源头。在布尔热1881年的文章中,颓废就曾被理解为"组成整个有机体的有机体同样不再让它们的力量从属于整体的力量"②。莫克尔诗学的才能并不出众。这里没有必要追问莫克尔是不是直接受到了布尔热的影响,并继承了威泽瓦对马拉美的看法。需要强调的是,如果莫克尔的颓废观有它的合理性,那么他对马拉美的定位就需要认真对待了。莫克尔指出:"如果人们称古典主义是指引思想的作品,是面向理智的逻辑的作品,是在确定的比例的渐进中发展的作品,也是在它的统一性中获得力量的作品,那么斯特凡·马拉美的作品就是古典主义的。"③

  当莫克尔得出这个结论的时候,象征主义诗人和文学史家会大吃一惊的。作为象征主义真正旗帜的马拉美,原来并不是顺着波德莱尔走出来的,并不属于浪漫主义和象征主义这一体系。虽然在象征和感应说上,波德莱尔让马拉美受益良多。但就艺术上看,马拉美利用了"古典主义的古老的旧纬纱"。作为象征主义诗人,莫克尔不可能完全将马拉美看作是浪漫主义艺术的破坏者,马拉美身上的象征主义元素,也被莫克尔所承

---

  ① Albert Mockel, "Un héros", *Mercvre de France*, 28. 107 (novembre 1898), p. 368.
  ② Paul Bourget, "Psychologie contemporaine", *La Nouvelle revue*, 13 (nov. 1881), pp. 412—413.
  ③ Albert Mockel, "Un héros", *Mercvre de France*, 28. 107 (novembre 1898), p. 368.

认。但是莫克尔这篇文章如果放在象征主义落潮的大背景中,会显得特别重要。古典主义并不仅仅是魏尔伦、莫雷亚斯、威泽瓦等人的心血来潮,马拉美也能被列入这个新的趋向中。

五、小结

从 1893 年到 1898 年,象征主义思潮不但接连失去了魏尔伦和马拉美两位大师,而且象征主义的价值也正经历前所未有的危机。古典主义的适度、朴素的风格,似乎渐渐取得了有利的地位。象征主义的自由、新颖开始受到诟病。通过这两个方面,我们有理由认为象征主义思潮已经正式落潮。即使剩下的象征主义者还在坚持自己的艺术道路,但新的思潮已经到来,潮流的图景已经发生改变。正是在这种背景下,文学史家德科丹曾指出:"如果 1900 年还有象征主义诗人,但作为一种运动,象征主义不复存在了。"[1]

不过,落潮并不意味着终结。虽然象征主义丧失了领导性的力量,相对紧密的小圈子也最终分崩离析,但是,象征主义仍旧在一定范围内延续着。首先,《法兰西信使》杂志还在,象征主义者仍旧有一定的发表条件;其次,一些新一辈的象征主义者仍旧在活动。这些人包括古尔蒙、雷泰、瓦莱里等,但一些重要的诗学和回顾性的著作,要到 1900 年之后才发表,象征主义的一些诗学概念似乎在新生代的诗人那里仍然在发展。

如果将法国象征主义看作是第一幕,在欧美和其他国家中,象征主义将会迎来新的演出。作为国际性的文学思潮,象征主义虽然在法国退场,但是它的演出才刚刚开始。它将会登上其他国家的文学舞台,会像在巴黎一样光彩夺目,而且站在舞台的中央。

---

[1] Michel Décaudin, *La Crise des valeurs symbolistes*, Toulouse: Éditions Privat, 1960, p. 101.

第四章
象征主义思潮的传播

第一节 英国的象征主义思潮

在象征主义之前,不论是古典主义还是浪漫主义,这些文学思潮都在多个欧洲国家发生过。但是象征主义不同以往。它的特殊性在于当它在法国如日中天时,欧洲其他国家就已经受到了它的影响,新的种子到处在发芽。象征主义不仅是国际性的,而且几乎是即时性的。它是第一次真正意义上的国际文学思潮。之所以能做到这一点,得益于19世纪末期、20世纪初期欧洲的经济和交通出现了更紧密的联系。维特迈耶(Hugh Witemeyer)曾经说:"国际交流、商业往来、旅游业的繁荣促成了现代主义的诞生。跨洋电报、无线电和大型航运的兴起显著地加速了语言、物流与人们之间的交流沟通。欧洲和北美的旅行轻而易举就能实现。"[①]与法国接壤的西班牙、意大利在20世纪初也有了象征主义思潮。比如西班牙,出现了希门尼斯、纪廉和萨利纳斯等象征主义诗人。他们与法国前辈有直接的联系,纪廉曾经与瓦莱里会过面,萨利纳斯也与瓦莱里有些私交。

与法国距离稍远的国家,也"躬逢其盛"。有两个国家是本章着重关注的。一个是英国,另一个是俄罗斯。英国在文化上与法国有很大程度

---

① Neil Roberts, ed., *A Companion to Twentieth-Century Poetry*, Oxford: Blackwell, 2003, p.8.

的交融，接受了象征主义的许多文学理念。莫斯科虽然与巴黎相距甚远，但是遥远的距离并没有阻挡俄罗斯精英们"朝圣"的脚步，象征主义在俄罗斯成为盛极一时的流派，这在欧洲也是罕见的。

如果就象征主义第三个圈子来看，就势必要考虑波德莱尔、瓦莱里等人的影响。这样一来，象征主义的影响和传播就涵盖了半个世纪，远远超出了本节的篇幅。因而，本节主要考察第二个圈子的象征主义诗人在英国的影响，影响源的时间基本限定在 1886 年—1896 年这十年间。只是在必要的时候，本节才会扩大到波德莱尔等诗人。

一、法国象征主义最初的介绍

波德莱尔是最早得到关注的法国象征主义诗人，哪怕象征主义还没有正式成为一个名称。早在 1861 年，斯温伯恩（A. C. Swinburne）就接触到了《恶之花》，翌年，他还给波德莱尔写过评论。在他之后，王尔德也成为波德莱尔的崇拜者。但是第二个圈子的象征主义诗人，要进入英国文学家的视线里，需要再等 30 年。30 年是一个很漫长的时间，距波德莱尔的辞世也有 20 多年了。不过，这也是一个很短的时间。因为如果将 1886 年当作象征主义群体真正确立的年份，那么英国人也就是稍晚了 5 年左右而已。进入 19 世纪 90 年代后，象征主义在巴黎得到了越来越多的关注，当然也面临着巨大的危机，但是至少在传播和接受上有了很大进步。正是在这种背景下，英国诗人、学者开始注意到法国的先行者们。

第一位需要注意的英国译介者是摩尔（George Moore）。他出版于 1891 年的评论集《印象和观点》（*Impressions and Opinions*）收入了一些关于法国象征主义诗人的文章。笔者没有查到这些文章更早的出处，但肯定会比这个集子要早一些。在《一位伟大的诗人》（"A Great Poet"）一文中，摩尔说："我写一位诗人，他的诗、他的名字以及他的生活在英国无人知晓，这个人甚至在他自己的国家也只被社会精英知晓，尽管他在超过四分之一的世纪中出版了优秀的诗集，在当今仍旧湮没无闻，在世界上最杰出的文学中心——巴黎——未被一般读者认可。"[①]这位不幸的诗人名字不难猜，他就是魏尔伦。不过，摩尔认为魏尔伦"湮没无闻"，这有些夸大其词。魏尔伦的作品在年轻诗人以及一般读者间，已经完成了经典化的过程，1891 年离魏尔伦的去世，也只有 5 年时间而已。在魏尔伦去世

---

① George Moore, *Impressions and Opinions*, London: David Nutt, 1891, p. 98.

后,年轻人普遍将其神化了,左拉曾感叹道:"一种传奇已经在他的新墓上产生了。"① 摩尔可能有意将魏尔伦悲剧化,以便赢得英国读者的同情。他注意到魏尔伦诗作的音乐性,这是一种"如此自然、如此本能的音乐",它深邃、沁人心脾。这种判断也是准确的。摩尔还给海峡西岸带来了兰波、于斯曼、拉弗格的名字。对此,他颇为自负:"正是我将那位可敬的诗人保尔·魏尔伦介绍给英国读者;正是我首次写到那部妙不可言的作品:《逆流》,它的价值此后被广泛认可。"②

摩尔的文章被另一位有心的诗人西蒙斯读到了。西蒙斯认可摩尔在象征主义译介上先行者的地位:"他是第一位给英语读者介绍最伟大的法国健在诗人——保尔·魏尔伦——的人。"③不过,西蒙斯并不情愿甘居人后。他主动与法国象征主义建立了联系,成为魏尔伦的朋友。后者去世后,西蒙斯马上在1896年1月11日公布了这一不幸的消息,并在悼念文章中认为魏尔伦是年轻一代作家的领袖。西蒙斯曾说明他的信息的来源:他收到了巴黎发来的一份电报,而且也从一份晨报看到了这个死讯。④《费加罗报》就是晨报。可以推测,西蒙斯读到过1月9日的《费加罗报》。

西蒙斯还和其他象征主义有来往,他亲耳聆听过迪雅尔丹读诗:"没多久之前,我听到迪雅尔丹大声读到一部戏剧诗的结尾,它尚未发表,由几个部分构成。"⑤尽管西蒙斯轻描淡写,但是我们还是从中能读到他的骄傲。与法国人的友情可以给他这位象征主义的介绍人加分,就有了权威性。实际上,西蒙斯确实要比摩尔更熟悉象征主义者,不论是他们的私人生活,还是他们的文学理念。

西蒙斯也接触到了于斯曼。他敏锐地看到后者的世界主义倾向:"鄙视人性、仇恨平庸,对异域的那类现代性怀有激情。"⑥这种异域的趣味,也是波德莱尔主义的基本元素。甚至《逆流》的主人公德塞森特也是一个

---

① Émile Zola, "Le Solitaire", *Le Figaro*, 42.18 (18 janvier 1896), p. 1.
② George Moore, *Impressions and Opinions*, London: David Nutt, 1891, p. 112.
③ Arthur Symons, "Impressions and Opinions", *The Academy*, 985 (21 March 1891), p. 274.
④ See Arthur Symons, "Paul Verlaine", *Saturday Review of Politics, Literature, Science and Art*, 2098 (11 Jan. 1896), p. 34.
⑤ Arthur Symons, "The Decadent Movement in Literature", *Harper's New Monthly Magazine*, 622 (November 1893), p. 863.
⑥ Arthur Symons, "J. K. Huysmans", *Fortnightly Review*, 303 (March 1892), pp. 403—404.

波德莱尔主义者。西蒙斯认为他是"半病态的闲人","帮助我们理解'颓废'这个词全部的意义"。① 有一个疑问：西蒙斯如何看待从于斯曼到马拉美的颓废传统呢？他有没有意识到作为流派的颓废主义或者象征主义？魏尔伦也好，于斯曼也好，他们并不是孤立的诗人，西蒙斯发现了这些诗人之间隐秘但强烈的引力，他们就像多个行星一样，有力地构成了一个星系。这就是颓废派。于斯曼发表《逆流》的时候，兰波这颗巨星还没有发出光芒，因为他的诗作仅仅透过《被诅咒的诗人》露出一点点光晕。西蒙斯可贵地注意到了兰波，认为兰波应该是魏尔伦身边的重要诗人。有多重要？恐怕是一个卫星，或者一个附属者。西蒙斯在1896年以及之前，并没有意识到兰波的真正价值，甚至他也没有正视兰波作为自由诗创始人的名分。不过，西蒙斯看到了马拉美的大师地位。他称马拉美为颓废文学的"化身"。马拉美因为受到瓦格纳的影响，也渴望将音乐与诗融合起来。不过西蒙斯并没有明确提到威泽瓦、迪雅尔丹等人所倡导的综合理论。在这一点上，西蒙斯似乎有了误判："他（马拉美）梦想着一种作品，那里一切艺术都将融入其中，并通过相互依存而成就自己——将一切艺术都调和成一种最高的艺术。"②

马拉美在1893年以前，是诗律上的保守主义者。西蒙斯在诗律上对马拉美倒有准确的了解。他认为马拉美"一直对传统的音节尺度保持忠诚"。当时法国自由诗已经近乎成熟，也出现了多部自由诗诗集。西蒙斯对于卡恩、迪雅尔丹这些自由诗诗人也是比较熟悉的。他肯定他们的形式实验，比如他这样评价迪雅尔丹的作品："节奏来来去去，如同精灵飘动。你可能认为这根本不是节奏；像我听的那样去读，缓慢地吟诵，它给我创造出真正优美的诗的效果。"③但是这些话是出于哥们义气，还是真正发自肺腑，也不易弄清。因为此时西蒙斯真正认可的是马拉美，他是形式上的马拉美主义者。他不敢想象不规则的节奏、押韵会带来什么可怕后果。他批评莫雷亚斯的《热情的朝圣者》，集了中的自由诗长短不齐，他找不到解释的"理由"，他将莫雷亚斯的自由诗称作"只是为新奇而新奇的案例"④。这可能才是西蒙斯对待自由诗的真正态度。

---

① Arthur Symons, "J. K. Huysmans", *Fortnightly Review*, 303 (March 1892), p.407.
② Arthur Symons, "The Decadent Movement in Literature", *Harper's New Monthly Magazine*, 622 (November 1893), p.862.
③ Ibid., p.863.
④ Ibid.

19世纪80年代中后期,在法国颓废主义和象征主义的斗争比较激烈,甚至相互诋毁。比如巴朱,他曾在1891年指出:"至于象征主义者,他们想成为野心家。没有思想,但是胃口超大,他们只把文学想象成发迹的手段。"①不少人弄不清这两派有何异同,往往选取某一种立场,加入论争之中。西蒙斯在1893年前后,也未能免俗。当时法国的颓废派和象征主义派虽然胜负已分,颓废主义成员有不少也成为象征主义者,但是西蒙斯主要支持的是颓废派。他认为颓废派是一个更广泛得到认可的名称,它也最清楚地表达了法国文学运动的精神,但是象征主义和印象主义则不然,它们实际上是"该运动的两大分支"②。还好,西蒙斯没有把象征主义和颓废主义当作仇敌。不过,象征主义如果是颓废主义运动的分支,这该怎么理解呢?是着眼于成员,还是美学?如果着眼于成员,这种判断很正确。莫雷亚斯、卡恩等诗人以前也是颓废者。如果着眼于美学,那么就有问题了。瓦格纳主义的存在无法让象征主义成为颓废主义的分支。

西蒙斯还给象征主义下了定义,他认为象征主义是用"突如其来的方式",把握无法把握的精髓。这里面涉及人对更深刻的真实的领悟力,具体来看,它指的是"对看不见的事物更微妙的感觉,是显而易见的事物下更深的意义"③。抛开事物背后的意义不说,前半句的"更微妙的感觉"说明了西蒙斯的象征主义其实就是印象主义。这里似乎既没有波德莱尔的感应的世界,也没有兰波对未知世界的探索。西蒙斯的象征主义与拉弗格的理解比较接近。拉弗格对印象主义很感兴趣,认为画家应该"在尽可能短的时间内,去看事物快速的波动和光亮"④。

到了1899年,也就是《文学中的象征主义运动》出版那年,西蒙斯的立场改变了,开始以象征主义为宗。他的书的标题就是一个重要的征兆。西蒙斯真正理解了兰波。这位后来超现实主义者目之为先驱的诗人,他破碎的句法让西蒙斯印象深刻:"他创造了新的言说事物的方式,不是因为他是一位博学的艺术家,而是因为他急切想说它们,他没有知识上的犹

---

① Bonner Mitchell, ed., *Les Manifestes littéraires de la belle époque*, Paris: Seghers, 1966, p.39.

② Arthur Symons, "The Decadent Movement in Literature", *Harper's New Monthly Magazine*, 622 (November 1893), p.859.

③ Ibid.

④ Jules Laforgue, *Mélanges posthumes*, Paris: Mercvre de France, 1923, p.134.

犹豫豫。他超越、跳过站在每个人路上的传统，或者穿越它。"①兰波在西蒙斯的文学世界里，不再是一个站在魏尔伦身后的孩子了。西蒙斯也弄清了自由诗的情况：兰波写了"早于任何人的自由诗"，然后拉弗格"解释它"②。兰波似乎并不了解自由诗的原理，他可能是凭本能发现了它。拉弗格才是自由诗的解释者。不过西蒙斯可能忽视了威泽瓦和迪雅尔丹。威泽瓦在《瓦格纳评论》上发表的文章，是比拉弗格更早的自由诗理论。《文学中的象征主义运动》是英国第一部介绍象征主义的大部头著作，奈瓦尔、兰波、魏尔伦、马拉美、于斯曼、梅特林克等作家的集体亮相，成为英国当年诗坛上的一件大事。

西蒙斯不仅是一位介绍者，他还想效仿巴黎的新运动。在接触法国诗学的近十年间，他的诗学也在变化。1892年8月，刚刚接触一些象征主义的文献时，他就对现代性有了反思。什么是现代文学呢？他的答案是"传达人自身以及他的环境"③。这种回答可能有些含糊，现实主义文学早在几十年前就有类似的认识了。但不要轻易放过这几个字。传达人自身，涉及内在性的问题。这里的自身应该主要指人的感觉和精神状况，它与现实主义文学是有差异的。接触人的"环境"实际上要让文学反映新的美学精神。拿诗歌形式来说，就要容许一定程度的解放，还要将人们的新情绪（比如颓废）表达出来，这涉及主题的更新。总的来看，西蒙斯提出的新的主题、变通的形式、个人主义的做法，与象征主义非常接近。他这一时期理解的现代性基本可以看作是象征主义的支流。

在1896年的《剪影》(Silhouettes)中，西蒙斯的诗学观点几乎完全与波德莱尔和马拉美站在了一起。西蒙斯反对道德，提倡人工之美，这是自爱伦·坡以来颓废主义和象征主义的基本元素。针对有批评者指责西蒙斯的诗是有着古怪味道的"广藿香"，西蒙斯反驳道："广藿香！好吧，为什么不能是广藿香？如果有意为之的脸红对我们有些吸引力，我们却专门写自然的脸红，这有什么'自然的道理吗'？"④

叶芝没有西蒙斯那么熟悉法国象征主义诗人，但他可能更热爱这种"广藿香"的味道。叶芝于1865年6月出生在都柏林一个英国移民之家。

---

① Arthur Symons, *The Symbolist Movement in Literature*, London: Archibald Constable, 1908, pp. 66—67.
② Ibid., pp. 71—72.
③ Arthur Symons, "Mr. Henley's Poetry", *Fortnightly Review*, 308 (Aug. 1892), p. 184.
④ Arthur Symons, *Silhouettes*, London: Leonard Smithers, 1896, pp. xiv—xv.

他在私塾学校读过书,之后来到伦敦念小学。15岁时,全家搬回爱尔兰。因为成绩平平,叶芝19岁进入都柏林首府艺术学校。他性格内向,至少在17岁时就开始有文学创作的冲动。成人之后,叶芝的文学创作主要有两大资源,一是民间文学,二是通灵学。叶芝所处的时代,正值爱尔兰民族独立运动兴起之时,出于对爱尔兰自身地位和传统的认同,叶芝对爱尔兰的民间传说、神话非常感兴趣。在瓦格纳和马拉美那里,传说和神话就是象征的主要资粮,叶芝虽然当时对这两位还没有多大兴趣,但是他通过爱尔兰的民间文化走上象征主义的道路,可谓殊途同归。通灵学是当时从东方传来的,既有印度等地的灵魂转世学说,又与降神术、灵视等法术有关。叶芝在25岁时加入了勃拉瓦茨基夫人(Helena Blavatsky)的通灵学会伦敦分会,并终生保持了对这种修习的热情。符号或者形象成为他进入神秘世界的象征,也唤起了他的诗歌的象征主义。

在1901年的《法术》("Magic")一文中,叶芝写道:

> 我信仰我们一致称作法术的运用和哲学,信仰我必须称之为招魂的活动(尽管我不知道灵魂是什么),信仰创造魔幻的魔力,信仰眼睛闭下时心灵深处的真实幻象;我信仰三种主义,我认为它们是早期传给我们的,几乎是一切魔法运用的基础。
>
> (1)心灵的边界是永远变化的,许多心灵可以相互融入,并创造或者揭示一个单独的心灵,一个单独的能量。
>
> (2)我们的记忆的边界同样是变化的,我们的记忆是一个大记忆的一部分,这是自然本身的记忆。
>
> (3)这种大心灵和大记忆可以被象征引发出来。①

叶芝的这种信仰是非传统的。他的信仰与《创世记》无关,与《启示录》也无关。它更多关注的是咒语以及神灵的问题。在基督教看来,这肯定是异教的。叶芝的信仰具体来分,表现了上面的三条。第一条是否定灵魂的边界。认为灵魂可以"相互融入",即是认为人的灵魂可以进入别人的灵魂中,这是他长期通灵实验的一个目标。自我不再是感受所包围起来的一个封闭世界,就像古尔蒙的唯心主义世界一样。自我好像是几束光,可以相互叠加。第二条其实与感应说有一些关系。人的记忆中除了他的感受带给他的,还有一些先天的记忆。后者属于"自然本身的记忆"。其

---

① W. B. Yeats, *The Yeats Reader*, New York: Scribner Poetry, 2002, p.369.

实这里面可能有西藏转世的信仰。所谓自然本身的记忆,可以指人可以记得前世,甚至个体的记忆就是一个更大的神秘体的记忆的一部分。柏拉图的哲学中就曾肯定世人对天国还留有模糊的记忆,这些人的灵魂因为变得重浊,才沦落到地上。第三条就与象征主义有关了。不管那种神秘的灵魂和记忆是什么,象征可以帮助人飞越现实世界,进入其中。叶芝曾凝视过彩色的几何图形,然后冥想,之后看到过一些奇怪的图像。他很早就意识到可以利用这种神秘的体验来写诗。如果诗的目的是传达某种心理或者情感的境界,那么写诗与灵修是基本一致的。傅浩指出:"他一直试图把神秘主义与诗歌统一起来。他甚至以诗为宗教,研究宗教则是为写诗服务。"①

当然,叶芝并不是一个孤立于法国象征主义思潮的术士。西蒙斯的《文学中的象征主义运动》是献给叶芝的。叶芝不可能不接触法国象征主义。尽管他在1900年的《诗中的象征主义》("The Symbolism of Poetry")一文中,对声音、色彩、形式的论述,仍旧与招魂术有关。比如他认为它们能在我们身上"唤起飞越尘世的力量",它们唤起的情感中有"独特的招魂功能"②。但是细加分析,又可以看出这里已经有象征主义的感应说或者瓦格纳主义的影子了。雷诺认为"它们(形式)通过感应表达主题。香味、色彩和声音都在相互呼应"③。这种相互的呼应关系,就是叶芝渴望进入的灵性世界。叶芝也注意到这些形式的感应:"当声音、色彩和形式具有音乐的联系,相互有优美的关系时,它们就成为一种声音、一种色彩,一种形式,并引发一种情感。"④有人可能会追问,叶芝的灵修难道不能产生相同的体验吗?叶芝当然可以做到。但是叶芝上面说的话却是象征主义的。象征主义给了叶芝解释个人体验的话语方式。在这篇文章中还可以看到叶芝对外在性的反对,比如他说现代文学在"一切种类的外在性中"迷失了,于是人们开始寻求补救之路:"现在作家开始寄身于召唤、暗示的元素,寄身于伟大作家中我们称作象征主义的作品。"⑤这里的思维方式是象征主义的。通灵术无法让他这样说话。

叶芝和西蒙斯之后,英国迎来了一批新的年轻诗人,他们对象征主义

---

① 傅浩:《叶芝》,成都:四川人民出版社,1999年版,第47页。
② W. B. Yeats, *The Yeats Reader*, New York: Scribner Poetry, 2002, p. 377.
③ Ernest Raynaud, "Du Symbolisme", *Le Décadent*, 7(15 mars 1888), p. 11.
④ W. B. Yeats, *The Yeats Reader*, New York: Scribner Poetry, 2002, p. 377.
⑤ Ibid., p. 375.

的热衷有增无减。

二、形象诗派的崛起

随着《新时代》(New Age)杂志的创刊,在 1908 年的伦敦出现了几位活跃的诗人。这些人中有弗林特(F. S. Flint)、斯托勒和休姆。他们普遍反抗维多利亚时代的浪漫主义诗风,渴望学习外国的文学思潮。法国象征主义得到了传播的良机。

弗林特于 1885 年出生,因为家贫,没有正经念过书,但是夜校和自学让他掌握了法文,于是他很快就在当时的英国成为最了解法国象征主义的人。早在 1905 年他就接触过马拉美和魏尔伦的作品,并希望像法国前辈那样革新英国诗歌。1908 年,他加入《新时代》杂志,承担"近来的诗"专栏的写作工作。在当年 8 月,弗林特提到了象征主义诗人:"让·莫雷亚斯——阿纳托尔·法朗士称其为象征主义的龙萨——以及亨利·德·雷尼耶,年轻时他们是反偶像崇拜者和自由诗诗人。"① 莫雷亚斯和雷尼耶都是象征主义的重要代表,弗林特对他们的诗学是比较熟悉的。引文中法朗士对莫雷亚斯的评价,最早出现在 1891 年的《羽笔》杂志,后来在《文学生涯》一书中重印。这个小小的细节,表明弗林特读书范围很广。在该年《新时代》第 18 期的专栏中,弗林特就开始讨论象征主义的分类了。他认为象征主义分为两类,一类是具体的,一类是抽象的。这种分类法与莫克尔、布吕内蒂埃的相像。弗林特强调象征要有"强烈的想象力",要让"情感与自然的一部分等同"。倡导象征主义实际上是倡导一种思维方式,这也会改变人们对现实的态度。弗林特像叶芝一样,感到了现实的贫乏:

> 我们所有人或多或少就像野兽一样,相信事物的真实;但我们若不学习清空心中凡人的梦,就会一直迷失在阴影的森林中;因为通过断除世俗事物的欲望和贪婪的想象力,我们才能有所成就,获得完美,而成就和完美就像闪闪发光的圣杯一样召唤我们。②

就像弗林特所说的那样,象征主义代表了真实性的嬗变。尽管这位伦敦出生的诗人用了宗教的比喻"圣杯",但是他和年轻的象征主义诗人一样,没有过多的神秘主义兴趣。这可能会让叶芝无法理解。因为没有神秘主

---

① F. S. Flint, "Recent Verse", New Age, 3.16 (15 August 1908), p. 312.
② Ibid., p. 353.

义,哪来象征呢?不过,弗林特和迪雅尔丹这类诗人,多多少少能从印象主义、直觉主义中得到一些补偿。

古尔蒙是法国象征主义与英国形象诗派在直觉主义上的桥梁。古尔蒙的唯心主义诗学,本身也是直觉主义诗学。弗林特注意到了这位法国象征主义的中兴诗人。他在1909年曾专门给古尔蒙写过评论,古尔蒙似乎在英国被封了神:"雷米·德·古尔蒙的作品,在其多样性、复杂性上,在其优美与深刻上,在其热切地与旧的丝丝连连的思想决裂和新思想的微妙的呼唤上,是令人惊奇的。"①正是从弗林特开始,古尔蒙在随后的十年中成为英国人心目中最伟大的象征主义诗人之一。

弗林特在法国象征主义介绍上最重要的功绩是1912年写作《当代法国诗》("Contemporary French Poetry")这篇长文。这是继西蒙斯著作之后最重要的象征主义译介作品,它对英国文学的影响要远超过西蒙斯的书。这篇文章几乎教育了整整一代意象派诗人,因而有批评家指出,这是"一篇极为重要的文章,它阐明了意象主义一词的起源"②。弗林特表现出对象征主义极佳的理解力,他认为象征主义是一种美学,而不是一种修辞,这纠正了不少人的误解。弗林特还给象征主义的美学作了分析:

> 什么是象征主义?首先,是对浪漫主义者烦冗的花哨风格的鄙视;其次,是对巴纳斯派无动于衷的描述的反动;第三,是对自然主义者"生活的切片"的厌恶。最终,它是引起潜意识生活要素的尝试,是通过精巧的形象的并置,使我们心中开始对无限产生感动。它的哲学,就像维桑先生在深刻的《当代抒情诗的态度》一书中所显示的,是直觉的哲学:它是由柏格森所制订的。③

对浪漫主义"花哨风格"的拒绝,也涉及暗示的风格。弗林特还像拉弗格一样,强调了无意识的问题。巴纳斯派和自然主义也成为象征主义的对立面。这种流派比较的视野清晰地确定了象征主义的美学纬度。

1910年,受到象征主义影响的法国新一代诗人迪阿梅尔(Georges Duhamel)和维尔德拉克(Charles Vildrac)共同出版了一个小册子,叫做《诗歌技巧评论》(*Notes sur la technique poétique*)。弗林特是形象诗人

---

① T. S. Flint, "Rémy de Gourmont", *New Age*, 5.10 (8 July 1909), p. 219.
② Michael Copp, ed., *Imagist Dialogues: Letters Between Aldington, Flint and Others*, Cambridge: The Lutterworth Press, 2009, p. 8.
③ F. S. Flint, "Contemporary French Poetry", *Poetry Review*, 1.8 (1912), p. 355.

中最早关注这本书的。他在《当代法国诗》中也介绍了该书的诗学思想,并推动了后来意象派诗歌形式上的调整。① 为了说清这个问题,可以先从自由诗谈起。英国 20 世纪初期对法国象征主义最感兴趣的,是它的自由诗理论。1908 年 11 月,弗林特就注意到英国诗人斯托勒学习法国象征主义的自由诗:"斯托勒先生向所有的诗歌传统开战:十四行诗、三节联韵诗、维特拉特体、诗节、诗剧、叙述、劝说和描述的诗、英雄素体——一切都是错的;甚至押韵也只是勉强容忍,被看作是偶尔的点缀;唯一的诗是自由诗。"②斯托勒并不是闭门造车,他效法了法国前辈们,这让弗林特有英雄所见略同之感。两年后,弗林特对自由诗的信心达到了高峰,他决心像之前的斯托勒一样,反抗一切传统的诗体,形式在他眼中,变成了"荒唐之物",诗作越不讲究形式,似乎就越有自由的节奏。因此,从 1908 年到 1910 年,弗林特经历了对自由诗感兴趣,再到主张形式极端自由的地步。而同一时期,法国同行们的情况正好相反。由于布朗热事件和德累福斯事件先后爆发,法国文化变得保守,民族主义流行,反传统的自由诗就受到了批评。在此背景下,不少诗人开始思考返回到传统形式中。卡恩、维莱-格里凡等人纷纷开始肯定韵律,维尔德拉克、迪阿梅尔也决心节制自由诗。维尔德拉克认为自由诗的流行是人们轻视技巧,格律诗的技巧能给诗人许多帮助。在他眼中,格律诗是健康的,自由诗是病态的:"它(自由诗)表现出更多的病人的幻想,而非身心健康的人的理想;它好像得了世纪病:神经衰弱。"③横向比较的话,英国和法国对待形式的态度正好相反。弗林特因为写作《当代法国诗》的契机,迅速更新了自己的诗学知识,并掌握了法国最新的形式趋向。他的《当代法国诗》的历史价值是让英国诗学进入当前的法国诗学背景中。

当时法国诗学代表着现代性的最新方向。所以弗林特的文章,更新了英国诗学的现代性。弗林特虚心地接受了维尔德拉克、迪阿梅尔等新诗人的诗学思想,思考自由诗的形式特征:"这种自由诗被错误地命名了。它绝非是自由的,它必须严格地遵从诗人情感和产生它的思想的内在法则。"④弗林特根据维尔德拉克和迪阿梅尔提出的"节奏常量"(le rhythmic

---

① 请参看李国辉:《英美自由诗初期理论的谱系》,北京:中国社会科学出版社,2018 年版,第 104—114 页。

② F. S. Flint, "Recent Verse", *New Age*, 4.5 (26 Nov. 1908), p.95.

③ Charles Vildrac, *Le Verlibrisme*, Ermont: La Revue mauve, 1902, p.34.

④ F. S. Flint, "Contemporary French Poetry", *Poetry Review*, 1.8(1912), p.358.

constant），构造英国诗的节拍。这就是他后来提出的语调（cadence）。语调是诗行中数量固定的音组，它可以连续存在于许多诗行上，另外的音节可以附着在它上面，从而构成自由与规则兼具的诗体。奥尔丁顿（Richard Aldington）、洛厄尔（Amy Lowell）等人都接受了这种语调说，于是，英国自由诗进入一个新的阶段。

斯托勒是一个重要但长期被忽略的诗人，他在法国象征主义的传播上，并没有弗林特的贡献大，但是他很早就有理论自觉。他是形象诗派中最早构建象征主义诗学的人。斯托勒出生于1880年，比弗林特大几岁，他出生在诺森伯兰郡的一个小镇，27岁时出版过一部诗集《意向》（Inclinations），但没有引起多少反响。他的一部重要诗集《幻觉的镜子》（Mirrors of Illusion）出版于1908年，没有引来掌声，但在英国现代主义诗史上地位非常重要。① 这部诗集可以看作是英国现代意义上第一部自由诗诗集，它书后附录的诗学文章，也是英国第一篇自由诗理论。斯托勒在文章中提出"分离主义"的概念，即将诗与叙事文学、戏剧分离，寻求诗纯粹的特征。这种做法看上去与瓦格纳主义背道而驰，但实际上与爱伦·坡、波德莱尔、马拉美的文学传统是一致的。所谓的纯诗，就是要摆脱叙述、说理的内容。坡希望通过悦人的效果将诗与其他体裁区别开来："在我看来，一首诗不同于一部科学作品的地方，在于它的直接目的是快乐，而非真实；不同于骑士传奇的地方，在于它的目的是不确切的快乐，而非确切的快乐，只有当这个目的获得了，诗才成为诗。"② 而斯托勒主张："将我们的诗从所有文学艺术非本质的、混乱不清的枝枝杈杈中剥离出来，这些枝枝杈杈只妨碍或者破坏它。"③ 这里不想讨论斯托勒是否受到了坡的影响，真正要关注的问题是，斯托勒像象征主义诗人一样，思考诗的诗性问题。他之所以做这种思考，跟唯美主义、象征主义的文学思潮有关。

如果能通过分离主义找到真止的诗性，这种诗性就是象征主义。象征主义对他而言并不只是一种文学流派，而是一种价值，一个极点。斯托勒指出：

---

① 可参看李国辉：《英美自由诗初期理论的谱系》，北京：中国社会科学出版社，2018年版，第69—78页。
② Edgar Allan Poe, *Poetry, Tales and Selected Essays*, New York: The Library of America, 1984, p.1371.
③ Edward Storer, *Mirrors of Illusion*, London: Sisley, 1908, p.102.

对于世界上最好的诗中最好的东西的考察,在某种程度上,使我
们发现优秀的诗实际上是由什么构成的……简言之,就是象征主义,
以及象征,但这是一种无意识的、非主观的象征主义,我们没有它的
线索。不是一种粗糙的、随意的象征主义,好比兰波的《元音》所传达
的,而是具有无限多的难以捉摸的、微妙的东西,胜过这种愚蠢的字
谜游戏。①

兰波这位象征主义的大诗人受到了斯托勒的嘲讽,他的诗在斯托勒看来似乎是一种"愚蠢的字谜游戏"。但这种姿态并没有伤害象征主义的信誉。斯托勒确实对象征主义作了美化和拔高,但是法国的象征主义还是它的原型和基础。斯托勒渴望诗作中能有朦胧的、难以言喻的幻景。法国象征主义诗人提供了范例,斯托勒举出了魏尔伦的两行诗,不过斯托勒似乎也在英国找到了样板,这就是汤普森(Francis Thompson)的诗。比如下面这几行诗:

对着动听的沙沙声
以及银铃般的喳喳声,苍白的港口在
月亮上发愁。②

斯托勒看到这些诗行都是"非现实的",尽管如此,人们却不认为它们虚假,相反,人们从中得到了愉悦。这里可以联系一下王尔德。王尔德曾对谎言有新的评论,他认为艺术就应该表达谎言:"说谎,这种讲述美丽而不是真实事物的行为,是艺术的真正目的。"③斯托勒对幻景的强调,和王尔德是相近的。不过,斯托勒并不是真正的唯美主义者。他认为所谓的幻景虽然是理性无法认识的,但却是"'绝对'存在的确实性和事实性",可以通过第六感体验到。

马拉美的暗示美学也被斯托勒注意到了:这位晦涩的法国诗人,"他寻求这样的诗,其中暗示性和诗的精髓不在词语的实际意义和文学效果上,而多在词语的声音和故意变形的暗示中"④。尽管斯托勒也想使用暗示的手法,但他更多的是魏尔伦主义者,而非马拉美主义者。马拉美的诗

---

① Edward Storer, *Mirrors of Illusion*, London: Sisley, 1908, pp.102—103.
② Ibid., p.104.
③ Hazard Adams & Leroy Searle, eds., *Critical Theory since Plato*, Beijing: Peking University Press, 2006, p.725.
④ Edward Storer, *Mirrors of Illusion*, London: Sisley, 1908, p.111.

在他面前似乎是造作的技巧,没有"宏伟的思想",诗中只是一些"无聊的、故作费解的思想"。这种批评没有照顾到象征主义大师的面子,法国人读到后肯定不好受,但是斯托勒大体上还是就事论事。由于并未受到波德莱尔以来的法国诗学系统的陶染,他对马拉美的纯诗的道路所知不多。

像弗林特一样,斯托勒很早就注意到象征主义的自由诗,他对自由诗的历史比较熟悉,不但认为自由诗是"卡恩先生的创造",而且还罗列出不少有代表性的诗人,比如维尔哈伦、维莱-格里凡、雷尼耶。他渴望英国诗也能获得解放。当时英国的文化背景对自由诗还比较排斥,许多人指责对韵律的亵渎。斯托勒看到其实英国诗中很早就有解放的传统,在世纪之交,汤普森、亨利的诗也获得了一定程度的自由。自由诗其实已经在路上,但公开提倡它却是另一回事儿。斯托勒由此埋怨英国文化的虚伪:"做一件事,什么都不说,和去做它,给它制订一个原则,捍卫它,这在英国是两码事。如果不触犯法律,你几乎可以在这个国家做你喜欢的任何事,只要你别为做这件事提出任何理由、任何哲学。"① 这个道理是明白的,但是斯托勒仍然在这篇文章中提出了自由诗的"哲学"。正因为他"固执"的性格,英国的诗史发生了重要变化。斯托勒批评固定的诗律是"女人般的、过分苛刻的诗的观念",用它来写诗的,是"语言的骗子",而非真正的诗人。他主张形式要从材料"内在的必然性"中生发出来,而非仿照固定的模具。② 这种论述与卡恩1888年的《致布吕内蒂埃》一文很像,不过,仔细分析的话,斯托勒提出的自由诗的根据却来自英国诗学传统,而非法国。法国自由诗的诞生,主要受益于瓦格纳主义,诗人们优先考虑的是音乐性的问题。英国的自由诗有先前发达的浪漫主义诗学作为参照。柯勒律治以及美国的诗人爱默生提出过有机主义的形式理论,认为诗律就像是大树上的树皮,"是从相同的生命中生长出来的"③。惠特曼的《草叶集》也给自由形式的实践作了示范。除了惠特曼外,英美浪漫主义诗人的有机形式理论,没有给自由诗真正带来许可证,但是它提供了 种思想方式。斯托勒的"内在的必然性"说就是在法国象征主义的激发下,对浪漫主义形式理论做出的新阐释。

就像弗林特发现了维尔德拉克和迪阿梅尔的诗学,于是在1912年主

---

① Edward Storer, *Mirrors of Illusion*, London: Sisley, 1908, p.110.
② Ibid., p.106.
③ Hazard Adams & Leroy Searle, eds., *Critical Theory since Plato*, Beijing: Peking University Press, 2006, p.496.

张限制自由诗一样,斯托勒早在1911年就接触了法国行动派的诗学思想,拥护传统的规则。在当年1月的文章中,斯托勒说:"当一个旧的理想变弱了,这就是用一个新的、一个理性的保守主义的哲学的理念来代替它的时候了。"①这里所谓的旧的理想,在政治上指的是无政府主义,在文学上指的是象征主义。而"一个新的、一个理性的保守主义",在政治上指的是英国的托利党,在文学上指的是古典主义。斯托勒选择的道路与弗林特不一样。弗林特希望用法国古典主义的诗学来改造象征主义,斯托勒则决心抛弃象征主义。斯托勒是英国最短暂的象征主义者。他从正式提倡象征主义的自由诗和梦幻风格,到改弦更辙,中间的时间不到三年。与他相比,另一位形象诗派的核心成员休姆所用的时间更短,他的象征主义诗人的身份保持了不到一年。

休姆1883年出生于一个手工匠人的家庭,他比弗林特幸运,在剑桥读过大学。但是还没有毕业,就因为参加激进的示威活动被学校开除。内心绝望的休姆接触到法国哲学家柏格森的哲学,从而找到了自我,并建构起直觉主义的诗学。这种直觉主义的诗学与19世纪90年代的年轻法国象征主义诗人有一定的关系。休姆进一步将直觉主义诗学与法国象征主义的自由诗理论结合了起来。在1908年伦敦的"诗歌俱乐部"上,估计是11月份,也就是《幻觉的镜子》出版几日后,休姆做了一个关于现代诗的演讲,整理后定名为《现代诗讲稿》("A Lecture on Modern Poetry")。文中休姆一开始就提到了自由诗的问题,他认为自己一直想寻找一种形式传达他的直觉印象,"直到我读起法国自由诗时我才找到了,它好像很合用"②。休姆几乎与斯托勒同时推出自由诗理论,可以看出法国象征主义在英国的传播面已经相当广。这里有历史的必然。休姆的名气比斯托勒大,他是后来意象派诗学的先驱,文学史家达蒙(S. F. Damon)指出:"不管休姆的理论是不是意象主义者的直接信条,所有理论的核心都已存在于休姆的理论中了。"③这种判断不正确。它既没有考虑弗林特在自由诗理论上的贡献,更无视斯托勒的奠基之功。

在诗歌形式上,卡恩是休姆的老师。休姆这篇文章表明他读过1897

---

① Edward Storer, "The Conservative Ideal", *The Commentator*, 34 (11 January 1911), p.139.

② T. E. Hulme, *Further Speculations*, ed. Sam Hynes, Minneapolis: University of Minnesota Press, 1955, pp.67—68.

③ S. F. Damon, *Amy Lowell: A Chronicle*, Hamden: Archon Books, 1966, p.199.

年卡恩的《最初的诗》，并对前言提出的自由诗理论比较了解。休姆不仅转述了卡恩论诗体进化的话，而且对卡恩有这样的评价："新技巧首先是由卡恩最先明确提出来的。它否定把数量固定的音节看作是诗律的基础。诗行的长度长长短短，随着诗人所用的形象而持续变动。"①在以卡恩为代表的象征主义诗学的影响下，休姆也提出了自己的诗律原则，即废除音律，废除诗行的音节数量规则。休姆的这种建议，其实与卡恩的主张并不同。卡恩是希望寻找新的节奏的，他对诗律有相当的尊重。休姆将卡恩形式解放的思想极端化了。笔者曾在《英美自由诗初期理论的谱系》中说："（英国）草创期的自由诗理论对法国自由诗理论的有意误读，出于对音律的仇恨和蔑视。"②为什么有仇恨呢？原因主要是休姆、弗林特等人早期抱有无政府主义、社会主义的政治立场，文学传统在他们眼中是政治权威的一部分。休姆曾在1911年反思自己早期的社会主义立场，并开始接受保守主义的思想。休姆和斯托勒一同成为英国托利党的宣传人。古典主义成为他对抗象征主义以及政治上的自由党的工具："古典主义的态度对于过去和传统怀有巨大的敬意，这种敬意不是出于感情，而是有纯粹的理性的基础。它并不期望任何极端新奇的东西，不相信任何真正的进步。"③休姆于是像罗曼派的成员一样，也成为象征主义诗人的大敌。

上面谈到的三位形象诗派的诗人，只有弗林特保持了对象征主义的忠诚。在斯托勒和休姆"叛变"之后，弗林特在孤军奋战之时，等来了意象派的成立。

三、意象派与法国象征主义

象征主义在各个国家的影响，往往呈现出坡状下滑的趋势。20世纪初期是这种影响的高潮期，第二次世界大战前后开始衰落，在当代已经看不到真正的象征主义思潮。英国意象派可以说是象征主义对英国影响最后的华章。

谈到象征主义就必须要从庞德开始。庞德1908年来到伦敦，成为叶芝的秘书。1909年，休姆、斯托勒、弗林特等人开始在伦敦聚会，成立"脱离俱乐部"（也被称作形象诗派）。当年4月庞德开始参加这个俱乐部。

---

① T. E. Hulme, *Further Speculations*, ed. Sam Hynes, Minneapolis: University of Minnesota Press, 1955, p.70.
② 李国辉：《英美自由诗初期理论的谱系》，北京：中国社会科学出版社，2018年版，第106页。
③ T. E. Hulme, "A Tory Philosophy", *The Commentator*, 4.97 (3 April 1912), p.295.

庞德当时的诗学观念老旧，走的是法国歌谣的路，在这个俱乐部里，自然主要是听众。尽管庞德对这个俱乐部多有微言，不认为对自己有多大影响，实际上弗林特、斯托勒的思想对他有潜移默化之功，使他后来重视意象，一度讲究自由诗。他发表于1912年的文章中就已经出现了"象征"这个词："我相信合适的、完美的象征是自然的事物，如果一个人使用'象征'，他必须这样使用它们，使它们的象征的功能并不突兀。"①这篇文章也体现了庞德成熟的理论思考能力。不过，对于象征的定义是有些含糊其词的。所谓"自然的事物"更准确的表述是"自发性"。庞德强调自发的象征，就是反对人工的、抽象的象征，让象征和它背后的思想妙合无垠。这篇文章没有提到象征主义大师们，也没有涉及神秘主义、梦幻之类的概念，说明庞德直到1912年2月还未真正熟悉法国象征主义，他可能只对后者有些听闻罢了。

1913年1月到3月，庞德对法国有了真正的了解。在1月份发表在《诗刊》的文章中，庞德开始向法国致敬，因为最近二三十间，"重要的作品在巴黎得以创作出来"②。他这时也仿照法语的象征主义之类的词，造出一个意象主义（Imagisme）来。意象主义的法语来源，表明了它的血统。因为孤掌难鸣，庞德就联合了弗林特、奥尔丁顿和女诗人H. D.（Hilda Doolittle），组成了一个小圈子，就叫做意象派。《诗刊》成为这个流派的主要阵地。这个流派从成立开始，就自觉以法国象征主义为参照，有时沿袭它，有时也修改它，以便革新英语诗歌。

意象主义最重要的就是意象的概念。庞德定义它为"在刹那间呈现出情思交融的复合物的东西"③。这个定义是印象主义与象征主义的综合。说它是印象主义的，是因为这是对"刹那间"的印象的传达。说它是象征主义的，因为这种印象可以暗示"情思交融的复合物"。虽然庞德的意象受到过日本俳句和中国屈原、李白等诗人的启发，富有东方文学风韵，但是它最初象征主义的来源是不能忽视的。庞德重视用外在的形象来暗示内在心境，这一点与马拉美如出一辙。只不过庞德往往用东方美学来掩盖、弱化他对法国的亏欠。明显承认以法国为宗，有伤他的原创者形象。庞德公开表示："意象主义不是象征主义，象征主义诗人们处理'联想'，即处理某种暗示，这大多是讽喻（allegory）。它们将象征贬低到词语

---

① Ezra Pound, "Prologomena", *Poetry Review*, 1.2 (1912), p. 73.
② Ezra Pound, "Status Rerum", *Poetry*, 1.4 (1913), p. 123.
③ Ezra Pound, "A Few Don'ts by an Imagist", *Poetry*, 1.6 (March 1913), p. 200.

的层次上。他们让它成为隐喻的一种形式。"①这里的每一句话都在错解象征主义。莫克尔曾仔细分析过象征与讽喻的不同,其结论是象征有统一的、和谐的形式,用庞德的话来说,就是它是具体的、自然的。庞德在这里强调它的意象是具体的、自然的,这是通过歪曲象征,用意象来取代象征。庞德的区分不但没有说明意象不同于象征,反而证明二者的相似性。在1928年给法国学者托潘(René Taupin)的信中,庞德曾透露过他的意象的影响源。他认为自己接受法国的影响时间比较晚,在此之前,已经从H. D. 的诗中了解了意象的秘密,不过,他对兰波非常推崇,而且认为自己的意象与休姆、西蒙斯、叶芝和马拉美有关。这个名单中前两个是法国象征主义的学生,最后一个是它的大师。由此可见意象主义的法国渊源。

像弗林特一样,庞德重视法国象征主义带来的诗律解放。早在上文提到过的1912年的文章中,庞德就提出"液态的"内容的诗,什么是液态的内容呢?它指的是内容富有变化,因而也带来有弹性的形式的诗。这种诗就给自由诗准备了空间。这个时期的庞德对自由诗的理解还不成熟,不过,他已经主张利用所有的形式。他的开放的形式观念,正好与弗林特后来发动的自由诗创格运动相契合。1913年的《意象主义》是两份重要的宣言之一,其实它也是庞德撰写的,但署上的是弗林特的名字。文中要求:"至于节奏,以乐段之序而非以节拍之序作诗。"②这可以看作是庞德自由诗的基本原则。所谓"节拍之序"指的是按照固定数量的节奏,抑扬格五音步诗就是它的典型。所谓"乐段之序"就是音乐的节奏。法国象征主义自由诗起源于瓦格纳主义,也是从新的音乐着手的。庞德的这个"乐段之序"说与瓦格纳主义有异曲同工之处。《一个意象主义者的几个不要》对新形式还有具体的说明:"让新手懂得半韵和双声、直接押韵和延迟押韵(rhyme immediate and delayed)、简单押韵和多音押韵,就像一个音乐家希望了解和声和对位旋律,以及他那种技艺的所有细节。即使艺术家很少需要它们,也要把一些时间交给这些技巧,或者任何其中的一个技巧。"③不论是半韵、双声,还是其他的旋律技巧,庞德这里强调的韵律要素在卡恩、维莱-格里凡等人的诗论中都同样强调过。这种论述背后有法国的影子。庞德在文章中直接建议人们参阅迪阿梅尔、维尔德拉克的书。他显然读过《诗歌技巧评论》,有可能是弗林特把这本书借给了他。

---

① Ezra Pound, "Vorticism", *Gaudier-Brzeska*, New York: New Directions, 1970, p. 84.
② F. S. Flint, "Imagisme", *Poetry*, 1.6 (March 1913), p. 199.
③ Ezra Pound, "A Few Don'ts by an Imagist", *Poetry*, 1.6 (March 1913), p. 203.

在1913年10月给亨德森(Alice Corbin Henderson)的信中,庞德曾推荐过这本书,认为它"非常棒"[①]。

1914年《意象主义者》(Des Imagistes)的出版,标志着英美意象主义的正式成立。不过,庞德主导的意象主义并没有持续多久,一位新来的美国女诗人洛厄尔凭借她的财富以及"民主"气派,迅速成为该流派的领袖,并成功地将意象主义的中心从伦敦转移到波士顿。庞德受到叶芝的影响,他的诗论有晦涩之处,时不时夹杂着秘教的气息。洛厄尔对先锋文学缺乏领悟力,她关注的重点是自由诗。洛厄尔是自由诗的普及者,多亏了她,自由诗在美国变得非常流行。1918年,《诗刊》的编辑亨德森指出:"现在,所有人都在写意象主义的自由诗。"[②]但是缺乏意象的凝练,又不关注内在的音乐,这就让报刊上发表的不少自由诗成为分行的散文,受到了许多批评。伊斯特曼(Max Eastman)讥讽自由诗道:"它获得的唯一价值,是灌了水的报刊文学,这种文学让诗膨胀、胀大,占据空间。"[③]这种情况让丧失权力的庞德非常恼火,再加上第一次世界大战的爆发使英国的保守主义思想崛起,庞德和艾略特于是在1917年转变为古典主义者,并指责以洛厄尔为代表的个人主义的自由诗。庞德实际上也在与作为意象主义的自己告别,用他的话说:"必须发动相反的潮流。"[④]庞德从意象主义到古典主义,画了一个圈,这个圈也是斯托勒、休姆画过的。在他们之前,是莫雷亚斯、魏尔伦和威泽瓦等人。另一个诗人艾略特也要画这个圈。

艾略特于1888年出生在美国的圣路易斯城,1906年进入哈佛大学读书,1910年赴巴黎学习法国哲学和文学,读到了柏格森和古尔蒙的书,对象征主义产生了兴趣。随后艾略特来到牛津大学,准备哲学博士论文。经人介绍,1914年9月,艾略特与庞德在伦敦见面,至此艾略特真正开始文学生涯。庞德当初没有意识到艾略特对他的意义,当洛厄尔让意象主义另建炉灶时,弗林特和奥尔丁顿都背离了庞德,艾略特的友情就显得格外重要了。

---

① Ezra Pound, *The Selected Letters of Ezra Pound*, ed. D. D. Paige, London: Faber and Faber, 1971, p. 23.

② Alice Corbin Henderson, "Imagism: Secular and Esoteric", *Poetry*, 11.6 (March 1918), p. 339.

③ Max Eastman, "Lazy Verse", *New Republic*, 8.97 (9 September 1916), p. 139.

④ Ezra Pound, "Harold Monro", *The Criterion*, 11 (July 1932), p. 590.

艾略特开始写诗时，模仿的是拉弗格。拉弗格的自由诗以及无意识写作，让艾略特迅速掌握了现代诗的秘密。他曾吐露道："我写过波德莱尔，但朱尔·拉弗格我什么都没写，我亏欠他的超过任何语言中的任何人。"①艾略特与弗林特相比，具有强烈的传统意识，他不会过多地依赖法国资源。拉弗格、波德莱尔这类诗人，只是艾略特的启发者，艾略特渴望能重新发现英诗传统。他提出的"客观对应物"和"感性的脱节"理论，就是这种传统。比较来看，"客观对应物"就是法国人的象征。马拉美和波德莱尔寻找能暗示自己心境的形象，形象和心境建立了一种通道。客观对应物也是要在心意和外象之间建立联系。客观对应物这个词不是孤立的，有客观对应物，就有主观对应物。在叔本华的哲学中，人靠理解力来把握因果律。因果律就是理解力的客观对应物，理解力就是因果律的主观对应物。比如叔本华说："原因和结果只是为了理解力而存在的，理解力不是别的，只是它们的主观对应物。"②艾略特的"客观对应物"明显是从哲学中拿过来的。运用到文学中，则是要求在主体与客体的综合关系中，获得更大的自我领域。艾略特称他的这个理论是"对莎士比亚较成熟的戏剧的偏好"③。莎士比亚的戏剧是他用来批评维多利亚时代诗歌的工具。艾略特看到因为过于偏重主体意识，像丁尼生这样的诗人丧失了一个互动的、宽广的自我领域。这里也自然涉及了"感性的脱节"。感性的对象弥补了过于单薄的主体意识，能够恢复莎士比亚或者玄言诗人与客体的联系。

拉弗格是象征主义的第一批自由诗诗人。他的诗歌形式在艾略特的《普罗弗洛克的情歌》中是明显可见的。艾略特很早就思考将无意识心理与富有伸缩性的节奏结合起来。如果说庞德的自由诗是以音乐为准则，艾略特在当时的英美诗人中独具一格，他是用回忆、感受、偶然的感想等材料组成诗歌形式的内在结构。他在形式的心理本源上的探索，超过了当时其他的诗人。但艾略特的自由诗诗人的身份一直存有危机，因为他同时是白璧德的学生，信仰新人文主义。而新人文主义与莫拉斯的法国

---

① T. S. Eliot, *To Criticize the Critic and Other Writings*, Lincoln: University of Nebraska Press, 1991, p.22.

② Arthur Schopenhauer, *The World as Will and Representation*, trans. E. F. J. Payne, New York: Dover Publications, 1969, p.19.

③ T. S. Eliot, *To Criticize the Critic and Other Writings*, Lincoln: University of Nebraska Press, 1991, pp.19—20.

行动派、斯托勒的古典主义是互通声气的。可以将白璧德看作是美国的莫拉斯。白璧德对古典主义传统的重视,对浪漫主义的否定,势必会破坏自由诗的基础。因为自由诗的思想本源是浪漫主义的个性原则。于是1917年艾略特和庞德携手向自由诗以及文学中的象征主义潮流发动了进攻。不要认为象征主义培养了它的敌人。艾略特和庞德反对的其实更多的是象征主义的末流,象征主义真正的遗产其实已经化在了他们的血液中。

在《反思自由诗》一文中,艾略特一开始就将矛头对准"自由"一词:"'自由诗'甚至连争论的理由都没有,它是自由的呐喊,但艺术中根本就没有自由。所谓的自由诗其优秀者一点也不'自由',把它列入别的名目中可能更安稳些。"[①]这是1912年弗林特的《当代法国诗》得到的最大的回音。自由诗开始被重新命名,以避免"自由"一词带来的"错误"信息。为了证明诗体无法自由,艾略特引用了休姆的几行诗:

> 一次,我在小提琴的精细中
> 在硬路面上金色鞋跟的火光中,找到了狂喜。
> 现在我发现
> 温暖是诗歌的材料。
> 啊,上帝,让天空中
> 吞掉星星的旧毯子变小一点
> 这样我就能把它围着我叠好,舒舒服服躺下。

这几行诗看似诗行长短不拘,但是在英文的原文中,艾略特发现了隐藏的结构:"明显,如果这些诗行没有对轻重律五音步不断的暗示和巧妙的逃避,它们的魅力就不会存在。"[②]马拉美在19世纪90年代初,曾经提出要以亚历山大体作为自由诗的基础,自由诗成为亚历山大体的变体。艾略特提出以轻重律五音步作为自由诗的基础,这样就能带来形式的"魅力"。可以看出,艾略特以一种反象征主义的姿态更加接近了象征主义的大师。

四、小结

英国象征主义的影响还不止上面这些情况,默里(John Middleton

[①] T. S. Eliot, *To Criticize the Critic and Other Writings*, Lincoln: University of Nebraska Press, 1991, p. 184.

[②] Ibid., p. 186.

Murry)也是当时重要的一位热衷象征主义的诗人,他对波德莱尔和古尔蒙都非常熟悉。另一位美国诗人威廉·卡洛斯·威廉斯(William Carlos Williams),作为庞德的朋友和"学生",对象征的手法和自由诗的形式非常重视,他在20世纪20年代曾发起客体主义运动,该运动实际上是意象主义的续篇。

总的来看,在英国和美国,法国象征主义在20世纪前二十年的影响最大,第一次世界大战结束后象征主义旋即退潮。不论是形象诗派还是意象主义诗派,没有法国象征主义它们就不会产生。有批评家曾指出:"在伦敦1908年至1920年的诗歌革新运动中,法国的影响是无所不在的。"①这是一个客观的评价。法国象征主义造就了英国的现代主义诗歌。不过,象征主义虽然发挥了关键的作用,但是在英国未能出现真正的象征主义流派。这一方面说明英国的现代主义是多种文艺思潮的合流,另一方面说明英国人有更强的文化主体意识,与法国保持了一定的文化距离。和英国相比,俄罗斯似乎对法国象征主义有更深的感情。

第二节 俄罗斯的象征主义思潮

俄罗斯虽然地处欧亚大陆北部,与作为象征主义心脏的巴黎距离遥远,但是由于俄罗斯上流社会良好的法文教育,在这个国度人们对巴黎的新思潮并不陌生。从时间上看,俄罗斯和英国都是最早接触这种思潮的国家。但是俄罗斯的象征主义思潮也有自己的特点,不同于英国不少诗人只是取法象征主义,俄罗斯有认真的流派产生。这说明象征主义在俄罗斯扎下了更深的根。但这并不一定意味着法国人在俄罗斯有更大的影响,米尔斯基曾指出:"法国影响的重要性并不应被夸大。只有很少几位俄国象征主义者直接熟悉其法国教父们的作品,爱伦·坡的影响无疑更广更深,胜过任何一位法国诗人。"②

最早迎接象征主义的,是梅列日科夫斯基(Dmitry Sergeevich Merezhkovsky)。梅列日科夫斯基1866年(一说1865年)出生于彼得堡,1884年进入彼得堡大学历史哲学系,当时已有多年写诗的经验。诗人一

---

① Cyrena N. Pondrom, *The Road from Paris: French Influence on English Poetry 1900—1920*, Cambridge: Cambridge University Press, 1974, p.2.

② 德·斯·米尔斯基:《俄国文学史》下卷,刘文飞译,北京:人民出版社,2013年版,第183页。

开始受到了托尔斯泰和民粹派诗人的影响,像周围的年轻人一样,他接触了社会主义思想。但1889年母亲的去世,让梅列日科夫斯基的性情趋于悲观,开始接近宗教,并且渴望通过宗教来调和肉体与灵魂的世界。选择宗教而非社会革命,是梅列日科夫斯基走上象征主义道路的起点。社会革命背后是实证主义的思想,这种思想渴望在社会和现实层面来验证某种社会发展的规律,但是梅列日科夫斯基拒绝这样的外在规律,在他眼中,真正的真实性不是平面的,在社会中延伸的,而是纵向的,是人与神的交流。这种交流本身就是象征主义的。刘小枫指出:"梅列日柯(科)夫斯基的象征主义就显得与众不同。在他那里,象征是圣灵降临的过程和人灵在这一过程中的'心像火一样地燃烧'……象征世界的构成,不是从现世到超现世的神秘主义,不是单纯的二重世界的形而上学结构,而是基督的临世。"①

一、梅列日科夫斯基

1893年,梅列日科夫斯基作了一个"论现代俄国文学衰落的原因及新流派"的演讲。这个演讲标志着俄国开始进入象征主义的时代。诗人看到在当时的俄国出现了两种针锋相对的思想,一种是极端唯物主义,一种是神秘主义。科学用它的理性理解一切,并征服一切,但是即使这样一种思想,也无法阻止人们对未知的想象。人们面临着"不可言状的黑暗","再也没有任何东西可以保护他们的心灵不受深渊底处刮来的可怕寒气的袭击"。② 梅列日科夫斯基将象征主义放在俄国人对未知世界的情感上。这种看法和法国和英国诗人有不少区别。法国的象征主义尽管一开始也涉及宗教因素,比如波德莱尔和马拉美的感应说,可是象征主义真正的起因,是诗人对法兰西第二帝国和第三共和国的厌恶。诗人普遍有与世隔绝的念想。一种世纪末的、颓废的情绪笼罩着象征主义的草创期。曾有批评家指责于斯曼过于悲观,认为作家"厌恶社会接触,鄙视或者嘲笑更健康、更有节制、更刚健的生活"③。这种评论可以用在19世纪80年

---

① 刘小枫:《象征与叙事——论梅烈日柯夫斯基的象征主义》,载《浙江学刊》2002年第1期,第77页。

② 德米特里·谢尔盖耶维奇·梅列日科夫斯基:《论现代俄国文学衰落的原因及新流派》,李廉恕译,见翟厚隆编选:《十月革命前后苏联文学流派》上编,上海:上海译文出版社,1998年版,第2页。

③ Émile Hennequin, "J. K. Hÿsmans", *La Revue indépendante*, 1 (juillet 1884), p. 209.

代初的许多颓废诗人身上。虽然当时俄罗斯东正教也呈衰落之势，但是在教会之外，不少作家仍然有强烈的宗教情怀，其中陀思妥耶夫斯基和托尔斯泰的宗教思想，对白银时代的作家影响很大。梅列日科夫斯基走向宗教，就受到了陀思妥耶夫斯基作品的感召。俄罗斯作家普遍没有世纪末的颓废情结，而更多地具有积极的心理状态，这不得不说是民族心理的一大不同。

回到文学上，梅列日科夫斯基发现当时的俄罗斯不少人文学品位有问题，这些人庸俗地抱着现实主义的文学标准，缺乏"最高的理想"。在他眼中，象征主义就是这种"最高的"艺术。诗人指出："如果认为艺术上的唯心主义是流行于巴黎的某种过时发明，那就是不可原谅的错误。这是返回到古代的、永恒的、从未死去过的东西。"①将象征主义革命，看作是一种"返回"，这倒合乎"革命"这个词拉丁词源"revolvere（回转）"的意义。这种见解在法国也不鲜见，布吕内蒂埃曾认为："象征主义应该像诗本身一样古老。"②这种话是看到了象征主义的思维方式自古有之，是对象征主义做了抽象。梅列日科夫斯基的象征主义也有抽象之处。借着这种抽象，梅列日科夫斯基就能提出象征主义的一般特征，从而与俄罗斯文化融合。这也是象征主义在国外传播的普遍规律。

不过，梅列日科夫斯基的抽象背后，还有一点需要注意，即他可能并不太熟悉法国的象征主义，进行抽象，也是守拙的好法子。梅列日科夫斯基这篇文章参考的是于雷的《文学进化访谈》一书。该书出版于1891年，俄罗斯作家能在两年后参考这部书，应该说还是难能可贵的。不过这本访谈集虽然收有作家的第一手资料，可惜访谈的话题有限，许多当时的诗人被问到的问题往往相似，比如自然主义和象征主义的比较、象征主义有哪些代表诗人。梅列日科夫斯基提及的魏尔伦的那一段，本身并没有参考价值。因为魏尔伦在他的访谈中批评象征主义，并否认自己是这一派的。这本访谈集中比较有价值的是马拉美、梅特林克的话。梅列日科夫斯基没有提到马拉美，但他似乎读到了梅特林克。这位俄罗斯诗人说："象征应当自然地、不知不觉地从现实深处涌现。如果作者为表达某种思

---

① 德米特里·谢尔盖耶维奇·梅列日科夫斯基：《论现代俄国文学衰落的原因及新流派》，李廉恕译，见翟厚隆编选：《十月革命前后苏联文学流派》上编，上海：上海译文出版社，1998年版，第4页。

② F. Brunetière, "Le Symbolisme contemporain", *Revue des deux mondes*, 104 (avril 1891), p. 688.

想,人为地臆造一些象征,那么,这些象征就会变为死的譬喻。"①这种"不知不觉"的过程,谈到了象征的自发性问题。而梅特林克在他的访谈对话中也说过这样的话:"源自象征的作品只是一种寓言,这就是为什么热爱秩序和精确性的拉丁精神,在我看来接近寓言而非象征的原因。象征是一种自然的力量,人的精神无法抵抗它的法则。"②尽管这两句话不完全相同,但意思一致。梅列日科夫斯基读到梅特林克的可能性是很大的。总的来看,梅列日科夫斯基对法国象征主义的了解并不全面,这也有利于他的再创造。

在对象征的理解上,如果暂时不论抽象的因素,梅列日科夫斯基曲解了象征的含义。比如他认为:"人物也可以成为象征。桑丘·潘沙与浮士德,堂吉诃德与哈姆雷特,唐璜与福尔斯塔夫。"③这些人物都可以被视作某种精神的代表,含义也很丰富,可是他们一旦拥有这些含义,就被固定了,不再是"自然地、不知不觉地"涌现出来的象征,而成为符号。梅列日科夫斯基将象征与符号混淆了。为什么会混淆呢?梅列日科夫斯基似乎在象征与思想的关系间摇摆。他想弱化思想的力量,但是又屈服于这种力量。他清楚地看到词语只能限定思想,而象征表达的是无限的思想。马拉美的诗处理的主要是情感、心境,而非思想。象征与思想和情感都有关系,但只要它向思想再靠近一步,它就离符号又近了一步。

梅列日科夫斯基注意到感受力的重要性,他要求探索未知的感受,这也是波德莱尔和兰波曾经的主张。他将注重感受力的新诗学称为印象主义。在文末,梅列日科夫斯基还总结了新艺术(象征主义艺术)的三大特征:神秘的内容、象征以及艺术感受力的扩大。这三者都关乎内容、风格,而非形式。这也是他的诗学与法国人的一个重要区别。法国的年轻诗人往往探索语言音乐和自由诗,他们要求形式反叛,往往有先锋诗人的勇气。梅列日科夫斯基的这篇文章还未充分意识到形式的问题。

---

① 德米特里·谢尔盖耶维奇·梅列日科夫斯基:《论现代俄国文学衰落的原因及新流派》,李廉恕译,见翟厚隆编选:《十月革命前后苏联文学流派》上编,上海:上海译文出版社,1998年版,第6页。

② Jules Huret, *Enquête sur l'évolution littéraire*, Paris: José Corti, 1999, p.155.

③ 德米特里·谢尔盖耶维奇·梅列日科夫斯基:《论现代俄国文学衰落的原因及新流派》,李廉恕译,见翟厚隆编选:《十月革命前后苏联文学流派》上编,上海:上海译文出版社 1998年版,第6页。

二、象征主义的生长

如果说梅列日科夫斯基埋下了俄罗斯象征主义的种子,那么它在1894年破土而出了。米尔斯基认为巴尔蒙特(Konstantin Dmitrievich Balmont)和勃留索夫(Valery Bryusov)是"真正的开创者",是攻击旧的文学观念的"攻城木槌"①。巴尔蒙特在1894年出版诗集《北方天空下》,被誉为"太阳歌手"。勃留索夫则在该年出版选集《俄国象征派》,象征主义作为一个流派的产生,要归功于他。

巴尔蒙特延续了梅列日科夫斯基的做法,将现实主义与象征主义对立起来。实际上,从颓废派到象征主义,很多诗人都有二元对立的思维模式。在赞美自己流派的优越性的同时,一定要找一个对立面,把它看得低级。自然主义(或者现实主义)在这一时期对象征主义的攻击也不遗余力。巴尔蒙特说:"现实主义诗人作为单纯的观察者,依附于世界的物质基础,带着稚气观察世界;象征主义诗人则用其复杂的感受能力改造物质性,使世界服从于自己的意志,并深入它的奥秘之中。"②自然主义似乎只能观察到世界的表象,是幼稚的,而象征主义则能深入本质之中,把握不可言说的奥秘。这种神话自从波德莱尔以来,一直是一些人的信仰。维尔哈伦曾经指出:"自然主义者越是承认客观性在艺术中的地位,象征主义者就越是恢复主观性的地位。"③虽然有神秘主义和秘教为基础,这种思想也有夸张和宣传的因素。但是巴尔蒙特的话中有更重要的信息,即诗人们渴望疏远现实。因为厌恶现实,所以才有对"单纯的观察者"的轻视。

巴尔蒙特还给象征主义下了一个定义。这是俄罗斯诗人给出的最清楚的定义之一:

> 它是这样一种诗歌,其中两个内容,即潜在的抽象性和明显的美,有机地、不是勉强地整合在一起,它们融合得如此轻松自然,就像夏日清晨的河水与阳光和谐地融为一体一样。然而,尽管一部象征主义作品具有潜在的涵义,但它直接的、具体的内容本身从来都是完

---

① 德·斯·米尔斯基:《俄国文学史》下卷,刘文飞译,北京:人民出版社,2013年版,第183页。
② 康斯坦丁·巴尔蒙特:《象征主义诗歌浅谈》,张捷译,见翟厚隆选编:《十月革命前后苏联文学流派》上编,上海:上海译文出版社,1998年版,第17页。
③ Émile Verhaeren, *Impressions*, Paris: Mercvre de France, 1928, p.116.

整的,这内容独立存在于象征主义诗歌之中,有着丰富多彩的色调。①

"潜在的抽象性"指思想,"明显的美"则是形象。巴尔蒙特认为形象要与思想紧密融合,如同"河水与阳光和谐地融为一体一样"。这里面一个重要的认识是将形象与它背后的思想看作是二元的。形象其实是思想的符号,不过要成为思想具体的符号。严格看来,巴尔蒙特所说的象征,接近歌德所说的讽喻(allegory)。歌德说:"讽喻将感觉对象转成观念,将观念转成形象,但是在这种方式中,观念持续被包裹着,可以在形象中被触及,被表达出来。"②讽喻与象征的区别,关键要看背后的思想是明确的还是不明确的,要看形象是不是自发产生的。巴尔蒙特近乎符号化的象征理论,并非说明他不谙马拉美这个前辈的诗学,但巴尔蒙特这些俄罗斯作家有着不同于法国世纪末的心境。他们的自我意识要离思想更近一些。

理论和实践往往是不同的。巴尔蒙特的诗是怎样体现象征主义的呢?巴尔蒙特其实是一位过渡诗人,他在这一时期的诗,就处在浪漫主义和象征主义之间。虽然被视为象征主义的奠基人,但是要看到他的诗具有浓郁的浪漫主义气息。比如《太阳颂》第一节:

> 生命的哺育者,
> 光明的创造者,
> 我歌唱你啊,太阳!
> 即使忍受不幸,
> 请让我这颗心
> 激情奔放,热烈如火,
> 拥有威严的力量!③

诗用的是直抒胸臆的方式。这不是特例,不论是《金色的种子》,还是《我是自由的风……》,都可以看到这种方式。直抒胸臆是巴尔蒙特最主要的工具。诗人不大用暗示,而暗示是象征主义的基本手法。马拉美批评巴

---

① 康斯坦丁·巴尔蒙特:《象征主义诗歌浅谈》,张捷译,见翟厚隆编选:《十月革命前后苏联文学流派》上编,上海:上海译文出版社,1998年版,第16—17页。

② J. W. V. Goethe, *Maxims and Reflections*, trans. Elisabeth Stopp, London: Penguin, 1998, p. 141.

③ 康斯坦丁·巴尔蒙特:《太阳的芳香》,谷羽译,桂林:广西师范大学出版社,2014年版,第7页。

纳斯诗人"直接地呈现事物",认为这是对诗篇乐趣的破坏①。巴尔蒙特正好成为马拉美的对立面。普希金的诗,以及陀思妥耶夫斯基的小说,具有强烈的自白特征。巴尔蒙特应该受到了俄罗斯文学传统的影响,他的诗基本上是内心的自白。

不过,巴尔蒙特在极少数情况下,也能借景抒情,暗示心绪。比如《告别》第一节:

> 我惋惜。花瓣渐渐苍白。
> 我惋惜。四周愈发昏暗。
> 从河面的镜子里我看见:
> 忧愁穿上了薄雾的衣衫。②

抒情主人公不再直接说出自己的忧愁,而让"薄雾"替他说话。当然,诗中仍然有不少情感是外显的,从"惋惜"这个词也能看出来。诗中有了意象,多少让诗具有了象征的气氛。

勃留索夫比巴尔蒙特小六岁,但他因为《俄国象征派》的编印,在象征主义思潮中有更重要的地位,米尔斯基认为当象征主义火了之后,勃留索夫的地位变得非常崇高,"被视为俄国第一诗人"③。勃留索夫的诗学反对理性,肯定直觉的感受。他将文学创作的目的,看作是"自我满足和自我认识",而非"交际"④。这里面蕴含的是情感与思想的区分。交际就等同于思想,自我满足就是情感。反对交际就是让文学从思想返回到情感。古尔蒙曾批评过布吕内蒂埃,在他眼中,后者是一个只懂得思想的人:"这个人是根深蒂固的理性主义者;它只相信理性,它将一切都带到理性那里,忘记了理性的领域总的来看是特别有限的,而且引导我们的逻辑几乎从来都只是情感的逻辑。"⑤勃留索夫的思维方式与古尔蒙非常接近。他们都重视直觉。在直觉主义下,事物的真实与优美的评判有了变化。事物的真实与优美不再与永恒有关了,因为永恒无法被自觉到。真正有关

---

① Stéphane Mallarmé, *Œuvres complètes*, Paris: Gallimard, 1945, p. 869.
② 康斯坦丁·巴尔蒙特:《太阳的芳香》,谷羽译,桂林:广西师范大学出版社,2014年版,第65页。
③ 德·斯·米尔斯基:《俄国文学史》下卷,刘文飞译,北京:人民出版社,2013年版,第190页。
④ B. 勃柳索夫:《论真实》,李廉恕译,见翟厚隆编选:《十月革命前后苏联文学流派》上编,上海:上海译文出版社,1998年版,第14页。
⑤ Rémy de Gourmont, *Promenades littéraires: troisième série*, Paris: Mercvre de France, 1924, p. 31.

的是那些瞬间的、短暂的价值。

勃留索夫的美学与直觉主义也有不同。直觉主义是反对宗教的。因为宗教依赖永恒的观念。勃留索夫一方面要通过感情来把握即时的东西，但另一方面又将宗教的内容加诸象征。他说："艺术是用另一些途径，即非推理的途径对世界的认识。艺术——这就是在别的领域中我们称之为启示的东西。"①这句话表露出勃留索夫的矛盾：他在情感与思想间还有犹豫。宗教精神要他揭示世界背后的某个神圣的实相，直觉主义则把他拉回到尘世，让他重视肉体。勃留索夫在灵与肉间的挣扎，塑造了他的象征主义的张力。

肯定瞬间的、短暂的价值，但同时轻视感觉，这是勃留索夫思想的悖论。尼采和柏格森是依赖身体对抗理性的。勃留索夫放弃身体，同时又拒绝理性。象征就成为他想象中的新的工具。可是象征又依靠什么呢？勃留索夫对象征的信仰，表明他并没有严肃思考认识论的问题。他回避了真正的认识论的问题，把钥匙塞在了宗教手中："世界上的现象，当它们在宇宙中展现在我们面前时，是伸延于空间、流逝于时间、服从于因果规律的现象。对它们应该用科学方法、用理性来进行研究。但这种基于我们外在感觉的研究给予我们的只是近似的知识。"②勃留索夫使用的"伸延"一词，显示了勃留索夫与笛卡儿不是一路的，后者认为"物质的本质只在于延伸的实体"③。但是这种不同只是表象。他们都反对感觉的认识力量，肯定有一种更高的超越性认识。勃留索夫谈道："监狱有通向自由的出路，间或也透出一线光明。这光明就是那心醉神迷的瞬间，那超感觉的直觉的瞬间，这些瞬间使我们对世间的现象有另一种认识，即透过其外壳更加深入地看到其内核。"④虽然这句话像是直觉主义——这可能让古尔蒙感到亲切——但是它实际上是反直觉的。因为"超感觉的直觉"，并不是直觉，而是"启示"，是神灵附体。勃留索夫打着直觉的幌子复活了柏拉图主义。

勃留索夫在诗作上是否实现了他的象征主义的理想呢？勃留索夫与

---

① B. 勃柳索夫：《打开秘密的钥匙》，李廉恕译，见翟厚隆编选：《十月革命前后苏联文学流派》上编，上海：上海译文出版社，1998年版，第20页。

② 同上书，第21页。

③ Franklin L. Baumer, ed., *Main Currents of Western Thought*, New Haven: Yale University Press, 1978, p.316.

④ B. 勃柳索夫：《打开秘密的钥匙》，李廉恕译，见翟厚隆编选：《十月革命前后苏联文学流派》上编，上海：上海译文出版社，1998年版，第21页。

巴尔蒙特相似,他们都有浪漫主义的风格。比如《天上的星星……》,这首诗写于1893年,由两节组成:

> 天上的星星俯视我们,
> 窃窃私语,语音轻轻。
> 相信我吧,亲爱的人,
> 星星正在把我们嘲讽。
>
> 我问:"莫非这是梦幻?"
> 你回答我说:"是幻想!"
> 相信我,亲爱的,那时
> 我们俩说的话都是撒谎。①

这首诗给人的第一印象就是它的音乐性,这种音乐性并不是象征主义的音乐性,而是浪漫主义的音乐性。熟悉德国诗人海涅的人会马上想起海涅《诗歌集》中的某些诗作。浪漫主义的音乐性和象征主义的相比,有什么不同呢?浪漫主义的偏于旋律,象征主义的偏于和声。浪漫主义的音乐中经常有语调的回返,有一种波浪式的、周期性的节奏。象征主义往往用它的和声淹没旋律,它要让元音和辅音组织成复杂的多重结构。明晰的旋律在这种结构中是没有多大位置的,甚至它的存在会破坏这种结构。魏尔伦的诗作重视音乐性,但这种音乐性往往是浪漫主义的,而不是象征主义的。威泽瓦批评魏尔伦的音乐比较"单薄",原因就在这里。这首诗在表达方式上,同样是浪漫主义的。它采用对话的形式,也有叙述。这两种形式在拜伦和海涅的诗中都是最常用的。它的效果是将某种情感更好地传达出来,但是它却无法暗示微妙的心境。这种诗缺乏勃留索夫倡导的"超感觉的直觉"。还有不少诗作也是这样的。比如1895年的《别后重逢》,1896年的《不要哭泣……》和《寒》。这说明勃留索夫的象征主义并不是他从内心自发产生的理论,不是他真正的梦幻。众所周知,新流派和新诗学往往伴随着各种各样的动机,比如声誉、地位、文学权力。勃留索夫提倡象征主义,是有诗歌自身之外的考虑的。

勃留索夫并非完全是打着象征主义旗号的浪漫主义诗人。他比较熟悉波德莱尔,又喜欢模仿,因为模仿的痕迹有时太明显,他的诗集出版时

---

① 瓦列里·勃留索夫:《雪野茫茫俄罗斯 勃留索夫诗选》,谷羽译,桂林:广西师范大学出版社,2014年版,第7页。

往往会"激起愤恨、遭受嘲笑"①。比如发表于1895年的《寻觅形式的十四行诗》第一节：

> 细微而神秘有力的联系，
> 存在于花朵与香气之间。
> 正如钻石深藏于花岗岩，
> 我们无从发现造化神奇。②

这里的"神秘有力的联系"，让人想到了波德莱尔的《感应》一诗，同样也是十四行诗。勃留索夫对感应的强调，至少表明他渴望能看到世界的"内核"。但勃留索夫是否能达到他的目的，是否像波德莱尔一样，有想象力、麻醉品当做他的工具，这就不得而知了。在另一首诗《唐璜》中，波德莱尔的诗作好像嵌在其中一样：

> 是的，我是水手！我寻觅海岛，
> 漂泊在茫茫大海，狂妄又大胆。
> 我渴望异域风情，别样的花草，
> 渴望怪诞的方言和陌生的高原。
>
> 女人们走来，听从情欲的呼唤，
> 目光中只有祈求，个个温驯。
> 把恼人的遮羞面纱抛在一边，
> 她们奉献出一切：痛苦与亢奋。③

不用多么熟悉波德莱尔，人们就会读出《异域的芬芳》。难怪有人会嘲笑勃留索夫。《学记》言："或失则易，或失则止。"太容易写出的诗行，让人看不到作者内心的酝酿工夫，反而不利于象征主义诗歌的建设。

不过，在一些诗篇中勃留索夫对象征的把握不错。比如《钟声》，一个"高耸的钟楼"传出了钟声，它时断时续，与生活中的钟声没有二致。但是诗人将他象征为时间或生命，因为在"白天"人们"听不见阵阵钟声"，这里想说人们平常听不到生命的呼喊。只有在梦中，人人才"变得顺从"。《钟

---

① 德·斯·米尔斯基：《俄国文学史》下卷，刘文飞译，北京：人民出版社，2013年版，第189—190页。
② 瓦列里·勃留索夫：《雪野茫茫俄罗斯 勃留索夫诗选》，谷羽译，桂林：广西师范大学出版社，2014年版，第3页。
③ 同上书，第69页。

声》尝试从生活的现象进入人们的生命意识中,它基本也做到了,虽然这种象征仍旧得之过易。

别雷也是重要的象征主义诗人。他将象征视为音乐:"音乐是象征的理想表现。因此象征永远具有音乐性。"①该论调与法国瓦格纳主义者是最接近的。因为别雷将象征的音乐看作是"心灵深处的直观",并非只是听觉上的,在某些观点上,别雷与马拉美和瓦莱里牵起了手。

三、阿克梅主义

俄罗斯象征主义与其说是一场美学革命,还不如说是一场宗教革命。汪介之曾评价道:"俄国象征主义文学呈现出浓郁的宗教色彩和别具一格的民族特征。"②这是从积极面来说,从消极面来看,俄罗斯象征主义缺乏法国的先锋文学的精神。不过,即使这样,在革命风云大作的时代里,年轻人渐渐对它不感兴趣了。于是在20世纪进入第二个十年时,俄罗斯出现了新的流派,这个流派叫做阿克梅主义。作为象征主义的破坏者和继承人,阿克梅主义可看作是象征主义的本土化的新成果。

阿克梅指的是"最高级""精华"的意思。从这个名称看,它希望能在传统文学与象征主义的综合下,创造出"最高"的艺术。这种预先的价值判断,表明了新来者的自负,也说明象征主义的价值确实已呈颓势。古米廖夫(Nikolai Gumilev)在时代的"拐点"处作的评论,可以作为注脚:"象征主义的发展阶段已经结束,目前它正在衰落下去;已经几乎看不到象征派的新作,即使有一些的话,那么甚至从象征主义的观点来看,也是一些非常蹩脚的作品。"③

古米廖夫有他的自信,他认为阿克梅将"要求力量更加平衡以及更加精确地理解主体与客体之间的关系",这里的用语需要解释一下。所谓更加平衡,指的是在多种艺术倾向间的平衡。古米廖夫注意到象征主义并不是一个兼容并包的思潮,而代表着反罗马的、异域的影响。古米廖夫应该熟悉19世纪90年代的法国诗学,比如罗曼派。罗曼派批评象征主义,因为象征主义是非法国的。在莫拉斯的《蛮族艺术和罗曼艺术》一文中,

---

① A. 别雷:《象征主义是世界观》,立早译,见翟厚隆编选:《十月革命前后苏联文学流派》上编,上海:上海译文出版社,1998年版,第24页。
② 汪介之:《弗·索洛维约夫与俄国象征主义》,载《外国文学评论》2004年第1期,第59页。
③ H. 古米廖夫:《阿克梅主义》,朱逸森译,见翟厚隆编选:《十月革命前后苏联文学流派》上编,上海:上海译文出版社,1998年版,第58页。

德国影响下的象征主义被看作是蛮族的艺术,它是令人恶心的、神秘的,但是南方的罗曼艺术,却有着"透明而和谐的优美水流"①。古米廖夫指出法国象征主义是"非罗马式的","因而也是非本民族所固有的根基暴露无遗"的,在法国的前车之鉴下,他呼吁:"我们俄国人不能重视法国象征主义,这样做哪怕只是因为我在上面所说到的那个新流派明确地崇尚罗马式精神而排斥日耳曼精神。"②引文中的"罗马"和"罗曼",在法语中是一个词。阿克梅派是俄罗斯的罗曼派。

法国罗曼派疏远之前晦涩、含糊其词的诗风,要求明白清楚。亚当在谈论罗曼派的转变时,曾发现:"不再有德国哲学了,不再有用不相连属的语言写下的含糊的直觉了,存在的只是一种清楚、显明的诗,它完全具有法国的灵感和特质。"③古米廖夫也继承了这样的看法,他想让诗歌重新恢复正常的表意功能:"阿克梅派过去听惯了含混模糊的词语,现在正在生动的民间语言中寻求新的具有比较固定内容的词语。"④因为反对象征主义的神秘主义道路,阿克梅派更加关注现实。古米廖夫将象征主义看作是神智学和神灵学的兄弟,它关注的是彼岸的世界,而阿克梅派的原则是这样的:"顾名思义,不可知的东西是不可能认识的。其次,在这方面所做的一切努力都是不纯贞的。"⑤罗曼派成员雷诺曾经看到,在象征主义之后出现的新的一代,对待现实的态度改变了,年轻人不再爱"形而上学的沉思",在神秘主义的情感退却之后,他们"热衷运动和积极的生活"⑥。阿克梅派的诗人也像法国年轻的一代一样,把他们的眼睛从星空转到了人间。

阿克梅主义兴起的时代,正当俄国形式主义盛行。因而阿克梅主义也受到了后者的影响。俄国形式主义持有文学本体论的认识,除了词语及其结构,别无文学。在文学研究上,形式主义者们要求去除象征主义的心理学式研究,回到文本本身。雅各布森的话代表了这一派的观点:"诗

---

① Charles Maurras, "Barbares et Romans", *La Plume*, 52 (15 juin 1891), p. 229.
② H. 古米廖夫:《阿克梅主义》,朱逸森译,见翟厚隆编选:《十月革命前后苏联文学流派》上编,上海:上海译文出版社,1998年版,第59页。
③ Antoine Adam, *The Art of Paul Verlaine*, trans. Carl Morse, New York: New York University Press, 1963, p. 124.
④ H. 古米廖夫:《阿克梅主义》,朱逸森译,见翟厚隆编选:《十月革命前后苏联文学流派》上编,上海:上海译文出版社,1998年版,第59页。
⑤ 同上书,第61页。
⑥ Ernest Raynaud, *La Mêlée symboliste*, Paris: Nizet, 1971, p. 355.

学处理的是语词结构的问题,正如画论关注的是绘画结构。因为语言学是研究语词结构的总的科学,所以诗学可看作是语言学的一个组成部分。"①另一个阿克梅主义者曼杰利什塔姆就把语言看作是文学的中心,他把作品看作是"唯一现实的东西"。词并不是符号,一种内容的代替物,内容只是词中最简单的东西。实际上词是非常复杂的,由意识构成,有自觉的意思,即逻各斯。后者才是词宝贵的东西,也是文学家的依靠。文学家借此建设他的辉煌建筑。曼杰利什塔姆是一位虔诚的建筑学家,他说:"我们则在词与词的关系中引进哥特式建筑,正如塞巴斯蒂安·巴赫把它确立在音乐之中一样。"②

四、未来主义

在阿克梅主义的时代,还出现了另外一个流派:未来主义。未来主义并不是一个固定的流派,它还可分成自我未来主义、立体未来主义。阿克梅主义希望沟通传统与现代,它有保守主义的一面,在这方面未来主义和它相反。未来主义是俄罗斯先锋诗歌的倡导者。

布洛克在讨论超现实主义的艺术特征时说:

> 过于迷恋现代和力量、非理性和幻想,其中一个后果是,诗歌愈来愈个人化、私人化,越来越表达非常的、强烈的意识状态。形象愈来愈模糊不清、没有联系,句法随意割裂,词语不相连属,隐喻支离破碎,诗歌脱胎于自由联想,毫无逻辑。词汇也有意地现代化,俚字俗语、科学名词、新铸之词是其标志,这些词汇全都为了造就一种速度的诗,一种富有词语形象和打破的节奏的诗。③

这个特征也概括了俄罗斯未来主义。虽然未来主义的产生在超现实主义之前,而且两者在艺术主张上还有重要的不同,但是它们显示出相同的趋向。未来主义是现在时的,是现代的,它不像阿克梅主义迷恋过去,向往中世纪的宏伟建筑,未来主义欢迎现代的建筑。波德莱尔曾经关注过巴黎的市场和拱廊,并陶醉在巴黎城市的景象中。在某种意义上说,波德莱

---

① Roman Jakobson, *Language in Literature*, Cambridge: The Belknap Press, 1987, p.63.
② O. 曼杰利什塔姆:《阿克梅主义的早晨》,朱逸森译,见翟厚隆编选:《十月革命前后苏联文学流派》上编,上海:上海译文出版社,1998年版,第64页。
③ Haskell M. Block, "Surrealism and Modern Poetry: Outline of an Approach", *The Journal of Aesthetics and Art Criticism* 18.2 (Dec., 1959), p.176.

尔是第一批未来主义者。19世纪90年代的法国诗人们，撇开回归到罗曼文化的莫雷亚斯等诗人，古尔蒙、雷泰等人也有比较清晰的时间意识。受到俄国革命思想的激发，俄罗斯的未来诗人们往往有进步的观念，他们渴望文学面对"飞驰"的时代。一种不同于法国诗人的速度感，于是成为俄罗斯未来主义的基调。舍尔舍涅维奇在《最后说两句》中呼吁："我们的汽车、火车、轮船和电车的乐队发出悠闲的声音响应战鼓说：'好啊！诗神到我们这里来了，来到这个喧哗而迅疾的城市……诗神来到了我们的城市，她待在帆布篷里，这里有通向太阳的电线，而且安上了开关'。"①由于时间感的存在，诗人就从自我的内在世界走向了外在现实。这就带来了未来主义的自然主义的特点。尽管未来主义是象征主义的变形，但是它有不少反象征主义的因素。这种自然主义就是一个方面。

未来主义的第二个特点就是布洛克说的"个人化、私人化"。由于对传统有强烈的敌意——比如，马雅科夫斯基曾经号召"把旧日的伟人从现代生活的轮船上扔出去"——并且带着无政府主义式的破坏精神，未来主义是有着突出的个人主义的。但是这种个人主义又以一种古怪的方式维持着。法国象征主义非常强调个人主义。古尔蒙指出："一个作家的主要罪过，是因循守旧、模仿、服从规则以及服从教条。一个作家的作品不仅应是一个反映，而且应该是他个性放大的反映。一个人写作的唯一的理由，是去写他自己，是给其他人揭示以他个人的镜子鉴照出的那一类世界。"②古尔蒙也反对旧的规则和教条，反对旧的传统，但是他的个人主义源自"个人的镜子"。也就是说，个性的感受带来个性的世界。未来主义将感受力外在化了。外在化的结果是感受的内在联系带来的个性减弱。未来主义诗人已经丧失了象征主义诗人的微妙意识，代之以力量和速度的刺激。于是未来主义的个人主义就有些表面化。

第三个特点是形式上的破坏性。布洛克指出超现实主义在句法、词汇上的反常，这种反常在法国颓废文学中并不鲜见。瓦格纳主义和无政府主义后来又带来了自由诗，使传统音律的价值遭到损害。未来主义者将这种破坏性上升到偶像崇拜的地步，他们是第一波反诗的诗人。由于不关注表情达意，他们强调诗的语言和诗律的偶然性。如果将偶然性看作是反艺术的，是一种游戏，未来主义诗人似乎很早就给后现代主义进行

---

① B.舍尔舍涅维奇：《最后说两句》，朱逸森译，见翟厚隆编选：《十月革命前后苏联文学流派》上编，上海：上海译文出版社，1998年版，第109页。

② Rémy de Gourmont, *Le Livre des masques*, Paris: Mercvre de France, 1963, p.13.

了辩护。在《鉴赏家的陷阱》一文中，人们读到年轻的诗人们对句法的拒绝："我们不再按语法规则来观察词的构造和词的发音，认为存在于字母中的只是有指导意义的言语。我们使句法摇摇欲坠了。"[①]文中对摧毁韵律也难掩喜悦之情："任何运动都在为诗人产生新的自由的韵律。"

五、结语

从1893年到20世纪20年代，象征主义的季风在俄罗斯吹了将近30年，直到政治环境变化方才偃旗息鼓。从它整个的历史来看，象征主义促进了俄罗斯文学的转型，多个现代主义的流派产生出来。他们与象征主义的关系由模仿到自我建设，由入乎其内到超乎其外，应该说有丰硕的成绩。在此过程中，象征主义的本土化一直得到不少作家、诗人的重视，并让俄罗斯的象征主义思潮不同于法国的。中国的情况与俄罗斯接近，象征主义的飓风也将在中国的大地上吹拂。

第三节 象征主义思潮在中国的新变

梁实秋曾这样批评象征主义："这一种堕落的文学风气，不知怎样的，竟被我们的一些诗人染上了，使得新诗走向一条窘迫的路上去。"[②]尽管象征主义受到很多非难，文学史却有自身的书写规则，站在将近一个世纪后的今天再来审视它，会发现它不仅是新诗现代性的主要资源，而且也是国际象征主义思潮的重要构成部分。虽然具有共性的元素，中国的象征主义与其他国家的相比，并不是简单的模仿和移植，而是具有了新变。这种新变主要表现为它的本土化。虽然国内学界已经注意到这种本土化的发生，但是它的历程、策略等问题，目前还未能得到清楚的回答。通过历史的考察可以发现，法国象征主义进入中国的历程，与中国的诗学、政治背景密不可分；象征主义的新变是一种系统性的、对等性的重构。

---

① B.舍尔舍涅维奇：《鉴赏家的陷阱》，朱逸森译，见翟厚隆编选：《十月革命前后苏联文学流派》上编，上海：上海译文出版社，1998年版，第113页。
② 梁实秋：《我也谈谈"胡适之体"的诗》，《梁实秋文集》编辑委员会：《梁实秋文集》第六卷，厦门：鹭江出版社，2002年版，第386页。

一、从"symbole"到象征

在中国诗学中,"象征"一词的源头是《周易》。《系辞》说:"圣人立象以尽意",《泰卦·疏》说:"详谓徵祥"①。《周易》中虽然"象"与"征(徵)"都出现了,但没有连用过。在长期的使用中,"象"和"徵"也有合出的情况。比如在成玄英的《南华真经》的疏中,有这样的话:"言庄子之书,窈窕深远,芒昧恍忽,视听无辩,若以言象徵求,未穷其趣也。"②这里的"象"与"言"是一个词,"徵"与"求"是一个词。"象""徵"似连实断。晚清以前,未见"象徵"真正作为一个词使用。只是后来,一本叫做《易经证释》的书说:"象徵其物,序徵其数。高下大小,远近来去,莫不可徵。"③这里"象"与"徵"仍然是主谓词组,但勉强可以视为一个词。但是《易经证释》是20世纪初期的书,不足成为象征一词在古代成立的标志。不过,这本用中国易学传统写就的书,对于解释象征(下文出现"象徵"时皆用"象征")一词还是有一定的参考。结合前面的例子,可以做出如下判断:象征在中国的语境中,合则可视为主谓词组,释为白话的"象的征兆",分则为偏正词组了,但它并不是一个独立的词。它具有浓郁的占卜学的气息,与文学和语言学上的象征没有关系,倒与天主教神学中的"启示"有些类同。

既然此象征不同于彼象征,为什么国人用象征来译"symbole"呢?这就要从象征主义的译介说起。西方文化史中,从中世纪到18世纪,"象征"一词使用的是比较多的,但是"象征主义"很少见。在"象征主义"这个词的使用上,最值得注意的是法国的美学家维隆(Eugène Véron)。维隆曾著有《美学》(*L'Esthétique*)一书,涉及文艺中的象征问题。在讨论雕塑艺术时,维隆就神像的塑造使用过象征一词。具体来看,维隆的象征指的是神性的具体化、个性化。《美学》一书出版于1878年,5年后,日本学者中江兆民将维隆的书翻成日文,题作《维氏美学》出版。维隆的原书,既出现了"symbole",也出现了"symbolisme",两个词意义相关,后者指的是象征在艺术中的运用。中江兆民第一次在汉文化圈用"象征"来译"symbolisme",比如这一句话:"一旦诸神的像已经完成,某神因为司某

---

① 《周易正义》,见阮元校刻:《十三经注疏》(上册),北京:中华书局,1980年版,第28页。
② 《南华真经注疏》,郭象注,成玄英疏,曹础基、黄兰发点校,北京:中华书局,1998年版,第618页。
③ 佚名:《易经证释》,上经第二册,天津:天津救世新教会,1938年版,第22页。

职,一定有甲种象征,某神因为司某职,一定有乙种象征。"①这句话在维隆的书中找不到,是中江兆民根据自己的理解,增添的句子。它对应的是维隆谈古希腊神像的象征的话。

法国象征主义大约在1886年出现,它将语言和修辞学上的象征,拓展为一种注重暗示和神秘性的写作手法,这就是象征主义最基本的含义。日本的诗人和批评家在明治末期,开始注意这种新的思潮。岩野泡鸣曾在1907年4月的《帝国文学》发表《自然主义的表象诗论》一文,他指出:"法兰西自19世纪后半叶,几乎同时出现种种主义。左拉的自然主义不必说了,诗界中有勒孔特·李勒的虚无主义、波德莱尔的恶魔主义、魏尔伦或者马拉美的表象主义……"②这里用"表象主义"来译"symbolisme",而非使用中江兆民的术语。1907年10月,河井醉茗在《诗人》杂志上发表《解释〈薄暮曲〉》一文,指出:"原诗的作者波德莱尔,是继承法兰西诗坛高踏派、开辟象征派的新天地的人。"③这里提出的"象征派"一词,就是后来通行的译法。这个词具有名词的词性,它原本主谓词组的词义被弱化了,这是一个关键的拐点。明治四十三年到大正三年这几年间,可以看到服部嘉香、三木露风、蒲原有明等诗人、批评家也都接受了"象征""象征派""象征主义"的提法,促进了这一用语的流行。厨川白村是有影响的文艺理论家,他于1912年出版了《近代文学十讲》。该书提出四种象征的分类法,象征主义的象征属于第四种。厨川白村的这本书,可以看作"象征"成为固定术语的一个标志。

20世纪初期,由于中国的外国文学研究起步比日本略晚,加上当时有不少中国留学生赴日学习,因而日本的象征主义研究就传到了中国。对象征主义最早的介绍,是1918年陶履恭发表的《法比二大文豪之片影》。该文提到了梅特林克的《抹大拉的玛丽亚》(Mary Magdalene),这是一部刚刚在伦敦出版的英译剧本。陶履恭还指出梅特林克是"今世文学界表象主义Symbolism之第一人"④。陶履恭曾经在东京高等师范学校读过几年书,接触过日本文学的资料,于是他借鉴了日文中的"表象主义"的术语。两年后谢六逸发表《文学上的表象主义是什么》一文。谢六逸的这篇文章选译了厨川白村的《近代文学十讲》,比如四种象征的分类

---

① 中江兆民:『中江兆民全集·3』。東京:岩波書店,2000年版,第97頁。
② 日本近代詩論研究会:『日本近代詩論の研究』,東京:角川書店,1972年版,第250頁。
③ 同上揭,第257頁。
④ 陶履恭:《法比二大文豪之片影》,载《新青年》1918年第四卷第五号,第430頁。

法。谢六逸对"表象"这个日语词感兴趣,他文中使用的都是"表象"这个术语。该术语还在当年沈雁冰的《我们现在可以提倡表象主义的文学么?》一文中出现过。

随后"象征主义"这个术语见于罗家伦《驳胡先骕君的〈中国文学改良论〉》一文①。这个术语的来源现在还不清楚,不能完全肯定是来自日本。但之后的几个人的情况就比较确定了。1919 年 11 月,朱希祖选译厨川白村《近代文学十讲》中的"文艺的进化"一节,发表在《新青年》上。文末有一句话:"未能写实而讲象征主义,其势不陷入于空想不止的。"②这里的术语来源是清晰的。几个月后,周作人在《英国诗人勃来克的思想》一文中说:"自然本体也不过是个象征。我们能将一切物质现象作象征观。"③周作人的留日学生的身份能揭示他的术语的渊源。文中涉及波德莱尔、德拉克洛瓦的思想,因而与西方象征主义思潮有关系。

就五四初期"象征"一词的使用来看,可以判断它基本来自日本。1921 年和 1922 年,是"象征"这个词在中国确立的年份,这两年,田汉、刘延陵、李璜、滕固等人都采用了"象征"的表述。1922 年后,不使用"象征"一语的批评文章就变得极少见了。虽然象征在术语上来自日本和法国,但是这并不意味着象征的概念也完全是外来的。虽然中国晚清之前没有象征一词,但是它的概念在其他的术语中寄寓着。比如比兴、意象等术语,它们同样要求暗示性,在实际运用中,也有一部分与道家的无、佛家的空等形而上学概念有联系,具有一定的神秘性。因而,象征的内涵,在中国诗学的某些术语中是存在的。象征是一个外来词,但并不完全是一个外来的诗学概念。穆木天曾说:"象征主义,是有什么新鲜的流派之可言呢?不错的。杜牧之,是在诗里使用象征的。李后主,也是在诗里使用象征的。"④这种说法,既不能算对,也不能算错,需要在术语和概念上综合考虑。

1925 年,李金发出版诗集《微雨》,标志着中国新诗新时代的到来。次年,穆木天、王独清等在日本留过学的诗人,热烈讨论象征主义的做法,遂产生了中国现代第一波的象征主义运动。该运动促进了"象征"一词深

---

① 张大明:《中国象征主义百年史》,开封:河南大学出版社,2007 年版,第 22 页。
② 厨川白村:《文艺的进化》,朱希祖译,载《新青年》1919 年第六卷第六号,第 584 页。
③ 周作人:《英国诗人勃来克的思想》,载《少年中国》1920 年第一卷第八期,第 44 页。
④ 穆木天:《象征主义》,傅东华编:《文学百题》,北京:生活·读书·新知三联书店,2014 年版,第 144 页。

入人心,不管对象征主义接不接受,"象征"成为稳定的诗学术语。不过,它要真正获得诗学地位,还需要面临时代的选择。

二、被压抑的象征主义

象征具有一副国人熟悉的面孔,法国象征主义就未必如此了。从1919年到1932年,法国象征主义在中国经历了由欢迎到冷落的大转折,这跟当时的时代背景有关系。五四时期的新文学革命,主要的成就在语言上,它的言文合一的主张,造就了五四时期散文和小说不俗的成绩,但是就诗歌来看,却褒贬不一。梁实秋曾说:"白话为文,顺理成章,白话为诗,则问题甚大。胡先生承认白话文运动为'工具的革命',但是工具牵连至内容,尤其是诗。工具一变,一定要牵连至内容。"[①]其实不仅是内容,新诗的风格也有了彻底的变化,当时的风格多表现为"明白",喜欢议论。朱自清在讨论五四白话诗时,曾指责它"缺少了一种余香与回味"[②],这句话未尝不可以看作是对意境美学怀有的乡愁。明白的风格从内部阻止胡适、康白情等诗人重建新诗意蕴的深度,但是唐诗的伟大传统又成为一个潜在的范例,期待诗人在意蕴上有所成就。这种态势在五四之后产生一种巨大的张力,正是这种诗学张力,促进了法国象征主义译介到中国。这说明象征主义最初的译介,并不是一个偶然的现象。诗人和批评家们想从中得到与中国的意境说类似的理念和做法。

徐志摩虽然被视为格律诗人,但是他也是象征主义美学的热衷者。1924年他曾翻译波德莱尔的《死尸》。在前言中,徐志摩谈到对音乐的韵味的向往:"我深信宇宙的底质,一切有形的事物与无形的思想的底质——只是音乐,绝妙的音乐。"[③]这里的音乐精神,与言有尽而意无穷的意境是相通的。徐志摩想通过波德莱尔走入一种特殊的诗境。但是这是一种自我放逐到异国的行为,还是变相的回归,其中界限并非截然分明。徐氏不但在杂志上宣传象征主义,而且在课堂上也布置波德莱尔的翻译任务。一位年轻的大学生邢鹏举受到了徐志摩的影响,开始对法国象征主义产生兴趣,并决心借助英译本翻译波德莱尔的散文诗。邢鹏举在法国诗人那里找到了当时的新诗没有的东西,他形容自己"整个的心灵都振

---

① 梁实秋:《梁实秋论文学》,台北:时报文化出版事业有限公司,1981年版,第3页。
② 朱自清:《导言》,朱自清编选:《中国新大学大系·诗集》(影印本),上海:上海文艺出版社,2003年版,第2页。
③ 徐志摩:《死尸》,载《语丝》1924年12月1日第三号,第6版。

动了"，他还将象征主义的风格归纳为"舍明显而就冥漠，轻描写而重暗示"①。波德莱尔并不是唯一被关注的象征主义诗人。拉弗格、魏尔伦、兰波等诗人也得到了注意。穆木天从拉弗格那里学到了不少象征主义的暗示技巧。

虽然创造社和新月社的一些诗人开始重视象征主义艺术，但是这种尝试只是昙花一现。在穆木天发表《谭诗》的两个月后，五卅惨案爆发，随后"九一八"事变发生，这些国难极大地触动了诗人的神经，也改变了文学的风格。新民主主义革命的使命，使得文学的功能发生了改变，意蕴的营造、象征的探寻都属于诗的内在功能，而宣传革命、号召大众，则属于外在功能。当时诗的功能的变化，就是从内在功能大步地迈向了外在功能。

正是在文学功能转变的大背景中，象征主义开始受到压抑。穆木天并不孤独，人们看到创造社成员几乎集体转向，提倡大众化的诗歌。王独清是其中的一位，他说："我们处在这样的一个时代，许多血淋淋的大事件在我们面前滚来滚去，我们要是文艺的作家，我们就应该把这些事件一一地表现出来，至少也应该有一番描写或一番记录。"②在此期间，不但象征主义面临困境，有象征主义倾向的新月社诗人也受到批评。后者偏重唯美和暗示的诗风，很多时候被认为是在美化现实。这种批评意见，并不是捕风捉影。为了表现音乐精神，传达无意识的心理活动，中国初期象征主义诗人往往吐露的是阴暗、消沉的情绪。比如王独清的《失望的哀歌》《我从Café中出来》，穆木天的《乞丐之歌》《落花》《苍白的钟声》，还有冯乃超的《悲哀》《残烛》。这些情绪是法国象征主义诗作中常见的，但是法兰西第三共和国的历史环境，与中国新民主主义革命的环境并不一样。法国象征主义的阴暗情绪，来自知识分子（比如波德莱尔、兰波）对法国资产阶级道德的厌恶，或者对工人运动的疏远。换句话说，法国象征主义的情感基调，来自一个被撕裂的社会。法国象征主义诗人代表了逃避现实的一类人的心理，这种心理在法国有群众基础。但是新民主主义革命的中国，社会的联合而非分裂是当务之急，逃避现实的情绪与主流情感不合。中国初期象征主义诗人们的自我世界，如果说有独立性，那么这种独立性往往也属于虚构。

另外，中国初期象征主义诗歌模仿法国的颓废形象，也给上述批评带

---

① 《波多莱尔散文诗》，邢鹏举译，上海：中华书局，1930年版，第37页。
② 王独清：《知道自己》，见王独清：《独清自选集》，上海：上海书店出版社，2015年版，第297页。

来口实。李金发诗中生涩的形象,很多是模仿波德莱尔的,比如他的"残叶""弃妇"。创造社成员的诗人也是这样,王独清诗中的"病林""满藏着温柔"的"头发",穆木天诗中的"腐朽的桉杆""虚无的家乡",都有人云亦云之嫌。这些人工的形象,再加上时常欧化的句子,容易让诗作成为众矢之的。李健吾曾这样反思:"李金发却太不能把握中国的语言文字,有时甚至于意象隔着一层,令人感到过分浓厚的法国象征派诗人的气息,而渐渐为人厌弃。"①虽然创造社诗人在语言和形象上得到了一些改进,与李金发早期的诗作已有不同,但是李健吾的批评对他们来说仍然有一定的有效性。

在这种大背景下,诗歌的情感不得不重新定义,它现在的标准是现实的真实。穆木天的说法很有代表性:"感情,情绪,是不能从生活的现实分离开的,那是由客观的现实所唤起的,是对于客观的现实所怀抱出来的,是人间社会的现实生活之反映。"②这里可以推出一系列新的观念:真正的诗,就是表现有现实感情的诗;真正的诗人,就是对现实怀有真实感情的诗人。值得注意,这种新的定义,并非完全是意识形态强加的标准,它也是诗人自身的渴望,已经内在化了。对象征主义的疏远也是诗人内在化的要求。

法国象征主义的诗风,有鲜明的颓废倾向。这种颓废并不仅仅是道德上的颓废,它也指美学上的革新精神。颓废在象征主义诗人心中,并不是一个负面的词眼,它含有对美学新价值的追求。但是在中国新民主主义革命的背景下,颓废的意思改变了,它成为远离民众的无病呻吟。蒲风曾这样评价创造社诗人:

> 穆木天唱出了地主没落的悲哀,颇有音乐的清晰的美;王独清唱出贵族官僚的没落颓废,一种抚今追昔的伤感热情委实动人;冯乃超的诗虽然颇新颖,多用暗喻,有朦胧的美,也脱不了颓废、伤感、恋爱的一套。算起来,三个人都恰好代表了革命潮流激荡澎湃中的另一方面,由他们口里道出的正是那些过时的贵族地主官僚阶级的悲哀,这种悲哀和革命潮流的澎湃是正比例的哩!③

---

① 李健吾:《新诗的演变》,见郭宏安编:《李健吾批评文集》,珠海:珠海出版社,1998年版,第25页。
② 穆木天:《诗歌与现实》,载《现代》1934年第五卷第二期,第222页。
③ 蒲风:《五四到现在的中国诗坛鸟瞰》,见黄安榕、陈松溪编选:《蒲风选集》下册,福州:海峡文艺出版社,1985年版,第797—798页。

在蒲风的笔下,颓废的意思与"地主没落的悲哀"同义,这个词义不但不是美学上的,也不完全是道德上的,它主要是政治上的、革命态度上的。其实,这种思想在穆木天那里也存在,穆木天表示"不能作(做)一个颓废的象征主义者"[①]。这句话犯了错,象征和颓废本身就是一体。但是穆木天的话又有理性,这句话表明,在中国初期象征主义诗人那里,象征主义的概念发生了分裂。因为诗的定义和功能的改变,原本属于颓废美学的内容,现在被异化,从诗的领域中被剔除出去。象征主义面临肢解的危险,如果它还想保存它的存在,就必须调整,也就是说,它必须本土化。

三、象征主义的新变

象征主义本土化的方式是让象征主义与中国诗学融合,这种融合不仅能让法国象征主义拥有中国美学特征,而且也能纯化法国的理论。具体来看,这种融合主要表现为两方面。一个方面是在创作上将象征与比兴、意象融合,另一个方面是在理论上用比兴、意境理论来解释象征主义。

就创作上看,虽然中国初期象征主义诗人受到批评,但这并不意味着他们没有探索过中国风格。实际上,李金发和创造社的诗人,有意无意地也做了一些尝试。比如李金发的《微雨》集中的《律》一诗,"月儿""桐叶"等意象主要来自中国古典诗歌,诗中的情感也与古诗中频繁出现的"伤秋"接近。《食客与凶年》中的《夜雨》,"瘦马""远寺"等意象,也有边塞诗的风味。不过,这类诗在李金发的作品中数量少,不是主流。穆木天和冯乃超使用的传统意象比较多,比如穆木天的《雨后》、冯乃超的《古瓶咏》,这些诗不但使用古典的意象,而且注意营造一种追思的、怀旧的意境。

这些诗作在意境的营造上开启了一条不同于西化诗的新路。戴望舒、何其芳等诗人随后也走上这条路。就 20 世纪 30 年代优秀的现代派诗作来说,它们不仅抛弃了法国象征主义阴暗、腐朽的形象和情感,而且在传统形象的使用上,也不同于之前的诗人。在穆木天、冯乃超等诗人那里,传统的形象往往是由某种情调串联起来的,它们就好像一颗颗宝石,但是必须有一个链子串着,否则就散乱不堪了。在戴望舒和何其芳的一些诗中,形象开始呈现另外一种功能,它不是情感的装饰,而是能生发情感。比如戴氏的《印像》一诗,"铃声""颓唐的残阳"[②]象征的是被遗忘的

---

① 穆木天:《我主张多学习》,见郑振铎、傅东华编:《我与文学》,上海:上海书店,1981年版,第319页。

② 戴望舒:《诗五首》,载《现代》1932年创刊号,第83页。

印象。诗中并没有情感的直接流露，情感是在形象的关系中自己生发出来的。这种寄寓着情感的形象，就是真正的意象。如果形象能渐渐生发情感，那么它其实也是象征。

象征主义本土化更重要的表现在理论上。五四后期出现了不少法国象征主义诗学译介的文章，这些文章中少数使用了与意象有关的术语来翻译，这是象征主义本土化的最初尝试。李璜编译的《法国文学史》中出现了"意味"这个词，比如"象征意味""包藏的意味"①。这明显借鉴了《文心雕龙》等诗学著作。创造社成员也在这方面迈出脚步。穆木天在讨论象征主义的纯诗时，将李白和杜甫作了对比："读李白的诗，即总感觉到处是诗，是诗的世界，有一种纯粹诗歌的感，而读杜诗，则总离不开散文，人的世界。"②这里并不仅仅是用李白的诗来附会纯诗，它将象征主义纯诗作了本土的解释。

总体来看，上面这些尝试发挥的作用不大，系统地、认真地使用传统诗学理论的情况还没有看到。做出更大成绩的是现代派的诗人和理论家。卞之琳于1932年11月发表了《魏尔伦与象征主义》一文。该文译自尼克尔森出版于1921年的《魏尔伦》(*Paul Verlaine*)一书。卞之琳的译文中有这样一句话："他底暗示力并不单靠点出无限的境界，并不单靠这么一套本领……"③。原文中的"the infinite"，是一个抽象的词，相对的是有限的现象世界。卞之琳用了一个中国化的词"无限的境界"来译它，明显在用中国的意境（境界）理论来解释象征主义。另外一处，原文是"to suggest the something beyond"④，意思是用一些外在的场景来暗示超越这些场景的东西，这些东西往往是情绪。卞之琳将这句话译作"言外之意"。卞之琳曾说当他在中学时期接触法国象征主义诗歌时，感觉这些诗"与我国传统诗（至少是传统诗中的一种）颇有相通处"⑤。他很早就有会通中国和法国诗学的心愿。

象征主义中国化最重要的一位理论家是梁宗岱。推动梁氏做这种努力的，一方面是革命时代的时势所迫，另一方面是他对中国诗歌传统的崇敬之心。他曾指出："因为有悠长的光荣的诗史眼光望着我们，我们是不

---

① 李璜编：《法国文学史》，上海：中华书局，1923年版，第244页。
② 穆木天：《谭诗》，载《创造月刊》1926年第一卷第一期，第87页。
③ 卞之琳：《魏尔伦与象征主义》，载《新月》1932年第四卷第四号，第17页。
④ Harold Nicolson, *Paul Verlaine*, London: Constable, 1921, p.248.
⑤ 卞之琳：《卞之琳集》，北京：中国社会科学出版社，2009年版，第326页。

能不望它的,我们是不能不和它比短量长的。我们底诗要怎样才能够配得起,且慢说超过它底标准。"①对梁氏来说,借鉴法国象征主义,并将它与中国诗歌传统结合起来,这是实现他的诗歌理想的唯一道路。如果两边都是伟大的传统,那么这两种传统就有对话的价值。他把"象征"与中国的"兴"比较,发现它们有很大的相似性。"兴"即"感发志意",在《诗经》中常常出现在诗句的开头,引出要吟咏的感情。但"兴"也可以视为一般的作诗法,指情景交融,这样就与意境搭上了关系。梁宗岱将象征视作"情景底配合",不过,情景的配合有高低之别,较低者是"景中有情,情中有景",较高者是"景即是情,情即是景";后者才是象征能够达到的高度,它的表现是"物我或相看既久,或猝然相遇,心凝形释,物我两忘:不知何者为我,何者为物"②。梁氏的这句话,明显借鉴了王国维的"无我之境"说。联系上文,则可知一般的"兴"等同于"有我之境","象征"等同于"无我之境"。

　　梁宗岱还总结了象征的两个特征,一个是情景融洽,一个是含蓄。这两个特征很难看出法国象征主义的影子,倒像是宋代诗学的重新解释。这样做不但让法国象征主义去掉了它的颓废美学,而且迎合了20世纪30年代民族风格的要求。中国象征主义现在不仅是一种现代的文学思潮,而且在某种程度上还是一种美学上的复古运动。梁氏后来填出一部词《芦笛风》,这并不奇怪。象征主义的中国化,使梁宗岱发现宋词代表的诗歌才是真正的"纯诗",于是他选择了一条复古式的现代主义道路。

　　梁宗岱并非单纯用中国诗学来解释象征,那样会让象征成为一个虚假的幌子,所谓象征主义的本土化就成为空中楼阁了。他造了一个新词"象征意境",这个中西合璧的词,有他新的思考。表面上看,这个词有点画蛇添足,因为象征就是意境,意境就是象征,两个词原本是一体,硬要相连,岂不是头上安头?梁宗岱想让意境与法国象征主义的感应说结合起来。波德莱尔、马拉美的象征,来自一个感应的世界。这种感应的世界,与中国唐宋诗学的境界并不相同。感应需要将人与世界万物看作是一致的,属于相同的实体。而中国佛家的"空"、道家的"无",都否定这种实体的存在。梁宗岱不但想引入一种新的世界观,而且想利用感应革新象征的创作方式。他说:"象征之道也可以一以贯之,曰,'契合'而已。"③这里

---

① 梁宗岱:《梁宗岱文集》Ⅱ(评论卷),北京:中央编译出版社,2003年版,第30页。
② 同上书,第66页。
③ 同上书,第69页。

的"契合"是感应的另一个译名。理论上看,如果真正可以获得感应的体验,那么诗人的象征就透露超自然的秘密,就与法国象征主义的象征合流了。

20世纪30年代,象征主义诗歌一度崛起,但是在抗日战争全面爆发后,戴望舒、卞之琳、何其芳等诗人渐渐疏远了象征主义诗风,回到现实主义的潮流中。20世纪40年代,象征主义的一些元素在冯至、穆旦、唐湜等人的诗作中得到延续。这些诗人对于象征主义的本土化也做了工作。这里面值得注意的是唐湜。唐湜不以象征主义者自居,但是他的诗学理念与象征主义有很多一致性。不同于梁宗岱用"兴"来解释"象征",唐湜拈出了"意象"。这种意象并不完全是刘勰"窥意象而运斤"的意象。虽然唐湜尽量从中国诗学中寻找根据,但是这种意象与诗意的关系,"是一种内在精神的感应与融合"①。这透露出他的意象其实是象征。他想用意象这个本土诗学术语来思考象征的问题。唐湜的意象,到底是象征化的意象,还是意象化的象征呢?可能没必要做严格的区别。这两种倾向有很大的重叠。在《论意象》一文中,唐湜还把波德莱尔的《感应》一诗当作意象的例子,并总结道:"象征的森林正是意象,相互呼唤,相互应和,组成了全体的音响。"②虽然唐湜没有用"含蓄""情景交融"等概念,但是他的"意象"本身已经能阐释出象征的特征,这自然产生本土化的象征主义观念。

20世纪40年代后,中国台湾诗人覃子豪也在象征主义的本土化上做过思考。覃子豪的思路与梁宗岱非常接近,他认为"比兴是象征的另一个名词。而象征无疑是中国的国粹"③。将象征看作是"国粹",自然不符合事实,但是这里面有一种心理上的真实性,即将象征想象成中国固有的诗学概念。覃子豪也把象征与境界联系起来,但他认为二者还有区别:境界是进入理念世界的状态,而象征则是传达境界的方式。进入新时期,国内已经没有专门的象征主义流派,不过,以梁宗岱等人为代表的象征主义本土化运动,已经让象征的观念深入人心。这就产生了一个问题,梁宗岱等人是通过什么样的策略做到的呢?

---

① 唐湜:《新意度集》,北京:生活·读书·新知三联书店,1990年版,第9页。
② 同上书,第10页。
③ 覃子豪:《论现代诗》,台中:曾文出版社,1982年版,第213页。

四、象征主义本土化的策略

象征主义本土化只是一种笼统的概括,它并不能说清现代时期中国象征主义诗学的真实情况。比如为什么能本土化?怎么本土化?怎么保留?这些问题目前还没有得到解决。下面将象征主义分作四个方面,尝试弄清这个问题。法国象征主义作为特殊的文学思潮,是一种系统性的理论,涉及主体论、本体论、美学论、艺术论的内容,这四个内容分别对应的是作家、世界、读者、作品四个要素。通过这四个方面的内容,主要以梁宗岱的诗学为考察对象,可以对象征主义的本土化有更全面的理解。

首先看主体论。余宝琳(Pauline R. Yu)曾认为法国象征主义诗人与中国形而上学诗人的共同点是"偏好直觉理解"[①],这种判断也适用中国象征主义诗人,他们和法国象征主义诗人一样,是直觉而非理性的诗人。这种直觉主要表现在对感受力的强调上。不过,就感受力来看,两者的情况又有很大差别。法国象征主义诗人的感受力具有病态的特征。勒迈特曾指出魏尔伦有"病态的感觉"[②],其他的法国象征主义诗人也大多如此,马拉美得过神经症,波德莱尔则渴望精神的迷醉,他曾自述自己多次处在超自然的世界中,而兰波倡导的通灵人,本身就有打乱感官的病态体验。为了获得这种病态的精神,波德莱尔和兰波甚至还服用大麻和鸦片来寻求刺激,达到所谓的"人格解体"(depersonalization)的状态。梁宗岱眼中的诗人,则是正常的抒情者,面前的自然与他情感交流,合乎刘勰所说的"人禀七情,应物斯感"。这种心境就是感兴,诗人就是内心发生感兴的人。这种诗人当然有敏锐的感受力,但是他内心得到的触动,并不是人为造就的。梁宗岱自己说得也很清楚:"当一件外物,譬如,一片自然风景映进我们眼帘的时候,我们猛然感到它和我们当时或喜,或忧,或哀伤,或恬适的心情相仿佛,相逼肖,相会合。"[③]这里的看法与感兴说是吻合的。不过,梁宗岱还提出另一种主体状态,这就是观物:"洞观心体后,万象自然都展示一副充满意义的面孔;对外界的认识愈准确,愈真切,心灵

---

① Pauline R. Yu. "Chinese and Symbolist Poetic Theories", *Comparative Literature*, 30. 4 (Fall 1978), p. 302.

② Jules Lemaître, "M. Paul Verlaine et les poètes 'symbolistes' & 'décadents'", *Revue bleue*, 25 (7 janvier 1888), p. 14.

③ 梁宗岱:《梁宗岱文集》Ⅱ(评论卷),北京:中央编译出版社,2003年版,第63页。

也愈开朗,愈活跃,愈丰富,愈自由。"①宋代大儒邵雍曾提出类似观物的心法,佛家也要求观。梁宗岱这里想沟通过去的圣人,让诗也能体悟大道。这种观物倒是人为的活动,但它与法国象征主义诗人的方法仍旧不同。观物并不改变感觉,但是法国象征主义的人格解体往往带来错觉和幻觉。波德莱尔曾说:"我忘了埃德加·坡在哪里说过,鸦片对感官的效果,是让整个自然具有超自然的意味,每个事物都有了更深刻、更自觉、更专横的意义。不用借助鸦片,谁不了解这种美妙的时刻?那是头脑真正的愉悦,那里更专注的感官感觉到更强烈的感觉,更透明的天空像一个深渊,伸向更无限的空间。"②

在主体的精神状态上可以看出,一边是自然的、正常的,一边是人为的、病态的,这正代表着感兴的诗人与颓废的诗人的分歧。象征主义本土化既然首要面对的是去除颓废的元素,则法国象征主义的主体特征必然要被替换掉。象征主义诗人一旦变成感兴的诗人,则比兴、意境的观念就能顺利引入,这种诗学就有中国风貌了。

其次看本体论。法国象征主义往往表达一个超越的世界,在它那里,"文学的本质也被理解为对另一个理想世界的揭示,是对'天国'的幻象的呈现"③。天主教确实有两个世界的观念,不过目前的研究一般忽视了这样一个事实,即法国象征主义的代表诗人要么没有宗教信仰,要么是异教徒。马拉美是一个虚无主义者,兰波在创造个人感觉的宗教,波德莱尔同时信仰基督和撒旦,他曾在日记中说:"即使天主不再存在,宗教仍然会是神圣的、完美的。"④这句话一方面表明波德莱尔的宗教情怀,另一方面也揭示了他的异教徒的身份。整体来看,法国象征主义诗人眼中的超越世界主要是一个保留感受力的精神世界。在这样一个精神的世界中,诗人并未丧失身体,相反,他们身体的感受力更加敏锐了。他们与人格解体的精神病人接近,不同于陷入迷狂的宗教徒。所以,法国象征主义诗歌的超越性是有限的,它表达的主要是一种梦幻的心境。刘若愚认为法国象征

---

① 梁宗岱:《梁宗岱文集》Ⅱ(评论卷),北京:中央编译出版社,2003年版,第84页。
② Charles Baudelaire, *Œuvres complètes*, tome 1, ed. Yves Florenne, Paris: Le Club français du livre, 1966, p.651.
③ 吴晓东:《象征主义与中国现代文学》,合肥:安徽教育出版社,2000年版,第47页。
④ Charles Baudelaire, *Œuvres complètes*, tome 3, ed. Yves Florenne, Paris: Le Club français du livre, 1966, p.1181.

主义诗人"用诗来代替宗教"①,也表明了梦幻心境而非真正的宗教的重要性。中国象征主义诗人由于具有现实主义创作的需要,超越性的冲动是缺乏的。尽管梁宗岱强调感应说,也想给中国新诗引进新的内容,但这更多的只是他的理想,而非实效。他的创作和理论出现了不小的断裂。他的世界观融合了道家与法国象征主义的神秘思想:"我们在宇宙里,宇宙也在我们里:宇宙和我们底自我只合成一体,反映着同一的荫影和反应着同一的回声。"②他早期的《晚祷》《星空》中有些基督教的彼岸情感的影子。但《芦笛风》中主要的诗,抒发的是两性的感情,情感和形象都更细腻。虽然不能完全排除梁宗岱的形而上的冲动,但是他的诗作是以人间的感情为主,它不大脱离现实,也不重视寻找梦幻。这种感情还是来源于一个感兴的诗人。

在本体论上,中国现代的象征主义诗人用一种现实的情感来代替法国象征主义梦幻的情感。这种代替因为都弱化形而上的元素,强化个人情感的元素,所以具有相同的倾向,具有对等性。

再看美学论。法国象征主义美学最重要的特征是暗示。它在这一点上与巴纳斯派和自然主义文学不同。象征主义渴望穿过表面的事物,进入另一个世界。在波德莱尔那里,这是一种超自然的世界,与宗教经验相似;在马拉美那里,这是一种理念的世界,带有虚无主义的精神;在兰波那里,这是一种奇特的幻觉世界。这三位诗人虽然各有不同,但是总的来看,可以将他们的世界称之为梦幻的世界。这种梦幻的世界也包括了魏尔伦和拉弗格的世界。梦幻的世界因为是个人性的,所以无法传达,因而法国象征主义采用了暗示的手法。马拉美曾说:"诗歌中应该永远存在着难解之谜,文学的目的是暗示事物,没有其他的目的。"③中国象征主义美学主要的特征是含蓄。中国诗人像巴纳斯诗人一样,喜欢表现自然中的事物,但是,自然中的事物往往与诗人的心境存在着交融。这里可以分两层来说。第一层是形象与诗人的情感契合,外在景物的明暗动静,与诗人的悲欢离合有着共鸣。第二层是形象与诗人悟道之心有了联系,形象中好像有天地的精神,正所谓"目击道存"。

中国现代象征主义的含蓄与法国象征主义的暗示,相同的地方是都

---

① James J. Y. Liu, *Chinese Theories of Literature*, Chicago: The University of Chicago Press, 1975, p.55.
② 梁宗岱:《梁宗岱文集》Ⅱ(评论卷),北京:中央编译出版社,2003年版,第72—73页。
③ Stéphane Mallarmé, *Œuvres complètes*, Paris: Gallimard, 1945, p.869.

反对直接陈述,但又有不同。暗示和象征是一体的,含蓄和意象是一体的。为了说清楚,不妨从象征和意象的区别开始谈。法国象征主义的象征与之前的宗教、文艺上的象征不同,它是梦幻的心境中自发产生的形象。这种形象一来是主观的,不是客观世界现有的,二来是变形的,不是正常的。比如马拉美的《海洛狄亚德》中的"紫水晶的花园"。中国现代象征主义诗人们继承的基本是意象的传统。这些诗人喜欢利用客观世界现有的、正常的形象,来抒发感情,传达心境。严格说来,中国象征主义诗人运用的主要是意象,而非象征。其原因也很好理解,因为中国诗人的主体是一个感兴者,而非是一个迷醉的、病态的感受者。

在美学论上可以看出,法国象征主义和中国象征主义依然有很大的区别,以含蓄来解释象征主义,这是对象征主义的重大更改。不过,因为含蓄和暗示在反对直接陈述上、在意蕴的丰富性上拥有相似的倾向,因而这种代替有对等性。

最后看艺术论。艺术论这里涉及的技巧和理论很多,无法一一比较。这里以纯诗(poésie pure)理论为代表,来看双方的不同。纯诗是法国象征主义最重要的技巧理论之一,在波德莱尔、马拉美、吉尔、瓦莱里的理论中都有论述。波德莱尔多次提到纯诗的概念,他没有给纯诗下过定义,只是暗示纯诗具有"异常的和充满幻想的气氛",有"抚慰人的东西"[1]。他的纯诗偏重主题的方面。在马拉美、瓦莱里那里,纯诗成为一种心灵的状态,一种无我的虚无主义。莫索普(D. J. Mossop)将其形容为"一种在另一种状态下理解自己的方式,是把自己当作镜子"[2]。这种纯诗与福楼拜提倡的纯粹的风格还不相同,在马拉美那里,纯粹体现为诗人的退场。即是说,诗人似乎放弃他的创造力,让词语和形象自己建立联系,诗人就像是一块反射光亮的宝石,他并不改变光亮,也不创造光亮。马拉美想在长期体验中等待他想要的形象和语句自发出现。这是一种被动的创作方式,但是需要对词语和形象有更高的体会。这种理论并不是一种设想,而是得到了一些实验。从《海洛狄业德》来看,它的行内和行际有相同元音和辅音的不断重现,这让诗行内部存在着声音和意义的秘密联系。词语和声音似乎并非是诗人有意控制的,它们有相当大的自主性。

梁宗岱对纯诗的定义来自瓦莱里,他的理解是到位的:"所谓纯诗,便

---

[1] Charles Baudelaire, *Œuvres complètes*, tome 3, ed. Yves Florenne, Paris: Le Club français du livre, 1966, p.1226.

[2] D. J. Mossop, *Pure Poetry*, Oxford: Clarendon Press, 1971, p.142.

是摒除一切客观的写景,叙事,说理以至感伤的情调,而纯粹凭藉那构成它底形体的原素——音乐和色彩——产生一种符咒似的暗示力,以唤起我们感官与想像底感应。"①他还说明,纯诗不要说理,不要抒情,并非是没有说理,没有抒情,它们要化在音乐和形象中。黑木朋兴曾指出,不少像马拉美这样的象征主义诗人,"在语言意义的稀薄化中,想看到纯诗的理想"②。纯诗确实是以意义的稀薄化为代价的。梁宗岱看到表意与纯诗的对立,这是准确的认识。他还认为意义退场后剩下的音乐要有自身的形式,这也符合纯诗的主张。但梁宗岱的理论具有多面性,他曾指出小令和长调是适合他表现情意的形式,这里也说明梁宗岱的音乐观存在着矛盾的地方。其实这里的矛盾也可以理解。当梁宗岱在讨论法国的纯诗时,他给出的是马拉美、瓦莱里的解释,但当他讨论中国新诗(或者说他自己的作品)时,使用的纯诗则是情感纯粹的诗的意思,因为他心仪中国传统文人的感兴状态,自然看重内心与音乐的交流。

法国象征主义的纯诗是一种无我的音乐组织,是反表意抒情的,而中国象征主义的纯诗,是有我的音乐结构,是肯定表意抒情的。象征主义的本土化在音乐方面,表现的是代替。虽然在音乐精神上的理解不同,但是由于法国象征主义诗人也重视韵律的技巧,这就与中国象征主义诗人又有了共通性。

法国象征主义和梁宗岱等人的诗学既有相同的倾向,又有不同的理论特质。就相同的倾向来看,双方都肯定直觉,排斥理性,主张暗示或含蓄的美学,反对直接陈述;要求文学表达心境,而非描摹现实;注重音韵效果,而非散文的做法。因为有相同的倾向,就能保留法国象征主义的一些特征。因为理论特质不同,就可以用中国传统的理论来改造法国颓废的美学,象征主义的本土化就有了可能。中国的象征主义诗人在寻求接近法国象征主义的同时,并没有忘记保持自身的文学传统,他们用感兴来取代对方的迷醉与病态,用自然的意象来代替人工的象征。因为保持了法国象征主义对内在感受的挖掘,并借用一些对方的技巧,中国的象征主义诗歌具有了显著的现代性。这种现代性又不是模仿的现代性,它让传统的许多诗学元素重新复兴了。比如感兴的做法、婉约的意象、伤时的主题、意境的诗学术语。五四时期胡适给旧文学列举的罪状,现在很多都被

---

① 梁宗岱:《梁宗岱文集》Ⅱ(评论卷),北京:中央编译出版社,2003年版,第87页。
② 黒木朋興:「マラルメと音楽:絶対音楽から象徴主義へ」,東京:水声社,2013年版,第428页。

推翻了,旧文学的艺术、主题重新进入新诗中,补救了新诗的粗浅与贫乏。总体来看,在20世纪三四十年代,象征主义在中国确实实现了本土化。不管这种本土化得到了多大范围的认可,但一种新的理论、一种新的文学价值确实已经建立。它在革命文学的时代背景中,给象征主义找到了一种存在的合理性。

这种融合并不是对抗性的替换。对抗性的替换,是一种理论完全排斥另外一种理论。除了颓废的元素为中国象征主义诗人所拒绝外,感应、纯诗、通感等技巧或者风格,在梁宗岱等人的理论中仍有生存空间。即使在实际的运用中,梁宗岱、戴望舒等人多取法中国传统,但对法国的技巧、风格仍然有包容之意。正是因为这种包容和接受,中国诗人的创作才有了象征主义的名目。这种融合是系统性的、对等性的重构。首先来看系统性,梁宗岱等人在主体论、本体论、艺术论上分别用中国的诗学来解释、弱化法国象征主义,他们用自然的、正常的精神状态代替人为的、病态的精神状态,但保留了主观性;用形象的含蓄对应象征的暗示,但保留了形象思维;用现实的情感对应梦幻的情感,但保留了内在性;用个人的音乐对应非个人的音乐,但保留了韵律。这是整体上的融合,不是片面的、局部的借鉴。再看对等性。中国诗学与法国象征主义都具有主观性、体验性、内在性、形象性的特点,这两种诗学虽有不同,但是这些不同在各自的文化里有相近的位置,有等价性。象征主义的中国化就是在这种等价性的基础上建造的。这种建造是重构,而非完全的替换。说是重构,指的是在美学论、艺术论、世界论方面,树立中国意境(比兴)理论的中心地位,但是并不排斥法国象征主义的论述。因而,神秘性、纯诗、通感等诗学观念,也经常得到中国象征主义诗人的关注。

最后,要看到中国象征主义诗歌具有的历史价值。它既表明了中国现代诗人对西方文学思潮的勇敢接受和消化,又显示出中国传统诗学在现代性上的努力。中国象征主义诗歌不仅是象征主义的本土化,也是意境理论的现代化。象征主义的新变超越了晚清"旧学为体,西学为用"的思维方式。它摆脱体用的纠缠,直接在对等性的重构中建造适应时代的诗学。

第五章
象征主义思潮的神秘主义

从第一章到第四章,可以看出象征主义思潮的脉络是象征主义不同圈子的变化。前三章讨论的是象征主义思潮在法国的三个圈子,第四章涉及的是第四甚至第五个圈子。这些内容基本上都是历时性的,是着眼于单个流派或者理论家的。它们基本呈现了象征主义思潮的史的部分。象征主义思潮还有一些部分的内容是超越固定的领域的,是跨越不同的圈子的。这一部分的内容既有史的一面,也有论的一面。在前四章结束后,也有必要通过比较的眼光,对象征主义思潮进行更大视角的研究。从第五章开始,本书将尝试更多大视角的、论的研究,有时甚至尝试进行共时性的研究。

第一节　印度大麻与象征主义的通灵人诗学

19世纪的欧洲既是科学理性的时代,也是秘教运动的时代;既是酒的宴会,也是印度大麻、鸦片的狂欢。欧洲19世纪中后期的文化愈趋反叛,传统价值解体的态势峥嵘已露,印度大麻正是在这种环境下经中东和北非进入法国,成为巴黎艺术家和作家们"脱离社会的、传染性的快乐"[①]。在象征主义诗人中,波德莱尔和兰波是最值得注意的两位,他们不仅自己吸食,而且对后来的瘾君子影响很大。正因为如此,印度大麻成

---

① Jacques Derrida,"The Rhetoric of Drugs", *High Culture*: *Reflections on Addiction and Modernity*, ed. Anna Alexander and Mark S. Roberts, Albany: State University of New York Press,2003,p.37.

为象征主义、颓废派的耻辱的记号,为"正统"价值的信奉者所唾弃。在颓废派形成早期,布尔德就曾指责颓废诗人"以歇斯底里病人为荣",渴望利用麻醉品进入"他中意的病态状态"①。当代批评的声音也不绝于耳,仍旧有人认为颓废派偏好"邪恶的东西"②。批评诗人滥用麻醉品本无可厚非,但是如果把波德莱尔和兰波使用印度大麻理解为无度的放浪形骸,这就大错特错了。实际上,这两位象征主义诗人是有意地利用印度大麻来描写超自然的世界,并成为观照这个神秘世界的"通灵人"。印度大麻激发的神秘主义体验,不仅给他们的通灵人诗学提供了实例,而且也成为他们实现通灵人诗学的重要方式。

一、两位象征主义通灵人

众所周知,兰波最早在给伊藏巴尔(G. Izambard)的信中,表露了想成为"通灵人"的心愿,在两日后,即在1871年5月15日,兰波在给德梅尼(Paul Demeny)的信中更加深入地讨论了通灵人的诗学。简言之,通灵人这种人在打乱各种感官后,能够看到"未知"的世界,同时也将获得新的思想和新的语言。兰波称波德莱尔为第一位通灵人。这并不是兰波的附会。波德莱尔不仅是兰波的思想和诗学的源头,而且波德莱尔在兰波之前就被冠以"通灵人"的名号了。戈蒂耶在1869年指出,波德莱尔拥有"'感应'的能力,以便使用神秘的语言,即是说,他能够通过秘密的直觉,发现其他人看不见的关系,并通过只有通灵人才知道的出人意料的类比,将最遥远的事物、貌似最不相容的事物结合起来"③。通灵人狭义上看,指的是兰波所说的看见"未知"的神魂颠倒的人;广义上看,指的是具有感应能力的人,是有洞察力的神秘主义者。无论从广义上看,还是从狭义上看,波德莱尔都符合通灵人的标准。本节主要是从神秘主义的意义上来理解通灵人以及通灵人诗学。另外,本节讨论的范围是两位象征主义诗人波德莱尔和兰波,魏尔伦等其他诗人不在考虑范围之内。

波德莱尔的感应说,主要来自斯威登堡的神秘主义神学。从原文来

---

① Paul Bourde, "Les Poètes décadents", *Les Premières armes de symbolisme*, ed. Léon Vanier, Paris: Léon Vanier, Libraire-Éditeur, 1889, p. 15.

② Philip Stephan, *Paul Verlaine and the Decadence*, Rowman: Manchester University Press, 1974, p. 19.

③ Théophile Gautier, "Charles Baudelaire", *Les Fleurs du mal*, ed. Charles Baudelaire, Paris: Michel Lévy, 1869, p. 31.

看,"感应"一词和"一致性"是同一个词。灵性世界和自然世界的一致性,其实也就是灵性世界和自然世界的感应。斯威登堡说:"从灵性世界产生的自然世界中的任何事物,都被称作一个感应。"① 就感应说来看,波德莱尔是斯威登堡学说的信奉者。他称赞斯威登堡灵魂的伟大,并且转引了一段著名的句子,这里也值得引用:"一切形式、运动、数、色彩、香味,在灵性世界中就像在自然世界中一样,都是有意味的、互存的……感应的。"② 感应的观念给诗歌带来了极大的暗示性,因为诗中的形象、色彩和音乐性,都源自一个共同的灵性世界,它们相互具有隐秘的感应关系,神秘主义者莱维(Eliphas Lévi)所说的到处存在的"感应的网络"产生了。③

只有在神秘主义的感应的基础上,才能真正理解波德莱尔的象征的本义。象征并不是一种修辞技巧,也不是文学特有的,它普遍存在于神秘主义的宗教和哲学中,它是感应的具体的实现,而感应则是象征的普遍化。波德莱尔并没有在批评文章中给象征下过定义,不过,他在私人日记中曾相当清楚地解释了象征与神秘主义的关系:"在某些近乎超自然的心灵状态中,生活的深度将会完全地在景象中展现出来,看上去如此平常,就在人们眼前。它成为象征。"④

波德莱尔多次强调神秘的、超自然的世界及其体验。他将斯威登堡所说的一切事物的一致性,换作了个人的警句:"我是一切,一切是我。"他还指出,有"两种根本的文学品质",其中之一就是"超自然主义"⑤。他称赞他敬佩的作家爱伦·坡让无生命的自然,具有了超自然的特征。爱伦·坡曾经写过一篇神秘主义的哲学作品《发现:论物质世界和灵性世界》,文中将自然法则理解为受"其他的法则"的决定,而这些其他的法则又是"神圣意志的结果"⑥。值得注意的是,波德莱尔曾经不辞辛苦,将其完全翻译为法文,足见波德莱尔对超自然主义的热衷。

---

① Emanuel Swedenborg, *Heaven and Its Wonders and Hell*, trans. John C. Ager, West Chester: Swedenborg Foundation, 1995, p. 69.
② Charles Baudelaire, *Œuvres complètes*, tome 3, ed. Yves Florenne, Paris: Le Club de français du livre, 1966, pp. 572—573.
③ Christopher McIntosh, "Eliphas Lévi", *The Occult World*, ed. C. Pattridge, Abingdon: Routledge, 2015, p. 225.
④ Charles Baudelaire, *Œuvres complètes*, tome 1, ed. Yves Florenne, Paris: Le Club de français du livre, 1966, p. 1201.
⑤ Ibid., p. 1200.
⑥ Edgar Allan Poe, *Poetry, Tales and Selected Essays*, New York: The Library of America, 1984. p. 1314.

第五章　象征主义思潮的神秘主义

兰波相信波德莱尔对超自然体验的追求，但将兰波与神秘主义联系起来，似乎要冒一些风险，李建英曾经指出，兰波的通灵人诗学"没有神秘主义或宗教的含义"，兰波对诗人的要求，不是"与彼岸建立某种联系"，而是探寻"自身的精神世界"①。但是兰波对复杂精神领域的探索，仍旧不掩他神秘主义者的身份。勒内维尔（R. de Renéville）曾发现，兰波的通灵人诗学有神秘的东方宗教传统的影响，比如《薄伽梵歌》。②

兰波像波德莱尔一样，承认自己是个异教徒。而异教徒自宗教改革以来，往往指的是神秘主义者。兰波的《地狱的一季》就是异教徒的内心独白，他认为自己想要说的话，是"神谕"，而他如果不使用"异教徒的语言"，他就无法解释清楚。③ 兰波对一切神秘的力量非常痴迷，他的《语言炼金术》一文使用的标题，即属于神秘主义的一个分支炼金术思想。在这篇散文诗中，兰波宣称自己相信一切奇迹。他还在另一篇散文诗中透露自己曾经"自称为魔法师或者天使，抛弃所有的道德"④。兰波观照现实背后的世界的愿望，在《地狱的夜晚》这首诗中表达得最清楚。诗人说："我就要揭开一切神秘的面纱：宗教的或者自然的神秘、死亡、出生、未来、过去、宇宙的起源、虚无。"⑤这句话表现了这样的雄心：揭示一切人间大事件背后的根源，展现那些神秘的图景。

斯威登堡指出，通过万物的一致性人就可以与灵性世界"交流"，并理解词语灵性上的意义。兰波希望自己创造一种新的诗性语言，这种语言能与所有的感觉发生联系。兰波的这种语言，并没有违背感应说。兰波宣称通灵人"要从别人倒下的地平线上出发"，这表明通灵人需要进入的世界是在"别人的"世界之外，是一个超自然的世界。⑥ 神秘主义思想认为人并非仅仅受限于一个现象的世界，他的精神或者灵魂在适当的时机下，可以直接进入更高的真实，并窥见永恒的图景。神秘主义心理学家詹姆斯（William James）相信人的生活有多种形态，除了自然的生活之外，还有灵性的生活。兰波从"地平线上"继续出发，其实就是向内进入一个神秘的世界。

---

① 李建英：《"我是另一个"——论兰波的通灵说》，载《外国文学评论》2013 年第 1 期，第 137 页。
② R. de Renéville, *Rimbaud le voyant*, Vanves: THOT, 1985, p. 65.
③ Arthur Rimbaud, *Œuvres complètes*, ed. Antoine Adam, Paris: Gallimard, 1972, p. 95.
④ Ibid., p. 116.
⑤ Ibid., p. 101.
⑥ Ibid., p. 251.

波德莱尔和兰波都认可感应说,有着相同的神秘主义的冲动。所谓的通灵人,无非就是具有这种神秘主义冲动的诗人。通灵人的这种特点为印度大麻的到来打开了大门。

二、印度大麻

虽然波德莱尔和兰波渴望揭示超自然的世界,但是诗人并不是神秘主义的幻象家(visionary)。斯威登堡作为一个幻象家,他可以通过宗教的修行,通过对自然的自我的有意扬弃,在生活中看到幻象。但是象征主义诗人们只有利用语言进行想象。虽然语言中也有神秘的感应,但是诗人们想通过语言来看到超自然的景象,他就不可避免地陷入一个怪圈:他需要通过语言获得神秘体验,但是他必须先获得神秘体验,才能拥有具有神秘能力的语言。这种困境表明,象征主义诗人们很多时候无法有效地像他们所说的那样,得到神秘的感觉。很多时候,他们难过地面对着抽象的语言,一筹莫展。在少数情况下,即使他们得到灵感,写出非同寻常的诗篇,他们也没有幻象家的经验用作鉴定。

印度大麻很好地解决了这个问题。服用印度大麻带来的幻觉经验,给他们提供了一个超自然世界的难得的实例。布恩(Marcus Boon)对印度大麻与象征主义诗人的影响关系,有过描述。但是他似乎错估了印度大麻对诗人起的作用。布恩主张印度大麻"直接造成了波德莱尔伟大的诗篇《感应》",在这首诗中,波德莱尔将自然比作"神殿",形象地阐述了他的神秘主义感应思想。[①] 象征主义从来都没有从印度大麻那里获得神秘主义思想,相反,正是神秘主义思想促使他们走向印度大麻。其中的原因很好理解,一种超自然的欲求,容易推动诗人们尝试这种"芳香的藤杆"。据历史考证,18世纪末期,拿破仑远征埃及,疲倦的法国军队在埃及发现了这种"美妙的"安慰品,并把印度大麻带回了法国。随后,印度大麻进入巴黎知识分子和艺术家的圈子。

波德莱尔接触大麻,要从"印度大麻俱乐部"说起。1843年,前往中东和北非的心理学家莫罗(Jacques-Joseph Moreau)想观察印度大麻的医学效果,于是联合一些文学家,成立了该俱乐部。聚会的地点在巴黎圣路易岛上的皮莫当旅馆(L'Hotel Pimodan)。当时,参加俱乐部的成员有雨

---

① Marcus Boon, *The Road of Excess: A History of Writers on Drugs*, Cambridge: Harvard University Press, 2002, p.140.

果、巴尔扎克、戈蒂耶和波德莱尔等人。这里面的活跃分子是戈蒂耶,他1846年发表了《印度大麻俱乐部》("Le Club des hachichins")一文,把这个私人会所的秘密和盘托出。戈蒂耶也是法国第一个描述印度大麻的幻觉体验的作家,他在印度大麻药效最大的阶段,经历了对自然的自我(身体)的舍弃,"物质和精神的联系断裂了"①。他觉得他面前的世界像是一个尘世之外的"乐土",他好像只剩下一种精神上的存在,"仅仅凭借意志活动",就能"进入一个我自由出入的环境之中"②。

戈蒂耶描述的"极乐",肯定对其他的成员有巨大诱惑。虽然巴尔扎克和波德莱尔最初只是作为"观察员"参加俱乐部的活动,但最终他们也都尝试起来。尤其是波德莱尔,虽然他可能服用的次数并不算多,但他后来多次著文描述他的幻觉体验。在1851年的《论酒和印度大麻》("Du Vin et du hachish")一文中,当进入药效发作后的第二个阶段后,波德莱尔声称他的眼睛"看到了无限",外在的一切事物都具有了"目前未知的形式"③。这里的"未知"(inconnues)一词,与兰波通灵人的书信中提到的"未知"是一个词,这一方面说明兰波的"另一个世界"与此类似,另一方面也说明波德莱尔进入一个超自然的世界之中。当达到药效的第三阶段时,波德莱尔似乎完全置身于灵性的世界之中,"所有神学家极力解决的棘手问题,所有让理性人士绝望的棘手问题,都变得清晰、明白。所有的对立都变成一致性。人成为神。"④这里提出的一致性(unité)与斯威登堡所用的词不一样,但是意思相同。在这个最大的迷醉的阶段,万物的感应显现出来,灵性的自我体验到"无限的爱意"。斯威登堡通过长期的修习获得的幻象,在波德莱尔这里轻易重现了。

在1860年出版的《人工的天堂》(Les Paradis artificiels)一书中,波德莱尔更加明白地道出了印度大麻揭示的秘密:"生命的深处——那里充满着各种各样的问题——全部在人们眼前的场景下呈现出来,尽管它自然、平常——那里,到来的第一个事物就变成了有力的象征。傅立叶和斯威登堡,一个带着他的类似说,另一个带着他的感应……他们不是通过声

---

① Théophile Gautier, "Le Club des hachichins", *La Revue des deux mondes*, 13 (février 1846), p. 530.

② Ibid.

③ Charles Baudelaire, *Œuvres complètes*, tome 1, ed. Yves Florenne, Paris: Le Club de français du livre, 1966, p. 498.

④ Ibid., p. 501.

音来教导,而是用形式和色彩来向您熏陶。"①神秘世界的象征已经出现,感应说不再是抽象的说教,而成为具体的、可见的感觉。

兰波的朋友德拉艾(E. Delahaye)记载过兰波服用印度大麻的事实。当德拉艾拜访兰波和魏尔伦时,兰波曾经"在扮鬼脸的时候擦了擦眼睛,对我们说他服用了大麻"②。兰波的通灵人的信件写于1871年5月,而他第一次服用大麻的时间是该年年底,因而有批评家否认兰波的通灵人诗学与印度大麻的关系。米尔纳(Max Milner)认为,在兰波的信中,"没有任何地方涉及采用某种毒品以便获得期望的结果"③。这种观点并不完全合理。兰波虽然在1871年还没接触印度大麻,但是他已经读过了波德莱尔的作品,并对波德莱尔非常崇拜。波德莱尔的印度大麻体验的书写,以及这种体验下的诗作,兰波是熟悉的。正因为如此,兰波才将第一位通灵人的荣誉献给了波德莱尔。这说明,兰波从波德莱尔那里可以得到印度大麻的间接知识。这种间接的知识对于"未知"世界的启发,仍是不可忽视的。另外,兰波在书信中也暗示到了印度大麻,他说通灵人要"在他自己身上用掉所有的毒药,仅仅为了留住它们的精华"④。将这句话作为解释兰波服用印度大麻的证据还不充分,但是基本可以肯定兰波了解这种麻醉品。

兰波在诗作《迷醉的上午》("Matinée d'ivresse")中罕见地描述了他吸食印度大麻的感受。作品中虽然只是使用"毒药"一词,没有直接提到"印度大麻",但是最后一句话"现在是杀手的时间"将这里的毒药确定为了印度大麻。米尔纳发现"杀手"使用了大写字母,特指的是"山中老人"用印度大麻控制的杀手。这里使用的是《马可波罗行纪》当中的典故。戈蒂耶的《印度大麻俱乐部》一文也谈到过这个史料。兰波这里无疑表明自己也进入了那些服食印度大麻的杀手们的境界中。兰波兴奋地为这种"第一次"的境界"欢呼",这表明他可能是初次接触印度大麻。他对印度大麻的态度是矛盾的,一方面声称它是"残酷的号声""诱人的刑具",担心"毒药将会留在我们全部的血管中",另一方面又赞美印度大麻兑现给他

---

① Charles Baudelaire, *Œuvres complètes*, tome 3, ed. Yves Florenne, Paris: Le Club de français du livre, 1966, p. 161.

② Ernest Delahaye, *Souvenirs familiers à propos de Rimbaud*, Paris: Messein, 1925, p. 162.

③ Max Milner, *L'Imaginaire des drogues*, Paris: Gallimard, 2000, p. 151.

④ Arthur Rimbaud, *Œuvres complètes*, ed. Antoine Adam, Paris: Gallimard, 1972, p. 251.

"超人的诺言"和"极度纯粹的爱情"①。这里使用的"超人的诺言",与成为通灵人需要的"所有的诺言,所有超人的力量"的互文关系,也暗示了印度大麻的药效可以达到通灵人的高度。虽然兰波的描述比较模糊,而且那种兴奋的状态也不如戈蒂耶和波德莱尔强烈,但是他也确实进入他的"未知"世界中。他认为迷醉的初级阶段是"粗野的",但是最后到来的状态却让他看到了"火和冰的天使",他不由得用"神圣啊"一语来感叹那种超越语言的心灵体验。

印度大麻让波德莱尔和兰波都亲身经历了他们所主张的超自然的世界,有力地为他们的神秘主义思想作了辩护。但是印度大麻带给他们的还有更多的东西。

三、"神性的能力"

神秘主义者具有与灵性世界交流的多种方法。除了长期的宗教修习外,想象力也是重要的方法。阿格里帕(H. C. Agrippa)认为想象力具有魔力,人可以利用想象力与星辰发生交流。吉本(B. J. Gibbons)将想象力视作"灵魂的眼睛",可以让人看到"看不见的世界的影像"②。具有宗教修习经验的幻象家,如果再得到想象力的帮助,就能更加方便地出入于不同的世界。

想象力在波德莱尔的思想中也占据非常重要的位置。他把想象力看作"众多能力中的女王",而且,想象力承担着表达神秘主义思想的重要任务,它是一种"近乎神性的能力",能"发现事物内在的、秘密的关系,发现感应和相似性"③。换句话说,在没有接触印度大麻的时候,波德莱尔的依靠是被赋予重望的想象力。但想象力并不是在任何时候都可靠的。如果说词语的抽象性阻碍了诗人把它当作超自然世界的门票,想象力的隐喻的材料,往往是给诗人的思想蒙上一层自然的面纱。想象力和词语一样,如果要传达神秘,就必须首先要从诗人那里获取神秘的力量。

印度大麻既然能够带来超自然的体验,那么参照服用印度大麻时环境和形象发生的变化,来书写神秘主义的世界,这是非常稳便的事情。在此意义上,印度大麻能够代替被波德莱尔神圣化的想象力,成为他表现神

---

① Arthur Rimbaud, *Œuvres complètes*, ed. Antoine Adam, Paris: Gallimard, 1972, p. 131.
② B. J. Gibbons, *Spirituality and the Occult*, London: Routledge, 2001, p. 98.
③ Charles Baudelaire, *Œuvres complètes*, tome 2, ed. Yves Florenne, Paris: Le Club de français du livre, 1966, p. 441.

秘世界的重要工具。通过波德莱尔的描述，可以看到服用印度大麻的状态确实与想象力高度活跃的状态非常相近，甚至还要更加优越。在印度大麻的药效下，人们没有了时间的概念，一个晚上像几秒钟一样一晃而过；感受力得到极大增强，平常的事物都露出恢宏的气象；人格解体，人好像与他观望的世界合二为一。这些现象波德莱尔称之为"诗性的过度的发展"①。

在《头发》("La Chevelure")一诗中，平常的头发具有了无限的属性，波德莱尔说："我要把我陶醉的、充满爱意的头，探进这黑色的大海，那里包含着另一个大海。"②诗中滚动的大海，正是服用印度大麻后出现的典型形象，波德莱尔指出，在印度大麻的迷醉下，"碧蓝无垠的大海，它们卷动、歌唱、停歇下来，有着难以言表的魅力"③。波德莱尔将头发与大海联系起来，是想赋予头发神秘的狂喜感。在《双重的房间》("La Chambre double")中，波德莱尔描述了一个"真正灵性的房间"，这个房间具有的超自然的特征是非常明白的。房间的家具在作者笔下，具有了奇特的、人格化的特征，它们是"拉长了的、虚脱的"。这种超现实主义绘画般的图像，不是正常的想象力所能带来的，而是利用了印度大麻的幻觉模式。波德莱尔在服用印度大麻后，发现最普通的壁画也都变得"具有了惊人的生命"，在《双重的房间》中，墙上的画作也是那么赏心悦目，它们"没有一点艺术上令人讨厌的地方"。印度大麻带来的"和谐感"也被借用过来，因为画作中一切都是"充足的明和微妙的暗，是和谐的"④。

印度大麻还让波德莱尔对语言的感觉变得敏锐。波德莱尔曾提出过一种巫术的语言的概念，他说："语言和写作要使用得像魔术、像招魂的巫术一样。"⑤这种巫术的语言非常令人费解，它是指一种丰富的暗示力？还是一种灵巧的手法？虽然这种语言是想象力的集中体现，但是仍然无法让人直接把握。印度大麻则给这种语言提供了最好的注脚，诗人指出，在印度大麻的药效下，"枯燥的语法本身，变成如招魂的巫术一样的东西；词语复活了，具有了肉体和骨头，名词极为庄严，形容词——透明的衣服

---

① Charles Baudelaire, *Œuvres complètes*, tome 1, ed. Yves Florenne, Paris: Le Club de français du livre, 1966, p. 503.

② Ibid., p. 929.

③ Charles Baudelaire, *Œuvres complètes*, tome 3, ed. Yves Florenne, Paris: Le Club de français du livre, 1966, p. 163.

④ Ibid., p. 15.

⑤ Ibid., p. 1201.

包裹着它,给它色彩,好比油画外层透明的颜色,动词——运动的天使,它让句子摇晃起来"①。这里同样出现了"招魂的巫术",有理由相信,波德莱尔的想象力的巫术的语言,要么来源于印度大麻的体验,要么等同于印度大麻的体验。另外,这句话表明所有的词语都"活"了起来,摆脱了日常语言的抽象状态。在《双重的房间》中,有这样一句诗:"平纹布在窗前和床前下起了密集的雨,它散成雪的瀑布。"②"雪的瀑布"一语,不但是白色窗帘布生动的隐喻,而且让固态的东西,具有了动态感。换句话说,波德莱尔把一种精神植入平纹布中,让它有了生命。所谓的招魂的巫术,归根结底就是使语言具有精神的生命。

兰波也重视印度大麻的作用。他在《迷醉的上午》中写道:"我们肯定你,方法!"③这里用"方法"代替印度大麻,说明在兰波眼里,印度大麻是一种获得"未知"的手段。兰波诗中不乏幻觉的描写,这些描写也显出印度大麻的影子。在《断章》("Phrases")中,兰波写道:"我抓住钟楼与钟楼间的绳子;窗户与窗户间的花环;星星与星星间的金链,于是我跳起舞。"④这句诗的空间显出奇特的面貌,尤其是"星星与星星间的金链",好像诗人自己也成为一颗行星,主体的意志无限膨胀,好像已经摆脱了自然的存在。其实兰波服用印度大麻时,就曾对天体现象格外注意过。他曾经告诉魏尔伦他的感觉:"白色的月亮、黑色的月亮,它们互相追逐。"⑤兰波魔幻般地跳舞的状态,与月亮的追逐非常相似。印度大麻迷醉中环境的"和谐"感,也能在兰波的诗中看到。他在《守夜》("Veillées")一诗中这样描绘一个大厅:"大厅两头的装饰物和谐地上升,结合在一起"⑥。这里"和谐地上升",明显来自幻觉。

印度大麻在语言上给兰波也带来了很大启发。兰波的"语言炼金术"其实是一种语言的巫术,这与波德莱尔的招魂的巫术说是很相似的。兰波的"语言炼金术"要求运用"词语的幻觉",它能在词语的声音和色彩之间建立起感应的关系:A 黑色、E 白色、I 红色、O 蓝色、U 绿色。他的《元

---

① Charles Baudelaire, *Œuvres complètes*, tome 3, ed. Yves Florenne, Paris: Le Club de français du livre, 1966, p.163.

② Ibid., p.15.

③ Arthur Rimbaud, *Œuvres complètes*, ed. Antoine Adam, Paris: Gallimard, 1972, p.131.

④ Ibid., p.132.

⑤ Ernest Delahaye, *Souvenirs familiers à propos de Rimbaud*, Paris: Messein, 1925, p.163.

⑥ Arthur Rimbaud, *Œuvres complètes*, ed. Antoine Adam, Paris: Gallimard, 1972, p.139.

音》实践了这种色彩、声音和形象的感应说。不过,与波德莱尔不同,兰波还用一个另外的方法来实践通灵人诗学,这就是有意识地打乱各种感官。这种方法在米尔纳眼里,表明了兰波的自主性,"是自己在自己身上下功夫"①。但是印度大麻是非常有效的打乱感官的途径,这一点也被郑克鲁所肯定,两种方法其实是可以兼容的。②

总的来看,波德莱尔和兰波通过印度大麻找到了实践通灵人诗学的具体方法,印度大麻具有了想象力的功能,成为他们揭示神秘世界的手段。

四、余论

印度大麻与通灵人及其诗学的紧密联系,上文已给出证明和描述。将这两样看似不相关的东西联系起来,每一样都将成为一个新的视角,可以重新理解对方。就印度大麻来看,它不能完全理解为诗人借此故作放纵。象征主义诗人使用印度大麻并不是为了在健康上或者生活方式上区别正常的人,印度大麻并不是他们标新立异的服饰。值得注意的是,鸦片和印度大麻在 19 世纪的法国并不是禁药,相反,它们常常作为止痛剂售卖,容易获得。波德莱尔也长期使用鸦片来缓解自己的病痛。更重要的是,波德莱尔和兰波使用它是认真的,而且是为创作服务的。

服用印度大麻不可避免带来道德的问题。人们指责象征主义诗人是颓废的,并给其安立一个"颓废派"的名目,这种行为在一定程度上需要反思。如果将颓废分成两个方面来说,另一个方面是目的,一个方面是工具,那么波德莱尔和兰波很明显在目的上并不颓废,反而具有极大的创新的胆气。在目的上批评他们颓废,明显是不合理的。魏尔伦一开始就注意到颓废这个词背后的侮辱。魏尔伦反问道:"难道一个美好的一天的暮色不会带来所有的黎明?"③这至少表明,颓废派这个称呼之所以被魏尔伦等人继承下来,并不是他们公开承认自己是放纵和病态的诗人,并以此标榜。相反,颓废派们是在这个词相反的意义上寻求诗歌的发展的。这种相反的意义,其实就是未知的、原创的诗歌美学。只有充分理解波德莱尔、兰波开创新的美学上的成就,才能不至于否定颓废具有的积极的美学品格。但是从工具来看,波德莱尔和兰波诉诸一种非常的方式,这是诗人

---

① Max Milner, *L'Imaginaire des drogues*, Paris: Gallimard, 2000, p. 152.
② 郑克鲁:《法国诗歌史》,上海:上海外语教育出版社,1996 年版,第 216 页。
③ Jules Huret, *Enquête sur l'évolution littéraire*, Paris: José Corti, 1999, p. 112.

的自甘堕落，理应在道德上受到批判。其实，波德莱尔自身也对印度大麻有一定的戒备心，他提醒读者们，过度依赖麻醉品将会使诗人"不再会思考"，他的想象力会"瘫痪"①。

另外，印度大麻的效力是一种事实，还是波德莱尔和兰波的虚构，这也值得讨论。波德莱尔也曾明言虽然印度大麻带来"神奇"，但是诗人在药效发作的时候却"不能利用这种心理的能力"②。因为印度大麻虽然能够提高感受力，但同时又减弱人的意志力，使人无法当场利用那种力量。因而今天看到的一些与印度大麻有关的象征主义诗篇，多属于药效过后的回忆之作。另外，虽然印度大麻对想象力的作用有些依据，但是也存在高估的可能性。最新的精神药理学的研究发现定期大量服用印度大麻，会破坏发散思维，而服用过少，则不能增强人的创造力，因而印度大麻对想象力的提升，"可能是一个错觉"③。米尔纳在评价戈蒂耶描述的幻觉体验时，也指出其中"很大一部分是纯粹的创造"④。这些告诉人们印度大麻的效力存在着夸大的可能性。

就通灵人诗学而言，这种诗学寻找的神秘世界很难定义，但是可以推论，它与感官的幻觉有关系。波德莱尔和兰波的神秘主义并不认可上帝的位置，他们的超自然的世界，并不是上帝主宰的宗教世界，但是对于这种没有上帝的神秘世界，人们往往在理解上多有困惑。印度大麻对于我们把握这种神秘世界提供了一个更清晰的视野。这种世界与身体有关系，也与诗人内在的幻想有关系，它是身体可以直接感受的境界。这种境界的真实性，不但体现在它的主观的意志的真实性上，而且也体现在感官的实证的基础上。在大多数情况下，这种幻境只能通过想象力才能达到，但是借助印度大麻，诗人也能够用眼睛和耳朵清楚地认识。这种境界并不排斥自然的形式，但是自然的形式会更"充分"地显现出来。说到底，这种境界与自然世界的不同，在于它是一种高度移情的境界，在这种境界中，诗人的意志进入他看到的、听到的事物中。

寻找这种幻境的主体——即通灵人——也有了重要的变化。他不是

---

① Charles Baudelaire, *Œuvres complètes*, tome 3, ed. Yves Florenne, Paris: Le Club de français du livre, 1966, p.163.

② Charles Baudelaire, *Œuvres complètes*, tome 1, ed. Yves Florenne, Paris: Le Club de français du livre, 1966, p.499.

③ Mikael A. Kowal, etc. "Cannabis and Creativity: Highly Potent Cannabis Impairs Divergent Thinking in Regular Cannabis Users", *Psychopharmacology*, 232 (2015), p.1132.

④ Max Milner, *L'Imaginaire des drogues*, Paris: Gallimard, 2000, p.7.

正常利用感官的人,也不是空想者,他是一个心灵与外在的形式极大融合的观照者,一切的形式都与内心"完美"的理念相应和。在这种意义上,诗人已经很大程度上摆脱了主观的自我,成为一种客观的"他者"。波德莱尔提到印度大麻给他带来了非个人性(impersonalité),兰波也主张"我是另一个",这些说法虽然不同,其实本质上与精神病学当中的"人格解体"非常接近(甚至一致)。在自我人格解体之后,时间、空间、因果律的法则才会扭曲,诗人才会进入一种反常的形式的世界。

第二节　人格解体与象征主义的神秘体验

印度大麻、鸦片等麻醉剂不仅让象征主义诗人获得神秘体验,而且也使诗人的心理发生变化。这种变化就是人格解体。目前主流的看法还没有对象征主义的人格解体足够重视,往往将象征主义的神秘性解释为唯心主义。比如阿龙(Paul Aron)认为象征主义是针对资产阶级社会价值的"唯心主义的反抗"[①]。唯心主义美学的解释,当然具有合理性,但是它容易将象征主义看作是主观的幻想,是与现实主义格格不入的思潮。借鉴心理学理论,可以发现人格解体不仅是象征主义文学幻觉书写的主要原因,而且它成就了象征主义真实与虚幻、正常与病态兼具的美学效果。

一、象征主义诗人的人格解体现象

人格解体在医学上是一种意识障碍,狭义上的人格解体指的是"对自我的不真实感"[②]。病人往往觉得对自己丧失了感知,或者对自己有陌生感。诗人绝对无法与精神病人等量齐观。但是在文学创作中,由于诗人的精神不乏反常现象,因而利用精神病学审视诗人的主体特征,自20世纪以来已为学界广泛接受。比如克纳福(Danielle Knafo)曾思考人格解体对创造力的作用,兰波的人格解体在米尔纳的书中也已经得到承认[③],因此,有必要利用该理论对象征主义诗人作进一步的考察。

---

① Paul Aron, *Les 100 mots du symbolism*, Paris: Presses universitaires de France, 2011, p.95.

② 李从培、侯沂:《精神障碍的症状学》,见沈渔邨主编:《精神病学》第5版,北京:人民卫生出版社,1980年版,第176页。

③ See Max Milner, *L'Imaginaire des drogues*, Paris: Gallimard, 2000, p.159.

马拉美是典型的人格解体者。19世纪60年代后期,马拉美曾经历过长达数年的疾病。1867年5月,在给友人的信中,马拉美讲述了他的体验。他觉得自己的生命是"怪异的",他的思想不再受他控制,变得独立了,"我的思想在思想它自己,它进入一种纯粹的观念中"①。这里的思想不受时间和空间限制,所谓"纯粹的观念"是远离了物质世界和欲望世界产生的观念。这种话并不是马拉美内心绝望时的危言耸听,相反,它是诗人多年的状态。人格解体带来的对自我的陌生感,也在这封信中可以看到。马拉美吐露道:"我之前多次忘掉了自己。"这里的"忘掉了自己"表明存在着两种自我,即与环境有联系的旧的自我,和超越环境的精神自我。两种自我的出现说明诗人与旧的自我有了分裂。诗人在此期间一直作为精神自我活着,他的名字已不叫斯特凡·马拉美,这一点诗人说得非常清楚:"我现在是非个人性的,不再是你熟悉的斯特凡,而是精神世界具有的一种功能。"②诗人起居室里装有一面大镜子,每次看到这面镜子中的形象,诗人才意识到自己"忘掉了自己"。在这个时候,旧的自我回归,"最终我在我维尼斯的镜子前面重新又成为自己"③。但即使这样,马拉美认为在那一时期,自己基本上一直处在一种绝对观念的世界中。这种情形直到1868年5月方才好转。马拉美在该月给友人的信中说:"我重新降到我的自我中,它两年来被我抛弃了。"④

兰波比马拉美晚几年体验到人格解体。兰波曾自称"我是另一个",这清楚地表达了摆脱正常意识、获得新的自我的渴望。如果仔细分析一下这句话,还能得到更细微的信息。兰波的原文是:"JE est un autre"⑤,如果换成正常的法文,则应为"Je suis un autre",谓语应该使用第一人称的"suis(是)",兰波用的却是第三人称的"est"。系动词的变化,直接给主语"我"(JE)带来危机。在这句话中,自我原本就是解体的。自我并不是一个我所固守的自我,它本身就是"另一个"。如果将兰波与另一个发生人格解体的诗人亨利·米肖(Henri Michaux)进行对照,就可以更清晰地理解兰波的修辞。米肖说"我包含着新的人格","人可能并不是为了单独

---

① Stéphane Mallarmé, *Correspondance complète:1862—1871*, Paris:Gallimard, 1995, p. 342.
② Ibid., p. 343.
③ Ibid.
④ Ibid., pp. 384—385.
⑤ Arthur Rimbaud, *Œuvres complètes*, ed. Antoine Adam, Paris:Gallimard, 1972, p. 249.

的一个我而造就的"①。这不禁让人猜想，兰波的"另一个"自我，并非是特例，它是一类人共同感受的写照。

兰波自己体验到了另一种新的自我，他说："这在我身上是明显的：我目睹了我思想的绽放：我凝视它，我聆听它。"②与马拉美的情况相似，一种新的精神自我在他内心深处产生。在自白的《地狱一季》中，兰波追问"上一世纪我是谁"③。这种泛神论的命题表明了他对自我存在的时空属性的否定。他认为自己只在今天才找到了自己。在一首回顾性的《永别》("Adieu")的诗中，兰波声称自己曾创造过"新的身体"。新的身体注定会带来人对自我和环境的陌生感，这在兰波的诗学中又被称作"未知"。他指出当诗人取得巨大的成就时，"他达到了未知"。做到这一点，新的陌生的意识就成功确立了，旧的自我就被抛下了。在兰波的笔下，当诗人进入这种陌生的世界的时候，他将产生异常的感觉，"最终丧失了对视觉的意识"④。对环境产生的陌生感，是人格解体的典型特征之一。

波德莱尔是象征主义的先驱，他也曾多次体验过类似兰波"未知"的状态。他在私人日记中称自己是一个"懒散的神经过敏者"⑤，还在文章中更清楚地记载过自己人格解体的体验："人格时不时地消失了。"⑥他觉得在人格消失后，他获得了陌生的客体性，自我好像"与外在的生命混为一体"⑦。这时诗人觉得自己变成一棵树，或者树变成了他自己，树的摇摆好像是波德莱尔自己的摇摆，树的呻吟好像是他自己的呻吟。总之，他似乎脱离了他的躯壳。他感受到的再也不是自己："所有的痛苦都消失了。你不用再斗争，你变得暴躁，你不再是自己的主人，你不再为自己感到悲伤。时间的概念马上彻底消失了。"⑧这无疑是人格解体的可靠描述。

这三位诗人是怎样达到人格解体的状态的呢？目前看来，主要有三

---

① Henri Michaux, *Plume: précédé de lointain intérieur*, Paris: Gallimard, 1963, p. 217.
② Arthur Rimbaud, *Œuvres complètes*, ed. Antoine Adam, Paris: Gallimard, 1972, p. 250.
③ Ibid., p. 95.
④ Ibid., p. 251.
⑤ Charles Baudelaire, *Œuvres complètes*, tome 3, ed. Yves Florenne, Paris: Le Club français du livre, 1966, p. 1261.
⑥ Charles Baudelaire, *Œuvres complètes*, tome 1, ed. Yves Florenne, Paris: Le Club français du livre, 1966, p. 499.
⑦ Ibid.
⑧ Ibid.

种方法。第一种方法是通过冥想。波德莱尔一直将冥想视为观察超自然世界的窗口。他曾称赞德拉克洛瓦利用想象力"表达了大脑的深邃之处",这是"通过专注的冥想生出的幻象"[①]。波德莱尔自己也强调想象力,认为想象力与空想不同,它"具有更高的功能,因为人是照着天主的形象而创造出的,它(想象力)与那种崇高的力量有遥远的关系"[②]。这里想象力被视为一种神圣的力量,如果它能看到德拉克洛瓦看到的那种幻象,那么,它就能帮助诗人摆脱平常的感受状态,就有助于造成人格解体。精神病学家曾表示"修习冥想或者专注力的人",能够引发人格解体[③]。其实不只波德莱尔,兰波和马拉美都应该利用过这种方法。不过,他们运用这种方法也有差别。波德莱尔将自然看作是一部词典,他的想象力是一种寻找更深的词义的过程,而且这种更深的词义闪耀着宗教的光芒。马拉美的想象力往往抹去自然的意义,他看到的幻象,更多地有虚无主义的色彩。兰波的想象力往往让自然产生奇迹的面貌,这让自然当下的存在就有意义。

第二种方法在马拉美和兰波那里比较显著,即通过异常的感受。马拉美曾在书信中指出:"我是通过一种可怕的感受力而到达这种状态的,是时候把它(感受力)包在一种对外的冷漠状态中了"。这种感受力从周围的世界收回来,但是它并没有受到抑制,它把触角伸向了精神的世界。马拉美还进一步指出,有了敏锐的感受力后,他还借助过"一种最高的综合",这种综合实际上是将获得的感受力同一化,然后从中抽出世界的虚无精神。这种感受力与冥想的区别,在于它要利用身体,而非纯粹的精神活动。因而身体的陌生感与这种感受力有密切关系。兰波也强调异常的感觉,但与马拉美相比,这种感受并不是自发产生的,而是主动招致的。兰波主张通过"无法言喻的折磨"获得新奇的感受,这种疯狂自虐的行为,其实并不是针对肉体的活力,也不是针对现实生活的各个方面,它是一种重新组织感官和意识的对应关系的磨炼。由于感官和意识的对应关系的错乱,诗人很容易产生对自我的陌生感,并最终获得新的人格。

第三种方法就是本章第一节已经谈到过的麻醉品。波德莱尔和兰波

[①] Charles Baudelaire, *Œuvres complètes*, tome 3, ed. Yves Florenne, Paris: Le Club de français du livre, 1966, p.390.

[②] Ibid., p.377.

[③] Danielle Knafo, "The Senses Grow Skilled in Their Craving: Thoughts on Creativity and Addiction", *Psychoanalytic Review*, 95.4 (August 2008), p.575.

都有使用麻醉品的体验,但波德莱尔更为突出。波德莱尔的叙述表明,人格解体发生在印度大麻药效到来的第二阶段。在这个阶段,"眼睛看到了无限",耳朵"听到了最难以把握的声音"。不但感官出现紊乱,此时外在的环境也变了,它们都"具有了古怪的面貌"①。随后,波德莱尔的人格消失了,他注意到他身上具有了多重人格:"人在同一个时间间隔中过着不同人的生活"②。

二、虚幻与真实

人格解体不但能扭曲人的自我感,更重要的是,由于感受力的改变,人容易看到自我与环境的融合,进而发现神秘主义者所主张的感应的世界。斯威登堡曾指出,"自然世界的事物与精神世界的事物是感应着的"③。在这种感应的世界中,人、自然、动物都存在着一致性,都是一体的。但是理性的思维,或者平常的思维阻止人们观察这种感应的世界。人格解体给诗人们带来了这种能力。马拉美表明自己在丧失自我感后,"我理解了诗与世界的隐秘的联系"④。他还详细描述了自己与自然的本质合一的感受:"一切我周围的东西,都渴望进入我的纯粹性中;天空本身与我没有隔阂,久久没有一片云气,它的蔚蓝没有一丝美的嘲讽,这种美伸展到湛蓝的远方。"⑤波德莱尔也曾讲述他在印度大麻带来的人格解体状态下看到的世界的感应:"精神中这种神秘而暂时的状态在发展,生命的深处——那里充满着各种各样的问题——全部在人们眼前的场景下呈现出来,尽管它自然、平常。"⑥正是在神秘形象的呈现上,在对感应的世界的揭示上,象征主义诗人的人格解体与神秘主义发生了联系。

之前的研究也曾注意到象征主义诗学的神秘性,但是这种神秘性一般被看作是通过语言、象征来暗示出的。比如韦勒克指出,象征主义的象

---

① Charles Baudelaire, *Œuvres complètes*, tome 1, ed. Yves Florenne, Paris: Le Club de français du livre, 1966, p.499.

② Ibid.

③ Emanuel Swedenborg, *Heaven and Its Wonders and Hell*, trans. John. C. Ager, Swedenborg Foundation, 1995, p.77.

④ Stéphane Mallarmé, *Correspondance complète: 1862—1871*, Paris: Gallimard, 1995, p.366.

⑤ Stéphane Mallarmé, *Œuvres complètes*, Paris: Gallimard, 1945, p.261.

⑥ Charles Baudelaire, *Œuvres complètes*, tome 3, ed. Yves Florenne, Paris: Le Club de français du livre, 1966, p.162.

征的一大特征就是"对神秘事物的暗示"①。就读者方面来看,这种判断是正确的,但是从作者方面来看,这种判断就有问题了。因为象征的手法往往被理解为一种艺术虚构,它带来了事实上并不存在的某种效果。但人格解体对于了解这个问题提供了有价值的新视角。它告诉人们,不能像完全看待一个正常人那样看待波德莱尔、马拉美和兰波这三位象征主义诗人,他们的主体特征已经发生重要变化,神秘性在他们那里并不仅仅是一种诗性的创造,很多时候是可以亲证的经验。换句话说,他们诗作的超自然特征具有写实性,那些光怪陆离的场景原本可能就有感受的基础。

首先看诗作中神秘的形象。在《双重的房间》一诗中,波德莱尔描述了一个房间中各种奇异的形象,那里家具们显得非常疲惫,好像有了"无精打采的形式","有梦游症者的生命",而纺织品在交谈,"说着无声的语言",墙上还挂有许多画作,或明或暗,有着微妙的"和谐"②。这个房间明显不是现实空间,就像诗人在作品中所说的那样,它是"有灵性的房间"。它明显是虚幻的,是诗人通过拟人的手法,或者根据梦幻的材料创造的。实际上这首诗也是波德莱尔服用印度大麻带来人格解体后的真实感受。波德莱尔加入戈蒂耶组织的"印度大麻俱乐部"的时间,是在1843年。当波德莱尔尝试了印度大麻后,他曾这样描述环境发生的具体变化,"屋顶上的壁画,尽管平庸、粗劣,现在也具有了惊人的生命。清澈的、悦耳的水流在颤抖的草地上流淌。皮肤鲜亮的仙子们用比水和天空还要明亮的大眼睛注视着你"③。波德莱尔的《双重的房间》一诗中的画作也好,家具也罢,它们最重要的变化在于似乎拥有了生命,但是它们并不全是波德莱尔的想象,也应具有写实性。

波德莱尔的神秘形象,往往与他发生情感的交流,但在马拉美的诗中,这种交流是不存在的,马拉美的形象,好像是情感的黑洞。在马拉美的《青天》("L'Azur")一诗中,诗人写道:"雾,升起来吧!将你们的骨骼／连同单调的骨灰,倾倒在空中。"④这里将雾写成巨大的尸体,不但有拟人的成分,更是写出了天地消融在永恒的虚无中的感受。这是诗性化的感

---

① René Wellek, "What Is Symbolism?", *The Symbolist Movement in the Literature of European Languages*, ed. Anna Balakian, Budapest: Akadémiai Kiadó, 1984, p. 27.
② Charles Baudelaire, *Œuvres complètes*, tome 3, ed. Yves Florenne, Paris: Le Club de français du livre, 1966, p. 15.
③ Ibid., p. 500.
④ Stéphane Mallarmé, *Œuvres complètes*, Paris: Gallimard, 1945, p. 37.

应的世界。诗中的形象不像波德莱尔所描写的,直接来自环境中,而是一种新的形象。这种形象虽然也可能是在诗人的头脑中自发产生的,但是它先经过感受,有内在的生成过程。在这首诗的最后一节,有飞鸟在空中飞翔,破坏了天空浑一的虚无感,马拉美发现,这产生了"被钻破的蓝色的洞"①。这种形象,同样来自马拉美对虚无的感受。诗人曾告诉他的朋友,他很难把注意力从这种虚无感中挪走,而且这种虚无感是他对世界本质的把握:"你如果知道我只是通过感觉抵达世界的理念,你就会被吓到的。"②

马拉美诗中的形象,往往是虚弱无力的。这也体现了马拉美本人的精神状况。兰波诗中的形象正好相反,往往强健有力,不过又带有歇斯底里的特征。本章第一节已经介绍过兰波的《断章》一诗,该诗表明了自我的极大膨胀。如果说马拉美的人格解体是典型的人格解体,它表现为自我感的丧失,兰波的人格解体则表现为自我感的加强。虽然后者同样带来自我的陌生化,但它往往不是寻求世界与自我的同化,而是以新的自我为中心建立一个新的世界。李建英认为"兰波的世界始终不是虚幻的"③,不过,对于这种真实性人们可能有多种理解,来自新的自我的真实体验是理解这种真实性最好的钥匙。

如果说感应是洞察可见世界与未知世界的神秘联系,那么通感就是可见世界内部不同部分建立起来的联系。佩尔曾经提出过"垂直的感应"和"平行的感应"的理论,按照佩尔的术语,通感就是平行的感应④。通感指不同感觉领域的互相联系。但是学界今天普遍将象征主义的通感,理解为一种通感隐喻:一种文学和语言上普遍存在的思考方式。而真正的通感是通感者可以体验到的,它是"感受的一种方式,而不是思考的一种方式"⑤。最新的医学证据也表明,世界中真正可以感受到通感的人并不

---

① Stéphane Mallarmé, *Œuvres complètes*, Paris: Gallimard, 1945, p. 37.
② Stéphane Mallarmé, *Correspondance complète: 1862—1871*, Paris: Gallimard, 1995, pp. 366—367.
③ 李建英:《以诗歌"改变生活"——博纳富瓦论兰波》,载《外国文学评论》2015 年第 3 期,第 211—212 页。
④ Henri Peyre, *What Is Symbolism?* trans. Emmett Parker, Alabama: The University of Alabama Press, 1980, p. 9.
⑤ Cretien van Campen, *The Hidden Sense: Synesthesia in Art and Science*, Cambridge: MIT, 2007, p. 91.

常见,只占人数的百分之四①。绝大多数人要么仅有一点通感的倾向,要么只是在理性上认识它。波德莱尔和兰波人格解体的精神状态,给这种认识带来了挑战。它表明这两位诗人的通感不仅是思考性的、想象性的,而且也具有实证性。

波德莱尔曾这样形容自己人格解体时的通感:"声音具有了色彩,色彩具有了音乐。"②在这种通感下,事物不同的特征统一在一起,斯威登堡所说的感应形成了。波德莱尔还发现,色彩、声音不但相互结合,还融入新的统一体之中,这时他感到音乐"与你眼前的事物结合在一起"。无独有偶,波德莱尔的好友戈蒂耶,也记载过这种人格解体时发生的通感。当时有人在弹奏钢琴,奇妙的音符像"发光的箭"一样射进了戈蒂耶的胸中,琴音响起时,有电光一样的东西"从键盘上迸出蓝色和红色"③。兰波也渴望捕捉新的感觉。在《都市》("Métropolitain")这首情感狂热、思路纷乱的诗中,兰波带来怪异的通感:在雪的光亮中有"绿色的嘴唇、玻璃、黑色的旗帜和蓝色的光线,还有极地太阳紫色的芬芳"④。这句诗很晦涩,它不是写给理智的,而是写给感觉的。兰波的这种语言其实就是通感的语言。

三、正常与病态

波德莱尔、兰波和马拉美不论采用何种方法,只要达到人格解体,他们的主体性必然会呈现病态特征。这种特征反映在作品中,就造成了病态的风格。这种病态的风格也是他们神秘主义美学的构成部分。早在1919年,普瓦扎(Alfred Poizat)就指出象征主义"概括了我们这精致和病态的一代"⑤。这里的"病态",从语境上看,指的是美学上的反常。但是人格解体带来的病态,并不仅仅是美学品位上的变革,它涉及特定的精神状态。

---

① Lawrence E. Marks, "Synesthesia, Then and Now", *Sensory Blending: On Synaesthesia and Related Phenomena*, ed. Ophelia Deroy, Oxford: Oxford University Press, 2017, p. 13.

② Charles Baudelaire, *Œuvres complètes*, tome 1, ed. Yves Florenne, Paris: Le Club de français du livre, 1966, p. 499.

③ Théophile Gautier, "Le Club des hachichins", *La Revue des deux mondes*, 13 (février 1846), p. 530.

④ Arthur Rimbaud, *Œuvres complètes*, ed. Antoine Adam, Paris: Gallimard, 1972, p. 144.

⑤ Alfred Poizat, *Le Symbolisme: de Baudelaire à Claudel*, Paris: La Renaisance du livre, 1919, p. 5.

在波德莱尔的诗作中,经常可以发现他正常与病态兼备的美学风格。在《闲话》("Causerie")一诗中,诗人将自己的心想成"被暴徒们破坏的宫殿",这些暴徒杀人、酗酒,毁掉一切秩序。在《血泉》("La Fontaine de sang")一诗中,身体被想象成了向外流的血河,虽然浑身摸不到伤口,但是能清楚听到血河流动时的低语。这些诗具有自我异化的倾向,但是不一定就是在人格解体状态下创作的,因而主要源于正常的想象力。但在《深渊》("Le Gouffre")一诗中,波德莱尔体验到一种真正的病态感受,他感到四周,"一切都是深渊",这种深渊不是物理上的,它存在于欲望中,存在于梦想和语言中①。在这首诗中,诗人还感觉在皮肤的汗毛上有"恐惧的风在打转",自己的精神"一直有撇之不去的眩晕"。在1862年,波德莱尔身上确实存在着这种异常的体验。他在日记中曾记载道:"我用快乐和恐惧培养我的歇斯底里。现在,我一直是眩晕的,在1862年1月23日的今天,我收到了一种奇怪的警告,我感觉到愚蠢的翅膀的风从我身上经过。"②精神病的人格解体发作时,病人也常常"伴有昏厥感和面临灾难的惶恐紧张感"③,这与波德莱尔的描述有惊人的相似性。简言之,诗中的"风"也好,"深渊"也好,它们都是病态的感觉。

无独有偶,波德莱尔提到的深渊,同样也发生在马拉美身上。马拉美在1866年的信中,曾经指出自己身上有两大深渊,一个是上文提到的虚无感,另一个在身体内部:"我发现了另一个空洞,这是我的胸部。我知道我不健康,我无法深呼吸。"④虽然马拉美指出这是肺部的疾病,但实际上疾病已经影响了他的精神。因为马拉美随后透露他出现了"神经上的疲惫,一种难受的、十足的头疼"。马拉美的诗中也具有这种病态的元素,在《海洛狄亚德》一诗中,人们虽然能看到正常的想象力,比如将曙光比作张开"可怕的翅膀"掠飞的鸟儿,但是在第二幕中,主人公海洛狄亚德表示她渴望永恒的、超越的生活,不想活在人间。在对话中,出现了"紫水晶的花

---

① Charles Baudelaire, *Œuvres complètes*, tome 1, ed. Yves Florenne, Paris: Le Club de français du livre, 1966, p. 997.

② Charles Baudelaire, *Œuvres complètes*, tome 3, ed. Yves Florenne, Paris: Le Club de français du livre, 1966, p. 1353.

③ 李从培、侯沂:《精神障碍的症状学》,见沈渔邨主编:《精神病学》第5版,北京:人民卫生出版社,1980年版,第176页。

④ Stéphane Mallarmé, *Correspondance complète: 1862—1871*, Paris: Gallimard, 1995, p. 298.

园",它一直被埋在"深奥而令人目眩的深渊中"①。这里的"深渊"就不是超越世界的隐喻,而来自马拉美病态的体验。甚至马拉美在陷入人格解体状态时偶尔观望的镜子,也成为海洛狄亚德进入虚无的见证。在诗中,镜子具有一种"深邃的冰洞",女主人公一到晚上,就在镜子"汹涌的泉水中"做着梦。②

在马拉美那里,身体的无力状态和神经的病痛造成了一种苍白的诗风,这不同于兰波的躁动不安。兰波并不像马拉美一样被动地等待人格解体的发生,相反,他主动地寻找它,怀着极大的兴奋。在他的诗中,抒情者往往是非理智的,跌跌撞撞,无视一切时间和空间的存在。翻看一下《地狱一季》中出现的主语就能清楚地说明这一点,他称呼自己为"被诅咒的人""凶猛的野兽""凶恶的残废"。兰波的言说方式颇具一个疯子的特征,他叫喊着,说出破碎不堪的话,好像在与句法赛跑。

就诗学来看,兰波的通灵人诗学也具有病态的特征。为了成为通灵人,兰波不惜采用非常手段。在通灵人书信中,兰波曾表明通灵人要在自己身上用掉所有的毒药。兰波还指出,这种通灵人的一个标志是"神魂颠倒",是成为"严重的病人"③。这种通灵人诗学的病态性,具体来看,表现为下面三个方面。第一,在主体上,要求诗人具有亢奋、迷乱的心灵。通灵人书信中明确提出,诗人要经历"所有形式的爱、痛苦和疯狂"④。他不是一个置身世界之外的静观者,他本身就是疯狂世界的一部分。其实,上面兰波的诗已经很好地说明了诗人的精神状态。第二,在感受上,要获得错乱的感受。他指出要成为通灵人,就要长期地、合理地打乱感官。德国哲学家诺瓦利斯早在18世纪末期就曾预言要打通感觉,他相信人有一种"超越感觉",如果获得这种能力,那么人们的感觉就"不是看、听、触觉",它是所有感觉的综合,甚至超越一切感觉,"是一种直接的明澈的感觉,一种最真的、最实在的生命的视野"⑤。兰波的通灵人诗学实际上实践了诺瓦利斯的顶言。不过,兰波使用的方法是破坏感官的自主性,从而让感觉获得一种病态的关系。第三,在语言上要获得新的语言。这种新的语言

---

① Stéphane Mallarmé, *Œuvres complètes*, Paris: Gallimard, 1945, p.47.
② Ibid., p.45.
③ Arthur Rimbaud, *Œuvres complètes*, ed. Antoine Adam, Paris: Gallimard, 1972, p.251.
④ Ibid.
⑤ Novalis, *Philosophical Writings*, trans. M. M. Stoljar, Albany: State University of New York Press, 1997, p.26.

并非是通常意义上的摆脱陈词滥调,它具有扭曲能指与所指的野心。换句话说,兰波渴望反常的意义和语法。他将这种语言称作"世界的语言",渴望超越符号,直逼感觉。兰波的世界语言是对摆脱现有法语所指的一种新的试验。能指保留下来,但所指在诗人那里具有了新的对应关系。其实,这种新的语言是病态的感觉赋予的,拥有了病态的感觉,那么事物和意义的关系就有了新的联系。兰波为此不无自豪地说,"我自信能创造一种诗歌的语言,它总有一天会通向所有的感觉"①。需要指出,兰波的通灵人诗学本身比较复杂。兰波早年接触过"咒语类的禁书"②,后来也表现出对炼金术的兴趣,他的病态体验与波德莱尔和马拉美的相比,在理念的揭示上要弱一些,但是在奇幻联系的探索上则强很多。

马拉美也发展出一种神秘主义的诗学,他曾给诗下过这样的定义:"诗是通过化约为基本的节奏的人类语言,对存在的表象具有的神秘意义的表达。"③在马拉美看来,现实只是一种表象,它背后的神秘意义才是最真实的。其实在中世纪神学,或者在波德莱尔的诗学中,都有过类似的表达。马拉美的特色在于这种神秘意义从外部看属于世界的理念,从内部看又属于情感。诗人的情感与这种神秘意义是感应的。词语的音乐渐渐暗示出诗人的情感,同时也呈现出这种神秘的意义。由于诗人存在着人格解体的状态,因而诗人的情感也好,神秘的意义也罢,就都具有病态的色彩。具体来说,马拉美的情感往往是一种死亡感,他将自己称作"我的尸体",当他在1867年听到波德莱尔的死讯时,他自己身上好像继续着《恶之花》的作者死后的故事。他还这样宣称:"我完全死了,我的精神可以冒险出入的最不纯粹的领域,是永恒。"④这种死亡的体验,让马拉美的神秘主义诗学没有情感的热度,具有厌世的情绪,他所说的神秘意义的尽头,并没有闪耀着神性的光辉,而是堆积着病态的虚无的雪堆。

四、结语

人格解体并不限于上面讨论的三位有代表性的象征主义诗人。拉弗格也像马拉美一样是位悲观厌世者。他曾主张通过苦行、哲学的沉思来

---

① Arthur Rimbaud, *Œuvres complètes*, ed. Antoine Adam, Paris: Gallimard, 1972, p. 106.
② 让-吕克·斯坦梅茨:《兰波传》。袁俊生译,上海:上海人民出版社,2008年版,第115页。
③ Stéphane Mallarmé, *Correspondance complète: 1862—1871*, Paris: Gallimard, 1995, p. 572.
④ Ibid., p. 342.

摆脱自我,做到这一点,"人就弃绝了他个性的意识,人上升,达到伟大的自由",最终"我什么也不是"①。拉弗格本人将自我的自由,理解为"无意识",其实很多时候这是人格解体的状态。

总的来看,人格解体使象征主义诗人主体发生重要变化,使他们的神秘主义美学具有了真实与虚幻、正常与病态的综合特征。这些特征一方面表明象征主义美学的复杂性,另一方面对现实主义的概念提出了新挑战。象征主义一直被认为是自然主义的反动,被认为是唯心主义的。实际上,唯心主义的内容很多时候同样是写实性的。柄谷行人认为现实主义"并不只是描写风景,常常还需要创造风景"②。这里的"创造风景"可以指根据内在体验创造自然中没有的风景的意思。象征主义诗人的幻觉写作,是一种内在的现实性,符合柄谷行人的现实主义者的定义。可能唯心主义(或者浪漫主义)和现实主义并不是绝对的对立,而是相互交融、彼此包含的美学类型。另外,对内在的现实性的挖掘,正是象征主义诗歌的价值所在。自然主义作家善于刻画外在的现实性,象征主义虽然关注的方向与它不同,但是不同之中又有相同的原理存在着。

人格解体也给象征主义的神秘主义美学带来了新的理解。象征主义诗人体验到的神秘世界的感应,实际上主要是人格解体时的幻觉,究其本源,还在现实,只不过是对现实扭曲的感受。另外,象征主义诗人的人格解体并不是频繁发生的现象,在诗人的写作生涯中,没有证据表明人格解体是持续伴随着的。通过对这几位典型的象征主义诗人的分析,可以判断人格解体是阶段性地、不定期地发生的。因而对于象征主义美学来说,人格解体只是影响诗人创作的一种力量,这种力量虽然具有强大的效果,但它并不是象征主义诗人始终可以运用的力量。

第三节　神秘主义象征的心理学基础

象征主义的神秘性集中体现为象征的形象。这种象征的来源是多方面的。从医学来看,服用印度大麻、鸦片,是带来幻觉形象的重要原因。从心理学上看,象征主义诗人存在着人格解体的现象。这些问题已经在

---

① Jules Laforgue, *Mélanges posthumes*, Paris: Mercvre de France, 1923, p.18.
② 柄谷行人:『日本近代文学の起源』,東京:講談社,1988年版,第35頁。

前面两节得到了讨论。象征的生成还缺乏一个关键的环节。麻醉剂只是给幻觉体验提供了条件，人格解体的发生也只是主体内在的精神病态，它们都与文学象征无关。象征如果要成为象征，还需要诗人的心理活动。在前面两节的讨论中，从感受到文本实际上是断裂了的。为了行文的方便，诗人内在的创作活动被省略了。本节着重讨论从感受到象征这一阶段的现象。

一、波德莱尔的象征

西方文艺中的象征并非都有诗人、艺术家的情感体验。在中世纪，象征和隐喻没有严格的区分，它们意义相同。神学家阿奎那曾指出："将一些东西归在相似性中，这就是隐喻性的（metaphoricum）。"[①] 这种说法将象征分为两个部分，一个部分是可感的形象，另一个部分是真理。因为形象和真理具有某种联系，可以用形象来代指真理。真理在阿奎那看来是"神圣启示的光明"，它其实可以通过理性直接传达，无需形象。形象与理性的地位相差悬殊。既然形象是低劣的，那么为什么还要利用形象来传达真理呢？这涉及对象征的作用的理解。阿奎那认为象征起到的是低端教育的目的，因为"没有受过教育的人也能理解它"[②]。从这里可以看出，象征的形象和意义在中世纪是断裂的。象征的形象只是"真理"浅显的譬喻。

浪漫主义虽然给象征带来个性，但并未保证象征完全具有诗人情感的根据。瓦格纳是德国的浪漫主义戏剧家，他在戏剧上的成就在于确立了古希腊悲剧的象征体系对于现代德国歌剧的参照作用。瓦格纳从古希腊悲剧合唱队的旋律、舞蹈的节奏中，看到基督教音乐不具备的个性情感，他想在戏剧中通过交响乐来重造有力的象征。虽然瓦格纳的音乐不乏情感的来源，但是就戏剧艺术的题材来看，他偏好神话题材，使用的多是旧的象征符号。这符合他对个性的追求："在神话中，人们的关系几乎完全脱下了它们习惯性的、只有抽象理性可以理解的形式；这种关系显示出生活拥有的真正人性的、永远可以理解的东西，而且是在具体的形式中显现出来的。"[③]在当时的德国，神话的对立面，是历史和现实的题材。这两种题材往往涉及抽象的认知能力，不如神话更能直面纯粹的人性。因

---

① Thomas Aquinas, *Summa Theologiae*, volume 13, Lander: The Aquinas Institute, 2012, p.13.
② Ibid.
③ Richard Wagner, *Quatre poèmes d'opéras*, Paris: Librairie Nouvelle, 1861, pp. xxv—xxvi.

而旧的象征虽然有损于象征的自发性和个人性,但却更容易唤起人性的内容。

瓦格纳是象征主义的重要理论资源。象征主义者迪雅尔丹曾将其誉为"象征主义的大师",还说:"走进瓦格纳主义的深处,遇不到象征主义是不可能的事。"①瓦格纳对象征主义象征的影响,是启发并强化了象征主义者探索非理性、神秘性的象征世界。虽然没有瓦格纳可能象征主义思潮仍然会出现,但是瓦格纳影响了这种思潮出现的时机和强度。需要注意,象征主义诗人也使用过瓦格纳那样的固定的象征,比如波德莱尔的《感应》一诗将自然视为一座"神殿",那里有"活的柱子"②,这里面就有基督教象征的气息。但是象征主义者在象征上的特色,不在固定的、人为的象征上,而在自发的、个性的象征上。虽然浪漫主义诗歌也有使用自发的象征的,但从流派上看,象征主义在这方面更典型,特征更显著。

波德莱尔第一次接触瓦格纳的作品是 1860 年。当年 1 月底和 2 月初,瓦格纳的歌剧在巴黎上演,波德莱尔去剧场观赏歌剧后非常激动。这个时间点在波德莱尔的人生中比较晚,当时波德莱尔的写作和思想已经定型,他的《恶之花》已经在三年前刊出。但是瓦格纳的作品还是引起了波德莱尔巨大的共鸣,瓦格纳的音乐成为一种象征,给他呈现了一个奇特的世界:"我们能发现精神和身体上极乐的感觉、孤独的感觉、观照无限广大和无限美丽的事物的感觉、愉悦人的眼睛和心灵,直至眩晕的强光的感觉,最后是对扩展到可以想象的极点的空间的感觉。"③波德莱尔进入一个超自然的象征世界中,这个世界是可以体验到的,而非是借助于理性推测到的。换句话说,引文中的强光或者广阔的空间,都是在一种精神状态下自发出现的。

瓦格纳的歌剧印证了波德莱尔在《哲学的艺术》中提出的理论。哲学的艺术也利用象征,但是有着说教的目的。象征在这种艺术中主要是固定的、老套的,它的形象和意义存在着人们熟悉的联系,形象并没有独立性,只是意义的符号。波德莱尔肯定的是另一种叫做"现代艺术"的艺术,这种艺术注重暗示,象征和它要传达的意义是临时的,是个性的。现代艺

---

① Édouard Dujardin, *Mallarmé par un des siens*, Paris: Messein, 1936, p. 212.
② Charles Baudelaire, *Œuvres complètes*, tome 1, ed. Yves Florenne, Paris: Le Club français du livre, 1966, p. 768.
③ Charles Baudelaire, *Œuvres complètes*, tome 3, ed. Yves Florenne, Paris: Le Club français du livre, 1966, p. 677.

术体现在许多诗人、艺术家身上,在诗中是雨果、坡,在绘画中是德拉克洛瓦。波德莱尔下面评论德拉克洛瓦的话,代表了他心中现代艺术的特质:"因为具有更丰富的想象力,他尤其表达了大脑的深邃之处,以及事物非凡的部分,他的作品多么忠实地保存了他的观念的印迹和性情。这是有限中的无限。"①在《恶之花》的作者眼中,现代的艺术最重要的是"大脑的深邃之处"的象征,它要传达的不是明确的意义,而是"观念的印迹和性情",是个人的内在心境。同样,理解这种象征,需要通过一点一点积累的体验,这就是"暗示"一词在波德莱尔心中的真义。他的象征是无法完全通过理智把握的,必须要在特定的心境中去感受。所谓的象征本质上是特定心境中的形象,这种形象因为与心境的联系,能在读者的感受中还原那种心境。

因为心境是诗人真实进入过的,所以所有心境的象征,其实都是个性的、自发的。通过本章前面两节的内容,可以看出,波德莱尔、兰波等人都有不同的方法进入这种特殊的心境,因为所用方法的不同,象征主义诗人的象征就有不同的来源。马拉美提供了一个不同于波德莱尔的观察视角。

二、马拉美的梦幻

很多象征主义诗人将他们期望的境界称作梦幻。波德莱尔曾指出德拉克洛瓦的艺术带来的就是梦幻,还认为在聆听瓦格纳的音乐时,自己有"几乎所有富有想象力的人都曾通过睡时的梦幻熟悉的这些感受"②。梦幻一般被看作是虚假的,是一种错觉。这里的梦幻的意思比较特殊,它强调可以亲证的经验。梦幻也好,醒时的印象也好,它们都不是空想或者推理出的,而是自身能够感受的境界。这种梦幻不是别的,它就是象征所要传达的东西。象征主义诗人的象征指向的不是哲学家寻求的理念,而是这种梦幻。

与波德莱尔相比,马拉美对梦幻有更深的体会。在马拉美那里,梦幻并不仅仅是一种体验,它是一种生活。马拉美说:"我们这群不幸的人,我们被大地厌恶,我们只有梦作为庇护。"③被梦"庇护"不只是在梦幻中寻

---

① Charles Baudelaire, *Œuvres complètes*, tome 3, ed. Yves Florenne, Paris: Le Club français du livre, 1966, p. 390.
② Ibid., p. 676.
③ Stéphane Mallarmé, *Correspondance complète: 1862—1871*, Paris: Gallimard, 1995, p. 144.

求心理的安慰，它更重要的是强调内在的象征世界的真实性。与象征主义相反，当时的法国还存在着另外一种流派：自然主义。自然主义以实证主义哲学为基础，它对现实世界的关系及意义的肯定，就是对象征世界的否定。自然主义因而受到了同情象征主义的批评家的不满，布吕内蒂埃曾说："所有的自然主义美学都必然有某种狭隘的、不全面的、残缺的东西。它将艺术的目的化简成模仿自然。"①马拉美虽然对左拉不无敬意，但是他拒绝自然主义的美学理想。在他眼中，象征的深度才构成了真正的文学："人的心灵中有如此绝对纯粹的东西——它适于被人歌唱，被人揭示出来——以至于它实际上成了人的珍宝，诗必须要抓住这种纯粹的状态、光彩。那里有象征，有创造。"②

在1866年4月的信中，马拉美自述自己体验到物质的虚无，而且说自己"在物质不知道存在的梦幻中狂奔，歌唱灵魂以及所有相似的神圣印象"③。他创作的《海洛狄亚德》表达的就是这种感受。马拉美并没有失去他的身体感受，他的感受力只是转向了梦幻的世界。他想在这种状态中记下他"内在的梦幻"，但是却感到"我却没有力气写它们——从现在起的很长时间都是如此"④，因而这种古怪的状态不仅破坏了马拉美的理性能力，也削弱了他的行动能力。马拉美1868年从这种疾病中好转过来后，这些梦幻并没有消失，而是成为他后来许多诗作的材料。

在马拉美看来，任何个人的理智，任何意志，都是对完美的象征世界的侵犯。如果把象征的世界比作清澈的液体，作者就像是一个空空的袋子，里面装着这种液体。自我存在的价值并不是触碰这些液体，而是保持它的纯粹状态。这里的比喻只是说明主体的功能，它实际上并不恰当。因为这种比喻将自我与梦幻的世界分离成两种不同的东西。梦幻的世界不是独立于自我的，它是自我产生的。马拉美看到了自我的两种功能。一种是感受，它感知象征的世界，一种是认知，是理性，它喜欢解释。他提出无我的观念，这种无我是去掉理性的自我，最大程度保存感受的自我。因为没有理性的约束，象征独立地存在着，自发地显现出来，不需要人为

---

① F. Brunetière, "Le Symbolisme contemporain", *Revue des deux mondes*, 104 (avril 1891), p. 683.

② Stéphane Mallarmé, *Œuvres complètes*, Paris: Gallimard, 1945, p. 870.

③ Stéphane Mallarmé, *Correspondance complète: 1862—1871*, Paris: Gallimard, 1995, p. 298.

④ Ibid., p. 367.

的干预。为了维护纯粹的象征世界,马拉美尽量远离一切现实和一切理性的活动,他曾说"我永远拒绝所有的陪伴,以便把我的象征带到我去的任何地方",他还把自己比作透明的石头:"我感觉自己像一颗钻石,它反射一切,但并不是出于它自身而反射。"①钻石与上面的"袋子"的比喻相近,如果把象征的世界比作光芒,那么,钻石就是这种光出入的地方。钻石并没有改变这种光,它只是"反射一切"。这里的比喻,让人想到了艾略特1919年发表的《传统与个人才能》。艾略特受到马拉美的影响,提出了一个与"钻石"接近的比喻"白金丝"。白金丝作为催化剂,化学过程无法离开它,但它自身并没有进入新的化合物中。艾略特想用白金丝构建他的非个人化诗学,而这种非个人化诗学的源头是马拉美的象征理论。

像波德莱尔一样,暗示在马拉美那里,是揭示象征世界的有效方法。波德莱尔提出的"暗示的梦幻"说,暗示是动作,梦幻是对象,象征是结果。但在马拉美那里,"暗示事物,这就是梦幻",暗示和梦幻并不是谓语与宾语的关系,它们是同义的。马拉美的梦幻的概念,与波德莱尔的相比,显然具有更大的包容性。在暗示手法的运用上,马拉美指出:"渐渐地透露一个事物,以便呈现一种心灵状态,或者步骤相反,选择一个事物,通过一系列解读,利用它引出一种心灵状态,这就是对这种神秘性(它构成象征)的完美运用。"②这里明确提出两种暗示的方法,它们方向相反,一种是从心灵透露事物,一种是用事物引发心灵。它们是否遵守象征的自发性原则呢?首先看第一种方法。通过一点点透露与那种心境相关的事物,让事物成为心境的象征,这符合象征的自发性,因为事物是原有的,不是人为的虚构。诗人所要做的,只是控制透露的过程。第二种方法看似与自发性有矛盾。诗人明说这个事物是"选择"出的,而且经由"一系列解读",自然就有理性的解释和虚构,那么它引出的心灵状态,可能就是人造的象征。这种认识的失误在于它对"心灵状态"的理解有褊狭之处。马拉美并不是想从平常的事物中获得神秘的心境,相反,他的神秘的心境是原有的。在选择某个事物之前,诗人曾有过某种心境,诗人要做的,是遮住这个心境,不去说它,通过某个事物把它联系起来。因而,第一种暗示的方法,是透露现在的心境,第二种方法,是召唤过去的心境。虽然心境有现在与过去之分,但是它们都曾是诗人体验过的,都在诗人的心灵中自发地

---

① Stéphane Mallarmé, *Correspondance complète: 1862—1871*, Paris: Gallimard, 1995, p. 353.

② Stéphane Mallarmé, *Œuvres complètes*, Paris: Gallimard, 1945, p. 869.

具有象征的地位。

马拉美不但强调形象的自发性,也注重词语的自发性。词语的自发性好像与象征没有关系,实际上它是象征的暗示美学的另一部分。词语作为诗句声音的载体,它们构成的音乐同样可以暗示神秘的心境,它们是马拉美的另一种象征体系。这种暗示其实也得到了马拉美的肯定。1893年,一位批评家曾指出,马拉美"以这种和谐组合的方式来使用词语,以至于给读者暗示一种心绪或者一种状态"[①]。马拉美在书信中对这一句话非常赞成,认为它解释得"最清楚"。为了让这种象征也具有自发性,马拉美同样通过非个人化的主张防止诗人的主观意志影响措辞。马拉美要求诗人"把主动性交给词语",让词语自己建立起联系。这里,宝石的比喻再次被使用,词语自己的音乐,就像光芒一样,"它们因为相互的反射而放光",而诗人的心保持冷静,好像只有"光亮掠过宝石上面"[②]。在更早的版本中,马拉美的这句引文后还有一句话:"这种特征接近交响乐的自发性。"[③]这里不仅把诗歌语言的自发性与交响乐的自发性进行类比,而且还透露了瓦格纳的影响。马拉美想通过形象和词语来重造瓦格纳的梦幻的象征。

三、对自发的象征的心理学思考

马拉美认为音乐上的交响乐的状态,是诗歌创作的必需,这种状态在人们"最无意识的心灵"中存在着[④]。马拉美和波德莱尔提倡的自发的、个人的象征从心理学上看,与人们的无意识活动有紧密联系,诗人们反理性、非个人化的诗学,体现了无意识写作的原理。在这方面,另外一个象征主义诗人拉弗格做了更多的思考。

拉弗格被称为"无意识的预言者"[⑤],他早在19世纪80年代就思考了无意识与象征、神秘主义的渊源。在他看来,文学艺术中存在的灵感,就是无意识心理活动。他还将这种无意识与瓦格纳的交响乐联系了起来,认为它们都是世界的法则:"一切都是一种交响乐,这种交响乐是生动的、

---

① Stéphane Mallarmé, *Correspondance complète*:1862—1871, Paris:Gallimard, 1995, p.613.
② Stéphane Mallarmé, *Œuvres complètes*, Paris:Gallimard, 1945, p.366.
③ Stéphane Mallarmé, *Vers et Prose*, Paris:Librairie Académique, 1920, p.192.
④ Stéphane Mallarmé, *Correspondance complète*:1862—1871, Paris:Gallimard, 1995, p.611.
⑤ A. G. Lehmann, *The Symbolist Aesthetic in France*, Oxford, Basil Blackwell, 1950, p.120.

变化的生活,就像瓦格纳理论的'森林的声音'为了森林中洪大的声音在竞争。"①把无意识看作是世界的法则,这是认为世界的原则并不是理性的,而是存在于理性之外的。瓦格纳的音乐确实寻求表达无意识的情感力量,他把无意识看作是人的本质。瓦格纳以及当时心理学的著作,给拉弗格带来艺术和人生上的新认识。拉弗格想从现实生活退到无意识的世界,那种世界才是他艺术的真正境界。拉弗格这样谈自己的理想:"我梦想这样一种诗,它来自人的心理,采用梦幻的形式,有花、风、香味、理不清的交响乐。"②文中的心理指的就是无意识,而梦幻的形式,其实就是象征的形式,它们通过形象、色彩等手段,将那种内在的精神状态暗示出来。虽然拉弗格很少提到象征,但是他的无意识诗学就是象征的诗学。

波德莱尔、马拉美的暗示诗学虽然反映了诗人非理性的状态,但是这种状态有时因为神秘的论述,很难确切把握。拉弗格的无意识诗学在这方面带来了更清楚的解释。如果暗示的手法等同于无意识心理,那么象征主义的象征,其实就接近心理学上的梦象(dreaming image),文学创作就接近平常人的做梦。弗洛伊德很早就指出,梦并不是超自然世界的产物,它是人的精神活动。象征主义诗人经常将他们的梦幻与超自然世界联系起来,但它们内在的精神状态却与梦幻接近。马拉美、波德莱尔多次表示他们看到了感应的世界,看到了普遍的理念,这些神秘的体验即使是真实的,也可以通过心理学或者精神病学来解释。他们的象征本质上不仅是通向宗教世界的魔法,而且是进入特定无意识心理的窗口。在荣格(Carl Gustav Jung)看来,无意识的心理内容共分为三类,第一类暂时无法在意识中出现,但是在记忆中可以自动产生,第二类无法自动产生出来,第三类根本无法成为意识的内容。第三类是心理学上的假定,并非是实际存在的。除去第三类不谈,前面两类在波德莱尔和马拉美那里,都有不同的表现。波德莱尔想通过麻醉品进入的神秘心境,属于第二类无意识。马拉美因为患病而得到奇异的体验,也是这种情况。因为身体感受出现了异常,因而平常无法出现的刺激和冲动得到强化,得到了意识的注意,并产生一种特殊的心理状态。马拉美通过选择具体的事物引发的心境,以及波德莱尔通过冥想而得到的体验,属于第一类无意识。在这一类中,无意识内容潜在性地存在着,只是暂时被理性的意识所压制,通过注

---

① Jules Laforgue, *Mélanges posthumes*, Paris: Mercvre de France, 1923, p.137.
② Jules Laforgue, *Œuvres complètes de Jules Laforgue*, tome 4, Paris: Mercvre de France, 1925, p.66.

意力和想象力的调整,无意识的内容于是变得活跃起来。

当无意识的心理内容成为意识时,它并非仅仅表现为行动或欲求,而是主要呈现为具有形象的场景。这种情况可以用梦来说明。荣格认为:"有意使用象征,只是更重要的心理现象的一部分,我们也在梦中无意识地、自发地创造象征。"① 梦作为无意识的活动,它以象征的形式显现出来。这里有人类大脑活动的基本特征,通过形象来思考是人类最基本的能力。在原始社会,人类通过感官将外在的形象保存在记忆中,日积月累,这些形象就成为人们思考的材料。无意识有利用形象的能力,当它在梦中变得活跃后,它就调动形象为它服务。当代心理学家哈特曼(Ernest Hartmann)发现梦由于梦者的情感关切,会自然产生形象。他将梦的这种功能称作"图像—隐喻",其实就是象征。他还认为这种象征不仅是人类的思想方式,"也适用所有精神动态,这种动态包括情感"②。在心理分析学中,梦中重复出现的、清晰的形象,并非来自生活中平常的情感,而往往源于长期无法排遣的情感,比如心理创伤后的焦虑和恐惧。象征主义诗人们通过冥想或者麻醉剂远离现实的关注,可以唤起内心深处的情感关切,并进而得到清晰而有重要情感价值的象征。

梦中的形象有时会发生很大的变形,甚至是荒诞不经的。比如人们经常梦见被怪物追逐,或者梦见危险的大浪要把人卷走。这些形象很多时候与梦者并没有直接联系,有些出现得非常突兀,连梦者都感到不可思议。中西方历史中都出现过一些被解释为预言或者神谕的梦。比如《旧约》中七头肥牛、七头瘦牛的梦。这些变形的形象背后,有着梦者情感上的基础,哈特曼称这是"情感相似性"。变形的梦表面上看与梦者没有关系,实际上是梦者的情感可以理解的。形象因为情感上的相似性,而被选择来代表梦者的情感关切。哈特曼进一步指出,"艺术大体可以视作在情感指引下建立新联系的行为,梦也正是这样"③。象征主义诗人的象征与梦象不一样,它有时伴随着感官上强烈的幻觉,有时也有清醒的现实意识,因而这种象征在感受性上,在与理性的关系上,都与梦象不同。但是诗人的象征同样是异常的、光怪陆离的。它在主观的变形上,与梦象有惊

---

① C. G. Jung, *The Undiscovered Self*, trans. R. F. C. Hull, Princeton: Princeton University Press, 2010, p. 66.
② Ernest Hartmann, *The Nature and Functions of Dreaming*, Oxford: Oxford University Press, 2014, p. 57.
③ Ibid., p. 27.

人的一致性。马拉美和兰波都提到的诗歌的"巫术",指的就是形象和语言的变形。象征主义变形的象征即使表面上与诗人没有直接的联系,但也可以通过情感的相似性来把握它们。换句话说,变形的象征,是诗人的特定心境根据情感的价值而自发挑选的。只有诗人自己能够体会这些象征与他的心境的关系,很多时候,读者无法通过理性来认识它。象征的情感依据,使表面上陌生的形象与隐秘的内心建立了直达的通道。因而象征并不是晦涩的,它对于情感来说是透明的。它的晦涩只是对于理性而言的。从心境到象征,存在着某种光亮的管道。艾略特在诗学中提到的"客观对应物"也好,象征主义诗人的象征理论也罢,它们都是在这种管道上建立起来的。一旦这些新的建筑建立起来,最基本的情感的管道就被遮掩,不被人注意了。人们往往就用理性而非直觉来把握它们。

象征主义象征的自发性就是因为存在着情感相似性的管道。相似性并不是当代心理学家的发现,神学家阿奎那也曾将相似性看作是象征的特征。但是阿奎那和其他将象征理解为固定符号的理论家(比如叔本华)所说的相似性,指的是观念上的相似性,而象征主义的象征是情感上的相似性。观念上的相似性,虽然也能建立事物与意义的类比,但是这种类比与身体没有关系。象征主义的象征是用情感建立一种隐性的联系,准确来说,它不是类比,而是通感。不过,这种通感往往是病态、厌世的,而非古希腊雕塑所代表的对人生的迷恋。

情感的相似性虽然是深层的存在,但是它的作用并不是先验的。理性主义者斯宾诺莎曾将情感看作是"从具体事物中想象出的形而上学的实体,或者普遍的实体"[①]。这种观点否定情感以及与它相关的象征形象的个性。人们是在生活中将情感与象征的形象建立起联系的,因为每个人的不同处境,带来了情感和象征的个性。荣格指出:"每个梦都有梦者的个性特征。"[②]象征主义象征的个性原因就在这里。因为象征主义诗人情感的不同,情感与它相应的形象的关系不同,他们的象征就具有各自的个性。具体来看,波德莱尔偏好迷醉的、阴暗的象征,马拉美往往使用冰冷的、无力的象征,兰波则更多使用具有破坏性的象征。

[①] Benedicti de Spinoza, *Ethica*, Hagae Comitis: Martinum Nijhoff, 1905, p.59.
[②] C. G. Jung, *Dreams*, trans. R. F. C. Hull, Princeton: Princeton University Press, 2010, p.52.

第四节　神秘主义的国际传播及其反思

在题材、文体、修辞手法、情节等方面，不同国家文学影响的实际证据，是比较好确认的。拿自由诗来说，美国意象主义的诗论和作品，影响了胡适"诗体大解放"的理论，也带来了《老洛伯》之类的新诗。英国的诗人艾略特、奥登的"感性与理性相结合"的做法，对中国20世纪40年代的九叶诗人有切实的影响。放眼国外，惠特曼的散文诗影响了法国诗人拉弗格的自由诗，随后拉弗格的自由诗又造就了艾略特早期的诗作。这些现象都属于单个作家、作品的影响与接受，其真实性是毋庸置疑的。但是单个作家、作品的文学关系，与文学思潮的情况不同。单个作家的个性追求，可以令他模仿、借鉴任何吸引他的外国作品，个性主义在这里有最大的效力。可是文学思潮不然。文学思潮的影响和接受，面向的是一个国家的文学传统，虽然该传统一直有细微的变化，但是在一定时期内，它又能保持相对的稳定。而且它有一种整体的结构。艾略特曾将传统理解为一种否定个性的历史感："这种历史感具有非时间性的意义，也具有时间性的意义，也具有时间性和非时间性合在一起的意义。"[①]个人的主张和传统的整体结构相遇，产生复杂的关系，并对个性主义具有很大的抵抗力。也就是说，系统性的思潮影响面临着单个文学影响不同的接受环境。如果说单个文学的"联姻"，存在着有利的向心力，那么非个人性的传统则给文学思潮的联姻带来巨大的离心力。

象征主义的国际传播并不是一种简单的发送与接收的关系，民族文学固有传统对它施加了关键的作用，它决定着接受什么、拒绝什么，决定着什么时候开始接受，什么时候结束接受。同样一个象征主义，具体来说，同样的波德莱尔和马拉美，在不同国家，可能有不同的形象。这意味着20世纪之交的国际性象征主义思潮绝对不是单一的。有多少个接受国，可能就有多少个象征主义。将国际性的象征主义思潮比作"风潮"，严格来看，这是错误的，没有一个持续在不同大陆吹拂的风潮。法国的象征主义只是一个激发者，每个接受国中的象征主义，就好像"月映万川"一样，川流中的月亮，与空中的月亮并不是一个月亮。下面以象征主义的神

---

① T. S. Eliot, *Selected Essays*, London: Faber and Faber Limited, 1951, p.14.

秘主义作为案例，通过它在不同国家的际遇，来反思象征主义思潮的影响和接受问题。

一、神秘主义美学国际接受的困惑

20 世纪早期，法国象征主义的国外影响，往往被视为新价值的输出，接受国除了模仿、重复，似乎别无他途。庞得罗姆（C. N. Pondrom）曾编过一本叫做《从巴黎走出的路》（*The Road from Paris*）的书，涉及的是法国象征主义对英美新诗的影响。标题本身就说明了他的立场。英美诗人走的是法国人走过的路，他们不用费什么力气。庞得罗姆说："1908 年至 1914 年的英语诗，不但从法国关键思想的接受中获得益处，也从接触并行的法国美学发展的加强效果中获得益处。"[1]这里的"获得益处"一语，用语较为客气，在序言中的其他地方，庞得罗姆用了另一词"决定性的"。他编这本书的初衷，就是告诉人们英美诗人是如何对法国人亦步亦趋的。庞得罗姆的书出版于 1974 年，当时法国文学在世界中的地位早已今非昔比，该书仍旧表明以外在实际影响源为中心的影响和接受观念，有多么根深蒂固。

最近 20 年来，由于人们对法国象征主义有了更深入的了解，庞得罗姆的理想国被打碎了。就神秘主义美学来说，波德莱尔和马拉美是这种美学的缔造者。波德莱尔一方面对基督教神秘主义比较熟悉，另一方面又有些异教徒的精神。他的神秘主义思想，主要是感应说。这种思想认为世界万物存在着一致性。穿越纷繁芜杂的现象，可以窥探到更加真实的超自然世界。生活在 14 世纪之交的德国神秘主义者埃克哈特（Meister Eckhart）曾提出过"太一"（Oneness）的概念："神圣的本质是太一，每个人都是太一，自然中的同一个太一。存在与存在物的区别归因于太一，在那里它们是相同的。"[2]埃克哈特希望人找到这种太一，成为太一，这样，他就是天主，天主也就是他了。这种宗教观念在后来的斯威登堡的哲学中有新的发展。波德莱尔并不是真正意义上的宗教徒，但是他接受了斯威登堡的世界观，认为眼前的世界只是一个隐藏的、象征的世界的影子。世界在他面前是分层的，另一个世界与眼前的现实最大的不同

---

[1] Cyrena N. Pondrom, ed., *The Road from Paris: French Influence on English Poetry 1900—1920*, Cambridge: Cambridge University Press, 1974, p. 21.

[2] Meister Eckhart, *Meister Eckhart: A Modern Translation*, trans. Raymond Bernard Blakney, New York: Harper Torchbooks, 1941, p. 78.

在于它是奇幻的。在讨论戈蒂耶的文学作品时,波德莱尔指出:"它(戈蒂耶的诗才)沉醉在缪斯的魔法所创造的第二现实之中。"①不但文学作品可以描述这种魔法的世界,高超的想象力以及麻醉剂都可以让人体验到第二现实的魅力。在讨论英国作家德昆西的鸦片文学时,波德莱尔从自己服用鸦片止痛的经验出发,评价道:"这种人(德昆西)不再召唤形象,但是形象自发地、专制地显现出来。他无法撵走它们,因为意志没有了力量,无法再控制官能。"②这里涉及幻觉的形象,它是第二现实中经常发生的。

马拉美的神秘主义虽然也有一些幻觉体验,但是它基本上与超自然世界无关。波德莱尔的神秘主义往往是做加法,马拉美是做减法,即将自己的主体意识抛开,让自己与身边的事物融合,共同汇入虚无。他曾在诗论中说:"在神秘性所有非个人的宏伟的天空中,神秘性在爆炸。"③神秘性并非源自一个超自然的世界,而是"非个人"的状态造成的。马拉美的身体和精神都有些疾病,他自觉不自觉地养成了这个状态。

象征主义神秘主义就从这两位诗人出发,向各国蔓延。它要么是超自然主义的方向,要么以丧失自我、成为虚无为代表。英语诗人叶芝与波德莱尔比较接近,是神秘世界的窥视者,不过这种相像并不是出于影响,而是出于巧合。叶芝思想中最重要的是"招魂的活动"④。因为叶芝的神秘主义既与法国象征主义无关,又与波德莱尔的感应说有很大区别,这种思想并不是本书的考察范围。本书真正要考察的,是形象诗派(1908—1909)和意象主义派(1913—1917)的诗学。这两个诗派相互联系,可视为一个大的、连续性的意象主义流派。它不论在诗歌形式上,或者在美学上,都是法国象征主义的子嗣。早在1908年,斯托勒、弗林特等人就在法国人的影响下,开始推进英语诗的革新。意象主义虽然几乎完全接受了象征主义的自由诗和用形象暗示的手法,但是它拒绝了神秘主义。通过现象进入神秘世界的所指的游戏,在意象主义那里是被小心提防的。《意象主义》是一篇纲领性的文章,文中明确指出:"无论是外物还是心念,须

---

① Charles Baudelaire, *Œuvres complètes*, tome 2, ed. Yves Florenne, Paris: Le Club français du livre, 1966, p. 559.
② Charles Baudelaire, *Œuvres complètes*, tome 3, ed. Yves Florenne, Paris: Le Club français du livre, 1966, p. 217.
③ Stéphane Mallarmé, *Œuvres complètes*, Paris: Gallimard, 1945, p. 365.
④ W. B. Yeats, *The Yeats Reader*, New York: Scribner Poetry, 2002, p. 369.

直触事物。"①"直触事物"这几个字,容易被批评家理解错,它表面上说的是直接处理事物,不要通过一些抽象的媒介,因而往往被理解为措辞法的要求。它真正的意义是反抗神秘主义。直触事物肯定眼前的世界,反对将眼前的世界当作超自然世界的象征。但是意象主义并不是排斥象征。在《一个意象主义者的几个不要》中,庞德指出"自然中的事物永远是充分的象征"②。他重视象征,但是象征不再是超自然世界的窗口,它与感受、情感联系在一起。象征变成了情景交融,称它为意象主义,正是这个原因。因为远离神秘性,庞德把意象主义定位为一种雕塑艺术,而非象征主义的音乐艺术:"'意象主义'指的是绘画或者雕塑强行成为或者迸发成音节分明的语言的这种诗。"③音乐可以召唤梦幻,进入与超自然世界相似的境界中。但是"绘画或者雕塑"只关注现实。后来庞德的朋友、深受意象主义影响的威廉斯将这句话总结为"事物之外别无真实"。威廉斯将波德莱尔和马拉美的双重世界观压缩了,眼前的世界就是全部。威廉斯还明确呼吁提防法国象征主义的神秘性:"逃离粗糙的象征主义,取消牵强的联想和将作品与现实切开的复杂而讲究仪式的形式。"④

中国的情况与英国相近。法国象征主义在中国大规模的译介,是1919年以后的事,李思纯、李璜、刘延陵都做过努力。李金发接受了波德莱尔阴郁的诗风,他并非不理解波德莱尔的神秘主义,也曾想在诗中表达"上帝之灵"⑤。但是至少从诗作来看,李金发不能真正把握波德莱尔的感应说,他的《微雨》止步于对《恶之花》形象、风格、情感基调等方面的借鉴。创造社诗人对象征主义的体会,要比李金发来得深刻。但是这个流派像英国诗人一样,对神秘主义不感兴趣。穆木天在谈诗的世界时说:"诗的世界固在平常的生活中,但在平常生活的深处。诗是要暗示出人的内在生命的深秘。"⑥这里用的一个词"深秘",不是"神秘",这是很值得玩味的。深秘并没有双重世界的认识,它仍然属于"平常的生活",不过平常的生活与诗人的"内在生命"有了联系。所谓内在生命,就是感受和情感。在这种意义上说,穆木天的象征观和意象主义诗人是一样的,也是情景

---

① F. S. Flint, "Imagisme", *Poetry*, 1.6 (March 1913), p.199.
② Ezra Pound, "A Few Don'ts by an Imagist", *Poetry*, 1.6 (March 1913), p.202.
③ Ezra Pound, *Ezra Pound's Poetry and Prose*, vol.1, ed. Lea Baechler etc., New York: Garland, 1991, p.231.
④ William Carlos Williams, *Spring and All*, New York: New Directions, 2011, p.22.
⑤ 李金发:《微雨》,上海:上海书店,1986年版,第3页。
⑥ 穆木天:《谭诗》,载《创造月刊》1926年第一卷第一期,第85页。

交融。

梁宗岱对感应说是清楚的,他曾说:"我们在宇宙里,宇宙也在我们里:宇宙和我们底自我只合成一体,反映着同一的荫影和反应着同一的回声。"①这种看法和埃克哈特是一致的,而且都有着基督教神学的背景。梁宗岱肯定现象背后存在着绝对的世界,他也明白这个世界对象征主义的意义。但是梁宗岱并没有成为中国的波德莱尔或者马拉美。他很小心地用眼前的生活来代替神秘主义的象征。在1931年的《论诗》中,梁宗岱建议道:"我以为中国今日的诗人,如要有重大的贡献,一方面要注重艺术底修养,一方面还要热热烈烈地生活,到民间去,到自然去,到爱人底怀里去,到你自己底灵魂里去,或者,如果你自己觉得有三头六臂,七手八脚,那么,就一齐去,随你底便! 总要热热烈烈地活着。"②这与远离生活、一味沉迷在另一个世界的做法南辕北辙。梁氏还给象征主义找到了一个情景交融的中国式的定义:

> 当一件外物,譬如,一片自然风景映进我们眼帘的时候,我们猛然感到它和我们当时或喜,或忧,或哀伤,或恬适的心情相仿佛,相逼肖,相会合。我们不摹拟我们底心情而把那片自然风景作传达心情的符号,或者,较准确一点,把我们底心情印上那片风景去,这就是象征。③

把情感"印上那片风景",就是对神秘主义的拒绝,因为如果肯定神秘的世界,那么情感与风景的联系就会落空,情感就会陷入空洞的世界中,就好像一块石头掉进深井。将情感和风景建立起联系来,这也见之于弗林特的诗学。在1914年的文章中,弗林特这样给法国读者解释他的意象主义信条:"我们描述对象,不作无价值的评论;我们创造对象的意象,情感就从中引出。"④

二、新的影响和接受观念

不论在英美,还是中国,象征主义神秘主义的影响基本是失败的。不同国家中的诗人对于象征主义的理解有质的差距。法国象征主义源自感

---

① 梁宗岱:《梁宗岱文集》Ⅱ(评论卷),北京:中央编译出版社,2003年版,第73页。
② 同上书,第29页。
③ 同上书,第63页。
④ F. S. Flint, "Imagiste", *Les Soirées de Paris*, 3.26 (1914), p.372.

应说,它的象征是纵向的,即要求现象与其背后的世界的纵向关系;英美和中国的象征主义源自情景交融,它们的象征是横向的,即要求情感与物象的同一。也就是说,在英美和中国,一种移情的、直觉的象征,代替了法国象征主义的象征。文学史家眼中的接受研究落了空,神秘主义根本未被接受。

那么,怎么理解法国象征主义的神秘主义与意象主义和中国的象征主义的关系呢?这个问题比较复杂。一方面,没有象征主义的神秘主义,可能就不会有后面横向的象征。神秘主义的象征是横向的象征的诱因。纳雷摩尔(James Naremore)曾指出,法国象征主义给意象主义带来两样东西,一个是自由诗,一个是意象的并置。① 休姆从古尔蒙那里借来了意象,而古尔蒙是一位叔本华主义者,抱有纵向的象征观。弗林特熟悉古尔蒙和马拉美,也参考过其他的象征主义诗作和文学史。庞德了解休姆的思想,1912年后,读过不少象征主义的书。梁宗岱翻译过不少瓦莱里的文论,得到过启发。虽然中国原本就有意象并置的技巧,没有法国象征主义很难想象象征会在白话诗的时代有重要地位。另一方面,法国的神秘主义根本就没有成为一个有效的、活跃的成分,进入意象主义和中国的流派中。如果从整个象征主义思潮的影响和接受来看,这个现象不好解释。自由诗、暗示的手法,甚至某些颓废的风格,都能在英美和中国找得到,反倒关键的神秘主义美学被自觉阻挡住了。

肖(J. T. Shaw)在《文学借鉴与比较文学研究》一文中曾经提出过种子和土地的比喻:"文学影响的种子必须落在休耕的土地上。作者和传统必须准备接受它、改变它,对它发生反应。多种影响的种子可能会落下来,但是只有土壤为它做好准备的种子才会发芽,每个种子扎根的地方的土壤以及气候会影响它,换个说法,它就像要嫁接的嫩枝一样。"② 肖看到土壤可以接受或者拒绝外来影响,如果没有"做好准备",那么外来的种子是没有机会发芽的。象征主义的神秘主义就是一颗不受欢迎的种子。同属象征主义思潮中的其他种子,纷纷存活下来,唯独它没有真正扎下根来。肖的研究似乎印证了前面的观察。但是仔细分析,肖的理论却无法

---

① James Naremore, "The Imagists and the French 'Generation of 1900'", *Contemporary Literature*, 11.3 (Summer 1970), p. 358.

② J. T. Shaw, "Literary Indebtedness and Comparative Literary Studies", *Comparative Literature: Method and Perspective*, ed. Newton P. Stallknecht and Horst Frenz, Carbondale: Southern Illinois University Press, 1961, p. 66.

解释英美和中国的情况。

如果神秘主义的种子没有获得成功,那么别的种子会生长,但是象征主义思潮将会在英美或者中国有欠缺。英美和中国只是选择性地接受了法国象征主义,这种接受是不充分的、局部的。可是实际情况却并非如此。虽然没有纵向的象征,英美和中国却出现了横向的象征。英美意象主义以及中国的象征主义仍然是完全的,只不过在局部与法国象征主义不同。具体来说,横向的象征被有意地拿来代替了纵向的象征。需要注意,如果说横向和纵向的象征,都是感应,因为感应的本义就是同一性,那么英美和中国的诗人们用一种横向的感应代替了纵向的感应。肖的理论最大的难题,在于这种代替原本不应发生。可以用一个自然的选择来说明。在赫胥黎(Aldous Leonard Huxley)(包括达尔文)的进化论中,自然的选择将决定着物种的命运。当自然不利于某种物种的时候,它就无法延续和变异。神秘主义显然是一个没有通过自然选择的种子,它本不应存在,事实上它也没有发生影响。但是在接受者那里却产生了它的替代物。

肖的理论之所以解释不通,原因在于他把接受看作是外在的、线性的了。影响一旦发生,接受者必然会有物质上的影响。这就是他的种子发芽说。种子是外来的,在新的环境里,这个种子也是不变的物质。这种思想由来已久。早在1920年,梵·第根(P. Van Tieghem)在讨论文学综合的论文中,就这样思考过比较文学:"它在不同文学的相似序列间建立接触点。"① 什么是接触点呢? 就是不同国家文学的相同点,比较文学研究的是有客观基础的影响关系,接受者就像是一块移植的土地,尊重外来的种子。它和影响者之间有"相似序列"。基亚(M.-F. Guyard)将传播者、来源和接受者视为比较文学的三个环节,虽然他扩大了比较文学的研究对象,将旅行者、译者也看作是影响的研究对象,但是客观的来源仍旧是他理论的核心。学界目前认为美国学派让比较文学摆脱了法国学派机械的、债务表似的研究,让平行研究也成为重要的研究方法。如果从外在的研究角度来看,美国学派的影响研究只是法国学派的延续和调整。比如韦勒克,他眼中的比较文学的"危机"主要是要求影响源与新的文本要形成审美结构,客观的来源仍然是先决条件。也就是说,美国学派的影响研

---

① P. Van Tieghem, "Principaux ouvrages récents de littérature générale et comparée", *Revue de synthèse historique*, 88 (1920), p. 5.

究,只是审美标准强化的法国学派。美国学派的这种思维方式,一直到今天似乎都没有改变。兰泽尔(Susan S. Lanser)在《比较文学的未来》一书中曾经对文学影响下过定义:"影响寻求直接的和假定存在的线性证据,不论是文体证据,还是间接证据。"① 所谓"线性证据"其实就是基亚的从传播者到接受者的传递过程,客观根据一直是它的焦点。

象征主义神秘主义的际遇,告诉人们没有客观根据也能产生影响。这是一种新的影响研究的思维方式,它将接受者的文化传统视作生命体,可以对外部刺激主动做出反应。文化传统并不是一块要播种的土地,等待着外来的种子。文化传统像生命组织一样,可以从主体出发在内部做出调整和更改。这种调整和更改不需要外在元素进入内部的有机体中,它是主体主动进行的,是一种对外在环境能动的适应。艾略特在《传统与个人才能》中提出一种新的诗的概念,它是"一切写出的诗的活着的整体"②。在第一次世界大战前后,有一些肤浅的诗人渴望彻底摆脱传统,寻求"遥远的"现代主义。艾略特提出有机体的传统观,敬告这些诗人,传统从未被他们抛在身后。象征主义思潮的接受者和传统构成的二元关系,就像这样一个生命体。这种关系一直伴随着文学接受的全过程,它可以主动地由内做出调节,以应对文学环境的变化。举一个生物学中的例子,章鱼在海底游动,它可以根据周围环境改变自己的肤色。四周沙土的颜色对章鱼产生了刺激,但是这些沙土并没有进入章鱼的体内,是章鱼自身的色素细胞在变色。文学思潮的接受研究也有这种情况,当法国的神秘主义带来新的刺激时,英美意象主义和中国的象征主义主动做出了调整,其结果就是上文所说的横向的象征。

这种主动调整视野下的接受研究,可以称为内在力量的研究。它和外在力量的研究的根本区别,并不在于外来的影响源有没有在新的作品中得到充分的加工,从而有了很高的审美性或者和谐的结构,也不在于影响源有没有变形——或者不如用国内有些学者提出的"变异学"的概念——有没有发生变异。这些研究都无法抛却外在的基础,都没有足够重视文化传统的能动性。内在力量的研究要看文化传统和接受者有没有离开外来影响源而做内在的调节,要看内在调节的力量是否被视为生命体的内在力量。

---

① Susan S. Lanser, "Comparatively lesbian", *Futures of Comparative Literature*, ed. Ursula K. Heise, London: Routledge, 2017, p. 94.

② T. S. Eliot, *Selected Essays*, London: Faber and Faber Limited, 1951, p. 17.

赫胥黎在讨论物种变异的时候，曾经设想过内在机制的问题："变异是否依赖生物体本身的某种内在机制——如果我可以使用这个术语的话——或者是否它通过环境对那种母形式（parent form）施加影响，这是不确定的，目前这个问题是开放的。"[1]文学接受是国别文学进化史中的重要现象，与物种的进化类似。赫胥黎对物种进化的内在机制提出了一个假设，但未经证明，借助神秘主义思想的接受研究，或许可以初步探索这种内在机制的运作规则。

三、内在调节机制的运作

如果将文化传统和接受者的关系看作是一个生命体，需要看到，这是一个关系中的生命体。传统一直在变，接受者也在变，而且不同的接受者与传统也有不同的关系。因而文化传统与接受者的关系，并没有一个目的，并没有一个未来才会发挥的潜力。它是现在时的，是不固定的。这种关系的本质就体现在它的反应能力中，这种关系和它的反应能力是同一的。客观自然界中的生命，比如动物，它的本质和它的能力是分开的。文化传统与接受者的反应能力就是它的本质，而不是它的潜力。在这一点上，似乎我们的判断要落入托马斯·阿奎那的神学思维中。阿奎那曾指出："天主是纯粹的行动，不涉及潜力（Deus est purus actus, non habens aliquid de potentialitate.）。"[2]将这种生命体与它的行动合一，似乎要赋予它超越性的地位。如果它具有超越性，那么就无法解释传统的发展和变迁了。超越性的观念不符合传统的历史性。

这种关系可以进一步分析。如果将传统的某个思想分成两个部分，一个部分是当前活跃的，为 A，一个部分是当前受到压抑的，为 Ā。那么传统就有一个这样的结构：A—Ā。这是传统的立体结构。一个大的传统中有许多小的这种互补链的结构，它们连接在一起，就组成一个整体的传统。传统的这个元素要与个体结合起来，这样就有下面几种关系：一种是个体认同活跃的元素，这组成了一个关系链，用符号表示为：A—a。其中的小写字母表示个体，同属一种字母表示个体认同这个活跃的元素。如果个体认同被压抑的元素，那么也可以得到一个关系链：Ā—ā。这里的 ā 上面也有一横，它表示与这个被压抑的元素是一致的。除了这两种关系，

---

[1] Thomas H. Huxley, *Science and Hebrew Tradition*, London: Macmillan, 1898, p. 83.
[2] Thomas Aquinas, *Summa Theologiae*, volume 13, Lander: The Aquinas Institute, 2012, p. 28.

个体还可以与它不认同的传统元素建立起关系,比如 A—ā、Ā—a。在 1908 年左右,斯托勒、弗林特等人并不认同英国的格律诗传统,因而他们与传统的关系链就是 A—ā。胡适在 1916 年之前,对意象主义的自由诗还不熟悉,他不认可中国传统诗律,但对处于边缘地位的"京调高腔"式的自由形式比较垂青,这种关系链就是 Ā—a。胡适与主流传统诗律的关系就成为:A—ā。

这四种关系中,除了第一种,即 A—a 是和谐的、稳定的关系,其他三种都是紧张的、不稳定的关系。比如 A—ā,这种关系链容易导致文学与读者的疏远。Ā—ā 的关系链容易带来文学上的复古运动。而 Ā—a 的关系链则容易带来对非主流文学的鄙视、厌恶。这四种关系中,涉及个体 ā 而非 a 的关系链容易带来文学思潮的改革,也最有利于外国文学的影响和传播。英国新诗运动的兴起,是因为年轻诗人中已有对维多利亚诗风的否定。同样,中国诗体大解放的发动,是因为围绕着《新青年》杂志出现了一群诗律上的反叛者。当旧的活跃元素丧失了它的力量,新的活跃元素有机会成为主流,于是在一些个体那里重新建立了 A—a 的和谐关系。这种稳定关系是一切文学运动的目的。文学思潮接受的目的,同样在于恢复这种和谐关系。

上面讨论的是接受活动的目的。下面再来思考这种内在机制的运作规律。传统的以种子为喻的外在研究,往往在一个纯粹的背景中想象影响和接受的发生,即种子直接面对接受的土壤。这种纯粹的背景是一种想象,一种误解。一切影响和接受活动,都要经历接受方的传统—个人关系链的审视,完成这个审视,影响和接受活动才真正进行。传统—个人关系链是看不见的,但是又无处不在,无时不在。

下面以一个不认同接受方主流传统的个体 ā 为例,看文学接受的现象。假定一个有很多元素的外来影响源,它的一个元素 B 要进入接受作品中。因为接受者与主流传统元素 A 的紧张关系,所以元素 B 有可能被接受。在这个接受过程中,B 有可能完全代替 A。用符号表示如下:

$$B \rightarrow (A—ā) = B$$

这种现象表现在象征主义的接受中。弗林特因为对英诗诗律的音步(具体来说,就是轻重律五音步)不满,从法国诗人那里拿来了"节奏常量"(它相当于林庚所说的节奏音组,一般一首诗只有一两个固定的音组,其他的音组音节数量变化较大。诗行就是由节奏音组与普通的音组组合而成，比如上四下六、上四下五的诗行中，四音节的音组就是节奏音组)。法国的节奏常量于是就代替了英诗轻重律的音步。中国现代时期的陆志韦也是这样，他对中国传统的平仄律不满，于是接受了英诗的轻重律，建议中国新诗用轻重律音步来建设诗行，这也是用外来元素 B 代替传统元素 A。这种接受是学界现在关注最多的接受研究，因为 B 直接进入新的接受作品中，有实证性，因而它是一切外在的思潮接受研究的两种基础之一。另一种基础是这里不需要过多讨论的下面的公式：

$$B \to (A-a) = A+B$$

在这种接受活动中，传统元素 A 并没有被代替，而是与外来元素 B 并存不悖。比如中国传统诗歌一般不使用 ABBA 式的连环韵，但是彼特拉克式的十四行诗传入中国后，对中国新诗诗律产生了影响，新诗也有了这种韵式。可是这种韵式与传统偶句押韵的方式共存，并不冲突。

一个不认可当前活跃的传统元素，但赞同被压抑的传统元素的接受者，当他面临外来影响源的时候，外来元素 B 就不容易成为一个替代的元素，它现在具有的是一种破坏价值，针对传统活跃元素 A。当 A 丧失它的价值和地位时，被压抑的传统元素 $\bar{A}$ 将变得活跃。于是 $\bar{A}$ 变成新的 A，接受者于是与新的 A 建立和谐的关系，用公式表示：

$$B \to (\bar{A}-\bar{a}) = \bar{A}$$

在这个公式中，外来元素 B 作为一个刺激，破坏了 A 的价值，使 $\bar{A}$ 重新得到活力。外来元素发挥了它的作用，但是它并没有进入接受的作品中。接受者和传统的关系链通过内部机制，选择出不同于外来元素的传统元素 $\bar{A}$。$\bar{A}$ 和外来元素 B 没有实际上的关系，但是 $\bar{A}$ 又必须依赖外来元素的刺激。

象征主义的神秘主义思想在英美和中国的际遇，就涉及第三种规则。神秘主义作为一种刺激物，带来了英美和中国当时活跃元素的失势，从而令被压抑元素获得了权力。这可以分开来说。20 世纪初期的英国诗坛，流行的还是丁尼生、勃朗宁一类的诗作，这种诗遵守传统诗律，注重直接抒情与说理，多用内心独白的形式。形象诗派和意象主义的诗人弗林特、斯托勒、休姆等人反对这种诗风，法国象征主义的自由诗、暗示的手法，成为外来影响源，代替了这些原本活跃着的元素。这就是第一个公式呈现出来的文学接受的规则。从 19 世纪末到 20 世纪初，英国还有一个本身在发展，但却处于边缘地位的美学，这就是印象主义。英国画家惠斯勒的绘画、佩特（Walter Pater）的印象主义文艺批评一直作为潜流存在着，外来的神秘主义思想给英国本身的印象主义带来了机会。英国本身虽然也有神秘主义传统——比如布莱克的诗就与波德莱尔的幻觉文学相近——但是印象主义诗学既能提供神秘主义对等的横向象征，而且又是形象诗派和意象主义诗人更为向往的理论，所以它在1908年以后被激活了。休姆曾经这样解释他的诗论的基础：

> 旧的绘画费心讲一个故事，而现代绘画却试图凝固一种印象。我们仍旧感受着事物的神奇，但我们却以完全不同的方式感受它——不再直接采用行动的形式，而是将它作为一种印象，比如惠斯勒的画。我们不能摆脱我们这时代的精神。在印象主义这样的绘画中得以表现的东西，不久就会在自由诗这样的诗中得以表现。①

作为象征主义诗人古尔蒙的学生，休姆将印象主义摆在很高的位置上，可以看出背后存在的主动选择的力量。

中国的象征主义面临着相似的处境。在五四运动后期，白话诗成为新的传统，胡适、康白情、刘大白等人的诗"有什么话，说什么话"，诗意浅白，形式散漫。法国象征主义原本是自由诗的源头，李璜、刘延陵等人开始介绍法国象征主义时，原本也是为了自由诗。但是创造社诗人和梁宗岱、卞之琳等人，强调法国象征主义的音乐性的一面。音乐性、节奏开始代替散文化的形式。创造社诗人也好，梁宗岱也罢，他们虽然对神秘主义有相当的了解，可是他们更多的是被白话诗压抑的传统诗学的同情者，这些诗学涉及含蓄、诗味、境界等范畴。接触法国的神秘主义，使他们有了抨击白话诗的工具，最终让传统诗学得到复兴。梁宗岱说得很清楚："目前底问题，据我底私见，已不是新旧诗底问题，而是中国今日或明日底诗底问题，是怎样才能够承继这几千年底光荣历史，怎样才能够无愧色去接受这无尽藏的宝库底问题。"②被压抑的传统在中国象征主义诗人眼中，并不是废弃的糟粕，它们是"无尽藏的宝库"。法国神秘主义成为被压抑的传统反抗主流权力的武器。

最后再回到章鱼上。2017年，北京大学生命科学学院谢灿的研究团队，对章鱼等头足类动物变色的原理进行了研究，答案是一种叫做"反射

---

① T. E. Hulme, *Further Speculations*, ed. Sam Hynes, Minneapolis: University of Minnesota Press, 1955, p.72.
② 梁宗岱：《梁宗岱文集》Ⅱ（评论卷），北京：中央编译出版社，2003年版，第30页。

素的蛋白",它来自一种发光细菌费氏弧菌。传统—个人的关系链,就是接受研究内在调节机制的反射素蛋白。虽然对这种关系链还有很多问题需要思考,这里提出的公式尚需要更加充分的验证,但是象征主义神秘主义的影响和接受,已经清晰地说明文学思潮影响内在选择机制的存在。这种机制将使影响和接受的问题,由实证和美学的研究扩大到文化传统与个体的关系的综合研究上去。

第六章
象征主义思潮的自由诗理论

第一节　象征主义自由诗理论的起源

  法国以及其他各国的象征主义，在形式上最大的成就是自由诗。尽管巴拉基安认为没有象征主义自由诗也会产生出来①，但是为何自由诗主要产生于象征主义诗人之手，这是值得深思的。自由诗并不仅仅是一种纯粹形式上的要求，以打破人工的规则为宗旨，自由诗是象征主义思潮的必然结果。形式是永远不离开美学、意识形态的。自由诗也是这样，只有结合象征主义思潮的美学和历史背景，才能真正弄清自由诗的问题。

  法国最早的自由诗，是1886年兰波在《风行》杂志上先后发表的《海景》和《运动》，这几乎是学界共识，不算是问题。法国自由诗真正的问题，是它理论的起源问题。虽然过了一个多世纪，但这个问题现在不但在中国和英美，而且在法国也都敷衍过去，未能得到认真探究。目前一个似乎占据主流的看法，是把法国自由诗理论开创者的名分献给卡恩。这种见解渊源有自。早在1909年，象征主义理论家吉尔就曾指出，自由诗这种诗体是"卡恩先生的作品"②。随后东多（M. M. Dondo）在他1922年出版的博士论文中也将卡恩视为象征主义自由诗理念的源头。在1951年出版的访谈中，自由诗诗人维尔德拉克也将自由诗理论创始人的桂冠戴

---

① Anna Balakian, *The Symbolist Movement*, New York: Random House, 1967, p.114.
② René Ghil, *De la poésie scientifique*, North Charleston: Createspace, 2015, p.21.

在了卡恩的头上。① 最近三十年,持这种说法的主将是斯科特(Clive Scott)。斯科特不但明确主张卡恩是第一位自由诗理论家,而且还指出卡恩1888年12月发表在《独立评论》上的一篇文章《致布吕内蒂埃》,是法国象征主义最早的自由诗理论。② 在2012年最新版的《普林斯顿诗歌与诗学百科全书》中,虽然斯科特强调1886年7月拉弗格在一封信里提出了自由诗的理念,但是卡恩作为自由诗理论确立者的地位仍然没有动摇。法国学者比耶特里的《象征主义时期的诗学理论》一书,是目前权威的研究,由于有比较厚实的文献功底,他纠正了英美学界的许多认识。比耶特里发现在1888年卡恩的文章之前,象征主义杂志上自由诗理念的文章并不少见。但是令人感到遗憾的是,比耶特里只是将自由诗理论的创始人从卡恩换到拉弗格那里。③ 国内学者在此问题上,也多囿于旧说。④

上面这些认识给呈现自由诗的图景做出过很大的贡献,但仍然有片面性。第一,它们排他性地寻找某一位理论家,将自由诗的起源问题简化为谁是理论第一人的问题。第二,它们将自由诗的理论起源问题狭窄地理解为反诗律的理念问题,没有将自由诗理论看作是一个系统的、综合的思想体系。本书试图在破除上面两个片面认识的基础上,对法国象征主义自由诗理论起源问题做新的思考。

一、自由诗理念的出现

就第一个片面认识而言,象征主义自由诗理论并不是哪位诗人一蹴而就的,它是群体合力的结果。康奈尔曾主张象征主义并没有"一个单一的导向力量",而是不稳定的、发展中的。⑤ 同样,自由诗理论也是多个理论家共同探索的结果,它有它的时代必然性。19世纪中后期,法国的无政府主义和社会主义思潮迅速传播,虽然巴黎公社在1871年被镇压下

---

① P. Mansell Jones, *The Background of Modern French Poetry*, Cambridge:Cambridge University Press, 1951, p.175.

② Clive Scott, *Vers Libre:The Emergence of Free Verse in France 1886—1914*, Oxford:Clarendon Press, 1990, p.121.

③ Roland Biétry, *Les Théories poétiques à l'époque symboliste*, Genève:Slatkine Reprints, 2001, p.39.

④ 拙著《自由诗的形式与理念》也曾认为卡恩1888年的自由诗理论是法国最早的自由诗理论。参见李国辉:《自由诗的形式与理念》。北京:知识产权出版社,2016年版,第96页。

⑤ Kenneth Cornell, *The Symbolist Movement*, Hamden, Connecticut:Archon Books, 1970, p.v.

去，但是这两股思潮不但没有被扑灭，反而愈演愈烈。法兰西第三共和国尽管努力推进工业革命，改善民生，以缝补被撕裂的社会，但是它并没有挡住革命思潮的蔓延。无政府主义要求消灭所有的国家机关和制度，寻求绝对的个人自由。这种思潮与当时势头不减的后期文学浪漫主义结合起来，互为表里，因而缔造了象征主义文学运动。有批评家指出象征主义者就是文学中的无政府主义者①，这个判断有点言过其实了，但是若说自由诗主义者都是文学中的无政府主义者，这倒符合自由诗草创期的时代背景。即使是远离革命的马拉美也曾这样谈诗律与政治革命的联系："政府变了，韵律一直原封不动。要么是韵律也在革命，却未被人注意，要么革命运动并没有让人承认极端的教条是可以改变的。"②在19世纪80年代前后，无政府主义者创办了许多宣传刊物，比如《反叛》《白色评论》和《新时代》（Les Temps nouveaux），这些刊物与象征主义诗人有不少联系。自由诗反叛传统诗律秩序的行为，实际上与政治革命遥相呼应，它是美学无政府主义（也含有少量社会主义文学的成分）的构成部分。

　　自由诗的产生，真正的推动者是美学无政府主义，而非某个独具慧眼的诗学家。自由诗的流行，背后的推手也是这种美学无政府主义，而不是某个天赋异禀的诗人。已往的研究，过多地在拉弗格和卡恩之间做选择，低估了其他理论家的贡献，因而忽视了更为宏大的美学背景。如果将美学思潮考虑进来，仔细地翻检象征主义的文献，就会发现拉弗格和卡恩并不是自由诗理念的唯一探寻者，甚至不是该理念的最早提出者。

　　1886年7月拉弗格在给卡恩的信中表示自己当时在作诗上处于一种"绝对的无拘无束状态"，还表示"我忘记押韵了，我忘记音节数了，我忘记诗节的划分了"③。这比卡恩1888年的文章早了两年还多几个月，因而被比耶特里看作是自由诗理论的起源。比耶特里没有注意到在一个月前，即在1886年6月，象征主义理论家威泽瓦就提出了与拉弗格相同的诗律解放的思想。威泽瓦指出一些象征主义诗人并不在乎旧形式，而是想破坏它，离开它。④ 威泽瓦还对形式自由的原则做了思考：诗人应该根

---

① Eugenia W. Herbert, *The Artist and Social Reform*, Freeport: Books for Libraries Press, 1971, p. 59.
② Stéphane Mallarmé, *Œuvres complètes*, Paris: Gallimard, 1945, pp. 643—644.
③ Jules Laforgue, *Lettres à un ami*, Paris: Mercvre de France, 1941, pp. 193—194.
④ Téodor de Wyzewa, "Notes sur la littérature wagnérienne", *Revue wagnérienne*, 2.5 (juin 1886), p. 163.

据情感来寻找形式,而非采用"预先强加给诗人们"的规则①。如果将拉弗格看作是自由诗理论家,那么威泽瓦的观点自然也是标准的自由诗理念,这样的话,他就是更早的理论家了。

无独有偶,诗人维尔哈伦在一个刊物《现代艺术》中同时提出了他的自由诗理念。维尔哈伦是比利时人,是象征主义的重要诗人和理论家,同时也是一位热衷革命的激进分子,他将自由诗看作是对权威的形式的反抗,这种形式是年轻人自己树立的"年轻的神"②。他的文章发表在该年6月27日,比威泽瓦的文章只晚了19天。维尔哈伦指出亚历山大体"让人厌倦、虚弱不堪、令人反感",他要求"更多的自由";这种自由表现在押韵上,是押韵形式的多变;表现在亚历山大体的语顿上,是既可以有一个语顿,也可以没有。③ 维尔哈伦对旧诗律的厌恶和对新的自由形式的呼唤,都与威泽瓦和拉弗格的如出一辙。另外,他对新形式的原则——内在的音乐——的认识,超越了拉弗格那封信的深度。

1886年注定是诗学史上不平凡的一年,许多研究没有注意到的是,当年9月卡恩在一个杂志《事件》(*L'Événement*)上发表了《象征主义》一文,也提出了他的自由诗理论。卡恩同情无政府主义,他看到法国政府机关维护所有的规则。作为诗人,卡恩认为所有的艺术家要联合起来,向旧势力作战。这篇文章比批评家们认可的1888年的《致布吕内蒂埃》足足早了2年,即使这样,它也未能享有第一篇自由诗理论的荣誉。卡恩在该文指出,象征主义有一种倾向,这是"对古老、单调的诗体的否定";与否定的一面相对应的,就是对新诗体的寻找了,卡恩指出,象征主义的形式实验,目的在于"扩大自由,远超过哥特式的手法本身"④。

维莱-格里凡是《文学与政治谈话》杂志的编辑,而这个杂志支持无政府主义。维莱-格里凡曾在1892年公开表示他为之奋斗的文学无政府主义"现在已迎来它的曙光"⑤。他于1886年11月出版了诗集《天鹅》。诗集的序言再次证明自由诗理念并不是哪一位理论家的灵光乍现。维莱-格里凡在序言提出一种概念:"诗体的外在性"(l'extériorité du vers)。这

---

① Téodor de Wyzewa, "Notes sur la littérature wagnérienne", *Revue wagnérienne*, 2.5 (juin 1886), pp. 163—164.
② Émile Verhaeren, *Impressions*, Paris: Mercvre de France, 1928, p. 102.
③ Émile Verhaeren, "Les Cantilènes", *L'Art moderne*, 26 (27 juin 1886), p. 205.
④ Paul Adam, "Le Symbolisme", *La Vogue*, 2.12 (4 octobre 1886), p. 400.
⑤ Francis Vielé-Griffin, "Réflexions sur l'art des vers", *Entretiens politiques & littéraires*, 4.26 (mai 1892), p. 217.

里的"外在性"一词因为原文并无解释,所以不容易把握。其实它指的是旧的诗律渐渐成为外在的、无用的束缚。诗人如果向内开拓,那么就要探寻一种真正的节奏。维莱-格里凡看到浪漫主义诗人的亚历山大体,"仍旧是单调的",而雨果则"打碎了束缚诗体的所有锁链,给我们带来绝对的自由"①。雨果只是维莱-格里凡的幻想,他并没有给象征主义诗人带来绝对自由的诗体。但雨果在节拍上的解放,给年轻诗人们带来鼓舞,也让他们超越前人到达的领域,实践更自由的形式。

除了拉弗格英年早逝,上面几位年轻的理论家之后基本上没有停下探索的脚步,尤其是威泽瓦、卡恩和维莱-格里凡三人,他们在随后几年中一直站在象征主义自由诗理论的前沿。许多年轻的诗人也先后受到吸引,加入队伍中来,开始了对自由诗更进一步的思考。

二、自由诗创格的开始

就第二个片面认识而言,批评家们将自由诗理论理解得简单了。自由诗理论并不仅仅是单纯的形式解放,它是一种系统的思想,想重新解释诗体以及形式的观念。它包含三个必不可少的条件:第一,解放诗律的态度,第二,诗体的建设,第三,自由诗的命名。如果满足第一个条件就视为自由诗理论,这实际上是抹杀了后面两种条件的存在,就无法获得真正的认识。1886年虽然有不少诗人提出了诗律解放的主张,甚至也开始了实践,但是这只是自由诗理论的第一步。迈出这一步并不十分困难,甚至以诗律严谨著称的巴纳斯派诗人都可以接近这个目标。比如邦维尔,他往往有一副诗律卫道士的面孔,但是他其实也反对严格的诗律,要求变化的形式:"要永远地、不停地有变化;在诗中就像在自然中一样,首要的、不可或缺的生命条件是变化。"②解放诗律的目的,其实正是为了节奏的变化。但是没有人会将邦维尔视作自由诗理论者,因为他并不具备自由诗理论的后面两个条件。

就第二个条件——诗体的建设——来说,自由诗理论必须要寻找自由诗的本体特征。在自由诗理念最初开拓的时候,美学无政府主义发挥了巨大作用,但是形式的绝对自由并不能给自由诗真正的保障,因为这样将会取消自由诗作为诗体的地位。换句话说,真正的自由诗将会有意识

---

① Francis Vielé-Griffin, *Les Cygnes*, Paris: Alcan-lévy, 1886, pp. i—ii.
② T. de Banville, *Petit traité de poésie française*, Paris: Bibliothèque-Charpentier, 1903, p.263. 邦维尔的这本书首版时间是1872年。当时邦维尔和魏尔伦都是巴纳斯派诗人。

地约束美学无政府主义,既保留它,又限制它。其实自由诗的命名也暗示了这一点。自由诗一方面要求自由,"libre"这个形容词含有从旧诗律中解放出来的意思;另一方面还要具有诗体的地位,之所以用"vers"这个词,而非"poème",这是因为自由诗的本质不是在诗意上,而是在形式上。虽然打破了亚历山大体,但是自由诗并不是散文,它还要寻找自身的诗体特征。诗体的建设,一方面要靠先锋的自由诗理论家,比如威泽瓦和维尔哈伦1886年的理念有不少触及了这个问题,但另一方面,保守诗律家或者自由诗的反对者也是重要的塑造力量。这两种理论家们拥有各自不同的武器,自由诗理论家往往利用音乐性,尤其是瓦格纳的音乐理论,来建设自由诗的形式,而自由诗反对者们,大多依靠诗律的价值来批评自由诗。

  威泽瓦一开始就没有完全受美学无政府主义的影响,他是象征主义诗人中最早的瓦格纳主义者。他主张的自由形式有新的规则:"根据在交响乐中它们暗示的情感复杂性的需要而使用。"[1]引文中的"它们"指的是节奏和押韵等韵律要素,"交响乐"指的是瓦格纳式的音乐旋律。威泽瓦想用瓦格纳的交响乐的结构来代替旧的诗律结构。这也正是威泽瓦和迪雅尔丹创办《瓦格纳评论》杂志的一个初衷。威泽瓦这里并不是将诗比作交响乐,而是在诗中营造一个真正的交响乐,让诗变成所谓的"语言音乐"。这种"语言音乐"在威泽瓦那里,成为诗的新的定义:"诗是一种语言音乐,旨在传达情感。目前,我们大多数诗人因为忽略或者不关心这种高度的美学目的,热衷于诗律这一贫乏的工作:他们用节奏和押韵围绕着有时微妙但时常愚蠢的思想。"[2]在评价卡恩这种具有"语言音乐"的诗作时,威泽瓦明确指出,这种诗传达的情感状态,是散文注意不到的。这是象征主义理论家中最早分析自由诗与散文不同的文献。

  维尔哈伦和威泽瓦一样,也是从音乐性上来约束自由诗,但他的音乐性并不是来自交响乐的模式,而是来自一种"内在的音乐"。这种音乐只需要心灵向内探寻,表现在具体的形式上,则"必须要有节奏的语言"[3]。维尔哈伦在他的文章中强调"节奏",这种节奏足以将自由诗与散文区别开来,但这种节奏是什么,文中却没有明确的答案。卡恩在这一点上补充

---

[1] Téodor de Wyzewa, "Notes sur la littérature wagnérienne", *Revue wagnérienne*, 2.5 (juin 1886), pp. 163—164.
[2] Téodor de Wyzewa, "Les Livres", *La Revue indépendante*, 3.8 (juin 1887), pp. 333—334.
[3] Émile Verhaeren, "Les Cantilènes", *L'Art moderne*, 26 (27 juin 1886), p. 205.

了维尔哈伦的空白。卡恩具有优秀的理论自觉意识,他曾在1912年对自由诗的问题回顾过。当他自问自由诗要不要有一种韵律时,他的回答是:"这毋庸置疑,因为这符合习惯,也紧守着传统。"[①]虽然不同的诗人可能有不同的韵律,无法在短时间内统一这些韵律,但是诗人需要有一种新韵律的自觉。在1888年的《致布吕内蒂埃》那篇文章里,卡恩放弃了以往根据音节来划分节奏单元的做法,提出一种新的节奏单元的定义:声音和意义结合而成的综合单元。这种单元具体表现在诗行中的元音和辅音上,它要求有语义的停顿,但也要求语音作为它的物质基础。卡恩这样做,其实是想把意义原则引入诗行的节奏中去。因为传统诗律的原则是音节数量的原则,它是固定的,不容易打破。但一旦引入意义的原则,让诗行根据意义的变化而变化,诗行就有了伸缩度。卡恩对这种节奏寄予了希望:"(它)将会允许所有的诗人构思他自己的诗歌,或者说,去构思他原创性的诗节,去创造他自己的、个人的节奏,而非令他们披上早经剪裁的制服,迫使其仅仅成为辉煌前辈的学徒。"[②]

客观来看,卡恩这篇文章提出的观点有策略,但他对自由诗节奏的组织原则讲得不够清楚,比如自由诗的节奏运动持续性体现在哪里,变化体现在哪里,都未作回答。他的这种新的节奏单元,也能为格律诗所用,如果讲不明白,那么这个理论是格律诗理论,还是自由诗理论呢?恐怕也会有争执。从卡恩在《风行》杂志上发表的自由诗《插曲》("Intermède")来看,这种诗节拍比较稳定,但是节拍的构成多变,另外,诗行中的音节其实比较固定,往往是6音节、8音节和12音节。虽然与亚历山大体相比,已经有了新的气象,但是自由诗的节奏运动除了双声、半韵的音乐效果外,基本上仍旧停留在视觉上,并不成熟。无论如何,卡恩的理论还是给新生的自由诗带来了依靠,自由诗也有了同格律诗一样可供分析的节奏单元。

1888年8月,卡恩再次对自由诗的本质特征进行了思考。这一次,他着重强调自由诗并不是格律诗和散文的杂糅,即是说,一会儿采用散文的形式,一会儿采用格律的样式[③]。卡恩开出的是同样的药方,他坚持在节奏单元上建构自由诗,但仍然没有给节奏单元的原则做出说明。除了

---

① Gustave Kahn, *Le Vers libre*, Paris: Euguière, 1912, p. 31.
② Gustave Kahn, "A M. Brunetière-Théâtre libre et autres", *La Revue indépendante*, 9.26 (1888), p. 485.
③ Gustave Kahn, "Chronique", *La Vogue: Nouvelle série*, 1.2 (août 1889), p. 145.

有节奏单元以区别散文，卡恩还重复了早一年的做法：利用双声来联结诗行。但是卡恩此时表现出了更好的诗体自觉。这种对自由诗的尚不成熟的认识，被罗尼（J.-H. Rosny）概括为"过渡期"，这个术语马上让人想到美国自由诗诗人威廉斯提出的另一个术语"无形式的过渡期"[1]。自由诗诗人有着"无形式"的焦虑，这种焦虑并不是要求一定有任何定型的样式，而是要求在不定型的形式中留存稳定的原则。

1890年，维莱-格里凡在一篇答问形式的文章中也对自由诗的形式进行了反思，他认为自由诗利用语顿来建立诗行，这种语顿并不是由传统的音节数量决定的，而是靠"句子的逻辑分析"[2]。如果说卡恩在寻找自由诗的节奏单元，那么维莱-格里凡实际上是在思考自由诗的诗行和诗节。维莱-格里凡主张要根据语义关系来分出诗行，而诗节就相当于一个完整的句子。当然，分行并不是自由诗唯一的工具，维莱-格里凡还注意到自由诗的音乐要素，它们包括押韵、双声。维莱-格里凡在这一点上和卡恩站在了一起。

到了1890年，卡恩和维莱-格里凡已经找到了结论性的答案，但是这种答案至少在自由诗反对者那里是不充分的。吉尔坎指责卡恩的答案"毫无价值"，而维莱-格里凡的解释正好表明"散文和伪自由诗是同一个东西"[3]。吉尔坎的批评表明自由诗面临着现实的困境，它要想获得更大的承认，就必须要与传统诗律重新订立某种盟约。于是在这种背景下，马拉美适时地推出了他的自由诗理论。

虽然马拉美一开始在自由诗运动中是置身事外的，但是随着这一运动的不断壮大，马拉美也开始思考这种新的形式。他看到年轻的象征主义诗人们的诗律解放并不是为了废除亚历山大体，而是"力求给诗篇带来更多的自由空间，在澎湃的诗体中创造一种流动性、可变性"[4]。这句话其实也是马拉美自己的自由诗观，他主张自由诗虽然可以打破亚历山大体，但是又不离亚历山大体。亚历山大体给自由诗划了一个更大的自由空间，足以不同于散文。虽然马拉美给自由诗设立了一个形式原则，但是

---

[1] William Carlos Williams, *The Selected Letters of William Carlos Williams*, ed. John C. Thirlwall, New York: New Directions, 1957, p.129.

[2] Francis Vielé-Griffin, "A propos du vers libre", *Entretiens politiques & littéraires*, 1 (mars 1890), p.9.

[3] Iwan Gilkin, "Le Vers libre", *La Jeune belgique*, 13.3 (mars 1894), p.138.

[4] Stéphane Mallarmé, *Œuvres complètes*, Paris: Gallimard, 1945, p.868.

马拉美其实也有破坏自由诗的一面。在他那里,自由诗成为亚历山大体的新的运用方式。马拉美并不是将自由诗从亚历山大体中独立出来,他用更灵活的诗律学吞并了自由诗。不过,如果抛开名相之争,谁又能否认马拉美的新亚历山大体不是自由诗呢?1910年出现过一本题为《诗歌技巧评论》的书,该书找到了另一种节奏单元:节奏常量。节奏常量很像现代汉诗中的音组,稳定的节奏常量和多变的其他音节组合成了诗行。这种节奏常量和马拉美的亚历山大体一起,给自由诗提供了一个稳定的节奏原则。

三、自由诗的命名

虽然威泽瓦、卡恩很早就开始了建设性的工作,但是自由诗理论还要等待第三个条件:自由诗的命名。一个事物拥有它的本质是从它有自己的名称开始的。在此之前,它存在着,但未被理解。事物命名的过程,其实就是事物被理解的过程,它的特征、属性通过名称而得到抽象和固定。自由诗在未命名之前,并不是一个独立的诗体,它的特征还没有固定下来。如果从诗律发展的视野来看,未命名的自由诗,其实只是格律诗的一种变体。它是寄生性的,要依赖格律诗才能存在,也通过格律诗才能理解。1886年的自由诗理念就是这样。虽然威泽瓦、卡恩、拉弗格都开始解放诗律,但是他们对自己脑海中的诗体是什么样子,并不完全清楚。这一点卡恩有很具体的体验。他自19世纪70年代就开始了试验,要寻求"一种个人的形式",但是他并不知道方向在哪里,而是"满脑子都是念想",眼前"有一系列方案混乱地摇曳着"[①]。虽然卡恩等人有反叛的勇气,但是很难说他们当时真正有自由诗的概念。

在1886年之后的几年中,出现过不少自由诗的名称,这表明人们对这种诗体的认识,经历了一个摸索的时期。威泽瓦在1887年10月刊发在《独立评论》上的文章中,提出"特别自由的诗歌形式"(la forme poétique très libre)的术语[②]。这个术语一方面指出了它的形式的自由,另一方面也强调这是一种"诗歌"的形式,不是散文。威泽瓦承认这种形式与"有节奏的散文"没有什么区别,但这样说并不是真正认为自由诗就是散文,他注意到新的自由形式有音乐上的标准。其实,在这一年的5

---

① Gustave Kahn, *Symbolistes et Décadents*, Genève: Slatkine, 1993, p. 18.
② Téodor de Wyzewa, "Les Livres", *La Revue indépendante*, 5.12 (oct. 1887), p. 2.

月,威泽瓦还用过另一个词:"节奏自由的诗节"(strophes librement rythmées)。这个名称也很好地概括出自由诗的特征,有不少理论家指出,自由诗的形式表现在整体的诗节上。威泽瓦表示这种诗节在节奏上"只合乎情感的规则",它不同于散文的地方在于其中有"特殊的音乐"①。威泽瓦所用的能指,虽然是描述性的,并不简明,但是因为它的所指准确,因而是值得尊重的、有效的术语。

在这一年的 10 月,比利时的《现代艺术》杂志发表的一篇匿名的评论文章,很可能是维尔哈伦所作,因为这一时期他在该杂志上一直负责评论栏目。该文讨论阿雅尔贝的诗集时,发现其中有些诗并没有遵守格律,于是作者表明:"我们完全认可代替致命的亚历山大体的自由节奏。"②从后文举出的卡恩、拉弗格的诗作来看,这里所说的"自由节奏(le rythme libre)"指的就是自由诗。这个术语虽然说出了自由诗的特征,但是没有涉及诗体地位。

卡恩的探索也在继续。他在 1888 年 1 月的《独立评论》中讨论邦维尔的喜剧《亲吻》。卡恩认为该剧中的主人公皮埃罗是一个保守分子,"他鄙视自由诗和哑剧,以便服从严格的亚历山大体"③。这里所用的就是后来通行的自由诗。比耶特里在讨论自由诗时,认为这个名称要到 1889 年才出现,这是法国目前比较权威的判断。④ 但是这个判断明显比实际的情况晚了一年多。卡恩的自由诗指的是象征主义的解放形式,而非拉·封丹使用的另一个术语"自由的诗行"(vers libres)。两个术语虽然非常像,只是多一个"s"或者少一个"s"的问题,但意义差别很大。拉·封丹的"自由的诗行",是每个诗行都严格讲究诗律规则,但是可以把不同诗体的诗行拿过来,因而组合成参差错落的诗节。它不是一种新诗体,而是旧诗体的新用法,归属于格律诗。因而这个术语的"vers libres"不能译作"自由诗",只能称作"自由的诗行"。但是象征主义的自由诗,诗行不是分离的,而是统一的,诗行和诗节构成了一个独立的整体,所以它有诗体的地位,可以称作"自由诗体",简称"自由诗"。卡恩将拉·封丹的那个词的

---

① Téodor de Wyzewa, "Les Livres", *La Revue indépendante*, 3.7 (mai 1887), p.196.
② Anonyme, "Sur les tatus", *L'Art moderne*, 43(23 octobre 1887), p.342.
③ Gustave Kahn, "Chronique de la littérature et de l'art", *La Revue indépendante*, 6.13 (janvier 1888), pp.137—138.
④ Roland Biétry, *Les Théories poétiques à l'époque symboliste*, Genève: Slatkine Reprints, 2001, p.20.

"s"去掉,并不是形式上的微调,而是意义上的大改。它承认了一个诗体的诞生。

卡恩的这个词,并没有引起象征主义诗人的重视。莫斯(Jules Maus)在《颓废者》杂志 12 月号的一篇文章中注意到了卡恩新造的这个术语。莫斯指出一些批评家"指责卡恩使用自由诗,无疑忽略了拉·封丹重视这种诗体,也使用过它"①。莫斯这里将拉·封丹的"自由的诗行"与卡恩的自由诗弄混淆了,但他使用的术语来自卡恩。不能怪罪莫斯不理解这个术语的意义,即使卡恩本人也还在犹豫。卡恩 1888 年的《致布吕内蒂埃》一文换了新的术语,卡恩说:

> 旧诗区别于散文的地方,在于一种安排方式;新诗希望凭借音乐来区别它,在自由的诗中我们寻找亚历山大体的诗行或诗节,这可能很棒,但在这种情况下,它们在自己的位置上并不排斥更加复杂的节奏……②

这里出现了新诗(la nouvelle poésie),它与旧诗(l'ancienne poésie)相对。新诗是一个意义很宽泛的词,许多时候新写的诗也称为新诗。另外,这里的术语"诗"是偏于内容上的,与诗体的关系不大,因而新诗这个词只是一种泛称,并不是自由诗真正的名字。这句话中还有一个表述"自由的诗"(un poème libre),如果不查原文,很容易将它误作"自由诗"。其实句中"自由的诗"指的是"形式自由的某首诗"。这里的诗"poème"指的是具体的诗作,与诗体没有关系。卡恩似乎偏好这个"自由的诗"的术语。1889年 7 月,停刊两年的《风行》杂志又复刊了。卡恩在《告读者》中表示:"《风行》现在的合作者期望定义、维护他们的自由的诗(poème libre)、戏剧、小说和个人批评的理想。"③比利时的《现代艺术》杂志注意到了这篇文章,于是这个术语和《告读者》一文的其他内容被《现代艺术》转载。两个月后,另一个比利时的杂志《少年比利时》也对该文作了转载。由于《告读者》一文流传相对广一些,从而被批评家们当作自由诗术语的起点。比如《新普林斯顿诗歌与诗学百科全书》的"自由诗"词条,就把法国自由诗术

---

① Jules Maus, "Chronique des Lettres", *Le Décadent*, 3.24 (1 décembre 1888), p.6.
② Gustave Kahn, "A M. Brunetière-Théatre libre et autres", *La Revue indépendante*, 9.26 (1888), p.485.
③ Anonyme, "Avertissement", *La Vogue*:*Nouvelle série*, 1.1 (juillet 1889), p.1. 这个《告读者》一文并没有署名。因为卡恩是这个杂志的主编,是该刊的总批评家,因而这篇文章当出自卡恩。

语的使用上溯到卡恩的这篇文献。① 这其实犯了一个错误,因为卡恩这篇发刊词虽然所指可以算作自由诗,但能指并不是自由诗。

自由诗这个术语真正的固定,还要靠其他理论家的携手。1889年7月,比利时的《瓦隆》杂志刊发了吉尔的一封信,吉尔认为自由诗(vers libre)是亚历山大体的简化或者新变。② 目前还不清楚吉尔这里的术语源自卡恩,还是自出机杼,但一个可能的假设是,吉尔参照了当时流行的另一个术语"自由戏剧"(Le Théâtre libre)。自由戏剧是1887年在巴黎出现的一种戏剧形式,它旨在冲破传统的戏剧规则。当时不少象征主义的期刊发表过有关自由戏剧的作品或者讨论。象征主义诗人比照自由戏剧给自己的诗体试验起一个自由诗的名字,是顺理成章的。实际上,1888年卡恩的《致布吕内蒂埃》一文,还有个副标题——《自由戏剧及其他》,这表明自由戏剧对卡恩有心理上的示范作用。卡恩1888年1月使用的自由诗术语,有可能比照了自由戏剧。吉尔这封信中自由诗的命名,也有可能参考了自由戏剧。

维莱-格里凡在自由诗名称的固定上,发挥了更大的作用。1889年11月,一位叫托姆(Alaric Thome)的人在《艺术与批评》杂志上发表《象征主义诗人们》一文,文中说:"邦维尔先生,尽管不敢实践自由诗的原则,但已经主张了'诗体的解放'。"③这是最早的法国自由诗发生史的文章。文中回顾了从邦维尔、魏尔伦,再到几位自由诗诗人的发展历程。就形式来看,拉弗格、卡恩、雷尼耶的自由诗技巧得到了比较细致的分析。这篇文章与维莱-格里凡有什么关系呢?托姆正是维莱-格里凡的化名。可能因为维莱-格里凡也是文章要提及的象征主义诗人之一,采用化名是为了避嫌,更便于从诗史的角度打量自由诗。法国学界对这篇文献关注不多,所以并不清楚托姆身份的真相。实际上,维莱-格里凡本人在1890年3月的一篇文章中揭露过谜底。维莱-格里凡表示,他在写作"称作《象征主义诗人们》的一篇特别草率的文章期间",收到了读者的来信;他还说那篇文章"是我的观点的很不充分的表达"④。

---

① Donald Wesling and Eniko Bollobaś, "Free Verse", *The New Princeton Encyclopedia of Poetry and Poetics*, ed. Alex Preminger and T. V. F. Brogan, Princeton: Princeton University Press, 1993, p. 425.
② René Ghil, "Une réponse", *La Wallonie*, 4.6 (juillet 1889), p. 243.
③ Alaric Thome, "Les Poètes symbolistes", *Art et Critique*, 26 (23 novembre 1889), p. 403.
④ Francis Vielé-Griffin, "A propos du vers libre", *Entretiens politiques & littéraires*, 1 (mars 1890), p. 3.

确定了维莱-格里凡的作者身份,也就可以再次审视维莱-格里凡在自由诗理论建设中发挥的作用了。他不仅是最早的自由诗理念的提出者之一,在自由诗的创格上,在自由诗的命名上,他都有重要的贡献。还有一个问题需要思考,维莱-格里凡的自由诗术语来自何处?是参照卡恩几年前的提法,还是借鉴了自由戏剧?迪雅尔丹曾经就自由诗问题做过问卷调查,维莱-格里凡在回复中说:"我承认我借助了罗马典礼上所用赞美诗的重音音律,原因可能是我一直怀有主调音乐的兴趣。简言之,从我最初的抒情作品开始,我采用了'拉丁自由诗'(vers libre latin)的形式……"[1]这段话很清楚地说明,维莱-格里凡的术语,来自"拉丁自由诗"。在1890年3月的那篇题为《关于自由诗》的文章里,维莱-格里凡让自由诗第一次以标题的形式出现在杂志上。它表明自由诗的术语已经具有一定的正式性。

　　马拉美注意到了年轻的象征主义诗人们使用的新术语。他在1892年的一篇文章中指出,"就自由诗而言,所有的创新性都确立起来了"[2]。但是有点保守的马拉美不太喜欢"自由"这个词,他给自由诗另起了一个名字:"多形态诗"(vers polymorphe)。这个命名是从诗行着眼的,如果揣摩马拉美的本意,他是想将自由诗的诗行看作是亚历山大体的增损,因而显现不离亚历山大体的多种形态。马拉美的文章很快就在《少年比利时》杂志上得到回应。吉尔坎将马拉美的"多形态诗"又改作"小调"(la mélopée)[3]。吉尔坎是一位巴纳斯诗人,而自由诗诗人是巴纳斯诗人的大敌。吉尔坎对自由诗及其理论感到失望,认为"多形态诗"并不存在,它只是低劣的散文。吉尔坎否定自由诗,其实是否定自由诗背后的形式无政府主义:"我们受到颓废的无形式主义的侵犯。"[4]吉尔坎忘了使用自己的术语"小调",他对自由诗的批评,恰恰宣传了自由诗,因为他的这篇文章的标题就叫做《自由诗》。

　　1892年之后,威泽瓦、莫克尔、雷泰等人都开始使用"自由诗"这个术语。雷泰在1893年发表的一篇题为《自由诗》("Le Vers libre")的文章,

---

[1] Édouard Dujardin, *Les Premiers poètes du vers libre*, Paris: Mercvre de France, 1922, pp. 69—70.

[2] Stéphane Mallarmé, "Vers et musique en France", *Entretiens politiques & littéraires*, 4.27 (juin 1892), p. 239.

[3] Iwan Gilkin, "Petites études de poétique française", *La Jeune belgique*, 11.9 (sep. 1892), p. 335.

[4] Iwan Gilkin, "Le Vers libre", *La Jeune belgique*, 13.3 (mars 1894), p. 140.

促进了这个术语的流行。1895年,马拉美在《音乐与文学》中恢复了自由诗的旧称。虽然魏尔伦像吉尔坎一样反对自由诗,但是他也接受了这个术语。到了19世纪90年代中后期,自由诗在术语上就得到了普遍的认可。

四、结语

虽然象征主义的自由诗理念早在1886年就已出现,但是象征主义理论并不是一蹴而就的。最初作为美学无政府主义的构成部分,它从属于更大的思潮。从发挥作用的诗人来看,自由诗首先在威泽瓦、维尔哈伦、拉弗格、卡恩等无政府主义者那里埋下了形式反叛的种子;随后自由诗开始了创格运动,自由诗不再是格律诗的反面,而是渐渐被塑造成一种新的诗体。在自由诗创格的过程中,随着新诗体的概念的渐趋成形,自由诗也开始了命名。自由诗出现稳定的命名,标志着它诗体地位的确立,也标志着自由诗理论的真正诞生。

如果硬要给自由诗理论设立一个起点,这个起点不可能是1886年。因为这一年自由诗理论还是一个萌芽,诗人们并不清楚什么是自由诗,也不确定形式解放的方向。这个起点应该是1887年,这一年不但出现了对诗体建设的思考,而且自由诗也开始命名了。但1887年只是自由诗理论的初步显现,它还只是蓓蕾,而非盛开的花朵。随后的两年是该理论的关键发展期,其中卡恩在1888年给自由诗的命名,最终固定下来,成为通行的名称。自由诗理论真正迈向成熟,应该是在19世纪90年代中后期。这种判断有两个依据。第一,象征主义诗人们基本上已经出版了自由诗的集子,比如莫雷亚斯于1891年出版了《热情的朝圣者》,维莱-格里凡于1892年出版了他的新版《天鹅》(*Les Cygnes*),卡恩于1897年出版了他的《最初的诗》。第二,成熟的理论和历史著作也开始产生。1894年,莫克尔出版他的专著《象征主义的美学》,集中讨论了雷尼耶和维莱-格里凡的自由诗技巧。卡恩出版于1897年的《最初的诗》的序言,是一篇专论自由诗的文章,对自由诗的起源和形式特征都作了总结。1899年,年轻的象征主义理论家古尔蒙推出了他的《法语的美学》,书中有专门的章节讨论自由诗问题。随着自由诗理论的确立,这种理论也渐渐由第一代理论家转移到了第二代理论家手里,古尔蒙就是第二代理论家的代表。

至于谁是第一位自由诗理论家这个问题本身并不是个问题。自由诗理论并不是哪个人的独创,而是集体的合力。如果硬要给出一个答案,那么第一位自由诗理论家应该是威泽瓦。这样说并不是抹杀卡恩、拉弗格的功劳。卡恩等人作为法国自由诗初期理论的主要提倡者,为自由诗理论的真正确立,做了许多重要的基础工作,应该得到尊敬,但威泽瓦明显要比他们略早一点。虽然作为一个必然的诗学事件,即使没有威泽瓦,没有卡恩和维莱-格里凡,自由诗理论仍旧会发生,但是也要看到,正是有了这些富有进取心的诗人、理论家的自觉努力,自由诗理论才成为事实。就这个视角来看,自由诗理论也并非不是源自个人的主观创造。

第二节　无政府主义与象征主义自由诗

象征主义自由诗及其理论的发展、演变,受到过无政府主义的影响。无政府主义对资产阶级权力机构的反抗,给不少诗人的形式解放带来了启发。自由诗很大程度上就是诗歌中的无政府主义运动。不过,无政府主义作为一种极端的意识形态,要想对象征主义文学思潮发生作用,就必须改变颓废文学的价值观。颓废文学以及其背后的逃避现实的思想,阻碍无政府主义的干预。波德莱尔是颓废文学的精神领袖,他成为无政府主义需要攻克的第一关。

一、无政府主义与象征主义的关系考察

尽管法国无政府主义思想在 19 世纪上半叶就已经开枝散叶,但因为 19 世纪下半叶马克思主义的传播,这种思想进入了新的生长期。无政府主义也和社会主义有了紧密的结合。1881 年 5 月,极"左"的无政府主义者脱离了其他的社会主义党派,标志着法国无政府主义政党的成立。1883 年之后,为了宣传的需要,许多无政府主义刊物在巴黎创刊了,比如《反叛者》(Le Révolte)、《新时代》等。据统计,1883 年,无政府主义的刊物总共出过 41 期,这个数量是比较小的,到 1885 年达到了 61 期,有了显著的增加,而到 1886 年,这个数字是 116 期,几乎呈现了爆发式的增长。[①]无政府主义运动在 1885 年到 1887 年这三年中,出现了一次高潮,象征主义运动也正好发生在这一时期,这并不是历史的巧合。实际上大多数象

---

① Jean Maitron, *Histoire du mouvement anarchiste en France*, Paris: Société universitaire, 1955, p. 133.

征主义者曾是无政府主义者,或者无政府主义的支持者。历史学家迈特龙(Jean Maitron)指出:"象征主义与无政府主义时间上的一致,引发了相互的认同。人们在文学上是象征主义者,在政治上是无政府主义者。"①这种判断能找到有力的证据,兰波是无政府主义和社会主义的支持者,他曾加入过巴黎公社的活动。马拉美早年疏远政治,但是19世纪80年代后期,他也成为无政府主义的同情者。

马拉美等人关注、接近无政府主义者,一个重要的时间标志是1886年10月。该月无政府主义者路易丝·米歇尔(Louise Michel)组织了两次文学会议,参会的除了无政府主义者,还有马拉美、吉尔等象征主义诗人,以及当时自成一派的颓废诗人巴朱。米歇尔重视象征主义的反资产阶级美学的立场,她渴望无政府主义运动得到象征主义诗人的响应。会议的举办地点在巴黎彼得雷莱大厅,这不是巧合,三年后巴黎国际社会主义者代表大会也在这里召开。这说明了这种文学会议的政治性。一个叫法约勒的记者曾这样记录第二次开会的情景:

> 彼得雷莱大厅的会议与其说是一次会议,还不如说是一次无政府主义者的集会。在成立领导人员固定的喧闹之后,路易丝·米歇尔女士尝试给她不了解(这很不幸)的象征主义做简短的解释。两位自然主义的演说家接连上讲坛,随后目瞪口呆的民众叫喊着巴朱的名字,请他解释颓废派……②

可以看出,会议的组织形式也是无政府主义的。米歇尔并不只是一位政治运动家,她也渴望成为象征主义者。她曾在象征主义杂志《斯卡潘》上解释象征,认为它的使用是当时社会发展的必然要求:"我们今天对于科学、艺术,甚至对于一切,开始缺乏词语了,象征于是重新出现了。"③法约勒说得没错,米歇尔确实不理解象征主义。但是她代表了无政府主义与象征主义融合的最初尝试。

象征主义者中比马拉美、兰波更为年轻的人,比如卡恩、威泽瓦、迪雅尔丹、雷泰,也开始接近无政府主义。卡恩因为服兵役,一度远离文学,但当他1884年回到巴黎后,迅速与无政府主义者亚当、费内翁等人取得了

---

① Jean Maitron, *Histoire du mouvement anarchiste en France*, Paris: Société universitaire, 1955, p. 449.
② Hector Fayolles, "Salle Pétrelle", *Le Décadent*, 30 (1886), p. 3.
③ Louise Michel, "Le Symbole", *Le Scapin*, 5 (nov. 1886), p. 156.

联系,并创办了象征主义的重要刊物《风行》。卡恩曾在回忆录中说:"我们全部是无政府主义者;我们没有差别,完全相信它,一样坚定。"①不过,卡恩说这句话的时间是 1902 年,有以今解昔的嫌疑。因为在 1886 年随后几年中,尽管不少象征主义诗人对无政府主义发生了兴趣,但是象征主义者一般还未以无政府主义者自居。事情的转机发生在 1889 年。

1889 年是法国政治史上关键的一年。这一年第二国际在巴黎成立,一些无政府主义者也参加了第二国际的成立大会,革命思潮在法国的传播加速了。另外一件大事是布朗热事件。布朗热事件表面上看是一种民族主义的运动,但是因为布朗热的支持者针对的是第三共和国,因而该事件推动了法国的革命运动。不过布朗热主义对象征主义的影响非常复杂。一方面,布朗热主义反对外国文化输入,这对深受德国美学影响的象征主义思潮有很大的抑制;另一方面,由于无政府主义获得了新的发展机会,布朗热主义使象征主义加速政治化。正是在 1889 年以后,卡恩、马拉美、梅里尔、雷泰等人开始了无政府主义的诗学叙事。梅里尔曾在 1893 年注意到象征主义诗人身上发生的变化:"大多数年轻诗人皈依了反叛的主义,这是个时代特征——有些人期望,另一些人惊恐。"②1894 年,法国发生了德雷福斯事件,不同政治信仰的人几乎都被卷入长达数年的风波中,这进一步加强了象征主义诗人的政治化。

正是在 19 世纪 90 年代的政治背景下,出现了一个无政府主义文学杂志《文学与政治对话》,迪雅尔丹、亚当以及马拉美同是这个杂志的撰稿人。雷泰在无政府主义杂志《羽笔》上活动,他曾质疑象征主义这一名称,认为它并不具有思想上的概括力:"直到目前,我们把我们的(艺术)进化已经标上象征主义的标签,这个标签是不完美的、过时的。为什么不能把这种运动定义为无政府主义艺术?"③威泽瓦作为无政府主义者的身份可能会有些争议,他表现得更像是一位瓦格纳主义者,只关注纯粹的艺术。但是瓦格纳主义与无政府主义的渊源很深。无政府主义重视利用瓦格纳主义的革命性。比如法译本瓦格纳的《艺术与革命》一书,就是无政府主

---

① Gustave Kahn, *Symbolistes et Décadents*, Genève: Slatkine, 1993, p.59.
② Stuart Merrill, "Les Poésies", *L'Ermitage*, 7 (1893), p.50.
③ Adolphe Retté, "Tribune libre", *La Plume*, 103 (1893), p.343.

义杂志《新时代》资助的。① 威泽瓦以纯粹的象征主义批评家自居,但他思想深处的无政府主义并不能轻易否定。威泽瓦著有《欧洲的社会主义运动》一书,尽管威泽瓦对社会主义仍旧有些顾虑,但是他对政治的关注,以及对社会革命的热情是显而易见的,比如书中指出:"一种革命的潮流蔓延到书籍、杂志和戏剧中。今天以上千种方式、以不同的程度梦想着皈依社会主义的是这整个世界。"②

无政府主义让年轻的象征主义诗人具有更激进的美学立场,首先向波德莱尔发难的是威泽瓦。威泽瓦把波德莱尔与另一个作家布吕内蒂埃并列在一起,公开声称"这两位都是无能的,即是说尽管有才华,但他们都未能创造出艺术性的作品"③。波德莱尔为什么没有创造出艺术性的作品呢?什么才是艺术性的作品呢?答案是思想和情感之争。思想是理性的,它是粗的;情感是感受性的,它是细的。波德莱尔在威泽瓦眼中往往是理性的诗人。这种判断似乎有失公允。波德莱尔非常强调感受力,他提出过哲学艺术与现代艺术的对立论。哲学艺术主理性,它使用的形象含有固定的观念,因而是一种落后的艺术,而现代的艺术则是"创造一种暗示的魔力,它同时具有客体和主体"④。这里所说的"暗示"是与理性相对的,它不是说理,而是通过感性的形象来揭示特定的心境。波德莱尔在日记中也曾说过这样的话:"不要轻视人的感受力。每个人的感受力都是它的才分所在。"⑤不用征引《恶之花》或者《人工天堂》,也能有力地动摇威泽瓦的这种判断:"在诗中只有情感应该有价值:波德莱尔完全理性的心灵从来没有生动地、真实地感觉到情感。"⑥这种判断既然无法成立,那么威泽瓦对波德莱尔的指责就是无中生有了。但情况并非这么简单。思想和情感在威泽瓦那里有特定的含义。思想在他看来是具有指涉功能的意义传达,情感指的是没有指涉功能的感觉的传达。波德莱尔注重暗示,

---

① See Eugenia W. Herbert, *The Artist and Social Reform*, Freeport: Books for Libraries Press, 1971, p. 20. 赫伯特指出,当时的无政府主义者,比如格拉夫,注重利用质疑现有体制的文艺作品来为无政府主义服务。

② T. de Wyzewa, *Le Mouvement socialiste en Europe*, Paris: Libraires-Éditeurs, 1892, pp. 5—6.

③ Téodor de Wyzewa, "Les Livres", *La Revue indépendante* 4.9 (juillet 1887), p. 6.

④ Charles Baudelaire, *Œuvres complètes*, tome 3, ed. Yves Florenne, Paris: Le Club français du livre, 1966, p. 439.

⑤ Ibid., p. 1193.

⑥ Téodor de Wyzewa, "Les Livres", *La Revue indépendante*, 4.9 (juillet 1887), p. 4.

强调感受,但是他的作品诉诸指涉功能,而不是像音乐艺术一样,完全排斥语言的表意。威泽瓦要求的非指涉的诗,在他对诗的定义中表现得非常清楚:"诗是一种语言音乐,旨在传达情感。"①将诗看作是语言的音乐,排斥语言的指涉功能,这种观点在当时的先锋批评家那里可谓一种"共识"。迪雅尔丹曾指出,"象征主义把诗人从理性主义的奴役中解放出来,并恢复它的音乐价值"②。另一个无政府主义象征主义者吉尔提出的"语言配器法"的概念,同样想通过音乐性来破坏旧的传统。吉尔不但将语言等同于乐器,还进一步模仿瓦格纳的交响乐效果。借助纯诗理论可以更清楚地理解威泽瓦对波德莱尔的指责:波德莱尔过多地关注意义的传达,而没有充分注意到通过词语的声音唤起音乐特有的那种情感。用威泽瓦的原话来说:"唯一有价值的,是在诗中将情感转成以音节为基础的音乐。确实,波德莱尔创造了具有某种可敬的刺激性的音乐,但是他从未使用过一种预先安排好的和声,这种和声适合主题的要求,根据它的一系列细微差别而变化。"③于是在波德莱尔和年轻的象征主义者之间,就出现了一条清晰而严格的界线,一边站着《巴黎的忧郁》的作者,他代表着"没落的"、理性的艺术,另一边站着反叛的象征主义者,他们是"新兴的"、音乐的诗人。音乐性成为年轻诗人对抗旧传统的工具。

距威泽瓦的批评发表 7 个月后,卡恩也在《独立评论》上发表文章讨论音乐的诗。卡恩希望诗歌的主题能像音乐一样有丰富的发展模式:"我倾向于只承认一首诗在它自身上发展,呈现一个主题的所有方面,每一个方面都单独得到处理,但是它们紧密地、严格地在唯一的思想的约束下连接起来。"④这种理论的原型最早可以上溯到他 1886 年的一篇文章《象征主义》。在文章中,卡恩曾注意到"瓦格纳多重主音的曲调"⑤。在卡恩眼中,诗歌的主题就相当于瓦格纳交响乐中的主音,卡恩想让音乐的结构代替诗中现实生活的叙述内容,以及传统的、"老套的"诗歌形式。波德莱尔于是成为卡恩的反面例子:"波德莱尔只承认多种感受的简短的乐谱,它

---

① Téodor de Wyzewa, "Les Livres", *La Revue indépendante*, 3.8 (juin 1887), p. 333.
② Édouard Dujardin, *Mallarmé par un des siens*, Paris: Messein, 1936, p. 94.
③ Téodor de Wyzewa, "Les Livres", *La Revue indépendante*, 4.9 (juillet 1887), p. 4.
④ Gustave Kahn, "Chronique de la littérature et de l'art", *La Revue indépendante*, 6.16 (fév. 1888), p. 290.
⑤ Gustave Kahn, "Le Symbolisme", *La Vogue*, 2.12 (4 octobre 1886), p. 400.

有助于形成在同一种调性下写就的诗集。"①波德莱尔似乎并没有掌握诗的音乐结构,它拥有的只是"一种调性"。其他的无政府主义者的态度也和上面两位象征主义诗人相似。具有无政府主义倾向的吉尔,虽然也被视为象征主义诗人,但是他曾在1892年对包括魏尔伦、莫雷亚斯的颓废者和象征主义诗人大加批驳,他认为象征主义是一个不具原创性的流派,如果人们看到这个流派的代表诗人的作品,就会发现:"象征是一个骗局;这证实了象征主义者的无能。"②这个名单里没有波德莱尔,但指责魏尔伦和莫雷亚斯,就等同于指责他们的老师波德莱尔。吉尔和威泽瓦、卡恩一样,也想让象征主义的诗歌走上音乐的道路,他的"语言配器法"理论就是为此而设立的。

二、波德莱尔的音乐性

指责波德莱尔无能,并不是这些无政府主义者的真正目的。波德莱尔只是颓废派、旧的象征主义道路的代表。这种道路与无政府主义者们的道路相比,是否只是缺乏音乐的方法呢?这种指责是否真的成立?波德莱尔是否缺乏威泽瓦所说的音乐性?如果回头重新调查一下波德莱尔的诗学,可以发现这种指责并不是完全合理的。

年轻象征主义诗人们理论的来源是瓦格纳。瓦格纳于1883年去世,他的去世让巴黎的文艺界掀起了一股崇拜瓦格纳主义的风潮,音乐史学者马朗内曾指出,"巴黎在1885年盛行瓦格纳主义"③。这种风潮凝聚了象征主义运动的第一批成员,威泽瓦、迪雅尔丹、吉尔、卡恩等人于是开始宣传瓦格纳主义,威泽瓦和迪雅尔丹也在1885年创办了《瓦格纳评论》。波德莱尔早在18年前就已去世,未能赶上这种潮流,自然没有机会与年轻的象征主义者一同尝试先锋艺术。不过,瓦格纳的思想并非直到19世纪80年代才开始在巴黎传播,波德莱尔生前已经接触过瓦格纳的作品,甚至亲自观看过《汤豪舍》。波德莱尔注意到了瓦格纳的音乐技巧,在体验到音乐巨大的力量后,他不禁感叹道:"(音乐和文学)二种艺术中的一

---

① Gustave Kahn, "Chronique de la littérature et de l'art", *La Revue indépendante*, 6.16 (fév. 1888), p.290.

② Jules Huret, *Enquête sur l'évolution littéraire*, Paris: José Corti, 1999, pp.143—144.

③ Eric Touya de Marenne, *Musique et poétique à l'âge du symbolisme*, Paris: L'Harmattan, 2005, p.110.

个开始发挥它的功能的地方,正是另一个到达极点的地方。"①另外,与语言音乐有关系的纯诗理论并不是到了19世纪末才诞生,波德莱尔是纯诗理论的一个关键人物,他不仅从爱伦·坡那里接受了纯诗的理念,而且也在诗作中试验过。音乐史家达尔豪斯指出爱伦·坡是象征主义纯诗的"宪章",马拉美和波德莱尔的纯诗观都可以追溯到坡那里。②虽然波德莱尔追求梦幻效果的纯诗与威泽瓦、吉尔等人的瓦格纳式语言音乐路线并不相同,但是波德莱尔并非不谙音乐的诗歌,他的诗同样存在着音乐的精神。

对于威泽瓦、吉尔等人而言,瓦格纳主义主要表现为两个方面:一是情感的形式说,二是综合说。先看第一个方面。瓦格纳反对一切理性的表达,因而反对语言的指涉功能。瓦格纳在歌剧和文学中都倡导形式的革命,他要求诗行摆脱抽象的诗律,寻找有情感本源的节奏。诗律为什么是抽象的呢?在他看来,因为表意的功能,现代法语增加了许多重音,这些重音并不是落在词根上。因为每个词根在造词时都与某种原始的情感相对应,词根于是就有了重音。但是现在重音的增多,破坏了词根重音的作用,于是重音与情感的联系就被打乱了,诗律规则也就丧失了情感的基础。瓦格纳因而主张:"我们必须从词语—措辞上砍掉所有那种不能打动感情的东西,砍掉所有令其成为理解力的绝对机关的东西;我们由此将它的内容压缩为纯粹人性的内容,让情感可以把握。"③出于这种考虑,瓦格纳要求去除词语的理性内容,并打破传统的诗律。象征主义自由诗虽然是1885年之后在巴黎产生的,但是它的种子早就在瓦格纳和一些浪漫主义诗人那里埋下了。瓦格纳的作用尤其重要,他可以看作是象征主义自由诗之父。瓦格纳的这种观点形成于19世纪50年代,当时波德莱尔在创作他的《恶之花》,波德莱尔不可能知道瓦格纳的想法。但是因为瓦格纳的美学本质上还是浪漫主义的,波德莱尔有条件和瓦格纳进行相似的思考。在《恶之花》集后的注释中,可以看到波德莱尔对诗律的新认识,这种认识同样要求将情感与诗律联系起来。因为不满意古典主义留下来的

---

① Charles Baudelaire, *Œuvres complètes*, tome 3, ed. Yves Florenne, Paris: Le Club français du livre, 1966, p. 680.

② See Carl Dahlhaus, *The Idea of Absolute Music*, trans. Roger Lustig, Chicago: The University of Chicago Press, 1991, p. 147.

③ Richard Wagner, *Richard Wagner's Prose Works*, vol. 2, trans. William Ashton Ellis, London: Kegan Paul, Trench, Trübner, 1900, p. 264.

诗律框架，波德莱尔思考"诗通过一种韵律怎样触及音乐，这种韵律的根在人的灵魂中扎下，比任何古典的理论所指示的都要深"①。引文中的韵律在灵魂扎根的说法，就是打破外在的形式规范，直接在内心寻找韵律的源头，这正是自由诗诗人的共识。波德莱尔并非不承认诗律，但他认为在外在律之上，还有更高的韵律。他将这种韵律称作"神秘而不为人知的韵律"。判断诗人技巧高低的标准，就是看能否把握这种韵律。因此，在情感的形式理论上，将波德莱尔与瓦格纳及其追随者的理论完全区别开，这是武断之举。

第二个方面是综合说。之前在讨论瓦格纳美学的时候，已经多次解释过这种思想。这里简要概括如下：综合说在瓦格纳的美学中表现为两点，首先是交响乐，交响乐是多种乐器旋律的综合。其次是多种艺术的综合，表现在歌剧中是交响乐、舞蹈、戏剧等艺术形式的统一。不管综合说怎么使用，其实它的精神是不变的，就是要寻求多种表现手法的合力。《汤豪舍》的作者说："我似乎清楚地看到每一种艺术一旦它的能力受到限制，就应该与邻近的艺术握手；为了我这个理想，我产生强烈的兴趣，去注意每种特定的艺术中的这种倾向。"②需要注意，这种综合说并不仅仅是一种艺术手法，也是一种哲学。综合代表的是对理性的拒绝，对情感的回归，因为情感本身就是综合性的。波德莱尔对于艺术的综合同样有深刻的感受，他曾指出："今天，每门艺术都表现出侵入邻近艺术的渴望，画家们在绘画中引入了音阶，雕刻家们在雕塑中引入了色彩，文学家们给文学引入了造型的方法。"③波德莱尔并没有将这种倾向称作"综合"，而是给它命名为"颓废"。这种有价值的颓废能丰富文学艺术的表现力。在《恶之花》《巴黎的忧郁》中，可以找到将造型艺术与文学艺术结合起来的许多例子，在《美丽的多萝苔》中可以看到大理石女神像的效果，而《头发里的半个地球》("Un hémisphère dans une chevelure")硬是将港口和船舱等图景放进诗意的情感中。不仅雕像和绘画与文学进行了综合，巧妙的音乐同样没有缺席。在《迷醉吧你》("Enivrez-vous")一诗中，人们读到了极具个性与情感力量的诗句："迷醉吧；不停地迷醉吧！靠酒，靠诗，或者靠

---

① Charles Baudelaire, *Œuvres complètes*, tome 1, ed. Yves Florenne, Paris: Le Club français du livre, 1966, p.1026.
② Richard Wagner, *Quatre poèmes d'opéras*, Paris: Librairie Nouvelle, 1861, p. xx.
③ Charles Baudelaire, *Œuvres complètes*, tome 3, ed. Yves Florenne, Paris: Le Club français du livre, 1966, p.205.

道德,随你的便。"①这首诗虽然只是一首散文诗,但它很好地体现了波德莱尔的追求,他将其形容为"有音乐感的散文的奇迹",其作用在于"适应心灵的冲动"②。

指责波德莱尔缺乏音乐性,只是表面的原因,这种原因并不充分。在这种原因下,可能存在着年轻的象征主义诗人没有吐露的深层原因。正是深层原因的存在,才使得波德莱尔成为一个敌对面。年轻象征主义诗人们的无政府主义立场,给这个未解之谜提供了答案。

三、颓废文学的"弊病"

卢卡契(György Lukács)曾讨论过没落的资产阶级社会中艺术家的病态,外在社会关系的反常导致了他们内在精神的反常:"艺术家对社会的错误态度使他对社会充满了仇恨和厌恶;这个社会又同时使他与所处时代的巨大的、孕育着未来的社会潮流相隔绝。但这种个人的与世隔绝,同时也意味着他的肉体上和道德上的变形。"③尽管波德莱尔是象征主义的先驱,但是他与后来的年轻人有重要的不同,这种不同是精神的状态。波德莱尔也反抗当时的资产阶级道德和价值观,但是他选择的反抗方式是"与世隔绝",是在神秘而个人的心境中建立自己的象征世界。本雅明(Walter Benjamin)曾将波德莱尔称为城市中的"闲逛者",这是一种特有的隔绝方式。巴黎的街道和拱廊并不是给他展现人间烟火,相反,它给了波德莱尔把自己淹没在人群中的机会。波德莱尔陶醉的眼睛深处,实际上是一颗精神流浪汉的心。他笔下的巴黎风景,在无政府主义者和社会主义者看来是一种病态的艺术。

波德莱尔诗作的"病态"首先被理解为封闭性,即将自我封闭在个人的狭小世界中,这种狭小的世界又渐渐等同于梦幻的、幻觉的体验。尽管波德莱尔是一位复杂的诗人,他干预现实的态度不能被完全否定,但是他的主要面貌在年轻诗人们眼中却是颓废的。在他的诗学中,象征就是梦幻世界的图景,当梦幻的世界到来,象征自然而然地就产生了。波德莱尔诗作的终极目的就是梦幻,只有进入梦幻,他才感觉自己进入诗性的世

---

① Charles Baudelaire, *Œuvres complètes*, tome 3, ed. Yves Florenne, Paris: Le Club français du livre, 1966, p. 87.
② Ibid., pp. 3—4.
③ 乔治·卢卡契:《卢卡契文学论文集》(一),高中甫译,北京:中国社会科学出版社,1980年版,第448—449页。

界;只有传达出这种梦幻,艺术才是高超的。他曾说:"醉心于所有天上和人间生活的无穷场景所暗示的梦幻,这是任何一个人的合法权利,因而也是诗人的合法权利。"①相对于梦幻的世界,现实世界在他眼中是低劣的、丑陋的。在论戈蒂耶的诗作时,波德莱尔认为戈蒂耶的可贵之处就在于"摆脱了目前的现实所有的平常的烦忧,更自由地追寻美的梦幻"②。因为轻视并贬低现实,当时法国发生的大事件不易得到波德莱尔的真正关注,也不易成为他作品的题材。他的日记曾经提到过1848年的法国二月革命,对于推翻七月王朝、建立法兰西第二共和国的那次大革命,波德莱尔表现得异常冷淡,甚至厌恶。对于该年具有无产阶级革命特点的六月起义,波德莱尔记载道:"六月的恐惧。人民的疯癫和资产阶级的疯癫。对犯罪自然的爱。"③一场被马克思称为两大阶级第一次伟大搏斗的革命,竟成了双方"疯癫"的杀戮,由此可见波德莱尔疏远现实的程度。因为无力面对现实,而且主体性在历史的大变动中丧失掉了,波德莱尔只能逃遁于个人的梦幻中,"在自己制造的梦境中止步不前"④。这是一种用想象的方式来修复主体性的做法。

  颓废者雷诺曾认为:"象征主义者从第二帝国的那一辈作家那里,继承了对公共事务的漠不关心。"⑤《恶之花》影响下的颓废派基本将这种"漠不关心"状态继承了过来。马拉美是象征主义的大诗人,但他的性情在早期与波德莱尔非常接近。19世纪60年代,法国工人运动此起彼伏,马拉美一度热衷于工人运动,支持波兰独立,但是他很快就退缩了。他在信中曾经自白道:"我不喜欢工人:他们是虚荣的。我们要为他们创造一个共和国?为资产阶级?看看他们在公园里、在大街上成群结队。他们是丑陋的,很明显,他们没有灵魂。为了显要的人?即为了贵族和诗人?只要一方有钱,另一方有美丽的大理石雕像,一切都万事大吉。"⑥对现实感到失望的马拉美,把希望放在了艺术中。厌恶现实,进而放弃自己的主

---

  ① Charles Baudelaire, *Œuvres complètes*, tome 3, ed. Yves Florenne, Paris: Le Club français du livre, 1966, p. 132.
  ② Ibid., p. 559.
  ③ Ibid., p. 1274.
  ④ 梁展:《反叛的幽灵——马克思、本雅明与1848年法国革命中的小资产阶级知识分子》,载《外国文学评论》2017年第3期,第34页。
  ⑤ Ernest Raynaud, *La Mêlée symboliste*, Paris: Nizet, 1971, p. 236.
  ⑥ Stéphane Mallarmé, *Correspondance complète: 1862—1871*, Paris: Gallimard, 1995, p. 148.

体性,艺术于是成为马拉美切除主体性的手术室,以及"永恒价值"的庇护所。他求助于梦幻的诗歌,渴望进入一种身体和精神的濒死状态。他经常通过他卧室的镜子看到一些超自然的幻象,觉得"所有我的生命所遭受的都是怪异的",而且自己的精神"不再被时间的阴影所笼罩"①。于斯曼也是自我幽禁的作家。他的小说《逆流》的主人公德塞森特与马拉美相似,患着神经症。德塞森特曾这样表达他的心愿:"他要隐居在一个僻地闭门不出,要像人们为那些病人消除杂音而在门前街上铺干草一样,消除不屈不挠的生活那滚滚不断的嘈杂喧哗。"②他最后把自己关在巴黎郊区的一座旧屋中,在幻觉和沉思中度日。书中写道:"一个下午,气味的幻觉一下子突显了出来。他的卧室飘荡着一股鸡蛋花的清香;他想证实是不是有一瓶香水忘了盖上盖,泄露了气味;然而,房间里根本就没有香水瓶;他走到书房,走到餐室:香气依然如故。"③这种精神上的病态,是当时的颓废诗人普遍具有的。布尔德曾经嘲笑这是一种"对疏离其他人的神经症的需要"④。

除了封闭性,波德莱尔在形式的保守性上也影响了颓废文学。尽管波德莱尔在《恶之花》后的注释中提倡一种"神秘而不为人知的韵律",但是他的诗律基本上是以亚历山大体为框架。因为有这种框架,波德莱尔可以在音节数量上做一些调整,比如允许十音节或者十一音节诗行出现,有时还让两种不同音节的诗行交替进行。这种自由是旧诗律的放宽,而非真正的自由,所以无政府主义者们认为他缺乏彻底的革命意识,向旧的秩序做了妥协。卡恩曾指出:"他(波德莱尔)能体验到新美学的快乐,也能令人尊敬地表达它们,却没有改变已经征服过去的诗歌形式。"⑤这种保守的形式立场也影响了颓废派诗人。批评家基里克认为波德莱尔"指示了魏尔伦和象征主义者们的音律试验"⑥。把象征主义者们放在一边,如果这句话针对的是魏尔伦等颓废诗人,那么它确实是有效的。首先看魏尔伦。魏尔伦不仅让亚历山大体的语顿位置更加自由,而且发展了波

---

① Stéphane Mallarmé, *Correspondance complète*: 1862—1871, Paris: Gallimard, 1995, p. 342.
② 于斯曼:《逆流》,余中先译,上海:上海译文出版社,2015 年版,第 12 页。
③ 同上书,第 145 页。
④ Paul Bourde, "Les Poètes décadents", *Le Temp*, 8863 (6 août 1886), p. 3.
⑤ Gustave Kahn, *Premiers poèmes*, Paris: Société de Mercvre de France, 1897, p. 8.
⑥ Rachel Killick, "Baudelaire's Versification: Conservative or Radical?", *The Cambridge Companion to Baudelaire*, ed. Rosemary Lloyd, Cambridge: Cambridge University Press, 2006, p. 65.

德莱尔使用过的奇数音节的诗行,特别是十一音节的诗行,他发现这种诗行富有表现力,"更能无拘无束"。但是他像波德莱尔一样,不愿放弃亚历山大体的框架,因而受到年轻象征主义诗人的批评。魏尔伦曾经自我解嘲,认为自己有固守旧诗律的"过错",他接着说:"天啊!我相信在尽可能地移动语顿的过程中,我已经足够打破了诗行,使它获得了足够的解放。"①魏尔伦的实验确实鼓舞了后来的自由诗诗人,但是魏尔伦作为形式保守者的帽子并没有完全被摘掉。威泽瓦承认魏尔伦的诗体形式有原创性,但不讳言这种形式属于"单薄的音乐"②。另一位无政府主义象征主义诗人维莱-格里凡对魏尔伦不愿完全放弃旧诗律多有微言:"就像摸索着进入黑暗中,带着捉弄严谨的同事的神情的人一样,他(魏尔伦)又有些胆怯。"③马拉美在1897年凭借他的实验诗《骰子一抛绝不会取消偶然性》("Un Coup de dés jamais n'abolira le hasard")实现了超越自由诗人的解放度,但是在此之前,他给人的印象主要是保守诗人。马拉美相信只要诗人有足够的技巧,他的亚历山大体就能"产生无限的变化",而对于这种技巧高超的诗人,亚历山大体不是过时的旧形式,而是"切切实实的珍宝"④。可是无政府主义者并没有把亚历山大体当作宝贝,这种诗体在他们那里成为旧时代的象征。威泽瓦的话有代表性:"马拉美先生看到仍然有必要保留固定的诗歌形式,对于其他的艺术家而言,这种旧形式已经是个束缚,他们试图打破它。"⑤

1885年颓废派正式成立。颓废派继承了波德莱尔人生态度上的封闭性和诗歌形式的保守性,一味关注"迷狂般的自我表现"⑥。《颓废者》的创办人巴朱就是一个代表。巴朱将面向现实的文学称作"民众的文学",这类文学是低级的,只会描述"强奸、谋杀","讲述无辜的人被愚蠢的警察抓住,被监禁起来",而他眼中的高级文学是"贵族的文学",这种文学

---

① Paul Verlaine, *Œuvres posthumes de Paul Verlaine*, tome 2, Paris: Albert Messein, 1927, p. 231.
② Téodor de Wyzewa, "Les Livres", *La Revue indépendante*, 1.2 (décembre 1886), p. 194.
③ Francis Vielé-Griffin, "Les Poètes symbolistes", *Art et Critique*, 26 (23 novembre 1889), p. 403.
④ Stéphane Mallarmé, "Vers et musique en France", *Entretiens politiques & littéraires*, 4.27 (juin 1892), p. 238.
⑤ Téodor de Wyzewa, "Notes sur la littérature wagnérienne", *Revue wagnérienne*, 2.5 (juin 1886), p. 163.
⑥ 刘旭光:《什么是"审美"——当今时代的回答》,载《首都师范大学学报》(社会科学版)2018年第3期,第83页。

不关心现实事件,它向内挖掘:"贵族的文学将会是心理上的……时而通过象征的作用,它在我们身上将会召唤无法理解的思想的微妙之处,时而利用罕见的词汇和古怪的结构,它将让我们体验被描述的事物的强烈感受。"①在诗歌形式方面,只要看一下《颓废者》杂志就可以发现颓废派与自由诗诗人并不是一路的。这种状况让隶属于象征主义派的无政府主义诗人感到不满。

1886年10月,莫雷亚斯联合了卡恩、威泽瓦、迪雅尔丹等人合办了《象征主义者》杂志,宣告了象征主义有组织的运动的开始。尽管卡恩和威泽瓦等人的加盟,让象征主义诗人获得了更多的刊物,但是他们一直未能很好地摆脱波德莱尔主义。无法摆脱波德莱尔主义,也就让他们与颓废派混为一谈。莫雷亚斯发表的《象征主义》,无论是封闭性还是形式的保守性,都与以巴朱为代表的颓废派相近。在局外人看来,颓废主义与象征主义就是一家。有人当时指出:"颓废文学今后将被称作象征主义,颓废派将被称作象征主义派。"②尽管后来的文学史,把颓废派与象征主义派合在一起,统称为象征主义派,但必须要看到这两个流派原本是竞争的、对立的。1892年,巴朱曾代表颓废派攻击象征主义派,他先指责批评家们把这两个流派混为一谈,而实际上一个正好与另一个完全相反,接着他指出颓废者们是进步的、原创的,象征主义者们则是落后的,是"大吹大擂的人""思想的寄生虫",只会模仿颓废派。③ 象征主义诗人曾一度奉魏尔伦为他们的大师,可是1888年前后,魏尔伦倒戈,公开表示对象征主义一词的不屑。④ 象征主义诗人的生存空间受到威胁。在这种背景下,年轻的象征主义诗人既有需要在艺术方向上自觉与颓废派区别开,又在流派存亡上需要捍卫自身的合法性、独特性。因而他们在这一时期,开始了对波德莱尔的批评。批评波德莱尔并非表明威泽瓦、卡恩等人对《恶之花》的作者有何私人的反感,这种批评针对的对象,其实是颓废文学和颓废派。只有矮化波德莱尔,才能矮化颓废文学和颓废派,象征主义派也就能获得更高的荣光,并且通过与波德莱尔的真正切割,才能赋予象征主义新的价值:一种不同于颓废文学的新价值。

---

① Anatole Baju, "Deux littératures", *Le Décadent*, 30 (30 octobre 1886), p. 1.
② Gérome, "Courrier de Paris", *L'Univers illustré*, 1646 (2 octobre 1886), p. 626.
③ Anatole Baju, *L'Anarchie littéraire*, Paris: Librairie Léon Vanier, 1892, p. 13.
④ 这里涉及魏尔伦与象征主义诗人吉尔的矛盾。魏尔伦明确表达了对巴朱的颓废派的支持。
See Paul Verlaine, "Anatole Baju", *Les Hommes d'aujourd'hui*, 332 (août 1888), pp. 2—3.

四、无政府主义的价值改造及自由诗的兴起

无政府主义给年轻的象征主义诗人两种重要的新价值：开放性和自由主义。开放性指的是向社会现实开放，加入现实的斗争中去。当时的无政府主义思想家格拉夫号召人们联合起来："个人的幸福要来自整体的幸福，当一个个体的自主和快活受到损害时，所有其他的个体必须要感到受到同样的伤害，以便他们能有所补救。"①无政府主义和社会主义革命者，不但要面对现实的剥削和奴役，而且要积极参与斗争，从而消灭私有制，赢得公正和平等。这就需要他们增强各自的主体性，而非逃避到自我的梦幻世界中。尽管很少有象征主义诗人真正走上街头，参与无政府主义或者社会主义斗争，但是这种开放性的思想使得他们告别内在自我的书写，更为关注现实生活。

威泽瓦对波德莱尔的批评表面上关乎音乐，实际上是渴望艺术能够具有更广泛的表现力。威泽瓦曾表示艺术既不在文学中，也不在音乐中，而是在生活中。他希望像瓦格纳那样，重构完整的生活："瓦格纳说，艺术应该创造生活：不是感觉的生活、精神的生活，或者心灵的生活，而是整个人类的生活，仅此而已。"②这里感觉的生活，就是波德莱尔所代表的颓废文学的努力方向，除此之外，人类的生活还有很多方面。因为现实生活是人类生活的一部分，于是现实主义的艺术也成为象征主义的资粮。威泽瓦将现实主义看作是艺术的"第一法则"，认为尽管可以对现实有所提升，但是艺术应该还是现实主义的。这种观点可能出乎文学史家的预料。通常来说，文学史家会认为象征主义是现实主义（自然主义）的对立面，比如美国学者韦勒克曾指出："象征主义是现实主义和自然主义的反动。"③这种判断在大的美学趋向上是对的，但在更具体的层面却有违史实。年轻的象征主义者们对完整生活的要求，给现实主义留出了空间。

威泽瓦主张的开放性，还表现在象征主义的综合说上。波德莱尔提到过艺术的综合，但在他那里，综合主要是指将各种不同的艺术综合起来，以产生更丰富的表达效果。威泽瓦将综合说扩展到艺术的内容和宗

---

① Jean Grave, *La Société mourante et l'anarchie*, Paris: Tresse & Stock, 1893, p.17.

② Téodor de Wyzewa, "Notes sur la littérature wagnérienne", *Revue wagnérienne*, 2.5 (juin 1886), p.152.

③ René Wellek, "What Is Symbolism?", *The Symbolist Movement in the Literature of European Languages*, ed. Anna Balakian, Budapest: Akadémiai Kiadó, 1984, p.23.

旨上。每门艺术都表现它适合表现的那部分生活,如果执着于艺术的分离,那么生活将会被撕裂,艺术家将会陷入封闭。将不同的艺术综合起来,因而就成为打破狭窄生活的必需途径。就像瓦格纳将交响乐、戏剧、诗综合到一起一样,威泽瓦希望将所有的文学类型都融合起来:"所谓现实主义的小说,这纯粹是浪漫性的,所谓唯心主义的小说,这纯粹是心理学式的,它们没有对立:这是同一种生活的两个不同方面(它们应该在完整的生活中调和起来,完全地重整理性的生活和感性的生活。)"①完整生活论的提出并不是偶然的,它的出现标志着颓废文学时代的终结。

因为威泽瓦、迪雅尔丹还不是真正的无政府主义者,他们的生活观还具有很多瓦格纳的色彩。无政府主义者雷泰的理论就有了明显的革命意识。在讨论象征主义艺术时,雷泰认为它需要两个条件,第一个条件是"个人主义";第二个条件是"团结一致":"相互认同的个体不受任何规则拘束而组成群组,以便维护将我们所有人都带向光明的普遍理念。"②这种组织的存在,需要诗人打破封闭的圈子,相互之间进行充分的协作。雷泰嘲笑波德莱尔之类的诗人是"象牙塔上的魔法师"。卡恩对波德莱尔诗中的狭窄生活也印象深刻,他曾表示:"波德莱尔的特征是一种对生活特别厌恶的观点。"③他的无政府主义思想让他走到大众中。他曾在回忆录中写道:"艺术应是社会性的。由此,我要尽可能地忽略资产阶级的习惯和要求,在人民对它感兴趣之前,对无产者的知识分子说话,对这些明天的人说话,而非对昨天的人说话。"④按照这种观点,波德莱尔就是"对昨天的人说话"的诗人。卡恩1887年出版的诗集《漂泊的宫殿》(*Les Palais nomads*)尽管还有些忧郁的色调,但是已经出现不少跳出纯粹抒写自己感受和梦幻的诗句,甚至出现一些关注现实的诗,比如《插曲》组诗的第8首就表达了对没落城市的批评。

与开放性相比,无政府主义带来的自由主义有更显著的地位。这里的自由主义主要表现为对权威和人为规则的否定。因为感到权力机关维护私有制,压迫劳工,无政府主义者仇视资产阶级政府。这种政府不仅是私有制的保护人,而且也是私有思想的保护人。格拉夫指出:"无政府主

---

① Téodor de Wyzewa, "Notes sur la littérature wagnérienne", *Revue wagnérienne*, 2.5 (juin 1886), p.161.
② Adolphe Retté, "Tribune libre", *La Plume*, 103 (1893), p.343.
③ Gustave Kahn, *Symbolistes et Décadents*, Genève: Slatkine, 1993, p.104.
④ Ibid., p.32.

义意味着对权威的否定。而权威想在保卫社会制度的需要上使自己的存在合法化,这些社会制度有家庭、宗教、财产等等,权威已经创造了众多的机构,以确保它的运行和认可。"①在这种意义上说,无政府主义也就是无权威主义。从词源上看,无政府主义源自古希腊词"anarkhia"。后者指没有执政官,也就是没有统治者。将压迫人的统治者推翻,需要抛弃旧的法则,这样就必须将人类的历史往前翻,寻找资产阶级甚至奴隶主之前的"自然法则"。不论这种"自然法则"在历史中是否真正存在,可以看出无政府主义是一种人类社会形式的复古,这是它与社会主义最大的不同。因为社会主义在这种革命中渴望建立未来的、高级的社会形式。尽管无政府主义在向后看,但是它呼吁的平等和自由在 19 世纪是有进步意义的,无政府主义者埃利泽·勒克吕(Elisée Reclus)曾说:"将不再有主人,不再有公共道德的官方卫士,不再有监狱看守和刽子手,不再有贫富,而只有每天都有面包的兄弟,只有权力平等的人,他们维持着和平,维持着真诚的团结,而这些不是出于对法则的遵从(它永远伴随着可怕的危险),而是出于利益上相互的尊重,以及对自然法则的科学观察。"②

无政府主义对权威的反抗,影响着年轻的象征主义文学家。卡恩发现规则谨严的亚历山大体是君主专制时代的产物:

> 在这种中央集权的时代,当妨害王权的封建权力的最后壁垒也被拔除的时候,勒诺特的时代的园林必须是直式布局的,一切概莫能外。人们从来未曾留意,为了赋予法国诗歌华丽与高贵(这种高贵,像穿着沉重的铅袍一样,压在缪斯的肩上,没有什么形态),规则就有了合理性;人们寻求足够多的规则,但往往是统一性的、宏伟的规则。③

亚历山大体这种象征王权的诗体,在 18 世纪压迫着追求形式变化的诗人,到了 19 世纪,在继承波旁王朝的特权思想的资产阶级政权那里,又成为压迫寻求自由、平等的诗人的工具。卡恩宣告固定的诗律"古旧之极",呼吁创造"自由的诗节"。他在诗体上实践了无政府主义者在工厂和街头发动的革命。卡恩的做法是打破亚历山大体的语顿和音节规则,根据语义和音节来安排诗行的节奏,让每行诗的音节数量有所增损。

---

① Jean Grave, *La Société mourante et l'anarchie*, Paris: Tresse & Stock, 1893, p. 1.
② Elisée Reclus, *L'Anarchie*, Paris: Temps Nouveaux, 1896, pp. 7—8.
③ Gustave Kahn, *Premiers poèmes*, Paris: Société de Mercvre de France, 1897, p. 13.

在威泽瓦那里,对王权的反抗变成对理性的反抗。作为理性框架的诗律同样是权威的象征。威泽瓦想树立情感的决定权:"诗应该是一系列节奏自由的诗节,只合乎情感的规则。规则的、提前规定的押韵应该被真正艺术性地使用押韵所代替。"①威泽瓦对内在的情感本源的维护,就是对抗外在的一切社会规范。他与卡恩对自由的理解不同,但是反抗的目的是一样的。威泽瓦对无政府主义的自然法则关注得不够,在象征主义诗人中,真正从自然法则发展出自由诗的是雷泰。自然法则是人与人在历史中平等建立起来的关系,把它推广到社会形式上,就是在不妨碍其他人的自由的同时,尽量保证个人的自由。雷泰在谈论无政府主义文学的第一个原则时,给出这样的答案:"个人主义,即是说美的本能的自由表现。"②这种个人主义在诗体上表现为"个人的节奏"。没有人比雷泰更善于利用无政府主义的言说方式了:"诗人唯一的指南是节奏,不是学来的节奏,受制于其他人创造的千百种规则,而是一种个人的节奏,应在自身上去寻找它,这先要排除形而上学的偏见,推翻与其对抗的押韵词典和诗律论著,打倒诗歌技法和大师权威。"③雷泰的这段话是对诗律权威发布的檄文。雷诺清楚地看到无政府主义与自由诗的密切关系:"正是归功于无政府主义的影响,他们(象征主义诗人)才鄙视规则和大师,才执意在所有音律和形式的问题上,只依仗他们的心血来潮。"④

年轻的象征主义诗人的努力,使观念保守的两位大师魏尔伦和马拉美也转变了态度。魏尔伦一开始嘲笑自由诗,但19世纪90年代他慢慢接受了它。马拉美则成为真正的自由诗诗人,他的无政府主义的立场帮助他理解了诗律革命的需要。他在1892年的文章中曾祝贺自由诗建立起"所有的创新性"⑤。至此,颓废派的地位岌岌可危,接受这条新路的人,将会获得象征主义诗人的拥抱,而拒绝它的人,将会从一段重要的文学史中除名。资深的颓废派作家巴雷斯和塔亚德游离于象征主义运动之外,长期被象征主义的历史所忽略。也有一些诗人把握住了机会,比如雷尼耶,他原本是颓废派诗人,后来进入象征主义的队列中。

---

① Téodor de Wyzewa, "Les Livres", *La Revue indépendante*, 3.7 (mai 1887), p. 196.
② Adolphe Retté, "Tribune libre", *La Plume*, 103 (1893), p. 343.
③ Adolphe Retté, "Le Vers libre", *Mercure de France*, 43 (1893), p. 205.
④ Ernest Raynaud, *La Mêlée symboliste*, Paris: Nizet, 1971, p. 237.
⑤ Stéphane Mallarmé, *Œuvres complètes*, Paris: Gallimard, 1945, p. 363.

五、小结

象征主义诗人利用无政府主义思想,使保守的、封闭的颓废文学走向开放的、自由主义的新路,其直接产物就是完整的生活观的提出,以及自由诗的成立。在这种价值改造的过程中,悲观主义、厌世主义、过于忧郁的诗风得到了一定的抑制,主观唯心主义的原则得到了现实态度的中和,其结果是造就了颓废派与象征主义派的真正对立,并最终以颓废派解体、象征主义派胜利而告终。在这种认识上,当代西方学者还有一些误解。比如比耶特里曾说:"颓废主义/象征主义的区别是似是而非的。象征主义运动在开始的几年是一个熔炉,除了象征主义派并没有什么颓废派;它们只是竞争的群体,与其说在原则上有别,还不如说是在自尊或虚荣的动机上不同。"①这种观点看到了两个流派的合流,但没有认真反思它们曾经的斗争,是只见结果而不见原因。另外,尽管波德莱尔作为负面典型受到批评,但是这并不意味着波德莱尔文学价值的倒塌。年轻象征主义诗人的文学"反叛",并没有改变波德莱尔在文学史上的地位。不仅魏尔伦和马拉美等人懂得波德莱尔的真正贡献,许多文学史家也确立起他的经典地位。其实,年轻的象征主义诗人也明白这一点,反抗波德莱尔对他们而言更多的是一种诗学策略,他们不可能真正推倒波德莱尔这座丰碑。

象征主义的价值改造如果放到世界文学的大背景中,能更清楚地看出它的意义。这种改造既关注形式的反叛,将这种反叛视作与资产阶级文化传统的决裂,又渴望联合主观与客观,建立一种更宽广的现实感。整个欧洲的现代主义思想,都或多或少受到它的影响。在法国 20 世纪初兴起的达达主义,正是一场新的反抗资产阶级艺术的运动。英美的意象派也继承了象征主义的做法,他们不仅倡导自由诗及其背后的无政府主义、社会主义思想,而且希望在情感、思想与现实的综合中创造意象。意象主义思潮经胡适之手,进入中国的五四文学革命中。陈独秀将文学革命与社会革命融合起来,这表面上看是对胡适的"诗体大解放"形式论的偏离,实际上正是向无政府主义、社会主义文学思想的回归。在这种视野上,可以发现象征主义对波德莱尔的批评,以及对颓废文学的改造,实际上打开的是东西方现代主义的大门。

---

① Roland Biétry, *Les Théories poétiques à l'époque symboliste*, Genève: Slatkine, 2001, p. 362.

最后，还要看到，虽然象征主义成为文学上的无政府主义运动，但是这种运动的主体并非真正是无产阶级。迈特龙注意到 19 世纪末无政府主义的革命者多是小生产者、作坊主，因为大工厂破坏了他们的生计，他们因而发出对资本主义社会的诅咒。这些人发动的无政府主义运动，在迈特龙眼中是"反动的"、非革命的。① 同样，文学中的政府主义者，比如马拉美、卡恩、威泽瓦、雷泰等人，并不是纯粹的无产阶级，而是不从事工业生产的文人，他们无法完全理解无政府主义者和社会主义者的诉求。在这一点上，象征主义的大敌巴朱的话可供参考，他认为所谓的无政府主义者实际上是"心存不满的资产阶级"②。尽管打出的是无政府主义、社会主义的旗号，但是雷泰、卡恩这些人还守着一些旧的文学意识。这注定无政府主义对象征主义的价值改造，基本上只是一场形式革命，它仍旧与梦幻、感受、纯诗等颓废文学早已提出的概念有千丝万缕的联系。

第三节 瓦格纳主义与象征主义自由诗

无政府主义可以说是象征主义自由诗产生的原动力，无政府主义的反权威立场鼓舞了年轻诗人们的形式反叛，这一点在第二节已经有了说明。不过，可以借用一下瓦格纳的一个比喻，瓦格纳在论述外在的旋律时，曾经使用过一个词："授精"。只有内在的思想、情感给外在的旋律"授精"，旋律才有生命力。同样，无政府主义给了象征主义自由诗一个散文化的诗化结构，这个结构还无法让自由诗真正具有力量。自由诗必须要得到内在情感的"授精"，在这一方面，瓦格纳主义发挥了作用。

瓦格纳主义和无政府主义因而是象征主义自由诗的两大支柱。它们的作用不同。无政府主义强调破的一面，它在诗体形式冲破巴纳斯派的格律上确实居功至伟，但是自由诗还有立的一面。自由诗并非无形式的诗体，真正的自由诗中每一首都是新形式的探索。在这方面，艾略特的看法可供借鉴。艾略特认为真正的自由诗不是要逃避形式，相反，它要精通

---

① Jean Maitron, *Histoire du mouvement anarchiste en France*, Paris: Société universitaire, 1955, p. 448.

② Anatole Baju, *L'Anarchie littéraire*, Paris: Librairie Léon Vanier, 1892, p. 27.

各种形式,自由诗本质上是"自由与规则的不断对立"①。这种见解得到英美诗人的普遍共鸣,与马拉美、维莱-格里凡等法国象征主义诗人也有一致性。无政府主义只是激励自由诗迈出第一步,这一步并未让自由诗完全成熟。自由诗真正的诞生,还必须依赖某种建设性的美学。瓦格纳的美学思想就是这样一种建设性的力量。它不仅携手无政府主义,让自由诗从诗律规则中解放出来,而且还帮助自由诗真正走向成熟。

从力量的先后来看,无政府主义在前,瓦格纳主义在后。但是在象征主义思潮的发展史上,它们几乎是同时出现的,都在19世纪80年代初期就有了萌芽,然后在1885年前后有显著的发展。因为瓦格纳主义本身就有一定的无政府主义的倾向,因而追溯瓦格纳主义的历史,在一定程度上也是追溯无政府主义的历史。

一、瓦格纳音乐美学在形式上的主张

虽然19世纪末期西方思想具有极大的反叛性,但是这种反叛的精神早在几十年前就已经酝酿了。贝多芬的交响乐在音乐中播撒个性的火种,叔本华的哲学用意志重创了理性的原则,费尔巴哈也用他的人本学否定了基督教神学。这些艺术和哲学上的重要变革,与法国的资产阶级革命一同,造成了一个新的、动荡不安的时代。瓦格纳生活在这样一个时代中,也继承了浪漫主义的反叛精神。他对音乐美学的思考,是从反思德国当时的歌剧开始的。瓦格纳认为,德国的歌剧基本上是对意大利歌剧和法国歌剧的模仿,既没有艺术性,也没有高尚的功能,无非是给大众提供低俗的消遣。瓦格纳力图改变这一切。他把眼光朝向了古希腊。这位作曲家发现古希腊悲剧充满着人性本能的冲动,"人性的每一次快乐就能产生艺术",而"专制主义"的基督教艺术正好相反,因为"基督教窒息了民众的艺术生命的冲动,窒息了自觉的感觉能力"。② 这种发现实际上超越了瓦格纳最初对德国歌剧的认识:并非只是德国歌剧本身创造力不足,瓦格纳发现整个欧洲的艺术从古希腊至今都是没落的,因为近两千年来,欧洲戏剧似乎生长在一个不太适合的土壤上。

将基督教艺术与古希腊艺术对立起来,视前者是"虚伪的""无耻的",

---

① T. S. Eliot, *To Criticize the Critic and Other Writings*, Lincoln: University of Nebraska Press, 1991, p.172.

② Richard Wagner, *Richard Wagner's Prose Works*, vol. 2, trans. William Ashton Ellis, London: Kegan Paul, Trench, Trübner, 1900, p.105.

这无疑过度贬低了基督教艺术的成就,有失中肯。但瓦格纳对这两种艺术倾向的概括,确实具有很大的解释力。在瓦格纳那里,这两种艺术,一种强调身体,一种强调精神;一种诉诸无意识和本能,一种诉诸理性。瓦格纳像卢梭一样,强调身体,强调本能的冲动,他说:"唯一真实和鲜活的东西,是感受性的东西,它聆听身体的语言。"① 这句话是浪漫主义美学的核心观念。浪漫主义对个性和情感的重视,都是以身体为基础的。不但个性的语言是"身体的语言",而且情感也不是抽象的,它是身体的感受,用瓦格纳的话来说是"感受性的东西"。但是这种基于身体感受的情感与直觉主义的情感还不一样。直觉主义的情感要求实时的和此地的感受,它是体验性的。瓦格纳的情感虽然来自身体,有体验性的一面,但是这种情感最终要面向一种神秘的世界,马雷内(E. T. de Marenne)称之为"崇高的、无法形容的彼岸世界"②。同样是情感,为什么瓦格纳能够让它具有超越性呢?因为这种情感与叔本华的意志相对应,它是人的本质。与此相对,理性的知识、外在的符号,都如同意志的表象。在叔本华的哲学中,情感对应一个词:"动机"。动机引入时间和空间的现象,使它们成为意志的客观对应物。这种动机在不同的个体那里具有个性,就像瓦格纳的情感具有个性一样。但是叔本华的动机仍旧是现象,动机背后的意志才是自在之物。瓦格纳明显将叔本华的意志和动机合并了,作了化约的处理。

当诗人或者音乐家拥有了真正的情感、本性的冲动,就有了"真正的、活的旋律"。瓦格纳的这句提法,有针对19世纪中期比较流行的"绝对的音乐"的用意。德国音乐理论家韩斯礼出版的《音乐之美》一书把音乐的本质与道德和情感等内容分割开,主张"将音乐的美本质上放在它的形式中"③。音乐自身的形式,在瓦格纳的理论中被称作"音乐的有机组织",瓦格纳虽然并不否定它,但是认为它必须要有诗人的思想感情来给它"授精"。瓦格纳反对"绝对的音乐"说,他想让它与诗人的感情结合起来。他在古希腊舞蹈的音乐、民间旋律中看到了生命的冲动,他认为真正的音乐

---

① Richard Wagner, *Richard Wagner's Prose Works*, vol. 1, trans. William Ashton Ellis, London: Kegan Paul, Trench, Trübner, 1895, p.72.

② Eric Touya de Marenne, *Musique et poétique à l'âge du symbolisme*, Paris: L'Harmattan, 2005, p.255.

③ Édouard Hanslick, *Du beau dans la musique*, traduite par Charles Bannelier, Paris: Brandus, 1877, p.50.

就是本性冲动的自然的显现。从过程上看,音乐后于这种本性冲动,但从本质上看,二者本来就是一物,没有单独的本性冲动,也没有单独的音乐。因而这种"真正的、活的旋律"与有具体形式的音乐不一样,它本身具有超越性。在叔本华的哲学中,音乐是最高级的一门艺术,因为它与意志的关系最特殊:"音乐绝不像其他艺术,它不是理念的复制品,而是意志本身的复制品,而意志的客体化则是理念。"①瓦格纳尊重叔本华的音乐理论,他想把音乐的本源与具体的旋律打通起来。

这种打通的要求,可以解释瓦格纳音乐改革的思路。现实中音乐的问题是旋律与情感的脱离,这也是诗的问题,但诗面临的危机似乎更为深重。在这位作曲家看来,诗面临着基督教音乐和理性主义的双重压迫。首先来看基督教音乐。瓦格纳认为基督教音乐禁止古希腊的舞蹈音乐,原因在于舞蹈音乐有着"极度的活泼和变化",是"真正人性"的内容②。为了寻求神圣意志的表现,基督教音乐有意清除了舞蹈音乐的重音节奏,而代之以多声部的和谐。这种和谐在诗律上表现为固定的音步。古希腊的诗律也讲究音步,而且它的音步有舞蹈音乐的旋律作为基础,这让古希腊的诗律富有表现力。在中世纪以及古典主义时期,古希腊的音乐和舞蹈都不可见了,但它的诗律还保留了下来,于是基督教音乐就机械地模仿古希腊的音步,产生了近代诗歌中以抑扬格为代表的诗律。这种诗律"一步一步迈进,节拍完全相等,仅仅在一次呼吸结束时停一下",它表达的不是"真正的人性",而是"对上帝的恐惧和对死亡的渴望"③。由此,瓦格纳发现传统诗律已经无法成功地组织节奏,它只是"预先造好的旋律",是诗人的"妄想"④。虽然瓦格纳没有提到类似自由诗的概念,但他的理论中已经有了打破诗行固定的音节数量、取消等时节拍的要求,自由诗初创阶段的目标也正是这些。人们往往把诗律解放视为是19世纪末象征主义诗人发起的。其实瓦格纳早在19世纪50年代就开始挑战传统的诗律,他在某种意义上是欧洲自由诗的理论之父。

理性主义在瓦格纳那里,涉及的范围很广,与历史、社会、政治和宗教

---

① Arthur Schopenhauer, *The World as Will and Representation*, trans. E. F. J. Payne. New York: Dover Publications, 1969, p.257.
② Richard Wagner, *Quatre poèmes d'opéras*, Paris: Librairie Nouvelle, 1861, pp.25—27.
③ Richard Wagner, *Richard Wagner's Prose Works*, vol. 2, trans. William Ashton Ellis, London: Kegan Paul, Trench, Trübner, p.244.
④ Ibid., p.242.

都有关系。在这些领域里,理性主义的功用不仅表现为实用,也表现在教条上。瓦格纳发现上面的这些功用使现代的语言发生了根本的变化。这种变化可以通过词语的根音(root)来理解。在人类早期历史中,语音被创造出来,这些语音并不仅仅是意义的符号,它们与人的情感有紧密的联系,不仅能指涉情感的对象,而且也能表现对这种对象的感受。这些语音与辅音或者其他的元音结合起来,就成为词语。它们往往在词语中处于中心地位,因而是重音所在。但是因为理性主义怀着实用的或者教条的目的利用词语,词根重音渐渐在现代语言中消失了,取代它们的是与情感没有关系的其他的语音。这些语音可以称为"词语语言",不同于以前有词根重音的"音调语言"。词语语言与理性的关系更近,有过多的重音,它无法激发人的情感,也无法创造真正的旋律。瓦格纳这里的解释明显是原始主义的,它要回到词语的源头,所有现代的词语以及附着在词语上的现代文化,都是怀疑的对象。这说明了瓦格纳的戏剧偏爱神话题材的原因,即神话题材本身就是原始心理的反映,是与现代社会相对的一面遥远的镜子。卢梭的"自然人"的身体里流淌的也是这种反理性的血液。客观而言,瓦格纳的说法并非无可指摘,他错解了文化。文化并不是原始人的呐喊,它是意义、经验、情感等复杂的组合。将诗化约成词根重音的音乐,忽略了诗的文化属性。但这种误解也正是瓦格纳理论的活力。他对诗的情感功能的强调,切中了古典主义以来诗歌过多关注外在价值的弊病。为了恢复词根重音的主导性,瓦格纳强调要"浓缩重音",即减少重音的使用,去掉那些偶然的重音,只在最重要的时刻使用重音,以保证词根重音的地位。在此过程中,他还对诗作内容进行裁减,"我们必须从词语—措辞上砍掉那种不能打动感情的东西,砍掉所有令其为理解力的绝对机关的东西;我们由此将它的内容压缩为纯粹人性的内容,让情感可以把握"[①]。

  浓缩内容是为浓缩重音服务的,如果结合前面提出的对诗律的破坏,那么瓦格纳就给诗人指出了新的道路。这种道路可以理解为两层。第一层,诗从诗体走向散文,他自己也明确说明将诗体改成散文后,诗人就会发现原来的诗律不过是空虚的妄想;第二,诗由理性的、人工的节奏走向情感的、自然的节奏。不论是象征主义,还是后来的英美意象主义,这两层都是它们自由诗理论的内核。瓦格纳的音乐美学已经为自由诗思潮的

---

  ① Richard Wagner, *Richard Wagner's Prose Works*, vol. 2, trans. William Ashton Ellis, London: Kegan Paul, Trench, Trübner, 1900, p. 264.

出现,做了充分的准备。

二、威泽瓦的自由诗理念

瓦格纳的音乐美学对法国诗人的影响很早就产生了。早在1850年,浪漫主义诗人纳瓦尔就观看过瓦格纳的戏剧,并著文记录了他的印象。象征主义的先驱波德莱尔对瓦格纳的戏剧感到非常震惊,他通过音乐看到了一个感应的世界。在象征主义之前,瓦格纳的音乐美学在法国作家眼里,就像在波德莱尔那里一样,是因为神秘主义而得到注意的。瓦格纳的音乐给颓废文学提供了与《恶之花》同样珍贵的思想资源,也影响了新的颓废一代的基本性情。这给威泽瓦走向瓦格纳准备了时代的条件。同时,威泽瓦的家庭环境也发挥了作用。在波兰度过的最初几年,威泽瓦的姑姑影响了他对梦幻的兴趣,对物质主义的厌恶。来到法国生活后,他的兴趣在增长。普法战争造成的民族矛盾,很难让瓦格纳的歌剧在法国上演。但距离并没有挡住这位年轻的波兰人。他很快成为赴拜鲁伊特"朝圣"的最早的一批人。对瓦格纳的深入理解,让他和迪雅尔丹成为朋友,也让他有机会在即将到来的象征主义运动中展示理论家的光彩。

威泽瓦信奉瓦格纳的音乐美学,将艺术分作两种,一种是描述的艺术,另一种是情感的艺术。描述的艺术在绘画中表现为重造精确的图像,在音乐中表现为对物态的描摹。情感的艺术只是把线条或者音符当作情感表现的工具。虽然威泽瓦呼吁将两种艺术统一起来,但是威泽瓦的侧重点是情感的艺术。因为情感的艺术才具有瓦格纳所说的音乐精神,"才能表达在我们思想中存在的深层情感"[①]。

威泽瓦熟悉瓦格纳背后的叔本华的思想资源,他将瓦格纳的作品看作是叔本华的"注解"。威泽瓦注意到瓦格纳的悲观主义不同于叔本华的,在瓦格纳那里,真正的存在,即个体的意志,并不是多余的、毫无价值的东西,相反,它具有创造精神。威泽瓦说:"只有自我存活着,它永恒的任务是创造。但是创造是实际的思想产生的;我们把我们内在本质的形象投射到外在的虚无中;然后相信它是真实的,我们持续地这样创造它;我们为它们的不连贯而感到痛苦,然而它们是我们快乐的工作。"[②]有意

---

① Téodor de Wyzewa, "La Musique descriptive", *Revue wagnérienne*, 1.3 (avril 1885), p.74.

② Téodor de Wyzewa, "Le Pessimisme de Richard Wagner", *Revue wagnérienne*, 1.6 (juillet 1885), p.169.

思的是，威泽瓦的这句话，让人很难分清是他对瓦格纳的总结，还是他自己的观点，可能威泽瓦在解释瓦格纳的同时，自己的思想也得到了同化，已经你中有我，我中有你了。他向瓦格纳致敬，因为这位音乐大师创造了一个"新的世界"，而且给人带来"更神圣的快乐"，这句话也能让人们看到威泽瓦对超越性的迷恋。虽然威泽瓦肯定情感的超越性，但是因为他的情感与身体的联系更近，所以威泽瓦的情感形而上学的色彩并不重，它更多地隶属于直觉主义。威泽瓦将情感定义为"形象、观念的快速流动"，这种流动如此自由、迅疾，以至于心灵无法觉察它，只能通过特别的符号来暗示它。①

威泽瓦走向自由诗，正是为了表达这种直觉的情感。这里要看到威泽瓦与瓦格纳反传统诗律上的不同。传统诗律在瓦格纳那里，就是基督教音乐的代表，它与新的个性的音乐精神势如水火。在威泽瓦那里，传统诗律并不是敌人，它只是琐碎的格式、贫乏的技巧，它有碍人们关注更高的目标。但是威泽瓦也继承了一些瓦格纳的认识：个性的情感要求个性的形式。既然情感本身变动不居，那么一直采用固定的格律想带来瓦格纳式交响乐般的效果，想获得情感的变化和发展，那就无异于缘木求鱼了。威泽瓦从文学史中发现雨果和巴纳斯诗人代表着两种方向：雨果把情感带给诗，但缺乏新的形式，巴纳斯诗人偏重音乐性，但主要是理性的做法，这两个方向在马拉美那里得到了很好的结合。马拉美不仅在一种"哲学梦幻"下创造出纯粹的情感，而且这种情感还有理想的音乐的形式。但是威泽瓦眼中的马拉美还有些保守，不愿放弃传统的诗律。②

自由诗理论始于对诗律的反叛，而象征主义诗人中最早提出破坏诗律的，就是威泽瓦。他像瓦格纳一样，看到旧诗律的失效，要求传统的规则"不应该再强加给诗人们"③，而是根据音乐性使用新的形式。这里的音乐性并不是瓦格纳的乐器音乐，而是一种模拟。它指的是"语言音乐"。语言音乐有两点需要注意，第一，它的目的是情感的表现；第二，它的工具是词语。将诗与音乐模拟，有很大的危险，音乐本身是一种特殊的文化，它排斥其他的文化及其指涉关系。威泽瓦的语言音乐也面临这个危险。

---

① Téodor de Wyzewa, "Notes sur la musique wagnérienne", *Revue wagnérienne*, 2.6 (juillet 1886), p. 184.

② Téodor de Wyzewa, "Notes sur la littérature wagnérienne", *Revue wagnérienne*, 2.5 (juin 1886), p. 163.

③ Ibid., pp. 163—164.

但是威泽瓦并没有对瓦格纳亦步亦趋,他用词语代替了瓦格纳的根音和重音。瓦格纳的根音和重音是新的音乐精神的有力助手,威泽瓦的词语通过形象与情感建立起另外的联系,因而,词语即使不考虑声音,也能获得情感的价值。其中原因其实上文已经说过,情感不过是形象的流动,如果词语"是一个形象",那么词语就是情感的组成部分。考虑到情感的变化非常迅速,那么词语就是情感的影子。为了更紧密地捕捉情感,诗人就必须让词语摆脱理性的、抽象的秩序,用威泽瓦的原话来说,"诗面对着传达混杂的形象的需要,必须放下对传达抽象和明确的观念的关切"①。这是威泽瓦与瓦格纳殊途同归的地方。虽然威泽瓦的词语的声音是模糊的,有违瓦格纳的学说,但是他们又在反理性的立场上重新站在了一起。

威泽瓦并没有完全忽略声音。如果诗行的词语按照情感的原则,在诗中自由地、混杂地出现,那么诗就做到了所有情感的艺术要做的任务,这时,诗行的声音自然也就不再是规则的、机械的了。瓦格纳给诗的形式提供了一种情感的节奏,他的交响乐的音乐效果给这种情感的节奏带来了范本。威泽瓦的自由诗同样也要受情感节奏的约束,他曾这样总结:"诗应该是一系列节奏自由的诗节,只合乎情感的规则。"②这句话没有把形式与情感分离开,而是将二者理解为主仆关系。这种关系的存在,制约着形式的无政府主义。瓦格纳主义对象征主义自由诗的重要性就在这里。它弥补了形式无政府主义带来的无形式的倾向,将形式与情感的联系重新建立起来。威泽瓦是批评家,并不是诗人,但他的自由诗理念并不仅仅停留在书本上。1887年,他注意到象征主义者卡恩已经写就了一本自由诗诗集《漂泊的宫殿》。诗集采用的形式是对他的理念的验证,他欣喜地称诗集中的诗是"这些时期最令人喜爱的诗篇之一",还认为卡恩把"特殊的音乐分给了诗,希望诗用于表达特殊心灵的状态"③。这里明显将卡恩的试验归给了他自己的理论。另一个理论家迪雅尔丹在这方面要优于威泽瓦,迪雅尔丹不仅自身就是理论家,而且是重要的自由诗诗人,他将瓦格纳主义与自由诗的关系进行了新的解释。

三、迪雅尔丹的自由诗理念

迪雅尔丹是狂热的瓦格纳主义者,他曾明白无误地表明,正是瓦格纳

---

① Téodor de Wyzewa, "Les Livres", *La Revue indépendante*, 3.7 (mai 1887), p.196.
② Ibid.
③ Ibid.

才让他走向自由诗:"我最初之所以关注自由诗观念,没人会感到惊讶这是因为瓦格纳。"①迪雅尔丹年轻时曾在伦敦接触过瓦格纳的音乐剧,大受震动,他一生都保持着这种激情的回忆。随着《瓦格纳评论》在1885年正式创刊,作为主编的迪雅尔丹也开始了新的诗歌形式的探索。

迪雅尔丹继承了瓦格纳反理性的主张。他认为之前的文艺,都处在"理性主义的奴役"之中,而象征主义的任务,就是将文艺解救出来。他反理性的主张更多地体现为他的词语观。在威泽瓦那里,词语等同于形象,迪雅尔丹却将词语与图画区别开来:"词语是思想的符号;事物的符号是图画。"②这种区别的目的,是将词语与情感的联系剥离开。词语在迪雅尔丹那里,恢复为瓦格纳所说的难以容忍的抽象观念。人们在词语中看不到真实的情感,词语指涉的事物,"都是改变了的",而且词语形成的语句,"只是一种抽象的组合"。③ 这种论述里也有瓦格纳情感与理性对立的思想。不过,迪雅尔丹眼中的情感,与瓦格纳的不同,而与威泽瓦的比较接近,它们都是直觉主义的。虽然迪雅尔丹偶尔也提到叔本华的音乐观念,甚至认为这种音乐观念是诗的基础,但是迪雅尔丹并不热衷于超验的情感或者意志。他曾将年轻的象征主义者与马拉美进行对比,认为在马拉美那里,外在的世界"只是作为观念世界的象征而存在的",而年轻的象征主义者们把外在的世界看作是"心灵想象出的"④。这里的区别很重要。马拉美、波德莱尔都认为外在世界背后有一个超自然的世界,他们的情感往往是针对这个超自然的世界而发,但是迪雅尔丹、威泽瓦面对的主要是眼前的世界,眼前的世界具有了真实性,不再是另一个世界的影子。对迪雅尔丹来说,情感就是身体与眼前的世界生发出来的,是"从事物中产生的情感"⑤。

去除了情感超越性的内容,这种情感就更接近"感受"了。迪雅尔丹的感受是一种简化版的叔本华的意志。他认为感受是存在的核心,事物都是因为感受而存在,如果没有感受,"什么都不会存在";感受也成为人

---

① Édouard Dujardin, *Les Premiers poètes du vers libre*, Paris: Mercvre de France, 1922, p. 63.

② Édouard Dujardin, "Considérations sur l'art wagnérien", *Revue wagnérienne* 3. 6 (août 1887), p. 157.

③ Ibid.

④ Édouard Dujardin, *Mallarmé par un des siens*, Paris: Messein, 1936, p. 201, pp. 92—93.

⑤ Édouard Dujardin, "Considérations sur l'art wagnérien", *Revue wagnérienne* 3. 6 (août 1887), p. 158.

生活的基本内容,它甚至成为人生活的目的,因为人"靠感受而活"。① 但是在日常的生活中,感受是异质性的,是杂乱的,而人渴望强烈的感受。这里就有了艺术的需要。艺术的目的不是别的,就是提供一种集中的、同构型的感受。起初,人们通过一种虚构的生活场景来促成这种集中的感受,这就产生了戏剧。后来,人们剔除了与艺术不相关的对象,艺术渐渐变得专门化,于是人类的艺术进入第二阶段,从戏剧艺术中分离出绘画的、文学的和音乐的艺术。迪雅尔丹注意到,随着艺术专门化的发展,艺术越来越向抽象靠近,越来越与它的目的——感受——疏远。他也像瓦格纳一样,尝试用一种原始主义的理念恢复艺术与感受的关系。在《瓦格纳评论》的主编看来,象征主义的特色就是恢复情感在诗中的主导作用,理性的框架将处于边缘地位,它在文学作品中的份额将减至最小,与之相应,"诗的非理性化、无意识内容到来了"②。

　　无意识的心理内容,原来就在瓦格纳的美学中有它的位置,这种无意识内容与原始人的情感有关,因而它实际上是荣格所说的"集体无意识",并非只是个体的无意识。迪雅尔丹在伦敦第一次听到瓦格纳的音乐剧时,就非常敏锐地发现,"这个作品明显响应了我的无意识的最深刻的需要"③。迪雅尔丹没有注意到,他将无意识主要理解为个体的无意识了。如果无意识内容、个人的感受是诗作最重要的内在力量,那么像瓦格纳一样,外在的形式就无权妨碍这种力量,预先确定的规则就是不合法的。他批评格律诗,称这种机械的诗体和雄辩的措辞,等等,是"毒害诗的怪物",他还明确指出自由诗不受传统诗律的束缚:"在格律诗或解放诗中,组织节奏音步的法则是音节数量,而在自由诗中,不存在任何这样的法则。"④诗体应该维护无意识内容、个人的感受,而不是让其变形,这是迪雅尔丹对诗体的重新解释。他主张诗体是一种"喷涌"(jaillissement),这种火山爆发的模拟,强调诗作根据内在的力量来决定它的形式,不受任何人为力量的干扰,它让形式成为第二位的、附属的东西。在这种喷涌的形式下,迪雅尔丹认为自由诗是一个历史的必然,它是诗歌的音乐观念注定要带来的一种新形式。这种喷涌的形式,后来被迪雅尔丹概括为"思想的统

---

① Édouard Dujardin, "Considérations sur l'art wagnérien", *Revue wagnérienne* 3.6 (août 1887), p. 154.
② Édouard Dujardin, *Mallarmé par un des siens*, Paris: Messein, 1936, p. 97.
③ Ibid., p. 197.
④ Ibid., p. 14.

一",它表面上说的是形式与内容的统一,实际上仍是无意识内容对形式的支配作用:"自由诗可视为一种与内在的统一相对应的形式的统一……格律诗或者解放诗时而有这种统一,时而又没有这种统一。总之,在我们看来,诗歌应该始终有这种统一,因为它应该始终是一种喷涌,而喷涌是诗歌思维的特性。"①

迪雅尔丹很早就开始了自由诗的尝试。1886年,迪雅尔丹和拉弗格在柏林见面,他向后者解释他的自由诗的理念:"因为乐段已经赢得了它节奏的自由,诗歌也应该获得它类似的节奏自由。"②当迪雅尔丹离开时,他就决定尝试写作自由诗,结果遭到了威泽瓦的奚落,最后"我的计划半道更辙"。但是迪雅尔丹并没有泄气,他后来渐渐迈的步子更大了。其实在1886年的《风行》杂志中,他就发表了一篇散文《安东尼娅的荣誉》,篇末附了一首自由诗的试作,诗中说:

> Car cela est ma pensée;
> Car cela est mon œuvre;
> Car je t'ai faite et je te fais. ③
> 因为这是我所思所想;
> 因为这是我的作品;
> 因为我已写它,并且还在写。

这个作品写作的时间是1886年1月至4月。值得注意的是,公认的法国第一首自由诗是兰波发表在《风行》杂志上的《海景》,时间是1886年5月。迪雅尔丹的试验比兰波的诗刊出的时间还早,只是还未成熟。从上面的三行诗来看,他已经尝试打破传统诗律的音节,每行诗音节数可长可短,诗行存在着并列关系,与某种个人情感的节奏相一致;在诗行之间,重复的词语和相同的句法成为联结诗行的元素。1888年,迪雅尔丹出版了他的自由诗诗集《连祷》(Litanies),这是法国最早的自由诗诗集之一。

四、余论

除了威泽瓦和迪雅尔丹,还有不少重要的自由诗诗人受到了瓦格纳

---

① Édouard Dujardin, *Mallarmé par un des siens*, Paris: Messein, 1936, pp. 12—13.
② Ibid. , p. 63.
③ Édouard Dujardin, "A la gloire d'Antonia", *La Vogue*, 2.3 (2 août 1886), p. 96.

的影响。比如卡恩,他被斯科特误认为是法国"第一位自由诗理论家"①。卡恩曾说他的自由诗来自"音乐的影响",而且认为包括瓦格纳在内的音乐家"影响了我的诗歌感受力,使我能发出一种个人的歌声"②。这种"个人的歌声",实际上还是一种音乐的效果,具体来说是通过"情绪冲动的重音"来建设情感的节奏。而"情绪冲动的重音"明显与瓦格纳所说的"根音"有关。卡恩和迪雅尔丹都是最早的自由诗试验者。卡恩在莫雷亚斯、拉弗格等人的激励下,在 1885 年后继续他对诗律革新的思考,尝试以节奏单元为突破口建设自由诗。这一时期,兰波对他也有启发。魏尔伦将兰波的《彩图集》寄给卡恩,卡恩将它发表在自己主编的《风行》杂志上。可以猜测,卡恩想与兰波在形式解放上一争高下。在 1886 年 6 月的《风行》杂志上,卡恩发表了他的自由诗《插曲》。翌年,卡恩出版了诗集《漂泊的宫殿》,这是法国第一部自由诗诗集。

比利时的象征主义诗人莫克尔曾表明自己在 1886 年就开始试验,想"寻求在音乐方面更新诗歌",而且他自认为受到了贝多芬和瓦格纳的影响。③瓦格纳打破了歌剧的乐句,这启发了莫克尔打破亚历山大体的结构。于是,他在这一年创作了《直觉》("Intuition")一诗,诗中的音节自由,语顿富于变化,夹杂着散文的节奏,已经具有了自由诗的雏形。但当莫克尔将他的试验之作拿给他的朋友看时,受到了强烈的批评,失意的莫克尔于是转向了散文诗,他想在散文诗中寻求"将节奏的自由和音节声音的自由结合起来"。虽然莫克尔短暂地退缩了,但是他的《直觉》一诗,也是最早的象征主义自由诗之一。一年后,莫克尔读到了威泽瓦论自由诗的文章,得到了鼓舞,于是继续探索自由诗。1888 年 5 月,莫克尔在《瓦隆》杂志上发表了《反面》一诗,迪雅尔丹欣喜地称赞它"完全是自由诗"④。

瓦格纳的广泛影响,即使在马拉美那里也是明显的。马拉美也是一个瓦格纳主义者,他曾发表《瓦格纳与一位法国诗人的梦想》一文,肯定瓦格纳的音乐精神。但是瓦格纳对马拉美的影响主要体现在神秘的风

---

① Clive Scott, *Vers Libre*: *The Emergence of Free Verse in France 1886—1914*, Oxford: Clarendon Press, 1990, p.121. 中文著作中,拙作《英美自由诗初期理论的谱系》,也曾认为卡恩是"自由诗理论的创立者",实际上威泽瓦才是第一位自由诗理论家。参见李国辉:《英美自由诗初期理论的谱系》,北京:中国社会科学出版社,2018 年版,第 51 页。
② Gustave Kahn, *Premiers poèmes*, Paris: Société de Mercvre de France, 1897, p.3.
③ Édouard Dujardin, *Les Premiers poètes du vers libre*, Paris: Mercvre de France, 1922, p.61.
④ Ibid., p.35.

格上。

　　自由诗其实在更古老的时期原本就有，只是在欧洲古典主义文学时期，它的精神渐渐被严格的、人工的规则遮蔽了。伴随着无政府主义运动而到来的形式无政府主义，对于撤除过度的形式规则是有益的。但是形式无政府主义有着极大的破坏性，它的本质是反对诗行上的任何权威，放纵形式上的破碎和自主性。其流弊在于使诗行与诗行之间、形式与内容之间产生巨大的断裂，使形式成为无法理解的游戏。这种形式上的无政府主义在19世纪中期就已经在欧美游荡。巴黎公社运动失败之后，形式无政府主义又弥漫在法国的诗坛上。1885年之后，随着《瓦格纳评论》的创刊，瓦格纳主义成为补救形式无政府主义的良药。瓦格纳对形式与情感关系的新论述，对情感节奏的提倡，使情感、无意识心理成为左右诗歌形式的新的权威，使诗行重新恢复了统一性，也使法国象征主义自由诗迈过了破坏诗律的阶段，顺利地走上形式重建的道路，让自由诗真正成为一种诗体。当自由诗不是作为诗律的反面，而是作为真正的诗体被人理解的时候，自由诗也就真正诞生了。

第四节　自由诗创格对无政府主义的反击

　　19世纪80年代以来，自由诗的发展史中存在着一个奇怪的现象：当自由诗在一个国家最初发生时，它摆出的是与旧诗律决绝的姿态，它的特征首先就是不拘格律；然而发展到了一定的程度，自由诗又积极与格律修好，开始讲究形式的规则。前一种状态可以称为"破格"，后一种状态可以称为"创格"。维莱-格里凡在1886年曾呼吁打破"束缚诗体的所有锁链"[1]。另一位象征主义诗人雷泰对旧诗律的态度更强硬，他主张破坏所有的诗律论著。但是法国自由诗运动仅仅过了十几年，维莱-格里凡就开始肯定自由诗仍然是一种韵律的试验，想重新肯定韵律；另一位自由诗先驱卡恩曾坚决指出自由诗需要韵律。[2] 这种情况并不只是法国的特色，英国自由诗理论家休姆在1908年曾对传统诗律大加批评，主张"废除规

---

[1] Francis Vielé-Griffin, *Les Cygnes*, Paris: Alcan-lévy, 1886, pp. i—ii.
[2] Gustave Kahn, *Le Vers libre*, Paris: Euguière, 1912, p. 31.

则的音律"①。弗林特将诗律看作是一种荒唐的把戏,他呼吁"向所有的诗歌传统开战"②。但不到十年的工夫,休姆就重新肯定包括音律在内的传统规则,认为"有一些规则是人们必须遵守的",离开了它们,"人们就无法创造坚固的、卓越的作品"。③ 弗林特的态度虽然不如休姆转变得大,但也肯定音律为许多现代诗人所使用,是写诗的"一种支持"④。

自由诗前后期理念出现了巨大的矛盾。这里需要指出,这种矛盾并非只是不同的理论家理论主张的不同,它是一种普遍的现象,它的产生源自诗人面临的共同处境。从形式反叛的自由诗,走向形式再造的自由诗,这个过程有着自由诗诗人的共同诉求。本节试图通过整体把握法国和英国的自由诗发展史,借助当时政治思想史和诗学的背景,对自由诗创格的内在原因进行解释和反思。

一、自由诗创格的隐衷

法国自由诗创格最早值得注意的一个事件,是卡恩 1889 年在《风行》杂志上发表的一篇文章。卡恩指出,"我们绝不把诗体和散文杂糅起来"⑤。卡恩对自由诗抱有的信心出于两个原因,一个是他利用了一种基于声音和意义结合的节奏单元,一个是双声、半韵等技巧的使用。就这两个原因来看,卡恩的这篇文章实际上与他早一年发表的《致布吕内蒂埃》基本一致。但是他在这里提出了诗体独立性的问题。卡恩的这篇文章标志着法国诗人已经将自由诗视为一种单独的诗体,而非破坏性的无形式。1889 年前后,法国自由诗已经出版第一批重要的作品,比如卡恩的《漂泊的宫殿》、维莱-格里凡的《快乐》,还有拉弗格的《最后的诗》。因而自由诗的形式已经在不同的诗人那里呈现了多种形态,它的优点和缺点都更为清晰了。卡恩看到了自由诗散文化的危险,他希望用节奏和韵律来保卫新生的诗体。

马拉美在法国自由诗创格的道路上起到了更为重要的作用。1891 年,在一次访谈中,未来的"诗人王子"谈到了自己的自由诗理论。马拉美

---

① T. E. Hulme, *Further Speculations*, ed. Sam Hynes, Minneapolis: University of Minnesota Press, 1955, p.74.
② F. S. Flint, "Recent Verse", *New Age*, 4.5 (26 Nov. 1908), p.95.
③ T. E. Hulme, "A Tory Philosophy", *The Commentator*, 4.97 (3 April 1912), p.295.
④ F. S. Flint, "Presentation", *The Chapbook*, 2.9 (1920), p.323.
⑤ Gustave Kahn, "Chronique", *La Vogue: nouvelle série*, 1.2 (août 1889), p.145.

之前在象征主义自由诗中扮演的角色并不重要，因为他当时还是一个诗律上的保守主义者，更偏好传统的形式。奉马拉美为大师的年轻象征主义诗人维莱-格里凡、卡恩、迪雅尔丹等人撇开马拉美，不约而同地发动了一场自由诗运动。马拉美对于这些人比较宽容，进而也接受了诗律革命的思想。马拉美将诗律的概念放大了，诗律不再是规则的音步和音节数量，只要语言有节奏，在"风格上用力"，那种语言"就有诗律"①。这种宽容的诗律观，使马拉美同意亚历山大体可以有所增损、变化，于是产生了自由诗与亚历山大体的新关系：自由诗并不是抛弃亚历山大体的新形式，它是亚历山大体的灵活运用，正因为亚历山大体的存在，才让自由诗有了可能性。② 需要注意，在马拉美那里，这两种形式具有合并的可能性。如果自由诗是变化的亚历山大体，那么亚历山大体就是规则的自由诗，最后自由诗将回归到一个诗律大家庭中。其实，马拉美的期望也正是如此，他认为亚历山大体"不是保持目前这样的苛刻和固定，从今以后它将更自由、更出人意外、更轻盈"③。马拉美清楚地看到自由诗不能成为拉·封丹那样的诗体，因为那种诗体"不讲诗节"④。这说明马拉美想在诗节中给自由诗建立一种统一性，这也是创格的一种方向。不过，从后来的诗学发展来看，马拉美放宽亚历山大体的观点得到了更多年轻诗人的肯定。卡恩和维莱-格里凡度过了激进期后，都开始肯定亚历山大体的效用。这种让自由诗向诗律回归的思潮延续到 20 世纪初，象征主义之后的新生代诗人也曾做过类似的思考。

在英国，弗林特、休姆等人受到法国象征主义自由诗的影响，在 1908 年呼吁创作自由诗。不久休姆退出诗学界，弗林特和庞德等人于 1913 年成立意象主义诗派，继续倡导自由诗。在美国诗人洛厄尔的推动下，自由诗成为美国新诗运动最重要的两大原则之一。庞德在英美自由诗的创格运动中扮演了关键的作用，他在 1917 年和艾略特联手思考自由诗与诗律的重新融合。

自由诗创格的初衷从表面上看，就像卡恩所说的那样，是为了与散文相区别。古尔蒙是晚出的象征主义理论家，他对这一问题深有体会："自

---

① Stéphane Mallarmé, *Œuvres complètes*, Paris: Gallimard, 1945, p. 867.
② Ibid., p. 868.
③ Ibid.
④ Ibid., p. 363.

由诗的危险,在于它没有定型,它的节奏太不突出,给了它一些散文的特征。"①卡恩以来的法国批评家之所以要进行形式的建设,正是因为看到了这种危险。为了解决这个难题,他们希望通过节奏的组织,让自由诗远离散文。节奏单元及其组合在法国、英美都成为创格运动的中心问题。但是撇开格律后,通过音节的组合而产生的节奏单元,能否真正让自由诗摆脱散文呢?节奏单元是散文和诗体都有的,它是一个共法。自由诗诗人想通过节奏单元的有无,来寻找自由诗的独特性,这行不通。于是希望落在了节奏单元的构成上,节奏单元的规则程度被视为自由诗与散文的本质区别。这种思维在英美诗人那里最为显著。奥尔丁顿是重要的意象主义诗人,他认为自由诗的节奏能产生一种语调(cadence),这种语调标示了自由诗的独特性:"自由诗不是散文。它的语调更快,更富特征……更有规则。它在频率上比最好的散文大约高(也应该高)5倍,在情感强度上大约高6倍。"②这种观点很难说有多少科学性,但它想区分开自由诗与散文的用意,是值得重视的。对规则节奏的期望,还影响了自由诗的定义。洛厄尔就将自由诗定义为"语调诗"(cadenced verse)。这种语调似乎成为英美新诗运动时期最大的依靠,它能给诗人带来自信。在洛厄尔眼里,自由诗是"建立在语调而非音律上的诗"③;在弗林特那里,自由诗就是不押韵的语调;在另一个诗人门罗(Harriet Monroe)看来,自由诗就是节奏具有"更紧密、更集中的时间间隔和更微妙的语调"的诗④。

节奏单元的规则构成,是否能有效地赋予自由诗独立的地位呢?恐怕没有这么乐观。在法国自由诗运动早期,比利时的批评家吉尔坎就指出,自由诗没有成功地让人们看到它所解释的原则。他将自由诗分作两类,一类仅仅分行,这被称作"伪自由诗",另一类寻找节奏和韵律。但是即使是第二类,不少读者和批评家看到的仍然只是散文,甚至是"低劣的散文",自由诗诗人们的创格,仅仅是在"重造散文"⑤。吉尔坎的话说得有道理。实际上,就连创格的自由诗诗人都不免疑心重重。弗林特虽然提倡自由诗的语调,但他明白"散文和诗体没有种类上的差别",他不认为

---

① Rémy de Gourmont, *Le Livre des masques*, Paris: Mercvre de France, 1896, p. 77.
② Richard Aldington, "Free Verse in England", *Egoist*, 1.18(1915), p. 351.
③ Amy Lowell, "Some Musical Analogies in Modern Poetry", *The Musical Quarterly*, 6.1 (Jan. 1920), p. 141.
④ Harriet Monroe, "Rhythms of English Verse: I", *Poetry*, 3.2 (Nov. 1913), p. 63.
⑤ Iwan Gilkin, "Le Vers libre", *La Jeune belgique*, 13.3 (mars 1894), p. 139.

自由诗是一个诗体,指出"语调(自由诗)与散文没有任何的区别"①。但是吊诡的是,即使认为语调不足以成为自由诗与散文的本质区别,但弗林特并没有抛弃语调,也没有否定自由诗。自由诗仍然以一种"节奏感受得更加强烈"的形式②,在自由诗诗人的想象中获得了独立性。

可以看出,自由诗在某种程度上是一种被想象出来的诗体。它与散文有没有区别,它的诗体特征在什么地方,这些问题没有明确的、肯定的答案。而且这些问题并不重要,真正重要的是自由诗诗人们是怎样想象自由诗的。也就是说,让自由诗成为自由诗的,很大程度上并不是客观的诗体特征的原因,而是主观的原因。自由诗的真实性存在于诗人们的观念中,而非完全存在于形式本身中。拜耶斯(Chris Beyers)在《自由诗的历史》(A History of Free Verse)中,从"人们'想象中'的意义"来理解自由诗,而放弃寻求它的客观定义。③ 拜耶斯选择给自由诗进行分类,寻找每一类各自的诗体特征。如果将拜耶斯的方法与诗人的心理结合起来,就能更清晰呈现自由诗诗体想象的内在根据。弗洛伊德曾将梦视为无意识内容的表达,它的目标是欲望的满足。这些想要获得满足的愿望,并非只是儿童时期积淀下来的,现实生活中的欲求也在寻找满足。"幻觉式欲望"是比较常见的一种形式,它是通过幻想来得到满足的。弗洛伊德还指出思想也与欲望满足有关:"思想不过是幻觉式欲望的代替物。"④人们在思想中接近欲求的对象,并获取安慰。自由诗诞生后,自由诗诗人一直渴望它获得独立性,但是该独立性却一直未能实现。区别自由诗与散文的思考,满足了诗人对自由诗诗体地位的幻想。也就是说,自由诗与散文的不同在什么地方,这并不是自由诗创格的真正原因。自由诗创格的真正原因,在于人们需要想象自由诗不同于散文。自由诗从以散文形式为荣,走到需要想象它不同于散文形式这一步,不啻是一场巨变,它说明自由诗诗人对自由诗的处境怀有普遍的焦虑。而这种焦虑的背后,有着他们很少吐露的隐衷。

---

① F. S. Flint, "Presentation", *The Chapbook*, 2.9 (1920), p.322.
② Ibid.
③ Chris Beyers, *A History of Free Verse*, Fayetteville: University of Arkansas Press, 2001, p.4.
④ Sigmund Freud, *The Basic Writings of Sigmund Freud*, tans. A. A. Brill. New York: Modern Library, 1938, p.510.

二、无政府主义的"坏血统"

象征主义自由诗诗人迪雅尔丹曾经将诗(poésie)与诗体(vers)做过区别。诗在他眼里是一种内容或者精神上的特质,为了理解的方便,这里权将他所说的诗,换为诗性。迪雅尔丹认为真正的象征主义诗人,不应该关注诗体的问题,诗性才是他应追求的。他下面这句话很有典型性:"它(诗)可以采用散文的形式,就像它可以采用诗体的形式一样。以前存在着诗体和散文;从今以后存在着诗与非诗。"①关注诗性,可见迪雅尔丹对诗体的价值有轻视之意。其实这种趋势从波德莱尔就开始了。波德莱尔在写作《恶之花》时,虽然保留了亚历山大体的基础,但他渴望一种新的、未知的韵律,它的目的是通过形式与主题的联系,产生灵活的节奏。虽然波德莱尔在诗体上改革的步伐还不大,但是他已经表现出对规则诗体的不满。他还尝试选择散文诗进行创作,认为散文诗适应心灵的变化。散文诗是利用非诗体的形式寻找诗性的一种尝试,它回应了迪雅尔丹所说的轻诗体而重诗性的新趣味。与其说散文诗是散文与诗的融合,还不如说是诗的反诗体的结果。波德莱尔并不孤独,法国第一位自由诗诗人兰波主要用散文诗写下了两卷诗集:《地狱一季》和《彩图集》。尤其是后者,收录了象征主义最早的两首自由诗。兰波的自由诗诞生于他的散文诗,这不让人感到意外,因为自由诗也是从反诗体中诞生的。

英美自由诗诗人也继承了这种思考,弗林特认为哪里有"人类经验的温暖和任何写作中的想象力,哪里就有诗",这也是将诗理解为诗性;这种诗性不考虑诗体与散文的差别,因为只要它是诗,它就有诗性,"不管它是采用我们所称的散文的形式,还是采用押韵和音律"②。在弗林特那里,自由诗就是实现这种纯粹的诗性的工具,因而自由诗与散文有无区别并不重要。

反诗体的目的是为了让一种新的言说方式、新的精神成为可能。自由诗诗人一开始对自由诗的想象必须要适应当时反诗体的要求。也就是说,自由诗最初并不是以一种诗体的形象出场的,它是作为诗体的反叛者出场的。它试图打破传统形式的观念。为了达到反诗体的目标,并为自由诗的登场赢得一种合法性,法国诗人们在自由诗的初期阶段显著地利

---

① Édouard Dujardin, *Mallarmé par un des siens*, Paris: Messein, 1936, p. 95.
② F. S. Flint, *Otherworld: Cadences*, London: The Poetry Bookshop, 1920, p. v.

用了无政府主义的思维方式。威廉姆斯曾经指出,"文学中的象征主义和政治中的无政府主义,在19世纪90年代,越来越成为同义词"①。其实早在19世纪80年代,象征主义诗人就与无政府主义有了关系。巴黎公社运动失败后,虽然成立的法兰西第三共和国竭力弥补各个阶级中出现的裂痕,但是1873年的经济危机,以及1879年和1880年先后召开的工人代表大会,让无政府主义和社会主义思想的传播在法国迅速高涨起来(这里的无政府主义和社会主义在当时很大程度上是可以等同的,无政府主义有时也称作无政府主义—共产主义,它和社会主义都反对私有制,倡导公有制,无政府主义者也有不少是社会主义者。比如,1880年的工人党全国代表大会就既有社会主义者,又有无政府主义者参加)。

1883年,巴黎警察局的报告指出巴黎当时有13个无政府主义团体,大约200个成员,到了1887年,无政府主义的团体增加到19个,人数在500人上下。② 无政府主义者与象征主义诗人于是有了比较频繁的交流,一方面,一些无政府主义的刊物,比如《反叛者》,开始转发象征主义的作品,另一方面,象征主义的刊物也开始给无政府主义者提供一定的版面,著名的无政府主义者路易丝·米歇尔,甚至成为象征主义刊物《颓废》的合作者。据考证,支持和同情无政府主义的象征主义者,有维莱-格里凡、卡恩、雷泰、雷尼耶、吉尔、梅里尔、维尔哈伦等人。其中,维莱-格里凡和雷尼耶还创办了《文学与政治对话》杂志,宣传无政府主义。这个名单里没有拉弗格,其实拉弗格也曾指出:"无政府主义才是生活,才能让每个人拥有他自己的力量。"③而远离政治的马拉美,也并非与政治毫无瓜葛,他的自我主义的美学被有些批评家解释为"无政府主义的策略"④。《隐居》(L'Ermitage)杂志1893年曾在艺术家中发起过一次公投,调查艺术家们的政治态度。结果发现绝对的无政府主义的比例是11%,这个数值并不高,原因在于公投在统计结果时,没有把社会主义者和无政府主义者合起来考虑。如果调整统计的对象,无政府主义和社会主义者所占比例在80%以上。这是一个相当高的数字,也说明艺术家普遍认可社会激进主

---

① Erin M. Williams, "Signs of Anarchy: Aesthetics, Politics, and the Symbolist Critic at the *Mercure de France*, 1890—95", *French Forum*, 29.1 (Winter 2004), p.61.

② Jean Maitron, *Histoire du mouvement anarchiste en France*, Paris: Société universitaire, 1955, p.120.

③ Jules Laforgue, *Mélanges posthumes*, Paris: Mercvre de France, 1923, p.144.

④ David Weir, *Anarchy and Culture: The Aesthetic Politics of Modernism*, Amherst: University of Massachusetts Press, 1997, p.168.

义思想。

英国自由诗与无政府主义也有很深的渊源。英国的自由诗理论与《新时代》杂志有密切的关系,该杂志是弗林特和休姆诗学的主要发表园地,也一度是庞德的重要园地。这个刊物是费边社会主义(Fabian Socialism)的刊物,其主编是社会主义者奥兰齐(A. R. Orage)。费边社会主义与法国通过马克思主义纲领的社会主义不同,它是改良主义,不提倡阶级革命,但具有鲜明的反对传统价值和秩序的态度。费边社会主义在文艺和美学上,具有显著的无政府主义倾向。奥兰齐多次邀请休姆、弗林特和庞德参加《新时代》杂志的聚会,因而让这些文学家"得到了最初的政治和经济上的教育"①。虽然这些文学家在政治上并不完全是无政府主义者,或者费边社会主义者,但是他们在美学上吸收了无政府主义的思想。弗林特要求反抗传统观念,称颂法国象征主义诗人"与旧的丝丝连连的思想决裂"②。休姆承认自己"曾是一名社会主义者"③,他接受了一些无政府主义破坏传统的精神。庞德在第一次世界大战前一度同情无政府主义,他承担过无政府主义的刊物《自我主义者》(*Egoist*)的编辑工作,有批评家认为这带来了意象主义的"无政府主义的气质"④。

无政府主义者将政治上的思维运用到文学中,产生了一种形式无政府主义的思想。其结果是否定一切现有的诗体,要求个人的形式。这一点,维莱-格里凡说得非常清楚:"艺术的本质是无政府主义,即是说它有着自发性的和谐、自由的等级……它属于要求绝对的艺术家。"⑤维莱-格里凡所说的"自发性的和谐"就是对规则形式的反抗,"自由的等级"是对现有秩序的破坏。比利时的自由诗诗人莫克尔对自由诗的理解,也能清楚地表明无政府主义所起的作用:"在古老的音律绝对的、强加的权力之后,诗应该在它的每个作者那里,自己给自己施加规则,这些规则对它来说是社会主义,是必经之痛……文学中的个人主义者,尤其是主观的诗人,就像维莱-格里凡先生一样,与巴纳斯派的专制主义者作斗争也是必

---

① Wallace Martin, *The New Age under Orage*, Manchester: Manchester University Press, 1967, p.44.
② F. S. Flint, "Rémy de Gourmont", *New Age*, 5.10 (8 July 1909), p.219.
③ T. E. Hulme, "The Art of Political Conversion", *The Commentator*, 2.48 (1911), p.357.
④ Henry Mead, *T. E. Hulme and the Ideological Politics of Early Modernism*, London: Bloomsbury, 2015, p.58.
⑤ Anonyme, "Un referendum artistique et social", *L'Ermitage*, 4.7(1893), p.20.

要的。"①这里作为"必经之痛"的"社会主义",其实还是无政府主义,因为"自己给自己施加规则"是无政府主义的特征。

但是无政府主义是一种过渡,在政体上看它并不是一个终极的目标。无政府主义的破坏性,最终会破坏它自己。无政府主义本身只是一种政治的乌托邦,它要么发展到社会主义,要么返回传统,与传统妥协。法国在19世纪末走上了后一条道路。1899年成立的"法国行动派"(Action française)旨在维护传统价值和秩序,抵制左翼思想,并在20世纪初获得了很大成功。虽然没有证据表明象征主义诗人后来统一转变政治立场,但生逢其时,思维方式不免会受到影响,19世纪90年代,同情罗曼派、赞同保守主义甚至是君主政体的法国人增多了,政治和文学上的无政府状态成为众矢之的。另外,无政府主义思想本身也给象征主义诗人提供了反思的可能性。象征主义诗人梅里尔曾指出:"如果他(艺术家)是绝对的无政府主义者,那么他就只能是相对的社会主义者,因为所有的公民如果没有共同的协定,自由就不可能存在。"②从这种意义上说,无政府主义与社会主义又是矛盾的,社会主义对新秩序的肯定,可以取消无政府主义。在英国,休姆在1911年接受了"法国行动派"的思想,开始反省无政府主义,重新拥护传统,并以保守的托利党(Tory)自居。休姆明白地说:"从人那里得到的最好结果是某种教导的结果,这种教导给内在的无政府状态带来秩序……除了无序没有什么东西本身是坏的;在一个等级秩序中被安排起来的任何东西都是好的。"③虽然弗林特没有改变政治立场,但是他也渐渐调整了自己诗学的见解。庞德和艾略特在第一次世界大战后期成为文化上的保守主义者——艾略特甚至还皈依了宗教——除了有意无意受到休姆的影响外,当时国家主义的盛行、新人文主义思想的传播,也成为他们疏远无政府主义的动力。

就自由诗而言,它初创时的形式反叛,埋下了自我破坏的种子。如果说每个诗人都要创造个人的形式,每个个人的形式都是独立自主的,那么形式本身就不会成为公共的东西,而成为私人性的东西,这就取消了形式。而形式一旦取消,那么个人的形式又毛将焉附?无论是法国自由诗,还是英美自由诗,当它迈出了最初的一步,并进入被认可的关键阶段,形式的反叛就已经完成。这时反形式必须要像无政府主义走向新的秩序一

---

① Albert Mockel, *Esthétique du symbolisme*, Bruxelles: Palais des académies, 1962, p.145.
② Anonyme, "Un referendum artistique et social", *L'Ermitage*, 4.7(1893), p.14.
③ T. E. Hulme, "A Tory Philosophy", *The Commentator*, 4.97 (3 April 1912), p.295.

样，走向新的统一性。对自由诗来说，形式无政府主义就自己成为自己的敌人。初创期的自由诗理论无法再有满足自由诗诗人想象的地方，原因就在于此。

在法国和英国的自由诗初创不到十年的时间里，形式无政府主义就开始受到批评。吉尔坎是最早发起号召的一位诗人，他呼吁："吹响集结号，让所有仇恨混乱和理性无政府主义的人集合的时间到来了。他们（象征主义诗人们）想破坏的是从龙萨到魏尔伦的法国诗。他们想代替它的是既不可行，又没有活力的东西。"①作为一个巴纳斯派诗人，吉尔坎认为自由诗没有"活力"当属门户之见，但他在这里对无政府主义的抨击，其实也道出了自由诗诗人的心声。在英国，人们看到以庞德和艾略特为首的自由诗诗人们开始清除形式无政府主义。庞德在1917年著文指出，自由诗已经成为一种"公害"，他将自由泛滥的形式称作"愚蠢的、狭隘的讨论"②。庞德并非想废除自由诗，他本身也是自由诗的缔造者。他的目的是让自由诗重新具有普遍适用的规则。艾略特的做法更为激烈一些，由于将"自由"二字与形式无政府主义等同，艾略特干脆取消了自由诗。他注意到一些读者张口闭口谈论自由诗，艾略特无可奈何地表示："这认为'自由诗'是存在的。这认为'自由诗'是一个流派，认为它由某些理论构成，如果一群或者几群自由诗理论家，攻击轻重律五音步获得了任何成功，他们就要么让诗得到了革命，要么让诗获得了民主。"③

兰波曾经渴望"出售无政府主义给民众"④，这也是他《坏血统》（"Mauvais sang"）一诗的思想。这位与巴黎公社流亡者为友的无政府主义者，给他的散文诗和自由诗注入了"坏"的血统。在自由诗创格时期，这种坏血统不再是诗人的荣耀，而成为耻辱。自由诗必须与自己身上的坏血统斗争，才能获得存在的合法性。

三、自由诗创格的诗体想象

自由诗创格的用意，并非仅仅是为了与散文区分开，更深层的原因，是清除形式无政府主义的观念，以便让自由诗获得统一的诗体观。自由

---

① Iwan Gilkin, "Le Vers libre", *La Jeune belgique*, 13.3（mars 1894），p.139.
② Ezra Pound, "Vers Libre and Arnold Dolmetsch", *Egoist*, 4.6（July 1917），p.91.
③ T. S. Eliot, *To Criticize the Critic and Other Writings*, Lincoln：University of Nebraska Press，1991，p.183.
④ Arthur Rimbaud, *Œuvres complètes*, ed. Antoine Adam, Paris：Gallimard，1972，p.145.

诗摆脱无政府主义的第一步是要重新恢复形式的权威性。所以自由诗的创格，在多个国家中，是以形式价值的回归为起点的。在法国象征主义那里，卡恩在19世纪90年代后，对自由诗的韵律作了多次思考。他告诉人们韵律"符合习惯"，"也紧接着传统"，而且尊重韵律是"我们的责任"①。这一句话中的"传统"一词引人注意，它代表着自由诗诗人们不再与传统对抗，也不再以破坏的革命者自居。另一个理论家维尔德拉克对自由诗有更清楚的解释。维尔德拉克认为诗体（vers）并不是束缚人情感的工具，它是帮助人创作的一个框架，"人们试着将情感局限在一个框架里面，相信这个框架适于艺术作品的创作，这个框架就是诗行。不守法纪的拙劣诗人们以前可能认为这种框架并不是好东西；借助这个理由，他们可能非常轻视技巧，这就是为什么我们拥有自由诗的原因"②。不要认为这句话是批评自由诗的人说的。维尔德拉克本人也是自由诗诗人，他从这个集体内部来破坏自由诗，目的是为了更有效地树立诗体的威望。之前的形式无政府主义者被他看作是"不守法纪的拙劣诗人"。在自由诗的破格期，理论家将诗体与诗性区分开，维尔德拉克这时反其道而行之，他将"作诗法"（poétique）与诗性区分开。诗不再只是一种具有诗性内容的东西，它是通过作诗法而创造的具有人工形式的作品。诗之所以成其为诗，正是因为它的创作过程的讲究。维尔德拉克眼中的诗人不再是自发的、热情的抒情者，而是一个"完美诗节的雕刻工"③。

在英国，庞德对自由诗的调整，也是从传统诗律价值的"复辟"着手的。1915年，当美国诗人洛厄尔获得了自由诗的领导权后，庞德就开始对自由诗流露不满。这种不满并不仅仅是他与洛厄尔的权力之争，更重要的是他看到形式标准的丧失。他对旧形式的态度也有了很大的转变，他曾指出格律诗"擅长表达广泛的创造力或者情感"④，而非像某些低劣的自由诗诗人所说的那样是应该抛弃的。庞德无法阻止无形式的自由诗，因为它已经成为一种风气，唯一可以做的工作，是恢复形式的价值和效用。庞德用"音乐"来代替他心中理想的规则形式，他把诗定义为"配乐的词语的作品"⑤。虽然在1917年以前，庞德的音乐还主要是利用节拍

---

① Gustave Kahn, *Le Vers libre*, Paris: Euguière, 1912, p. 31.
② Charles Vildrac, *Le Verlibrisme*, Ermont: La Revue Mauve, 1902, pp. 11—12.
③ Ibid., p. 21.
④ Ezra Pound, "Affirmations: IV", *New Age*, 16. 13 (1915), p. 350.
⑤ Ezra Pound, "Vers Libre and Arnold Dolmetsch", *Egoist*, 4. 6 (July 1917), p. 90.

和双声、半韵等技巧,但是在他 1920 年的诗集《休·塞尔温·莫贝利》(*Hugh Selwyn Mauberley*)中,我们可以看到传统诗律的音乐得到了重视。

摆脱无政府主义的第二步是给自由诗正名。终结形式无政府主义的目的,是让自由诗成为一种有规则的诗体。但是规则本身与"自由诗"这一名称是矛盾的。只要自由诗还叫自由诗,它就无法有效地表达新秩序的要求。于是,在 19 世纪末的法国和 1917 年前后的英国,人们看到诗人们频繁地为自由诗正名。维莱-格里凡在 1899 年指出,"自由诗并不是真正的自由",诗人必须要尊重形式规则,他们的用语"没有改变这种状况的自由"。① 维莱-格里凡看到了自由诗这一名称的不恰当,但他并没有直接说出来。艾略特没有这么客气,他认为:"所谓的自由诗其优秀者一点也不'自由',把它列入别的名目中可能更安稳些。"② 艾略特没有说明该给自由诗改一个什么样的名称,艾略特语焉不详的地方,得到了洛厄尔的补充。后者曾明确指出:"个人而言,'自由诗'这个词我不喜欢用,因为它什么也没有指出来。"③ 洛厄尔给自由诗找到的一个新词是"自由诗行"(Free Line)。其实根据她当时对诗行节奏的要求,诗行也不是自由的,"自由诗行"仍然是一个不妥的名称。这里还可补充威廉斯在 1917 年提出的一个观点。威廉斯说:"让我们最终宣布'自由诗'是一个错误命名。"④ 威廉斯经过了三十多年的思考,最终提出"可变音尺"(Variable Foot)的概念。

摆脱无政府主义的第三步,是建立具有权威性的诗律模式。在法国,马拉美将亚历山大体作为权威树立了起来,他希望亚历山大体成为自由诗的节奏基础,懂得利用它的人,"很少脱离它"⑤。亚历山大体后来也得到了维莱-格里凡的支持,后者在 1899 年曾经建议自由诗利用古老的亚历山大体的节奏。但是卡恩、迪雅尔丹等诗人,并不接受这种古老的诗

---

① Francis Vielé-Griffin, "Causerie sur le vers libre et la tradition", *L'Ermitage*, 19.8 (1899), p.83.
② T. S. Eliot, *To Criticize the Critic and Other Writings*, Lincoln: University of Nebraska Press, 1991, p.184.
③ Amy Lowell, "Some Musical Analogies in Modern Poetry", *The Musical Quarterly*, 6.1 (Jan. 1920), p.141.
④ William Carlos Williams, "America, Whitman, and the Art of Poetry", *William Carlos Williams Review*, 13.1 (1987), p.1.
⑤ Stéphane Mallarmé, *Œuvres complètes*, Paris: Gallimard, 1945, p.362.

体。卡恩和迪雅尔丹希望建立音义统一的节奏单元,然后再用它来组织诗行。他们不要求音节数量的均等。就20世纪法国诗歌的发展来看,卡恩和迪雅尔丹的理论获得了更多的支持。给马拉美带来挑战的还有其他的诗人。维尔德拉克与迪阿梅尔找到了"节奏常量"。虽然这种"节奏常量"可以比较自由地连接其他的音组,但是因为它基本出现在每行诗中,就能让诗行具有比较稳定的形式,也能处理好意义与形式的关系。"节奏常量"在法国影响不大,但它却在英国的弗林特、奥尔丁顿那里得到了回应,在第一次世界大战结束前一度成为英国自由诗最有影响力的理论,且似乎具有了权威性。但是新的挑战者也在酝酿。弗莱彻(J. G. Fletcher)在1919年提出一种新的以重音为基础的诗行,在某种程度上它是英国盎格鲁-撒克逊人诗歌节奏的变体,与桂冠诗人布里奇斯(R. Bridges)实践的"重音节奏"有相通的地方。布里奇斯还创作过"音节自由诗"的作品,这种诗实际上是利用弥尔顿诗歌形式解放的规律,以数量相对稳定的音节来建立诗行。

前面的这三步,客观来说,前两步取得了很大的成绩,但是在关键的第三步上,一直未有哪一种模式真正获得正统的地位。在马拉美所说的诗体的"王位空位期"(interrègne),诗人们似乎没必要马上树立一个所有人都信奉的偶像。新规则与个性化的做法在这个问题上不动声色地结合了起来。但是对规则的个性的寻求,恰好符合无政府主义的行为方式。魏尔曾经指出,无政府主义反对一个统一的权威,它在美学上表现为"破碎和自主的趋向"[①]。上述摆脱无政府主义的努力,不论是在法国,还是在英国,并没有达成默契,诗人们努力的方向是多元的,仍然是"自主"的活动。诗人们在自由诗向格律诗回归还是另造自由诗的问题上意见分歧,在节奏单元上莫衷一是。由于无法建立一个统一的权威,自由诗的创格成为无政府主义的新的注脚。

自由诗诗人们用一种无政府主义的方式去除他们观念中的无政府主义,但是无政府主义已经不仅是一种观念,而且是一种行为方式,或者用心理分析的话来说,成为一种集体无意识。诗人们无法与无政府主义完全切割,无政府主义已经成为自由诗诗人自我意识的组成部分。随着法国和英国政治和文化上的保守主义的兴盛,诗人们渴望恢复诗体的秩序。通过

---

① David Weir, *Anarchy and Culture: The Aesthetic Politics of Modernism*, Amherst: University of Massachusetts Press, 1997, p. 5.

集体性的创格活动,他们相信自由诗已经与诗体传统订立了新的契约。

在某种意义上说,自由诗的创格是一种诗学仪式。原始人通过献祭的仪式,抚慰他们内心对自然的恐惧,以求获得安全感。20世纪前后的法国、英国诗人们通过诗体创格的仪式,消除自己对形式无政府主义的焦虑。同自由诗的破格一样,自由诗的创格有众多的方案,这些方案的可行性和真实性并不是自由诗诗人关注的首要问题,真正首要的问题是,他们可以借助这些方案想象自由诗统一的诗体观。自由诗即使没有诗体上的真实性,它也具有诗人心理上的真实性。自由诗表现出的它在自由与规则之间的矛盾状态,其实代表了现代人对自由与规则的矛盾态度。荣格在谈到现代文明的时候,曾指出:"信仰与知识的断裂是分裂意识的征兆,这是我们这个时代精神紊乱的特征。"[①] 自由诗的自由,以及其背后对个性的张扬,其实就是信仰和本能的代表,它以形式无政府主义的方式,造成了诗体意识的断裂和创伤,自由诗的创格表现出现代人渴望抚平这种创伤的欲求。

---

① C. G. Jung, *The Undiscovered Self*, trans. R. F. C. Hull, Princeton: Princeton University Press, 2010, p. 41.

第七章
象征主义思潮的音乐美学

第一节　法国诗学中的纯诗理念

纯诗(pure poetry；poésie pure)是"纯粹的诗"的简称,也被称作"绝对的诗"。作为一种世界性的文学观念,它盛行于19世纪中后期的法国,并在20世纪上半叶传播到英国、美国、西班牙、中国等国家。尽管何谓纯诗,对于不同的诗人,在不同的国度,答案并不完全一样,但人们有一个共识:纯诗是寻求纯粹诗性的诗,它反对主题和艺术技巧上的综合。有诗人指出,纯诗只是一个理想,而非是现实的存在。纯诗在文学上承继唯美主义,但它真正的起源是艺术自主性的美学。从美学的角度看,19世纪纯诗的出现有其必然原因。纯诗在第二次世界大战期间落潮,这与艺术自主性的美学不适于当时各国的文学要求有关系。纯诗的起落,具有显著的时代因素。

一、纯诗理论的起源

纯诗的产生,在于诗性意识的觉醒,以及对非诗性内容的清除。这在文学强调道德、宗教等功能的时期是无法想象的。具体来说,纯诗的概念在欧洲中世纪是不可能出现的。不过,阿奎那的《神学大全》最早对形式因(causa formalis)的思考,已经预言了后来的艺术自主性的美学。阿奎那在比较善与美时曾指出,善涉及目的因(causa finalis),但是美不涉及事物的目的,它只涉及从事物中获得愉悦,"美原本涉及形式因的理性

(pulchrum proprie pertinet ad rationem causae formalis)"①。这里已经蕴含了康德的美学理论。

纯诗这一概念最早出现于1746年,这一年巴特(Charles Batteux)在他的论著《化约成同一个原则的美的艺术》(*Les Beaux Arts réduits à un même principe*)中提出了这个术语。巴特的书与阿奎那的《神学大全》相距四百多年,但是他们在一些思想上非常接近。巴特将诗和散文进行了区分,诗处理的是高于自然的美的问题,散文处理的是自然中的真的问题。但是他注意到诗和散文都包含许多跨界的文体,比如诗小说、历史诗,巴特对这些文体并不认可,他说:"这些散文的小说和这些诗体写的历史,既不是纯散文,也不是纯诗;这是两种性质的混合,不应该考虑给它们下定义(Mais ces fictions en prose & ces histoires en vers, ne sont ni pure prose ni Poésie pure: c'est un mélange des deux natures, auquel la définition ne doit point avoir égard)。"②这句话中出现的纯诗(Poésie pure)就是后世使用的术语。它与19世纪的用法还不一样,这里指的是纯粹模仿美的自然的诗。但是它已经注意到必须剔除散文的功能。为了后文解释的方便,本书将在文学功能上把诗与散文的功能区分开的做法,称作纯诗的第一纯粹性。巴特的纯诗虽然只具雏形,但含有后来理论的种子。

十年后,英国的批评家沃顿(Joseph Warton)出版了他的《论蒲伯的作品和才能》(*An Essay on the Genius and Writings of Pope*)一书。沃顿以古希腊悲剧为文学理想,提到了文学的两大标准:崇高和怜悯。这两大标准不同于其他的要求,比如风趣、明智。沃顿指出:"我们似乎并未充分考虑这种差别,即存在着风趣的人、明智的人和真正的诗人。多恩(J. Donne)和斯威夫特(J. Swift)无疑是风趣的人,也是明智的人,但是他们留下纯诗的什么印迹?③"沃顿的纯诗,主要体现在诗歌心理效果上,而非题材上,因而具有一定的反主题的倾向,这与后来的纯诗观有一定的相似性。但是他将形式和技巧从纯诗中排除,比如在他给英国诗分出的四大

---

① Thomas Aquinas, *Summa Theologiae*, volume 13, Lander: The Aquinas Institute, 2012, p. 48.

② Charles Batteux, *Les Beaux arts réduits à un même principe*, Genève: Slatkine, 2011, p. 73.

③ Joseph Warton, *An Essay on the Genius and Writings of Pope*, vol. 1, London: Thomas Maiden, 1806, p. ii.

层次中,最低一层的诗人就是会押韵、讲究形式的诗人。他眼中达到崇高和怜悯要求的纯诗,需要有"创造性的、热情的想象力"。不过,不借助题材和形式,这种想象力该如何发挥作用,沃顿并没有说明。

康德在1790年出版了《判断力批判》,书中延续了阿奎那对美的形式的思考。在康德看来,人的判断可分为两种,一种是认识判断,一种是鉴赏判断。鉴赏判断主要涉及艺术领域,它是一种无利害的自由的愉悦,是一种无目的的合目的性。康德的论述,对于艺术摆脱自然、道德的其他目的,提供了有力的理论支撑。在康德之后,德国还出现了唯灵论哲学家诺瓦利斯。诺瓦利斯的哲学中新的感受有非常重要的地位。他曾借助感受给逸事(anecdote)分类。一类逸事解剖人性,是说教性的;另一类逸事让人获得感受的愉悦,激发人的想象力,是诗性的。这位哲学家表示,想象力如果通过美的愉悦的目的而被召唤出来,它产生的就是"纯诗"[1]。该语境中纯诗的用法,并不完全是隐喻性的,它只是扩大了文学家的纯诗观。这种纯诗倡导审美的功能,属于第一纯粹性的论述。

诺瓦利斯之后,关注艺术自主性的理论越来越多。康斯坦(Benjamin Constant)认为诗有它诗性的美,这种美不同于道德、实用、经验。可是他发现法国诗一直寻求的不是它自身的美,而是其他的目的。他很早就提出一种新的口号:"为艺术而艺术,没有目的;所有的目的都会歪曲艺术。"[2]这种口号上承康德的理论,下启唯美主义文学思潮。康斯坦之后,可以发现主要有两条线影响象征主义纯诗理论,一条是唯美主义理论,另一条与康斯坦关系不大,是从艺术的自主性单独产生出来的绝对音乐理论。

唯美主义理论在19世纪有戈蒂耶、福楼拜等代表人物,他们肯定美和风格的纯粹,对象征主义有重要的影响。不过,对象征主义影响更深的是美国诗人坡。坡在很多方面,与之前的理论家有很大相似性。他像戈蒂耶一样重视美,认为"美是诗唯一合法的领域",是诗的"真正的本质"[3]。坡主张只有鉴赏力与诗有关系,理智处理的是真,道德感处理的是职责。这就将诗与表达真实、职责的功能分隔开。他还提出一个口号:

---

[1] Novalis, *Philosophical Writings*, trans. M. M. Stoljar, Albany: State University of New York Press, 1997, p.69.

[2] Benjamin Constant, *Journaux Intimes*, Paris: Gallimard, 1952, p.58.

[3] Edgar Allan Poe, *Poetry, Tales and Selected Essays*, New York: The Library of America, 1984, pp.1438—1439.

"要纯粹为诗的缘故而写诗"①,这是纯诗的第一纯粹性的体现。坡进一步对情感进行了区分,在他眼中,情感有两种:一种是激情(passion),它是内心产生的对现实的感情,其作用是降低灵魂;另一种是诗性情感(poetic sentiment),它是"最纯粹"的愉悦,有提升灵魂的作用。坡宣传的是超越现实的情感,对后来的象征主义诗人有重要影响。莫索普将坡看作是"19世纪走向纯诗运动的发起人"②,这种判断是有根据的。需要说明,坡对崇高的美的情感,并不是真正宗教的情感,它是对美的事物的观照。这种情感不仅在诗的内容上,而且在诗人的主体特征上都有纯粹性的规定,属于纯诗的第二纯粹性。

戈蒂耶和坡提出的"为艺术而艺术""为诗的缘故"的理论,给诗人们的文学实践提供了参考。但是这种理论不一定会走向音乐理论。换句话说,哪怕是建立在对美观照上的诗,也还是诗,而非音乐。而纯诗理论,却有鲜明的以音乐代替诗的倾向。要了解纯诗的这种倾向,就需要说明绝对音乐理论了。绝对音乐理论,也叫纯粹音乐理论。相应地,纯诗也叫做绝对的诗,有学者指出:"'纯粹'等同于'绝对音乐'中的'绝对',即是说,没有明显的语义内容的声音结构。"③这里虽然谈的是纯诗,其实也适用纯粹音乐。纯粹音乐理论经过了18世纪的酝酿,在19世纪崛起。韩斯礼是纯粹音乐的倡导人,他于1854年出版《论音乐中的美》(*Du beau dans la musique*)一书。在书中,韩斯礼对西方绵延千年的模仿说进行了抨击。模仿说强调文学是对自然或者内心的再造。韩斯礼要求音乐与表达功能脱离开,音乐只是"一种独立的美","不需要外部的内容,它独自存在于声音和声音的艺术性的组合中"④。他明确提出音乐的价值只在它自身,它不是表情达意的媒介。在他看来以前的音乐过于关注道德和情感,其根源在于重视理性,轻视肉体。与其相对,韩斯礼指出"所有的艺术都来自感觉"⑤。虽然戈蒂耶、坡等人也反对理性,肯定文艺的独立性,但他们并没有走到否定表情达意的地步。韩斯礼的理论是坡的理论的进一

---

① Edgar Allan Poe, *Poetry, Tales and Selected Essays*, New York: The Library of America, 1984, p.1435.
② George Moore, *An Anthology of Pure Poetry*, New York: Liveright, 1973, p.47.
③ S. Fishman, etc. "Pure Poetry", *The Princeton Encyclopedia of Poetry & Poetics*, ed. Roland Greene, Princeton: Princeton University Press, 2012, p.1134.
④ Édouard Hanslick, *Du beau dans la musique*, traduite par Charles Bannelier, Paris: Brandus, 1877, p.47.
⑤ Ibid., p.49.

步纯化,这是第三纯粹性,即将文艺与表意功能剥离开。这种理论也使得内容与形式的关系发生了巨变,邦兹(M. E. Bonds)曾说:"音乐的内容是它的形式。作曲家用音调思考,并诗性化,这些音调从外部世界的一切现象中剥离开。产生的形式构成了作品。"①由此,形式成为内容,内容与形式的二元关系被取消了。

韩斯礼的理论代表着极端的纯粹音乐理论,比瓦格纳走得远,但在纯诗理论的影响上,则不及瓦格纳。瓦格纳的理论起点是欧洲音乐的没落问题。他发现古希腊的悲剧有生动的音乐,但是基督教仪式却提防、禁止它,这导致了欧洲音乐缺乏有力的旋律。到了 19 世纪,出于娱乐的原因,音乐仍然未能得到真正的发展。瓦格纳呼吁恢复音乐的活力。提高音乐的地位,就要反抗理性,推崇感觉,在这一点上瓦格纳与韩斯礼是一致的。不过,瓦格纳更重视情感,他呼吁艺术家从理解力走向情感,"从理解力返回到情感,将是未来戏剧的道路,正如我们将要从思考出的个性迈向真正的个性"②。瓦格纳认为只有真正的情感,才能产生个性的旋律。因而瓦格纳的音乐仍然支持模仿说,而且有社会现实的诉求。其次,瓦格纳认为绝对的音乐并不充分。韩斯礼肯定乐器音乐是纯粹的音乐,乐器音乐在韩斯礼的理论中地位很高。瓦格纳虽然尊重乐器音乐,但是他认为乐器音乐的根在舞蹈的形式中,他推崇的交响乐是"舞蹈本身的理想化的形式"③,没有舞蹈形式的配合,交响乐就无法获得它真正的形式。在瓦格纳热衷的歌剧中,交响乐就必须与舞台上的舞蹈结合起来。瓦格纳建议将多种艺术综合起来,以便发挥更大的效果。这种综合是象征主义诗学的重要观念,虽然它有削弱纯诗的作用。

在坡、瓦格纳等人的理论中,不但诗的纯粹性的理论已经有了准备,而且交响乐、综合的理论也已建立,它们即将迎接象征主义的纯诗理论的到来。

二、象征主义的纯诗理论

自波德莱尔开始,威泽瓦、马拉美、瓦莱里等重要诗人先后接受并发

---

① Mark Evan Bonds, *Absolute Music: The History of an Idea*, Oxford: Oxford University Press, 2014, p.143.
② Richard Wagner, *Richard Wagner's Prose Works*, vol. 2, trans. William Ashton Ellis, London, Kegan Paul, Trench, Trübner, 1900, p.200.
③ Richard Wagner, *Quatre poèmes d'opéras*, Paris: Librairie Nouvelle, 1861, p. lvi.

展纯诗理论,终于让纯诗成为象征主义的重要诗学范畴。波德莱尔的纯诗观受到了戈蒂耶和坡的影响,后者的影响可能更大一些。在《埃德加·坡的生平和作品》("Edgar Poe, sa vie et ses oeuvres")一文中,可以看出波德莱尔对坡的诗学非常熟悉,他说过这样的话:"诗……除了它自身,并没有其他的目的;它不可能有其他的目的,除了专门为写诗的快乐而写的诗,没有任何诗这么伟大、高贵,真正配得上诗的名号。"①这句话与坡"为诗的缘故"的说法是一致的。这也表明波德莱尔继承了坡的第一纯粹性。坡的第二纯粹性在波德莱尔那里也存在着,波德莱尔曾表示:"诗歌的原则严格而纯粹地说,是人对最高的美的向往,这种原则表现在热情中,表现在灵魂的兴奋中——这种热情完全独立于激情,它是心灵的迷醉,完全独立于真实,而真实是理性的资粮。"②句中"最高的美"(beauté supérieure),其实就是坡所说的"崇高的美"(supernal beauty)。波德莱尔将这种热情与激情区分开来,与坡如出一辙。莫索普认为波德莱尔和坡不同,波德莱尔区分的是艺术价值与非艺术价值,而不是两种情感价值。这种判断并不正确。不过,波德莱尔与坡确实有一些差异,前者更渴望诗进入一种象征的梦幻中,而后者的纯诗更强调主观的体验。波德莱尔曾在日记中说:"将一切浸没在异常的和充满幻想的气氛中,浸没在伟大的日子的气氛中。让这些抚慰人的东西存在着,让激情中的平静也这样——纯诗的宗教。"③波德莱尔明显将非同寻常的诗境与纯诗联系了起来。诗境的存在,让波德莱尔不会寻求反表意功能的纯粹性,因而与瓦格纳的美学距离更近。

波德莱尔去世十几年后,巴黎的瓦格纳主义者创办《瓦格纳评论》杂志,想在诗中实践瓦格纳的交响乐。威泽瓦就是其中的代表。虽然威泽瓦并不是杰出的象征主义诗人,但是他是象征主义的重要理论家,他通过阐释瓦格纳的理论,推动了象征主义的诞生。正是因为威泽瓦的理论贡献,伍利认为"威泽瓦让象征主义的诗歌攀上了瓦格纳的灵感"④。威泽瓦不像波德莱尔一样思考纯诗的纯粹性,他更多地寻求将瓦格纳美学用

---

① Charles Baudelaire, "Edgar Poe, sa vie et ses oeuvres", *Œuvres complètes*, tome 2, ed. Yves Florenne, Paris: Le Club français du livre, 1966, p. 445.

② Ibid., p. 447.

③ Charles Baudelaire, "Fusées", *Œuvres complètes*, tome 3, ed. Yves Florenne, Paris: Le Club français du livre, 1966, pp. 1125—1126.

④ Grange Woolley, *Richard Wagner et le symbolisme français*, Paris: Les Presses universitaires de France, 1931, p. 88.

到文学中。首先,威泽瓦强调音乐的重要性,在他眼中,真正的诗是"音节和节奏的情感性的音乐"①。他还将诗看作是"语言音乐",想用音乐来清除语言的表意成分,因而具有韩斯礼的美学特点,即具有第三纯粹性。下面的话中还可以提供印证:"假如诗不想再成为传达动人思想的语言,它就应该变成一种音乐。"②不过,作为瓦格纳主义者,威泽瓦不会真正站在韩斯礼的大旗下。威泽瓦肯定音乐要表达情感,音乐不过是情感的"一种特别的符号"。威泽瓦也对情感进行了区分,他认为绘画中有两种情感,一种是事物直接的印象带来的情感,另一种情感则不然,它"不关心实际的形式",是画家"在形象与感情的长期联系下,创造一种生动的、使人幸福的情感"③。这种说法似乎让威泽瓦具有了第二纯粹性。虽然威泽瓦相信情感有高低之别,有现实和超现实之异,但是他并不寻求情感的纯粹,而是受到瓦格纳的启发,渴望将不同的情感综合起来,产生一个完整的生活。尽管威泽瓦提出了一些纯诗的概念,但他用瓦格纳的美学改造了纯诗理论。

威泽瓦在年轻的象征主义诗人中间率先使用了纯诗的概念,他说:"最初的诗人因为许多传统而在纯诗上受到拘束。"④从上下文可知,这里的纯诗指的是音乐的诗歌。不过,在象征主义运动发生之前的1864年,马拉美也讨论过纯诗。当时马拉美的老师,是波德莱尔和坡,在关于美和音乐的问题上马拉美很自然地和他们站在了一起。早在1863年7月给友人的信中,马拉美就提到了坡,并表示要对这位大师保持忠诚。他希望像坡一样,通过精雕细琢来创造精致的诗作。马拉美理论的第一纯粹性,表现在对美的追求上,他将美当作他的诗的主题,一切都为这个主题服务。他将诗的审美功能与道德、教化等功能作了切割。因为追求诗的这种纯粹性,马拉美一直都轻视民众和贵族,认为诗只是献给诗人的。就马拉美的诗歌主题来看,表现美以及对美的感受处在中心位置。马拉美的诗作中很少能看到现实和历史的内容,这与一般的颓废文学是不同的。从这个角度看,马拉美被视作颓废文学的大师,这是个错误。就第二纯粹

---

① Téodor de Wyzewa, "Notes sur la littérature wagnérienne", *Revue wagnérienne* 2.5 (juin 1886), p. 162.

② Téodor de Wyzewa, "Les Livres", *La Revue indépendante*, 2.4 (février 1887), p. 150.

③ Téodor de Wyzewa, "Peinture wagnérienne", *Revue wagnérienne*, 1.5 (juin 1885), p. 154.

④ Téodor de Wyzewa, "Notes sur la littérature wagnérienne", *Revue wagnérienne* 2.5 (juin 1886), pp. 162—163.

性而言,马拉美很少思考激情和诗性情感的区别,他主要致力于区分现实的情感和梦幻的情感。他渴望进入一种心灵的梦幻体验,而且将这种体验看作是自我的纯粹状态。他反对直面现实的自然主义文学,他给诗的定义是把人的幻想从现实中引开,朝向特殊的心境。他还在更早的文章中指出正是获得了自我的纯粹状态他才走向艺术:"为了通过个人的梦幻维持这种高度的魔力(我情愿为它付出我生命的所有年月),我求助于艺术。"①梦幻体验说不同于坡的主张,而与波德莱尔的理论相近。这同样是情感纯粹性的要求。有这种要求,马拉美自然不会否定诗的表意性。

1885年,马拉美接触到瓦格纳的歌剧,非常震惊。马拉美看到瓦格纳的交响乐改变了古老的戏剧,带来了诗人渴望的梦幻体验。马拉美尝试放弃词语正常的表意作用,打破句法的诗行,并在诗页上留出大量的空白。马拉美虽然多次提到纯诗,但是他的纯诗的概念是模糊的,它的理论的重心主要在梦幻、暗示和音乐性上。瓦莱里是马拉美的学生,他不但继承了马拉美的纯诗说,也成为马拉美式纯诗理论的解释人。首先,瓦莱里肯定诗的自主性,将诗与其他的言说形式区别开来,他将诗的多种社会功能,看作是散文特有的,诗与散文的区别,其实就是诗确立自身的自主性的过程:"诗,这种语言的艺术,因而不得不与实用以及现代加速的实用作斗争。它看重所有能与散文区别开的东西。"②瓦莱里更强调的是情感的纯粹性,他多次著文解释这个问题。他使用的术语也是坡使用过的"诗性情感",另外,"诗性世界"这个词也常见。这位诗人指出当平常的事物突然与我们的感受力有了特殊的关系,具有了音乐性,我们就进入了诗性世界。瓦莱里的诗性世界借鉴了马拉美的梦幻说,但是又有不同的地方,诗性世界是平常世界在感受力下显现的新面貌。马拉美的梦幻世界则要求进入一个虚无的理念世界,因而具有更多的超越性。瓦莱里的诗性世界,与坡所说的"神圣美"也不一样,差别在于它回避了超越性的元素。不过,尽管如此,这种诗性世界已经让情感获得了纯粹性。

瓦莱里像马拉美一样,有放弃表意作用,从而获得第三纯粹性的倾向。他曾将形式内容化,认为形式内容就是他诗中的内容。③ 这让人想起了韩斯礼关于音乐形式的观念。不过,瓦莱里既然肯定诗是语言艺术,它的音乐形式还是语言形式。而语言形式本身就具有表意性,因而瓦莱

---

① Stéphane Mallarmé, *Œuvres complètes*, Paris: Gallimard, 1945, pp. 261—262.
② Paul Valéry, *Œuvres 1*, Paris: Gallimard, 1957, p. 1414.
③ Ibid., p. 1456.

里无法彻底用音乐来取代诗中的指涉内容。瓦莱里对音乐有很大的幻想,他认为音乐家是幸运的,因为他们可以使用纯粹的材料,而诗人则不幸,要使用语言,"在他面前展开的是这种平常的语言,所有这些手法都不适合他的计划,都不是为他而造就的"①。如果说马拉美和瓦莱里都未能获得第三纯粹性意义上的纯诗,马拉美是不屑于获得,而瓦莱里是求之而不得。所以瓦莱里将纯诗看作是诗人可望而不可即的东西:"纯诗的观念是无法抵达的观念,是诗人的欲望、努力和能力的理想极限。"②

瓦莱里之后,亨利・布雷蒙(Henri Bremond)还著有《纯诗》(*La Poésie pure*)一书。该书延续了将诗与散文区别开的做法,指出"教导、叙述、描绘",这些都是散文的功能。另外,布雷蒙还将诗与音乐等同了起来,"诗人只是另外一些人中的音乐家。诗,音乐,这是同一个东西"③。

总的来看,多位象征主义诗人提出来他们的纯诗概念,这些概念不尽相同,但都满足第一纯粹性和第二纯粹性的要求。尽管在实践上,他们的诗作是不是纯诗仍旧存有争议,但是他们的努力让纯诗成为19世纪末最重要的诗学概念之一。纯诗在他们手中,并不仅仅是一种艺术技巧,也涉及梦幻的诗歌境界,涉及诗的美学本质。这种深入的思考对20世纪不少国家的诗人有很大的吸引力。

三、纯诗理论的传播与新变

法国象征主义的纯诗理论,自19世纪末期就表露出自法国向外辐射的态势,终于在20世纪上半叶成为国际性的文学概念。它传播和影响的范围,达到了亚洲和美洲,成为不少国家文学现代化的重要资源。在这些国家中得风气之先的是英国。

英国自1891年开始大量介绍法国象征主义诗学。意象主义的先驱中,最早接触法国象征主义的,是斯托勒,他1908年的诗集《幻觉的镜子》后附录的诗论中,提出了"分离主义"(separatism)的口号。所谓分离主义,其实就是剥去诗中的戏剧和叙事的元素,让诗只保留诗性内容。斯托勒还对诗的情感进行了区分,比较低级的是"性的狂热""爱国主义""宗教"等感情,因为它们存在的价值往往是为其自身,这样,它们就"不过是

---

① Paul Valéry, *Œuvres 1*, Paris: Gallimard, 1957, p.1462.
② Ibid., p.1463.
③ Henri Bremond, *La Poésie pure*, Paris: Bernard Grasset, 1926, p.23.

激情的反映",而非"升华成诗的激情"①。这种论述让斯托勒与坡和波德莱尔的理论非常接近。

斯托勒注意到马拉美想在诗中实践音乐的理想,他并不赞成这种做法。斯托勒更多关注的是诗的文学效果。他像马拉美那样强调暗示,但是这种暗示通向的不是一种抽象的音乐精神,而是意象或词语引发的感受。斯托勒说:"如果我们希望写音乐作品,让我们使用音符,而非词语:它们被证明是更优越的。"②斯托勒很早就关注过日本诗歌,渴望通过内在的意象来建设诗的纯粹性,从他开始,英国现代主义的纯诗主要走在绘画(这里用绘画来代指意象的做法)的道路上,而非音乐的道路上。音乐和绘画都疏远理性陈述,因而都能获得纯粹性。不过绘画的纯粹偏重感受、印象,音乐的纯粹表现在更深入的情感上。绘画的道路放弃了坡推崇的"心灵的迷醉",而纯诗与平淡、真切的原则发生联系。

休姆几乎与斯托勒同时提出了自己的印象主义诗学,休姆虽然没有使用分离主义的字眼,但他也想让诗从其他的功能中纯化。他主张现代诗不再具有古典主义的完美,也不再是史诗,而是记录瞬间感受的诗。休姆注意到了音乐中的交响乐,他想把心中产生的独特的形象,按照交响乐的模式组合起来,产生一种"视觉和弦"(visual chord)。这虽然暗示了瓦格纳的交响乐,但是采用的还是绘画的原则。

庞德1912年发起的意象主义运动,在某种程度上就是对斯托勒和休姆提倡的绘画的纯诗之路的开拓。庞德将诗的技巧看作是对模糊的印象的精确传达,这种印象主义美学思维,已经让诗得到了一定的纯化。他致力更多的地方,是让诗除去修饰的语言。他推崇一个口号:"更近乎骨"(nearer the bone),这个口号希望把散文经常使用的形容词像无益的"皮肉"一样剔除。这在第一纯粹性上流露出极大的渴望。如果说庞德在现代主义时期与其他诗论家相比有什么独特性的话,那就表现在他对诗的纯粹性有更加苛刻的标准。

庞德在意象上的纯化,比休姆走得更远。休姆的"视觉和弦"虽然注重意象,但是意象还是被描述、说明的文字包裹着。庞德想真正让意象获得统治力,不惜去掉句法的辅助。他在接触日本的俳句后,掌握了东方诗歌意象的秘密,提出一种"单一意象诗"(one image poem)的概念。这种

---

① Edward Storer, *Mirrors of Illusion*, London: Sisley, 1908, p.106.
② Ibid., p.112.

概念并不是用来概括日本诗,而是庞德自己的领悟。"单一意象诗"代表着"顶级的形式",让庞德在创作《地铁车站》时获得了灵感。① 当诗纯化到基本只有意象留下来时,一个意象也是一个思想,于是就有了庞德后来提出的"旋涡主义"(vorticism)。旋涡主义是利用形象高度的凝聚力来负载思想,也就是说,形象本身是一个力的旋涡。在庞德看来,形象是情感的体现,也是情感的工具之一。在艺术领域,情感有三种工具,当这种工具主要是"纯粹的形式"(pure form),那它就产生绘画和雕塑,当它主要是"纯粹的声音"(pure sound),那它就产生音乐,当它是形象时,就产生纯粹的诗。虽然庞德的理论中音乐的位置很高,但是他理想的诗仍旧是以意象为中心的。

美国诗人威廉斯是庞德的大学同学,他们很早就认识。庞德的意象主义和旋涡主义诗学,对威廉斯产生过影响。威廉斯曾指出自己20世纪20年代的一些诗,"一首诗就是一个形象,图像是最重要的事情"②。这与庞德的"单一意象诗"关系密切。威廉斯一度采用了意象叠加的方式来创作更长的诗篇。这些事实说明威廉斯也走在绘画式的纯诗的路上。傅浩曾指出:"在某种意义上,威廉斯毕生都没有完全离弃意象主义,而是沿着意象主义的方向发展到了极致。"③威廉斯在20世纪30年代前后提出客体主义(Objectivism)的口号。这个口号虽然参考了绘画上的先锋理论,但它有意象主义的基础。意象主义和客体主义都是精确地还原某种对象的印象,不过,在意象主义那里,印象是情感和思想的结合体,而在客体主义这里,印象拒绝思想,只与情感有关系。意象主义中的意象,还需要思考,客体主义不需要思考。因为更多将主观的思考从形象中排除出去,威廉斯的形象就更纯粹了。

大约与威廉斯同时,另一个爱尔兰诗人穆尔(George Moore)出版了一部诗选集,名字就叫《纯诗选》(*An Anthology of Pure Poetry*)。在序言中,穆尔批评诗中的思想,认为它今天是新的,明天就是旧的。诗真正缺乏的,是一种纯真的视野,一种真正以事物为中心的感受。穆尔进一步

---

① Ezra Pound, *Gaudier-Brzeska*, New York: New Directions, 1970, p. 89.
② William Carlos Williams, *I Wanted to Write a Poem*, ed. Edith Heal, New York: New Directions, 1978, p. 35.
③ 威廉·卡洛斯·威廉斯:《威廉·卡洛斯·威廉斯诗选》,傅浩译,上海:上海译文出版社,2015年版,第10—11页。

提出"从思想转到事物上"①。这种主张与威廉斯的客体主义异曲同工，前者的存在，也正好证明后者可以归到纯诗理论中，它们都具有题材和视野上的纯粹性。

同样在西班牙的20世纪20年代，出现了三位纯诗诗人，他们是希门尼斯、纪廉和萨利纳斯。这三位诗人提倡的纯诗不同于英美意象主义，是直接源自法国象征主义。希门尼斯像马拉美那样，希望从现实世界升到梦幻的世界，诗的本质就在这里。他提出一种口号："纯诗并不是纯洁的诗，而是本质的诗（Poesía pura no es poesía casta, sino poesía esencial）。"②纪廉的诗受到马拉美的非个人性的影响，要求诗从生活的世界抽出身，进入内在的世界，这涉及情感的纯粹性。萨利纳斯吸取了马拉美、瓦莱里词语结构的思想，想通过能指与所指的远离，创造纯粹的语言。萨利纳斯的纯诗观具有摆脱表意功能的倾向。

1926年，中国旅日和旅法的创造社诗人们，也开始以法国象征主义为范例，创造象征主义诗篇。穆木天曾这样呼吁："我们的要求是'纯粹诗歌'。我们的要求是诗与散文的纯粹的分界。我们要求是'诗的世界'。"③这种诗的世界是无意识的世界，与波德莱尔、马拉美式的梦幻相同。纯诗在形式上不能缺少音乐性，穆木天将其概括为"持续的波的交响乐"，这种论述抓住了法国象征主义的特征。另一个创造社诗人王独清也提倡纯诗。王独清的纯诗观明显是一种广义上的，不仅魏尔伦具有持续音乐性的诗被他视为纯诗，兰波疯狂的想象力也被他看作纯诗的要素。

穆木天和王独清短暂地尝试了象征主义诗歌，然后就改变了诗风。接替他们的是留学法国的诗人、理论家梁宗岱。梁宗岱对马拉美、瓦莱里这一路的纯诗理论非常清楚。他理解纯诗在艺术自主性上的追求，认为纯诗是"绝对独立，绝对自由"的，需要"摒除一切客观的写景，叙事，说理以至感伤的情调"④。当代诗人们对纯诗没有了之前现代诗人怀有的冲动，有关纯诗的讨论也比较少，不过，这并不代表纯诗已经完全退出了历史舞台。在美国的"语言诗"理论、中国的"纯抒情诗"的讨论中，纯诗的血脉仍旧流淌着。

---

① George Moore, *An Anthology of Pure Poetry*, New York: Liveright, 1973, p.25.
② Stephen Hart, "Poésie pure in Three Spanish Poets: Jimenez, Guillen and Salinas", *Forum for Modern Language Studies*, 20.2 (April 1984), p.170.
③ 穆木天：《谭诗》，载《创造月刊》1926年第一卷一期，第84页。
④ 梁宗岱：《谈诗》，《梁宗岱文集》Ⅱ（评论卷），北京：中央编译出版社，2003年版，第87页。

四、小结

赫伯特曾指出,象征主义是浪漫主义的"终极阶段"[①]。如果可以将象征主义视为浪漫主义的某种程度的延续,那么纯诗的兴衰史,与浪漫主义的兴衰史在时间上基本是重叠的。浪漫主义的起点,也是纯诗概念的起点,纯诗概念的产生时间,正好与启蒙运动接近。浪漫主义在第一次世界大战后受到挑战,但在一些先锋文艺中还存在了一段时间,然后在第二次世界大战期间式微。这也与纯诗概念的衰落趋同。就美学来看,因为浪漫主义的特征在于对内在自我的探索,因而可以判断,纯诗是诗人对内在经验的探索。因为肯定内在经验的完整与独立,所以就有了第一纯粹性和第二纯粹性,以便让诗摆脱说理、道德等功能,远离对现实世界的描摹。如果将休姆、庞德一路的诗当作特例,不加考虑,那么象征主义式的纯诗不同于浪漫主义诗人的地方,在于它更多地拒绝现实世界的情感,弱化感受与时间和空间的联系,因而诗人们寻求一种心灵的象征世界。象征是超越时间和空间的神秘性。有批评家指出:"音乐的表达永远具有某种象征性。"[②]因而诗人们走向纯诗是一种必然。正是在这种意义上,才能更好地理解纯诗在文学功能和情感上的纯粹性。

就诗人来看,纯诗体现了诗人丧失政治、社会影响力之后的自我维护。纯诗对象征世界的追求,同时映照出诗人远离现实的无奈。不同于浪漫主义时期诗人们拥有政治上的巨大影响力(比如海涅、拜伦、普希金),纯诗诗人们普遍从历史大潮中退出来,独处一隅。因为政治上的冷淡或者失落,他们渴望诗歌的独立性能具有代替外在价值的内在价值,从而缓解他们内心的孤独和落寞。用艺术的永恒和绝对,来对抗现实的平庸和短暂,这是纯诗出现的心理基础。瓦莱里将纯诗看作是诗人的理想,也有这方面的原因。纯诗是诗人们价值补偿的手段。它的意义不在于它的价值有多少真实性,而在于能够持续给诗人带来一种存在的优越感,一种心理的安慰。而在一个不需要这种安慰、直面现实的时代,纯诗的地位就会动摇,这就是纯诗在第二次世界大战期间落幕的原因。

---

① Eugenia W. Herbert, *The Artist and Social Reform*, Freeport: Books for Libraries Press, 1971, p. 59.

② Saint-Antoine, "Qu'est-ce que le symbolisme?", *L'Ermitage*, 5.6 (juin 1894), p. 10.

第二节　象征主义的音乐转向

进入19世纪后,随着非理性主义的崛起,音乐具有了最高的真实性,代替了以前雕塑和戏剧的艺术地位。这种现象被马雷内称作19世纪的"音乐转向"①。这种转向在文学领域内也非常显著。不但浪漫主义文学推崇音乐性,法国象征主义文学更是将音乐性提到史无前例的高度。马拉美将音乐比作"梦幻的香炉"②,认为里面有着一切象征的秘密,威泽瓦则表示:"只有音乐才能表达我们思想中存在的深层情感。"③为了音乐性,象征主义诗人们不惜破坏浪漫主义以来的表达形式,以求在诗作中建立音乐的效果。当时有批评家指出,"文学现在要夺取音乐的方法"④,这是对象征主义音乐转向的通俗概括。19世纪的音乐转向有两个源头,一个是韩斯礼的纯粹音乐理论,另一个是瓦格纳的情感的音乐。学界目前普遍认为象征主义效法的是瓦格纳。比如黑木朋兴曾指出:"给法国诗人们带来直接影响的是瓦格纳,韩斯礼的名字可以说完全不被人所知。"⑤象征主义诗人自己也似乎证实了这个事实,马拉美、威泽瓦等人都曾发表文章向瓦格纳致敬。本节尝试说明,瓦格纳的音乐美学推动了象征主义的音乐转向,但象征主义整体上并未遵循瓦格纳的反语言、反指涉的音乐理论,而是通过抽象的音乐精神与具体形象的结合,走出了自己的新路。

一、瓦格纳美学对象征主义音乐转向的推动

尽管在象征主义文学中,音乐的概念往往被理解为形式或结构,但是象征主义诗人走向音乐的深层原因,却不完全是音乐本身,而是他们对神秘和梦幻的兴趣。这个兴趣是理解瓦格纳美学与象征主义音乐转向关系

---

① Eric Touya de Marenne, *Musique et poétique à l'âge du symbolisme*, Paris: L'Harmattan, 2005, p. 26.

② Stéphane Mallarmé, *Œuvres complètes*, Paris: Gallimard, 1945, p. 258.

③ Téodor de Wyzewa, "La Musique descriptive", *Revue wagnérienne*, 1. 3 (avril 1885), p. 74.

④ F. Brunetière, "Symbolistes et Décadents", *Revue des deux mondes*, 90 (1 novembre 1888), p. 219.

⑤ 黒木朋興『マラルメと音楽:絶対音楽から象徴主義へ』,東京:水声社,2013年版,第174頁。

的钥匙。瓦格纳的音乐改革,其最初的目的却并不是为了这种兴趣,而是想恢复音乐本身的力量。在瓦格纳看来,之前的音乐过多地受到基督教音乐的左右,基督教推崇庄重的音乐,它将"极度活泼和变化的这种东西去除了"①。于是基督教音乐缺乏具有个性的节奏,主要靠多声部的和谐来营造旋律效果。教会衰落后,新的音乐才开始恢复节奏的力量。但是在德国的歌剧中,出于娱乐的目的,以及美学上理性主义的压制,音乐始终没有获得它真正的成功。瓦格纳注意到了民歌,因为民歌里面有鲜活的旋律。瓦格纳想将情感与理性对立起来,理性往往让人远离真正的情感。瓦格纳遗憾地看到现代诗人走上了一条相反的道路:"现代诗人不是转向情感,而是转向理解力;因为甚至对他自己来说,它(纯粹的人性)只是一种思考出来的事物。"②这里所说的情感与通常理解的词义不一样。通常的情感多与现实有联系,因而与喜怒、态度等词接近。这也就是"思考出来的"情感,是瓦格纳竭力否定的。真正的情感是人的本性,或者说是无意识的情感。用他的话说,这是"最令人信服的、可以理解的东西——纯粹人性的个性"③。

在现实社会中建立起各种各样的制度、机构,远离现实社会,就意味着对国家、道德的拒绝。19世纪欧洲不少国家,比如法国,当时承袭了这种厌恶现实秩序的倾向,这也是后来无政府主义、社会主义运动在法国盛行的原因。瓦格纳本人就有无政府主义的思想,他指出:"从我们年少时最初的印象开始,我们只靠国家给人的形象和特征来看人;国家给人训练出个性,我们不自觉的感情就把这种个性看作是他真正的本质。"④为了对抗无所不在的理性和权威力量,瓦格纳进行了一系列的美学批评。他批评现代语言,因为现代语言是传达理性的工具;他批评小说,因为小说里看不出真正的人性,展现的只是机械的观念。瓦格纳推崇戏剧,尤其是关于传说题材的。这种文艺类型远离现实社会,与特定的时间和空间没有关系,因而更宜于传达人的本性。

因为偏好使用传说的题材,再加上无意识的情感本身就有梦幻的元素,也经常在睡梦中显现,所以瓦格纳的美学具有了梦幻性、神秘性。这

---

① Richard Wagner, *Quatre poèmes d'opéras*, Paris: Librairie Nouvelle, 1861, p. xxviii.
② Richard Wagner, *Richard Wagner's Prose Works*, vol. 2, trans. William Ashton Ellis, London, Kegan Paul, Trench, Trübner, 1900, pp. 199—200.
③ Ibid., p. 198.
④ Ibid., p. 199.

位音乐家自己也有过思考:"传说的场景和声音的特质,一起让人的心灵提升至这种梦幻的状态,而这种状态很快让心灵达到完全的明晰,心灵发现一系列新的世界现象,眼睛无法在平常的清醒状态下观看了。"① 这种状态正是象征主义感兴趣的地方。

象征主义诗人自波德莱尔开始就受到神秘性和梦幻性的吸引。他们以不同的方式走向了瓦格纳。在波德莱尔眼中,表面的现实之上,还有更高的真实存在。这种现实虽然来自自然,但是它内部隐含着隐秘的联系。波德莱尔将其与神秘主义神学家斯威登堡的感应说联系了起来。现在,自然的形象不仅具有神秘的意义,而且声音、色彩、气味都有了横向的联系。于是波德莱尔相信一种神秘世界的存在,但这种世界并不是真正的宗教世界,而是一种美学世界。

这种美学世界并不完全限于音乐,而是存在于各种门类的艺术中,比如雕塑、绘画、文学。到了波德莱尔生命的晚期,他通过瓦格纳对音乐有了更高的评价。波德莱尔从歌剧中找到了他所追求的梦幻境界:"从最初的几个小节开始,我经历了这种幸福的感受,几乎所有富有想象力的人都曾通过睡时的梦幻熟悉这些感受。"② 这种强烈的、陶醉的印象,让诗人不能自已,他写出《理查德·瓦格纳和〈汤豪舍〉在巴黎》一文。在文章中波德莱尔对诗与音乐的关系进行了新的调整,虽然诗仍旧可以揭示梦幻,但是音乐似乎更有力量。音乐可以继续文学的目标,并超越它,走得更远。

1867年波德莱尔去世后,他的影响力并未消歇。在1883年左右出现的颓废派作家那里,波德莱尔成为可敬的先驱。波德莱尔对神秘和梦幻的关注,也得到了他们的继承。在托名弗卢佩的诗作《衰落》的前言中,人们读到了一位颓废派成员的这种主张:"梦幻,梦幻!我的朋友们,我们是为梦幻而着手写诗的!"③ 颓废派诗人渴望像波德莱尔一样,不但通过诗来表达梦幻,而且希望在诗停止的地方,进入音乐开始的地方。一位颓废派成员巴尔吉邦(Bargiban)曾说过这样的话:"当音乐在瓦格纳的手里,通过变得像诗一样完全能说话、有意义,注入了新的血液,为什么诗就它那方面来看不从音乐拿来它神圣的从容和它悦耳的无用性?"④ 巴尔吉

---

① Richard Wagner, *Quatre poèmes d'opéras*, Paris: Librairie Nouvelle, 1861, p. xlix.
② Charles Baudelaire, *Œuvres complètes*, tome 3, ed. Yves Florenne, Paris: Le Club français du livre,1966, pp. 676—677.
③ Adoré Floupette, *Les Déliquescences*, Byzance: Lion Vanné, 1885, p. 32.
④ Paul Arène, "Les Décadents", *Gil Blas*, 7(17 mai 1885), p. 2.

邦只是一位无名的诗人，但是他的话代表了不少颓废派成员的看法：怎样将音乐的原则引入诗中。

1885年，瓦格纳主义者以《瓦格纳评论》杂志为园地开始活动。威泽瓦就是其中的一位，他虽然不以诗名世，但却是象征主义早期的重要理论家。他对现实的认识，与波德莱尔如出一辙，他将现实世界视为"被糟蹋的习惯性的表象世界"，而在这个世界之上，有"更真实、高级的现实"①。这种更高级的现实同样是梦幻的世界。不过，威泽瓦的梦幻世界并不是超越性的世界，而是一个主观的、精神的世界。威泽瓦受到瓦格纳的影响，将音乐的地位看得很高："不是小说，不是诗，而只是音乐才能表达在我们思想中存在的深层情感。"②虽然小说和诗表达不了这种情感，但是它们又不能放弃音乐已经完成的任务。在早期，威泽瓦的心中一直渴望让诗具有音乐的表现力，他说："真正的诗，不能简化为狭义上的文学的唯一的诗，是音节和节奏的情感性的音乐。"③

马拉美与瓦格纳美学也颇多渊源。1885年，迪雅尔丹带马拉美去看瓦格纳的音乐会，这是马拉美第一次接触瓦格纳，迪雅尔丹曾这样记载："那一晚对马拉美来说是决定性的，他在音乐中，尤其是瓦格纳的音乐中，听到一种神秘的声音，这种声音在他崇高的心灵中歌唱，他此后一直出入于礼拜日的音乐会。"④马拉美对瓦格纳产生浓厚的兴趣后，迪雅尔丹还邀请马拉美给《瓦格纳评论》投稿，马拉美俨然成为一个瓦格纳主义者。迪雅尔丹说："它（《瓦格纳评论》）是瓦格纳与马拉美的桥梁。"⑤这在马拉美的书信中得到了证实，因为马拉美曾表明："我准备好好研究瓦格纳的一本书，这些书中的一本我随时都应该读，可是十五年来却没有读。"⑥在该年的8月份，在《理查德·瓦格纳：一位法国诗人的梦幻》一文中，马拉美称赞瓦格纳给诗人带来了挑战，他有着"最真诚、最耀眼的无畏精神"；

---

① Téodor de Wyzewa, "Notes sur la littérature wagnérienne", *Revue wagnérienne*, 2.5 (juin 1886), p. 161.

② Téodor de Wyzewa, "La Musique descriptive", *Revue wagnérienne*, 1.3 (avril 1885), p. 74.

③ Téodor de Wyzewa, "Notes sur la littérature wagnérienne", *Revue wagnérienne*, 2.5 (juin 1886), p. 162.

④ Édouard Dujardin, *Mallarmé par un des siens*, Paris: Messein, 1936, p. 216.

⑤ Ibid., p. 234.

⑥ Stéphane Mallarmé, *Correspondance complète*: 1862—1871, Paris: Gallimard, 1995, p. 579.

在讨论美的理想时,马拉美指出美有两种元素,一种是表演的戏剧,另一种是"理想的音乐",它们在像瓦格纳这样的创造者那里结合了。马拉美渴望能通过音乐营造一种"更富梦幻性的气氛"①。

二、瓦格纳美学与象征主义诗学理念的矛盾

总的来看,大多数象征主义诗人都受到过瓦格纳的影响,这些诗人除了上面提到过的波德莱尔、马拉美、威泽瓦、迪雅尔丹,还有吉尔、莫克尔、卡恩等人。尽管魏尔伦、兰波与瓦格纳的关系不大,且不能将瓦格纳的影响扩大到所有象征主义诗人身上,但是整体上看,瓦格纳对象征主义诗人影响的局面已经形成,象征主义的音乐转向已经显著发生。这种音乐转向有两个表现,第一个表现是将梦幻性与音乐联系起来,将梦幻性的寻求看作是音乐精神的寻求。第二个表现是在诗行中开始要求新的音乐形式,希望建立音乐与情感的一致性。

面对这些事实,迪雅尔丹曾公开表示,瓦格纳主义"帮助象征主义者注意深刻的音乐要求,而象征主义者接受了这种音乐的要求"②。这种判断并不完全正确。迪雅尔丹在象征主义诗人中,是最忠诚的瓦格纳主义者,他夸大了瓦格纳音乐美学的力量。瓦格纳美学确实促进了象征主义的音乐转向,但是象征主义并未原样照搬瓦格纳的理论。他们所追求的诗学理念与瓦格纳的美学存在着不少矛盾,这些矛盾促使他们不得不探索新的道路。

为了说明瓦格纳与象征主义诗人的不同,可以先从"绝对音乐"谈起。"绝对音乐"是瓦格纳最先提出的术语,但是瓦格纳并不认同这种音乐。所谓的"绝对音乐",也就是"纯粹音乐"的意思。这里的"绝对"与拉丁语中的"per se"意思相近,指的是"根据自身"。绝对音乐即为纯粹根据自身产生的音乐,它不涉及对自然的模仿,也与表情达意无关。器乐是绝对音乐的代表。在19世纪以前,声乐的地位远远高于器乐,因为器乐无法像声乐那样模仿人的情感。但是到了19世纪,由于对音乐独立性的重视,器乐渐渐得到音乐家的垂青,纯粹音乐也具有了价值。在德国,韩斯礼希望将音乐与各种社会功能和抒情功能剥离开。韩斯礼说:"美学家不承认完全意义上的纯粹音乐的美;这很大程度上是因为他们为了道德和情感,

---

① Stéphane Mallarmé, "Richard Wagner: Rêverie d'un poète français", *Revue wagnérienne*, 1.6 (8 août 1885), p.197.

② Édouard Dujardin, *Mallarmé par un des siens*, Paris: Messein, 1936, p.234.

贬低肉体，就像黑格尔为了理念贬低它。"①韩斯礼的纯粹音乐，继承了卢梭以来对理性的批判传统，它对声乐的反抗，就相当于身体对于头脑的反抗。

瓦格纳在反理性的立场上，与韩斯礼是一致的。瓦格纳对基督教音乐、对现代艺术功能的批评，焦点都是反理性。另外，瓦格纳对贝多芬交响乐的推崇，也表明他肯定绝对音乐。因为这种绝对音乐有着"内在的有机组织"，贝多芬的努力是让"这种有机组织从它的机械状态中恢复过来，维护它内在的生命"②。但是瓦格纳与韩斯礼还有一些根本的差别。第一，瓦格纳认为音乐的形式要有情感、思想的依据。这就将绝对音乐引向诗人的主观世界。瓦格纳用"授精"来解释他的观点：音乐的有机组织（即韩斯礼所说的音乐的形式）是生育的女人，但是单单有这种组织还无法缔造实际的旋律，只有诗人的思想（情感）给它"授精"，最终的生命体方才成形。瓦格纳不是否定绝对音乐，他的理论中有绝对音乐的地位，但是这种绝对音乐没有独立性，需要与情感建立联系。上文已经指出，这种本性的情感并不是普通的情感，它的范围要小得多，与历史、政治没有多大关系。具体到诗歌上，瓦格纳要求减少词语的重音，主要利用词根重音。词根重音在词语产生之初，往往与原始的情感有联系。现代社会中词语的实用功能增加了许多没有情感基础的重音。这些重音掩盖了具有情感基础的词根重音。如果按照瓦格纳的说法，在诗中尽量减少词语重音，主要利用词根的重音，那么诗行传达的感情明显缺乏个人性，而多为集体性。因为词根重音唤起的是集体的无意识本能。这样一来，瓦格纳势必会削弱诗歌的表意功能。达尔豪斯指出："尽管他（瓦格纳）在序言中反对它（绝对音乐），但也相信它的基本有效性。"③瓦格纳的这种音乐观使他走向反语言、反指涉的立场。

虽然象征主义诗人受到瓦格纳的影响，但是几乎没有人认为诗篇是绝对的声音组织。他们清楚地认识到诗不是音乐，不是歌剧，而是语言艺术。威泽瓦虽然是瓦格纳主义的解释者，但他往往是这种主义的改造者。

---

① Édouard Hanslick, *Du beau dans la musique*, trans. Charles Bannelier, Paris: Brandus, 1877, p. 49.

② Richard Wagner, *Richard Wagner's Prose Works*, vol. 2, trans. William Ashton Ellis, London: Kegan Paul, Trench, Trübner, 1900, p. 110.

③ Carl Dahlhaus, *The Idea of Absolute Music*, trans. Roger Lustig, Chicago: The University of Chicago Press, 1991, p. 3.

波兰学者姆罗齐克(Anna Opiela-Mrozik)认为威泽瓦经常"越过"瓦格纳的思想:"我们的批评家成功提出他自己的瓦格纳主义的定义,在总体的、扩大的意义上将这种主义用到所有的艺术领域(绘画、文学和音乐)。"①因为将瓦格纳主义扩大化,适用于不同的领域,瓦格纳具体的音乐美学就被抽象和改造,新的理论就不同于原本的理论了。在威泽瓦看来,文学是概念的艺术,这种艺术应该利用的是"概念的符号和情感的符号"。这里的"概念"指的是与情感不同的意义、思想,它们是瓦格纳拒绝的东西;而情感的符号,指可以引发情感的声音。这两种符号的关系,在威泽瓦看来,是平等互补的,虽然它们反映了不同模式的生活,但是可以统一起来。威泽瓦明显借鉴了瓦格纳的综合说,综合不同符号产生的文学。但是他接受概念的符号,就将文学与社会现实建立起联系,不至于脱离现实的内容。而诗在瓦格纳眼中,需要"从它们的内容上移除所有从外部扭曲它的东西,所有具有国家特征的东西,所有具有历史的实用特征和宗教的教条特征的东西"②。另外,瓦格纳主要通过音乐召唤梦幻的情感,威泽瓦看到文学家不能冷落另一种工具,他说:"艺术家应该将诗的音乐形式与叙述的形式融合起来。"③叙述的形式涉及语言的描写、说明、记叙功能,换句话说,涉及理性的功能,而理性的功能是瓦格纳竭力反对的。情感在瓦格纳的理论中居于核心地位,表达情感就必须抵制理性。威泽瓦并不相信唯情主义,它认为情感之外,还有思想。思想的存在,让威泽瓦根本不可能建构瓦格纳的音乐模式。

马拉美因为对瓦格纳的理论感兴趣,曾经想效仿瓦格纳,用诗来创作交响乐,但他很快就放弃了。当时另外一位象征主义诗人吉尔也在做语言配器法的试验,这种语言配器法将语言视作乐器,把它们编组,以营造交响乐的音乐效果。吉尔相信"这是理想的、真正的乐器"④。吉尔是马拉美的学生,他在设想这种理论之初,就向马拉美请教,马拉美虽然对这位弟子的试验怀有好感,但是他看不到语言配器法在文学上的价值。马拉美建议吉尔放弃他的试验。因为如果按照吉尔的语言配器法,文学将

---

① Anna Opiela-Mrozik, "Téodor de Wyzewa face à ses maîtres", *Quêtes littéraires*, 9 (2019), p. 78.

② Richard Wagner, *Richard Wagner's Prose Works*, vol. 2, trans. William Ashton Ellis, London: Kegan Paul, Trench, Trübner, 1900, p. 255.

③ Téodor de Wyzewa, "Notes sur la littérature wagnérienne", *Revue wagnérienne*, 2.5 (juin 1886), p. 170.

④ René Ghil, *Traité du verbe*, Paris: Éditions A.-G. Nizet, 1978, p. 129.

永远丧失它的功能。文学必须发挥它自身的特长。马拉美看到音乐和文学是两种不同的艺术形式,"前者朝向难理解的东西,而后者拥有确实性,闪闪发光"①。"难理解的东西",自然是梦幻,属于音乐,"确实性"并不仅仅肯定词语具有明确的指涉,更重要的是,它涉及世界的理念。马拉美并不是一个浪漫主义者,不主张表现个人悲欢离合。他喜欢沉浸在虚无巨大的空气中,让自身也成为虚无的一个部分。他在创作上也要求"必须要忘掉作者"②。在马拉美的理念世界中,万事万物都有了新的联系,马拉美的音乐于是被抽象化,成为一种音乐精神,成为一种感应。马拉美放弃了瓦格纳具体的音乐观,让它有了哲学的气息。伍利曾指出:"对于马拉美来说,音乐不如说是一种哲学观念,而非是一种感受的表达,它作为人类心灵的内在神秘性而存在。"③

瓦莱里清楚地看到文学不同于乐器。诗人如果要获得成功,就必须善于运用词语语音和语义两方面的材料。就语义来说,诗必然要有指涉性,必然含有语言具有的与现实、历史的各种联系。虽然涉及现实、历史的各种背景,不过,瓦莱里认为诗还要摆脱这些固定的指涉,进入一种更高的诗性的世界。在这种诗性的世界中,平常的事物有了新的感受,"它们相互召唤,以完全不同于平常的方式结合起来;它们有了音乐性,相互应和,像是有了和谐的感应"④。这种感应说,和马拉美的非常接近,也不同于瓦格纳的音乐美学。

三、象征主义的新路

瓦格纳的词汇重音的音乐,无法在诗中实施。威泽瓦、马拉美和瓦莱里都看到诗的基本工具——语言——对绝对音乐的抵抗。诗不但无法用语言来比附乐器,完全用音乐结构来代替文学的结构,这反而会让诗丧失超越音乐的可能性。黑木朋兴曾指出:"以管弦乐为代表的所谓的音乐,归根结底,应该只是表面上的音乐。就马拉美而言,真正的音乐,因为刻在神话的基石上,必须始终依据文艺的原理。"⑤如果说瓦格纳想用旋律

---

① Stéphane Mallarmé, *Œuvres complètes*, Paris: Gallimard, 1945, p.649.
② Ibid., pp.366—367.
③ Grange Woolley, *Richard Wagner et le symbolisme français*, Paris: Les Presses universitaires de France, 1931, p.103.
④ Paul Valéry, *Œuvres 1*, Paris: Gallimard, 1957, pp.1320—1321.
⑤ 黒木朋興:『マラルメと音楽:絶対音楽から象徴主義へ』,東京:水声社,2013年版,第268頁。

来召唤音乐的梦幻,马拉美则渴望用象征来暗示音乐的梦幻。所谓"文艺的原理",其实就是象征的原理。

象征在马拉美那里,是可以让诗歌达到理想状态的形象。如果诗人围绕着某种心灵状态来安排形象,那么每个形象都是这种心灵状态有限的窗口,就像每一片叶子都构成树的一部分一样。这样形象就不是逻辑上安排的,它们有着内在的联系。哪怕诗人不说破,一些形象自然就结合起来,并自动引发新的形象。这就是形象的暗示作用。马拉美曾表示:"在明确的两个形象间建立关系,人们将会预见到第三种可溶的、清晰的形象。"① 如果说瓦格纳利用的是声音与无意识的隐性联系的话,马拉美利用的是更常见的联系,即感觉、印象与心境的联系。这种联系有更多的个人经验。

在诗作中,形象最直接的载体是词语。形象的暗示作用就是词语的暗示作用。如果形象排斥理性的秩序,那么词语自然要避免人为的安排。马拉美在诗论中多次强调词语的偶然性。这有时会让人费解。词语并没有自主性,它们怎么能脱离作者的控制,而自行组织起来呢? 实际上,词语的偶然性,与形象的关系属于同一种心理过程。诗人尊重自发的形象(词和短语)的力量,让它们自动形成诗行。这个过程必然要运用布局、调整等理性思维,但是马拉美至少在意义、思想的脉络上避免了理性预先的安排。这就是他所说的偶然性的意思。马拉美说:"纯粹的作品意味着诗人演讲技巧的消失,它将主动性交给词语,词语通过它们的差异而被发动起来。它们因为相互的反射而放光,就像火焰隐晦的光亮掠过宝石上面一样。"② 这里将词语隐秘的关系,比作"火焰隐晦的光亮",不用诗人用力,词语自身就能反射这些光芒。在马拉美后期,对词语偶然性的重视,使他开始利用书页上的留白。印有文字的部分和空白处的偶然空间关系,也成为他的暗示体系的一环。马拉美指出:"诗(书页)被当成一个整体,就像完美的诗体或者诗行的另外一个部分。"③ 比如他后期的诗《骰子一抛绝不会取消偶然性》中有这样的诗行:

  单纯地
  随着嘲讽

---

① Stéphane Mallarmé, *Œuvres complètes*, Paris: Gallimard, 1945, p. 365.
② Ibid., p. 366.
③ Ibid., p. 455.

或者
　　　　猛抛下的
　　　　　　嚎叫的
　　　　　　　　神秘一起旋转
　　恐惧和狂欢的旋涡

这首诗写的是抛骰子引发的哲思。这几行诗表面上看与后来的"楼梯诗"相似,实际上完全不同。楼梯诗往往也叫做三联诗行,它要求诗行按照固定的节拍进行。马拉美的诗行与节拍毫无关系,它们是偶然的,只有诗人内在体验的根据。另外,如果读原作的话,会发现"单纯地"这一行上面,还留有页面约三分之一的空白。而"恐惧和狂欢的旋涡"下几行诗后,又留有大片空白。诗人既想在空白处让人沉思,因为这是需要的"静默",又想通过空白在页上或者页下的位置,暗示语调的升降。虽然马拉美的这种新诗体很难在读者中得到一致的认同,但是它典型地显示出暗示的音乐美学。马拉美对此曾有比较清楚的解释:"我创造音乐,不把音乐称作人们能从词语的和谐结合中得到的音乐,音乐的这种基本条件是不言自明的;而是把它称作胜过这个的东西,它通过话语的某种安排而魔法般地被创造出来。"[1]

　　威泽瓦接受了叔本华的意志和表象的理论,他将意志看作是万物的本质,而自然世界只是精神的表象。威泽瓦说:"我们生存的宇宙只是一个梦幻,我们自觉做梦的一个梦幻。它没有事物,没有人,没有世界;或者不如说所有这些是存在的,但是因为存在必然要在表象上投射它自己。"[2]因为自我精神是真实的,而孤独的精神不断在表象上投射它自己,所以艺术对于威泽瓦来说,就是人投射自我的方式。威泽瓦虽然在自我观上接纳叔本华,但他往往将意志理解为情感,是人在生活中的感受及由此得出的情绪。如果威泽瓦将意志看作是超越性的,那么意志就是本能,就不受因果律支配,这样,威泽瓦就走近瓦格纳了。具体生活的情感让威泽瓦与柏格森的直觉主义理论建立了联系。批评家雅科(V. M. Jacquod)曾这样解释威泽瓦的小说:"它将建立感受的综合……以便让情

---

[1] Stéphane Mallarmé, *Correspondance complète：1862—1871*, Paris: Gallimard, 1995, p.614.

[2] Téodor de Wyzewa, "Le Pessimisme de Richard Wagner", *Revue wagnérienne*, 1. 6 (1885), pp.168—169.

感从中喷涌而出。"①所谓"感受的综合",就是柏格森所说的"自我流动的原本的感受"(le sentiment original que j'ai de l'écoulement de moi-même)②。国内的译本中往往称其为意识的绵延。绵延的意识活动,是威泽瓦的情感和音乐的结合点。

　　威泽瓦曾这样解释他的直觉主义情感论:"情感因而是心灵特别不稳定、特别罕见的一种状态:它是形象、观念的快速流动,一种如此密集、纷杂的流动,心灵无法觉察它的要素,只是感受整体的印象。"③也就是说,情感是一种形象、观念在时间中的存在。如果这种时间的存在就是音乐,那么,威泽瓦的音乐与瓦格纳的有本质的区别。后者的音乐,落脚点是乐音和乐音的组合(旋律),而前者的音乐,落脚点是形象和观念。形象当然是心中所见的形象,具体到文学,则成为词语,而观念则附着在词语上。因而在文学中,词语与词语的安排、秩序,就成为情感表露的最重要的方式。威泽瓦说:"形象往往应该在这些诗节中混杂地显现,正如它们在心灵激情的旋涡中显现又快速消失。"④威泽瓦的形象强调的不是偶然性,而是自然性。形象的自然移换是一种直觉主义的方法。它不考虑暗示作用,不考虑感应的世界,它关注的只是情感原本的节奏。威泽瓦是法国最早的自由诗理论家,他的自由诗理论其实就是他的音乐观的附属。

四、结语

　　马拉美和威泽瓦代表着象征主义诗人在面临音乐转向时,做出的两种不同于瓦格纳的选择。他们都将音乐进行了抽象,将它提升到精神层面,但是方向又有不同,马拉美的音乐是象征的音乐,它表现为世界的感应,威泽瓦的音乐是直觉主义的音乐,它重视情感的自然节奏。这两种不同的音乐观,在具体层面对诗作有不同的要求,马拉美要求词语的自主性,威泽瓦要求词语与情感的联系。这两种道路,并不仅仅是两位诗人个人的选择,马拉美背后,还站着瓦莱里,后者延续了马拉美对纯诗的思考,提出"纯粹的形式"的概念,认为"这种纯粹的形式仅仅是一种语言的形

---

① V. M. Jacquod, "Introduction", *Valbert ou les récits d'un jeune homme*, ed. V. M. Jacquod, Paris: Garnier, 2009, p. 35.

② H. Bergson, "Introduction à la métaphysique", *Revue de métaphysique et de morale*, 11.1 (jan. 1903), p. 6.

③ Téodor de Wyzewa, "Notes sur la musique wagnérienne", *Revue wagnérienne*, 2.6 (juillet 1886), p. 184.

④ Téodor de Wyzewa, "Les Livres", *La Revue indépendante*, 3.7 (mai 1887), p. 196.

式、有组织的形式"①。这与马拉美的纯诗观是一致的。威泽瓦身后则站着卡恩、迪雅尔丹等人，这些人主要在自由诗上着力。迪雅尔丹也信仰直觉主义的音乐，像威泽瓦一样，要求词语的组合与情感的联系，要求诗歌形式找到无意识心理内容的源头。

如果说瓦格纳的音乐，是真实的音乐的道路，象征主义的音乐转向并没有真正将语言当作乐器，而是主要靠形象、词语的组织来建立音乐性。象征主义诗人们思考利用语言又超越语言的方法。他们面对着单纯的语音，而且还要面对语言所有历史、道德的积淀。他们的诗作如果说具有语音上的音乐性，这种音乐性也是妥协的音乐性，它无法单独建立旋律。因为旋律不断地受到语义的干扰。它在诗中的存在因而是片段性的、临时性的。

象征主义的音乐转向，因而是另类的音乐转向，它是上层的抽象音乐精神与下层的具体词语组织的结合。虽然这种做法与瓦格纳的不同，但是又殊途同归，有着相同的艺术宗旨，都是为了暗示梦幻的世界。马雷内指出，瓦格纳的音乐是象征主义音乐的"基准点"②，虽然象征主义诗人走在自己的路上，但是他们心中受到瓦格纳的召唤，瓦格纳美学确实是这种音乐转向的动因。

第三节　交响乐与文学结构模式的革新

象征主义不仅从瓦格纳的音乐美学上得到了纯诗的灵感，而且瓦格纳的交响乐的结构组织，也造就了象征主义文学理性的结构模式和非理性的结构模式的综合。尽管之前的章节中已经谈到过象征主义的综合艺术，但是综合艺术与文学的结构模式不一样。文学结构模式是更为根本和彻底的问题，它的改变让象征主义文学有了与以往所有文学不同的面貌。本节尝试对这一问题做一调查。

一、19世纪末文学结构模式的危机

文学的根本问题，是语言与自我的关系问题。自古典主义到18世纪

---

① Paul Valéry, Œuvres 1, Paris: Gallimard, 1957, p.1451.
② Eric Touya de Marenne, Musique et poétique à l'âge du symbolisme, Paris: L'Harmattan, 2005, p.26.

末期,在古希腊理性精神的照耀下,语言与自我的关系一直比较稳定。对于古典主义诗人来说,语言似乎是透明的,语言本身能完美地传达情感和真实,一切都是可靠的。古罗马诗人贺拉斯曾将语言比作"解释者"(interpres),它能清晰地传达人物的感情。① 因而语言好比是情感的镜子,而自我(或者情感)同样是朴素的、简单的。稳定的自我和朴素的语言是古典主义文学的基本特征。英国诗人斯托勒曾说:"珂柏很成功地描述了平常的事物。作为一个寂静时刻的诗人,一个平静的、适度的、具有静美思想的诗人。"②这里对古典主义诗人珂柏的评价,可以看作是给整个古典主义文学的一个注脚。

从浪漫主义开始,尤其是在象征主义时期,自我的观念改变了。自我变得复杂、神秘、较难接近,好比是一个曲折的山洞。英国诗人华兹华斯是这一过程的早期代表诗人。在他眼中,诗是诗人"强烈情感"的自然流露,"平静的、适度的"自我被抛弃了,诗人成为一个心灵特别敏感的人,大众无法完全理解他的精神和思想。在法国,斯达尔夫人让情感与梦幻结合了起来,为情感设置了不能完全看透的纱幕。在德国,歌德强调思想与观念的区别,观念是固定的,可以被符号传达出来,思想则"保持着无穷的有效性,不可触及,以至于即使将它放到所有语言的词语中,它仍旧是不可表达的"③。这种不可表达的思想宣告了一种新的自我正慢慢诞生。

新的自我最终在象征主义那里确立。自我变得神秘、古怪、无法理解,在大多数情况下,这种自我的深渊仍然能透出许多光亮,让读者可以窥视它;在一些极端的情况下,自我则成为近乎封闭的迷宫。兰波是象征主义代表诗人,他的通灵人诗学要求摆脱自我,成为非我。他强调其他人从未体验过的、非常的感受。④ 超人式的不断摆脱旧我,寻求新我,使得自我不再是现实稳定的主观对应物,而是一种破碎的、多变的、反叛的意识发生器。另一位象征主义诗人古尔蒙考虑给自我建立永久的隔离墙。他从叔本华的哲学出发,否定自我与自我有任何接触的可能:"自我必然是自己满足自己,因为它与它的同类分隔了开来,就像太阳系中的两个行

---

① Horace, *Satires, Epistles and Ars Poetica*, Cambridge: Harvard University Press, 1929, p. 458.
② Edward Storer, *Cowper*, London: Herbert & Daniel, 1912, p. xiv.
③ J. W. V. Goethe, *Maxims and Reflections*, trans. Elisabeth Stopp, London: Penguin, 1998, p. 141.
④ Arthur Rimbaud, *Œuvres complètes*, ed. Antoine Adam, Paris: Gallimard, 1972, p. 251.

星……相信自我是唯一的,是不可渗透的唯一,就像唯一具有内聚力的分子一样;相信一切终归是绝对的虚妄。"①当自我变得隔绝时,精神的复杂性就变得绝对了。巴朱曾这样记载一个颓废者的体验:"他置身在孤独中,甚至在人群中;他的精神对世界进行综合的沉思,这种巨大的忧郁,如此可怕,它侵袭他,这种力量显现出对虚无的渴望。"②不论精神变化是不是有益的,它确实在19世纪末期发生了。文学也必须调整,以适应新的形势。文学的价值不再是外在现实和简单情感倾向的记录,它向内转,"探查内在的深渊"③。象征主义以及与象征主义近似的思潮,在整个欧洲开始成为主流。在法国,左拉的自然主义遇到了象征主义和颓废主义的巨大挑战,在英国,叶芝和西蒙斯的象征主义诗歌开始崛起,1908年还迎来了休姆等人的印象主义诗歌。在俄罗斯,出现了梅列日科夫斯基的象征主义诗学,以及古米寥夫的阿克梅派。这些流派主张各异,但是它们在表现自我的复杂与深度的愿望上,取得了高度的一致。

新的文学面临的首要问题,就是旧有语言的危机。《颓废者》杂志的社论说得非常好:"人们有与新的、微妙的、无限细腻的思想对应的新需要。由此,就有了这样的必要性,即创造闻所未闻的词汇,以便表达如此复杂的感情和生理感受。"④在象征主义诗人眼中,语言不仅在词汇上,而且在句法上、文学结构模式上,都已经丧失了与自我的联系,成为无可凭依的游魂,不堪使用。兰波提出"语言炼金术"的概念,希望用一种新的语言表达自我所有的未知之处。这种语言"它包括一切,气味、声音、色彩,从思想引出思想,并且从思想得到思想"⑤。象征主义诗人在作品的局部层面,做了很多新语言的尝试,比如减弱语法,采用通感、幻觉形象等技巧。它们带来有效的暗示作用,也在一定程度上满足了新语言的需要。可是作品整体层面的结构模式更为重要,需要做相应的调整。这是更加困难的任务,一来涉及宏观布局,牵一发而动全身,二来这种结构模式是文学表达的前提,有了它,语法和修辞上的技巧才有了依附之所。目前学界关注的焦点主要还是修辞和语法,对文学结构模式的革新没有给予足

---

① Rémy de Gourmont, "L'Idéalisme", *Entretiens politiques & littéraires*, 4.25 (avril 1892), p.146.

② Anatole Baju, *L'École décadente*, Paris: Léon Vanier, 1887, p.8.

③ Claude Millet, "L'Éclatement poétique: 1848—1913", *Histoire de la France littéraire: Modernités*, ed. Patrick Berthier & Michel Jarrety, Paris: PUF, 2006.

④ La Rédaction, "Aux lecteurs!", *Le Décadent*, 1 (10 avril 1886), p.1.

⑤ Arthur Rimbaud, *Œuvres complètes*, ed. Antoine Adam, Paris: Gallimard, 1972, p.252.

够的重视,也让这个问题一直未得到真正的解决。

西方文学中存在的主要结构模式,是理性的结构模式。从古典主义一直到巴纳斯派,不论是诗,还是小说,文学使用的结构模式几乎都是一样的。理性的结构模式在整体结构上遵照时间、空间或者因果的逻辑顺序来讲述事件或者抒发情感。情感很多时候没有明确的时间和空间特征,但是它里面存在着因果的联系。抒情内容总是要交代原因,表达态度,回顾过往。时间、空间或者因果的关系,可以统称为因果律。在叔本华的哲学中,因果律是现象世界特有的,它独立于主体的经验和存在。不过,在文学作品中,一切现象都与主体有关系,因而文学作品中的因果律总要围绕主体的经验和感受。

需要注意,理性的结构模式绝非只是简单地指作品的叙事法。叙事法是技巧,而结构模式是一种基本的思维方式。理性的结构模式是组织段落、语句的基础,但它并不关注这些段落、语句的具体内容。发现真相、装疯、复仇,这种哈姆莱特式的情节是更为形而下的叙述过程。理性的结构模式也不关注文学结构的抽象模式,起、承、转、合之类的框架仍然是它的具体化。在理性的结构模式那里,没有主次之分,没有发展和终结,有的只是语言材料的内在关系。在与具体语言的关系上,这种结构模式,类似于法国哲学家福柯所说的"陈述"。这里可以打一个比方,地球上的一切物体在某种情况下可能会遇到推力和阻力,这些力是具体的,也是短暂的。但是这些物体始终受到重力的作用。重力的作用超越具体的时间和空间。起、承、转、合的框架以及叙事法,就好比是具体的推力和阻力,而理性的结构模式就相当于一些语言材料中的重力。正是这种力的存在,让语言材料具有了关系。如果这种力丧失了,那么语言材料将变得散乱无序。

语言材料中的这种理性的结构模式,虽然与叙事法和起、承、转、合之类的结构不同,但是它可以借助后者来理解。因为理性的结构模式只是内在地存在于语言材料中,并没有具体的形式,通过各种陈述的形式,可以方便地把握这种结构模式。就好像地球上的重力不宜把握,但可以借助质量来把握一样。在莎士比亚的剧本中,读者总要等待着弄清楚某个隐情,以及在伦理、道德引发下的某个结果。剧本中的每个语言材料都在一种看不见的关系下连接起来。在缪塞的诗作中,为了解释情感、说明情感,所有的语句同样得以组织起来。抒情或者叙事的功能,与这种结构模式有显著的关系。这种结构模式确保人们可以进行抒情或者叙事。可以这样说，这种结构模式就是语言的普遍原则。

理性的结构模式一直是占据主流的，但是在19世纪前后，一种新的结构模式正在成长。因为它是对理性的结构模式的否定，可以称它为非理性的结构模式，也可以称它为纯粹的结构模式，或者绝对的结构模式。语言一旦出现，理性的结构模式就存在了，就会允许人们的各种陈述活动。但是对于语言的这种王权，历史上一直有质疑的现象。在孩童中间流传的一些无意义的童谣，比如中国的《马兰开花二十一》，在欧洲也是普遍存在的。无意义的童谣依赖现有的语言，但却放弃了语言的表意功能，语言材料往往通过单纯的声音（比如押韵）连接起来，有很大偶然性。在19世纪的德国，音乐学家韩斯礼提出"纯粹音乐"的概念，要与理性的结构模式及其功能分庭抗礼。韩斯礼指出"音乐在自然中没有模型，它不表达理性的观念"[①]。批评家邦兹看到韩斯礼渴望音乐的独立性，要求与一切理性的结构模式脱离："音乐的内容是它的形式。作曲家用音调思考，并诗性化，这些音调从外部世界的一切现象中剥离开。"[②]

韩斯礼的理论强调形式本身的独立性，瓦格纳则开始经营无意识的音乐。在瓦格纳的体系中存在着两种音乐，一种是理性的音乐，典型的代表是基督教音乐，另一种就是无意识的音乐。这种音乐以前存在于原始人和古希腊的悲剧那里，现在构成了交响乐的旋律。它反映内心原本的冲动，没有把乐句预先安排起来，而是有自发性、偶然性。自发的乐句提供了不同于理性结构模式的另一种可能。无意识的音乐并不是仅限于音乐这门艺术，它给文学也带来了新的可能。如果让语言也具有自发性、偶然性，那么就可以在语言中实践瓦格纳的音乐，就能给文学带来新的结构模式。瓦格纳本人也做过这方面的预测："转向情感的诗人，必须已经和自己保持一致，他可以抛下逻辑机制的任何帮助，全心全意地面向无意识的、纯粹人性情感的力量。"[③]在世纪末的危机时代，瓦格纳给象征主义诗人带来了文学结构模式的新方案。

---

① Édouard Hanslick, *Du beau dans la musique*, trans. Charles Bannelier, Paris: Brandus, 1877, p.50.

② Mark Evan Bonds, *Absolute Music: The History of an Idea*, Oxford: Oxford University Press, 2014, p.143.

③ Richard Wagner, *Richard Wagner's Prose Works*, vol.2, trans. William Ashton Ellis, London: Kegan Paul, Trench, Trübner, 1900, p.198.

二、文学中交响乐模式的引入

交响乐原本是音乐中的新形式,贝多芬、瓦格纳在交响乐上都有很多试验。在瓦格纳看来,交响乐是不同旋律的交替和组合,它能产生更丰富的音乐效果。这里的旋律意思比较丰富,既指乐器奏出的旋律,还指一种旋律的精神。拿舞蹈来说,舞蹈原本与音乐旋律无关,是一种身体艺术,但是瓦格纳发现原始舞蹈本质上也是旋律。如果现代的歌剧中身体的动作是原始舞蹈的变体,那么歌剧中的人物的行动,也有了旋律性。瓦格纳说:"舞蹈的这种形式其实就是戏剧的行动。戏剧行动与原始舞蹈的关系,正如交响乐与单纯旋律的关系一样。"①这样,交响乐就同时有了两种意义,它既代表着一种非理性的结构模式,也成为艺术的综合。

象征主义诗人希望将交响乐的非理性文学结构模式,以及它的综合性引入文学中。最早对此进行探索的是威泽瓦。威泽瓦曾流露这样的期望:"可能我们某天能听到交响乐的诗,那里将充满着天籁之声。"②这里把交响乐理解为旋律的意义。威泽瓦在当时提出过"语言音乐"的概念,这完全是将语言比作音符,以求建立与情感直接相通的文学。不过,文学与音乐的不同,让威泽瓦也不得不重视语言本身的特性。这种特性就是它理性的结构模式下的陈述功能。他所说的语言音乐必须要与陈述的成分结合起来,这样,就一定会产生不同文学结构模式的交响乐。可以看出,威泽瓦的艺术综合说,是音乐与文学折中的必然结果。由于不同的文学结构模式具有不同的功能,那么它们的结合将会更广泛、更全面地描述人的自我。威泽瓦把自我分为三部分:感受、观念和情感。这三者都要有不同的艺术类型来为它们服务。感受的艺术和观念的艺术都需要利用理性的结构模式,情感的艺术使用的是非理性的。在很多情况下,这三者在艺术中是分裂的,如果能将这几种艺术结合起来,那么就能表达真正完全的自我了。这种艺术的综合论当然有瓦格纳的影了,当将它在文学中具体化,又是威泽瓦的创造。

在1886年纲领性的《关于瓦格纳文学的随笔》中,威泽瓦对这种新的综合文学进行了设想,它主要存在于一种小说中:"我们会不会有两千年文学给我们准备的一种小说?一种重造感性的概念、内在的推理以及情

---

① Richard Wagner, *Quatre poèmes d'opéras*, Paris: Librairie Nouvelle, 1861, p. lx.
② Téodor de Wyzewa, "La Musique descriptive", *Revue wagnérienne*, 1.3 (avril 1885), p. 75.

感的潮汐的小说?这种潮汐时不时地将感受和概念抛在混杂而汹涌的旋涡中。"①虽然威泽瓦谈的只是文学的内容,没有在文学结构模式上作思考,但是他的这句话,实际上强调的是古典主义以来的文学结构模式与瓦格纳的音乐路线的合一。

威泽瓦在理论上预言了这种新路线。他还注意到在他之前,已经有人在诗中尝试过了。这个人就是马拉美。在1885年之前,虽然对瓦格纳和威泽瓦的理论都不熟悉,但是出于对梦幻的强调,马拉美也曾进入瓦格纳所说的无意识世界中。马拉美在1864年的书信中曾提到过诗的"戏剧要素"(l'élément dramatique)的概念,戏剧要素的存在,能探讨诗人的无意识领域。在翌年的《牧神的午后》一诗中,马拉美认真地尝试了这种做法,比如第一节:

> 这些仙子,我希望她们永远存在。
> 　　　　　如此洁白
> 她们淡淡的红润色,在空中舞动,摇摆
> 带着浓浓的睡意。
> 　　　　　我爱的是一个梦幻?
> 我的疑心,古老夜晚的星团,
> 在一簇簇精美的花枝上消除……

这几行诗分为两个部分,"我爱的是一个梦幻?"之前,是一部分,后面是第二部分。第一部分写的是牧神似梦非梦、似醒非醒的状态,他看到了美丽的仙子,这些幻象在他的眼前飘忽不定。在第二部分他恢复了一定的意识,开始自问这些形象是不是真实的。两个部分分别对应着不同的自我,前一个是感受的、无意识的,后一个是较为理性的、反思的。相应地,马拉美这里使用了两种不同的文学结构模式。后一部分是理性的,因而语法比较规则,主语、谓语的位置也是正常的。前一部分是无意识的、非理性的结构,比如第一句出现了倒装,在"如此洁白"之后,句子变得散乱了,破碎了;虽然可以表意,但语句的组织似乎要摆脱外在的力量,获得独立。马拉美曾要求让词语具有"主动性",它们自己联合起来,不用诗人理性的安排。他后来还指出"这种特征接近交响乐的自发性"②。非理性

---

① Téodor de Wyzewa, "Notes sur la littérature wagnérienne", *Revue wagnérienne*, 2.5 (juin 1886), p. 169.

② Stéphane Mallarmé, *Vers et Prose*, Paris: Librairie Académique, 1920, p. 192.

的模式在诗中并非是完全排他性的,它在发声的时候,形成了一个相对独立的片段,但是这个片段之后又会有理性的结构来补充它。理性和非理性的结构模式是交替进行的。诗中牧神的意识也是时而沉入幻想,时而又有了些反思的力量。不是无意识的碎片化内容,而是无意识内容与意识内容交替、组合的关系,才构成了交响乐的结构。

威泽瓦一方面是交响乐结构的解释者,另一方面是它的发现者。马拉美的诗作的双重结构模式的存在,被他注意到了。在1886年的《风行》杂志中,威泽瓦发表了评论马拉美的长文。威泽瓦将马拉美与巴纳斯诗人进行了比较。巴纳斯诗人也注重音乐性,但是他们的音乐不表达情感,而马拉美却可贵地注意到了文学的这个特质,并希望诗的音乐得到情感、主题的充实。这种主张实际上强调的是非理性的结构模式与理性的结构模式的结合。用威泽瓦的原话来说,"让情感得到主题的解释,这是诗的目的。这是马拉美先生清楚感觉到的确定的、第一位的规则"[1]。这种理性结构的存在,是如何与非理性的、音乐的结构结合的呢?威泽瓦指出,马拉美在诗中"关键的位置上安排精确的词语",词语传达出诗人的情感,表现了作品的主题,这部分内容起到的作用,只是"基本旋律",单单有它们,还无法产生丰富的旋律感。反对这些理性内容的部分同样非常重要,"一旦指出主题的文学词语被感受到,邻近的音节就暴露了它们隐性的目的:它们是音乐的伴奏"[2]。这里的"伴奏"是实指。非理性的内容虽然也有表意性,也就是说有一定的理性的内容,一方面碎片的语句本身就模仿了音乐的旋律,另一方面,语句自身也有丰富的音乐效果。这些音乐效果在抵抗理性的陈述,构建一个声音的独立空间。比如刚才引过的两行诗:

Si clair,
Leur incarnat léger, qu'il voltige dans l'air
如此洁白
她们淡淡的红润色,在空中舞动,摇摆

较长的一行中,出现了相同的辅音:"leur""léger""il""voltige""l'air",发音时口部气体阻碍的动作,暗示出仙子们在空中的舞动,另外,"l"按照马拉美的学生吉尔的说法,有巴松管或者法国号的发音效果。这行诗还有相同的元音,除了行末的"clair"和"air"的元音相同,押了韵外,完整的一

---

[1] Téodor de Wyzewa, "M. Mallarmé I", *La Vogue*, 1.11 (juillet 1886), p.370.
[2] Ibid., p.375.

行中"incarnat"和"léger"都在同个词语内部产生元音的重复,前后有层次,而且发音由高昂到低沉,具有变化。元音"a"的发音与萨克斯相近,而"é"的发音与竖琴相仿。① 这些相和的辅音和元音,造就了"音乐的伴奏",它们纯粹语音上的结构,抵抗了语法和语意上的秩序。马拉美本人并非对两种结构模式的关系不清楚,他曾指出:"事物存在着,我们没有创造它们;我们只需要理解它们的关系;产生诗和交响乐的,正是这些关系的脉络。"②

马拉美的交响乐,是音乐和诗的结合,这还只是初步的尝试,与以往的某些诗作区别度不高,人们也不容易发现两种结构模式的并存。另外,后来马拉美放弃了用语言来模仿音乐的做法,本章第二节已经谈到了马拉美的抽象音乐观。威泽瓦《关于瓦格纳文学的随笔》中真正关注的是一种新的小说艺术。这种小说艺术在迪雅尔丹那里得到了重要发展,并由此产生了"内心独白"的诗学理论。

三、迪雅尔丹的交响乐小说

迪雅尔丹像马拉美一样,将非理性的结构模式引入小说中,内心独白即属于这部分内容。但是在这种结构模式之外,理性的结构模式同样存在。迪雅尔丹的交响乐是这两部分的结合。但是在这种认识上,国外学界一直存有偏颇。它过多地强调了内心独白的部分,忽视了综合的关系,更为宏观的交响乐小说的问题就被忽略。在评价迪雅尔丹的小说时,文学史家于希松(Ben Hutchinson)曾指出它"主要创造了一种人们称作'内心独白'的技巧"③。更早的时候,学者利卡里也同样表示:"它标志着文学中的一个转折点:内心独白的产生。"④ 这种认识没有看到迪雅尔丹在文学结构模式上真正的革新。

威泽瓦关于新的小说的理论,被迪雅尔丹注意到了,后者在1886年8月的《风行》上,发表了《安东尼娅的荣誉》,这是交响乐小说的首次试验。这篇小说要比《被砍掉的月桂树》早,目前法国学术界很多人没有意识到《安东尼娅的荣誉》最早实验了内心独白的技巧。小说描写了两个主

---

① René Ghil, *Traité du verbe*, Paris: Éditions A.-G. Nizet, 1978, pp. 128—129.
② Stéphane Mallarmé, *Œuvres complètes*, Paris: Gallimard, 1945, p. 871.
③ Ben Hutchinson, "Une écriture blanche? Style and Symbolism in Édouard Dujardin's *Les Lauriers sont coupés*", *The Modern Language Review*, 106.3 (July 2011), p. 709.
④ Carmen Licari, "Avant-propos", *Les Lauriers sont coupés suivi de Le Monologue intérieur*, ed. Carmen Licari, Roma: Bulzoni Editore, 1977, p. 9.

人公从认识到热恋的过程,内容原本没有多大新意,但是迪雅尔丹尝试将理性与非理性的结构模式融合起来。比如这一段:

> 正是这夏日漫长的早晨,带着明亮的阳光的冷气;这闪耀着明空的早晨,没有热度,冰冷,黏黏的;正是秋日的清冷,当我最初在她的窗户下……我敲她的门,我走进她家……一位年轻的姑娘……因而她……太苍白、虚弱,向我伸出她的手……一位含含糊糊的年轻姑娘……①

这段话中叙述者的意识一直在变化。一开始,可以看到有时间的交代,是夏日的早晨,它标志着比较清醒的理性意识。而接着就出现了记忆中的内容,即回到了某个秋天。记忆信息一开始只是事件,但最终这些事件的联系被打乱了,叙述者进入无意识的状态中,一幅幅画面从叙述者的脑海中浮现出来,破碎的语言像马拉美一样,模仿了原始的无意识心理。通过对后半部分文字的分析,可以发现它不仅打破了语法,采用片段的词语、短语,而且具有许多省略、重复。文学批评家雅科曾这样分析这种小说:"在脉络缺乏的背后,思想细密的组织、它们的沸腾、它们表面上的自由喷涌而起了,即是说没有理性自觉的限制,就像来自内心的深处。"②雅科找到了这些语言的心理的起源,这种起源给文本带来的一个重要特征,是非理性的文学结构模式开始占据主导。

翌年,迪雅尔丹又在《独立评论》上发表《被砍掉的月桂树》,后来又结集出版,于是就奠定了这部小说的文学史地位。这部小说同样写的是没有结果的爱情,男主人公普兰斯希望赢得女演员莱娅的爱情,但是最终无果而终。迪雅尔丹发展了《安东尼娅的荣誉》的手法,把内在心理的无意识描写进行了更充分的探索。比如书中有这样的段落:"莱娅……她摆好桌子……我的母亲……门房……一封信……一封她的信?……谢谢……"③这里的意识出现了断裂,叙述者似乎时不时地陷入黑暗的虚无中。但是通过上下文的背景,可以判断主人公与他的情人莱娅来到房间,莱娅摆好桌子,这时门房送来一封信。这个情节中可能有不少对白,比如

---

① Édouard Dujardin, "A la gloire d'Antonia", *La Vogue*, 2.3 (2 août 1886), pp. 85—86.

② V. M. Jacquod, *Le Roman symboliste: un art de l' «extrême conscience»*, Genève: Droz, 2008, p. 241.

③ Carmen Licari, ed., *Les Lauriers sont coupés suivi de Le Monologue intérieur*, Roma: Bulzoni Editore, 1977, p. 158.

我与莱娅的对白,门房与"我们"的对白,但这一切全都省略掉了。由于省略过多,这给理解带来了障碍,比如"我的母亲",这是信的寄送者,还是男主人公突然想到了自己的母亲?这种段落中,还有一个地方富有意义,即无意识的心理内容和现实的印象夹杂在一起了。它们两者不是交替进行的,而是在偶然地变换。比如最后一个词"谢谢",它来自现实场景中人物说的话,但是"一封她的信",却更多地属于内心浮起的念头。

迪雅尔丹还著有《内心独白》一书,解释他的理论:

> 内心独白……是没有听者也没有发出声的话语,角色借此表达它最隐秘、最接近无意识的思想,它先于一切逻辑的组织,即是说在思想最初的状态中,借助简化成最小的句法单位的直接语句,以便原原本本地传达印象。[1]

在这段话中,内心独白与无意识的心理内容有明显的联系。不过,这里的无意识往往让人联想到弗洛伊德被压抑的心理力量。其实,马拉美、迪雅尔丹的无意识,更多的是19世纪末期哲学中的意志,雅科指出:"迪雅尔丹的无意识主要是叔本华的和哈特曼的无意识,与现象的哲学甚至是本体观念相联系。"[2]因而迪雅尔丹的无意识心理内容,其实就是主人公的真实情感。它的流露选择的是原始的、自然的形式,而非理性的结构。理性的结构往往是理解力造成的,但是真实的情感"先于一切逻辑的组织"。这里也可以看出迪雅尔丹采用非理性的文学结构模式的原因,因为自我的本质超越了理性表达的范围。

除了印象和情感外,《被砍掉的月桂树》中也有不少理性叙述的成分。比如两位主人公在乘坐马车时的一个片段:

> 温柔地,在她的晚礼服中,我抓住她的手指;她稍微往回缩了缩;我对她说:
> ——您的面容在这明暗中迷人地调和起来了……
> ——真的?您发现了?[3]

---

[1] Carmen Licari, ed., *Les Lauriers sont coupés suivi de Le Monologue intérieur*, Roma: Bulzoni Editore, 1977, p. 230.

[2] V. M. Jacquod, *Le Roman symboliste: un art de l'«extrême conscience»*, Genève: Droz, 2008, p. 241.

[3] Carmen Licari, ed., *Les Lauriers sont coupés suivi de Le Monologue intérieur*, Roma: Bulzoni Editore, 1977, pp. 163—164.

这三句话中，第一句纯粹是客观的叙述，后两句则记录了对话。三句话都属于理性的结构模式。虽然小说的主体内容是内心独白，但是理性叙述的内容也非常关键，它给了内心独白一个时间和空间的框架。没有这个框架，内心独白就像蒲公英的种子一样，一下子就会在风中吹散。只有将理性的框架与内心独白综合起来，才能看到迪雅尔丹交响乐小说的真面貌。过度地强调内心独白，是东鳞西爪的做法。

迪雅尔丹对威泽瓦理论的借鉴是显而易见的。迪雅尔丹的《被砍掉的月桂树》离不开威泽瓦的感受、观念、情感三种内容的综合。这一点雅科说得非常明白："爱德华·迪雅尔丹在非常合理地将《纠缠》题献给威泽瓦之后，就为他的小说开了倒车。《被砍掉的月桂树》很大程度上是受到他《独立评论》同事的理论的影响。"① 所谓"开了倒车"，指的是迪雅尔丹开始隐瞒威泽瓦的影响，并有意回避威泽瓦的诗学贡献。他还在瓦格纳那里寻找这种理论的基础：

> 瓦格纳的乐章最常见的是一种并未加以发展的连续的动机，每一个动机都表达了心灵的运动，内心独白是一种连续的短小语句，每个语句都同等地表达心灵的运动，同样，它们并不是根据理性的秩序，而是根据纯粹情感的秩序而相互联系起来，与一切的理性安排无关。②

他认为瓦格纳的内在本能的音乐，带来了连续的、自发的乐句，内心独白就是模仿这种状况而产生的。不但乐句能模仿内心的流动，语句同样可以。连续的、自发的语句，成为无意识心灵的窗口。

将内心独白引入小说中，于是带来了两种文学结构模式的并存。这种并存影响了作品不同部分的语法、语义，也影响了作品的文体。孔布（Dominique Combe）曾认为打破文体界限"无疑构成了法国现代性最明显的标志"③。自发的、破碎的语句，不同于小说的语言形式，它更接近音乐。作者综合利用了语句的语义和语音，语义丧失了单独的统治地位。从重要性来看，语义和语音是平等的，甚至有时候从属于语音。在雅各布

---

① V. M. Jacquod, "Introduction", *Valbert ou les récits d'un jeune homme*, ed. V. M. Jacquod. Paris: Garnier, 2009, p.16.

② Carmen Licari, ed., *Les Lauriers sont coupés suivi de Le Monologue intérieur*, Roma: Bulzoni Editore, 1977, p.227.

③ Dominique Combe, "L'Oeuvre moderne", *Histoire de la France littéraire: modernités*, ed. Patrick Berthier & Michel Jarrety, Paris: PUF, 2006, p.435.

森的诗学中,语音与诗的功能有关。迪雅尔丹同样将内心独白的部分看作是诗。这既有语音的考虑,也有内在心理内容的原因。他的交响乐的小说,在文体上就是小说与诗的融合。因为诗并不专门存在于诗歌中,也存在于小说中,因而诗似乎成为文学的普遍特质,迪雅尔丹表示:"象征主义这代人完成了这种工作,即将诗引入所有的文学领域中。"[①]这种无所不在的诗,其实就是非理性的文学结构模式。它成功地进入了小说旧有的理性结构模式中。

四、结语

交响乐的文学结构,在保留理性的结构模式的情况下,最大程度地利用了非理性的结构模式,它适应了象征主义诗人、作家表达复杂、深入的自我的需要。总的来看,交响乐的文学结构解决了象征主义者当时面临的困境。

这种文学结构给现代主义文学带来的冲击是巨大的。它反过来推动文学内容越来越在理性自我与深层的无意识自我之间变换,不管是后来的意识流小说,还是其他现代派小说,它们共同的原型就是这种交响乐的结构模式。现代主义文学从内容到语言,再到形式,一切都摆脱了一个固定的状态和目的,在多重状态和目的之间来回摇摆。在某种程度上看,现代主义文学就是一种摇摆不定的艺术。它不是无法获得稳定,它的目标就是这种摇摆不定。艾略特曾将自由诗比作一个忽来忽去的鬼魂:"我们昏沉时它张牙舞爪地靠近,我们醒来它又退去。"[②]这句话表面上讨论的是诗人无意识和理智的心理内容,决定了什么时候采用自由诗,什么时候采用格律诗,实际上它是整个现代主义文学摇摆不定的状态的缩影。现代文学中的无意识的心理内容就好比是这样一个鬼魂,它永远在理性的世界萦绕着,渴望占据它,但是又无法完全占据它。正是理智与这个鬼魂的斗争,构成了现代文学永恒的交响乐。

---

① Carmen Licari, ed., *Les Lauriers sont coupés suivi de Le Monologue intérieur*, Roma: Bulzoni Editore, 1977, p. 255.

② T. S. Eliot, *To Criticize the Critic and Other Writings*, Lincoln: University of Nebraska Press, 1991, p. 187.

第八章
象征主义思潮的文学和文化背景

第一节 象征主义与巴纳斯诗学的延续性

象征主义者似乎一直将巴纳斯派与它对立起来,一个是进步的、新的诗学,一个则是没落的、陈腐的流派。早在莫雷亚斯1886年的宣言中,巴纳斯派就被当作负面的典型,受到了批评。莫雷亚斯认为平庸的巴纳斯派所着手的是"虚假的复兴",最后,它被自然主义"废了王位"①。象征主义杂志《羽笔》,还曾经刊发过声讨巴纳斯派的文章《垂死的巴纳斯派最后的告别》,文章宣布巴纳斯派已经举行了葬礼。而宣判的理由则是因为巴纳斯诗人不懂得人心的奥秘,他们只是"尽可能灵巧地传达生活中偶然的现象"②。象征主义则自然戴上了艺术真正的王冠,因为它是"尽善尽美"的,能表达"无限的梦幻"③。

将象征主义与巴纳斯诗学对立起来,虽然方便描述象征主义的发生史,但可能这只是一种解释,而非历史事实。如果无法从事实上认清两种诗学的联系,甚或误解了它们,那么这不但是对巴纳斯派的扭曲,也是对象征主义研究的背离。对于这个问题,目前最好的办法是搁置一切已有的判断,重新反思这两种诗学。这种反思无可避免地需要比较,选取有代

---

① Jean Moréas, "Le Symbolisme", *Le Figaro*, 12.38 (18 septembre 1886), p.150.
② Jean Carrère, "Les Derniers adieux du Parnasse mourant", *La Plume*, 94 (15 mars 1893), p.120.
③ Ibid., p.121.

表性的诗人,比较他们的文学理念的异同。但是如果要真正获得成效,至少需要两个条件:第一,不考虑巴纳斯派和象征主义派重叠的诗人,魏尔伦和马拉美早期属于巴纳斯派,后来又被认为是象征主义者,应该将他们排除出样本库,而选取其他流派归属更加纯粹的诗人作为比较的对象。这样就能避免一些不必要的相似因素干扰判断。第二,诗人们即使属于某个流派,也有自己的个性。个性的元素与流派的特征没有什么关系。因而需要着眼于同一流派多个代表诗人的共同倾向,只有找到这种共同的倾向,比较才有价值。随便选取某个诗人,将他身上的个性元素抽象出来,这很容易做,但是不会真正解决问题。拿自由诗来说,人们很容易从邦维尔的《法国诗简论》中找到他倡导"完全自由的诗",可是这不能证明巴纳斯派持同样的形式立场。同样,普吕多姆诗论中出现了"象征",但这不代表普吕多姆也是"象征"诗人。

一、邦维尔的内在性

本书的第一章第一节,曾经提出内在性是象征主义的一个空间特征。内在性除了指要呈现内在的情感、感受、印象,还有将外在的客观现实主观化的含义。简言之,内在性就是要求内在情感和内在视野。莫雷亚斯的《象征主义》一文就曾提出新的流派的基本原则是"主观变形"[1]。古尔蒙通过参考叔本华哲学,甚至将"唯心主义"一词与象征主义等同,他表示:"象征主义一定要理解为一种特别个人主义、特别唯心主义的文学。"[2]这里的唯心主义就是将世界看作是自我的表象的内在视野,与莫雷亚斯的"主观变形"相类。这些象征主义者的看法,后来也被批评家所接受。普瓦扎曾把象征主义的哲学概括为"主观主义",并解释道:"主观主义给他们准备了他们的思维习惯——只通过歪曲的镜子观察事物,这面镜子就是他们幻想的心灵。"[3]普瓦扎的说法,与古尔蒙相似,但与莫雷亚斯更为接近。

巴纳斯派与此相反,它被看作是客观的、实证主义的文学,而这是它最大的缺陷。法国学者博尼耶(André Beaunier)指出:"他们(巴纳斯诗

---

[1] Jean Moréas, "Le Symbolisme", *Le Figaro*, 12.38 (18 septembre 1886), p.151.

[2] Rémy de Gourmont, *Promenades littéraires*, tome 3, Paris: Mercvre de France, 1963, p.190.

[3] Alfred Poizat, *Le Symbolisme: de Baudelaire à Claudel*, Paris: La Renaisance du livre, 1919, p.145.

人)实证的精神使他们极不适宜于表达诗歌的情感;因而他们使诗成为一种复杂、精细的技巧。"①当代学者康奈尔在他的《象征主义运动》中仍然坚持这种观点,因为巴纳斯派是"描述性的",无法实现"内在自我的描绘",所以象征主义慢慢兴起,代替了它。②

这种对立主要产生于象征主义的价值判断。象征主义者们为了标榜自己流派的优越性,而抽象地解释巴纳斯诗歌。在这种抽象过程中,象征主义者确实参考了巴纳斯诗派的诗作,比如邦维尔的。邦维尔在1876年的《当代巴纳斯》中发表的一组诗无疑是以风花雪月为题材的。但是这种客观性并不一定就有整体上的代表性,也并不符合巴纳斯派的诗学理念。

首先来看邦维尔。邦维尔并不认为美在于事物的外在特征,诗的职责就是描摹它。相反,他将诗与灵魂联系了起来,"它涉及的是我们最崇高的东西,是灵魂"③。这种灵魂并非完全是纯粹宗教意义上的,它也指情感、印象。因而这里的灵魂是个泛称,与心灵的含义相近。为了真正表达这种灵魂,人们需要歌唱。这里就用到了诗体。邦维尔这样解释诗体与歌唱的关系:"诗体的用处是什么?用于歌唱。今后它的状态会消失,但我们自己都理解,它本身就是歌唱的音乐。"④这里涉及的并不仅仅是形式,形式与题材、语言一样,都只是为歌唱灵魂服务的。也就是说,诗歌需要利用客观的事物,但是这些事物并不是独立自主的,它们要为揭示内在的心灵服务。客观的事物本身并不重要,重要的是内在的心理内容。邦维尔认为,如果放弃了这种内在性,艺术就退化了。他发现18世纪的诗就有这个毛病。诗脱离开心灵,变得平庸,他称这种诗是"一具尸体"⑤。

客观主义的诗将生活中的事物封闭在感受中,剥离它与心灵的联系。但这种联系才是诗的价值所在,邦维尔称其为"抒情性"。他这样解释抒情性的特征:"它是我们身上具有的超自然的东西的表达,是超越我们的物质和世俗欲望的表达,简言之,是只有通过歌唱才能真正表达的我们的情感和思想的表达。"⑥这句话明显反对物质主义的诗作,反对物质主义,也就是反对实证主义。波德莱尔的诗歌理想就是传达超自然的东西,在

---

① André Beaunier, *La Poésie nouvelle*, Paris: Mercvre de France, 1902, p. 24.
② Kenneth Cornell, *The Symbolist Movement*, Hamden, Connecticut: Archon Books, 1970, p. 7.
③ T. de Banville, *Petit traité de poésie française*, Paris: Bibliothèque-Charpentier, 1903, p. 9.
④ Ibid., pp. 4—5.
⑤ Ibid., p. 115.
⑥ Ibid.

这一点上，邦维尔也可以称作是一位波德莱尔主义者。如此一来，邦维尔就和象征主义诗人同属一个路数，所谓实证主义的批评，当属偏见。波德莱尔生前也曾讨论过邦维尔的诗，他指出："邦维尔严格说来并不是物质主义者，他是光亮的。他的诗表现了愉快的时刻。"①

拿邦维尔作于1869年的诗《它们看到我们》（"Ils nous voient"）为例，这首诗是写给母亲的悼亡诗，但诗中使用了不少朦胧的象征：

> Les cieux semblent déjà vivants et rajeunis.
> Je sens venir, du fond de l'ombre enchanteresse,
> Le souffle d'une brise amie et charmeresse,
> Dans le triste silence où nos cœurs sont unis.②
> 天空似乎已经活起来了，年轻了。
> 从美妙的幽奥的地方，我感到
> 在我们心灵相连的阴暗的寂静中，
> 亲切而迷人的微风送来了呼吸。

诗中把人心连起来的"阴暗的寂静"，既是写实，指夜晚的静谧，也是虚指，指无言的情感。"呼吸"是微风的拟人化，还是夜空中星星的闪烁呢？这里都有可能。这一节诗虽然涉及具体的夜景，但诗中富有一种清凉的情调。紧接着的一节：

> Pareils à des oiseaux frissonnants dans leurs nids,
> En nous des souvenirs de joie et de tendresse
> Pleurent; le vent d'une aile errante nous caresse,
> Ma mère, et ce n'est pas moi seul qui te bénis!③
> 就像鸟巢中颤抖的鸟儿，
> 快乐和温存的回忆，在我们心中
> 哭泣；风流浪的翅膀抚摸我们，
> 我的母亲，不是只有我祝福你！

这四行诗，情感又更深一层。它把对母亲的亲切的回忆比作鸟儿，把

---

① Charles Baudelaire, *Œuvres complètes*, tome 3, ed. Yves Florenne, Paris: Le Club français du livre, 1966, p.1198.
② T. de Banville, *Poésies complètes*, tome 1, Paris: C. Charpentier, 1879, p.421.
③ Ibid., p.422.

心比作鸟巢。鸟儿在鸟巢中颤抖,如同回忆在心中哭泣。这一节的第三句,直译的话,是"长着流浪的翅膀的风",这里意译为"风流浪的翅膀"。它也是一种很新颖的象征,含有母亲抚摸、安慰诗人的意思,当然,也可能暗示着诗人今后的处境,在没有母亲的余生中,"我"将像风一样流浪,再也找不到家。

用具体的事物来传达抽象的感情,虽然用的是比喻手法,其实也是象征主义诗人常用的象征。雷尼耶曾指出:"象征其实是抽象与具体的比较与等同,是某一项被暗示的比较。"① 把抽象的感情与具体的事物比较起来,这就是象征的一种用法。邦维尔早在象征主义之前,就已经重视这种手法了。邦维尔在他的诗论中,也正式总结过这种手法:"诗的目的是在读者的灵魂中唤起印象,在他的精神中引发形象,——而非描绘这些印象和形象。这需要利用复杂得多、神秘得多的一种方法。"② 这里不但否定描绘的做法,而且强调"唤起印象",如果它有什么"神秘"的地方,这种神秘性就表现在深入内心世界的象征能力。罗当巴克敏锐地指出:"当(象征主义)小团体的这些成员——他们主张发明了象征——尝试说明象征的理论和定义时,正是在邦维尔的《法国诗简论》中,人们发现了真正的定义,已经很久远、特别精确的定义。"但似乎除了罗当巴克,人们并没有注意到邦维尔在总结象征上的先驱地位,这也造成了邦维尔完全是"实证主义"诗人的指责。

二、普吕多姆的内在性

普吕多姆的名字现在鲜为人知,他是第一位获得诺贝尔文学奖的作家,也是重要的巴纳斯诗人。他对内在性的问题有很多富有创见的思考。普吕多姆像邦维尔一样,将诗看作是歌唱:"这两种艺术,诗与音乐,在起源上并不是分开的;使用竖琴就证明了这一点。诗严格说来,是歌唱。"③ 这里的歌唱并不是一种动作,一种方式,而是一种目的。歌唱本身就是一种内在性的内容。

如果将这种歌唱再具体解释,它的意思与"愿望"等同。诗人心中有

---

① Henri de Régnier, *Figures et Caractères*, Paris: Société de France, 1901, p. 334.
② T. de Banville, *Petit traité de poésie française*, Paris: Bibliothèque-Charpentier, 1903, pp. 261—262.
③ Sully Prudhomme, *Œuvres de Sully Prudhomme: prose*, Paris: Alphonse Lemerre, 1904, p. 141.

很多痛苦和快乐的记忆,诗人把它传达出来,这就是创造活动。创造活动可以分为两个层面来谈,第一个层面是愿望的生成。普吕多姆不希望诗人过于接近、关注现实的生活,他应该离这种生活远一点。当诗人能摆脱他私人的生活,他才能获得宝贵的抒情诗:"抒情诗以及它的飞升,尽可能地避开了人间的羁绊,但是,当它因为斗争和私人痛苦的秘密,而成为个人性的时候,它就有可能落到地上。"①象征主义诗人指责巴纳斯的客观主义、实证主义缺陷,其实正是普吕多姆希望避免的。因为如果真正做到了实证主义,那么抒情诗就"落到地上",就丧失了它超然于自然与社会生活的特质。当奥里埃指责巴纳斯派"持久地关注物质形式,不关心观念"的时候②,显然,奥里埃根本没有正视普吕多姆的诗学。普吕多姆为了让诗人更好地摆脱现实,希望他们疏远自己,获得非个人化,这是马拉美和艾略特都曾提倡过的诗学。但是艾略特的非个人化诗学是为了放弃性情,性情与他主张的伟大传统是相冲突的,在普吕多姆这里,伟大传统本身就是人的情感。放弃个人情感,不是对情感本身的背叛,而是真正打破情感的隔阂,"以便与其他人的痛苦和快乐有同感"③,这种对普遍情感的寻求,在象征主义诗学中也是非常显著的。梅里尔在讨论象征主义的特征时曾说:"在他们的作品中,象征主义者忽略了细节,只关注总体,他们研究这一时期的风俗,以便表达人类永恒的感情。"④普吕多姆的诗学在象征主义那里得到了很好的呼应。

第二个层面,是表达的层面。如果诗人的情感与更大的情感结合在一起,他就可以传达它了。普吕多姆明确地表示诗歌的表达不能使用描述:"描述因而无法创造与事物完全一致的形象。当诗人放弃描述的时候,它可以用迂回的手段来弥补:他在给读者传达他的情感的过程中,能间接地在读者的记忆中引发一种对等的形象,这种形象能给他暗示情感。"⑤这种说法完全是象征主义的。描述表面上可以原样呈现事物,实

---

① Sully Prudhomme, *Œuvres de Sully Prudhomme: prose*, Paris: Alphonse Lemerre, 1904, p. 147.

② Jules Huret, *Enquête sur l'évolution littéraire*, Paris: José Corti, 1999, p. 160.

③ Sully Prudhomme, *Oeuvres de Sully Prudhomme: prose*, Paris: Alphonse Lemerre, 1904, p. 147.

④ Georges le Cardonnel & Charles Vellay, ed., *La Littérature contemporaine*, Paris: Mercvre de France, 1905, p. 180.

⑤ Sully Prudhomme, *Œuvres de Sully Prudhomme: prose*, Paris: Alphonse Lemerre, 1904, p. 140.

际上却无法办到。因为诗人要描摹的是内心。诗人可以用"迂回的手段",即使用暗示情感的形象。这是对象征的最好的辩护。莫雷亚斯的《象征主义》对象征的理解,与普吕多姆的如出一辙。例如莫雷亚斯将象征视为"可感的表象"①,用来揭示内在的真实性。为什么象征可以传达情感呢?波德莱尔、莫克尔、古尔蒙等人的答案虽然不同,但是基本都认为情感与外在的事物存在着一致性,尤其是诗人的某种心境与这种心境中见到的事物具有亲缘性。普吕多姆也认可这种观点,1886年他在回答多弗尔的一次问卷调查时曾这样说:"诗人为了表达感情,他本能地寻求召唤感情的形象,即是说,他往往本能地在可见的事物中,以及看不见的情感中找到共同点。"②形象与情感的"共同点",就是感应。诗歌的具体表达,就是利用这一感应的创作行为。普吕多姆似乎完全可以列入象征主义派中。

普吕多姆的诗作,能加深人们对他诗学的印象。《风》("Le Vent")是一首十四行诗,它里面有常见的客观物象的描述,比如第一节:

> Il fait grand vent, le ciel roule de grosses voix,
> Des géants de vapeur y semblent se poursuivre,
> Les feuilles mortes fuient avec un bruit de cuivre,
> On ne sait quel troupeau hurle à travers les bois. ③
> 刮了大风,天空发出粗重的嗓音,
> 雾霭的巨人似乎在那里相互追赶,
> 枯叶在金属的撞击声中四处逃散,
> 不知道什么兽群吼叫着穿越丛林。

大风刮起时,远方似乎有沉雷响起,升起的雾霭在山林中拂过,枯叶在林间发出碰撞的声音。这些确实是"客观的""实证主义的"。这些形象在邦维尔、普吕多姆的诗中也是常见的。可是枯叶和雾霭的描写,并不是以它们自身为目的。诗人也并不是把诗写成纯粹的风景诗。就像普吕多姆所说的"暗示情感"一语,诗中的这些形象有着情感上的"共同点"。这首诗其实是时代的写照,所谓的大风,在诗人心中指的是现代的思潮,枯叶也好,雾霭也罢,它们都是现代思潮中的不同的观念。这些观念在盲目地斗

---

① Jean Moréas, "Le Symbolisme", *Le Figaro*, 12.38 (18 septembre 1886), p.150.
② Léo d'Orfer, "Curiosités", *La Vogue* 2 (18 avril 1886), p.71.
③ Sully Prudhomme, *Poésies de Sully Prudhomme*, Paris: Alphonse Lemerre, 1877, p.41.

争,世界的秩序完全被打乱了。诗中的第二节写道:

> Et je ferme les yeux et j'écoute. Or je crois
> Ouïr l'âpre combat qui nuit et jour, se livre:
> Cris de ceux qu'on enchaîne et de ceux qu'on délivre,
> Rumeur de liberté, son du bronze des rois…①
> 我合上眼睛,聆听。现在我相信
> 听到激烈的斗争,不分黑夜和白天:
> 人们奴役的和解放的东西在叫喊,
> 自由的喧嚣,国王们铜器的声音……

这一节,出现了不少政治上的暗示。这首诗选自1866年的诗集《考验》(Les Épreuves),诗写作的时间当在第二帝国时期。人们"奴役"和"解放"的东西,代表着秩序、道德、自由等价值,不同的价值在冲突,不同观念的人们在斗争。"自由的喧嚣",则代表着资产阶级共和派和工人阶级的呐喊,"国王们铜器的声音",暗示保皇派势力的宣传。政治、社会的斗争,好比是自然界中的大风。它在诗人心中也是令人不安的烦恼,尽管诗人在最后一节表示这种狂飙"撼动不了我"②。

另外一首《疑问》("Le Doute")也有一系列具体的形象:诗人拖着绳索,要下到一个深井里,但是他悬在井中,既看不到任何东西,也无法退出来。在诗的最后一节,诗人写道:

> Ne pourrai-je allonger cette corde flottante,
> Ni remonter au jour dont la gaîté me tente?
> Et dois-je dans l'horreur me balancer sans fin?③
> 我是否无法再拉长这根悬浮的绳子,
> 是否爬不上来,见这诱人的青天白日?
> 是否我应在恐惧中摇摆,无休无止?

井底的白光,在诗中象征着"真理",诗人进退维谷,是在真理与迷误之间摇摆不定的内在煎熬。这种诗似乎象征的含义比较明显,但撇开马拉美不谈,象征主义的代表人物莫雷亚斯、卡恩的诗,并不比这种诗隐晦多少,

---

① Sully Prudhomme, *Poésies de Sully Prudhomme*, Paris: Alphonse Lemerre, 1877, p. 41.
② Ibid.
③ Ibid., p. 35.

他们的诗对象征的使用，也多属于明白的"可感的表象"。晦涩的象征，只是马拉美的个人风格，不过，在巴纳斯派时期，马拉美的《海洛狄亚德》已经确定了这种风格。

三、李勒的内在性

李勒同样是巴纳斯派的代表诗人，曾有批评家将他誉为"真正的大师"①。但是这种称赞一般得不到象征主义诗人的认同，他们将李勒和其他巴纳斯诗人看作是"心灵缺失、无动于衷的"②。这种批评自然还是着眼于文学视野上的内外之别。实际上李勒的内在性的诗学是非常丰富的。

李勒有着唯美主义的观念，这种唯美主义并不是强调描摹现实，如果现实表现为真，那么美与真就是不同的。李勒指出："善并不是真的仆人，因为它含有神圣的和人性的真。它是精神之路导向的共同的顶峰。其余都在表象错觉的旋涡里流转。"③这里将真分为两种，一种是表象的真，所谓客观主义、实证主义的现实，都是这种真，它们只带来了"表象的错觉"。另外一种真是精神指向的顶峰，它含有"神圣的"内容，其实就是理念或者本质的内容。亚里士多德认为悲剧不仅模仿历史，而且可以模仿可能存在的行动。悲剧是比现实要高远一些的。李勒有类似的看法，他指出："美的世界，艺术的唯一领域，本身是无限的，它不可能接触所有其他低劣的观念，只除了可能的存在。"④所谓"可能的存在"，需要越过客观现实中的事物，模仿人精神中想象的事物。如果内在性与外在性存在着对抗的话，李勒的诗学绝对不是外在性的诗学。

在诗歌的表达内容上，李勒认为有三种来源，前两种是理智和激情，在古典主义和浪漫主义的作品中，人们可以找到这两种内容；第三种是幻想，也是李勒非常重视的一种，它"回应了朝向神秘和未知的合法愿望"⑤。自波德莱尔以来，兰波、拉弗格都在渴望寻求神秘，神秘主义也与象征主义紧密相关。甚至比耶特里认为："对神秘内容的完美的运用，构

---

① Émile Verhaeren, *Impressions*, Paris: Mercvre de France, 1928, pp. 97—98.
② Jules Huret, *Enquête sur l'évolution littéraire*, Paris: José Corti, 1999, p. 57.
③ Leconte de Lisle, *Œuvres de Leconte de Lisle*, Paris: Alphonse Lemerre, 1942, p. 240.
④ Ibid.
⑤ Ibid., p. 220.

成了象征。"①诗人传达的神秘的东西,往往也源自内在的经验。在某种意义上看,象征主义的神秘主义只是从巴纳斯诗人那里继承来的。神秘主义不能成为巴纳斯派和象征主义的区别。如果这个判断正确的话,那么内在性这个判断尺度的合理性同样也是有问题的。

巴纳斯派同样强调内在性,它们采用生活中的事物来暗示内在的思想和感情,或者不如说,巴纳斯派使用象征的方式来表达内在性。象征主义诗人和批评家们并不是不熟悉这种方式,但是他们夸大了巴纳斯诗人形象上的写实性,弱化了形象与情感、思想的联系。如果寻根究底,出现这种误解的原因,在于诗人和批评家把表达内容与表达方式混淆了。

四、误解的原因

巴纳斯派并不是一个具有固定纲领的文学流派,它只是一个将不同风格的诗人合起来的一个群体。这个群体内部确实有不少诗人的作品注重外在描述,比如李勒和邦维尔的一些诗,但是实证主义并不是这个群体真正的共同之处,一方面,存在着强调内在性的诗人,比如普吕多姆;另一方面即使创作过大量实证主义诗作的诗人李勒和邦维尔,他们最终的理想其实还是落脚在内在性上。

这样说来,文学流派是不是没有存在的合法性呢?也不是这样。文学流派中的诗人、作家尽可以多元,但是这些人也有一定的一致性,这个一致性是相对的,不是存在于这些诗人、作家之间,而是针对之前的流派来说。象征主义诗人梅里尔曾有过很好的解释:"这些群体的成员之间有些共识,但这是为了反抗先前群体的艺术,不是为了结合成为流派。"②也就是说,流派的特征并不表现在流派内部,而是表现在与先前流派的对抗中。巴纳斯派如果可以看作是一个群体,或者流派,它的同一性需要结合之前的浪漫主义诗派才能看清。

尽管巴纳斯派也是浪漫主义后期的变体,但是巴纳斯派却是针对法国浪漫主义而发起运动的。浪漫主义的特征是什么呢?马蒂诺(P. Martino)在讨论福楼拜的浪漫主义阶段时,曾做过概括:"福楼拜是在浪漫主义的全盛时代受到了教育,得到了训练;他始终遵循浪漫主义抒情性

---

① Roland Biétry, *Les Théories poétiques à l'époque symboliste*, Genève: Slatkine Reprints, 2001, p. 278.

② Georges le Cardonnel & Charles Vellay, ed., *La Littérature contemporaine*, Paris: Mercvre de France, 1905, p. 179.

的大道,热衷宏伟的形象、狂热的情感以及和谐的词汇。"①这里谈到了法国浪漫主义的两大特征:直接抒发情感以及过度的风格。巴纳斯派针对这两个特征,提出新的诗学主张,这就是间接的暗示和适度的风格。当普吕多姆最初接触李勒的诗作,并决定遵从巴纳斯派的原则时,他说:"我从这个流派得知,丰富与适度这两个(要求)通过唯一的恰当就能得到。恰当的词在我眼中显出它全部的价值,我立刻决定努力把这些模糊的、太笼统的形容词从我诗行中除去——它们只是拿来凑字的——以便只留住这些必要的词。"②客观的暗示其实也与引文中的适度有关,这样将使情感更加有滋味,并避免苍白、单薄的缺陷。

巴纳斯派诗人经常使用外在的形象,这给了他们冷静的特质,让他们与缪塞、拉马丁这类诗人的艺术区别开来。这些外在的形象只是巴纳斯诗人的表达方式,并不完全是他们的表达内容。巴纳斯派诗人,拿上面的三位诗人来说,都渴望在形象与情感的感应中呈现内在的内容。象征主义诗人和批评家们,似乎将形象本身看作是自主的了。之所以这样,一方面是巴纳斯诗人有时矫枉过正,确实出现了一些吟风弄月的作品,但另一方面,更多的是象征主义诗人的原因。他们渴望故意把自己打扮成先前流派的掘墓人,以便显出自己流派的独特性,给自己的流派找到一个共同的特征。外在性与内在性、实证主义与唯心主义这种二元对立,并不完全是历史的分析,它们更多的是主观的虚构。象征主义者利用了这种虚构,这种虚构本身是一种修辞的策略。如果文学史家轻易相信了象征主义者的虚构,那么他们像一些神学家一样,把历史与信仰混为一谈了。

如果仔细探查,可以发现,象征主义其实是巴纳斯派的继承者。不论是对神秘经验,还是对内在自我的探求上,象征主义都沿着邦维尔、普吕多姆等人的道路前进。另外,也要看到,象征主义诗人强调的象征的做法,其实正是继承了巴纳斯派客观暗示的诗学。卡恩在谈象征主义一词时曾指出:"并不是因为它特点准确,而是很难找到一个能很好地概括诗人们做出的不同的努力的一个词,象征主义总的说来,与浪漫主义是相当的。"③不管象征主义者怎样理解象征主义,这个词其实只是一种暂时的命名。浪漫主义、巴纳斯文学、象征主义之间存在着紧密的传承关系。象

---

① P. Martino, *Le Naturalisme français*, Paris: Armand Colin, 1960, p. 13.
② Sully Prudhomme, *Œuvres de Sully Prudhomme: prose*, Paris: Alphonse Lemerre, 1904, p. 23.
③ Gustave Kahn, *Symbolistes et Décadents*, Genève: Slatkine, 1993, p. 51.

征主义的象征就是从巴纳斯派暗示的形象发展出来的。象征主义继承了巴纳斯的象征理论,那么它是否与前辈有什么不同呢?当然有。因为象征主义对纯诗的开拓,使得象征主义有无主题的倾向。巴纳斯派则通过细致的外在描写,渴望清楚地解释思想和情感。这种表达功能上的差别,使得象征主义的象征与它所暗示的东西距离较远,比较朦胧,需要读者用心体会;而巴纳斯派的象征与思想、情感的关系比较近,更为明白,读者更容易知道诗人想说的是什么。象征主义诗人为了表明自己的象征有所不同,非常强调象征的自发性和偶然性。梅特林克要求不同于巴纳斯派象征的另外一种象征:"另外一种象征更准确地说是无意识的象征,不为诗人所知而发生,常常是无心的,几乎总是超越了他的思想:这是一种来自人类所有天才创造的象征。"①如果按照这个定义,那么巴纳斯派的诗作确实还未充分掌握暗示真正的魔力,还不熟悉只可意会、不可言传的美感,不过这种批评就与实证主义、客观主义没有关系了。

第二节　象征主义与自然主义的类同性

象征主义在文学中往往被看作是自然主义的对立面,甚至象征主义发生、发展的历史,都有赖于两种主义的差异。莫雷亚斯在他的《象征主义》一文中,明确将自然主义作为新诗学的"敌人",认为前者代表的是"幼稚的做法"②。巴朱对自然主义也不客气,因为在他眼中这关乎颓废派作家的尊严:"打破自然主义,创造更好的品味的荣耀,要留给颓废派。"③象征主义者不断地通过这种二元对立成就了一个流派优越性的神话。后来的文学史家如果轻信莫雷亚斯等人的论述,就容易延续这种对立,并相信象征主义是更高级的诗学思想。韦勒克的《什么是象征主义?》一文,就曾明白地说:"象征主义运动是同一时期崛起的现实主义和自然主义的反动,看到这个一点儿不难。"④韦勒克不可能不知道象征主义与自然主义的联系,他做出这种判断,折射出固定思维倾向的强大力量。

---

① Jules Huret, *Enquête sur l'évolution littéraire*, Paris: José Corti, 1999, p. 154.
② Jean Moréas, "Le Symbolisme", *Le Figaro*, 12. 38 (18 septembre 1886), p. 151.
③ Anatole Baju, *L'École décadente*, Paris: Léon Vanier, 1887, p. 5.
④ René Wellek, "What Is Symbolism?", *The Symbolist Movement in the Literature of European Languages*, ed. Anna Balakian, Budapest: Akadémiai Kiadó, 1984, p. 23.

如果着眼于自然主义和象征主义的绝对理想，韦勒克的判断是正确的。两种主义确实在不同的方向上着力，并相互排斥。可是若从历史的视野来看，那么情况就完全不同了。实际上，自然主义和象征主义是相伴而生的，而且在诗学本身上有诸多类同之处。文学史家史蒂芬曾指出："本质上看，自然主义者和颓废者相与共事，是朋友和合作者。"①这种看法更为中肯。象征主义在今天往往被孤立地分析，就好像一株脱离开它的土壤的植物，被送到实验室观察。如果回到植物生长的环境中，可以发现原本不同的植物，也都有令人惊讶的共同之处。

一、象征主义和自然主义的历史渊源

象征主义并不是一种独立的诗学思想，它所形成的流派也不是一个封闭自足的流派。象征主义其实没有自性，它是一个有相对稳定性的主义。就起源上看，象征主义是19世纪80年代前后颓废文学群体的构成部分。这里用的术语是颓废文学群体，而不是颓废派。因为作为流派的颓废派要到1885年才成形，而在此之前，以厌水者俱乐部成立为起点，组织松散的颓废文学群体早就存在了。

颓废文学群体囊括了自然主义作家，以及后来的颓废者和象征主义者。从《黑猫》杂志可以清楚地看到这些人的合作。《黑猫》是一个同人刊物，萨利斯是它的编辑，古多是它的主编，实际上，刊物真正掌握在萨利斯手里。为了扩大影响力，这个刊物一度设立了主管（administrateur general）一职，不同的作家轮流担任这个职位，这一职位后来又改为编辑秘书。萨利斯和古多都是颓废文学群体的领袖，但他们也向自然主义作家伸出了手。第51期（1882年12月30日）的主管是莫泊桑，在第114期（1884年3月15日）左拉又接替这个位置。该刊物发表过不少魏尔伦、克洛的诗作，与后来的颓废派成员关系密切。《黑猫》的这种人事关系，表明在当时有一种更大的、模糊的群体存在着，自然主义和象征主义的区别并不显著。

1884年，颓废派的一个重要事件是《逆流》的出版。这个事件被看作是小说家于斯曼背叛自然主义，加入颓废派的标志。甚至于斯曼本人也极力想除去自己身上自然主义的印迹。他在1903年的序言中说："我们

---

① Philip Stephan, *Paul Verlaine and the Decadence*, Rowman：Manchester University Press, 1974, p.9.

其他人,不那么壮实,却关注一种更精细、更真实的艺术,我们不得不问自己,自然主义是不是会走进一条死胡同,我们是不是会很快就撞在一堵死墙上。"①这让于斯曼似乎成为有先见之明的人,他在自然主义的黄金时期,听到了新艺术的召唤,于是毅然离开了左拉。实际上《逆流》只是一部过渡的小说,它对人的感觉的分析,对环境的描绘,仍然显示出很多自然主义的路数。左拉读罢这部作品后,虽然对小说中的结构和疯癫的人物形象多有微词,但是对于它的感受描写,仍旧首肯,认为这种长处,"足以让你出类拔萃地脱颖而出"②。另外,批评家埃内坎的判断,也可以看出当时人们是如何看待这个作品的。埃内坎指出:"于斯曼的做法大体上属于现实主义美学。"③虽然《逆流》有着病态感受的描述,但是现实主义写作的方式还是让它与一般的颓废文学有所区别。

因为处在自然主义和颓废文学的中间地带,因而于斯曼进入象征主义、颓废主义的诗学活动中,就等于把一部分自然主义的理念带给了后者。在迪雅尔丹负责的《独立评论》上,于斯曼成为重要的《艺术专栏》的负责人,定期讨论法国的艺术活动,也时不时地发表小说。比如他在1卷1期(1886年11月)就开始在《独立评论》上连载小说《抛锚》(*En Rade*)。《风行》杂志也向于斯曼打开了大门。在第1系列的第8期(1886年6月13日),《风行》刊出了于斯曼根据《旧约》改写的短篇小说《以斯贴》(*Esther*)。对象征主义、颓废主义理念的浓厚兴趣,让于斯曼开始思考如何改造自然主义。在1891年的《在那儿下面》(*Là-bas*)中,于斯曼提出了将两种主义结合在一起的想法:

> 必须要保持现实主义材料的真实、细节的准确、语言的丰富和敏感,但是同时也必须下潜到灵魂中,并不用病态的感觉来解释神秘之物。如果可以做到这一点,小说就会分为两个部分,但它们又能合成一体,或者不如说能融合起来,就像在生活中一样,这两个部分是灵魂的部分和身体的部分。小说将关注它们的相互作用、它们的冲突、它们和谐的关系。简言之,必须要遵从左拉开辟的大道,但也必须寻找另一条路,在空中并列的路,通过这条路抵达超越时间和空间的事

---

① 于斯曼:《逆流·作者序言》,余中先译,上海:上海译文出版社,2015年版,第5页。
② 于斯曼:《逆流》,余中先译,上海:上海译文出版社,2015年版,第297页。
③ Émile Hennequin, "J. K. Hÿsmans", *La Revue indépendante*, 1 (juillet 1884), p. 200.

物,创造一种精神主义的自然主义……①

于斯曼即使接受象征主义、颓废主义的理念,但是也没有真正放弃自然主义,而是看到了自然主义存在的必要性。自然主义在材料和细节的真实上,带来了完整的自我的一个部分。这个部分与灵魂的部分结合起来,二者就可以相得益彰。这似乎是瓦格纳或者威泽瓦的综合说,瓦格纳和威泽瓦都曾要求过感受(身体)与情感(灵魂)的综合。不过,于斯曼涉及的不是跨艺术的综合,而是跨文学思潮的重组。重组的结果是"精神主义的自然主义"这种概念。这个重要的概念表明,自然主义与象征主义的二元对立,只是文学史家出于解释方便而做出的假定。

《独立评论》在一定程度上沟通了自然主义和象征主义,但是焦点并不仅仅只在于斯曼身上。在第 25 期(1888 年 11 月),该杂志发表了司汤达的《未刊文献》(*Documents inédits*)。该文献其实是司汤达搜集的意大利历史的材料,原文为意大利语。虽然《未刊文献》不是文学作品,但对现实主义作家的关注,也透露出不寻常的信息。在第 24 期(1888 年 10 月),还可以看到挪威戏剧家易卜生的作品《玩偶之家》,该戏剧的法语译名为 *Maison de poupée*。译作只是选译了娜拉和海尔茂的对话,其他的人物都隐去了。这是对原作的改编。作为现实主义戏剧的大师,易卜生与自然主义小说家在写作的对象、风格上都有很大类同性,他的作品出现在象征主义杂志上,表明了迪雅尔丹、卡恩等人兼收并蓄的气度。

《独立评论》在不同流派的沟通上,还有一个功劳就是推出了龚古尔兄弟(Edmond et Jules de Goncourt)的作品。龚古尔兄弟是自然主义作家,他们创造小说常常从生活中找真实的人物,注重素材和细节的真实。在方法和理念上,他们与左拉相同。在该刊第 3 期(1887 年 1 月),可以看到兄弟二人的文学散文。作品名为《勒妮·莫佩兰的摇篮》("Le Berceau de Renée Mauperin"),取自当时兄弟二人的未刊日记《文学生活的记忆》。迪雅尔丹等人能刊发这种作品,再次说明象征主义文学思潮的复杂性,以及象征主义流派对个人文学关系的重视。

自然主义文学是《颓废者》杂志的敌人,尤其是该刊的负责人巴朱,他对自然主义的态度很多时候带有个人的偏见。在《颓废派》("L'École décadente")一文中,自然主义作家被他比作逐臭的老鼠:"肮脏的、下流

---

① J.-K. Huysmans, "Émile Zola and L'Assommoir", *Documents of Modern Literary Realism*, ed. George J. Becker, Princeton: Princeton University Press, 2015, p.232.

的东西对于他们的观念发挥了无法抵御的、诱人的吸引力。因为对恶臭的事物具有独特的嗅觉,他们与某些动物相像,直奔堕落而去。"①在创刊号上的一篇文章中,自然主义还被视为"正在腐烂的浪漫主义"②。与此相对,颓废主义则被认为在探讨人的丰富、细腻的心理状态上具有极大价值。值得注意的是,在这份极端反对自然主义的刊物上,居然出现了赞美龚古尔兄弟的评论文章。该评论文章出自雷诺手笔,作为《颓废者》杂志的核心成员,他的这一举动是富有意味的。雷诺的评论发表在新的系列的第 26 期(1889 年 1 月 1 日),雷诺注意到兄弟二人让文学具有了历史的地位:"龚古尔兄弟小说带来他们的历史观察方法和科学方法的严肃与精细。"③在这种科学方法的背后,是自然主义小说家细致的文献功夫:记录身边的素材,观察人物的姿势与心理,研究环境对人物的具体影响。因为小说中的角色不能说是想象出来的,他们来自生活中的范本。作家的工作也不是呈现人物的性格,而是在环境和欲望中解剖人物。雷诺注意到这种解剖的工作是渊源有自的:"这种朝向简朴和真实的有想象力的文学的进化,是由巴尔扎克引起的,福楼拜令它加速,而龚古尔兄弟尤其加快了它。"④这个谱系没有包括巴朱一直羞辱的左拉,而左拉在 5 个多月前刚刚获得荣誉军团的勋章。雷诺是顾及巴朱的情面的。但是尽管如此,雷诺与巴朱的"对立"也是非常清楚的。作为同样资深的颓废者,雷诺并不是要放弃颓废派的理念,并皈依自然主义。他能发表这篇文章,一定也得到了巴朱的同意,如果巴朱反对,雷诺的稿子最终也不可能印行。在同一期,巴朱化名维拉特,表示对雷诺和龚古尔兄弟的不同意见。巴朱指出,雷诺的稿子"绝对是个人的观点",并表示"它也是人们在《颓废者》杂志中看到的大多数理论的观点"⑤。巴朱还表示编辑会承担此类文章的责任,这说明什么?巴朱一定是默认了这篇稿子的。这样判断的话,就可以对《颓废者》杂志的立场做一些折中了。它好斗的、宗派主义的姿态,其实并不绝对,颓废主义如果和自然主义有相反的地方,也一定有相一致、相补充的地方。

兄长埃德蒙·德·龚古尔在弟弟去世后,也开始了对自然主义的反

---

① Anatole Baju, "L' École décadente", *Le Décadent*, 24 (18 septembre 1886), p. 1.
② Anatole Baju, "Chronique littéraire", *Le Décadent*, 1 (10 avril 1886), p. 3.
③ Ernest Raynaud, "Les Frères de Goncourt", *Le Décadent*, 26 (1 janvier 1889), p. 8.
④ Ibid., p. 5.
⑤ Anatole Baju, "Le Naturalisme hué au sénat", *Le Décadent*, 26 (1 janvier 1889), p. 12.

思。他像于斯曼一样,希望用象征主义、颓废主义来补充自然主义的短处。在1879年《桑加诺兄弟》(Les Frères Zemganno)一书的序言中,埃德蒙指出这部小说"是对诗性现实的尝试"①。现实的领域扩大了,它与内在心理不是对立的,或者分开的,内在心理所组成的诗性现实,也是现实的构成部分。"诗性现实"这个概念,与于斯曼的"精神主义的自然主义"可谓异曲同工,都渴望消除两种流派的二元对立,而寻求它们的统一。象征主义的一大特征是对梦幻的强调,象征主义在很多情况下就是梦幻主义。在《桑加诺兄弟》中,埃德蒙认为自己"通过与记忆混合的梦写出了有想象力的作品"②,这同样产生了象征。埃德蒙的《桑加诺兄弟》不仅是自然主义的,也是象征主义的。

二、象征主义和自然主义在美学上的类同性

两种主义不仅相互靠拢,它们在美学上也有一些一致性,不能将两种主义视为坐标轴两侧的曲线,它们好像有平行关系,但是数值一正一负。可以将它们看作是有重叠区域的两个圆环。这些重叠区域中,最显著的部分是印象主义诗学。从印象主义诗学的视野来看,两种主义不但没有对立之处,而且是相连续的,是印象主义发展的不同阶段。

文学上的印象主义,最早源自马奈、塞尚等法国画家。以马奈为代表的这派画家不满古典主义抽象出事物的颜色和形式,而渴望让事物回到自然中。回到自然中,事物就有了时间和空间,就有了真实性。塞尚在书信中曾指出:"我确信,所有以前的艺术大师表现户外的画作都仅仅是在滞后的状态中创作的。因为在我看来,它们没有自然所赋予的真实的样子,尤其是原本的样子。"③真实的自然,其实也是自然主义极力追求的。自然主义想摆脱古典主义文学中人性的抽象,在社会环境中观察真实的人性。左拉曾这样总结自然主义的原则:"所有的工作就是在自然中获取事实,然后研究事实的原理,看情况与环境的变化对这些事实产生什么影响,从不脱离自然的法则。"④自然主义运用的观察法,虽然涉及科学方

---

① Edmond de Goncourt, "Levels of Realism", *Documents of Modern Literary Realism*, ed. George J. Becker, Princeton: Princeton University Press, 2015, p.246.
② Ibid.
③ Paul Cézanne, "Excerpts from the Letters", *Theories of Modern Art*, ed. Herschel B. Chipp, Berkeley: University of California Press, 1968, p.16.
④ Émile Zola, *Le Roman expérimental & les romanciers naturalistes*, Genève: Edito-Service S. A., 1969, p.30.

法,但是与印象主义的观察并无二致。自然主义大体上就是印象主义在文学中的运用。如果说印象主义和自然主义还有不同之处,这种不同集中在主观感受上。因为自然中的事物是通过肉眼观察到的,主观的感受需要加入进来,这样印象主义就打破了完全客观的绘画,而成为主、客观的统一。这里还可以用塞尚的话说明:"让我们去研究美妙的自然,让我们的头脑从这些规则中解放出来,让我们努力根据个人的性情表达自己。此外,时间和反思渐渐地更改我们的视觉,我们最终会有所领会。"①印象主义允许一定程度的浪漫主义,因为不同的感受将会呈现不同的自然。自然的呈现就有偶然性和相对性。准确地说,每个人眼中的自然都是不同的。因为科学方法的引入,自然主义需要提防塞尚所说的"个人的性情"。在左拉眼中,自然主义小说家所做的是科学分析的工作。从科学走到自然主义小说经过了三步:第一步是物理学和化学,人们在实验室分析现象,总结规律;第二步是生理学,人们将物理学的步骤用到生理上,将生理现象同样看作是一种自然现象;第三步就是自然主义小说,它将人的性格、行动放到社会环境中去分析。为了保持准确性,个人的感受是被排斥的。左拉强调:"我们开始在分析性格,分析激情,分析人和社会的事实,就像化学家和物理学家分析无机物,就像生理学家分析有机物。决定论左右一切,正是科学的探究,正是实验的理性,与唯心主义的假说一个一个做斗争,它用观察和实验的小说取代了纯粹想象的小说。"②科学分析的决定论与主观感受的相对论明显不同,左拉希望获得确实的现象和规律。但这里有一个矛盾,如果将确实性看作是小说的唯一目标,那么自然主义小说就不成其为小说,而成为社会调查报告了。小说必须要有作家的想象和个性。左拉的说法其实只强调观察和实验的工作,而真正创作时,就需要主观性。这种主观性将是保证文学作品不同于科学报告的唯一条件。所以左拉不得不对他的科学方法松口:"但是,为了揭示事实的原理,我们必须创造,必须主导现象;作品中我们的创意和天才就在这里。因而,不用借助于形式、风格的问题,这在稍后会加以考察,我就可以从此

---

① Paul Cézanne: "Excerpts from the Letters", *Theories of Modern Art*, ed. Herschel B. Chipp, Berkeley: University of California Press, 1968, p.21.

② Émile Zola, *Le Roman expérimental & les romanciers natiralistes*, Genève: Edito-Service S. A., 1969, p.35.

确认,当我们在小说中运用实验方法时,我们应该更改自然,但不离自然。"①最后一句话非常关键,左拉真正的创作尺度是"更改自然,不离自然"。这涉及观察现象最终的呈现。但如此一来,左拉的科学方法与印象主义的差距就又弥合了。印象主义是个人的观察、准确的呈现,而自然主义则是准确的观察、个人的呈现,印象主义的第二步,实际上相当于自然主义的第一步,印象主义的第一步又相当于自然主义的第二步,一来二去,二者就近乎同一种步骤的颠倒。

象征主义同样继承了印象主义对自然的个人感受。波德莱尔在感受上就是一个印象主义者,他偏好阴暗的色彩和强烈的气味,在他那里,法国诗歌的感受明显扩大了。佩罗曾指出:"波德莱尔其实是感受的使徒。在他那里,个人的感受吸引住了所有人。作为最早的尝试者中的一位,他构造了文学印象主义的思想。"②不过,波德莱尔并不是忠诚的印象主义者,他发展了个人的感受说,让它具有了抽象的趋向。这可以通过波德莱尔对绘画的三种分类来说明:"第一种是消极的,因为过于写实而不正确,虽然自然,但是可笑;第二种是自然主义的,但有了理想化,这种绘画懂得对自然进行选择、安排、修改、猜测,控制它;第三种是最崇高的,最奇特的,能够忽略自然;它呈现出另一种自然,与作者的精神和性情相似。"③波德莱尔所说的"自然主义"当然不是左拉的自然主义,而是南方画派的特征。前面两种绘画都强调写实,只有第三种摆脱了自然,成为作者精神的主要表现。这一种绘画,其实就是后期印象主义的。凡·高曾在书信中解释道:"如果印象主义者在我的画法中找到毛病,我不会感到奇怪。因为我受益于德拉克洛瓦的思想,而非是他们的。因为我不想精确地重造我眼前看到的东西,我更加随意地使用色彩,以便有力地表达自己。"④这种看法正好与波德莱尔相同。

后期印象主义眼中的自然,不再是艺术的基本根据,艺术家可以按照内心情感的需要,随意使用非传统的颜色和形式。艺术作品的形式不再

---

① Émile Zola, *Le Roman expérimental & les romanciers natiralistes*, Genève: Edito-Service S. A., 1969, p. 31.

② Maurice Peyrot, "Symbolistes et Décadents", *La Nouvelle revue*, 49 (novembre-décembre 1887), p. 127.

③ Charles Baudelaire, *Œuvres complètes*, tome 1, ed. Yves Florenne, Paris: Le Club français du livre, 1966, p. 298.

④ Vincent Van Gogh, "Excerpts from the letters", *Theories of Modern Art*, ed. Herschel B. Chipp, Berkeley: University of California Press, 1968, p. 34.

具有自然的根据,而具有的是内心情感的根据。这种理论再往后发展,就是以马蒂斯为代表的抽象艺术。但是在19世纪末期,艺术的抽象还未发展到马蒂斯的地步,它还处在印象主义的象征阶段。在这一阶段,人们的经验或者情感体验与艺术形式的关系还比较紧密,艺术还未具有强烈的装饰性。象征主义文学从这个角度可以被重新理解。所谓象征主义文学,就是让艺术形式摆脱自然的依据,建立以内在经验为依据的文学运动,它在美学原理上与凡·高为代表的绘画是相同的。也正因为如此,凡·高的评论出现在象征主义杂志《法兰西信使》中,凡·高也被称为象征主义画家。

因为要重塑文学形式与心境的关系,象征主义重新体验了声音、形象、色彩的感受。在这种意义上,通感是象征主义必然要诉诸的技巧。文学史家瓦伊达认为诗中的印象主义指的就是音乐性、通感[1],这的确是洞见。就通感而言,除去麻醉品带来的真实感受不在本节讨论范围之内,通过想象力带来的通感,是想在内心深处找到重组感官的可能性。既然感受与外在自然的关系减弱了,那就加深它与内心的关系。波德莱尔已经开始尝试通感的手法,但是兰波在通感的探索上似乎青出于蓝而胜于蓝。兰波之后,以古尔蒙、雷泰为代表的年轻诗人对通感的兴趣减弱了。不过,瓦格纳主义者在音乐性上的尝试,补偿了通感手法的后继乏人。威泽瓦、迪雅尔丹的"语言音乐"说,其实也是另类的通感。它虽然与色彩、声音的相互触发无关,但是它想建立语音与乐音的对应。这种对应本质上还是利用通感的形式。它是一种对听觉的非正常扩大,同样是寻求建立感受与内心的新关系。威泽瓦和迪雅尔丹的建议,在吉尔的"语言配器法"那里达到极致。吉尔将元音和辅音与不同的乐器相配,并且继承了元音与色彩的关系,他曾设想道:"假如声音能用色彩来传达,色彩能用声音来传达,那么色彩就能用乐器的音色来传达。"[2]吉尔是兰波真正的继承人,他把通感扩大到乐器上。但吉尔也是兰波理论的滥用者,通感在他那里变得臭名昭著了。原因在于吉尔丢掉了兰波的心理依据,他用一种武断的分类代替了兰波的通灵人体验。在某种程度上看,吉尔已经是象征主义中的马蒂斯了。

---

[1] Gyorgy M. Vajda, "The Structure of the Symbolist Movement", *The Symbolist Movement in the Literature of European Languages*, ed. Anna Balakian, Budapest: Akadémiai Kiadó, 1984, p. 36.

[2] René Ghil, *Traité du verbe*, Paris: Éditions A.-G. Nizet, 1978, p. 81.

众所周知的马拉美的"暗示说"(之前的章节已经谈到过它),同样也具有印象主义的特征。暗示是想建立形象与心境的新关系,让形象摆脱外在自然的基础。这种做法并不取消自然形象,相反,自然形象在丧失它们之间固有的秩序之后,拥有了主观主义的逻辑。文学史家米勒曾发现马拉美"让象征主义成为印象主义对等的诗学"①,对等的基础,就在这种主观主义上。马拉美并不像巴朱那样,对左拉深恶痛绝。马拉美欣赏左拉,而且从左拉的文学结构和描写的感受上,看到了左拉的伟大。马拉美这样称赞左拉:"他确实才华横溢;他对生活绝无仅有的感觉、人群的骚动、娜娜的皮肤,我们完全触摸到它们的纹理了,所有这些都描绘成了美妙的水彩画,这是有真正可敬的结构的作品!"②马拉美并不理解人们为什么对左拉有这么多的偏见,也不赞成用自然主义、象征主义的二元对立来看待左拉。马拉美希望像后期印象主义一样,研究情感的秘密,他表示:"人们今天已经恢复了对上世纪法国旧品味的兴趣,更谦和,更有节制,它并不使用绘画的方法,以呈现事物的外在形式,而是解剖人类心灵的动机。"③值得注意的是,对人类心灵的解剖,正是左拉要做的事情。他在《戴蕾斯·拉甘》一书的序言中表示要对人的气质进行解剖的工作。虽然马拉美希望文学具有更多的梦幻性,但是左拉的分析工作,无疑让象征主义诗人看到身临其境的重要性。

马拉美也是瓦格纳主义者,他曾经有着与吉尔相似的音乐理论。在讨论亚历山大体时,马拉美说:"亚历山大体也是这样,它不是哪个人创造的,它独自从语言这个乐器里放出声来。"④马拉美也在一定程度上相信通感,不过这种通感不是颜色、声音、乐器的联系,而是诗体与乐器的关系。这种通感有时与类比的关系比较近。他曾将亚历山大体与铜管乐器联系起来,二者都能发出庄重的声音,可是在交响乐或者诗篇中使用过多,就会给人疲惫、单调的感觉。他解放亚历山大体的结果,其实就是走向自由诗。而自由诗本身是印象主义用到诗体上的产物。卡恩在讨论象征主义的自由诗时曾经指出:"瓦格纳多重主音的曲调,以及印象主义者

---

① Claude Millet, "L'Éclatement poétique: 1848—1913", *Histoire de la France littéraire: modernités*, ed. Patrick Berthier & Michel Jarrety, Paris: PUF, 2006, p.283.
② Stéphane Mallarmé, *Œuvres complètes*, Paris: Gallimard, 1945, p.871.
③ Ibid.
④ Ibid., p.868.

最新的技巧从相似的反思中创造出来了。"①这里提及印象主义,并不是偶然为之,而是有学理的考虑。古典主义诗律并非没有考虑呼吸的因素,但是它从听觉和呼吸抽象出来的理想模式,并没有顾及情感的要求。自由诗是让诗体与情感重新建立关系的尝试。如果情感是变动的、自发的、偶然的,那么诗行也要相应具备这种精神。准确地说,自由诗追求的并不是诗律完全自由的规则,并不是真正抛弃亚历山大体,它追求的是主观的、个人的节奏感。

古尔蒙曾在《文学散步》一书中肯定自然主义和象征主义有着相同的原则,而且象征主义"只是扩大的、变得高贵的自然主义"②。作为魏尔伦之后象征主义的代表,这种判断着实引人深思。自然主义和象征主义从理想上看,一种是理性主义的文学,一种是非理性主义的文学,其泾渭分明处自不待言,但是这种区别只是抽象的假定,在历史中,人们看不到这种绝对的文学思潮的分类,人们接触到的只是作为流派和文学家的自然主义、象征主义。而作为流派和文学家的自然主义、象征主义,其中美学的共通、流派成员的合作、诗学的交融,呈现了始料未及的热闹景象。这种景象才是真正的自然主义和象征主义。

第三节　象征主义与进化论的渊源

达尔文的《物种起源》出版于1859年,比象征主义流派的成立,早了27年。这27年中,进化论的学说不仅有了很大的发展,而且也向政治、美学、文学等领域渗透。无政府主义、社会主义的内核中都有进化的精神。在文学领域,19世纪中后期的文学思潮几乎都或多或少地与进化论有关。在某种程度上,随着《物种起源》的出版,浪漫主义崇尚的主观主义和个人主义美学,与进化论的思想合流了,西方文学思潮进入一个新的发展阶段。在这种阶段中,文学和社会不停进化的思想成为人们的基本思维方式。阿姆斯特朗(Tim Armstrong)曾指出:"历史主义是19世纪思想的一个基调;这种倾向将社会看作是进化的,将艺术看作是有时限的意

---

① Gustave Kahn, "Le Symbolisme", *La Vogue*, 2.12 (4 octobre 1886), p.400.
② Rémy de Gourmont, *Promenades littéraires*, tome 3, Paris: Mercvre de France, 1963, p.190.

识的表达。"①作家和读者似乎普遍开始了"新文学"的崇拜,文学思潮的频繁斗争开始上演,文学口号的宣传开始崛起,并渐渐压倒文学创作本身,理论的时代似乎并不仅仅是学术界的共识,也成为文学家的焦虑。

具体到象征主义,它当然依赖进化论作为它的思想基础,不过,进化论的作用并不只是这样。象征主义诗人很多时候还把进化论当作一种流派斗争的武器。于是围绕着进化论,产生了复杂的动机和意图。

一、进化论与象征主义的流派斗争

象征主义流派是 1886 年 10 月真正成形的,此前莫雷亚斯的《象征主义》一文,已经用进化论给新的流派清理了场地。莫雷亚斯指出:"像所有的艺术一样,文学在进化:这是一种周期性的发展,具有严格规定的回归过程,时过境迁带来了许多变化,它也因此变得复杂起来。"②莫雷亚斯明显请来了达尔文当他的帮手。文学进化论暗含了这样的观念:新文学将代替旧文学。不过,这种思想貌似有理,实际上并不是进化论。进化论并不承认新的物种一定会战胜旧的,一切要取决于自然选择。在达尔文的理论中,每个物种都有自己的能力,自然选择是将适应环境的物种保存下来,将不适应的排斥掉。这种选择并不是一成不变的,有时候随着环境的变化,新适应的物种反倒不利于生存了,旧的物种能够重新赢得生存斗争的胜利。因而物种的新旧并不能代表生存力的高低,而生存力高低的评判,也操之于客观的自然之手。但是,莫雷亚斯想把自然的权力夺过来。

莫雷亚斯首先将"新"确立为生存力的标志,一旦"新"的流派出现了,旧的流派就必须让位。自然的斗争现在变成了道德之争。这里关键的问题有两个:什么是旧文学,什么是新文学。旧的物种在自然界是指具有旧的习性的物种,它可能适应环境,也可能不然。新的物种指的是性状、习性出现了变异的物种,它与具有旧性状、习性的物种相比,就是"新"的了。一般来说,新的性状、习性,将会让物种获得更好的适应能力。但是有一个前提条件是,新的变异经受住了自然选择。莫雷亚斯对旧文学的理解,与达尔文的原义并未有大的偏离,凡是存在较久的文学都属于旧文学。但是他给旧文学增加了落后、无力的判断,认为它一定会被淘汰:"艺术的所有表达必然要走向贫乏,走向枯竭;辗转抄袭,辗转模仿,让充满活力和

---

① Tim Armstrong, *Modernism: A Cultural History*, Cambridge: Polity Press, 2005, p. 6.
② Jean Moréas, "Le Symbolisme", *Le Figaro*, 38 (18 sepembre 1886), p. 150.

新鲜的艺术变得干枯了,蜷缩了;让新颖和自然的艺术变成陈词滥调。"①代表旧文学的,是浪漫主义文学之后的两个新流派:巴纳斯派和自然主义派。巴纳斯诗人普吕多姆创作力不减,而自然主义作家,比如左拉,还正在构建庞大的《卢贡-马卡尔家族》,他的声誉正蒸蒸日上。严格来说,莫雷亚斯将旧文学一律目之为平庸或者缺乏价值,这有失武断。新文学新的地方,照莫雷亚斯理解,主要表现在如下几点:暗示的象征、新颖的语言、解放的形式。这几点在浪漫主义文学或者更早的文学中并不是没有出现过,不过,象征主义确实有意地在提倡这些元素。这几点可以看作是颓废主义、象征主义的"变异"的习性。不过,莫雷亚斯赋予这些元素压倒性的力量,这就是主观之见了。

需要注意,莫雷亚斯并不是评论家,客观评价流派的优劣并不是他的工作。作为象征主义的倡导者,更有力地宣传象征主义的理念才是他的用意。通过篡改进化论,莫雷亚斯达到了目的。进化论对他来说是一种流派的审判。新旧文学的对立被别有用心地建立起来,如果自然主义和巴纳斯派不相信它,至少年轻的颓废诗人们会为它感到兴奋。比利时的巴纳斯诗人吉尔坎就对象征主义表示不满,他曾指出:"大约在1885年崛起的象征主义,同时反对自然主义和巴纳斯派,在我看来,它的体系构造得不好,命名也错误。它来自艺术和文学中象征作用的错误观念。"②吉尔坎不相信莫雷亚斯的审判是合法的。另一个批评家瓦莱特看到莫雷亚斯的进化论抹黑了自然主义,他为自然主义感到不平:"象征主义流派并没有在任何流派的废墟上矗立起来,这是不必注意的。"③

《颓废者》杂志聚集起的颓废主义者与象征主义诗人有着尖锐的矛盾,因为流派优劣之争,这两派一度都不遗余力地贬低对方。但是它们对待自然主义的态度又非常一致,都想用进化论来给自然主义进行审判。巴朱在《颓废派》一书中明确指出:"请看一些其他的文学进化,一切都是风俗变化或者社会转型的结果。"④巴朱的理论,背后有更多的丹纳的影子。丹纳将历史学与进化论结合起来,想寻找人类思想中的稳定的某种系统,他相信:"这种系统有它的动力,它们是某种一般特征、某种理智和感情的标记,而一个种族、时代或者国家中的人都有那种理智和感情。就

---

① Jean Moréas, "Le Symbolisme", *Le Figaro*, 38 (18 sepembre 1886), p. 150.
② Iwan Gilkin, "Constatons!", *La Jeune belgique*, 1. 40 (17 octobre 1896), p. 321.
③ Alfred Vallette, "Les Symbolistes", *Le Scapin*, 3 (16 octobre 1886), p. 80.
④ Anatole Baju, *L'École décadente*, Paris: Léon Vanier, 1887, p. 5.

像在矿物学中,不管水晶有多么不同,它们都源自某种单纯的物理形式,因而在历史中,不管文明有多么不同,它们都源自某种单纯的精神形式。"①由此出发,丹纳提出了人类思想进化的三种原因:种族、环境、时代。巴朱正是借用了丹纳的这种理论。因为把自然主义看作是脱离当时社会风俗的流派,巴朱并没有真正尊重对手,认为它只是一味追求"商业利益",因而自然主义在巴朱眼中,就是优胜劣汰的失败者:"这些流派是智力衰退的结果。它们是被创造出来的,本质上是消极的,每一次社会进化,它们都会消失。"②这里的流派前面的修饰语是"这些",自然不限于自然主义,象征主义也是巴朱进化论针对的对象。巴朱没有正视象征主义的革新,他只是把象征主义诗人看作是一群投机者:"颓废者是一个流派,象征主义派是这个流派的影子;前者为了进步与未来在一起,后者想退到中世纪,他们活在过去。"③

巴朱对进化论的理解,不同于莫雷亚斯,他主要不是靠新旧文学的斗争,而是让社会来评判。巴朱更多地依靠文学之外的标准。简单地看,这个标准并不在乎文学本身的价值。虽然巴朱经常批评自然主义、象征主义的理念,但是就进化论的运用来看,价值的斗争并不是巴朱主要关注的对象。文学与风俗的纵向感应,代替了文学价值的横向对立。当然,社会风俗是复杂的,任何流派都可以在同一个社会中找到支持它的风俗。如果颓废主义指责自然主义平庸、丑陋,那么不论这种指责是否成立,自然主义者都可以用一个平庸、丑陋的资产阶级社会来给自己辩护,这样,自然主义就成为有利的一方了。这是巴朱理论的矛盾。他一方面尽力主张颓废主义和共和国的某些契合,另一方面对自然主义存在的社会基础又视而不见。因而他理解的风俗其实是选择出来的。他的理论貌似有理有据,实则难以推敲。甚至《颓废者》刊发的文章有时会揭示巴朱的漏洞。魏尔伦曾经在一封信中,在不知不觉间否定了巴朱的理论:"颓废主义,这在一个颓废的时代不折不扣地是一种辉煌的文学,但是不是因为它亦步亦趋地跟随它的时代,而是完全相反,因为它……反抗文学和其他事物中的平庸和丑陋。"④如果魏尔伦的说法可信,那么他就会让巴朱陷入自然

---

① H. A. Taine, *History of English Literature*, vol. 1, Edinburgh: Edmonston and Douglas, 1871, pp. 7—8.
② Anatole Baju, "L'Esthétique des décadents", *Le Décadent*, 30 (1 mars 1889), p. 71.
③ Anatole Baju, "Décadents et Symbolistes", *Le Décadent*, 23 (1888), p. 2.
④ Paul Verlaine, "Lettre au décadent", *Le Décadent*, 2 (1 janvier 1888), p. 2.

主义面临的困境中。巴朱似乎并没有看到魏尔伦这封信的破坏性,而是高兴地把它发表在《颓废者》杂志上。

与巴朱共事,但是和而不同的雷诺,对自然主义的态度复杂。在上一节可以看到雷诺是如何肯定龚古尔兄弟、福楼拜等人的。但雷诺并不是一个自然主义者,他也曾在另外的文章中对自然主义有过批评,认为它描写的人物脱离了"生活的特征",有的都是"相同的姿态",而且把描写仅仅当作它的目的。① 这种判断并不能说明雷诺前后不一。他在讨论龚古尔兄弟的时候,就已经在龚古尔兄弟身上看到他认可的颓废主义的特征,因而对龚古尔兄弟的称赞,并非纯粹是对自然主义的赞歌。自然主义有多种层次和倾向,雷诺只是肯定其中的某一种罢了。对于那些低级的,可以用自然主义这个名称泛泛而论的倾向,雷诺是不会吝惜自己的微词的。在雷诺心中,最优秀的还是颓废主义:"这种文学是所有先前的艺术努力的总结和充分发展,而这些先前的努力的目的只是为它做准备,只是为了让它的到来变得可能和正常。"②这种看法背后同样有鲜明的进化论色彩,它有一种"完善"和"进步"的观念,将颓废主义看作是诗学的最高状态。这种进化论就不再是巴朱的历史演化论,而变成一种历史目的论。在它的观念中,达尔文与亚里士多德站在了一起。

沿着巴朱的思路,对文学与社会的关系进一步思考的是莫里斯。莫里斯将社会进化看作是艺术进化的动力之一。就政治进化和艺术进化而言,莫里斯承认这种判断:"政治进化和文艺进化的相关性有人类思想的内在进化作为它们共同的原因,人类思想的进化首先表现为政治变化,但它有精神上的变化(哲学上的或美学上的)作为它的自然结果或者根本结果,后者明显是政治变化带来的。"③这种认识虽然有泛政治论,但是它比巴朱的解释更为清晰。在19世纪末的法国,无政府主义运动、布朗热事件和德累福斯事件,确实提供了通过政治分析文学思潮的具体案例。艺术进化的从属地位,只是莫里斯理论的一个方面,莫里斯还辩证地指出:"美学思想摆脱一切外在的震荡,通过它自身的生命(美学思想身上具有秘密的扩展力量),独立地、更可靠地进化。"④这种见识是超越了巴朱的,

---

① Ernest Raynaud, "Un point de doctrine", *Le Décadent*, 29 (15 février 1889), p. 56.
② Ibid., p. 55.
③ Charles Morice, *La Littérature de tout à l'heure*, Paris: Librairies Éditeurs, 1889, pp. 78—79.
④ Ibid., p. 79.

肯定了文学自身的发展规律,避免将文学完全看作是意识形态的反映。作为象征主义理论家,莫里斯的理论当然不会只是探讨文学进化的问题,它要给象征主义提供一种理论的基础。正是从艺术的独立性出发,莫里斯看到了人类心理的一种渴望:追求单一性。这种单一性与分析相反,它表面上要包含过去,实际上是产生"历史性的断裂"①,表现上要综合之前的所有艺术,实际上是要摆脱它们,树立新的权威。莫里斯说:

> 古典主义的分析,是固定地研究灵魂的要素,浪漫主义的分析,是固定地研究情感的要素,自然主义的分析,是固定地研究感受的要素,这些分析仅限于表达它们特定的对象,就好像它们从其周围环境中抽离出来一样,但是综合既不能单单局限于热情的心理,也不能单单局限于情感的戏剧化,也不能单单局限于对外在世界的观察,就像我们目前看到的那样,因为它在三个领域中有不再是综合而成为分析的危险:由此产生了象征主义想象的明显需要……②

这种论述,似乎比巴朱和雷诺的理论更有说服力,但是它们的用心都是一样的。即通过价值的虚构,建立起象征主义、颓废主义的优越性。象征主义、颓废主义于是成为更进步的或者最高的诗学理论。

在象征主义思潮中,最引人注意的进化论者是吉尔。吉尔自称建立了"进化论乐器主义派"(l'école évolutive-instrumentiste),并经常以科学理论的名义宣传它,虽然这个流派存在时间不长就陷入纠纷之中,但却是进化论在象征主义运动期间结出的一株奇葩。吉尔在创建他的理论的早期,受到兰波的通感的影响,这已是本书多次谈到了的。但是吉尔走上科学道路,要归功于德国科学家亥姆霍兹(Hermann von Helmholtz)。亥姆霍兹对人的声音与乐器的音质之间的联系,做过科学的比较,吉尔借鉴了这种研究,思索他的"语言配器法"理论。"语言配器法"理论讨论的色彩与声音的关系,来自兰波,但语音与乐音的联系,则主要依据亥姆霍兹。吉尔的进化论还体现在一种物质与精神的综合中。莫里斯的综合是艺术的综合,它的原型在瓦格纳主义中,吉尔也受到瓦格纳的影响,不过,他用进化论改造了综合说。人自我的构成,有感觉、情感和思想,感觉面向世

---

① R. Ellmann and C. Feidelson,"'Modern' and 'Modernist'",*Twentieth Century Poetry: Critical Essays and Documents*, eds. Graham Martin and P. N. Furbank, Milton Kynes: The Open University Press, 1975, p.197.

② Charles Morice, *La Littérature de tout à l'heure*, Paris: Librairies Éditeurs, 1889, p.359.

界的物质性,在感觉那里,自我最初的情感与世界的物质性是统一的。而且从人出生开始,所有的感觉都被储存下来,都在人们的头脑中打下了印迹。因而人的自我,并不仅仅是思想和意识,而是"所有的感受和所有的理性的汇合"①。其结果是感受融入思想中,思想唤起感受,世界的物质性与自我的各个部分构成了一种统一体。戈鲁皮发现,吉尔"将精神的元素植入宇宙的进化体系中"②。物质世界的新关系,将会促成新的自我意识的形成。自我的意识因而也是在进化中的。最终,吉尔的综合说带来了对诗歌节奏的新解释。诗歌节奏既面向语音和乐音的新关系,面向声音的物质性,同时也能联合感受、情感和思想,诗歌节奏成为自我统一的缩影。不过,作为从象征主义派中分裂出来的成员,吉尔的进化论乐器主义将矛头对准的是象征主义。象征主义现在成为"无能的"流派,一个新的失败者。

二、进化论与象征主义的时间性

进化论认为世界是一种有限的持续,它强调变化,涉及时间性的问题。通过进化论进行的流派斗争,本质上就是时间意识的冲突。阿姆斯特朗提出过"分裂的时间"(split time)的概念,认为现代主义带来了不同的时间意识,它们和技术现代性所代表的时间是不同的。就技术现代性的时间来看,一种世界主义的时间在19世纪后期被规定了:"航海的要求,跨越多个大陆规范铁路时刻表的需要,通过附有报时信号的电报来远距离发送报时信号的可能性,带来了英国铁路时间,以及时区,后者是1884年国际子午线会议的建议。时间变得可以被利用了,弥漫在资本的价值中。"③在这个时间背景下,可以看到象征主义、颓废主义提出了多种不同的时间性,它们与技术的时间性造成冲突,就像阳光照在结冰的林间,向各个方向反射光一样。

对巴朱而言,颓废主义的时代是一个忧郁的时代,这个时代中,艺术家既怀着对第三共和国的民主政体的厌恶,又对资本主义的工业活动不屑一顾。广大的巴黎市区已经无法安放艺术家的心灵。因为厌恶现实,所以颓废主义者扭曲感受。巴朱曾经在《颓废者》的创刊号上写道:"欲

---

① René Ghil, *De la poésie scientifique*, North Charleston: Createspace, 2015, p. 28.
② Tiziana Goruppi, "Introduction", *Traité du verbe*, ed. René Ghil, Paris: Éditions A.-G. Nizet, 1978, p. 37.
③ Tim Armstrong, *Modernism: A Cultural History*, Cambridge: Polity Press, 2005, p. 7.

望、感受、品味、享乐、精细的快感；神经症、歇斯底里、催眠术、吗啡瘾、科学的骗术、极端的叔本华主义,这些是社会进化的先兆。"①巴朱提出的社会进化,是一种精神的进化。他要求精神的进化摆脱物质的进化。这一点暴露了他真实的目的。当他需要利用进化论时,进化论是一种决定论,但是当巴朱需要用颓废主义来对抗物质世界的进化时,他就放弃了进化论的教义。如果文学的进化需要依赖社会环境,那么巴朱所理解的社会环境只是与精神有关的背景。精神进化与物质进化的对立,给巴朱提供了一个不同的时间性：一种抗拒外在事件的不断流动的精神家园。它是稳定的,如果不是永恒的,也至少是能相对摆脱时间和空间。它与现实无关,但含有真实与现实的对抗。真实是一种理想,它与美融合,或者真实就是美,美就是真实。巴朱指出："身体的美、事物的灵魂,以及道德美,这种灵魂的精华：这就是理想。"②与这种美的理想相对应,巴朱要求精致的语言和形象,其实它们扮演的作用不过是波德莱尔笔下的麻醉品罢了,虽然麻醉的效力不同,但都有共同的目的,即提供一个令人恍惚失神的、迷醉的心理空间。在现实中无处安身的艺术家们需要找到一个庇护所,巴朱的颓废主义的时间性就是这样一个庇护所,它是没有时间的时间,现实被它警惕地提防起来。这种时间性其实就是梦幻的守护神,自然主义所代表的小市民的时间性,在他眼中像一个恶魔一样,能轻易地扰乱给人安慰的梦幻。

卡恩也是一位持进化论立场的象征主义诗人。他在很多方面像巴朱一样,主张一种无时间的时间性。有批评家指出："他(卡恩)的诗往往定位在一个不确定的过去,时间模糊不清。"③这是很自然的,因为颓废主义和象征主义表面的差别下,流动的是相同的文学思潮的血液。卡恩也想给读者带来象征的梦幻,要做到这一点,就必须摆脱平常的时间："对于作品的内容来说,我们厌倦日常生活,厌倦了经常相遇的、避不开的当代人,我们希望能在某个正好做梦的时刻(梦与生活不易区分)安排象征的发展。"④与巴朱稳定的时间不同,强调感觉的变化,这至少打破了巴朱对永恒的理想的凝望,给精神世界带来了时间的元素。在 1897 年的《最初的

---

① La Rédaction, "Aux lecteurs！", *Le Décadent*, 1 (10 avril 1886), p.1.
② Anatole Baju, "Idéal", *Le Décadent*, 20 (21 août 1886), p.1.
③ Françoise Lucbert et Richard Shryock, *Gustave Kahn：un écrivain engagé*, Rennes：Presses universitaires de Rennes, 2013, p.54.
④ Gustave Kahn, "Le Symbolisme", *La Vogue*, 2.12 (4 octobre 1886), p.400.

诗》的序言中，卡恩表明："进化的艺术，像不停变动的心灵一样，像所有的外形，像所有的现象，毫无疑问，也像物质。"①从这句话中可以看出，卡恩的进化论考虑到了物质和精神这两部分，但是他并不强调物质进化与精神进化的关系，主要思考的是艺术内部的进化。这里可以拿诗歌形式为例。哪怕诗歌形式在几个世纪中固定下来，没有变化，但是人们对它的感觉会从陌生走到熟悉，再到反感。当卡恩在批评传统诗律的时候，人们很容易误会形式本身具有生命力。比如卡恩指出："同社会风俗一样，诗歌形式有生有死，它们从最初的自由，一转而枯竭，再转而成为无用之技巧。"②这里如果照字面解释，是错误的。卡恩所说的形式，并不是独立的、外在的形式，而是对形式的感觉。这种感觉随着时代的变化，随着作者经验的积累，而出现了像衰落的生命一样的现象。由此可以理解卡恩的时间性。这种时间性虽然并不是与外在现实完全隔绝，但它主要是在前后经验的对照上产生的时间性，或者可以称其为经验主义的时间性。这种时间并不是偶然的，也不是循环、重复的，而是一种累积性的。就诗歌形式而论，一旦一种形式的经验达到高峰，它就势必会衰落，然后出现新的形式。新的形式赢得斗争的胜利，但这不是出于自然的选择，而是经验的选择。

象征主义诗人并非都主张与现实对抗的时间性。雷泰就是其中的代表。雷泰也渴望传达内在的梦幻，关注心灵内在的运动，他并不是一位自然主义者，也与巴雷斯等关注现实政治斗争的作家不同。但是信奉无政府主义思想，尤其是崇尚自然和生活，让他在一定程度上走出了巴朱安宁的梦幻，让内在的时间与外在的时间结合了起来。雷泰曾用诗性的语言描述他心中的诗人："当初升太阳纯洁的亲吻，将要清洗你夜间感到恐惧的前额之时，你将会发现它（新的诗），你将摒弃那些阻拒人的表象和威望，它会纵声歌唱，在快乐而多变的诗节中，它将敲打出所有的音色，呈现出所有的生活。"③从这里可以看出，雷泰理解的自然，一方面是人的本性，另一方面是人面对的自然。人面对的自然并不是社会自然，不是巴黎的马路和广场，而是风景，是浪漫主义笔下的田园风光。这种涉及外在自然的时间性，与卢梭式的时间性并没有大的区别。如果有，也主要表现在对现实社会的抗拒程度上。

---

① Gustave Kahn, *Premiers poèmes*, Paris: Société de Mercvre de France, 1897, p. 7.
② Ibid., p. 23.
③ Adolphe Retté, "Le Vers libre", *Mercvre de France*, 43 (1893), p. 210.

如果将小说纳入考察的视野,象征主义的时间性会更丰富一些,甚至能突破雷泰的范围。迪雅尔丹的《被砍掉的月桂树》终于将现实生活的节奏纳入作品中,主人公普兰斯的活动地点,出现在房间、楼梯、马车等地方,夜晚、四月等时间线索也出现了。这种内心独白的小说,也是文学进化的结果,它实践了威泽瓦的综合美学。但是在这样的作品中,外在生活的时间性一直没有获得独立的地位,它只是给内在的时间性提供了背景。另外,外在的时间线索虽然存在,但是,由于象征主义小说不太关注情节和事件,因而时间似乎是重复的、持续的。这与自然主义小说有很大不同。拿左拉的《小酒馆》为例,这部作品呈现了洗衣工的工作和家庭生活,它的时间性以巴黎手工业者的作息制度、资本的积累等为参照,因而时间更为清晰、精确。主人公绮尔维丝的发家、没落,直到悲惨死去,都赋予了社会生活粗重的时间轮廓。

三、象征主义时期对进化论的抵制

象征主义思潮整体上受到进化论的影响,很难说有哪个象征主义者是个例外。古尔蒙用唯心主义与进化论相对抗,他在评价布吕内蒂埃的文体进化论时指出:"这个人是根深蒂固的理性主义者;他只相信理性,他将一切都带到理性那里,忘记了理性的领域总的来看是特别有限的。"①但是古尔蒙无政府主义的美学背后,还是有着进化论的身影。象征主义时期进化论真正的对手,来自罗曼派的莫拉斯。

莫拉斯将象征主义、颓废主义和浪漫主义放在一个大的历史中观察,象征主义和颓废主义否定了浪漫主义的许多美学元素,从技巧上看,它们之间的对立是非常大的。但是莫拉斯从意识形态出发,看到象征主义和颓废主义其实都是浪漫主义在当时的新发展。莫拉斯指出:"浪漫主义可以称作一切种类的'有益的进步'的源泉和根本。"②他看到了浪漫主义以降的法国文学思潮有一种共通性,所谓"进步"其实就是进化论。在本节稍早的地方,可以看到进化论给象征主义、颓废主义带来的优越感。莫拉斯对这种优越感并不认可,他反感象征主义和颓废主义文学思潮。不过,为了树立罗曼派的优越性,莫拉斯也可以沿用象征主义者的做法,声称罗

---

① Rémy de Gourmont, *Promenades littéraires: troisième série*, Paris: Mercvre de France, 1924, p. 31.
② Charles Maurras et Raymond de la Tailhède, *Un débat sur le romantisme*, Paris: Ernest Flammarion, 1928, pp. 28—29.

曼派是更"新"的流派，具有更"高级"的价值。这样，进化论也可以为罗曼派服务。但是莫拉斯没有这样做。因为将"进步"与浪漫主义的特征等同，所以反对浪漫主义，或者说反对象征主义，也就是反对进化论。莫拉斯的目标很大，他并非只是想打败一两个流派，他想否定浪漫主义以降的美学意识形态。

这样做有什么必要呢？莫拉斯进入巴黎的文化圈的时期是19世纪80年代，这一时期共和派政府丑闻不断，政权分裂，对内无法形成有力政府，应对工人罢工和经济大萧条，对外无法收回普鲁士占领的国土，兵威不立。法国陷入无政府的状态中。莫拉斯受到巴雷斯的影响，参加了布朗热运动，该运动意图取消议会，建立权威政府。作为共和政府的反对者，莫拉斯看到推翻共和政府就必须破坏共和政府的意识形态基础，具体来说就是平等和自由。而政治中的平等和自由原则，与浪漫主义文学强调的自由和个性原则，可以说互为表里。换句话说，在莫拉斯眼中，浪漫主义就是民主和自由政治原则在文学中的产物。麦吉尼斯指出："莫拉斯声称一切象征主义都被政治上的无政府主义和北方的模糊性污染了，他的中心结合点在他整篇文章中是明显的：无政府主义是革命的孩子，象征主义是浪漫主义的孩子，用法国民族完整性的用语来说，二者都是偏离。"[①]因为大革命和浪漫主义都偏离了法国的民族性，所以摆脱进化论的怪圈，返回到1789年之前的社会和文化状态，就成为合理的选择。

罗曼派的保守主义立场的来源就在这里。对进步的否定，让他们开始拥护庸常之道，对民主和自由的怀疑，让他们倡导起规则和权威的价值。在这种思想下是对进化论的明确抵制。进化论破坏了国家的力量，削弱了法国的民族性。莫拉斯的罗曼派及其后来的君主主义政治思想，实际上像赫胥黎所说的伦理学一样，是抵制自然进化的力量的。赫胥黎曾设想过人间的伊甸园，这是一个小岛，那里有理想的移民、必要的生产资料，也有保障内部和平的法律，但它需要一位智慧的领导人。这位领导人将带领人们排除自然选择的残酷力量。莫拉斯心中理想的古典主义时代，就是这样一个小岛。他向往的君主不但可以实现法国的统一，也能带来政治和文化上稳定的伊甸园。罗曼派梦想的古希腊—罗马艺术，实际上就是稳定的君主社会的隐喻。

---

① Patrick McGuinness, *Poetry & Radical Politics in Fin de Siècle France*, Oxford: Oxford University Press, 2019, p. 257.

罗曼派的其他成员，在思想上与莫拉斯是接近的。莫雷亚斯要求采用古典主义时期的词汇和风格，认为象征主义、浪漫主义一味地求新、求变，破坏了原本稳定的文学世界。雷诺也看到要把滥用的进化论从这个世界中驱逐出去，"天才的基本特征并不是新，这更多的是古。伟大的艺术需要的并不是意外感"①。从罗曼派开始，现代性与进化论出现了分裂，新古典主义诗学、美学成为现代性的另一条道路。不过，莫拉斯及罗曼派的其他成员的理论，从求新走到平常，有时也不免刻舟求剑。反对进化论容易陷入恒常论的世界观，在诗学中会产生过度的模古、复古。麦吉尼斯指出："一方面，罗曼派声称是终点，是进化的顶峰；另一方面，它又被认为是将链环一环一环拼合起来的行为，这种链环被虚假的模范、外国的输入品以及变质的世界主义打破了。"②莫拉斯恢复了被19世纪的现代性所打破的传统的链环，但是将古希腊－罗马文学与文化看作是终点，这无意间又产生了一种绝对的进化论。其实，这里的进化论只是一种譬喻。莫拉斯反抗进化论的同时，树立起一种唯一的、毋庸置疑的标准，他不允许历史触碰这个标准。但是，不论是世界，还是语言、审美心理，确实处在进化的历史过程中。极端的进化论和极端的反进化的思想，都是对历史真实性的误解。在这方面，马拉美堪称楷模，他不仅超越了颓废主义、象征主义的流派之争，能团结持有各种主张的诗人，而且能在新变和保守之间做出恰当的折中，他曾表示："我认为过去任何美好的事物都不会被清除，这是我坚定的主张，我仍然相信，在众多的场合下，人们都将遵从庄重的传统，它的主导地位是古典时期的天才树立的。当出于抒情或者叙事的原因，没有理由打乱这些可敬的回声的时候，人们将会小心打乱它。"③虽然马拉美在象征主义思潮的"进化"中扮演的作用并不显著——他既不是瓦格纳主义的首倡者，也不是象征主义的命名者——但他却成为这种思潮真正的内核，奠立了象征主义诗学的厚度和基本格局。象征主义思潮有很多不同的倾向，这些倾向就像大树的枝叶一样四处伸展，但是像马拉美这样的大师，才是这棵大树的树冠。

---

　　① Ernest Raynaud, "Préface", *Choix de poèmes*, ed. Jean Moréas, Paris: Mercvre de France, 1923, p. 22.
　　② Patrick McGuinness, *Poetry & Radical Politics in Fin de Siècle France*, Oxford: Oxford University Press, 2019, p. 187.
　　③ Stéphane Mallarmé, *Œuvres complètes*, Paris: Gallimard, 1945, p. 363.

余 论

到此为止，本书讨论了象征主义不同圈子的演变，也从横向上分析了象征主义在神秘主义、音乐性、自由诗、唯心主义等方面的情况。将不同的章节连起来，可以看到象征主义的成员、创作和理论的驳杂。似乎对象征主义了解越多，人们越弄不清象征主义到底为何了。空间的接近，很多时候反而妨碍人们的认识，所谓"只缘身在此山中"。所以保持一定的距离是必需的。在余论部分，抛开象征主义思潮的具体问题，在更宏观的问题上进行总结，不但能够提供一定的观察空间，而且也能真正对这个思潮进行整体上的判断。

一、象征主义，一种文学概念，还是一种历史概念？

象征主义在法国首先是一种具有延续性的文学思潮，它主要存在于1886年—1896年这十年中。与它同时的，还有其他的文学思潮。在于雷的《文学进化访谈》一书中人们看到，不但巴纳斯派、自然主义派在活动，还有所谓的新现实主义派（Les Néo-Réalistes）、魔术师派（Les Mages）和心理分析派（Les Psychologues）。曾参加马拉美周二家庭聚会的作家巴雷斯被列入心理分析派中，而卡恩在《风行》的同事亚当被归到魔术师派里，卡恩自己则成为独立派（Les Indépendants）的代表。这里不想讨论思潮和流派划分的标准问题。真正的问题是，这些不同的派别是不同思潮的表现，而象征主义是被当作一个单独的分支存在于19世纪末的文学谱系中。在这个意义上，法国象征主义，就像其他国家存在的象征主义一样，是一种纯粹的文学概念。它有明确的代表作家和作品，也有得到公认的美学趋向。

但是,当人们进入象征主义的具体问题时,思潮的统一性就摇摇欲坠了。发端于波德莱尔的神秘主义世界观,虽然在马拉美、兰波那里有新的变化,但是这种神秘主义被莫雷亚斯、威泽瓦、迪雅尔丹、卡恩、雷泰等人小心提防。可以说,象征主义的真正建构者们站在神秘主义的对立面。康奈尔对此也有过观察,他明显指出:"神秘主义并不是象征主义整体的要素。"①人们耳熟能详的通感、感应、超自然世界,似乎已经与象征主义建立了特别牢固的联系,其实,这些概念是不是象征主义的主要特征还有疑问,相当数量的象征主义诗人拒绝它们。瓦格纳主义也是如此。没人能忽视瓦格纳主义对于象征主义理论演进上的关键作用,可是除了威泽瓦、迪雅尔丹的诗学,以及吉尔、卡恩的部分诗学,瓦格纳主义并没有完全为象征主义诗人所接受。莫雷亚斯、魏尔伦一直经营抒情诗本身的音乐旋律,马拉美和瓦莱里的纯诗与瓦格纳主义的音乐路线不尽相同,古尔蒙和雷泰对瓦格纳根本不感兴趣。克若利(André Coeuroy)曾表示:"瓦格纳主义并没有创造一种象征主义的氛围。它只是刚好处在已经变得热烈的音乐氛围之中。"②这个判断如果成立,那么本书第六章和第七章的一些章节,就没有存在的必要了。但是克若利的说法有一点是可以肯定的,瓦格纳主义只是有限地激发了象征主义诗人的音乐梦幻。因而,本书讨论象征主义的神秘主义也好,音乐性也罢,只是在这种有限的范围内来思考一些共同的倾向。所有的结论都是相对的,不能施加到所有的象征主义诗人身上。

既要看到象征主义诗人内部的断裂,还要看到象征主义与其他流派人物的亲缘性。有些时候,流派外的诗人、作家似乎比一些象征主义诗人更加象征主义。比如小说家施沃布(Marcel Schwob),他没有参加象征主义的活动,一般也不被视为象征主义作家,但是他在小说中倡导这样一种事实:"外在世界与内在世界的情感可以平行共进。"③这种观点,与迪雅尔丹的内心独白理论有异曲同工之妙。可是不论是象征主义诗人,还是主流的文学史,并没有认真对待他与象征主义思潮的关系。自由诗在象征主义思潮中的地位非常重要,卡恩曾将它看作"这一世纪法国诗的最新

---

① Kenneth Cornell, *The Symbolist Movement*, Hamden, Connecticut: Archon Books, 1970, p. 80.
② André Coeuroy, *Wagner et l'esprit romantique*, Paris: Gallimard, 1965, p. 271.
③ Marcel Schwob, *Coeur double*, Paris: Gallimard, 1934, p. 14.

进化的关键问题"①。但是一些不被认为是象征主义者的诗人,却对自由诗的态度非常积极,比如克吕姗斯卡,她曾这样解释她在19世纪80年代的形式解放:"我的志向是让人们了解,着眼于节奏、抒情和表现力,而非利用传统的严苛规矩(尤其是巴纳斯派,它自己给自己规定这套规矩),构建一种令人满意的诗歌作品,这是可能的。"②但是不少象征主义诗人,对自由诗持冷淡态度,比如魏尔伦、吉尔。

流派内外诗人的不同亲缘性,说明象征主义思潮和流派的复杂性。当不同的文学思潮相互渗透,而相同的文学思潮内部又有排斥、区别的力量时,思潮作为一种文学概念的意义和价值就要打折扣了。就像巴纳斯美学概括不了巴纳斯诗人一样,象征主义无法概括象征主义诗人。在这种意义上,象征主义有从文学概念转向历史概念的倾向和需要。早在1905年出版的一个访谈中,费迪南·埃罗尔德(M. A. -Ferdinand Herold)就曾指出:"流派只是一种方便而简要的方法,用来指示出生在同一时期的作家。因此人们用浪漫主义的名字称呼所有这些在1810年左右出生的人,用巴纳斯派的名字称呼在1835年左右出生的诗人,用象征主义的名字称呼这些在1865年或者1870年出生的人。实际上,年轻的诗人们似乎拒绝被冠上一个名称。"③1865年之后出生的诗人,如果20岁登上文坛,活跃的时间如果设定为40年,那么象征主义诗人可以指1885年到1925年左右的所有诗人。当然,费迪南·埃罗尔德的标准过于宽泛,在实际运用中很难实行。但是他把象征主义的美学内核去掉,用于整个一代人的思路是值得借鉴的。从1886年到1896年这十年间的诗人、作家,可以整体视为象征主义时期的诗人、作家。

当象征主义成为一个历史概念,那么就出现了两种新的观念。一种观念是要把不同流派的诗人、作家整合起来,平等对待。比如莫雷亚斯和莫拉斯建立的罗曼派,它原来是反象征主义的,是要用古希腊、罗马的文化精神去除象征主义的标新立异的个人主义和悲观主义,象征主义文学史会把罗曼派看作是象征主义落幕的征兆。比如德科丹(Michel

---

① Gustave Kahn, *Symbolistes et Décadents*, Genève: Slatkine, 1993, pp. 292—293.
② Marie Krysinska, "Pour le vers libre", *Le XIXe Siècle*, 11847 (18 août 1902), p. 4.
③ Georges le Cardonnel & Charles Vellay, ed., *La Littérature contemporaine*, Paris: Mercvre de France, 1905, p. 225.

Décaudin)曾将罗曼派的成立当作象征主义的"危机"之一①。在美学和流派上,罗曼派代表着与象征主义派的断裂。二者不可能同属一种思潮。但是历史的象征主义概念也能抹去双方敌视的目光。同样,这一时期在《吕泰斯》《法兰西信使》《独立评论》《黑猫》上发表文学作品的所有作家,都可以归入这个历史的领域中。

另一种观念,是将象征主义思潮扩大为这一时期的整个思潮。之前的文学史将感应、自由诗、瓦格纳主义等视为象征主义思潮的主体,本书在写作框架中也尊重了这一传统。但历史的象征主义概念应该跳出来,对这一时期其他的文学现象、理论都要平等考察。比如外省的文学。从1892年开始,在图卢兹出现一群反对象征主义的作家,他们出版期刊《年轻人的习作》(Essais de jeunes),主张反对象征主义、反对神秘主义。三年后,还出现一群被称作"自然生活主义"(Le Naturisme)的诗人,该派诗人要求回归自然和生活,表现民族的精神和感情。在此之前,巴黎还有不少的无政府主义文学以及宣扬第三共和国的主流意识形态的文学,所有这些文学都应在作为历史概念的象征主义思潮中得到注意。

说到"自然生活主义"的民族精神,这里就引出了第二个大的问题,即民族主义和世界主义的问题。

二、象征主义,民族主义还是世界主义?

象征主义从一开始,似乎就是在一种法国文化的离心力下驱动的。波德莱尔不仅拿来了美国的爱伦·坡的唯美主义,以及瑞典神学家斯威登堡的神秘主义,而且也将赤道附近的风景与人情写入了他的《恶之花》中。他的散文诗《异国人》有这样的对答:

——哦!那么你爱什么,非同寻常的异国人?
——我爱云……飘过的云……在那儿……那奇异的云。②

这里"非同寻常的异国人"是随后一群象征主义诗人的写照。他们生活在巴黎,但精神却属于遥远的远方。象征主义诗人明显是一群没有国籍的诗人。他们身上的异国文化,是他们最值得骄傲的资本。兰波一直想见

---

① "危机"一词来自德科丹 1960 年出版的著作的标题《象征主义价值的危机》(*La Crise des valeurs symbolistes*)。
② Charles Baudelaire, *Œuvres complètes*, tome 3, ed. Yves Florenne, Paris: Le Club français du livre, 1966, p. 11.

到远方的"未知",他最终远赴亚丁湾冒险。魏尔伦多次和他在英国和比利时生活,拉弗格长期担任普鲁士王后的读报员。象征主义者的成员也非常国际化,梅里尔和维莱-格里凡是美国人,威泽瓦出生在波兰,维尔哈伦和梅特林克是比利时人。在哲学和美学思想上,叔本华、瓦格纳与象征主义的关系,也是非常关键的。巴拉基安曾总结道:"由于象征主义,艺术不再是国家性的了","1890那个年代的诗人丧失了国家认同"。① 这种情形并不是法国特有的,受到象征主义思潮影响的五四白话诗人,尤其是1926年的创造社诗人,如果说他们还保持着国家认同,但他们几乎完全没有了民族文化的认同。"全盘西化"是"异国人"心态在中国的新变。

　　最好称这种心态为世界主义。波德莱尔的世界主义是一种故意的迷醉和放纵,可是19世纪80年代的象征主义诗人,却没有这样轻松。他们的世界主义普遍渗透着对共和国政府和社会的不满、厌恶之情。普法战争的惨败、巴黎公社的流血,让法国人看到了一个政治衰败、精神丧失的现实。马拉美、魏尔伦的诗歌,已经没有了放纵的本钱,而变成对现实的逃避。无政府主义利用了文人们对现实的不满情绪,迅速在诗人们的意识形态中占据了重要位置。因此,象征主义的世界主义,含有推倒现有政治秩序的用心。文学上新奇的风格、形式的反叛,未尝不可以看作是对法兰西第三共和国进行的文化上的攻击。攻击的目的是什么呢?是渴望一种有力的、能抗击普鲁士侵略的政府,是一种民族精神的重新复兴。因而象征主义诗人的世界主义只是一种表象,一种工具,它的目的是要否定它自己。原本怀有个人主义思想的巴雷斯,曾说过这样的话:"人们伤害的不仅是我们的领土,而且也是我们的精神。数量特别多的我们的同胞不知道他们民族的根,他们扮作德国人、英国人或者巴黎人。"② 在19世纪90年代前后,国家再也不是波德莱尔口中"我不清楚它位于哪个纬度"的东西了,国家或者民族成为诗人心中最深处的痛。人们表面上是一个无政府主义者,一个世界主义者,本质上是一个民族主义者。

　　英美诗人也是如此。开始倡导无政府主义、社会主义的庞德,在第一次世界大战后期迅速表现出文化保守主义的立场,他身边的艾略特也成为一个拥护传统秩序的民族主义者。在中国,"九一八"事变彻底浇灭了

---

① Anna Balakian, *The Symbolist Movement*, New York: Random House, 1967, p. 10.
② Maurice Barrès, *Maurice Barrès: romans et voyages*, tome 1, ed. Vital Rambaud, Paris: Robert Laffont, 1994, p. 965.

国人"全盘西化"的梦幻,也打碎了创造社诗人喜爱的"水晶珠的白玉盘"①,穆木天、王独清等人内心深处的民族主义苏醒了。

不应将苏醒的民族主义,理解为象征主义的掘墓人。民族主义原本就是象征主义诗人的关切,只不过先前被压抑住了。布埃利耶(Saint-Georges de Bouhélier)曾经这样要求诗人们:"他们必须强调他们种族的某些方面。他们保持了他们种族的传统。他们永远保存了种族的雄心壮志,他们引导人们利用它。他们实现民族的欲望。"②这些话并不是说给象征主义之后的新一辈作家听的,它对自1870年以来所有活跃的作家都有效。象征主义诗人表现出的世界主义,只是忧愁的世界主义。这种忧愁的来源,就是内心深处的民族主义。法国象征主义诗人的颓废,以及中国象征主义诗人的颓废,其实传达的是一种民族主义的渴求。举例来说,李金发的《弃妇》难道不是一个文化流浪者的苦闷?难道没有新的民族精神的渴望?法国颓废派对现实的厌恶、对神经症的热衷,难道不是在民族主义激发下面对不堪现实的内心防御?颓废派的悲观主义难道不是对现实的一种反映?勒迈特在颓废派活跃的鼎盛期,曾发现这个流派悲观的政治背景:"这是因为共和国几乎没有带来任何人们期望她的东西。她没有做多少事,以求国民精神的平定和统一。她无法重组军队,她不懂得保持良好的财政状态。"③在某种角度上看,颓废,或者说世界主义,其实是民族主义的反常表现。

单独察看象征主义的世界主义,分析它的光怪陆离、它的离经叛道,这是片面的,是表面的研究。只有将表面的乖离与内在的民族主义的忧愁结合起来,才能看清象征主义的全貌。在这个理路上看,罗曼派在1891年的诞生,是个必然现象。布朗热事件推动了它,但它的种子早已埋下。通过象征主义看隐藏在它背后的罗曼派,以及后来新古典主义的发展,再通过罗曼派看作为它的缘起的象征主义,人们似乎就能像尼采一样,把古希腊悲剧中的情节、性格与一个真正的情感旋涡——合唱队——结合起来,理解象征主义思潮的真相。可以将这个比喻再往前发展一下,

---

① 见穆木天《谭诗》,载《创造月刊》1926年第一卷第一期,第82页。原文为"水晶珠滚在白玉盘上"。

② Saint-Georges de Bouhélier, *L'Hiver en méditation*, Paris: Mercvre de France, 1896, p. 244.

③ Jules Lemaître, "La Jeunesse sous le second empire et sous la troisième république", *Revue politiques et littéraires*, 24 (13 juin 1885), p. 742.

世界主义的象征主义只是一出戏剧的表象,这个表象并不是全部,只有将它与作为它对立面的民族主义结合起来,才能看到象征主义思潮的灵魂。

因为民族主义和世界主义的综合,象征主义又有了第三个需要思考的问题。

三、象征主义,破坏价值还是恢复价值?

政治上的无政府主义,产生了文学上的无政府主义。文学无政府主义表现在许多方面,但是它的一个普遍倾向是否定现有的传统观念。它首先表现在词语上。象征主义者和颓废派诗人们最初是从词语上为自己辩护,他们认为过去的词语与现在的情感已经解体了。为了重新沟通词语与情感的联系,他们要求新的语言。瓦格纳主义在音乐上的做法与他们如出一辙。他们并不是复制瓦格纳的思维方法,实际上,这是无政府主义破坏性的规律。对于文学这座坚固的城堡,词语是它最外围的防御建筑,无政府主义者必须先要冲破词语的壕沟。巴朱的说法值得重视,他指出:"他们(颓废者)的语言是所有这些感到厌倦者的语言。当人忧郁时,他就偏离了常态。一切都成了合法的。正常生活中平凡的感受就让我们反感。人们只能在莫名的乐趣的罕见的精细中生活。人们需要一切事物都是精致的、罕见的。"[1]巴朱想告诉人们,颓废派反常的、精细的词语并不是对真实性的背叛,相反,只有这种词语才是"常态",因为现代人的感受已经有了本质的改变。

语言似乎在象征主义诗人这里突然出现了巨大的断裂。然而这种断裂却并不是语言进化的结果,在未来的语言和过去的语言之间,是诗人主观想象出来的鸿沟。为了让这种鸿沟具有更清晰的标志,人们于是使用了新语言和旧语言、新诗和旧诗的区分方法。实际上,新和旧的分化,更多的是文学背后意识形态的对抗。只要象征主义诗人信奉无政府主义的思想,新的和旧的就无法调和。

在英国的形象诗派那里,新语言是以新的"隐喻"的形式存在的。隐喻是一种更高级的语言,它不是语言按照语法关系的细分,它是跨越语法关系的多种语言成分的综合。也就是说,隐喻是语言的组合体。它一方面能呈现外在形象,另一方面又与内在感受相连。因而,在诗中最小的独立表意单元是隐喻。休姆这样思考新语言:"它选择新鲜的表述语和新鲜

---

[1] Anatole Baju, "Le Style c'est l'homme", *Le Décadent*, 2 (17 avril 1886), p. 3.

的隐喻，不是因为它们是新的，我们厌烦了旧的，而是因为旧的不能再传达一种实际的事物，变成了抽象的筹码。"①这里吸引人的，其实不仅仅是休姆对语言真实性的维护。筹码是有价值的，但人们不承认它的价值，让它变成"抽象"的符号时，人们就破坏了原有的交换体系。同样，象征主义诗人渴望破坏旧的理解方式，而代之以新的标准。这种标准并不是稳定的，人们无法让它变成新的筹码，人们破坏的不仅是旧的价值，而且是价值标准本身。象征主义诗人的理想语言，是不断变化中的，是不断否定自己的。这种新语言无法固定下来，注定只能成为波德莱尔的"飘过的云"。古尔蒙看到了价值标准本身的崩塌："两个艺术品不会有共同的标准，不可能有孰优孰劣的评判，没有批评理论能够网住它们，没有适合第一件作品还能适合第二件的美学——没有预先制定好的规则。"②

在实际的运用中，象征主义诗人的新语言、新隐喻，也容易成为新的陈词滥调。但是他们的理想还不止这样，他们想弱化语法，甚至抹去语法；他们想带来破碎的语句。而破碎是不是资产阶级政府被推翻后的社会的影子？无政府主义在美学上最显著的表现就是破碎。一个统一的政权倒下的时候，一个理性的结构在文学中也被拆解了。孔布在讨论现代作品的时候曾指出："因为拒绝'伟大的作品'完成后的形象——这种作品是由它的作者控制的，它具有连贯性和统一性，甚至在展示给大众时也是统一的——现代主义注重未完成的作品、片段的作品，它揭示了作品的不稳定以及人为的技巧。"③如果追问孔布，破碎的作品最终带来什么结果，他的回答将是作品的缺失。作品存在着，但作品也是缺失的。象征主义因而就是既在场又不在场的文学，是一个悖论。这同样是一种价值的破坏，象征主义破坏的是作品的概念本身。20世纪初的达达主义看似与象征主义无关，二者其实处在破坏作品价值标准的同一条河流里。

如果把民族主义这条线也纳入进来，那么人们将看到象征主义破坏价值的无奈。无政府主义往往怀有对更早的旧制度的乡愁。莫拉斯曾经信奉米斯特拉尔的思想，将其看作是对当时资产阶级政府的反抗，他希望在1789年之前寻求法国政治的理想，曾经这样设想："我们的力量，我们

---

① T. E. Hulme, "Searchers after Reality—II: Haldane", *New Age*, 5. 17 (Aug. 1909), p. 315.

② Rémy de Gourmont, *Le Chemin de velours*, Paris: Mercvre de France, 1924, p. 36.

③ Patrick Berthier & Michel Jarrety, ed., *Histoire de la France littéraire: modernités*, Paris: PUF, 2006, p. 438.

的礼节、我们的教育、我们真正的文明,因而存在于攻占巴士底狱之前?"①这个问题不容易回答。不过,莫拉斯——这位在反议会制度上与无政府主义者站在一起的思想家,希望肯定更早的政治传统。破坏成为新的肯定的工具。

莫雷亚斯作为象征主义术语和流派的实际创造者,又亲自宣告了该流派的死亡。从1891年开始,他与莫拉斯呼吁法国诗歌向浪漫主义之前的古希腊、拉丁本源回归。魏尔伦、普莱西、巴雷斯、布埃利耶等人或早或晚地踏上同一条路。与世界主义的文学传统决裂,这在当时被认为是笑话,圣-安托万(Saint-Antoine)在1892年曾质疑罗曼性对法国文化的重要性,认为"罗曼元素或者古希腊-拉丁元素远非具有最大的影响力"②,不承想,五年之后,莫雷亚斯的诗学呈现星火燎原之势。莫雷亚斯曾回顾道:"在象征主义大获成功的时候,我勇敢地离开我的朋友,他们为此很久以来对我怀着仇恨。现在,我欣慰地看到所有人都返回到古典主义和古代文化中。"③在英国,斯托勒的古典主义诗学在柯珀(William Cowper)那里找到了应和。艾略特则用一个变化的传统观,恢复了所有过去的经典的生命力。在中国,人们看到创造社诗人和梁宗岱在唐诗、宋词那里发现了象征和纯诗。

破坏价值的主张本身被破坏了,象征主义最终回归了传统。在这种意义上,象征主义是现代文学中对传统的第一波调整和重估。破坏是价值重估的预备,破坏本身往往只是工具。尽管像古尔蒙、雷泰、斯托勒这样的诗人,热衷于破坏本身,并不想重新确定某种价值标准,但这种现象是否表明破坏价值本身就是目的,还不能下定论。在这方面,可以拿自由诗为例。自由诗最初在无政府主义的激发下,渴望与一切诗律传统对抗。诗律传统是作为一种令人厌恶的权威而被诗人打碎的。但是不久诗人们就在更早的诗作中看到了他们的理想。象征主义诗人们在《圣经》的赞美诗、品达的诗作、古老的歌谣中找到了形式自由的种子,最后在亚历山大体或者抑扬格五音步的变化中看到了控制节奏的方法。自由诗迅速成为传统诗律的一种灵活运用的形式。不论在卡恩、迪雅尔丹的节奏单元中,还是在迪阿梅尔、弗林特的节奏常量中,自由诗都恢复了传统诗律的价

---

① Charles Maurras, *Au signe de flore*, Paris: Les Œuvres représentatives, 1931, p. 33.
② Saint-Antoine, "La Romanité: théorie et école", *L'Ermitage*, 30.1(1892), p. 11.
③ Georges le Cardonnel & Charles Vellay, ed., *La Littérature contemporaine*, Paris: Mercvre de France, 1905, p. 38.

值,并让它更富有生命力。但是面对这种转变,斯托勒仍然主张"一直保持自由"的形式观,并不向传统低头。为什么这样呢?难道斯托勒果真要破坏价值标准本身?如果分析斯托勒的思想,可以发现,他在回归古典主义之后,并未完全丢掉个人主义、唯心主义思想。他在1916年的文章中指出:"在古代是种族和宗教冲动的原初形式和冲动,现在却成为个人的冲动。在此情况下,诗人用他对自己和自己作品的信仰,来满足自己的宗教冲动——这就给了他作品以形式。由于在宗教观念上持完全怀疑的态度,他就不禁给自己创造自己的宗教,他实际上成为自己的神。"[1]这种"自己的神"在斯托勒那里持续的时间要更长一些,战争的炮火并不像震动庞德和艾略特那样,让外在的现实和民族主义完全进入斯托勒的心中。但是没有证据表明这是对价值重估的拒绝。斯托勒的破坏价值,应是一种被搁置起来的价值重估。1910年到1912年间,他对社会主义和无政府主义的批评,已经表明他的思想出现了波动。

总的来看,象征主义思潮是在多种不同的端点之间存在着的,这些端点是文学概念和历史概念、世界主义和民族主义、破坏价值与恢复价值。任何一个端点都不是独立的,而是导向或者隐含了另外一种端点。文学史似乎表明象征主义在不同的端点之间运动,从一个端点转到另一个。象征主义思潮的演化并没有揭示它内部的统一结构。这些不同的端点一直都存在着,从未消失。真正让这些不同的端点形成合力的,是现代人对自我与社会的矛盾情绪。

---

[1] Edward Storer, "Form in Free Verse", *New Republic*, 6 (11 March 1916), p.155.

附 录
《象征主义最初的论战》[①]

1. 出版人前言

从此以后,象征主义在我们国家的文学史中占据着它显著的位置。它和浪漫主义一样,是 19 世纪最为严肃的艺术活动。杂志上一大批文章,或敌或友,证明了它的生命力。《拉鲁斯杂志》《新评论》《两个世界杂志》都在追问它。

重绘象征主义最初的论战的图景,在我看来是有趣的。对于这幅图景,我们向让·莫雷亚斯先生求助,以便他允许我们重印他的某些宣言,我们记得,这些宣言有重大的回响,而这已经有几年的时间了。《叙事抒情诗》的作者在一封热情洋溢的信中,很欢迎我们的请求,读者会在文后读到它。

从保罗·布尔德和阿纳托尔·法朗士先生的专栏节录的作品,补足了这本小册子,我们相信,这本小册子对于文学爱好者将是一个盛宴。

L. V.

2. 让·莫雷亚斯给莱昂·瓦尼埃的信

巴黎,4 月 16 日,1889 年

我亲爱的出版人,

为了完成您关于象征主义资料的出版,您希望重印我在最初的争论期所写的文章。

在问世时它们可能足够可爱、新颖,但这些文章从此以后就褪色

[①] 《象征主义最初的论战》于 1889 年由莱昂·瓦尼埃出版社出版,收录的是莫雷亚斯等人论争的文献。

了——这是这类作品的共同命运——我不在意把它们摆在读者眼前。我怎能拒绝您过誉的要求呢？难道您不同时是我们的朗迪埃尔和乌尔巴安·卡内尔？

我的文章里面有些事情我想得不全面；有些断言让我不安。如果我能在某些段落上加些批注就好了；因为我很快就会对该内容说出我所有的想法，还是让我们先考虑当前的工作吧。不过，我想更正一段话，是写给阿纳托尔·法朗士先生信中的（这涉及感情的问题）。我信中说，尽管我尊重拉马丁，我还是崇拜波德莱尔。可能是逞口才使我下了这种断言，因为，老实说，我认为我一直像崇拜波德莱尔一样地崇拜拉马丁，我不敢添油加醋。这是坦白，反过来，法朗士先生能宽恕我用"torcol"和"bardocucule"这两个词①，这是两个不错的老词，我在别的地方用过，惹恼了他。然而"torcol"是一个明晰的词，词造得很好，至于"bardocucule"，它指的是古高卢人带有帽子的斗篷：一种民族服饰，唉！

这是您的《小词典》给我带来了这些争论，我亲爱的瓦尼埃，您还准备通过印刷这些文章，把我看作是宗派分子。算了！从七星诗社到浪漫主义作家，再到自然主义作家，再到象征主义作家，假如诗人、剧作家、小说家都被强迫作贫乏而冒险的序言，或者其他的论证，那么这就要归咎于短视，归咎于恶意，归咎于官方批评的一本正经的蔑视。

心怀恶意的人给我指出，象征主义并不算是一个发现，它一直存在着。他们太对了！我说过相反的话吗？但是，近二十年来，我们难道没有一种这样的艺术：它固执地否定想象，它将事实的描述当作它的直接目的，代替了借由感觉来研究心灵，它在逸闻和细节中枯槁了，它迷醉于平庸和粗俗之物？这种艺术一向存在着，它能创造也创造过值得注意的作品。这是一种我将称之为平庸的艺术，一种创造性心灵的低级活动。啊，蠢才想攫夺大师的位置。正是针对这种"平庸的艺术"，针对这个文学新贵，象征主义才提出异议。

"作品！作品！"不怀好意的人叫嚷道。我们必须要给他们拿出足够可贵的诗风，我想。这期间我们经历了一个过渡期。浪漫主义必须要十五年才能充分展现出来。而我们只需要一个五年期。但是，为了象征主义看到它的花期结出果子，它需要摆脱它继承下来的旧习惯的束缚。在诗中，伟大的夏尔·波德莱尔的影响，从今以后只会是一个障碍。在小说

---

① "torcol"指的是一种叫做蚁䴕的啄木鸟。——译者注

中,埃德蒙·德·龚古尔发明的精巧的语言,这种突显《福丝坦》的作者似是而非的创作的语言,将会给人性的综合带来损害,不管它是广义上的综合,还是公认的象征性的综合。

"您走不到大众中去!"五位梅塘作家中的一位有一晚对我说。我们将像文学工匠一样走向大众,但走的是另外的道路。完足的艺术理应走向大众。我们不会做出重大让步。我们只要抛弃"无法理解的内容",这种江湖骗子,并签好"文学爱好者"的退休金,这种挑剔的软心肠。既然如此,我们兴许能恢复充满活力的史诗小说的地位,而无需无用的叙述,也无需古雅的幼稚文风。我们兴许能重造诗体戏剧,这艺术中无疑最美的形式;兴许能给当下的人解释诗中的梦想;兴许能正正经经地讲讲歌中历久而常新的曲调。

握紧您的手,我亲爱的瓦尼埃。

让·莫雷亚斯

3. 颓废诗人

保罗·布尔德的专栏

(《时报》1885年8月6日)节选

当自然主义妄想折断幻想的翅膀,并把想象力关起来的时候,幻想就发狂地飞进梦想的国度,想象力就漂泊到奇特的道路。我们最清楚地看到人类的心灵是多么不可压抑,以及企图把心灵局限在狭窄的规则中是多么不切实际,这里所说的规则来自我们的时代的体制——其中除了有纯粹热衷现实的一个卓越的小说家流派,一个逃亡诗人的流派也形成了,就像待在自己的温室里,活在绝对人工世界里的霍桑笔下的学者一样。没有更黑白分明的对照了。

尽管像从前的巴纳斯诗人一样,他们既没有共同的出版社,也没有合集,以让他们的团体显得界线分明,但这些留心于诗的人知道颓废者这个讽刺的词所指为谁。波德莱尔是他们的亲生父亲,整个门派沿着维克多·雨果的表达方式,在阴森森的光影上跳舞、飞动——这种光影被添加到艺术的天空中。魏尔伦先生,这位在勒孔特·德·李勒的影响下,在巴纳斯派那里登台亮相的人,凭借他最新的诗集,成为颓废派的两大支柱之一。这些诗集是:《智慧》《无言的浪漫曲》《过去与往昔》。另一个支柱是斯特凡·马拉美,从一开始,他就让人无法理解,他也一直处之泰然。二十多年前诗人们在勒梅尔(Alphonse Lemerre)的二楼聚会,当诗人们对他选入巴纳斯诗选中的诗进行表决时,谁告诉他们这样一天会到来:这位罕见的诗人将会收一些学生,他们发现他们中的大部分人本身是资产阶级的、平庸的和完全过时的?这时人们举起他就像举起(吓唬鸟雀的)稻草人一样,通过这个举动让资产阶级感到惶恐不安?马拉美不仅遇到了理解他的读者,而且他还找到了更加狂热的崇拜者,因为他们觉得他们的崇拜对象要难以理解得多。让·莫雷亚斯先生,这位《流沙》的作者,洛朗·塔亚德先生,《梦的花园》的作者,夏尔·维涅先生,夏尔·莫里斯先生,合成了一个部队。我们还可以列举几位颓废的印迹明显可见的诗人,但是他们矢口否认,我们无意烦扰他们。

根据这个派别的作品,以及来给我们帮忙的弗卢佩,我们就这样描绘出最完整的颓废者。它道德面孔上的特征是对大众表露出的厌恶,大众被看作是极其愚蠢和平庸的。诗人为了寻求珍贵的、罕见的和微妙的东西而离群索居。一旦一种感觉即将要被其他类似的感觉所同化,他就急不可耐地抛掉它,如同一个美丽的女人一旦化妆品被别人模仿了,她就丢开它一样。健康本质上是平庸的、有益的,适于粗人,诗人至少应该是个精神病。弗卢佩的咖啡馆的常客以歇斯底里病人为荣。假如失去理智的人,执意要让这种平庸而强健的血在他的血管里流淌,他就求助于帕瓦兹的注射器,以求进入他中意的生病状态。如果"超越的梦的光辉"在他面前展开,他就欣喜若狂地安排一种合他心意的虚假的生活。有时,像莫雷亚斯先生一样,他会自以为是鞑靼人的王子:

> 好像人们把我带到一个城里
> 我在那儿是可汗
> 像一个先知一样准确可靠
> 我的绝对的正义
> 滥用着枷锁。

有时,像魏尔伦先生,利用一种特别令人尊敬的十四行体,他会想象他独自是整个罗马帝国:

> 我是最后的没落期的帝国
> 我看到白皮肤的、高大的蛮族人经过

> 一边还创作着懒散的藏头诗
> 用的是完美的风格,其中太阳的忧郁在跳舞。

大自然、鸟儿、女人是所有诗避之不去的陈词滥调,他存心要把陌生的语言交给可憎的大众。假如他的诗行中有一片森林,这片森林就不是绿色的:是蓝色的,这就是颓废派给森林的颜色。花朵只有具有了新鲜的、奇特的和响亮的名字,才会被列入其中,比如仙客来、金鸡菊。不过莲花被允许,因为他一定要到印度去旅行,以便观看它们。假如一种花能分泌毒液,它就有权受到优待,这是不言而喻的。鸟儿们也应是外国的;乌鸦破了例,因为它羽毛阴晦;他还提供了优美的比喻:

> 我的心是一个乌鸦出没的庄园。

至于女人,只有凡夫俗子才能发现她们鲜活的面颊上、健康的肤色上的某些魅力。在这个世界上消遣是不重要的;快乐和微笑,就像健康一样,受到了颓废派诗人的蔑视。还是听听莫雷亚斯先生的心愿吧:

> 我渴望充满潋泣和泪水的一种爱情,
> 我渴望凄凉如秋日天空的一种爱情,
> 一种像种有紫杉的树林,
> 或者里面夜晚有忧郁的号角响起的爱情;
> 我渴望凄凉如秋日天空的一种爱情
> 由绵绵的恨和隐秘的吻织成。

被化妆品染色的皮肤,加了绿色和蓝色的边框的眼睛,贫血和被古老的种族弄错乱的精神,患精神病前妄想的性情,早早堕落的处女,正在腐烂的社会的粪堆上像霉菌一样绽放的罪恶,发臭的文明的一切娴熟的堕落,这一切对于颓废派来说,都自然而然地具有罕见事物的魅力,构成整个世界的纯朴的爱被这些罕见的事物吓坏了。诗人给这些事物加上宗教的调味品,因为他是天主教徒。首先,假如他没有天主,他就不可能亵渎天主,也不可能通过罪恶观给他的快感加上刺激的调味品。其实,没有天主,他就不会有撒旦;而没有撒旦,他就不可能成为撒旦式的诗人,本质上看,这就是颓废派诗人的风格。

"他特别清楚他迷人的风格",弗卢佩的咖啡馆的一位常客在谈论魔鬼时说。这是一位真正的"绅士",而且他被一切永恒打下了地狱,这倒让他引人注意了。

另一个常客凸显了宗教带来的难以置信的复杂性。因为爱着宗教，他认为自己被不可饶恕地打下了地狱，这真的是一种微妙的感受。因而他是虔诚的；让一个特别邪恶的罪恶与神圣的词一同说出，这难道不优雅有趣吗？颓废派的作品让更多的圣体显供台变得光彩了，让更多的金子在支座上闪光了，它们点燃了更多的蜡烛，打开了很多的祈祷书，也擦亮了大教堂里更多的装饰，整个圣叙尔皮斯街都无法提供这么多。读读弗卢佩那篇题为《悔恨》的作品吧，它特征鲜明。公墓、棺材、坟墓，尽管从刘易斯的《修道士》和浪漫主义以来，这些形象被极大地滥用了，它们还是被放进辛辣的调味品里，以致颓废派诗人无法完全舍弃它。上面一点蓝色的月亮也一直是被欣赏的：

> 我的心像坟墓里一口空空的棺材。

人们怎么能替换这么有表达力的一个形象呢？

要与其余人区别开的这种病态的嗜好，并没有阻碍颓废派去爱带血的牛排，去求助他所鄙视的这个社会的警察（当他需要保护的时候），去请一位给他缝制最时兴的服饰的裁缝，去轻松地在与同代人的交往中运用幼稚的、适当的礼仪守则。就我们这方面来说，我们也别把这种绝望的神秘主义和撒旦式的堕落的大杂烩太当真，它做得太刻意，以至于不能不给人一点恶作剧的印象。因而，如果我们需要察看他们的主张，最好把他们搁在他们的小教堂里，那里已经改建成罪恶之地。但是，他们越是自负地寻求新颖的感受，他们就越是费尽心机地采用罕见的节奏和翻新的语言来表达它们。在这方面，他们做了一些试验，这些试验在我们看来不值得引起诗歌爱好者的关注。

在《法国诗简论》中（它像是被浪漫主义所征服的人的规则），泰奥多尔·德·邦维尔先生几年前表达了这种遗憾，即维克多·雨果没有勇气完完全全地把自由还给诗，诗曾经在 16 世纪的黄金时代拥有过这种自由。为什么要严守着元音连读（hiatus）？为什么要严守着诗行中组成音节的二合元音（diphtongue）？为什么要运用阴、阳韵的轮替？为什么在半行的末尾需要语顿？所有这些规则是无用的、有妨碍的，因为它们丝毫无益于诗行的优美，是马洛伯和布瓦洛发明了它们，强行推行了它们，这些诗律家扼杀诗已有两个世纪了。"维克多·雨果用他有力的手，能打破限制诗行的一切锁链，给我们绝对自由的诗行，他满口白沫的嘴，仅仅咀嚼着押韵的金马嚼子！这个巨匠没有做的，也没有人会做，我们得到的将只是一种不完全的革命。"①

好吧！这种革命，在巨匠死后，由颓废派们继续推进。他们的好奇促使他重新拿起了这些受到谴责的自由。这种自由仍旧像是一种对罪恶的喜悦，同时也是一种新效果的方法。他们极少打破元音连续，但明确摆脱了语顿和两种韵的交替。他们获得的是专门的阴性的韵，声音很低，抹去了语音的细微变化；是专门的阳性的韵，有多余的声响，不可能落入老规则的桎梏之中。尤其是魏尔伦先生，最老练的行吟诗人之一，他从未拿我们的音律冒险。在他的手指之间，诗行就像雕刻家的蜂蜡，能够顺从任何形式。他用他的呼吸创作过许多特别生动的节奏，他还给精深诗（poésie savante）引入了没有韵的诗行，这种诗行与我们的通俗诗（poésie populaire）并无二致。我们从《无言的浪漫曲》中选取的下面的诗节，不颓废的读者也可以感受到它们的魅力，它们既是押韵被剥夺的诗的例子，也是魏尔伦先生名下节奏的例子。

> 它流进我心里
> 如同它流向城市。
> 什么样的忧郁
> 渗进我的心里？
>
> 哦，雨轻微的足音
> 穿过大地，跨过屋顶！
> 献给烦恼的心灵
> 哦，雨的歌声！
>
> 它没来由地流着
> 流进这厌恶的心房。
> 怎么！没有背叛？
> 这没来由的哀伤。
>
> 我的更大的痛苦

---

① 这句话出自邦维尔的《法国诗简论》，参见 T. de Banville, *Petit traité de poésie française*, Paris: Bibliothèque-Charpentier, 1903, pp. 107—108。——译者注

> 是不知道个中缘由，
> 没有爱也没有恨
> 我的心有多痛苦。

作为音律上的革新者，颓废派诗人们在语言上也并不逊色。为着未知的乐趣而躁动不已，他们试图表达看上去现在还无法表达的东西。这里我们就进入晦涩难懂的领域，斯特凡·马拉美是这个领域的王者。

> 香味、色彩和声音互相应和，
> 像悠远的回声，合在一起
> 成为幽暗、深邃的统一体。
>
> 有些香味，婴儿的皮肤一样清爽，
> 柔和得像双簧管，绿如草原，
> 另外一些，腐败、丰富、得意扬扬，
>
> 无限的事物在扩充、蔓延
> 好像琥珀、麝香、安息香和乳香
> 歌颂着心灵与感官的热狂。①

波德莱尔在题为《感应》的一首十四行诗中曾作如是说。颓废派们由此推出一套符号系统，让古老的语法学家——语言纯粹性的执着的卫士——在他们的坟墓中打起哆嗦。除了我们的词语精确规定的音质和音长观念外，我们还在语义中感受到迄今为止还完全不明确的共鸣：这种颜色给人丰富的模糊印象，这种香味把我们的想象力带到了东方，这种声音给我们一种悲惨的感觉。这些耽于梦幻的人们已经发现，在努力重唤这些混杂的感觉的过程中，在人为地再现梦中捉摸不透的兴奋的过程中，他们得到了一种艺术，与迄今为止的法国诗人的实践相比，这种艺术要格外微妙、精细。颓废派诗人不再描述，他们不再修饰，他们暗示。暗示，对他们来说，就是诗歌本身，魏尔伦主张：

> 所有剩余的话就是文学②

---

① 这首诗的第一节是波德莱尔原诗的第二节。这一节缺少了一行诗："像黑夜和光明一样广阔"。——译者注

② 这行诗出自魏尔伦的论诗诗《诗歌艺术》（"Art poétique"）。——译者注

根据波德莱尔所说，既然香味、颜色和声音在相互应和，既然一种香味能提供与一种声音相同的梦，一种声音也能提供与一种颜色相同的梦，假如一种颜色不足以暗示一种感受，诗人就用与之相感应的香味，假如香味不足以为此，诗人可以借助声音。诗人在三套词汇而非一套中进行选择的时候，他们是通过类比来着手；颓废派称作移位（transposer）的，正是此物。弗卢佩也这样喊道：

  啊！绿色，绿色，多绿啊，
  那天，你是我的心！

不了解类比的奥秘，您猜不到绿色的心的这种状态。但是弗卢佩确定要让颓废派诗人体验一下，体验"长满草的"这个形容词暗示的令人厌恶的感觉。这是一种移位。

  到这一步，一些不安的读者停了下来，寻思我们莫不是在欺骗他们。让他们放心，我们明白地告诉他们，在我们看来这可能是对法语进行过的最古怪的攻击，法语可是理性和有怀疑精神的优美语言，热衷于纯净和明晰，它对不确定的表达特别反感，它和青天白日一样，不适于模糊不定的梦幻。对待这种对法语的暴力，人们是笑还是惊恐不安，我们可以任意想象，但是在我们看来，自从龙萨尝试用法语说古希腊语和拉丁语以来，还没有再见过这种事，这种暴力值得让人们停下来一次。

  将类比原则运用到词语中，我们发现构成词语的声音与色彩、气味相应和。颓废派们必定要做的事情就是这个。他们充分地评论过维克多·雨果的这句诗：

  Car le mot, qu'on le sache, est un être vivant.
  因为词语，我们知道，是有生命的物体。

  我们这个时代谨小慎微的旁观者，天真地为颓废诗人的存在感到担心。也许我们真的颓废了？确实，人们将在五年内了解它。而现在，可以发现这些诗人身上没有什么特别的东西对我们这代人有利：这种对构成道德生活基础的情感的蔑视，这种对疏离其他人的神经症的需要，这种将艺术理解为专属几位雅士的爱好的方式，这种对堕落和丑恶的热衷，这一切从1835年起就在法国年轻人身上埋下了种子。从戈蒂耶到波德莱尔，从波德莱尔到巴纳斯派，从巴纳斯派到颓废派，我们看到艺术家的这种自负壮大起来，显著起来，它使艺术家离开了伟大灵感的源泉，沦落成为普通的专家。枯竭的浪漫主义送来这最后一朵纤小的花，一朵季末的花，病态又怪异。这当然是一种颓废,不过是一个濒死流派的颓废。这些诗人在语言上的试验,在我们的国家比他们的情感和思想更新颖。但是它们在英国已经有很长时间了,英国有一个著名的流派在词语中寻找一种音乐,寻找色彩和香味,我没有看到有人谈论英国的颓废。如果突然出了一位大人物,类比的方法可能让他从杰作得到了启发;在那种情况下,我们只需赞美类比。而大人物们,他们需要依赖一切。但是,只要斯特凡·马拉美先生仍然是新诗的最高代表,您就可以放心枕着您的利特雷辞典睡觉,新诗永远也不会有感染力。

保罗·布尔德

4. 颓废者

让·莫雷亚斯的回应

(《十九世纪》,1885 年 8 月 11 日)

两个月来,出于一部可爱的模仿之作,报刊非常关注人们武断地称之为"颓废者"的诗人;已经有一个严肃的批评家,保尔·布尔德,在 8 月 6 日的《时报》上给他们作过一个很长的研究。本文署名人的名字也常常在所有这种争论中被提到——布尔德先生似乎对它特别有意见;因而他自认为有权力尽量澄清这种错误定义的美学问题。阿尔弗莱德·德·维尼在 1829 年写道:"懒惰的人和墨守成规的人喜欢今天听他们昨天听过的话:相同的思想,相同的表达,相同的意思;一切新东西对他们来说都好像是荒谬的;一切罕见的东西,都好像是野蛮的。"在我进行更多论述前我引用这些话,因为,撇开它们的日期,它们给我一种强烈的现实感。

布尔德先生讨论所谓的颓废派诗人的"通讯",除了无用的、略显累赘的诙谐之语,在很多方面显出了值得称赞的文学意识,以及对所谈话题的一定的理解,诚然,这种理解不如说是潜在的,有点谨小慎微。不过布尔德先生犯了一个严重的错误,他太喜欢听信有点异想天开的无稽之谈。这就是他为什么会这样写的原因:"健康本质上是平庸的、有益的,适于粗人,诗人至少应该是个精神病。……假如失去理智的人,执意要让这种平庸而强健的血在他的血管里流淌,他就求助于帕瓦兹的注射器,以求进入他中意的生病状态。"还有更多:"他是天主教徒。首先,假如他没有天主,他就不可能亵渎天主,也不可能通过罪恶观给他的快感加上刺激的调味品。其实，没有天主，他就不会有撒旦；而没有撒旦，他就不可能成为撒旦式的诗人，本质上看，这就是颓废派诗人的风格。"让布尔德先生放心，颓废派诗人不想多亲吗啡女神苍白的嘴唇；他们还没有吃掉带血的胎儿；他们更愿意用带脚玻璃杯喝水，而非用他们祖母的头颅。他们也习惯于在冬天阴暗的夜晚写作，而非与恶魔往来，以求在巫魔会（le sabbat）期间，说可怕的亵渎神明的话，摆动着红棕色的尾巴，以及牛、驴、猪，或者马的丑陋的脑袋。

布尔德先生认为，波德莱尔是这些可怕的颓废诗人的亲生父亲，他有些道理。不错，他们是这位伟大而崇高的诗人的高贵的子嗣，因为富有活力，这位诗人那么受人嘲弄和诽谤，在今天仍旧不为人知；他们是这位真正的艺术家的子嗣，该艺术家写道："……只要人们愿意自省，追问他自己的心灵，唤回他热情的回忆，就会明白诗除了它自身，没有别的任何目的；它不可能有其他的目的，除了只是为了写诗的快乐而被写出的诗之外，没有任何诗是如此伟大、崇高、真正配得上诗的名字的。"回溯到本世纪的最初年月，人们发现另一位先驱，阿尔弗雷德·德·维尼，这位《摩西》《参孙的愤怒》《牧羊人的屋子》和美妙的《奥秘》的作者，在《奥秘》中写道：

> ... les rêves pieux et les saintes louanges,
> Et tous les anges purs et tous les grands archanges...
> ……虔诚的梦想和神圣的赞歌，
> 所有纯洁的天使和所有的大天使……

在他们金色的竖琴上歌唱埃洛阿（Eloa）的诞生，这位迷人的天使出生于耶稣的眼泪。

早在所有人之前，所谓的颓废者就在他们的艺术中寻找纯粹的观念和永恒的象征，他们敢于相信埃德加·坡的话："美是诗唯一合理的领域。因为最强烈、最崇高同时也最纯粹的快乐，它只存在于对美的凝思中。当人们谈论美的时候，他们想说的并非明确地是一种品质，就像人们想象的那样，而是一种印象；简言之，他们只想得到这种狂热而纯粹的心灵的高妙——非关乎理智，只关乎内心——它是对美凝思的结果。"

颓废诗的感伤的特征也很让《时报》的批评家、高卢式欢喜的捍卫者感到恼火。可是埃斯库罗斯、但丁、莎士比亚、拜伦、歌德、拉马丁、雨果和所有其他的伟大诗人，好像在生活中并没有看到跳着欢快的圆舞曲的疯狂游乐会。至于喜剧名家所谓的快乐，比如阿里斯多芬和莫里哀，他们每个人都知道必须要在喜剧性中看到一种自我欺骗的悲伤，一种相反的悲伤。但是布尔德先生最辛辣地批评颓废派作家的地方，是他们作品的晦涩。在这个话题上再参看一下埃德加·坡："有两样是永远必需的：第一样，一定数量的复杂性，或者更严格地说，是一定数量的小花招；第二样，一定数量的暗示意识，某种像思想的潜流一样的东西，看不见，不确定……意义表达的冗余部分只应被暗示出来，正是将作品的潜流变成明显的、上层的水流的癖好，将某些自称为诗人的所谓的诗，变成散文，变成平庸的散文。"再说司汤达不是说过："尽管多次注意要清晰、明白，我还是不能创造奇迹；我能让聋子听，让瞎子看？"

布尔德先生不了解也不想准确地欣赏自称为颓废诗人的神秘性，他似乎对外在性有更好的理解。他说："泰奥多尔·德·邦维尔先生几年前表达了这种遗憾，即维克多·雨果没有勇气完完全全地把自由还给诗，诗曾经在16世纪的黄金时代拥有过这种自由。……好吧！这种革命，在巨匠死后，由颓废派们继续推进。他们的好奇促使他们重新拿起了这些受到谴责的自由。这种自由仍旧像是一种对罪恶的喜悦，同时也是一种新效果的方法。他们极少打破元音连读，但明确摆脱了语顿和两种韵的交替。他们获得的是专门的阴性的韵，声音很低，抹去了语音的细微变化；是专门的阳性的韵，有多余的声响，不可能落入老规则的桎梏之中。"上面是正确而合理的话。但是布尔德先生进而担心语言纯净性的新问题，并召唤古老的语法学家和利特雷的幽灵。布尔德先生能安然入睡了。利特雷，这位开明而果敢的词典编纂家，如果他没死，他会是第一个欢迎新颖的颓废风格的人，就像他对待词语那样，这些词语取自拉丁语或者产生于一位非凡作家的全部篇目，这个作家的名字叫泰奥菲勒·戈蒂耶。布尔德先生用礼貌的手对颓废诗人——因为评论界乱贴标签的癖好是不可救药的，评论界可以更恰当地称他们为象征主义者——施以吊刑，这些人是：斯特凡·马拉美、保尔·魏尔伦、洛朗·塔业德、夏尔·维涅、夏尔·莫里斯以及本文的署名人。如果思考一下维尼写给爵爷的信的这精彩的结尾部分，他们能得到安慰，这封信是关于他的《奥赛罗》译本最初的演出问题。他将社会比作有三个时针的大钟。一个时针，很粗，移动得这么慢，人们以为它没有走；这是大众。另一个针较细，走得相当快，人们稍加注意就能看到它的运动：这是有学养的人群。"但是，在这两个时针的上面，还有一个异常敏捷的针，眼睛很难跟得上它的跳动；它在第二个针走动之前，在第三个针爬行之前，已经六十次看到了空格子。我从未仔细观察过这个秒针,这支如此躁动、如此大胆同时也如此激动的箭,从未!它飞奔向前,怀着莽撞的情感或者占有时间的快感而颤动;看到它的时候,我总是想到诗人一直有并且应该有这种敏捷的步伐,超越时代,超过他的民族的普遍精神,甚至超过最有学养的那一部分。"

让·莫雷亚斯

5. 象征主义

让·莫雷亚斯的宣言

(《费加罗报》,1886年9月18日)

像所有的艺术一样,文学在进化:这是一种周期性的进化,具有严格规定的回归过程,时过境迁带来了许多变化,它也因此变得复杂起来。让人们观察艺术每次新的发展阶段都恰好与艺术的衰老相对应,与紧邻的前一个流派不可避免的终结相对应,这是没有必要的。只需要看看两个例子:龙萨战胜了马罗(Marot)最后一批的无能的模仿者,浪漫主义在古典主义的瓦砾上展开了它的旗帜,而当时巴乌尔·洛米安(Baour Lormian)和艾蒂安·德·茹伊(Etienne de Jouy)差强人意地守卫着古典主义。这是因为艺术的所有表达必然要走向贫乏,走向枯竭;辗转抄袭,辗转模仿,让充满活力和新鲜的艺术变得干枯了,蜷缩了;让新颖和自然的艺术变成陈词滥调。

因而浪漫主义,在敲响所有它反抗的喧嚣钟声后,在度过它荣耀和战斗的日子后,丧失了它的力量和魅力,丢弃了它的英雄胆,变得规规矩矩、疑神疑鬼、通情达理;在巴纳斯派受人重视的、平庸的试验中,它指望虚假的复兴,末了,这位君主变得年老昏愦,被自然主义废了王位。对于自然主义,我们能真正认可的只是它合理的抗议的价值,但这种抗议考虑不周,针对的是流行的几位作家的枯燥乏味。

艺术中一种新的表达因而是期待中的,是必要的和不可避免的。这种表达久经孵化,方才破壳。报刊上所有无关轻重的戏谑,严肃批评家的所有不安,懒散而感到惊愕的大众所有的恶劣脾气,这些都日甚一日地肯定了法国文学中当前进化的生命力,这种进化,从仓促的评判者通过无法解释的矛盾方式评价颓废时就开始了。然而要注意,颓废文学主要显现的是固执、烦琐、谨小慎微、亦步亦趋:比如,伏尔泰的全部悲剧都带有颓废的这些印迹。对于这个新流派人们能指责什么呢,有什么指责呢?过于浮夸、隐喻古怪、词汇新颖(那里,音调和谐与颜色和线条结合了起来):任何复兴都有这些特征。

对于艺术创造精神的当前趋势,我们已经建议用"象征主义"这个词,作为唯一能合理给它命名的名称。这个名称可以保留。

这篇文章的开头已经说过,艺术的发展具有周期性,差异又极为复杂;因而,为了探寻这个新流派的准确渊源,必须要回溯至阿尔弗雷德·德·维尼的某些诗,回溯至莎士比亚,回溯至神秘主义者,甚至更远。这些问题需要长篇大论;就让我们说夏尔·波德莱尔应该被视为当前运动的真正先驱吧;马拉美先生又赋之以神秘和无法言传的观念;保尔·魏尔伦先生可敬地打破诗体严苛的束缚,泰奥多尔·德·邦维尔奇妙的双手已经在先前将它们弄灵活了。但是《极乐》(*Suprême Enchantement*)仍旧不完美:持续的、令人心生嫉妒的工作吸引着新来人。

作为教条、夸张朗诵、虚假感受、客观描述的敌人,象征主义的诗力求给思想寻找可感的形式,但这种形式的目的并不在于它自身,而是一直是附属的,完全用来表达思想。思想,就它那方面来说,不应让人夺去它外在类比的豪华长袍;因为象征主义艺术的根本特征,在于从不碰思想本身。因而,在这种艺术中,自然的图景,人类的活动,一切具体的现象不能自己表现自己:它们都是可感的表象,注定要传达与原生思想的秘密的亲缘关系。

针对这种美学,读者们断断续续地指责其晦涩,这没有什么让人意外的。能怎样呢?品达的《德尔斐竞技会颂歌》、莎士比亚的《哈姆莱特》、但丁的《新生》、歌德的《浮士德·第二部》、福楼拜的《圣·安东尼受诱惑》,它们不都受到了晦涩的指责?

为了准确地传达它的综合,象征主义需要一种典范的和复杂的风格:未被污染的措辞、坚实的完整句与柔美的完整句的交替出现、有意味的同义重复、隐晦的省略、有悬念的句法断裂、所有新颖而多样的比喻:总之是开创性的、现代化的优秀语言,是优秀、华丽、生动的法国语言,出现在沃热拉和布瓦洛·德普雷奥等人以前,是弗朗索瓦·拉伯雷、菲利普·德·科米纳、德维永、吕特伯夫的语言,是所有其他自由和投出尖锐词眼的作家的语言,就像特拉斯的多索特鱼弯曲的箭。

节奏:修剪过的旧音律;巧妙安排的混乱;锻造打磨的韵,如同金的或铜的盾牌,与捉摸不定的、玄妙的韵相依存;停顿多样、变化的亚历山大体;某些奇数音节诗行的使用。

现在,请您给我这段小插曲作个协助,它是从一本可贵的书《法国诗简论》中节选出来的,在书中,泰奥多尔·德·邦维尔像克拉罗斯神一样,无情地让弥达斯的头上长出了怪异的驴耳朵。

请注意!
剧本中说话的角色是:
象征主义派的诋毁者
泰奥多尔·德·邦维尔先生
埃拉托

第一幕①

诋毁者——啊!这些颓废派!多么夸张!多么莫名其妙!我们伟大的莫里哀多么有理,他说:

  合人心意的这种形象化的风格
  产生于好的性格和真诚。

泰奥多尔·德·邦维尔——我们伟大的莫里哀在这方面也写过两首坏诗,它们同样可能产生于好的性格。哪门子的好性格?哪门子的真诚?表面上的混乱、光彩夺目的反常、激情的夸张,这些就是抒情诗的真诚。形象和色彩过多,这不是大毛病,并不是因为它我们的文学就衰落了。在最坏的时期,当我们的文学明显奄奄一息的时候,就比如在第一帝国时期,毁掉文学的并不是修饰的夸张和过度,而是庸俗。高雅和自然是好东西,但是它们对诗的用处没有我们想象得那么大。莎士比亚的《罗密欧与朱丽叶》的写作,完全是用与"马斯卡维尔侯爵"②一样造作的风格;迪西③的风格凭借其最为有益、最为自然的简洁,而发出他的光芒。

---

 ① 在这个戏剧中,邦维尔的话都可以在《法国诗简论》中找到原文,诋毁者的话是虚构的。这里的戏剧类似中国诗话中的主客答问,假设几个问题,然后作答。——译者注
 ② 马斯卡维尔侯爵(marquis de Mascarille),莫里哀的《可笑的女才子》中的人物,原来是仆人,却冒充侯爵。《可笑的女才子》里面人物对话往往矫揉造作,这里用这个人物来代指作品中的语言。——译者注
 ③ 迪西,全名让-弗朗索瓦·迪西(Jean-François Ducis, 1733—1816),法国戏剧家,改编过莎士比亚的作品。——译者注

诋毁者——但是语顿，语顿！语顿被破坏了！

泰奥多尔·德·邦维尔——威廉·特兰先生①在1844年出版的非同寻常的韵律学中，曾经证实亚历山大体诗行允许十二种不同的组合方式，从语顿在第一个音节之后的诗行，一直到语顿在第十一个音节之后的诗行。这等于说，其实语顿可以放在亚历山大体任何音节之后。同样，他也证实第六、七、八、九、十音节的诗行允许变化的、位置不定的语顿。让我们更进一步：我们敢宣告完全的自由，并且认为在这些复杂的问题上，只有听觉做主。永远有人丧生，不是因为太胆大，而是因为还不够胆大。

诋毁者——太可怕了！竟然不尊重押韵的交替！你知道吗，先生，颓废派作家甚至胆敢认可元音连读，元音连读啊！

泰奥多尔·德·邦维尔——在诗行中产生音节的元音连读、二合元音，所有被排斥的其他技巧，尤其是阴、阳韵随意的运用，给有才华的诗人带来上千种微妙的效果，这些效果变化多端、无法预料、无穷无尽。但是要利用这种复杂而巧妙的诗体，就必须有才华，有音乐的耳朵，至于固定的规则，最平庸的作家如果严格地遵守它们，就可以创作出马马虎虎的诗！靠诗的规章谁能得到好处呢？平庸的诗人。仅仅是他们！

诋毁者——可是，在我看来，浪漫主义革命……

泰奥多尔·德·邦维尔——浪漫主义是一种未完成的革命。多么不幸啊，维克多·雨果，这位满手是血的胜利的大力士，并不完全是一个革命者，他让一部分怪物活了下来，但原本他的使命是用火箭消灭它们的。②

诋毁者——一切创新都是愚蠢的！模仿维克多·雨果是对法国诗的致敬！

泰奥多尔·德·邦维尔——当雨果解放诗体的时候，人们可能会相信，以雨果为学习的范例，紧随他而来的诗人们可能想要自由，想独立自主。但是这就是我们身上的奴性，新诗人争先恐后地效法和模仿雨果的形式、组合方式和最习以为常的停顿，而非是力求寻找新的。就这样，因为有枷锁而铸造枷锁，我们从一种束缚落入另一种束缚之中，在古典主义的陈词滥调之后，我们有了浪漫主义的陈词滥调，有了语顿、措辞、押韵的陈词滥调；而陈词滥调是指长期使用的老套路，在诗中就像在其他事物中

---

① 威廉·特兰（Wilhem Tenint，1817—？），1844年出版过《现代流派的韵律学》。——译者注
② 这句话中的"维克多·雨果"在《法国诗简论》中是衍文。——译者注

一样,这意味着死亡。与此相反,我们敢于活下去! 生活是呼吸天空的气息而非我们邻居的气息,哪怕这个邻居是个神!

第二幕①

埃拉托(隐身)——您的《法国诗简论》是一部有趣的作品,邦维尔大师。但是年轻的诗人们与尼古拉·布瓦洛豢养的怪物杀红了眼,他们要求您参战,而您却默不作声,邦维尔大师!

泰奥多尔·德·邦维尔(冥想状)——真该死! 难道让我不履行前辈和抒情诗诗人的职责!

(《流亡者》的作者发出一声哀叹,②插曲结束。)

散文——长篇小说、中短篇小说、短篇小说、传奇——的进化与诗类似。貌似具有异质性的要素促进了它的进化:司汤达带来他半透明的心理学,巴尔扎克带来他瞪直眼睛的观察力,福楼拜带来他回环多变的语调,埃德蒙·德·龚古尔先生带来他具有现代暗示力的印象主义。

象征主义小说的观念是多形态的:时而一个与众不同的人在变形的环境中活动,这些环境因为他特有的错觉、他的性情而变了形:这种变形中存在着唯一的真实。动作机械的人,轮廓模糊的人,围绕着这个与众不同的人晃来晃去:这些人只是让他感受、推测的借口。他自己则是一张可悲的或者滑稽的面具,属于虽然理性但仍然完美的人性。时而受到周围所有现象的泛泛影响的民众,在冲突与僵持的交替中,轮回不休。他们个人的意志时不时也会表现出来;这些意志为了一个目标互相引发、互相结合,扩散开来。而这个目标,达到也好,达不到也罢,又将它们分离成最初的个体形式。时而召唤出的神秘的幻影,从古老的德莫戈尔贡到贝利阿尔③,从卡比莱④到招魂术士⑤,都排场很大地出现在卡利班⑥的礁石上,

---

① 第二幕的对话全是虚构。——译者注
② 《流亡者》(*Les Exilés*),是邦维尔 1867 年出版的诗集。莫雷亚斯的这篇序言中误作了"Exilées"。——译者注
③ 德莫戈尔贡(Démogorgon),在基督教文学中是地狱的魔王。贝利阿尔(Bélial),恶魔,上帝的敌人。——译者注
④ 卡比莱(Kabires),其人未知。古希腊人曾崇拜过群神卡比里(Cabiri)。——译者注
⑤ 招魂术士(Necromant),原文为"Nigromans",疑即为"Necromant"。——译者注
⑥ 卡利班(Caliban),莎士比亚《暴风雨》中的人物。——译者注

或者蒂塔尼亚①的森林里……

自然主义幼稚的做法因此值得蔑视——作家卓越的天分拯救了左拉先生——象征的小说将采用主观变形来建构他的作品,②它确信这个原则:艺术在客观性中,可能只会找到极为简单的出发点。

6. 对《宣言》的研究

阿纳托尔·法朗士
(《时报》,1886年9月26日)节选

一家通常接受泰斗们的宣言的报纸,却刚刚发表了象征主义者的声明。这些人更为人熟知的名号是颓废者和衰落者(déliquescents)。但是让·莫雷亚斯先生,该声明的起草者,拒用这些不恰当的词:"颓废文学主要显现的是固执、烦琐、谨小慎微、亦步亦趋:比如,伏尔泰的全部悲剧都带有颓废的这些印迹。对于这个新流派人们能指责什么呢,有什么指责呢?过于浮夸、隐喻古怪、词汇新颖(那里,音调和谐与颜色和线条结合了起来):任何复兴都有这些特征。"既然如此,我们能充分地看到为何让·莫雷亚斯先生不愿人们称呼他的朋友为颓废者。至于要知道他为什么给他们取名叫象征主义者,这不大容易,而且现在要说出原因,我还有点为难。

我的为难,尤其是源于我没有准确地了解何谓象征主义。诚然,让·莫雷亚斯先生有所解释。但是他的解释难以理解,这也是实话。

泰奥多尔·德·邦维尔先生并没有给象征主义带来人们期待的帮助。他保持沉默了。"他没有履行他作为前辈和抒情诗人的职责。"他是不可原谅的,也不会被原谅。从前,丹纳先生曾辜负过自然主义作家的期望。左拉先生以为丹纳先生会是他的批评家,今天,左拉先生仍然悲伤地发现丹纳先生有失职责。泰奥多尔·德·邦维尔先生亦然。象征主义者期望这位博雅的诗人,在老年能对象征主义者的到来,唱一首西门③的赞

---
① 蒂塔尼亚(Titania),莎士比亚《仲夏夜之梦》中的仙后。——译者注
② 在《费加罗报》的《象征主义》中,此句中的"象征的小说",原为"象征—印象主义者的小说"。——译者注
③ 西门(Siméon),《旧约》中雅各的儿子。——译者注

美诗。因为他没有唱出预言,他们说他仅仅是冒牌的预言家,是一文不值的歌者。

在您期望复兴法语的法国作家中,弗朗索瓦·拉伯雷、菲利普·德·科米内(不是科米纳,像你写的那样)①、维永和吕特伯夫,您称他们为"自由的作家",您说,是"投出犀利词眼的作家,就像特拉斯的多索特鱼射出弯曲的箭"。请允许我说,上面有些名字,人们不想看到他们合在一起。我不是说吕特伯夫,我和他几乎没有来往。至于科米内和拉伯雷,我相信对他们有点熟悉。他们是各个方面都不相像的作家,如果他们两个都像特拉斯的多索特鱼,就像您说的,就必须要将这种相像性扩展到更多的作家那里。人们知道拉伯雷:他有数量众多的崇拜者,也有一些读者。我确信,先生,您也是后者的一分子。您了解拉伯雷的语言有多丰富,多渊博;您知道语言丰富了就会有累赘;您知道这是一种优美的语言形式的堆砌,一种思想和词语的杂乱的仓库。这并不是科米内的语言。这位菲利普·德·科米内是个政治活动家。他率尔直写,不去寻求效果,也不担心明白易懂。他不打算像弗鲁瓦萨尔那样,通过绚丽的故事来取悦人,而是在向政治家说明事实的连续性的时候教育政治家。他具有历史家的眼光,这在法国是最早的。无疑,这并不是一个劣势。他最先提供简单、实用风格的范本,政论文的范本,也得赞美他。我非常相信这种风格在今天已经有效地得到了运用。但是在我看来,这与其说是任何一位象征主义作家的风格,还不如说是梯也尔②先生或者杜弗尔③先生的风格。在他那儿我还感觉到一点尴尬,它让所有特拉斯的多索特鱼都无法射中我。请允许我说,亲爱的莫雷亚斯先生,假如我感到尴尬,这一定是您的错。您将一切都归给象征主义。您认为一切时代一切国家的文学存在的理由,只是给象征主义的绽放做准备。我很难站在你这个立场上看问题。左拉先生,假如您记得他,他竭力证明文学自从最遥远的年代以来,一直走向自然主义这个必然的目标,他竭力证明所有书写艺术的进程都注定要朝向《卢贡-马卡尔家族》。他没有完全成功,这有好几个原因;第一个原因是这种

---

① 在莫雷亚斯的《象征主义》中,科米内(Comynes)被写成了"科米纳"(Commines)。——译者注

② 梯也尔(Adolphe Thiers, 1797—1877),法国政治家,曾担任过法兰西第三共和国的总统。——译者注

③ 杜弗尔(Jules Armand Dufaure, 1798—1881),法国政治家。——译者注

观点可能并不正确。并不只是您,莫雷亚斯先生,将要反对这个原因。还有其他人。左拉先生,在他勤奋而可敬的文学生涯中,写得比他读得都多。我并不抱怨这些书,因为它们非常有趣。但是过去的人文精神毕竟有一部分在他那儿丢掉了,当他尝试在小说和戏剧中撰写自然主义的导论时,他多次犹豫不决。他的对手们想过要给他帮帮忙,给他列举《米列西安》①、《塞莱斯廷》、流浪汉文学、索雷尔②、弗勒蒂埃③、斯卡龙④、凯吕斯⑤、雷蒂夫·德·拉·布勒托内⑥以及上百位他忘记的其他作家。一直到布瓦洛谈论小说主人公的对话那里,他才得到益处。因为布瓦洛和古典主义作家以不同形式成了左拉先生的助手,而左拉先生没有觉察到。布瓦洛指责斯屈代里,正如左拉指责维克多·雨果,这种指责也不是完全没有道理。至于您,先生,恕我冒昧,我将给您指出您所忽视的先驱中的一位,这是吕克弗隆(Lycophron)。在我看来,他极为晦涩,足够复杂。我很想知道你的感想。我呢,我把他视为第一位象征主义诗人。您无疑不大重视一位外行的观点。左拉先生的例子可能让您更加不安。假如单单走向自然主义的文学原理是错的,单单走向象征主义的文学原理也有不正确的危险。这是体系的危险;我想提醒你一个著名的例子。著名的奥古斯丁·梯叶里⑦大约在1835年判定,所有在我们国家发生的事情,自从古罗马时代以来,只是给七月王朝做预备,因而,法国的历史从此以后是十全十美的了。这个体系在1848年被弄颠倒了,从此再也没有恢复过来。

先生,您想到要在您的宣言中,同时指出准备象征主义的好作家和阻碍它的坏作家。在这些人中,您提到了沃热拉和布瓦洛。其实,像您一样,我相信布瓦洛既从未设想过您主张的"未被污染的措辞",也从未设想过"坚实的完整句与柔美的完整句的交替出现",以及"隐晦的省略",以及

---

① 《米列西安》(*Milesienne*),古希腊的故事,多表现爱情。它的全称为《米列西安故事》。——译者注
② 索雷尔(Charles Sorel, 1602—1674),法国小说家,著有《弗朗西翁的喜剧史》。——译者注
③ 弗勒蒂埃(Antoine Furetière, 1619—1688),法国学者、作家。文中提到的人名是"Furestière",应为Furetière之误。——译者注
④ 斯卡龙(Paul Scarron, 1610—1660),法国诗人、戏剧家、小说家。文中误为"Scaron"。——译者注
⑤ 凯吕斯(Anne Claude de Caylus, 1692—1765),法国作家。——译者注
⑥ 雷蒂夫·德·拉·布勒托内(Rétif de la Bretonne, 1734—1806),法国小说家。——译者注
⑦ 奥古斯丁·梯叶里(Augustin Thierry, 1795—1856),法国历史学家。——译者注

"新颖而多样的比喻"。勒南先生向我们表明,尼古拉(尼古拉·布瓦洛)死了以后就变成了浪漫派。我一点都不相信这是一个固执的人。完全可以肯定,他不认同维克多·雨果,也不认同您。至于沃热拉,我确实不知道为什么您将他视为您的敌人。他不是任何人的敌人。这不是人们今天理解的一位语法学家。甚至完全相反。他除了惯用法,不承认其他的规则。他在奥尔良·加斯东公爵的府上生活过,他注意到了府里的说话方式。正是在这些说话方式的基础上,他写出一卷《批评》。① 对于这种语言,人们从未这么自由地表达意见。在他的书中,他仅仅说某某词使用广泛,某某词不然。在这方面他能妨碍您?让这位热爱优美语言的绅士安息,一起把我们的愤怒转向诺埃尔②和沙普莎尔③,我们共同的敌人,先生,这岂不是更好?那些人是老学究。他们想规定写作的规则,好像除了惯用法和鉴赏力,还有什么写作规则一样。

我要让你再感到意外。我不觉得伏尔泰的戏剧像您说的那样写得很糟糕。我没有看到像您看到的那么多的"(颓废派的)印迹"。我承认他的诗偶尔有点拖沓。伏尔泰,用帕斯卡的话来说,没有简短的时候。不过,假如某个地方存在着哲学戏剧的优秀风格,这就在他那里。我感觉到那里有19世纪的精神和心灵。侯爵夫人们和哲学家们在《扎伊尔》和《阿尔齐》中认出了自己。他们流泪。让我再在发黄的书页里,看看他们可爱的影子掠过。采用这些诗体的作品仍然是诗。这过时了,您说。好吧,耐心一点!未来它会变旧。现在,先生,我在一个问题上要批评您,即您不是唯一的辩护人。爱弥儿·德夏内尔会部分支持我的观点。您有许多客人和您在一起,特别是弗朗西斯克·萨尔塞先生。用议会的说话方式来说,这就是人们所说的联合的大多数。因为萨尔塞先生确实不是一位象征主义者,你可能将他和尼古拉摆在一起。我也是。对,萨尔塞先生就是在这里说了许多穆罕默德的诗的坏话。有一行诗他尤其反感,这一行:

  Tu verras de chameaux un grossier conducteur.
  你看到赶骆驼的一位粗野的人。

---

 ① 《批评》,指《法语的批评》,沃热拉1647年出版该书。——译者注
 ② 诺埃尔(François Noël,1756—1841),法国语法学家,对法语和希腊语、拉丁语等词汇作过研究。——译者注
 ③ 沙普莎尔(Charles Pierre Chapsal,1787—1858),法国语法学家,与诺埃尔合著过《新法语语法》。——译者注

其实,这并不是一句优秀的诗。但是,今天人们不害怕这样说:

  Tu verras un grossier conducteur de chameaux.
  你看到一位粗野的赶骆驼的人。

  我不确信这一句是否更好一点。在我看来,这就是半斤八两。
  我理解您,亲爱的让·莫雷亚斯先生;这是因为您就要成功了。我呢,您说,我既不会写骆驼,也不会写赶骆驼的人,也不会写任何称作动物或人的东西。我将只会带来思想。如果我问您如何带来思想,您会回答我,这要通过遥远而秘密的音调和形式的类比,通过暗示的道路,以及向我所不知道的哪个原生思想的回归,最后是多亏象征主义的某些美好的秘密!哎!对,亲爱的让·莫雷亚斯先生,您有美好的秘密,您的诗将会出类拔萃。但是人们什么都不懂。您将创作无人知晓的杰作。当然,在给您寻找象征主义的先驱的过程中,我忘记了这位:一位老画家,巴尔扎克先生给我们讲过他感人而可怕的冒险。这位画家很想把事情做好。傲慢会赶走天使,亲爱的先生。我们知道,在艺术中模仿是危险的。模仿有一个危险,我们的自负同我们的才华一样提醒我们抵御它。但是一有可能我们就容易夸大模仿。您非常了解的一种艺术——因为它是一个可爱的国家的荣耀,您出生于该国——古希腊雕塑,它并没有为启发它们的流派的这种模仿精神特别感到痛苦。我们敬仰的大多数古代雕像是复制品。古希腊的雕刻家一再重复相同的主题。古希腊诗也是依靠模仿。这在《选集》中是很明显的。

阿纳托尔·法朗士

7. 让·莫雷亚斯给阿纳托尔·法朗士的信

(《象征主义者》1886年10月7日)

巴黎,1886年9月27日

先生、亲爱的同行:

  我带着最大的兴趣,看到您如此博学的论文,它是关于我在《费加罗报》上发表的论"象征主义"的文章的;这对我来说是一份意想不到的愉悦,因为这种以学问为旨归的批评出现在辱骂声中,从某个时候以来,报刊的时事汇编一直让我感到沮丧。随后,请您允许我试着对您批评中的几个要点进行自我辩护：

您希望我想写的名字是"Comynes"，不是"Commines"。为什么呢？这两种拼写同样有效：利特雷、米舍莱以及很多其他人，都写"Commines"。另外，您将路易十一的这位顾问的风格与梯也尔的进行比较。这种巧妙的怪论，我接受它，因为它对我有用：它能再次证明令人眩晕的颓废自从15世纪以来，怎样在我们的语言中延续着。至于吕特伯夫，请允许我为您的冷漠感到震惊："我不是说吕特伯夫，"您说，"我和他几乎没有来往。"但是在我看来，这位"愉快的行吟诗人"有权力得到所有优秀诗人的尊重。

当然，先生，您特别巧妙地针对我给沃热拉进行了辩护，"这位热爱优美语言的绅士"。昨天，我还翻阅了他的《批评》，很不幸，我要坚持我的错误：我发现他有害，而且太"专横"，这位科学院的绅士，你枉然谈到他了。

你表达了愿望，说想知道我是怎么看吕克弗隆的，这个人您的评价是极为晦涩，足够复杂。我完全认同您的观点，我甚至发现他的《亚历山德拉》一诗极其微妙。但是当您说"古希腊诗依靠模仿"时，我敢反驳您。比如说，我认为埃斯库罗斯、索福克勒斯和欧里庇德斯都是完全不同的诗人；他们在他们的时代也是三位完美的革命者。至于《诗选》中的大多数诗人，我承认并不向他们表示最高的赞赏。

现在，我应该抱怨您从我关于泰奥多尔·德·邦维尔的文章已经得出的结论？我并不认为和这位大师如此"争吵"。相反，通过节选他可敬的《法国诗简论》的段落，我相信已经充分证明了德·邦维尔先生提倡过所有的节奏改革，这些改革是我们有勇气要实现的，目前，这些人有我的朋友和我自己。

先生，这是我想对您说的一切：因为，对于剩余的部分，长篇大论不会有结果。您钦佩拉马丁，尽管尊重夏尔·波德莱尔，我相信这一点；而我，我仰慕波德莱尔，尽管尊重拉马丁。我们分歧的最终解释，可能就在这里。

先生、亲爱的同事，请您接受我最知心的敬意，我以此结束本信。

让·莫雷亚斯

参考文献

中、日文文献

《奥义书》:黄宝生译,北京:商务印书馆,2012年版。
巴尔蒙特,康斯坦丁:《太阳的芳香》,谷羽译,桂林:广西师范大学出版社,2014年版。
卞之琳:《卞之琳集》,北京:中国社会科学出版社,2009年版。
——.《魏尔伦与象征主义》,载《新月》1932年第四卷第四期,第1—21页。
柄谷行人:「日本近代文学の起源」,東京:講談社,1988年版。
《波多莱尔散文诗》,邢鹏举译,上海:中华书局,1930年版。
勃留索夫,瓦列里:《雪野茫茫俄罗斯 勃留索夫诗选》,谷羽译,桂林:广西师范大学出版社,2014年版。
查德威克,查尔斯:《象征主义》,周发祥译,北京:昆仑出版社,1989年版。
陈太胜:《象征主义与中国现代诗学》,北京:北京大学出版社,2005年版。
陈寅恪:《金明馆丛稿二编》,北京:生活·读书·新知三联书店,2015年版。
厨川白村:《文艺的进化》,朱希祖译,载《新青年》1919年第六卷第六号,第581—584页。
戴望舒:《诗五首》,载《现代》1932年创刊号,第81—86页。
傅东华编:《文学百题》,北京:生活·读书·新知三联书店,2014年版。
傅浩:《西方文论关键词:自由诗》,载《外国文学》2010年第4期,第90—97页。
——.《叶芝》,成都:四川人民出版社,1999年版。
黒木朋興:「マラルメと音楽:絶対音楽から象徴主義へ」,東京:水声社,2013年版。
郭宏安编:《李健吾批评文集》,珠海:珠海出版社,1998年版。
胡适:《胡适留学日记》,上海:上海书店,1990年版。
黄安榕、陈松溪编选:《蒲风选集》下册,福州:海峡文艺出版社,1985年版。
蒋承勇:《从"镜"到"灯"到"屏":颠覆抑或融合?》,载《浙江社会科学》2020年第2期,第151—154页。
——.《十九世纪现实主义"写实"传统及其当代价值》,载《中国社会科学》2019年第2期,第159—181页。

——.《西方文学"人"的母题研究》,上海:华东师范大学出版社,2018年版。
金丝燕:《文学接受与文化过滤——中国对法国象征主义诗歌的接受》,北京:中国人民大学出版社,1994年版。
窥基:《唯识二十论 唯识二十论述记》(下册),南京:金陵刻经处,2002年版。
李国辉:《英美自由诗初期理论的谱系》,北京:中国社会科学出版社,2018年版。
李璜编:《法国文学史》,上海:中华书局,1923年版。
李建英:《以诗歌"改变生活"——博纳富瓦论兰波》,载《外国文学评论》2015年第3期,第209—220页。
——.《"我是另一个"——论兰波的通灵说》,载《外国文学评论》2013年第1期,第136—148页。
李金发:《微雨》,上海:上海书店,1986年版。
梁实秋:《梁实秋论文学》,台北:时报文化出版事业有限公司,1981年版。
《梁实秋文集》编辑委员会:《梁实秋文集》,厦门:鹭江出版社,2002年版。
梁展:《反叛的幽灵——马克思、本雅明与1848年法国革命中的小资产阶级知识分子》,载《外国文学评论》2017年第3期,第5—34页.
梁宗岱:《梁宗岱文集》Ⅱ(评论卷),北京:中央编译出版社,2003年版。
刘小枫:《象征与叙事——论梅烈日柯夫斯基的象征主义》,载《浙江学刊》2002年第1期,第68—81页。
刘旭光:《什么是"审美"——当今时代的回答》,载《首都师范大学学报》(社会科学版)2018年第3期,第80—90页。
刘延陵:《法国诗之象征主义与自由诗》,载《诗》1922年第4期,第7—22页。
卢卡契,乔治:《卢卡契文学论文集》(一)。高中甫译,北京:中国社会科学出版社,1980年版。
罗岗、陈春艳编:《梅光迪文录》,沈阳:辽宁教育出版社,2001年版。
马吉,布莱恩:《瓦格纳与哲学》,郭建英、张纯译,北京:中国友谊出版公司,2018年版。
马翔:《感性之流的理性源头:唯美主义之德国古典哲学思想渊源探析》,载《浙江学刊》2019年第2期,第26—36页。
茅盾:《夜读偶记》,天津:百花文艺出版社,1958年版。
米尔斯基,德·斯:《俄国文学史》下卷,刘文飞译,北京:人民出版社,2013年版。
穆木天:《诗歌与现实》,载《现代》1934年第五卷第二期,第220—222页。
——.《谭诗》,载《创造月刊》1926年第一卷第一期,第80—88页。
《南华真经注疏》,郭象注,成玄英疏,曹础基、黄兰发点校,北京:中华书局,1998年版。
覃子豪:《论现代诗》,台中:曾文出版社,1982年版。
日本近代詩論研究会:「日本近代詩論の研究」,東京:角川書店,1972年版。
阮元校刻:《十三经注疏》(全二册),北京:中华书局,1980年版。
沈渔邨主编:《精神病学》第5版,北京:人民卫生出版社,1980年版。
斯坦梅茨,让-吕克:《兰波传》,袁俊生译,上海:上海人民出版社,2008年版。

唐湜:《新意度集》,北京:生活·读书·新知三联书店,1989年版。
陶履恭:《法比二大文豪之片影》,载《新青年》1918年第四卷第五号,第430—432页。
汪介之:《弗·索洛维约夫与俄国象征主义》,载《外国文学评论》2004年第1期,第59—67页。
王独清:《独清自选集》,上海:上海书店出版社,2015年版。
威廉斯,威廉·卡洛斯:《威廉·卡洛斯·威廉斯诗选》,傅浩译,上海:上海译文出版社,2015年版。
吴晓东:《象征主义与中国现代文学》,合肥:安徽教育出版社,2000年版。
夏炎德:《法兰西文学史》,郑州:河南人民出版社,2016年版。
《现代诗论》:曹葆华译,上海:商务印书馆,1937年版。
徐志摩:《死尸》,载《语丝》1924年12月1日第三号,第5—7版。
杨希、蒋承勇:《西方颓废派文学中的"疾病"隐喻发微》,载《外国文学研究》2019年第3期,第70—80页。
佚名:《易经证译》,上经第二册,天津:天津救世新教会,1938年版。
于斯曼:《逆流》,余中先译,上海:上海译文出版社,2015年版。
袁可嘉:《欧美现代派文学概论》,上海:上海文艺出版社,1993年版。
泽明:《中国文艺的没落》,载《前锋周报》1930年6月22日,第5页。
曾繁亭、蒋承勇:《自然主义的文学史谱系考辨》,载《文艺研究》2018年第3期,第35—46页。
翟厚隆编选:《十月革命前后苏联文学流派》上编,上海:上海译文出版社,1998年版。
张大明:《中国象征主义百年史》,开封:河南大学出版社,2007年版。
张汉良、萧萧编:《现代诗导读》,台北:故乡出版社,1982年版。
郑克鲁:《法国诗歌史》,上海:上海外语教育出版社,1996年版。
郑振铎、傅东华编:《我与文学》,上海:上海书店,1981年版。
中江兆民:「中江兆民全集・3」,東京:岩波書店,2000年版。
周作人:《英国诗人勃来克的思想》,载《少年中国》1920年第一卷第八期,第43—48页。
朱自清编选:《中国新大学大系·诗集》(影印版),上海:上海文艺出版社,2003年版。

法文、英文和拉丁文文献

Adam, Antoine. *The Art of Paul Verlaine*. Trans. Carl Morse. New York: New York University Press, 1963.

Adam, Paul. "La Presse et le Symbolisme". *Le Symboliste*, 1 (7 oct. 1886): 1—2.

Adams, Hazard. Ed. *Critical Theory since Plato*. Singapore: Thomson Learning, 1992.

Aldington, Richard. "Free Verse in England". *Egoist*, 1.18 (1915): 351—352.

Alexander, Anna and Mark S. Roberts. Eds. *High Culture: Reflections on Addiction and Modernity*. Albany: State University of New York Press, 2003.

Anonyme. "Chronique". *Revue wagnérienne*, 1.5 (juin 1885): 129—131.

Anonyme. "Les Jeunes poètes". *Lutèce*, 197 (23 août 1885): 2.

Anonyme. "Louise Michel et les décadents". *La Liberté*, 22 (octobre 1886): 2—3.
Anonyme. "Une nouvelle école". *Le Figaro*, 256 (13 septembre 1891): 1.
Anonyme. "Un referendum artistique et social". *L'Ermitage*, 4. 7 (1893): 1—24.
Aquinas, Thomas. *Summa Theologiae*. volume 13&17. Lander: The Aquinas Institute, 2012.
Arène, Paul. "Les Décadents". *Gil Blas*, 7(17 mai 1885): 1—2.
Aron, Paul. *Les 100 Mots du symbolisme*. Paris: Presses universitaires de France, 2011.
Baju, Anatole. *L'Anarchie littéraire*. Paris: Librairie Léon Vanier, 1892.
——. "Les Chefs d'école". *Le Décadent*, 31 (6 novembre 1886): 1.
——. "Le Déclaration de Verlaine". *Le Décadent*, 3 (15 janvier 1888): 1—3.
——. "Le Décadent". *Le Décadent*, 26 (2 octobre 1886): 1.
——. "Décadents et Symbolistes". *Le Décadent*, 23 (15 novembre 1888): 1—2.
——. "Deux littératures". *Le Décadent*, 30 (30 octobre 1886): 1.
——. *L'École décadente*. Paris: Léon Vanier, 1887.
——. "L' École décadente". *Le Décadent*, 24 (18 septembre 1886): 1.
——. "L'Esthétique des décadents". *Le Décadent*, 30 (1 mars 1889): 70—72.
——. "Idéal". *Le Décadent*, 20(21 août 1886): 1—2.
——. "Journaux & Revues". *Le Décadent*, 27 (9 octobre 1886): 3.
——. "Le Naturalisme hué au sénat". *Le Décadent*, 26 (1 janvier 1889): 12—13.
——. "Les Parasites du décadisme". *Le Décadent*, 2 (1 janvier 1888): 3—6.
——. "M. Champsaur". *Le Décadent*, 28 (16 octobre 1886): 1.
——. "Le Style c'est l'homme". *Le Décadent*, 2 (17 avril 1886): 3.
——. "Le Traité du verbe". *Le Décadent*, 23 (11 septembre 1886): 2.
——. *La Vérité sur l'école décadente*. Paris: Léon Vanier, 1887.
Balakian, Anna. Ed. *The Symbolist Movement in the Literature of European Languages*. Budapest: Akadémiai Kiadó, 1984.
——. *The Symbolist Movement*. New York: Random House, 1967.
Banville, T. de. *Petit traité de poésie française*. Paris: Bibliothèque-Charpentier, 1903.
——. *Poésies complètes*, tome 1. Paris: C. Charpentier, 1879.
Barre, André. *Le symbolisme*. New York: Burt Franklin, 1968.
Barrès, Maurice. "La Folie de Charles Baudelaire". *Les Taches d'encre*, 1 (novembre 1884): 3—26.
——. "Jean Moréas: symboliste". *Le Figaro*, 359 (25 décembre 1890):1.
——. "Les Funérailles de Verlaine". *Le Figaro*, 42. 10 (10 janvier 1896): 1.
——. *Maurice Barrès: romans et voyages*, tome 1. Ed. Vital Rambaud. Paris: Robert Laffont, 1994.
Bate, W. J. *Criticism: The Major Texts*. New York: Harcourt Brace Jovanovich, 1970.

Batteux, Charles. *Les Beaux arts réduits à un même principe*. Genève: Slatkine, 2011.

Baudelaire, Charles. *Les Fleurs du mal*. Paris: Michel Lévy, 1869.

——. *Œuvres complètes*. tome 3. Ed. Yves Florenne. Paris: Le Club français du livre, 1966.

Baumer, Franklin L. Ed. *Main Currents of Western Thought*. New Haven: Yale University Press, 1978.

Beaunier, André. *La Poésie nouvelle*. Paris: Mercvre de France, 1902.

Becker, George J. Ed. *Documents of Modern Literary Realism*. Princeton: Princeton University Press, 2015.

Bergson, H. "Introduction à la métaphysique". *Revue de métaphysique et de morale*, 11.1 (jan. 1903): 1—36.

Berthier, Patrick & Michel Jarrety. Ed. *Histoire de la France littéraire: modernités*, Paris: PUF, 2006.

Beyers, Chris. *A History of Free Verse*. Fayetteville: University of Arkansas Press, 2001.

Biétry, Roland. *Les Théories poétiques à l'époque symboliste*. Genève: Slatkine Reprints, 2001.

Block, Haskell M. "Surrealism and Modern Poetry: Outline of an Approach". *The Journal of Aesthetics and Art Criticism*, 18.2 (Dec. 1959): 174—182.

Boon, Marcus. *The Road of Excess: A History of Writers on Drugs*. Cambridge: Harvard University Press, 2002.

Bordaz, Robert. "Édouard Dujardin". *La Revue des deux mondes*, 12 (décembre 1970): 591—594.

Bouhélier, Saint-Georges de. *L'Hiver en méditation*. Paris: Mercvre de France, 1896.

Bourde, Paul. "Les Poètes décadents". *Le Temps*, 8863 (6 août 1886): 3.

Bourget, Paul. "La Poésie contemporaine". *Lutèce*, 169 (26 avril 1885): 1.

——. "Psychologie contemporaine". *La Nouvelle revue*, 13 (nov. 1881): 398—417.

Bremond, Henri. *La Poésie pure*. Paris: Bernard Grasset, 1926.

Brunetière, F. "Le Symbolisme contemporain". *Revue des deux mondes*, 104 (avril 1891): 681—692.

——. "Symbolistes et Décadents". *Revue des deux mondes*, 90 (1 novembre 1888): 213—226.

Burne, Glenn S. *Rémy de Gourmont: His Ideas and Influence in England and America*. Carbondale: Southern Illinois University Press, 1963.

Campen, Cretien van. *The Hidden Sense: Synesthesia in Art and Science*. Cambridge: MIT, 2007.

Cardonnel, Georges le & Charles Vellay. Ed. *La Littérature contemporaine*. Paris:

Mercvre de France, 1905.

Carrère, Jean. "Les Derniers adieux du Parnasse mourant". *La Plume*, 94 (15 mars 1893): 119—121.

Chiron, Yves. *La Vie de Maurras*. Paris: Godefroy de Bouillon, 1999.

Coeuroy, André. *Wagner et l'esprit romantique*. Paris: Gallimard, 1965.

Copp, Michael. Ed. *Imagist Dialogues: Letters Between Aldington, Flint and Others*. Cambridge: The Lutterworth Press, 2009.

Cornell, Kenneth. *The Symbolist Movement*. Hamden, Connecticut: Archon Books, 1970.

Dahlhaus, Carl. *The Idea of Absolute Music*. Trans. Roger Lustig. Chicago: The University of Chicago Press, 1991.

Damon, S. F. *Amy Lowell: A Chronicle*. Hamden: Archon Books, 1966.

Danet, L'Abbé. *Nouveau grand dictionnaire de Francois, latin*. tome 2. Varsovie: L'Imprimerie Royalle de la republique, 1745.

D'Aurevilly, J. Babbey. "Les Misérables". *Le Pays*, 195 (14 juillet 1862): 3.

Décaudin, Michel. *La Crise des valeurs symbolistes*. Toulouse: Éditions Privat, 1960.

Delaroche, Achillle. "Le Annales du symbolisme". *La Plume*, 3.41 (1 janvier 1891): 14—20.

Delahaye, Ernest. *Souvenirs familiers à propos de Rimbaud*. Paris: Messein, 1925.

Deroy, Ophelia. Ed. *Sensory Blending: On Synaesthesia and Related Phenomena*. Oxford: Oxford University Press, 2017.

d'Escorailles, Albert. "Sensationnisme". *Le Décadent*, 32 (13 novembre 1886): 1.

Desprez, Louis. "Les Derniers romantiques". *La Revue indépendante*, 1 (juillet 1884): 218—234.

d'Orfer, Léo. "Chronique". *La Décadence*, 2 (8 octobre 1886): 5.

——. "Chronique". *La Décadence*, 3 (15 octobre 1886): 9—10.

——. "Curiosités". *La Vogue*, 2 (18 avril 1886): 70—72.

——. "Notes de quinzaine". *Le Scapin*, 2 (1 octobre 1886): 68—72.

——. "Notes de quinzaine". *Le Scapin*, 3 (16 octobre 1886): 107—108.

Dujardin, Édouard. "Considérations sur l'art wagnérien". *Revue wagnérienne*, 3.6 (août 1887): 154—188.

——. *Mallarmé par un des siens*. Paris: Messein, 1936.

——. "Les Œuvres théoriques de Richard Wagner". *Revue wagnérienne*, 1.3 (avril 1885): 62—73.

——. *Les Premiers poètes du vers libre*. Paris: Mercvre de France, 1922.

Duval, Elga Liverman. "Téodor de Wyzewa". *The Polish Review*, 5.4 (1960): 45—63.

Eastman, Max. "Lazy Verse". *New Republic*, 8.97 (9 September 1916): 138—140.

Eckhart, Meister. *Meister Eckhart: A Modern Translation*. Trans. Raymond Bernard

Blakney. New York: Harper Torchbooks, 1941.

Eliot, T. S. *Collected Poems: 1909—1962*. New York: Harcourt, Brace & World, 1963.

——. *To Criticize the Critic and Other Writings*. Lincoln: University of Nebraska Press, 1991.

——. *Selected Essays*. London: Faber and Faber Limited, 1951.

——. *The Use of Poetry and the Use of Criticism*. London: Faber and Faber Limited, 1933.

Fayolles, Hector. "Salle Pétrelle". *Le Décadent*, 30 (1886): 3.

Fénéon, Félix. "*Les Illuminations* d'Arthur Rimbaud". *Le Symboliste*, 1 (7 octobre 1886): 2—3.

Fer, Le Masque de. "A travers Paris". *Le Figaro*, 42.9 (9 janvier 1896): 1.

——. "A travers Paris". *Le Figoro*, 44.253 (10 septembre 1898): 1.

Flaubert, Gustave. *Madame Bovary: Backgrounds and Sources*. Trans. Paul de Man. New York: Norton, 1965.

Flint, F. S. "Contemporary French Poetry". *Poetry Review*, 1.8 (1912): 355—414.

——. "Imagisme". *Poetry*, 1.6 (March 1913): 198—200.

——. "Imagiste". *Les Soirées de Paris*, 3.26 (1914): 372—383.

——. *Otherworld: Cadences*. London: The Poetry Bookshop, 1920.

——. "Presentation". *The Chapbook*, 2.9 (1920): 321—28.

——. "Recent Verse". *New Age*, 3.16 (15 August 1908): 312—313.

——. "Recent Verse". *New Age*, 3.18 (29 August 1908): 352—353.

——. "Recent Verse". *New Age*, 4.5 (26 Nov. 1908): 95—97.

——. "Rémy de Gourmont". *New Age*, 5.10 (8 July 1909): 219—220.

Floupette, Adoré. *Les Déliquescences*. Byzance: Lion Vanné, 1885.

Fontainas, André. "Paul Verlaine". *Mercvre de France*, 17 (février 1896): 145—148.

Fouquier, Henry. "Les École littéraires". *Le Figaro*, 261 (18 septembre 1891): 1.

France, Anatole. "Courrier de Paris". *L'Univers illustré*, 1862 (29 novembre 1890): 754—758.

——. "Jean Moréas". *La Plume*, 3.41 (1 janvier 1891): 1—4.

Freud, Sigmund. *The Basic Writings of Sigmund Freud*. Trans. A. A. Brill. New York: Modern Library, 1938.

Gautier, Théophile. "Le Club des hachichins". *La Revue des deux mondes*, 13 (février 1846): 520—535.

——. "Prospectus". *L'Artiste*, 27 (14 déc. 1856): 1—3.

Gérome, "Courrier de Paris". *L'Univers illustré*, 1646 (2 octobre 1886): 626—627.

——. "Courrier de Paris". *L'Univers illustré*, 1772 (24 mars 1888): 178—180.

Ghil, René. *Les Dates et les œuvres*. Paris: G. Crès, 1923.

——. "Notre école". *La Décadence*, 1 (1 octobre 1886): 1.

——. "Poème". *La Décadence*, 3 (15 octobre 1886): 10—11.
——. *De la poésie scientifique*. North Charleston: Createspace, 2015.
——. "Une réponse". *La Wallonie*, 4. 6 (juillet 1889): 242—245.
——. "Ton de conversation". *La Décadence*, 3 (15 octobre 1886): 10.
——. *Traité du verbe*. Paris: Éditions A.-G. Nizet, 1978.
Gibbons, B. J. *Spirituality and the Occult*. London: Routledge, 2001.
Gilkin, Iwan. "Constatons!". *La Jeune belgique*, 1. 40 (17 octobre 1896): 321—323.
——. "Paul Verlaine". *La Jeune belgique*, 1. 1 (18 janvier 1896): 2—5.
——. "Petites études de poétique française". *La Jeune belgique*, 11. 9 (sep. 1892): 334—341.
——. "Le Vers libre". *La Jeune belgique*, 13. 3 (mars 1894): 137—140.
Goethe, J. W. V. *Maxims and Reflections*. Trans. Elisabeth Stopp. London: Penguin, 1998.
Goudeau, Emile. *Dix ans de bohème*. Paris: Librairie Henry du Parc, 1888.
Gourmont, Rémy de. *Le Chemin de velours*. Paris: Mercvre de France, 1924.
——. *La Culture des idées*. Paris: Mercvre de France, 1900.
——. *Decadence and Other Essays on the Culture of Ideas*. Trans. William Bradley. London: George Allen, 1949.
——. *Le Deuxième livre des masques*. Paris: Mercvre de France, 1896.
——. *Epilogues: 1895—1898*. Paris: Mercvre de France, 1903.
——. *Esthétique de la langue française*. Paris: Mercvre de France, 1899.
——. "L'Idéalisme". *Entretiens politiques & littéraires*, 4. 25 (avril 1892): 145—148.
——. *L'Idéalisme*. Paris: Mercvre de France, 1893.
——. *Le Livre des masques*. Paris: Mercvre de France, 1963.
——. *Promenades littéraires*, tome 3. Paris: Mercvre de France, 1963.
Grave, Jean. *La Société mourante et l'anarchie*. Paris: Tresse & Stock, 1893.
Hanslick, Édouard. *Du beau dans la musique*. Trans. Charles Bannelier. Paris: Brandus, 1877.
Hart, Stephen. "Poésie pure in Three Spanish Poets: Jimenez, Guillen and Salinas". *Forum for Modern Language Studies*, 20. 2 (April 1984): 165—185.
Hartmann, Édouard de. *Philosophie de l'inconscient*. tome 1. Paris: Librairie German Baillière, 1877.
Hartmann, Ernest. *The Nature and Functions of Dreaming*. Oxford: Oxford University Press, 2014.
Henderson, Alice Corbin. "Imagism: Secular and Esoteric". *Poetry*, 11. 6 (March 1918): 33—3439.
Hennequin, Émile. "J. K. Hÿsmans". *La Revue indépendante*, 1 (juillet 1884): 199—216.

——. "Les Poète symboliques". *La Revue de Genève*, 1 (26 janvier 1886): 230—238.

Herbert, Eugenia W. *The Artist and Social Reform*. Freeport: Books for Libraries Press, 1971.

Horace. *Satires, Epistles and Ars Poetica*. Cambridge: Harvard University Press, 1929.

Hrushovski, Benjamin. "An Outline of Integrational Semantics". *Poetics Today*, 3.4 (Autumn 1982): 59—88.

Huebner, Steven. "Édouard Dujardin, Wagner, and the Origins of Stream of Consciousness Writing". *19th-Century Music*, 37.1 (Summer 2013): 56—88.

Hulme, T. E. *Further Speculations*. Ed. Sam Hynes. Minneapolis: University of Minnesota Press, 1955.

——. "A Tory Philosophy". *The Commentator*, 4.97 (3 April 1912): 294—295.

Huret, Jules. *Enquête sur l'évolution littéraire*. Paris: José Corti, 1999.

Hutchinson, Ben. "Une écriture blanche? Style and Symbolism in Édouard Dujardin's *Les Lauriers sont coupés*". *The Modern Language Review*, 106.3 (July 2011): 709—723.

Huxley, Thomas H. *Science and Hebrew Tradition*. London: Macmillan, 1898.

Jacquod, V. M. "Introduction". *Valbert ou les récits d'un jeune homme*. Ed. V. M. Jacquod. Paris: Garnier, 2009: 7—59.

——. *Le Roman symboliste: un art de l'«extrême conscience»*. Genève: Droz, 2008.

Jakobson, Roman. *Language in Literature*. Cambridge: The Belknap Press, 1987.

Jenny, Laurent. *La Fin de l'intériorité*. Paris: Presses Universitaires de France, 2002.

Jones, P. Mansell. *The Background of Modern French Poetry*. Cambridge: Cambridge University Press, 1951.

Jung, C. G. *Dreams*. Trans. R. F. C. Hull. Princeton: Princeton University Press, 2010.

——. *The Undiscovered Self*. Trans. R. F. C. Hull. Princeton: Princeton University Press, 2010.

Kahn, Gustave. "Chronique de la littérature et de l'art". *La Revue indépendante*, 6.16 (février 1888): 276—297.

——. "Chronique de la littérature et de l'art". *La Revue indépendante*, 9.24 (octobre 1888): 105—133.

——. "Chronique de la littérature et de l'art". *La Revue indépendante*, 6.16 (fév. 1888): 276—297.

——. "Chronique". *La Vogue: Nouvelle série*, 1.2 (août 1889): 117—149.

——. "Livres et Varia". *La Vogue*, 7 (7 juin 1886): 245—248.

——. "A M. Brunetière-Théatre libre et autres". *La Revue indépendante*, 9.26 (1888): 481—497.

—— *Premiers poèmes*. Paris: Société de Mercvre de France, 1897.

——. "Le Symbolisme". *La Vogue*, 2.12 (4 octobre 1886): 397—401.

——. *Symbolistes et Décadents*. Genève: Slatkine, 1993.

——. *Le Vers libre*. Paris: Euguière, 1912.

——. "La Vie mentale". *La Revue blanche*, 64 (février 1896): 118—128.

King, C. D. "Édouard Dujardin and the Genisis of the Inner Monologue". *French Studies*, 9.2 (April 1955): 101—115.

Knafo, Danielle. "The Senses Grow Skilled in Their Craving: Thoughts on Creativity and Addiction". *Psychoanalytic Review*, 95.4 (August 2008): 571—595.

Kowal, Mikael A. etc. "Cannabis and Creativity: Highly Potent Cannabis Impairs Divergent Thinking in Regular Cannabis Users". *Psychopharmacology*, 232 (2015): 1123—1134.

Labruyère, "Le Décadent". *Le Figaro*, 263 (22 sep.1885): 1.

Laforgue, Jules. *Lettres à un ami*. Paris: Mercvre de France, 1941.

——. "Notes d'esthétique". *La Revue blanche*, 2.84 (déc. 1896): 481—488.

——. "Notes inédites". *Entretiens politiques & littéraires*, 3.16 (juillet 1891): 1—17.

——. *Mélanges posthumes*. Paris: Mercvre de France, 1923.

——. *Œuvres complètes de Jules Laforgue*. tome 4. Paris: Mercvre de France, 1925.

La Rédaction. "Aux lecteurs!". *Le Décadent*, 1(10 avril 1886): 1.

Laster, Arnaud. "Hugo, cet empereur de notre décadence littéraire". *Romantisme*, 42 (1983): 91—101.

Laumann, Sutter. "Les Décadents". *La Justice*, 7 (13 septembre 1886): 2.

Lemaître, Jules. "La Jeunesse sous le second empire et sous la troisième république". *Revue politique et littéraire*, 24 (13 juin 1885): 738—744.

——. "M. Paul Verlaine et les poètes 'symbolistes' & 'décadents'". *Revue bleue*, 25 (7 janvier 1888): 2—14.

Lescadieu, Henri. "Décadence". *Le Scapin*, 1 (1 déc. 1885): 3.

Lisle, Leconte de. *Œuvres de Leconte de Lisle*. Paris: Alphonse Lemerre, 1942.

Liu, James J. Y. *Chinese Theories of Literature*. Chicago: The University of Chicago Press, 1975.

Lloyd, Rosemary. Ed. *The Cambridge Companion to Baudelaire*. Cambridge: Cambridge University Press, 2006.

Loi, Michelle. *Roseaux sur le mur: Les Poètes occidentalistes chinois*. Paris: Gallimard, 1971.

Lowell, Amy. "Some Musical Analogies in Modern Poetry". *The Musical Quarterly*, 6.1 (Jan. 1920): 127—157.

Maitron, Jean. *Histoire du mouvement anarchiste en France*. Paris: Société universitaire, 1955.

Mallarmé, Stéphane. *Correspondance complète: 1862—1871*. Paris: Gallimard, 1995.

——. *Œuvres complètes*. Paris: Gallimard, 1945.

——. "Richard Wagner: Rêverie d'un poète français". *Revue wagnérienne*, 1. 6 (8 août 1885): 195—200.

——. "Vers et musique en France". *Entretiens politiques & littéraires*, 4. 27 (juin 1892): 237—241.

Marenne, Eric Touya de. *Musique et poétique à l'âge du symbolisme*. Paris: L'Harmattan, 2005.

Martin, Wallace. *The New Age under Orage*. Manchester: Manchester University Press, 1967.

Maurel, André. "Les Obsèques de Paul Verlaine". *Le Figaro*, 42. 11 (11 janvier 1896): 3.

Maurras, Charles. "Barbares et Romans". *La Plume*, 52 (15 juin 1891): 229—230.

——. *Au signe de flore*. Paris: Les Œuvres représentatives, 1931.

Maus, Jules. "Chronique des Lettres". *Le Décadent*, 3. 24 (1 décembre 1888): 4—8.

Mead, Henry. *T. E. Hulme and the Ideological Politics of Early Modernism*. London: Bloomsbury, 2015.

Merrill, Stuart. "Les Poésies". *L'Ermitage*, 7 (1893): 50—54.

Michaud, Guy. *Message poétique du symbolisme*. Paris: Librairie Nizet, 1961.

Michaux, Henri. *Plume: précédé de lointain intérieur*. Paris: Gallimard, 1963.

Michel, Louise. "Le Symbole". *Le Scapin*, 5 (nov. 1886): 156—157.

Milner, Max. *L'Imaginaire des drogues*. Paris: Gallimard, 2000.

Mitchell, Bonner. Ed. *Les Manifestes littéraires de la belle époque*. Paris: Seghers, 1966.

Mockel, Albert, *Esthétique du symbolisme*. Bruxelles: Palais des académies, 1962.

——. "Un héros". *Mercure de France*, 28. 107 (novembre 1898): 362—391.

Monroe, Harriet. "Rhythms of English Verse: I". *Poetry*, 3. 2 (Nov. 1913): 61—68.

Moore, George. *Impressions and Opinions*. London: David Nutt, 1891.

Moréas, Jean. *Les Cantilènes*. Paris: Léon Vanier, 1886.

——. "Les Décadents". *Le XIXᵉ Siècle*, 4965 (11 août 1885): 3.

——. "L'Ecole romane". *Le Figaro*, 266 (23 septembre 1891): 1—2.

——. "Une lettre". *Le Figaro*, 257 (14 septembre 1891): 1.

——. *Pèlerin passionné*. Paris: Léon Vanier, 1891.

——. "Le Salon de 1883". *Lutèce*, 68 (18 mai 1883): 2—3.

——. "Le Symbolisme". *Le Figaro*, 38 (18 septembre 1886): 150—151.

——. *Les Syrtes*. Paris: Léon Vanier, 1892.

Morice, Charles. *La Littérature de tout à l'heure*. Paris: Librairies Éditeurs, 1889.

Mossop, D. J. *Pure Poetry*. Oxford: Clarendon Press, 1971.

Muhlfeld, Lucien. "Mort de Paul Verlaine". *La Revue blanche*, 10. 63 (jan. 1896): 49—51.

Naremore, James. "The Imagists and the French 'Generation of 1900'". *Contemporary Literature*, 11. 3 (Summer 1970): 354—374.

Nicolson, Harold. *Paul Verlaine*. London: Constable, 1921.

Nisard, Désiré. *Études de mœurs et de critique sur les poëtes latins de la décadence*. tome 2. Paris: Librairie de L. Hachette, 1849.

Novalis. *Philosophical Writings*. Trans. M. M. Stoljar. Albany: State University of New York Press, 1997.

Opiela-Mrozik, Anna. "Téodor de Wyzewa face à ses maîtres". *Quêtes littéraires*, 9 (2019): 77—89.

Pattridge, C. Ed. *The Occult World*. Abingdon, Routledge, 2015.

Perkins, William. *An Exposition of the Symbole or Creede of the Apostles*. London: Iohn Legatt, 1631.

Peyre, Henri. *What Is Symbolism?* Trans. Emmett Parker. Alabama: The University of Alabama Press, 1980.

Peyrot, Maurice. "Symbolistes et Décadents". *La Nouvelle revue*, 49 (novembre-décembre 1887): 123—146.

Poe, Edgar Allan. *Poetry, Tales and Selected Essays*. New York: The Library of America, 1984.

Poizat, Alfred. *Le Symbolisme: de Baudelaire à Claudel*. Paris: La Renaisance du livre, 1919.

Pondrom, Cyrena N. Ed. *The Road from Paris: French Influence on English Poetry 1900—1920*. Cambridge: Cambridge University Press, 1974.

Pound, Ezra. "Affirmations: IV". *New Age*, 16. 13 (1915): 349—350.

——. *Ezra Pound's Poetry and Prose*. vol. 1. Ed. Lea Baechler etc. New York: Garland, 1991.

——. "A Few Don'ts by an Imagist". *Poetry*, 1. 6 (March 1913): 200—206.

——. "Harold Monro". *The Criterion*, 11 (July 1932): 581—592.

——. "Prologomena". *Poetry Review*, 1. 2 (1912): 72—76.

——. *The Selected Letters of Ezra Pound*. Ed. D. D. Paige. London: Faber and Faber, 1971.

——. "Status Rerum". *Poetry*, 1. 4 (March 1913): 123—127.

——. "Vers Libre and Arnold Dolmetsch". *Egoist*, 4. 6 (July 1917): 90—91.

——. "Vorticism", *Gaudier-Brzeska*. New York: New Directions, 1970.

Prudhomme, Sully. *Œuvres de Sully Prudhomme: prose*. Paris: Alphonse Lemerre, 1904.

Raynaud, Ernest. "Les Frères de Goncourt". *Le Décadent*, 26 (1 janvier 1889): 5—9.

——. *La Mêlée symboliste*. Paris: Nizet, 1971.

——. "Un point de critique". *Le Décadent*, 15 (15 juillet 1888): 1—3.

——. "Un point de doctrine". *Le Décadent*, 29 (15 février 1889): 53—57.

——. "Du Symbolisme". *Le Décadent*, 7 (15 mars 1888): 9—12.

Reclus, Elisée. *L'Anarchie*. Paris: Temps Nouveaux, 1896.

Régnier, Henri de. *Figures et Caractères*. Paris: Société de France, 1901.

——. "Stéphane Mallarmé". *Mercvre de France*, 28.106 (octobre 1898): 5—9.

Renéville, R. de. *Rimbaud le voyant*. Vanves: THOT, 1985.

Retté, Adolphe. "Écoles". *La Plume*, 68 (15 février 1892): 85—87.

——. "Tribune libre". *La Plume*, 103 (1893): 343.

Rey, Alain. *Le Robert dictionnaire historique de la langue française*. tome 3. Paris: Dictionnaires Le Robert, 1998.

Rimbaud, Arthur. *Œuvres complètes*. Ed. Antoine Adam. Paris: Gallimard, 1972.

Roberts, Neil. Ed. *A Companion to Twentieth-Century Poetry*. Oxford: Blackwell, 2003.

Rodenbach, Georges. "Stéphane Mallarmé". *Le Figoro*, 44.256 (13 septembre 1898): 1.

——. "La Poésie nouvelle". *Revue bleue*, 47.14 (1891): 422—430.

Saint-Antoine. "Qu'est-ce que le symbolisme?". *L'Ermitage*, 5.6 (juin 1894): 332—337.

——. "La Romanité: théorie et école". *L'Ermitage*, 30.1 (1892): 8—14.

Schopenhauer, Arthur. *On the Suffering of the World*. London: Penguin Books, 1970.

——. *The World as Will and Representation*. Trans. E. F. J. Payne. New York: Dover Publications, 1969.

Scott, Clive. *Vers Libre: The Emergence of Free Verse in France 1886—1914*. Oxford: Clarendon Press, 1990.

Staël, Madame la Baronne de. *Œuvres complèes de Madame la Baronne de Staël*. Paris: Treuttel et Würtz, 1820.

Stallknecht, Newton P. and Horst Frenz. Ed. *Comparative Literature: Method and Perspective*. Carbondale: Southern Illinois University Press, 1961.

Storer, Edward. "Classicism and Modern Modes". *Academy and Literature*, 85 (6 Sept. 1913): 293—294.

——. "The Conservative Ideal". *The Commentator*, 34 (11 January 1911): 139.

——. *Mirrors of Illusion*. London: Sisley, 1908.

Swedenborg, Emanuel. *Heaven and Its Wonders and Hell*. Trans. John C. Ager. West Chester: Swedenborg Foundation, 1995.

Symons, Arthur. "The Decadent Movement in Literature. *Harper's New Monthly Magazine*, 622 (November 1893): 858—867.

——. "Impressions and Opinions". *The Academy*, 985 (21 March 1891): 274—275.

——. "J. K. Huysmans". *Fortnightly Review*, 303 (March 1892): 402—414.

——. "Mr. Henley's Poetry". *Fortnightly Review*, 308 (Aug. 1892). 182—192.

——. "Paul Verlaine". *Saturday Review of Politics, Literature, Science and Art*, 2098 (11 Jan 1896): 34—35.

——. *Silhouettes*. London: Leonard Smithers, 1896.

——. *The Symbolist Movement in Literature*. London: Archibald Constable, 1908.

Taine, H. A. *History of English Literature*, vol. 1. Edinburgh: Edmonston and Douglas, 1871.

Tieghem, P. Van. "Principaux ouvrages récents de littérature générale et comparée". *Revue de synthèse historique*, 88 (1920): 195—211.

Trézenik, Léo. "Bourde's Bourdes". *Lutèce*, 193 (16 août 1885): 1.

——. "Chronique lutécienne". *Lutèce*, 150 (7 décembre 1884): 1.

——. "François Coppée". *La Nouvelle rive gauche*, 52 (26 janvier 1883): 3—4.

——. "Jean Moréas". *Lutèce*, 179 (28 juin 1885): 1.

——. "Paul Verlaine". *La Nouvelle rive gauche*, 54 (9 février 1883): 4.

——. "Paul Verlaine". *Lutèce*, 180 (5 juillet 1885): 1.

Valéry, Paul. *Œuvres 1*. Paris, Gallimard, 1957.

Vallette, Alfred. "Mercvre de France". *Mercvre de France*, 1.1 (janvier 1890): 1—4.

——. "Les Symbolistes". *Le Scapin*, 3 (16 octobre 1886): 73—81.

Vanier, Léon. *Les Premières armes de symbolisme*. Paris: Léon Vanier, Libraire-Éditeur, 1889.

Verhaeren, Émile. "Les Cantilènes". *L'Art moderne*, 26 (27 juin 1886): 204—205.

——. *Impressions*. Paris: Mercvre de France, 1928.

Verlaine, Paul. "Anatole Baju". *Les Hommes d'aujourd'hui*, 332 (août 1888): 1—3.

——. "Avertissement". *Lutèce*, 113 (29 mars 1884): 2.

——. "A Karl Mohr". *La Nouvelle rive gauche*, 6 (15 décembre 1882): 2.

——. *Correspondance de Paul Verlaine*, tome 3. Paris: Albert Messein, 1929.

——. "Lettre au décadent". *Le Décadent*, 2 (1 janvier 1888): 1—2.

——. *Œuvres posthumes de Paul Verlaine*. tome 2. Paris: Albert Messein, 1927.

——. *Œuvres poétiques complètes*. Établie par Y.-G. le Dantec. Paris: Gallimard, 1962.

——. "Les Poètes maudits: Tristan corbière 1". *Lutèce*, 82 (24 août 1883): 2.

——. "Les Poètes maudits: Arthur Rimbaud". *Lutèce*, 93 (10 novembre 1883): 1—2.

Vielé-Griffin, Francis. *Les Cygnes*. Paris: Alcan-lévy, 1886.

——. "Les Poètes symbolistes". *Art et Critique*, 26 (23 novembre 1889): 401—405.

——. "A propos du vers libre". *Entretiens politiques & littéraires*, 1 (mars 1890): 3—11.

——. "Qu'est-ce que c'est?". *Entretiens politiques & littéraires*, 2.12 (mars 1891):

65—66.

———. "Réflexions sur l'art des vers". *Entretiens politiques & littéraires*, 4. 26（mai 1892）：215—220.

Vildrac, Charles. *Le Verlibrisme*. Ermont：La Revue mauve, 1902.

Villatte, Louis. "Un monument à Arthur Rimbaud". *Le Décadent*, 30（1 mars 1889）：74—75.

———. "Nouvelles d'Arthur Rimbaud". *Le Décadent*, 26（1 janvier 1889）：15—16.

Vir. "La Décadence". *Le Scapin*, 1（1 sep. 1886）：1—7.

Wagner, Richard. *Beethoven*. Trans. Albert R. Parsons, Boston：Lee & Shepard, 1872.

Richard Wagner. *Richard Wagner's Prose Works*, vol. 1. Trans. William Ashton Ellis London：Kegan Paul, Trench, Trübner, 1895.

———. *Richard Wagner's Prose Works*, vol. 2. Trans. William Ashton Ellis. London, Kegan Paul, Trench, Trübner, 1900.

———. *Quatre poèmes d'opéras*. Paris：Librairie Nouvelle, 1861.

Warton, Joseph. *An Essay on the Genius and Writings of Pope*, vol. 1. London：Thomas Maiden, 1806.

Weissman, F. "Édouard Dujardin, le monologue intérieur et Racine". *Revue d'histoire littéraire de la France*, 74. 3（mai 1974）：489—494.

Whitman, Walt. *Complete Prose Works*. Philadelphla：David Mckay Publisher, 1897.

Williams, William Carlos. "America, Whitman, and the Art of Poetry". *William Carlos Williams Review*, 13. 1（1987）：1—4.

———. *I Wanted to Write a Poem*. Ed. Edith Heal. New York：New Directions, 1978.

———. *The Selected Letters of William Carlos Williams*. Ed. John C. Thirlwall. New York：New Directions, 1957.

———. *Spring and All*. New York：New Directions, 2011.

Williams, Erin M. "Signs of Anarchy：Aesthetics, Politics, and the Symbolist Critic at the *Mercure de France*, 1890—95". *French Forum*, 29. 1（Winter 2004）：45—68.

Woolley, Grange. *Richard Wagner et le symbolisme français*. Paris：Les Presses universitaires de France, 1931.

Wyzewa, Téodor de. "D'un avenir possible". *Mercvre de France*, 8. 43（juillet 1893）：193—202.

———. "Les Livres". *La Revue indépendante*, 1. 2（décembre 1886）：181—205.

———. "Les Livres". *La Revue indépendante*, 2. 4（février 1887）：145—164.

———. "Les Livres". *La Revue indépendante*, 2. 5（mars 1887）：317—339.

———. "Les Livres". *La Revue indépendante*, 3. 7（mai 1887）：191—218.

———. "Les Livres". *La Revue indépendante*, 3. 8（juin 1887）：317—340.

———. "Les Livres". *La Revue indépendante*, 4. 9（juillet 1887）：1—29.

——. "Les Livres". *La Revue indépendante*, 5.12 (oct. 1887): 1—8.

——. "Les Livres". *La Revue indépendante*, 5.14 (déc. 1887): 321—343.

——. "M. Mallarmé I". *La Vogue*, 1.11 (juillet 1886): 361—375.

——. *Le Mouvement socialiste en Europe*. Paris: Libraires-Éditeurs, 1892.

——. "La Musique descriptive". *Revue wagnérienne*, 1.3 (avril 1885): 74—77.

——. "Notes sur la littérature wagnérienne". *Revue wagnérienne*, 2.5 (juin 1886): 150—171.

——. "Notes sur la musique wagnérienne". *Revue wagnérienne*, 2.6 (juillet 1886), pp. 183—193.

——. "Notes sur la peinture wagnérienne". *Revue wagnérienne*, 2.5 (mai 1886): 100—113.

——. "Le Pessimisme de Richard Wagner". *Revue wagnérienne*, 1.6 (juillet 1885): 167—170.

Yeats, W. B. *The Yeats Reader*. New York: Scribner Poetry, 2002.

Yu, Pauline R. "Chinese and Symbolist Poetic Theories". *Comparative Literature*, 30.4 (Fall 1978): 291—312.

Zola, Émile. *Le Roman expérimental & les romanciers naturalistes*. Genève: Edito-Service S. A., 1969.

后 记

读博士时，好奇自由诗的历史，法国象征主义是自由诗的源头，自然想看个究竟。于是去旁听法语课，只学了一个学期，课就结束了。后来自学，花了一年多时间，算是学完了语法。毕业后我坚持了下来，开始试译兰波的诗，以及卡恩、迪雅尔丹的诗论，后者经过编辑校改，发表在2011年的《世界文学》上。

2015年，蒋师承勇有心申报19世纪西方文学思潮的课题，但法国象征主义这个子课题，一时未遇其人，就问我的意向。我当时已经博士后出站，未来的方向，一个是继续英美现代主义诗学研究，一个是往前溯源，进入法国诗学。子课题的内容原本就在考虑范围内，只不过提前着手而已。于是我欣然接受了任务。虽然2015年课题就已立项，但是在2017年之前，基本的工作是搜集文献。我当时手头还有《英美自由诗初期理论的谱系》的书稿，所以对于法国象征主义课题研究花的时间不多。

2017年春夏之际，《英美自由诗初期理论的谱系》付梓，我终于能全力阅读、翻译法文资料。在国外访学时，因图书资料丰富，我坐在图书馆里，向往能一直留学。后来想到一个权宜之计，那就是把需要的书都带回去。坐在书房里，跟住在剑桥大学有什么区别呢？于是回国前，我寄回了约五百册图书，其中主要是法语书。后来我陆续又购得象征主义书籍约三百册。其实小小的书房，哪能与拥有数百年历史的图书馆相比呢？不过，正是这些书籍支持了现在的这个研究，也让我时不时有些错觉，以为城边的临江正流向伊丽（Ely）呢。

做这个研究,是非常冒险的。它有三大困难。其一,象征主义小期刊的作用,非常关键。但是这些期刊众多,能够理清头绪吗?时间允许吗?其二,不少诗人、诗论家文体晦涩,不能卒读,比如马拉美、吉尔,他们偏好古典语法,多用倒装、省略,就算英美学者,文化同根,仍然不免有钩章棘句之叹。国内学者能否觅得小径,柳暗花明?其三,我虽然已读过约二十种法语文献,但是作为中文系的学者,以前多是将它们用于辅助研究,现在做专门的法国研究,中文和英文文献倒成了辅助,主佐颠倒,优劣移势,能扛得住吗?

国内法语专业的硕士、博士,加上法国归来的学者,数量不少。这个课题换人来做,岂不更好?但我还是决心坚持下来。上面三个难题,其实只用一个词就可以解决:毅力。期刊众多,就尽量一期一期看,一期一期找。时间不够,就取消周末和假期。语句艰深,就一字一句地攻,不吝时日,集腋成裘。法语不精,就转益多师。2018年,我读完了《瓦格纳评论》,2019年,选读完了《新左岸》《吕泰斯》《象征主义者》《颓废》,2020年,选读完了《颓废者》《风行》,许多晦涩的诗学,也逐步弄清,心里总算有了底。

法国象征主义的研究,虽然在中国已有一个世纪了,不可谓不久,但是历来有二失。一失在材料。从李璜、徐仲年,到袁可嘉、郑克鲁,这些前辈筚路蓝缕,开创出可贵的一点研究领域,但是材料的缺乏一直存在。较为深入的研究,比如徐仲年、郑克鲁先生的,仍然有概论、初阶的样貌,举例来说,讨论象征主义,多论及的是五位诗人的代表诗论和诗作,遑及瓦格纳主义、无政府主义,更不消说罗曼派了。比较粗浅的研究,如刘延陵、君彦之辈,抄袭英美,弟略加缀合,附会成篇。李璜为巴黎大学文学硕士,徐仲年为巴黎大学文学博士,学界的瞩望不可谓不殷切,但最终二君未见给后人留下深厚研究。当时国难尚在,书籍难通,确实有人力不可致者。

二失在会通。象征主义研究,需要综合政治、哲学、宗教、文学诸门,视野须阔,闻见须细。民国骚客,若徐志摩、梁宗岱,志不在此。新时期以来,大学昌明,博士连袂,可惜长安多寒士,各为稻粱谋。闻达之人,为世推重,常恋冠冕,不堪箪瓢。以致象征主义思潮研究,止步不进。

最近二三十年中,郭宏安、金丝燕、李建英、刘波等人,传薪无绝。金氏略施凿契,已探奇览。李师综核古今,多所发明。继轨前修,正当其时。正是出于这一因缘,我才不顾粗陋,染翰操觚。

在写作本书期间,我同时阅读和翻译了不少诗论。文法难解处,曾向李师建英、李博士晓帆(肯特大学讲师)请益。虽然素未谋面,她们都慷慨赐教。当然,译文中可能出现的错误,责任全在我一人。书稿中的个别小节,曾得到蒋师的润色,后来联署发表。今蒙允准,也编入本书。

李国辉
2020 年 6 月

主要人名、术语名、作品名中外文对照表

A

阿奎那,托马斯 Thomas Aquinas
艾略特 Thomas Stearns Eliot
暗示 la suggestion

B

巴尔蒙特 Konstantin Dmitrievich Balmont
巴雷斯 Maurice Barrès
巴纳斯派 Parnasse
巴朱,阿纳托尔 Anatole Baju
《白色评论》 *La Revue blanche*
邦维尔 Théodore de Banvill
《被砍掉的月桂树》 *Les Lauriers sont coupés*
《被诅咒的诗人》 *Les Poètes maudits*
波德莱尔 Charles Pierre Baudelaire
柏格森 Henri Bergson
勃留索夫 Velery Bryusov
布尔德,保尔 Paul Bourde
布雷蒙,亨利 Henri Bremond
布吕内蒂埃 Ferdinand Brunetière

C

《彩图集》Les Illuminations
纯诗 poésie pure

D

迪雅尔丹 Édouard Dujardin
《独立评论》La Revue indépendant
多费尔，莱奥 Léo d'Orfer

E

《恶之花》Les Fleurs du mal

F

《法兰西信使》Mercvre de France
法朗士 Anatole France
费内翁，费利克斯 Félix Fénéo
《风行》La Vogue
弗林特 F. S. Flint

G

感应 la correspondance
歌德 Johann Wolfgang von Goethe
戈蒂耶 Théophile Gautier
格拉夫，让 Jean Grave
古尔蒙 Rémy de Gourmont
古米廖夫 Nikolai Gumilev

H

哈特曼，爱德华·德 Édouard de Hartmann
《海洛狄亚德》"Hérodiade"
韩斯礼 Édouard Hanslick

赫胥黎 Aldous Leonard Huxley
《黑猫》Le Chat noir
惠特曼 Walt Whitman

J

吉尔，勒内 René Ghil
吉尔坎 Iwan Gilkin
交响乐 la symphonie
进化 l'évolution

K

卡恩 Gustave Kahn

L

拉弗格 Jules Laforgue
兰波 Arthur Rimbaud
勒克吕，埃利泽 Elisée Reclus
勒迈特，朱尔 Jules Lemaître
雷尼耶 Henri de Régnier
雷诺，埃内斯特 Ernest Raynaud
雷泰，阿道尔夫 Adolphe Retté
罗当巴克 Georges Rodenbach
罗曼派 L'École romane
洛厄尔，艾米 Amy Lowell
《吕泰斯》Lutèce

M

马拉美 Stéphane Mallarmé
迈特龙，让 Jean Maitron
梅里尔 Stuart Merrill
梅列日科夫斯基 Dmitry Sergeevich Merezhkovsky
门罗，哈里雅特 Harriet Monroe
米肖，亨利 Henri Michaux

米歇尔 Louise Michel
梦幻 le rêve
莫克尔 Albert Mockel
莫拉斯 Charles Maurras
莫雷亚斯 Jean Moréas
莫里斯，夏尔 Charles Morice
《牧神的午后》 L'Après-midi d'un faune

N

内心独白 le monologue intérieur
《逆流》 A Rebours
诺瓦利斯 Novalis

P

庞德 Ezra Pound
《漂泊的宫殿》 Les Palais nomads
坡，埃德加·爱伦 Edgar Allan Poe

R

《热情的朝圣者》 Pélerin passionné
人格解体 depersonalization
荣格 Carl Gustav Jung

S

《少年比利时》 La Jeune belgique
神秘主义 Le Mysticisme
叔本华 Arthur Schopenhauer
斯达尔夫人 Madame Staël
斯托勒 Edward Storer
斯威登堡 Emanuel Swedenborg

T

特雷泽尼克 Léo Trézenik
通感 synesthesia
通灵人 voyant
《颓废》 Le Décadence
《颓废者》 Le Décadent
颓废主义 Le Décadisme

W

瓦格纳 Richard Wagner
《瓦格纳评论》 Revue wagnérienne
瓦格纳主义 Le Wagnérisme
瓦莱里 Paul Valéry
威廉斯，威廉·卡洛斯 William Carlos Williams
威泽瓦 Téodor de Wyzewa
维尔德拉克 Charles Vildrac
维尔哈伦 Émile Verhaeren
魏尔伦 Paul Verlaine
维莱-格里凡 Francis Vielé-Griffin
韦勒克 René Wellek
无政府主义 anarchisme

X

西蒙斯 Arthur Symons
《象征主义者》 Le Symboliste
《新左岸》 La Nouvelle rive gauche
休姆，T. E. Hulme

Y

亚当，保尔 Paul Adam
厌水者 Hydropathe
叶芝 William Butler Yeats
意象派 The Imagist School

于雷，朱尔 Jules Huret
于斯曼 Joris-Karl Huysmans
语言配器法 l'instrumentation verbale
语言音乐 une musique verbale

Z

自然主义 Le Naturalisme
自由诗 vers libre
综合 la synthèse